Annegret Waldner

Wildenkogel

novum pro

Bibliografische Information der Deutschen Nationalbibliothek:

Die Deutsche Nationalbibliothek verzeichnet diese Publikation in der Deutschen Nationalbibliografie. Detaillierte bibliografische Daten sind im Internet über http://www.d-nb.de abrufbar.

Alle Rechte der Verbreitung, auch durch Film, Funk und Fernsehen, fotomechanische Wiedergabe, Tonträger, elektronische Datenträger und auszugsweisen Nachdruck, sind vorbehalten.

© 2020 novum Verlag

ISBN 978-3-99107-210-2
Lektorat: Mag. Elisabeth Pfurtscheller
Umschlagabbildung: Aquarell von Hermann Siebert, 1980 Gearstd, Madeleine Forsberg | Dreamstime.com
Umschlaggestaltung, Layout & Satz: novum Verlag

Gedruckt in der Europäischen Union auf umweltfreundlichem, chlor- und säurefrei gebleichtem Papier.

www.novumverlag.com

Erinnerung ist sinnlich gewordene Vergangenheit.
Die Vergangenheit ist der sicherste Ort, den wir haben.

(Michael Köhlmeier)

Die Figuren in diesem Roman sind frei erfunden und Ähnlichkeiten mit realen Personen sind rein zufällig. Der Erzählung zugrunde liegen historische Tatsachen, die nicht verfälscht, sondern in den erzählerischen Rahmen eingefügt wurden. Oder, anders gewendet: in den Geschichten der Menschen, in ihren Einstellungen und Haltungen spiegeln sich die realen historischen Ereignisse und Erfahrungen des letzten Jahrhunderts wider.

Für Franz

in memoriam
Anton und Barbara, Altbauern am Mentlishof in Huben, Osttirol
Gert, Notar in Marburg
Rosmarie, Bäuerin am Hiasl-Hof in Axams

Im ersten fahlen Dämmern des Morgenlichts erhebt sich die Frau langsam auf die Knie und rückt von dem am Boden liegenden Körper ab. Sie kann ihm keine Wärme mehr geben. Sie weiß nicht, wie viele Stunden, auch Tage und Nächte sie hier neben ihm gelegen ist, ihn wärmend, streichelnd, anfangs noch die Lieder summend, die sie früher gemeinsam gesungen haben. Von der Blauen Blume und den Zwei Sternen, die am hohen Himmel stehen, später auch die vertrauten Kinderwiegenlieder, bis die Kraft sie verlassen hat, sie vergeblich auf seine Atemzüge lauschte und sich nur noch von der Kälte mitziehen lassen wollte, dahin, wo er nun war. Zuerst – und es scheint ihr vor langer Zeit gewesen zu sein – war an den Berghängen ein dichter Nebel aufgezogen und es war ihr so vorgekommen, als ob sich das Wollgras zu einer ganz eigenen Melodie im Wind bewegte. Dabei war es totenstill gewesen, als sei kein Leben mehr auf der Erde. Der Wetterumsturz mit Schneetreiben und Steinschlag war dann so rasch gekommen, sie hatten sich in dem Steinernen Meer nicht mehr orientieren können. Alles um sie herum und auch sie selbst verloren sich in einem dichten Grau. Sie hatten den großen Rucksack mit der Ersatzwäsche, der Aluminiumflasche und dem geschnittenen Brot verloren. Den Mann hatte ein Stein am Kopf getroffen und sie hatte ihn in eine geschützte Spalte unter einen großen Felsüberhang gezogen, ihm ihre Kleidung übergelegt und gewartet. Dann hatte sie Steine vor den schmalen Spalt getürmt, um den Wind und den Schnee abzuhalten. Ihr Leben hatte sich zurückgezogen auf den geschützten Fleck abseits des grauschwarzen Unwetters, des Stöhnens des Windes und des Donnerns der herabfallenden Felsbrocken. Die Frau spürt nicht, dass die Windstöße nun weniger eisig sind und die Wolken weniger dunkel. Sie hört nicht, dass die Sturmwinde weniger wild heulen und toben. Sie weiß nichts von dem aufkommenden neuen Tag, dessen mattes Licht durch den schmalen Felsspalt dringt, hört nur ein fernes Singen und Summen. Sie umklammert die Brosche an ihrem Hals, wie um Halt in der untergehenden Welt zu suchen, beugt sich über den Mann und bedeckt ihn mit ihrem Leib, schmiegt ihren Kopf in seine Halsbeuge. Tränen laufen ihr über die Wangen, ein unendlicher Schlaf umhüllt sie und geleitet sie in ungeahnte Himmelsfernen.

Die junge Frau tritt aus der hellen Empfangshalle des Diakonissenmutterhauses heraus. Es ist ein eisiger kalter Tag kurz nach Jahresbeginn, ein früher dunkler Morgen. Tief atmet sie die kalte Luft ein und hebt fröstelnd die Schultern. In dieser Nacht, kurz vor Tagesanbruch, ist ihre Mutter verstorben. Annalena Weiss empfindet die frostige Kälte und die funkelnde Stille in der schneebedeckten Parkanlage wie eine Versicherung eines neuen, eines guten Lebens. Sie weiß, dass ihr kaum Zeit bleibt, hier stehen zu bleiben. Sie schaut nach oben, in den schneeverhangenen Himmel, und spürt, dass sie nun noch einmal Abschied nimmt, aber es ist ein anderer als dort im Haus in dem Zimmer mit dem Paravent vor dem Bett, der sanften Musik, dem Kerzenlicht. Es ist ein versöhnlicher Abschied, der es ihr ermöglicht, die letzte Bitte der Mutter aufzugreifen. Ich verspreche es, sagt Annalena mit fester Stimme gegen den Schneewind. Dann kehrt sie um und tut mit ruhiger Selbstverständlichkeit das, was von Angehörigen im Falle des Todes erwartet wird.

Annalena wurde 1975 in der kleinen mitteldeutschen Universitätsstadt Marburg an der Lahn geboren. Einzige Tochter ihrer alleinstehenden Mutter, Lena Maria Weiss, wuchs sie bei ihr und ihrer seit Kriegsende verwitweten Großmutter auf. Ihren Vater hat Annalena nicht kennengelernt. Er war in ihrem Leben nie wichtig gewesen, war weder tot, noch wurde er vermisst, noch sehnlichst herbeigewünscht. Schon in ihrer Kindergartenzeit war es ihr aufgefallen, dass ihr Leben ohne Vater etwas Besonderes war. Andere Kinder hatten Väter oder doch solche, die gestorben waren oder weggegangen, aber sie konnte gar nichts von einem Vater, noch nicht einmal einen Namen, verlauten lassen. Im Grunde jedoch kam es ihr selbstverständlich vor, ohne Vater zu sein, auch ihre Mutter hatte keinen Vater gehabt und die Großmutter hatte kaum von ihren Eltern gesprochen, die früh verstorben waren. Von ihrem Großvater mütterlicherseits und seiner Schwester kam der Besitz des Hauses, aber erbaut worden war es bereits von den Urgroßeltern in den 1920er-Jahren, sehr einfach, aber auf lange Zeit angelegt. Die Großmutter und die Mutter hatten, soweit sie zurückdenken kann, ständig etwas daran erneuert oder erweitert, aber den Charakter des Hauses nur unwesentlich verändert. Betritt ein Besucher heute das Haus, meint er sich unweigerlich Jahrzehnte zurückversetzt, diese Empfindung hatten ihr Freunde und Bekannte wiederholt vermittelt.

Annalena vermag sich kaum an Gespräche erinnern, die sich um die Vergangenheit ihrer Mutter, der Großmutter oder um Familiengeschichten drehten. Die Großmutter, Anna Weiss, hatte viele Reime, Sagen und Märchen zu erzählen gewusst, hatte ihr Volkslieder und Wanderlieder vorgesungen, deren Texte und Melodien sie noch heute erinnert, aber von früherer Zeit hatte sie kaum etwas erzählt. Ihre Großmutter hatte den Beruf der Krankenschwester gelernt, im Krieg, wie sie zu bemerken pflegte, und zunächst in einem Behelfslazarett, später dann in der Universitätsklinik in der Stadt gearbeitet. Als Annalena klein war, hatte sich die Großmutter viel um sie gekümmert, da ihre Mutter im Lehrerberuf tätig war und sie sich ihren Dienst im Krankenhaus nach den Unterrichtsstunden der Mutter einrichten konnte. Von ihrem Großvater hatte es geheißen, er sei ein sehr begabter Goldschmied und Uhrmachermeister gewesen, mit einem eigenen Betrieb in der Stadt, den sie ja gut kannte, er sei im Krieg vermisst und ihre Hochzeit sei eine Kriegstrauung gewesen. Annalena hatte diese Worte lange wie ein Geheimnis mit sich getragen. War eine Kriegstrauung gültig und ging das denn zusammen: Krieg und Trauung. Was musste passieren, damit ein Mensch vermisst wurde. Aber darüber wurde bei ihr zu Hause nicht gesprochen und ihre Schulfreundinnen kannten diese Worte gar nicht. Als die Großmutter 1990 im Alter von 65 Jahren starb, hatte sie gerade das Pensionsalter erreicht. Ihr Tod kam rasch und ohne großes Aufsehen, so als hätte die Großmutter darauf oder auf etwas anderes, auf etwas für Annalena Unvorstellbares gewartet. Annalena war damals gerade in der fünften Klasse des Gymnasiums. Sie war dem Alter der Reime, der Kinderlieder und Märchen entwachsen, aber sie wusste, dass sie gerade das und die Freude der Großmutter an der Natur am meisten vermissen würde. Das Haus, in dem sie aufgewachsen war und das ihrer Großmutter und dem Großvater, von dem sie so wenig wusste, gehört hatte, bot weiträumigen Platz für die Mutter und sie selbst. Sie beendete das Gymnasium und lernte dann in dem Familienunternehmen, in dem bereits der Urgroßvater gelernt und gearbeitet hatte, das Uhrmacher- und Goldschmiedehandwerk. Nach Abschluss der Lehre und mit dem Erhalt des Gesellenbriefs blieb sie in dem angestammten Familienbetrieb in ihrer Heimatstadt. Dort ist sie hauptsächlich für Reparatur- und Restaurationsarbeiten zuständig, arbeitet aber auch im Verkauf. Annalena geht durch die Kälte nach Hause. Sie hat die ersten Formalitäten abgeschlossen und etliche Gespräche führen, die Todesanzeige, die bereits die Mutter vorbereitet hatte, bei der städtischen Zeitung hinterlegen, den Bestatter aufsuchen und einen Termin für ein Gespräch mit dem Pfarrer ihrer Gemeinde vereinbaren müssen. Noch immer fällt der Schnee in dichten Flocken und es ist eine seltsame Stille, die sich auf der schmalen bergwärts führenden Straße ausgebreitet hat, als würde diese aus Achtung vor der Mutter für eine kleine Weile ihre Geschäftigkeit ruhen lassen. Ihre Straße heißt Im Gefälle, ein schön klingender Name für eine abfallende Straße, an deren Seiten kleine Vorgärten liegen, mit geduckten Siedlungshäusern und sich anschließenden Obst- und Gemüsegärten. Hier hat sich seit Jahrzehnten kaum etwas verändert, auch die Bewohner der Straße scheinen stets dieselben geblieben zu sein. Sie schaut vom Gartentor auf den unberührten Schnee auf dem Weg zu ihrem Haus, selbst die Vögel haben sich heute noch nicht zu ihrem Futterplatz vorgewagt. Annalena öffnet das Tor und spurt sich einen Weg durch das Weiß, das sie an das Leintuch erinnert, das die gebückte alte Schwester mit dem weißen Diakonissenhäubchen über ihre Mutter breitete, als es vorbei war, als der Paravent auf die Seite geschoben, das Fenster geöffnet wurde und sie beinahe gierig die Frische des kalten Morgens einsog. Die Diakonisse hatte die Mutter während der letzten Tage umsorgt und war in der letzten Nacht ohne Pause in der Nähe geblieben. Das hatte ihr gutgetan. Es fällt Annalena schwer, die Haustür aufzusperren im Wissen, dass es nun an ihr liegen würde, dieses Haus weiter mit Leben und Sinn zu füllen. Sie hat keine Angst vor der

Einsamkeit, denn sie kommt in ein ihr vertrautes Zuhause. Das Versprechen, das sie ihrer Mutter gegeben hat, erfüllt sie indes mit einer nicht gekannten Unruhe. Auf den Steinstufen vor der Haustüre fällt ihr Blick auf ein kleines Päckchen von Handtellergröße, das sie verwundert aufhebt.

Wie konnte hier etwas abgelegt worden sein, wenn doch da gar niemand gegangen war, und wer konnte denn schon davon wissen. Annalena schließt die Haustüre auf, klopft sich den Schnee von den Schultern und den Beinen, schüttelt die Haare und legt das kleine weiche Päckchen auf den Garderobenschrank. Sie zieht ihre Stiefel aus und geht durch den Hausgang in die warme Küche, deren Einrichtung schon seit Jahrzehnten nicht wesentlich verändert wurde. Ohne darauf zu hören, vermerkt sie das gleichmäßige beruhigende Ticken der Wanduhr in der kleinen Diele. Niemand hat seit ihrem Weggang vor zwei Tagen das Haus betreten, es gäbe auch niemanden, der ohne ihr Wissen und Einverständnis dazu befugt wäre. Annalena drückt auf den Lichtschalter, stellt die Kaffeemaschine an, holt die Milch aus dem Kühlschrank, eine Tasse aus der alten Küchenkredenz und schenkt sich Kaffee ein. Sie fühlt sich plötzlich müde und leer. Sie holt das Päckchen aus der Garderobe und setzt sich an den Küchentisch, entfaltet das graue zerknitterte Seidenpapier und hält einen kleinen Bund Alpenblumen in der Hand. Sie sind fast zu Staub getrocknet, aber ihre Farben haben eine auffallende Leuchtkraft und Frische. Ob der Schnee das bewirkt hatte. Annalena erkennt die Pflanzen Wollgras, Speik und Schusternagelen, Alpenblumen, die die Frauen in ihrer Familie kannten und zu benennen wussten, die sie während der Ferientage in den bayerischen Bergen pflückten und in einem Herbarium pressten. Sie wickelt die Blumen behutsam wieder ein und legt sie auf den Tisch. Hier haben sie einen guten Platz. Sie legt den Kopf auf die Arme und versinkt augenblicklich in einen tiefen Erschöpfungsschlaf, aus dem sie kurz später benommen aufschreckt.

Ein Geräusch ist in ihr Bewusstsein gedrungen, das sie nicht zuordnen kann. Von draußen fällt nur ein diffuses Licht herein, es scheint, als ob das Haus im Schnee versinken will. Sie steht auf, geht in das Badezimmer im oberen Stockwerk, duscht und kleidet sich frisch an. Warme Hosen und Socken, ein gestrickter Pullover. Der Wind rüttelt ein wenig an den Fensterläden, aber von der Welt ist sonst nichts zu hören und zu sehen, als ob sie weit entrückt wäre. Sie geht wieder hinunter in die Diele und nimmt ihr Mobiltelefon. Ein Anruf in Abwesenheit, der sie aus dem Schlaf gerissen hatte. Es war Cornelia, eine ihrer früheren Mitschülerinnen, die zur Freundin wurde und in den letzten Wochen zu einer hilfsbereiten Stütze. Annalena will noch nicht sprechen. Sie sendet Cornelia eine Mitteilung. Mutter ist gestorben. Muss zum Pfarrer. Lege den Hausschlüssel in das Vogelhaus. Cornelia kennt ihr Zuhause und wird kommen, wenn es ihr möglich ist.

Annalena blickt sich in der Küche um. Sie wird einige Veränderungen treffen müssen, aber sie hat mit der Mutter alles abgesprochen. Nun wartet der Pfarrer. Das Pfarrgemeindehaus liegt nur wenige Straßen entfernt. Sie trinkt noch einen Schluck von dem erkalteten Kaffee, zieht Mantel, Stiefel und Mütze über und macht sich auf den Weg. Ein Nachbar grüßt sie über die Straße hinweg, sie nickt hinüber. Nur nicht reden müssen. Noch einmal blickt sie auf ihr Haus im Schnee, sieht, dass die Meisen und Spatzen nun den Weg zum Vogelhaus gefunden haben, als sie dort den Hausschlüssel ablegt. Das Vogelhaus hat bereits die Großmutter besessen, vielleicht ist es noch älter, vielleicht ist es so alt wie das Haus. Ein Siedlungshaus, vor bald acht Jahrzehnten von den Urgroßeltern erbaut. Die Urgroßeltern, von denen so wenig erzählt und gewusst wurde. Hier hat ihr Großvater Wolfgang gewohnt, später auch die Großmutter, nach der Kriegstrauung, mit einer Schwester des Großvaters, Marlene, auch von ihr ist sehr selten gesprochen worden. Ihre Mutter ist hier nach dem Krieg aufgewachsen und sie selbst auch. Etwas weiter oben an der Straße nahe am Waldrand liegt das große Diakoniezentrum, dem eine Pflegehochschule angegliedert ist. Die Frauen ihrer Familie waren im Diakoniewerk im freiwilligen Ehrenamt tätig. Es ist ein sogenanntes gutes Stadtviertel, das sie ihr Zuhause nennen darf, das ist ihr bewusst, aber auch, dass sie selbst gar nichts dazu beigetragen hat und dass sie das Hiersein stets als Glück empfinden konnte.

Annalena erreicht das kleine evangelische Gemeindezentrum. Der Weg zur Türe ist bereits vom Schnee frei geschaufelt worden. Sie läutet an dem Schild mit der Aufschrift P f a r r e r und tritt den Schnee von den Stiefeln. Ein Mädchen im Schulkindalter öffnet die Türe und begrüßt sie fröhlich. Annalena kennt die Kinder der Pfarrersfamilie, war und ist hier oft zu Gast. Heute ist alles anders. Sie kann sich nicht auf diesen Besuch wie sonst freuen, hat keine Aufgaben für die Pfarrgemeinde vor sich und schreckt ein wenig vor dem Gespräch mit dem Pfarrer zurück, das wohl gehalten werden muss. Es wird kein Verhör sein, nicht dahin gehen ihre Befürchtungen. Aber ich weiß so wenig, sie haben mir so wenig erzählt und nun ist es zu spät. Auch über das Begräbnis hat sie mit der Mutter geredet und darüber hinaus hat sie der Mutter dieses Versprechen geben müssen, dessen Tragweite sie noch nicht erfassen kann. Das fröhliche Kind öffnet die Tür zum Arbeitszimmer des Vaters und lässt Annalena eintreten. In dem ihr vertrauten großen Raum, stets ein wenig dunkel gehalten, mischen sich die privaten Lebensbereiche des Pfarrers mit seinen beruflichen und geschäftlichen Aufgaben. Der Pfarrer erhebt sich von seinem Schreibtisch, legt die Brille ab, breitet in einer Mischung von Willkommensgruß und Traurigkeit die Arme aus und bittet die junge Frau herein.

So ist es nun vorbei, sagt er und ruft dem Kind zu, es möge bitte zwei Tassen Tee mit Honig bringen und, nach einem kurzen Blick auf Annalena, ein Butterbrot.

Du wirst noch nichts zu dir genommen haben, meint er, aber du darfst jetzt nicht deine Kraft verlieren.

Der Pfarrer weist auf einen Sessel in der Sitzecke und setzt sich ebenfalls. Er hat die Mutter in den letzten Wochen oft besucht und sich Zeit für Gespräche mit ihr genommen.

Ich habe Lena Maria gut gekannt, wir haben eine gute Freundin verloren, meint er.

Als das Kind den Tee und das Brot gebracht hat, stellt er ihr einige Fragen zum Leben der Mutter. Annalena ist zunächst unsicher, aber als sie mit dem Erzählen beginnt, merkt sie, wie mit jedem Satz ihr Reden flüssiger wird.

Sie erinnert ihre Kinderjahre, ihr gemeinsames Leben mit der Mutter, deren Alltag als Lehrerin, ihre gemeinsamen Ferienzeiten, wie gut die Mutter das Haus in Ordnung gehalten und wie viel Freude ihr die Gartenarbeit bereitet hatte, ihre Freundlichkeit, ihren Langmut und ihre heitere Gelassenheit auch in Zeiten voll Sorgen und Nöten. Der Pfarrer nickt, Annalena erzählt ihm nichts, was er nicht schon gewusst hat. Aber da gab es auch versteckte Seiten in ihrem Leben, sagt die junge Frau leise. Ihre Zurückgezogenheit, diese Abkehr von Äußerlichkeiten, vom bunten Treiben, von jedem modischen Geschehen. Ich glaube, diese Haltung hatten ihr die Großmutter und die Großtante schon vorgelebt, vielleicht war es auch der Krieg, meint sie. Der Krieg, erkundigt sich der Pfarrer behutsam.

Ja, der Vater der Mutter ist vermisst gewesen und sie selbst ist in den letzten Kriegstagen 1945 geboren worden, ihr Vater hat nie Nachricht erhalten, dass er eine Tochter bekommen hat und die Großmutter musste das Kind wohl ganz allein mithilfe der Tante, der Schwester des Vaters, aufziehen.

Diese Frauen haben viel durchstehen müssen, pflichtet der Pfarrer bei, aber deine Mutter hatte immer ein Zuhause, konnte sich immer geborgen fühlen, hatte eine große innere Kraft, auch als sie dich zur Welt brachte und – wie die Dinge sich oft wiederholen – allein aufziehen wollte und das dann auch getan hat.

Annalena nimmt das Butterbrot und einige Schluck Tee.

Kanntest du die Schwester meines Großvaters, die Tante Marlene. Der Pfarrer schaut sie nachdenklich an. Ich kann mich an sie erinnern, da war ich noch ein kleiner Junge, mein Vater hatte doch hier die Pfarrstelle und die Tante kam immer gemeinsam mit der Großmutter zum Gottesdienst und zu Veranstaltungen, sie waren beide mit der Pfarrgemeinde sehr verbunden, auf eine lebendige, treue Art. Das ist heute leider selten geworden. Sie ist dann verunglückt, aber sie wurde nicht hier bestattet.

Annalena schluckt. Sie möchte das Gespräch beenden. Der Pfarrer merkt ihre Unruhe und bricht seine Erzählung ab.

Es war deiner Mutter eine große Last, dich alleine zu lassen, und sie hat mehr als einmal davon geredet, dass du ihr etwas versprechen musst, dass sie etwas nicht zu Ende bringen konnte.
Er kommt noch auf den Ablauf der Bestattung zu reden und bietet Annalena seine und die Hilfe seiner Familie an. Du kannst mich jederzeit erreichen, sagt er, steht auf und geleitet die junge Frau hinaus. An der Haustür wendet er sich ihr nochmals zu, lächelt und meint, heitere Gelassenheit und die Tugend der Standhaftigkeit, das seien wohl gute menschliche Eigenschaften.

Auf dem Rückweg breitet sich eine große Erleichterung in Annalena aus. Gleichzeitig spürt sie, wie eine große Traurigkeit sie überkommt, eine Fassungslosigkeit, die ihr beinahe die Beine wegziehen will. Es ist gut, dass ihr Heimweg kurz ist. Sie möchte schlafen und weiß doch, dass dazu heute keine Zeit sein wird. Der Schneefall ist sanfter geworden, aber das Tageslicht geht bereits am frühen Nachmittag in ein dunkles Grau über, das in Kürze alles umhüllen wird. Vom Gartentor zum Haus führen Spuren, das Licht über der Haustür leuchtet auf, als sie sich den Steinstufen nähert. Noch bevor sie ihren Schlüssel aus der Tasche ziehen kann, öffnet sich die Tür. Cornelia steht im Eingang.
Hallo, sagt sie, ich dachte, ich komme gleich vorbei.
Im Hausgang schlägt die Uhr viermal, ihr schließt sich die Standuhr im Wohnzimmer an, mit einem tiefen dunklen Schlag, der im Haus widerhallt. Cornelia nimmt den Mantel von Annalena und geht mit ihr in die Küche. Sie hat Tee gekocht und Kekse auf einem Teller gerichtet.
Magst du, fragt sie leise, du musst etwas trinken, Annalena.
Annalena setzt sich auf die Küchenbank und vergräbt das Gesicht in den Händen.
Ich war beim Pfarrer, jetzt muss ich die Anzeigen vorbereiten, sie sollten spätestens morgen zur Post. Morgen muss ich noch einmal zu den Diakonissen, dann zum Bestatter und mit dem Kirchenchorleiter muss ich noch wegen der Lieder sprechen, das Begräbnis ist am Montag, das ist in vier Tagen, ich habe nicht viel Zeit.

Sie nimmt gedankenverloren das kleine Päckchen aus Seidenpapier in die Hand und reicht es Cornelia.
Was ist das, fragt Cornelia.
Ich weiß es nicht, es ist seltsam, es lag vor der Tür, aber niemand ist hier gewesen.
Cornelia betrachtet die Blumen.
Sie sind schön, sagt sie leise. Ich habe viel Zeit, ich kann dir bei allem helfen. Ich kann auch hierbleiben, wenn du das möchtest.
Ja, das ist gut.
Annalena steht auf, geht durch die Diele in das Wohnzimmer und zieht die Vorhänge vor. Dann geht sie über die Treppe hinauf und öffnet im Zimmer ihrer Mutter weit die Fenster. Sie zieht die Wäsche vom Bett ihrer Mutter ab, obwohl sie es erst frisch bezogen hatte, als die Mutter in das Hospiz der Diakonissen gebracht wurde, dreht den Schalter an der Heizung herab, hält den Pendel der Wanduhr an und schließt die Fenster. Die kalte Luft, die hereingeströmt ist, stärkt ihre Willenskraft. Sie geht mit festen Schritten zu Cornelia. Komm, wir fangen im Wohnzimmer an. Im Wohnzimmer nimmt sie an dem großen Esstisch Platz. Er steht behäbig in der Mitte des Raumes umringt von Stühlen unterschiedlicher Stile und Holzarten. Das Zimmer ist ungewöhnlich, die Möbel wirken, als hätten sie mit den Jahren ihren Platz hier gefunden, als könne ein jedes Stück seine eigene Geschichte erzählen.
Ich habe mit meiner Mutter alles besprochen. Sie hat die Anzeigen selbst vorbereitet, auch für die Zeitung, dort bin ich schon gewesen, ganz früh am Vormittag. Hier, ich habe zwanzig Bögen drucken lassen und die Briefkuverts passend ausgesucht, aber angeschaut habe ich Mutters Entwurf noch nicht. Sie hat darauf bestanden, alles alleine zu machen, nur das Datum von heute habe ich vor dem Druck noch einfügen müssen. Das hat die Frau bei der Anzeigenannahme gemacht und dann eine Kopie, damit war ich dann in der Kopieranstalt. Es war mir alles so zu viel, eigentlich wäre ich am liebsten stundenlang durch den weißen Morgen gelaufen. Ich wusste nicht, ob ich noch lebe oder ob ich noch weiterleben will. Aber jetzt geht es schon besser.

Cornelia nimmt behutsam einen Papierbogen und betrachtet ihn. Sie schaut zu Annalena.
Du hast die Anzeige noch nicht angeschaut, fragt sie.
Nein, ich konnte es nicht, sagt Annalena fast tonlos.
Cornelia setzt sich neben Annalena.
Die Anzeige ist sehr schön, meint sie behutsam, sie ist so, wie deine Mutter war. Magst du sie nicht anschauen.
Annalena nimmt einen Bogen und lässt ihre Augen über den Text wandern.
Aber wieso, flüstert sie, wie kann das sein, Cornelia, ich verstehe das nicht. Was sollen die Blumen auf der Anzeige. Ich erinnere mich an sie. Es gibt von früher, ich weiß gar nicht, von wem, eine alte Tasse in der Kredenz, gleich bemalt mit diesen Blumen, warte, ich hole sie. Schau, die Mutter muss sie abgemalt haben. Wollgras, Speik und Schusternagelen wie die Blumen in dem Päckchen. Cornelia, was ist das. Was heißt das.
Cornelia stellt sich hinter den Stuhl ihrer Freundin, hält Annalena an den Schultern und legt ihr Gesicht auf ihren Scheitel.
Ich weiß es nicht, aber es soll dir keine Angst machen, das hätte deine Mutter nicht gewollt. Wir machen jetzt die Briefe fertig und vielleicht gelingt es uns noch, sie bis zur Schließung zur Hauptpost zu bringen. Dort ist der Aufgabeschalter länger geöffnet.
Die beiden jungen Frauen nehmen die Adressenliste, die die Mutter geschrieben hat, beschriften die Briefe und stecken die Bögen hinein. Annalena fügt noch einige wenige Adressen von Freundinnen und Nachbarn hinzu. Cornelia nimmt die Post, zieht sich den Mantel über, schlüpft in ihre Stiefel, setzt sich die Mütze auf und öffnet die Haustür.
Schau, es hat aufgehört zu schneien, ruft sie. Ich bin bald zurück. Der Wind ist auch nicht mehr so eisig.
Cornelia Böge kommt aus einem kleinen Dorf im Hinterland der Stadt und hat Annalena in der Schulzeit kennengelernt. Cornelias Familie ist groß, alle leben gemeinsam auf einem weitläufigen Hof. Sie hat Mathematik und Physik studiert und vor wenigen Monaten ihre erste Anstellung an einem Gymnasium in der Stadt angetreten. Sie wohnt in einer kleinen Einzimmerwohnung am Schlossberg in

Sie nimmt gedankenverloren das kleine Päckchen aus Seidenpapier in die Hand und reicht es Cornelia.
Was ist das, fragt Cornelia.
Ich weiß es nicht, es ist seltsam, es lag vor der Tür, aber niemand ist hier gewesen.
Cornelia betrachtet die Blumen.
Sie sind schön, sagt sie leise. Ich habe viel Zeit, ich kann dir bei allem helfen. Ich kann auch hierbleiben, wenn du das möchtest.
Ja, das ist gut.
Annalena steht auf, geht durch die Diele in das Wohnzimmer und zieht die Vorhänge vor. Dann geht sie über die Treppe hinauf und öffnet im Zimmer ihrer Mutter weit die Fenster. Sie zieht die Wäsche vom Bett ihrer Mutter ab, obwohl sie es erst frisch bezogen hatte, als die Mutter in das Hospiz der Diakonissen gebracht wurde, dreht den Schalter an der Heizung herab, hält den Pendel der Wanduhr an und schließt die Fenster. Die kalte Luft, die hereingeströmt ist, stärkt ihre Willenskraft. Sie geht mit festen Schritten zu Cornelia. Komm, wir fangen im Wohnzimmer an. Im Wohnzimmer nimmt sie an dem großen Esstisch Platz. Er steht behäbig in der Mitte des Raumes umringt von Stühlen unterschiedlicher Stile und Holzarten. Das Zimmer ist ungewöhnlich, die Möbel wirken, als hätten sie mit den Jahren ihren Platz hier gefunden, als könne ein jedes Stück seine eigene Geschichte erzählen.
Ich habe mit meiner Mutter alles besprochen. Sie hat die Anzeigen selbst vorbereitet, auch für die Zeitung, dort bin ich schon gewesen, ganz früh am Vormittag. Hier, ich habe zwanzig Bögen drucken lassen und die Briefkuverts passend ausgesucht, aber angeschaut habe ich Mutters Entwurf noch nicht. Sie hat darauf bestanden, alles alleine zu machen, nur das Datum von heute habe ich vor dem Druck noch einfügen müssen. Das hat die Frau bei der Anzeigenannahme gemacht und dann eine Kopie, damit war ich dann in der Kopieranstalt. Es war mir alles so zu viel, eigentlich wäre ich am liebsten stundenlang durch den weißen Morgen gelaufen. Ich wusste nicht, ob ich noch lebe oder ob ich noch weiterleben will. Aber jetzt geht es schon besser.

Cornelia nimmt behutsam einen Papierbogen und betrachtet ihn.
Sie schaut zu Annalena.
Du hast die Anzeige noch nicht angeschaut, fragt sie.
Nein, ich konnte es nicht, sagt Annalena fast tonlos.
Cornelia setzt sich neben Annalena.
Die Anzeige ist sehr schön, meint sie behutsam, sie ist so, wie deine Mutter war. Magst du sie nicht anschauen.
Annalena nimmt einen Bogen und lässt ihre Augen über den Text wandern.
Aber wieso, flüstert sie, wie kann das sein, Cornelia, ich verstehe das nicht. Was sollen die Blumen auf der Anzeige. Ich erinnere mich an sie. Es gibt von früher, ich weiß gar nicht, von wem, eine alte Tasse in der Kredenz, gleich bemalt mit diesen Blumen, warte, ich hole sie. Schau, die Mutter muss sie abgemalt haben. Wollgras, Speik und Schusternagelen wie die Blumen in dem Päckchen. Cornelia, was ist das. Was heißt das.
Cornelia stellt sich hinter den Stuhl ihrer Freundin, hält Annalena an den Schultern und legt ihr Gesicht auf ihren Scheitel.
Ich weiß es nicht, aber es soll dir keine Angst machen, das hätte deine Mutter nicht gewollt. Wir machen jetzt die Briefe fertig und vielleicht gelingt es uns noch, sie bis zur Schließung zur Hauptpost zu bringen. Dort ist der Aufgabeschalter länger geöffnet.
Die beiden jungen Frauen nehmen die Adressenliste, die die Mutter geschrieben hat, beschriften die Briefe und stecken die Bögen hinein. Annalena fügt noch einige wenige Adressen von Freundinnen und Nachbarn hinzu. Cornelia nimmt die Post, zieht sich den Mantel über, schlüpft in ihre Stiefel, setzt sich die Mütze auf und öffnet die Haustür.
Schau, es hat aufgehört zu schneien, ruft sie. Ich bin bald zurück. Der Wind ist auch nicht mehr so eisig.
Cornelia Böge kommt aus einem kleinen Dorf im Hinterland der Stadt und hat Annalena in der Schulzeit kennengelernt. Cornelias Familie ist groß, alle leben gemeinsam auf einem weitläufigen Hof. Sie hat Mathematik und Physik studiert und vor wenigen Monaten ihre erste Anstellung an einem Gymnasium in der Stadt angetreten. Sie wohnt in einer kleinen Einzimmerwohnung am Schlossberg in

einem alten Haus. Das Alleinsein ist sie nicht gewohnt, ist sie doch immer von den Menschen ihrer Familie umgeben gewesen. Cornelia hat gelernt, zuzupacken und das Leben mit seinen Herausforderungen praktisch anzugehen. Die Krankheit von Lena Maria Weiss hat sie sehr mit Annalena verbunden, es zeigte sich, dass ihre Freundschaft dieser Belastung standhielt und sie aufeinander zählen konnten. Cornelia beeilt sich, die Briefe noch rechtzeitig zum Hauptpostamt zu bringen. Sie kauft Briefmarken, da sie die Briefe nicht maschinell abstempeln lassen möchte, und kann die Post vor Schließung der Schalter noch aufgeben. Aus ihrer Wohnung holt sie, was sie für ein paar Tage und Nächte braucht, und telefoniert mit ihrer Familie und einigen Freunden.

Es fügt sich gut, dass gerade Winterferien sind und ich mir Zeit nehmen kann, denkt Cornelia. Alleine lassen kann ich Annalena nicht, sie zerbricht ja beinahe an diesem Leid und den Aufgaben, die auf sie zukommen. Und dann diese rätselhaften Blumen im Schnee, auf der Anzeige und auf der alten Tasse. Ob wir das einfach auf sich beruhen lassen sollen oder sollte Annalena nach einer Lösung dieser merkwürdigen Geschehnisse suchen. Wer könnte hier noch mithelfen. Oder wird sich alles als harmlos und erklärbar herausstellen. In diesen Stunden ist es nur wichtig, dass jemand Annalena begleitet. Ihr fällt Henner ein. Sie wählt seine Nummer an ihrem Mobiltelefon und als er sich meldet, berichtet sie ihm kurz von dem Tod von Annalenas Mutter und bittet ihn, einmal Im Gefälle vorbeizuschauen. Ich glaube, sie braucht dich jetzt, sagt sie.

Morgen, sagt er, morgen komme ich und ich gebe auch den Eltern Nachricht. Wir haben es kommen sehen, aber wir haben von Annalena in den letzten Tagen nichts gehört. Sie hat auch nach den Weihnachtstagen Urlaub genommen. Zu Jahresbeginn ist es eher ruhig im Geschäft. Wir sehen uns morgen, Cornelia, du bist wohl bei ihr.

Ja, ich habe noch Ferien und meine Familie rechnet nicht mit meinem Kommen.

Cornelia ist erleichtert. Was würde sein, wenn die Freundin zusammenbricht und sie die Einzige wäre, die ihr beistehen könn-

te. Aber nein, da gibt es ja auch entfernte Verwandte und Lena Maria war von vielen Menschen, die ihr nahe waren, umgeben gewesen, auch wenn sie zurückgezogen lebte. Annalena konnte auf Hilfe zählen. Cornelia geht durch die Dunkelheit die schmale Straße hinauf. Die Straßenlampen geben einen milden Schein und erhellen den Gehsteig. Sie öffnet die Gartentüre und geht auf das Haus zu. Aus dem Wintergarten, ein verglaster Anbau auf der früheren Terrasse und eine grüne Oase mitten im weiß verschneiten Garten, dringt Licht. Cornelia findet Annalena dort sitzen, mit einem Buch auf den Knien. Auf dem Wohnzimmertisch liegt ein aufgeschlagenes Herbarium, in Leder eingeschlagen, das an den Ecken mit schwarzen Metallstäben verstärkt ist. Auf einem kleinen Tisch flackert eine rund geformte Kerze aus Honigwachs.
Ich habe die Briefe gerade noch rechtzeitig aufgeben können. Zu Hause war ich auch und habe alles für die nächsten Tage mitgebracht. Mit Henner habe ich auch gesprochen.
Ja. Das ist gut. Ich suche in diesem Pflanzenbestimmungsbuch nach den Blumen, die ich vor dem Haus gefunden habe. Das hier ist ein altes Alpenpflanzenherbarium, vielleicht noch von Tante Marlene, auf dem Exlibris steht M. W. 1924.
Lass einmal sehen. Wie sorgfältig es gebunden ist. Hast du die Blumen schon gefunden.
Ja, es ist wirklich das Wollgras, der Echte Speik und der Frühlingsenzian, den haben wir immer Schusternagele genannt. Das sind geschützte Pflanzen, hat die Mutter früher gesagt, wir durften sie nicht brechen oder darauf treten. Sie besitzen sicher auch eine heilende Wirkung, meine Großmutter hätte auch zu jeder Blume eine Sage oder ein Märchen gewusst, da bin ich mir sicher.
Du kannst dich ja mal auf die Suche machen.
Ja. Später. Jetzt ist anderes zu tun und zu bedenken. Cornelia, es ist schon spät. Morgen haben wir einiges vor uns. Magst du zu Abend essen.
Nein, ich sage dir gute Nacht. Wirst du schlafen können.
Oh ja. Du legst dich in das Zimmer oben, wo du immer geschlafen hast. Es ist alles unverändert. Ich bleibe noch ein wenig hier

sitzen. Meine Mutter war auch so gerne hier in ihrem Pflanzenreich und mit der Decke ist es auch gar nicht kalt.
Ja, dann versuche später, zu schlafen, und komm zu mir oder ruf mich, wenn dich etwas bedrückt.
Annalena ist froh, dass die Freundin sich ganz selbstverständlich zurückzieht und nicht aufdrängt. Sie spürt die Anwesenheit der Mutter hier im Haus beinahe körperlich und möchte jeder Unruhe, die diese Stimmung stören könnte, aus dem Weg gehen. Sie geht in die Küche und brüht frischen Tee auf, sucht eine CD aus dem Regal, legt sie ein, geht mit der Teetasse wieder zu ihrem Platz und hüllt sich in die Decke. Sie hört die gregorianische Chormusik, die ihre Mutter so gerne am Abend hörte, und weint alles aus sich heraus, den ganzen langen Tag, die Angst, die Traurigkeit, die Einsamkeit, die Erschöpfung. Es ist dunkel draußen und es schneit. Es schneit so sehr, wie sie es noch kaum in ihrer Stadt erlebt hat, als müsse der Himmel die Erde zudecken. Und dann würde alles neu werden. Die Musik ist längst verklungen, der Rest Tee in der Tasse kalt geworden, als Annalena sich erhebt, die Blumen behutsam in das Seidenpapier einschlägt und auf das Herbarium legt, die Kerze und das Licht löscht und über die Treppen in ihr Zimmer geht. So, wie der Schnee erst alles bedecken muss, so muss ich erst ganz leer werden, um zu begreifen, um neu zu beginnen, um alles weiterzubringen, wie ich es der Mutter versprochen habe, denkt sie. Und dafür brauche ich Hilfe.

Im Schlaf ist Annalena wieder ein kleines Kind. Sie steht auf einer Blumenwiese und rings umher sind hohe Berge mit Schnee bedeckt. Der Himmel ist von einem tiefen Blau. Von den Bergen stürzt sich ein Wasserfall in die Tiefe, er sieht aus wie wallendes graues Frauenhaar. Die Großmutter ist ein Stück vorausgegangen und ruft ihr zu, sie solle auf die Blumen aufpassen. In der Luft ist ein Summen. Frauen in weißen Kleidern tanzen über der Wiese, ohne mit den Füßen den Boden zu berühren. Sie halten sich an den Händen und schauen freundlich. Die Mutter legt eine Hand an ihre Wange und flüstert, sie brauche keine Angst zu haben. Ihre Stimme ist leise, wie von weit her, und das Kind legt sich in die Wiese, zu Wollgras, Speik und Schusternagelen und schläft ein.

Im Morgendunkel tritt Annalena an das kleine Giebelfenster ihres Zimmers. Es hat aufgehört, zu schneien. Auf der Gartenbank sitzt eine Rabenkrähe und schielt zu ihr hinauf. Na, was willst du mir sagen, du schwarzer Vogel, denkt Annalena. Da fliegt der Vogel stumm mit weiten Flügelschlägen davon. Als Annalena die Treppe hinuntergeht, hört sie Cornelia in der Küche mit Geschirr hantieren. Die Wanduhr schlägt sieben Mal und die Standuhr im Wohnzimmer schließt sich an. Cornelia hat das Frühstück gerichtet. Sie schaut zu Annalena, prüfend und auch besorgt.
Konntest du schlafen, Annalena, fragt sie.
Ja, ich bin ganz frisch und ausgeruht.
Das ist gut. Möchtest du Kaffee.
Ja, ich habe auch Hunger.
Annalena hält gedankenverloren die Tasse mit der Blumenmalerei. Sie zieht mit dem Finger behutsam die feinen Pinselstriche nach. Die Blumen der Berge sind besonders schön, so verletzlich und doch voller Lebenskraft. Wer kann mir wohl etwas über diese Tasse erzählen.
Cornelia erinnert sie daran, dass Henner heute vorbeikommen wollte. Vielleicht weiß jemand aus seiner Familie etwas von dieser Tasse, überlegt sie.
Er muss aber bald kommen, ich muss heute früh noch meine Termine einhalten.
Die beiden Freundinnen frühstücken ohne viel Worte. Cornelia hat eine weiße Kerze auf den Tisch gestellt. Draußen ist es noch beinahe nachtdunkel. Annalena packt einige Dokumente zusammen und Cornelia räumt das Frühstücksgeschirr in die Spülmaschine.
Die Glocke an der Haustür läutet und Annalena öffnet. Vor der Tür steht Henner.
Ihr seid ja ganz eingeschneit, lacht er, nimmt Annalena in die Arme. Ich habe von meiner Mutter einen Topf Suppe mitgebracht und Kuchen, du sollst anrufen, wenn du etwas brauchst, sie wird

morgen am Nachmittag mit dem Vater vorbeikommen. Charlotte möchte dich mit den Kindern nicht belasten, aber sie kann dir alles Notwendige besorgen und dich auch überall hinfahren. Ich komme gleich herein, ich will nur schnell den Gartenweg und draußen den Gehsteig freischaufeln.

Henner Weiss ist Annalenas Arbeitgeber, nur wenig älter als sie. Ihre Urgroßväter Heinrich und Wolf waren Brüder, hatten das Uhrmacher- und Goldschmiedehandwerk erlernt. Nach dem Tod von Annalenas Urgroßvater Wolf und Henners Urgroßvater Heinrich hatte dessen Sohn Joachim später den Familienbetrieb übernommen und alleine weitergeführt. Joachims Cousin Wolfgang, Annalenas Großvater, hatte dort seine Ausbildung ebenfalls abgeschlossen, bevor er als Soldat zur Wehrmacht eingezogen wurde. Der Betrieb blieb bis heute im Besitz der Familie Weiss, auch Annalena hat dort gelernt. Ihre Großmutter Anna und ihre Mutter Lena Maria hatten einen herzlichen, freundschaftlichen Kontakt zu diesem Zweig der Familie, aber die beiden Frauen hatten stets viel Wert auf ihre Unabhängigkeit gelegt und durchaus Grenzen zu ziehen gewusst. Henners Großvater Joachim lebt noch, ein alter Mann von bald neunzig Jahren, bekannt für seine robuste Gesundheit, sein exzellentes Gedächtnis und seine außerordentliche Willenskraft. Die Tochter seines Cousins, Lena Maria, und deren Tochter Annalena hatten ihm immer am Herzen gelegen und Annalena hatte als Kind einmal gehört, wie er im Gespräch mit ihrer Großmutter meinte, wie sehr sie doch dem Wolfgang gleichkäme. Sie war noch zu klein gewesen, um die Bedeutung seiner Worte zu verstehen, aber sie hatte sie nicht vergessen und erst viel später begriffen, dass der alte Mann an ihren Großvater dachte, der seit den letzten Kriegstagen vermisst wurde.

Henner hatte sich nie viel um die verwandtschaftlichen Bindungen gekümmert. Er achtet die Lebensart der Frauen und schätzt Annalena als Mitarbeiterin in seinem Betrieb. Henner ist seit einigen Jahren verheiratet und hat mit seiner Frau Charlotte drei Mädchen im Kleinkindalter, mit denen er die Sonntagnachmittage gerne im Garten von Lena Maria und Annalena verbringt.

Lena Maria und Annalena wiederum waren zum Kinderhüten stets willkommen gewesen, ihnen hat das Zusammensein mit den kleinen Mädchen immer viel Freude bereitet.
Als Henner wieder hereinkommt, bietet ihm Cornelia einen Kaffee an. Henner stellt den Suppentopf und den Napfkuchen ab, nimmt in der Küche am Tisch Platz und fragt, was er helfen könne.
Annalena zuckt vage mit den Schultern.
Ich habe einige Wege zu machen. Zum Kirchenchorleiter, nochmals zum Bestatter und dann muss ich verschiedene Kopien anfertigen und für die Post fertigmachen. Du weißt schon, für die Krankenkasse, die Bank, die Versicherungen, das Meldeamt, das Schulamt. Meine Mutter hat alle Adressen auf eine Liste geschrieben. Aber zuerst muss ich jetzt sofort noch einmal hinauf zu den Diakonissen, bevor meine Mutter.
Annalena bricht mitten im Satz ab.
Ich gehe mit, sagen Cornelia und Henner fast im gleichen Atemzug.
Ja, ihr könnt natürlich mitgehen, aber ich muss dort auch noch einen Augenblick allein sein können.
Wir nehmen den Wagen, schlägt Henner vor, und dann können wir uns gleich die anderen Wege vornehmen.
Ach noch etwas, sagt Annalena mit einer etwas unsicheren Stimme, weißt du vielleicht, woher diese Tasse kommt. Ist das vielleicht ein Stück aus einem alten Familienservice, kannst du mir das sagen.
Henner schaut sie und dann die Tasse prüfend und etwas erstaunt an.
Ist das jetzt wichtig. Nein, ein solches Geschirr gibt es bei meinen Eltern nicht. Da müsstest du meinen Großvater fragen.
Danke, sagt Annalena und bereut auch schon, Henner mit dieser eiligen Frage überfallen zu haben. Dann wollen wir uns auf den Weg machen.
Draußen am Gartentor stehen in einem Halbkreis Grablichter im Schnee. Freunde und Bekannte oder auch Nachbarn scheinen bereits vom Tod der Hausbesitzerin erfahren zu haben. In einem gewachsenen Stadtviertel wie hier am Berg gegenüber

der eigentlichen Stadt spricht sich vieles schnell herum, es gibt anders als in den modernen Hochbauvierteln Anteilnahme und Ausgrenzung, Neugier und Distanzierung gleichermaßen. Annalena weiß, dass diese Grablichter Ausdruck von gelebter Nachbarschaft und Freundschaft sind. Die kleinen Flammen flackern tröstlich mit ihrem rötlichen Schein inmitten des weißen Schnees. Seitlich auf der Gartenbank sieht Annalena aus den Augenwinkeln die schielende Rabenkrähe, die sich mit einem schnarrenden Gekrächze in die Luft schwingt.

Im Diakoniezentrum telefoniert die Frau in der Eingangshalle bei ihrem Eintreten mit dem Mutterhaus. Es kommt die alte Diakonisse, die sich in den letzten Tagen um ihre Mutter und um Annalena gekümmert hat. Sie nickt den drei jungen Menschen zu.

Wenn ihr bitte mit mir kommen wollt. Der Wagen kommt gegen zehn Uhr, da bleibt euch noch etwas Zeit.

Das Diakoniezentrum besitzt für die Diakonissen des Mutterhauses, für Menschen, die hier im Hospiz versterben, und solche, die dem Diakoniewerk nahestanden, eine eigene Aufbahrungshalle. Es ist ein schlichter weiß gekalkter Raum mit einem bunten Glasfenster und einem Kreuz. An den Seiten stehen einfache Holzsessel. Der Sarg steht vor dem Kreuz, dort haben die Diakonissen lange schmale weiße Kerzen entzündet, deren Lichter im Luftzug aufflackern. Der Sarg ist noch geöffnet.

Ihr könnt auf dem Gang warten, sagt Annalena leise, geht zu ihrer Mutter und nimmt ihre Hand. Dass ein Mensch so kalt sein kann. Das Gesicht der Mutter ist entspannt und fast scheint es, als ob sie lächelt. Du kannst beruhigt gehen, sagt Annalena leise, ich werde schon alles recht machen. Ich danke dir für alles. Wir haben es gut gemacht, wir beiden. Sie streicht der Mutter nochmals über ihre Haare und geht zur Tür. Und wie sie so geht und jeden Schritt als unendlich schmerzhaft empfindet, so, als ob das alles gar nicht geschehen dürfte, wie sie an sich halten muss, um nicht umzukehren, in diesem Augenblick weiß Annalena, dass die Verbindung zu ihrer Mutter nicht abreißen wird, wenn sie das Versprechen einlöst. In dieser kurzen Wegspanne bis zur

Tür, bis zum Leben, das dort auf sie wartet und es ihr leichtmachen würde, das gegebene Wort vergessen und nichtig zu machen, begreift sie, dass das Versprechen ein eingefordertes Vermächtnis ihrer Mutter ist, das sie erfüllen muss.

Die Freunde warten in dem weiten Gang auf sie. Annalena geht auf sie zu.

Jetzt zum Bestattungsinstitut und dann zum Chorleiter. Ich bin froh, dass ihr mit mir kommt, mit dem Wagen geht es doch schneller und bei der Kälte ist das Fahren viel angenehmer.

Der Aufenthalt im Bestattungsinstitut dauert nur eine kurze Weile. Der Mitarbeiter wickelt alle noch offenen Fragen professionell ab, es ist sein Beruf und er merkt, dass diese junge Frau klare Vorstellungen und Erwartungen an ihn heranträgt. Das erleichtert seine Arbeit. Sie besprechen kurz den Ablauf der Bestattung. Zunächst der Auferstehungsgottesdienst im Pfarrzentrum ihrer Gemeinde, dann die Überstellung des Sargs zum Friedhof und dort die Bestattung im Familiengrab. Annalena muss sich um die Einzelheiten nicht kümmern. Die Frage nach den Sargträgern überrascht sie, aber sie versichert dem Bestatter, dass sie dafür vier Männer aus dem Umfeld der Mutter finden werde. Henner erklärt sich sofort dazu bereit. Möchtest du den Menschen, die kommen, danach etwas anbieten, fragt Cornelia, als sie das Bestattungsunternehmen verlassen haben. Henner pflichtet ihr bei, dass das so üblich sei.

Meine Mutter hat dazu nichts gesagt und ich habe nicht daran gedacht, meint Annalena. Am besten sorgen wir für viel Kuchen, einfachen Blechkuchen, den kann ich auch noch beim Bäcker bestellen und Kaffee und Tee sind rasch gekauft und alle kommen zu mir. Ich bin am liebsten zu Hause.

Gut, sagt Cornelia, ich bestelle den Kuchen bei eurem Bäcker, er liefert ihn sicher ins Haus, und besorge auch ausreichend zum Trinken. Die Menschen werden nicht lange bleiben, aber sie werden sicher gerne kommen, auch um noch mit dir persönlich sprechen zu können.

Sie halten beim Haus des Chorleiters. Lena Maria war eine beständige Chorsängerin ihrer Pfarrgemeinde, sie sang mit einer

sicheren klaren Altstimme. Auch im privaten Kreis wurde immer wieder gerne und oft gesungen. Lena Maria war das Singen und besonders der gemeinsame Chorgesang ein Bedürfnis. Da geht mir das Herz auf und manches wird mit einem Mal so viel leichter, sagte sie oft. Auch im Lehrerchor ihrer Schule hat sie mitgewirkt, erinnert sich Annalena. Sie nimmt sich vor, noch vor dem Mittag mit der Schuldirektion zu telefonieren.
Der Chorleiter, ein Freund der beiden Frauen, heißt Annalena mit ihrer Begleitung willkommen. Mein herzliches Beileid, sagt er. Auch wir werden deine Mutter schmerzlich vermissen, nicht nur ihre Altstimme. Hast du dir schon etwas für die Feier ausgesucht.
Ja, sagt Annalena, die Mutter hat sich die Lieder selbst gewünscht, ihr habt sie im Chor gesungen. Sie nennt von Mendelssohn-Bartholdy aus dem Elias, Psalm einundneunzig, Vers elf, *Denn er hat seinen Engeln befohlen über dir* und von Gabriel Fauré die *Cantique de Jean Racine*.
Ja, dazu brauchen wir noch eine Orgelbegleitung, das ist kein Problem. Die *Cantique* war ursprünglich ein mittelalterlicher Hymnus, der in den Klöstern zu einer Hore gesungen wurde. Und auch das erste Stück ist eine wunderbare Engelsmusik, sagt der Chorleiter.
Denn er hat seinen Engeln befohlen über dir, dass sie dich behüten auf allen deinen Wegen, dass sie dich auf den Händen tragen und du deinen Fuß nicht an einen Stein stoßest, beginnt er, leise zu singen. Die Wahl deiner Mutter ist sehr schlicht und bewegend, mit einem großen Versprechen. Der Chor möchte sich auf dem Friedhof noch ganz persönlich von Lena Maria verabschieden, wir würden gerne gemeinsam eines ihrer Lieblingslieder singen.
An welches denkst du, fragt Annalena überrascht.
Es ist ein Brahms-Lied, *Und gehst du über den Kirchhof*.
Das kenne ich nicht, aber wenn du es so sagst und meiner Mutter würde es gewiss Freude bereiten. Es ist mir recht, ich danke euch. Und dann möchte ich dich noch etwas fragen. Es müsste noch jemand helfen, den Sarg zu tragen, über den Friedhof. Könntest du helfen, bitte.

Ja, das mache ich gerne und ich weiß, dass ich für dieses Amt auch einen Presbyter bitten kann. Deine Mutter wurde von allen in der Gemeinde sehr geschätzt.
Ich danke euch. Und nachher, wenn ihr möchtet, ihr kommt doch noch auf einen Kaffee. Wir werden bei mir zu Hause noch ein wenig sitzen.
Ja, da wird wohl Zeit sein. Danke, Annalena, dann bis Montag.
Auch Henner verabschiedet sich. Du rufst mich an, wenn noch etwas zu tun ist. Versuche, ein wenig zu schlafen. Meine Eltern werden morgen am Nachmittag zu dir kommen. Erwartest du sonst noch Besuch, vielleicht von auswärts.
Nein, vielleicht kommen noch Besucher in den nächsten Tagen, aber noch nicht heute.
Und noch etwas. Du kannst jetzt noch ein paar Tage Urlaub nehmen. Vielleicht schaust du nächste Woche einmal im Geschäft vorbei. Es ergeben sich personelle Änderungen, das möchte ich gerne in Ruhe mit dir besprechen. Du könntest dann am 21. Januar wieder mit der Arbeit beginnen.
Ja, der 21. Januar, Fabian, Sebastian.
Fabian, Sebastian, Henner schaut sie fragend an.
Fabian, Sebastian, lass den Saft in die Bäume gahn.
Das habe ich noch nie gehört.
Ist nicht weiter wichtig. Es ist ein Lostag, da beginnen die Bäume, aus der Winterruhe zu erwachen.
Ach, du, aber es wird schon etwas Wahres daran sein, lacht Henner und nimmt Annalena in die Arme.
Annalena ruft die private Telefonnummer der Schuldirektorin an. Die Mutter hat an dem Gymnasium mehr als drei Jahrzehnte lang unterrichtet, aber im letzten halben Jahr konnte sie wegen der Schwere ihrer Krankheit ihren Unterrichtsverpflichtungen nicht mehr nachkommen. Viele ihrer Freundinnen und ihrer Bekannten sind Lehrer. Die Direktorin hat die Todesanzeige bereits erhalten. Annalena bittet sie, einen der Kollegen zu ersuchen, den Sarg über den Friedhof zu tragen. Das Lehrerkollegium wird selbstverständlich zum Begräbnis kommen, ich gebe allen noch heute Bescheid, meint sie und verspricht, sich um Annalenas Bitte zu kümmern.

Cornelia wird noch Kopien anfertigen und die Post für die verschiedenen Ämter aufgeben, die Adressenliste hat sie vorsorglich mitgenommen. Annalena will nach Hause, allein sein. Der morgige Verwandtenbesuch wird sie anstrengen, das weiß sie schon im Voraus. Sie muss noch mehr Klarheit gewinnen, bevor sie mit anderen Menschen über ihr Anliegen sprechen kann. Und wann soll sie den Brief öffnen, den sie gestern auf dem Tisch in Mutters Zimmer gesehen hat. Sie braucht einfach noch etwas Zeit zum Nachdenken. Sie muss sich auch noch mit Cornelia besprechen. Ihre Mutter hatte so klare Vorstellungen über ihr Leben in diesem Haus nach ihrem Tod, aber Annalena muss diese erst zu ihren eigenen umdenken, sich damit auseinandersetzen, was sein kann und was nicht sein darf. Die Mutter hat immer wieder davon gesprochen, aber sie als Tochter wollte nicht zuhören, hat auch oft nicht achtgegeben, ließ die Mutter reden, weil sie den Schmerz nicht ertragen konnte.

Ich werde den Brief erst lesen, wenn ich Ruhe habe, und dann entscheiden.
Annalena öffnet das Herbarium auf dem Tisch im Wohnzimmer. Es ist sehr still im Haus, nur das Ticken der Standuhr ist zu hören. Sie wickelt die Alpenblumen behutsam aus dem Seidenpapier und legt sie neben das Buch. Wie ein verhuschter blasser Gruß des Sommers erscheinen ihr die gepressten Blumen jetzt im Dunkel des Winters. Aber ist nicht das Weiß die Summe aller Farben, denkt sie und blättert die Seiten um, bis sie zu den Schusternageln kommt. Hier hat eine andere Hand zwei lose gefaltete Blätter eingelegt. Annalena entfaltet das erste, es ist ein Computerausdruck mit Angaben über Wollgras, Frühlingsenzian und Speik, die Mutter scheint sich darüber bereits früher Gedanken gemacht zu haben.

Alpen-Wollgras, *Eriophorum scheuchzeri*. Das Alpen-Wollgras trägt mit seinen weit bis in das Wasser vordringenden langen Ausläufern wesentlich zur Verlandung alpiner Gewässer bei und ist eine Charakterpflanze alpiner Hochmoore. Wollgras kommt in Höhenlagen von 1.500 bis 2.000 Metern in den subalpinen bis alpinen Höhenstufen vor und erreicht Wuchshöhen von 10 bis zu 40 Zentimetern. Die Blütezeit im Gebirge ist in den Sommermonaten Juni bis September. Die Wolle des Wollgrases wurde früher als Wundwatte in der Volksmedizin verwendet, außerdem zum Füllen von Kissen, wurde auch zu Lampendochten gedreht und bevorzugt Frauen und Mägden zugeordnet. Der Volksglauben im alpinen Raum bringt die Pflanze mit den Saligen Frauen in enge Verbindung.

Echter Speik, *Valeriana celtica*. Der Echte Speik gehört zur Familie der Baldriangewächse. Der Name geht auf die alte Benennung *spica celtica*, keltischer Speik, zurück. Sie erreicht eine Wuchshöhe von nur wenigen Zentimetern und verbreitet einen intensiven Baldriangeruch. Die Blütezeit ist von Juni bis August. Die Pflanze gedeiht in Höhenlagen ab 1.800 Metern. Eine spezielle Heilwirkung ist nicht bekannt, doch wird der Speik wegen seines intensiven Geruches für Seife und Bäder verwendet. Er wurde seit dem Altertum auf Handelswegen in den Süden gebracht und gehört noch heute zum traditionellen Räucherwerk während der Raunächte zum Schutz vor der Wilden Jagd.

Frühlings-Enzian, *Gentiana verna*. Der Frühlings-Enzian, auch Schusternagel, Himmelsblau oder Herrgottslicht genannt, ist eine der kleinsten Enzianarten mit einer Wuchshöhe von wenigen Zentimetern. Die fünf tief azurblauen, tellerförmigen Kronblätter sind eirund. Die Grundblätter bilden eine Rosette. Die Blütezeit liegt zwischen März und

> August. Auf sonnigen mageren Alpenwiesen ist der Frühlings-Enzian weit verbreitet. Die Blume trägt im Volksmund auch den Namen Wetter- oder Blitznagele. Vielerorts war man überzeugt, dass, wer diese Blume ins Haus trägt, damit verursache, dass der Blitz dort einschlüge. Man war auch überzeugt, dass jemand sterbe, wenn man die Pflanze abpflücke.

Das zweite Blatt ist eng von einer ihr fremden Hand in Kurrentschrift beschrieben.

Die Saligen Fräulein am Wildenkogel.

Unter den zauberischen Gestalten, die in den Bergen Tirols beheimatet sind, nehmen die Saligen oder Seligen Fräulein, auch Wald- oder Bergfrauen geheißen, die erste Stelle ein. Die Saligen Fräulein wohnen zuhöchst im Gebirge, wo sich im Innern der Berge unter Felsen und Gletschern ein herrliches Reich erstreckt. Nur selten vergönnen sie dem Sterblichen, ihren geheimnisvollen Aufenthaltsort zu betreten. Wen sie aber für würdig erachten, ihr Gesicht zu schauen, dem erweisen sie Liebe und Huld. Doch wehe dem Menschen, der darüber nicht Stillschweigen bewahrt, der Zorn der verratenen Bergfrauen ergießt sich über den unvorsichtigen Schwätzer, ihre Strafe wird ihn ereilen. Oben am Löbbenboden im hintersten Tauerntal tanzen sie über dem Wollgras und singen ihre Lieder. Jeder Mensch, der die Weisen hört, fühlt sich dort hingezogen und ist für unsere Welt für immer verloren und bleibt am Wildenkogel. Die Saligen sind aber nicht böse, sie nehmen die Menschen im Gebirge, die zu ihnen kommen, in ihren Schutz und sorgen für ihr weiteres Wohlergehen. In den Nischen und Höhlungen der Schrofen, die sich ober dem Löbbensee senkrecht erheben, hielten sich ehedem Salige Fräulein auf, und noch heute nennt man die Stelle den Hexenboden, wo ihr Schloss gestanden haben soll. Man sah die Fräulein öfters kochen, aber auch tanzen und springen, und dann konnte man gewöhnlich auch lieblichen Gesang und schöne Musik vernehmen. Nicht selten gesellten sie sich zu den Hirten und wa-

ren überhaupt gegen die Leute wohlgesinnt. Einmal schenkte ein solches Fräulein einer Mattinger Magd für einen erwiesenen Dienst ein Sträußlein gepresster Blumen von den oberen Matten, Schusternagelen, Speik und Wollgras. Das solle sie gut aufbewahren, so sei sie auch unten im Tal von den Guten Saligen Fräulein beschützt und würde Glück genug haben. Aber sonst dürfe sie nichts mitnehmen von den Höhen, es würde ihr sonst grausam genommen werden, wenn sie dorthin zurückkehren würde. Die Magd stieg ein Stück von den eisigen Höhen hinunter und traf ihren Liebsten, der sie schmerzlich vermisst und in den Schrofen gesucht hatte. Solange die Frau das Wort der Saligen beachtete, war ihr das Glück stets hold und sie freute sich an ihrem Manne und ihrem Kind. Als sie aber nach Jahr und Tag doch wieder einmal den Weg in die steinerne Felsenwelt am Löbbenboden beschritt, hatte sie sich ihr Glück und bald auch ihr Leben verscherzt und musste den Saligen in deren eisige Höhen folgen.

Darunter kein Datum, kein Hinweis auf den Verfasser oder den Originaltext. Die Großmutter, jene fremde Tante Marlene oder die Urgroßmutter mussten den Text geschrieben haben. Annalena faltet die Blätter zusammen und legt sie in das Herbarium zurück. Was sind das nur für Hirngespinste, denkt sie und erschrickt, als die Hausglocke läutet.
Sie dreht am Lichtschalter in der Diele und öffnet die Tür. Vor ihr steht Monika mit einem Strauß weißer Rosen im Arm. Hallo, Annalena, darf ich hereinkommen.
Annalena ist überrascht. Weißt du es schon.
Ja, einige Kunden haben schon Kränze und Blumen für deine Mutter bestellt, da konnte ich doch nicht warten.
Monika umarmt Annalena noch in der offenen Haustür.
Warum hast du nicht telefoniert, vielleicht kannst du Hilfe brauchen. Du siehst erschöpft aus.
Danke, Moni, aber Cornelia ist da und Henner hat mir auch geholfen, heute in der Früh und am liebsten bin ich ganz für mich. Aber komm doch herein, es ist ja schon dunkel und immer noch sehr kalt.
Monika geht in die Küche. Das Haus ist ihr wohlvertraut. Sie und Annalena sind Schulfreundinnen in der Volksschulzeit ge-

wesen, sie wohnen nicht weit voneinander entfernt. Monika Henkel ist Gärtnerin und Floristin, sie lebt zu Hause bei ihren Eltern und jüngeren Geschwistern. Vor nicht allzu langer Zeit hat sie einen Blumenladen einige Straßen weiter eröffnet und betreibt einen mobilen Gartendienst vor allem für die alten Menschen in ihrem Viertel, die die Garten- und Balkonarbeit oder auch die Grabpflege nicht mehr allein bewerkstelligen können. Setz dich doch. Zieh deinen Mantel aus. Ich mache uns etwas zu essen, sagt Annalena, während sie die Rosen in eine Vase gibt. Es ist gut, dass du gekommen bist. Das viele Grübeln macht die Welt nicht heller.
Monika hat einen guten Appetit und auch Annalena greift zu. Cornelia muss auch bald kommen, sie schläft einige Tage hier, bis die Schule wiederbeginnt.
Kann ich dir die Blumen für den Friedhof liefern, fragt Monika beinahe schüchtern.
Ja, wenn ich dich nicht so gut kennen würde, müsste ich denken, du bist fast zu geschäftstüchtig, lacht Annalena. Aber sicher, das habe ich noch nicht bedacht. Ich bestelle dreißig weiße Rosen. Im Winter wird es da nicht viel Auswahl geben. Und Rosen hat meine Mutter gerne gemocht.
Gut, ich bringe sie am Montag zum Friedhof, vor dem Gottesdienst.
Und wenn alles vorbei ist, kommst du bitte auf einen Kaffee mit hierher, da freue ich mich. Und nächste Woche müssen wir uns zusammensetzen, ich muss mit dir und Cornelia etwas besprechen, aber das hat noch Zeit.
So, fragt Monika neugierig, aber du wirst noch nichts verraten, wie ich dich kenne.
Die Frauen leeren das Bier, das Annalena zusammen mit Brot und Hartkäse auf den Tisch gestellt hat. Annalena begleitet die Freundin bis an die Gartentüre. Die Grablichter spenden einen rötlichen Lichtschimmer im abendlichen Gartendunkel.
Das sieht schön aus.
Ja, sagt Annalena leise und ich spüre auch, wie Mutter sich darüber freut.

Monika umarmt sie kurz.
Dann bis Montag, Annalena. Du hast meine Mobilnummer, ich bin immer für dich da.
Ja, weiß ich doch. Gute Nacht und danke.
Sie kehrt um und will zum Haus gehen, da hört sie die Gartentüre knarren. Es ist Cornelia.
Fein, dass du da bist. Moni war hier, sie ist gerade gegangen.
Cornelia reibt sich die Hände. Ja, wir sind uns noch begegnet. So eine Kälte. Ich habe alles getan, wie wir es abgesprochen hatten. Dann bekommst du ein Bier und ein Abendbrot und ich werde sehr früh schlafen gehen.

Im Schlaf ist Annalena wieder ein kleines Kind. Sie steht auf einer Blumenwiese und rings umher sind hohe Berge mit Schnee bedeckt. Der Himmel ist von einem tiefen Blau. Von den Bergen stürzt ein Wasserfall in die Tiefe. Er sieht aus wie wallendes graues Frauenhaar. Die Großmutter ist schon weit hinauf gegangen und ruft ihr zu, sie solle auf die Blumen aufpassen. Ihre Stimme ist ganz klar und frisch. In der Luft ist ein Summen. Frauen in weißen Kleidern tanzen über der Wiese, ohne mit den Füßen den Boden zu berühren. Sie halten sich an den Händen und schauen freundlich. Die Mutter legt eine Hand an ihre Wange und flüstert, sie brauche keine Angst zu haben. Ihre Stimme ist leise, wie von weit her, und das Kind legt sich in die Wiese, zu Wollgras, Speik und Schusternagelen und schläft ein. Im Einschlafen sieht es von den Bergen einen Mann auf die Großmutter zukommen. Auch die Mutter steht auf und geht über die Wiese davon, mit leichten Schritten und die Frauen in den weißen Kleidern summen und schauen freundlich.

Am nächsten Tag gehen die beiden jungen Frauen die Flussauen entlang. Der Nebel liegt noch über dem Wasser und Krähen erfüllen mit ihrem Geschrei die kalte Luft. Der Himmel sieht aus wie zerknitterte grauschimmernde Seide. Sie gehen, ohne viel zu reden, bis über den Mittag hinaus, zunächst den Fluss entlang, dann über die Bergrücken durch die Wälder zurück. Cornelia macht noch einen Gang in die Stadt, Annalena wartet auf den Besuch von Onkel und Tante. Sie bringt Futter zum Vogelhaus und macht in der Küche Ordnung.

Onkel Jochen und Tante Sabine sind die Eltern von Henner. Die Tante ist stets neugierig, doch gutmütig, der Onkel eher wortkarg und nachdenklich. Die Tante fällt beinahe mit der Türe in die Diele hinein, während der Onkel sich zunächst prüfend im Garten umsieht.

Annalena bittet die beiden, im Wohnzimmer Platz zu nehmen. Sie bietet Kaffee und Tee an und holt den Kuchen der Tante. Das bedenkt diese mit offensichtlichem Wohlgefallen.

Ja, mein Kind, sagt der Onkel, wie soll es nun weitergehen. Annalena hat sich vor Fragen wie dieser gefürchtet. Sie muss ihre weiteren Entscheidungen selbst treffen und darf sich nicht beeinflussen lassen, auch die es gut meinenden beiden können ihr dabei nicht helfen. Sie versucht, dem Weg des Gesprächs eine andere Richtung zu geben, und bittet den Onkel, ihr von der Familie des Großvaters zu erzählen. Weißt du, wendet sie sich an ihn, ich weiß fast gar nichts, die Großmutter hat eigentlich nie über ihn gesprochen, aber ich weiß, dass meine Mutter viel darüber nachgedacht hat, was damals im Krieg passiert ist. Und auch von Tante Marlene, die hier so lange gewohnt hat, habe ich kaum etwas erfahren. Du musst sie doch gekannt haben.

Ja, beginnt der Onkel langsam. Ich selbst bin wenige Jahre älter als deine Mutter, deinen Großvater habe ich nicht mehr bewusst kennengelernt. Da musst du meinen Vater, seinen Cousin, erzählen lassen. Deine Großmutter Anna kam aus Krefeld, dort fielen 1943 die Bomben und ihr Elternhaus ist zerstört worden, ihre ganze Familie ist damals ums Leben gekommen. Sie selbst war schon in einem Diakoniekrankenhaus in Ausbildung und ist dann 1943 hierhergekommen und hat in einem Behelfslazarett bei den Diakonissen eine Anstellung als Krankenschwester gefunden. Eine ganz feine stille junge Frau war die Anna und der Wolfgang, das war dein Großvater und mein Onkel, hat sich sofort für sie entschieden, der war ja noch sehr jung, trotzdem. Sie hatten, glaube ich, viele gemeinsame Neigungen, ja, so kann

man wohl sagen. Das war mehr als ein gemeinsames Interesse an diesem oder jenem. Aber da musst du meinen Vater fragen.
Und die Tante Marlene, Onkel Jochen.
Ja, die hast du nicht mehr kennengelernt, mischt sich die Tante ein. Die war auch so zurückgezogen, immer draußen im Garten, die war fleißig und sparsam, aber so richtig fröhlich konnte die nie sein.
Tante Marlene, meint der Onkel bedächtig, war eine gute Seele, für alle da. Sie war Handarbeits- und Zeichenlehrerin und hat viel dafür getan, dass deine Großmutter Anna mit dem Säugling, also deiner Mutter, hier eine Bleibe finden konnte. In den Jahren nach dem Krieg hat sie noch dazu Flüchtlinge in diesem Haus aufgenommen oder aufnehmen müssen. Das Leben in diesem Haus war damals noch wesentlich beengter. Die Tante Marlene hat deine Mutter, ihre Nichte, geliebt wie ihr eigenes Kind. Ich glaube, sie hat im Krieg ihren Verlobten verloren, das hat sie nie überwunden, so hat man sich früher erzählt. Aber das ist schon lange her. Die Erinnerung kann auch ein Gefängnis sein.
Aber dann ist sie selbst so früh gestorben und so merkwürdig, das war eine entsetzliche Zeit, wirft seine Frau ein.
Wieso entsetzlich, erkundigt sich Annalena.
Ja, die Tante Marlene ist doch im Sommer 1965 nach Österreich in die Berge gefahren, Wanderferien hat sie das genannt, ganz allein und nur mit einem Rucksack als Gepäck und niemand hat gewusst, wohin genau sie mit dem Zug gefahren ist. Am Anfang hat der Vater, also Joachim, der Vater von Jochen, noch eine Postkarte bekommen, aus Innsbruck, deine Großmutter bekam eine Karte aus Lienz, und dann kein Lebenszeichen mehr. Nichts. Gar nichts mehr. Sie hat sich in Luft aufgelöst, bricht es aus der Tante hervor.
Na, na, Sabine, wiegelt der Onkel ab, du tust der Annalena nichts Gutes mit den alten Geschichten. Die Tante Marlene muss einen Unfall gehabt haben, damals gab es ja kaum Möglichkeiten, in Österreich nachzuforschen. Das war in ganz Europa so ein Katastrophensommer mit verheerenden Unwettern, mit vielen Toten, Überschwemmungen und Murenabgängen. Da gab es wochen-

lang keine Telefonverbindungen in dieses abgelegene Tal und die Straßen- und Bahnverbindungen waren unterbrochen. Wir hätten auch gar nicht gewusst, wo wir anfragen hätten sollen. Im darauffolgenden Sommer kam es in den Osttiroler Bergen wieder zu Überschwemmungen und Vermurungen, da konnte von uns auch niemand hinfahren, ohne sich selbst zu gefährden. Deine Großmutter hat es strikt abgelehnt, nach Osttirol zu fahren und selbst Nachforschungen anzustellen, vielleicht wollte sie deine Mutter nicht allein hier zurücklassen, ich weiß es nicht. Sie hat die Tante als vermisst melden müssen und später, nach einigen Jahren ist sie für tot erklärt worden. Das war tragisch. Und dann, hebt die Tante an, aber der Onkel schneidet ihr das Wort ab.

Jetzt ist es genug. Annalena will das sicher nicht hören. Mein Vater Joachim war der Cousin von deinem Großvater, unsere Großväter, also Wolf und Heinrich, waren Brüder und uns alle hat außerdem das Handwerk und unser Betrieb verbunden. Das weißt du doch, Annalena, wie sehr wir alle daran hängen. Und Henner macht das sehr gut und wenn er dich nicht hätte, würde es nicht so gut laufen, unser Geschäft. Du hast eine gute Hand für die Goldschmiedearbeit, glaub mir das. Und auch, wie ich mich freue, wenn du uns erhalten bleibst.

Danke, sagt Annalena. Ihr schwirrt das Gehörte im Kopf herum. Fremdes, nie Erfahrenes mischt sich mit erinnerten Gesprächen zwischen der Mutter und der Großmutter, heimlich oder zufällig nebenbei erlauscht.

Der Onkel und die Tante verabschieden sich. Wenn wir noch etwas tun können, meint die Tante, und wie willst du denn das alles alleine schaffen. Und noch eins, unsere Bettina sucht ein Zimmer in der Stadt, sie will in Ruhe studieren können, sagt sie. Vielleicht kannst du dich ein wenig umhören.

Nun lass doch das Kind, meint der Onkel, das hat jetzt anderes im Kopf.

Danke, ich danke euch, dass ihr gekommen seid. Bitte kommt auch am Montag danach zum Kaffee hierher. Darüber würde sich die Mutter auch sehr freuen.

Das ist doch selbstverständlich, antwortet der Onkel und räuspert sich.
Aber nun nach Hause, es wird schon dunkel, Sabine.
Annalena blickt den beiden nach, wie sie kurz bei den Kerzen an der Gartentür verweilen und dann zu ihrem Wagen weitergehen. Auf der Gartenbank sitzt der schielende Krähenvogel. Ein anderer wartet im Schnee.
Schsch, macht Annalena und die Vögel fliegen davon, um sich einen Nachtplatz in den Bäumen zu suchen. Ihr fällt ein, dass sie den Onkel nach der Herkunft der Tasse mit der Blumenmalerei hatte fragen wollen. Auch das kann noch warten, denkt sie.
Im Haus sieht sie eine Mitteilung von Cornelia auf ihrem Mobiltelefon. Ich komme später. Ich habe noch ein paar Kollegen getroffen.
Gut, denkt Annalena, Stille. Der Onkel hat gesagt, die Erinnerung kann ein Gefängnis sein. Und was hat die Tante gefragt. Ob ich ein Zimmer für Bettina wüsste.
Und was war mit Tante Marlene. Etwas Entsetzliches. Irgendwo in diesem Haus müssen doch von den Urgroßeltern, der Großmutter und der Tante Aufzeichnungen, Dokumente, Fotografien aufbewahrt worden sein. Aber das muss warten. Das Erste wird Mutters Brief sein, später wird sich alles finden.

Im Schlaf ist Annalena wieder ein kleines Kind. Sie steht auf einer Blumenwiese und rings umher sind hohe Berge mit Schnee bedeckt. Der Himmel ist von einem tiefen Blau. Von den Bergen stürzt ein Wasserfall in die Tiefe. Er sieht aus wie wallendes graues Frauenhaar. Die Großmutter ist schon weiter gegangen und ruft ihr zu, sie solle auf die Blumen aufpassen. Ihre Stimme ist ganz klar und frisch, aber sehr, sehr weit fort. In der Luft ist ein Summen. Die Frauen in ihren weißen Kleidern tanzen über der Wiese, ohne mit den Füßen den Boden zu berühren. Sie halten sich an den Händen und schauen freundlich. Die Mutter legt eine Hand an ihre Wange und flüstert, sie brauche keine Angst zu haben. Ihre Stimme ist sehr leise, fast nur ein Hauch. Das Kind will sich an der Mutter festhalten, aber sie legt es in die Wiese, zu Wollgras, Speik und Schusternagelen. Das Kind sieht den Mann, der von den Bergen kommt, mit der Großmutter weitergehen. Eine Frau mit einem Wanderstock steht dicht bei dem Wasserfall. Am Himmel türmen sich weiße Wolken. Die Mutter steht auf und geht über die Wiese davon, mit leichten Schritten und die Frauen in den weißen Kleidern summen und schauen freundlich.

Am nächsten Morgen bleibt es lange ruhig in der schmalen Straße Im Gefälle, es ist Sonntag und der Schnee dämpft die Alltagsgeräusche. Annalena schaut aus dem Giebelfenster nach der schielenden Rabenkrähe, die sich auf der Gartenbank niedergelassen hat. Sie ist der erste Vogel am Morgen, der seinen Schlafplatz verlässt, denkt sie und der einzige, der mich so hartnäckig mit seinen Blicken verfolgt, bis in den Abend hinein.
Sie fasst einen Entschluss. Heute ist ein guter Tag, um das Nächstliegende zu überdenken und umzusetzen.
Am Küchentisch beim gemeinsamen Frühstück meint Cornelia, dass morgen die Ferien zu Ende sind.
Ich werde in der Früh nicht da sein, aber zum Gottesdienst komme ich natürlich rechtzeitig, beteuert sie und fasst nach Annalenas Hand. Annalena sieht die Freundin an.
Natürlich gehst du morgen zum Unterricht, du wirst auch noch einiges vorbereiten müssen. Ich gehe jetzt zum Friedhof und werde Monika und Bettina anrufen und sie bitten, heute am Nachmittag vorbeizukommen. Ich möchte mit euch etwas besprechen. Vorher schaue ich noch bei Tante Lenchen, einer alten Freundin der Großmutter, im Mutterhaus vorbei. Die freut sich immer so sehr, wenn ich komme. Ich muss sie etwas fragen. Zu Mittag können wir etwas Einfaches kochen, für uns beide. Apfelpfannekuchen, sagt Cornelia und lacht. Ja, Apfelpfannekuchen, lacht Annalena zurück.

Die Familie Weiss hat auf dem alten städtischen Friedhof zwei Familiengräber. In einem von ihnen ist die Großmutter vor fünfzehn Jahren bestattet worden. Annalena kennt die Stelle des Grabes genau, aber sie ist schon lange nicht mehr dorthin gegangen, die Grabpflege hat die Mutter übernommen und Annalena hatte stets das Gefühl gehabt, dass es der Mutter recht war, wenn Annalena hier keinen Anteil nahm. Sie geht durch den unberührten Schnee bis zu der Grabstätte. Jemand hat hier ein Grablicht abgestellt. Annalena wischt den Schnee von dem nass glänzenden Grabstein und schüttelt ihn von dem Christdorn, den die Mutter davorgesetzt hat. Eine goldene Schriftritzung fällt ihr unten am Sockel des Steines unter der Namensnennung der Großmutter auf, die sie früher nicht bemerkt zu haben glaubt.

Anna Weiss, geborene Heide 1923–1990
In Erinnerung
Wolfgang Weiss 1920 – vermisst 1945 in Österreich
Marlene Weiss 1922 – vermisst 1965 in Österreich

Annalena steht ganz ruhig und beißt sich in die geschlossene Faust. Was hat das alles mit der Mutter zu tun. Was sollte oder durfte sie, Annalena, nicht wissen. Aber hatte Cornelia nicht gesagt, deine Mutter wollte dir gewiss nichts Böses, sie wollte dir keine Angst bereiten. So bleibt ihr nur das Vertrauen. Sie streift den restlichen Schnee von dem Stein und wendet sich einige Gräberreihen weiter, wo sie die alte Grabstätte der anderen Familie Weiss erinnert, die Familie von Onkel Joachim. Auch hier wischt sie den Schnee von der Grabplatte und liest die Liste der Namen.

Hermann Weiss 1863–1921
Karoline Weiss, geboren Töpfer 1868–1940
Heinrich Weiss 1890–1930
Lotte Weiss, geborene Körner 1892–1950
Fritz Weiss 1895 – gefallen 1918
Claudius Weiss 1910 – gefallen 1940
Thomas Weiss 1943–1946
Sophia Weiss, geborene König 1922–1992

Annalena schiebt den Efeu am unteren Rand des Grabsteins zur Seite und liest und ein Grauen wie eine kalte Hand fasst sie am Nacken und sie sinkt in die Knie und sie will das nicht lesen, aber sie kann nicht anders, schaut wie gebannt auf den goldenen Schriftzug

In Erinnerung
Wolf Weiss, 1895 – vermisst 1932 in Österreich
Magdalena Weiss, geborene Herzog 1895 –
vermisst 1932 in Österreich

Die junge Frau bleibt reglos am Rand des Steines knien, ihre Hände halten den Efeu fest. Ein trockener Laut dringt aus ihrer Kehle, dann ein gestammeltes Herr im Himmel. Sie verharrt so, bis ihre Knie starr sind von der Kälte des Steins. Annalena erhebt sich. Sie nimmt ihr Mobiltelefon, schiebt den Efeu nochmals auf die Seite und macht ein Foto des Grabsteins, geht zum anderen Grab zurück und fotografiert auch hier die Inschrift am Sockel des Steins. Die Mutter wollte dir gewiss nichts Böses, wiederholt sie stumm, immer wieder. Sie verlässt den Friedhof und nimmt den Weg durch die sonntäglich stille Stadt zum Mutterhaus. Sie muss mit Tante Lenchen sprechen. Sie muss mit dem Großonkel Joachim sprechen. Diese Menschen sind die einzigen und vielleicht die letzten, die ihr von damals erzählen können. Sie muss mit ihnen sprechen, bevor sie Mutters Brief liest. Sie muss heute mit Tante Lenchen sprechen, sie wird morgen Kraft brauchen und die muss von ihrer Mutter kommen, die kann ihr niemand sonst geben. Die Mutter wollte dir nichts Böses, wiederholt sie wieder und wieder, bis sie das Mutterhaus betritt. Die Stille, die weißen Gänge mit den üppigen Blattpflanzen und der feine Geruch nach Kampfer und Melisse, der ihr von Kindheit an vertraut sind, beruhigen sie und sie klopft fast zaghaft an die Zimmertür der alten Diakonisse. Eine Glocke schlägt, es ist elf Uhr. Annalena hört die alte Frau zur Tür kommen. Die Diakonisse öffnet die Tür und erschrickt.

Ja, Kind, wie siehst du aus. Du bist ja ganz verfroren und wachsweiß im Gesicht. Komm herein, schnell, setz dich, ich lasse dir einen Tee bringen.
Nein, nein, will Annalena abwehren, aber die alte Frau hat bereits den Hörer des Haustelefons genommen und wählt die Nummer der Küche.
Wir brauchen einen Tee, Kamille mit Schafgarbe und Holunderblüten, ja bitte sofort, mit Zucker, danke vielmals.
Was ist passiert. Gäbe es das, würde ich glauben, du bist einem Geist begegnet und das, nachdem deine Mutter uns vor drei Tagen verlassen hat.
Tante Lenchen ist eine Freundin der Großmutter gewesen, sie haben viele Jugendjahre gemeinsam verbracht und zusammen die Schwesternschule besucht. Ihre Wege haben sich auch hier in der für sie zunächst unbekannten Stadt nie getrennt. Annalena kennt die alte Diakonisse, solange sie zurückdenken kann.
Sie blicken beide in den winterlich kalten Garten. Von hier hat man eine wunderbare Umsicht auf die alte Stadt am Berg und auf das Tal, in dem sich der Fluss schlängelt, aber jetzt gibt es nur die Farben schwarz und weiß und die Sonne als blassen gelben Fleck auf einer grauen zerknitterten Leinwand.
Eine junge Frau klopft, huscht herein, bringt eine kleine Kanne Tee und zwei Schalen und eilt ohne Worte wieder davon.
Ja, hier haben sie wenig Zeit. Es ist Sonntag, da müssen sie mit wenig Helferinnen in der Küche auskommen, meint die Diakonisse humorvoll, aber nun erzähle, aber vergiss nicht den Tee.
Heiß und in kleinen Schlucken wird er dich gewiss stärken.
Tante Lenchen, bricht es aus Annalena heraus, ich war eben am Friedhof und habe die Gräber besucht. Du musst mir alles erzählen, was weißt du von Wolf und Magdalena, von Wolfgang und Marlene. Du weißt vielleicht auch etwas von den Alpenblumen Frühlingsenzian, Speik und Wollgras. Ich habe Mutter ein Versprechen gegeben. Zu Hause liegt ein Brief, aber ich kann ihn erst lesen, wenn ich mit dir und Onkel Joachim gesprochen habe. Die Mutter wollte mir gewiss nichts Böses, aber ich bin so erschrocken, es passiert so viel und ich bin ganz allein damit. Ich habe Angst.

Ja, irgendwann musst du es ja erfahren, aber alles weiß ich nicht, mein Liebes. Nun trink ein wenig. Du ziehst jetzt einmal deinen Mantel aus. Schau, hier ist eine Decke. Leg sie dir über die Schultern. Das, was ich weiß, werde ich dir gerne erzählen, denn da sind keine Geister beteiligt, wenn es dir jetzt auch so scheinen mag. Annalenas Nenntante ist schon weit über 80 Jahre alt und lebt als Diakonisse im Ruhestand im Mutterhaus des Diakoniewerks. Sie hat ein verrunzeltes Gesicht, trägt die Diakonissentracht und kann sich nur mit Mühe aufrecht halten. Zum Gehen benötigt sie einen Stock. Ihr Blick ist klar, ihr Lächeln warm und immer schwingt eine Spur Humor auch in der Ernsthaftigkeit ihres Redens mit. Mein Liebes, die Erinnerung ist ein weites Gefäß und bei jedem Menschen fällt anderes hinein. Am Ende des Lebens ist das Gefäß gefüllt und wird verschlossen. Gut, wenn ich dir noch etwas mit auf den Weg geben kann. Ich bin deiner Großmutter Anna auf der Diakonissenschwesternschule in Kaiserswerth bei Düsseldorf begegnet. Wir haben sehr aneinander gehangen, es war damals eine dunkle Zeit, das Regime und der Krieg und keiner hat dem anderen trauen können. Das dortige Diakoniekrankenhaus war ein stiller Hort in einer unruhigen Zeit, aber natürlich ist das Böse auch bis dorthin durchgedrungen. Nach der Ausbildung sind wir beide hierhergekommen und haben gemeinsam im Behelfslazarett des Diakoniewerks auf der anderen Seite des Flusses als junge Krankenschwestern zu arbeiten begonnen. Annas Familie ist 1943 bei einem Bombenangriff in Krefeld umgekommen, auch ihr Elternhaus war zerstört und sie musste hier ganz neu beginnen. Sie hat dann den Wolfgang kennengelernt. Das war eine große tiefe Liebe. Sie waren sich in vielem einig, sie liebten die Natur, die Musik, sie waren einig im Glauben und in ihrer politischen Haltung. Anna war etwas jünger als Wolfgang. Er hat die Gesellenprüfung als Uhrmacher und Goldschmied abgelegt und ist 1941 eingerückt und bei einem Fronturlaub im August 1944 haben sie geheiratet. Da war er in Italien an der Südfront. Ich habe niemanden gefunden, im Grunde habe ich auch nicht gesucht. Die Männer, die laut und unruhig waren, wurden im Krieg noch lauter und die stillen, die wurden im Krieg noch stiller und verzweifelten am Leben. Ich wusste nicht, ob ich einen solchen Verzweifelten wieder hätte aufrichten können. Wir haben im Lazarett viel Leid gesehen, manchen Soldaten ist wohl Schlimmstes widerfahren, sie haben Schlimmstes erlebt und waren auch am Schlimmsten beteiligt. Das prägt für ein ganzes Leben. Die kommen weder nach außen noch nach innen jemals wieder zur Ruhe. Da muss es später in einer Ehe viel Schweigen geben, das nicht gefüllt werden kann, trägt doch ein jeder und eine jede so viel Erlebtes mit sich, das nicht erzählt werden kann. So bin ich dann später nach dem Krieg Diakonisse geworden, obwohl ich gewusst habe, dass es zwischen dem damaligen Regime und dem Bruderhaus hier in unserer Stadt zahlreiche Verflechtungen gegeben hatte. Aber ich habe hier ein gutes Zuhause gefunden. Anna war dann im Herbst 1944 schwanger und wurde als Krankenschwester auch nicht mehr an die Front versetzt. Sie wohnte seit ihrer Kriegstrauung bei Marlene, der Schwester von Wolfgang, und hat dort Im Gefälle eine neue Bleibe gefunden, die ihr zur Heimat wurde. Damals war wirklich Notzeit, die Straßen um den Bahnhof waren von Bombentreffern zerstört, es gab kein hochwertiges Essen, von überall her kamen Flüchtlinge. Die Eltern von Wolfgang und Marlene habe ich nicht gekannt, die waren damals gewiss schon mehr als zehn Jahre tot, ein Unglück in den Bergen, hat es geheißen, aber es wurde nie darüber gesprochen. Die beiden Geschwister sind von ihrer Großmutter Karoline aufgezogen worden. Ja, und der letzte Feldpostbrief von Wolfgang aus Italien kam im Winter 1945, im Januar, dann hat Anna nichts mehr von ihrem Mann gehört. Sie hat dann deine Mutter geboren, das war in den ersten Maitagen, aber sie selbst hatte kaum noch Lebenswillen, die Marlene hat sich in den ersten Monaten fast um alles sorgen müssen. Sie war als Hilfslehrerin im Kriegshilfsdienst eingesetzt. Noch dazu hat sie in ihrem Haus Flüchtlinge aufgenommen und ständig unbezahlten Bahnhofsozialdienst übernommen. Da hat sie sich die Flüchtlinge 1944 und 1945, die sie in ihr Haus nehmen musste, gleich selbst ausgesucht. Sie hat, so sagte man damals, funktioniert wie am Schnürchen. Ich glaube, es war auch jemand in ihrem Haus versteckt, aber darüber herrschte Stillschweigen, es ist eher eine Vermutung von mir. Es würde erklären, warum sie selbst auf die Auswahl der neuen Mitbewohner bestanden hat und nicht auf eine Zwangszuweisung warten wollte. Es ist dann noch im Spätsommer 1945 ein Kriegskamerad von Wolfgang gekommen, der es sich nicht erklären und auch nicht begreifen konnte, warum Wolfgang nicht zurückgekommen war. Sie waren noch einen Teil des Rückzugs ab Ende April in Italien und dann in Österreich, in Südtirol und in Osttirol gemeinsam unterwegs gewesen. So wurde er als vermisst gemeldet, wir haben lange gehofft, er wäre in Kriegsgefangenschaft. Nach einigen Jahren, da ging es dann überall wieder aufwärts, das Wirtschaftswunder, so nannte man das, ließ die Menschen taumeln, da hat ihn die Familie für tot erklären lassen. Für Anna ging es auch um die Rente für sie und für deine Mutter. Die Tante Marlene hat sich in den Verlust des Bruders auf eine ganz eigene Weise hineingesteigert, hat sich mit der Osttiroler Bergwelt, mit dortigen Sagen, Märchen und dem Leben der Bergbauern auseinandergesetzt. Sie ist dann zwanzig Jahre später dorthin in die Berge gefahren, ein Sommerurlaub, ganz alleine und ist nie zurückgekommen. Darüber weiß ich eigentlich kaum etwas. Anna und Lena Maria haben darüber nicht sprechen wollen. Und Neugier hat mir nie gelegen, vor allen nicht bei meinen nächsten Menschen. Ich werde dir das vielleicht noch aufschreiben, meine Schrift ist aber kaum noch leserlich, warnt sie scherzhaft. Von den Blumen, nach denen du mich gefragt hast, weiß ich nichts zu erzählen. Anna, Marlene und Lena Maria haben Pflanzen gesammelt, auch Kräuter. Besonders deine Tante Marlene hat sie auch gezeichnet und jetzt, wo du fragst, ja, von diesen drei Blumen gab es früher viele Aquarellzeichnungen in deinem Haus. Sie waren sehr schön, vielleicht hat deine Urgroßmutter Magdalena sie gemalt. Marlene hat sie auf Kissen und Decken gestickt, das waren auch schöne Handarbeiten. Das war mehr als ein Zeitvertreib, eher eine stille Passion. Marlene hat auch Bücher mit Sagen gesammelt und auch selbst aufgeschrieben und sie binden lassen. Ob diese Dinge aber noch in deinem Haus sind oder wo sie hingekommen

sind, ich weiß es nicht.
Annalena hat wie gebannt zugehört.
Es ist wie bei einem bunten Glasfenster. Viele Teile ergeben ein Ganzes.
Ja, so musst du es sehen. Sprich noch mit Onkel Joachim. Er wird noch einige Teile hinzufügen können. Und nun geh. Ich muss mich ausruhen, vor dem Mittagessen.
Danke, Tante Lenchen. Und morgen. Wirst du kommen können.
Ich weiß es noch nicht, mein Liebes. Wenn mich die anderen mit einem Wagen mitnehmen, vielleicht.
Und hinterher. Magst du noch zu mir kommen.
Nein, nein, dafür wird keine Kraft mehr sein, lächelt die alte Frau. Die wünsche ich dir für morgen. Und komm wieder einmal vorbei.
Sie legt ihre Hand auf Annalenas Kopf. Sei behütet, sagt sie leise.

Annalena verlässt den Raum und läuft den kurzen Weg nach Hause mit einem Herzen voll Unruhe und mit wirbelnden Gedanken im Kopf. Die Erinnerung ist nicht unbedingt ein Gefängnis, sie kann auch ein Gefäß sein.
In der Diele kommt ihr aus der Küche der Duft von Pfannekuchen, Äpfeln, Zucker und Zimt entgegen. Cornelia hat schön aufgedeckt, eine Kerze brennt, ein Krug Milch steht auf dem Tisch. Apfelpfannekuchen ist eine Trostspeise oder Glücksspeise der beiden Freundinnen, es ist das Codewort, wenn ihnen etwas Überraschendes widerfährt.
Du siehst nicht gut aus, meint Cornelia. Du warst lange aus. Ist dir kalt geworden.
Ja, auf dem Friedhof war es eisig kalt und ich war noch im Mutterhaus und Tante Lenchen hat viel zu erzählen gewusst, das hat mich angestrengt.
Ja, es ist nicht die Zeit, um munter und fröhlich zu sein.
Sie essen fast schweigend und räumen später gemeinsam die Küche auf. Cornelia muss noch Vorbereitungen für den Schulunterricht abschließen und Annalena nimmt sich den liegen gebliebenen Bügelberg vor. Sie stellt das Radio an und beginnt mit der

Arbeit. Im regionalen Rundfunk wird eine Dokumentation über den Suchdienst des Roten Kreuzes ausgestrahlt.
Wie aber immer alles zusammenpasst, denkt Annalena. Sie zögert, ob sie nicht einen anderen Sender suchen soll, aber dann hört sie doch angespannt zu. Es gibt so vieles, von dem sie niemals etwas gehört hat, über das weder in den Familien noch in den Schulen gesprochen worden ist.
Noch heute ist das Schicksal von rund 1,4 Millionen Menschen ungeklärt, die in Folge des Zweiten Weltkriegs als vermisst gemeldet worden sind. Am Ende des Zweiten Weltkrieges gab es kaum eine Familie, die nicht nach Vater, Bruder, Sohn oder anderen Angehörigen suchte. 7,8 Millionen deutsche Soldaten und Zivilisten hatten ihr Leben verloren. 11,5 Millionen waren als Kriegsgefangene oder Zivilinternierte im Gewahrsam der Besatzungsmächte Großbritannien, USA, Sowjetunion oder Frankreich, verteilt auf Tausende Lager in 80 Ländern. Etwa vierzehn Millionen Menschen aus den ehemaligen deutschen Ostgebieten flohen vor der Roten Armee oder wurden aus ihrer Heimat vertrieben. 300.000 Kinder hatten ihre Eltern verloren, 30 Millionen Deutsche waren voneinander getrennt worden. In den einzelnen Besatzungszonen gründeten sich verschiedene Suchdienste, die unter sehr prekären Verhältnissen arbeiten mussten, herrschte doch Mangel an allem: an geeigneten Räumen, Drucksorten, Heizmaterial.
Mehr als 17 Millionen Menschen wurden über den Suchdienst wieder miteinander in Verbindung gebracht. Mehr als eine Million Schicksale von Soldaten und Zivilgefangenen und fast 300.000 Kinderschicksale konnten geklärt werden. Auch noch heute führt der Zentrale Suchdienst des Deutschen Roten Kreuzes Nachforschungen nach deutschen Wehrmachts- und Zivilvermissten des Zweiten Weltkriegs durch.
Es läutet. Annalena schaltet das Radiogerät aus.
Vor der Tür stehen Monika und Bettina. Die beiden haben sich auf der Straße getroffen und gemeinsam überlegt, welchen Grund die Bitte Annalenas, am Nachmittag vorbeizukommen, haben könnte. Auch Cornelia kommt vom oberen Stockwerk herunter.

Die drei kennen sich nur flüchtig. Bettina ist erst Anfang zwanzig, die anderen Frauen sind um zehn Jahre älter als sie und stehen bereits mitten im Erwerbsleben.
Annalena bittet die drei an den großen Wohnzimmertisch. Sie zündet die Honigkerze an und bringt Apfelsaft und den Rest von Tante Sabines Kuchen. Bitte, nehmt euch doch, sagt sie und setzt sich ebenfalls. Ich habe euch hergebeten, weil ich etwas mit euch besprechen möchte. Es gibt nun einiges in der allernächsten Zeit, das ich unbedingt klären muss. Meine Mutter hatte sehr genaue Vorstellungen und ein Teil davon betrifft dieses Haus hier. Ich fände es nicht gut, hier allein zu leben. Ich kann es mir auch gar nicht leisten. Meine Mutter hat sich dahin gehend viele Gedanken gemacht und ich bin mit manchem, was sie mir vorgeschlagen hat, wirklich einverstanden. Ich muss mir drei weitere Mitbewohnerinnen suchen, die ich mag und die hier gerne wohnen würden. Ihr, Cornelia und Monika, kennt mich seit langer Zeit. Bettina, du bist einige Jahre jünger, aber du bist ein Teil meiner Familie und deine Mutter hat mir zugeflüstert, dass du ein Studentenzimmer suchst.
Bettina Weiss ist die jüngere Schwester von Henner. Sie wohnt im gleichen Haus mit ihren Eltern, dem Großvater und der Familie des Bruders.
Es ist mir zu Hause zu unruhig. Da leben vier Generationen. Ich nehme mein Studium sehr ernst und kann oft nicht genug Zeit dafür investieren, der Betrieb ist ja auch im Haus und da möchte mein Bruder mich auch gerne einspannen. Wenn ich woanders wohnen würde, könnte ich nach Hause gehen, wann es mir möglich ist, und gerne helfen, wo ich gebraucht werde.
Was studierst du, fragt Cornelia.
Politikwissenschaften und Zeitgeschichte, den ersten Studienabschnitt habe ich gerade abgeschlossen. Das ist sehr gut gegangen.
Annalena nickt ihnen zu. Aber jetzt zeige ich euch mein Haus und wir können dann noch weiterreden und ihr habt ein paar Tage Zeit, euch mein Angebot zu überlegen.
Sie gehen zusammen in den Keller: ein Fahrradraum, ein Heizraum, eine Waschküche und ein geräumiger Werk- und Arbeits-

raum, in dem Annalena privat gerne arbeitet, dazu noch zwei kleine Abstellkammern. Das Erdgeschoss kennen die drei Frauen: die Diele, die Küche, ein sehr beengtes Duschbad mit WC, das große Wohnzimmer mit dem Wintergarten und im hinteren Teil der Diele noch ein kleiner Raum.
Da hatte die Mutter ihr Arbeitszimmer, sagt Annalena. Ich werde es aufräumen, das wird ein schöner Raum mit Gästebett. Und nun hinauf mit euch.
Cornelia geht voraus.
Sie hat hier oben schon bald Wohnrecht, lacht Annalena, so oft ist sie schon hier gewesen.
Das erste Stockwerk ist ganz hell gehalten. Es gibt ein modernes großes Badezimmer und drei Schlafräume, zwei nach Westen, eines nach Süden, alle Räume haben einen kleinen französischen Balkon. Annalena zeigt ihnen die beiden Räume nach Westen. Sie sind mit alten weiß gestrichenen Möbeln fast gleich eingerichtet.
Die Zimmer sind sehr schön, meint Bettina, so groß und hell.
Hier ist es auch sehr ruhig, meint Cornelia, man kann gut arbeiten.
Das dritte Zimmer ist das meiner Mutter, sagt Annalena. Da mag ich noch nicht hineingehen. Es ist aber im selben Stil eingerichtet. Ich muss in der nächsten Woche alles ausräumen und es frisch streichen, auch braucht es noch neue Gardinen und einen frischen Teppich.
Wer hat denn hier oben früher gewohnt, fragt Monika.
Eine Tante und meine Großmutter, aber nach deren Tod hat die Mutter alles von Grund auf neu renovieren lassen, das Stockwerk hat man danach gar nicht mehr wiedererkannt.
Und wo bist du in diesem Haus, wundert sich Bettina.
Ich bin ganz oben, unter dem Dach, mit meinem eigenen Bad und ich bin sehr gerne dort. Das zeige ich dir später mal.
Sie gehen wieder hinunter. In der Diele fällt Bettina ihrer Cousine um den Hals.
Dass du an mich gedacht hast.
Was soll es denn kosten, fragt Monika scheu.
Ja, wir werden uns die Betriebskosten teilen. Da habe ich eine gute Übersicht. Und der Preis soll so sein wie in einem Studen-

tenheim, also wirklich bezahlbar. Dafür müsstet ihr mir helfen, vor allem bei der Gartenarbeit und beim Saubermachen. Wie wir es mit dem Einkauf händeln, das muss ich mir noch überlegen. Vielleicht fällt euch da auch eine praktikable Lösung ein. Ihr gebt mir Mitte der Woche Bescheid, ob ihr es mit mir versuchen wollt, abgemacht.
Monika und Bettina gehen hinaus in den Garten.
Wenn du mich nimmst, brauchst du keinen Gärtner suchen, meint Monika.
Morgen am Nachmittag, wenn ihr möchtet, kommt doch noch vorbei.
Cornelia und Annalena blicken den beiden nach, wie sie den Weg zum Gartentor gehen. Dort bleibt Monika mit Bettina stehen, nimmt eine Kerze aus ihrem Beutel und entzündet die Flamme. Sie verweilen beide einen Moment und winken dann den beiden Frauen an der Haustüre zu.
Annalena, ich bleibe, sagt Cornelia, als sie in der Diele stehen. Und ich will es gerne mit dir versuchen, meint die Freundin. Cornelia zieht sich bald zurück. Annalena setzt sich in den Wintergarten, nimmt die gepressten Blumen in die Hand und schließt die Augen. Sie hält stumme Zwiesprache mit der Mutter. Noch kann sie sich ihre Stimme in Erinnerung rufen, aber bald wird sie vielleicht nur noch über ihre Briefe oder andere Aufzeichnungen in ihr anklingen. Annalena hört noch einmal mit geschlossenen Augen die *Cantique de Jean Racine*, dann löscht sie das Kerzenlicht.

Im Schlaf ist Annalena wieder ein kleines Kind. Sie steht auf einer Blumenwiese und rings umher sind hohe Berge mit Schnee bedeckt. Von den Bergen stürzt ein Wasserfall in die Tiefe. Er sieht aus wie wallendes graues Frauenhaar. Die Großmutter ist mit dem fremden Mann schon weiter dem Himmel zu gegangen, an dem sich dunkle Wolken zu Türmen aufbauen. Ihr Rufen kann das Kind nicht mehr vernehmen. In der Luft ist ein sehr lautes Summen. Frauen in weißen Kleidern tanzen über der Wiese, ohne mit den Füßen den Boden zu berühren. Sie halten sich an den Händen und schauen freundlich. Das Wollgras schwankt hin und her. Die Mutter legt eine Hand an seine Wange und flüstert, es brauche keine Angst zu haben. Ihre Stimme ist sehr leise, fast nur ein Hauch. Das Kind will sich an der Mutter festhalten, aber sie legt es in die Wiese, zu Wollgras, Speik und Schusternagelen. Die tanzenden Frauen nehmen die Mutter in ihre Mitte und bewegen sich mit ihr fort, den Schneebergen zu. Ein eisiger Wind kommt von den schneebedeckten Berggipfeln und der Wasserfall wallt hin und her. Die Frau mit dem Wanderstock lässt sich von den tanzenden Frauen in den Kreis einschließen. Ganz oben in dem steinernen Felsenmeer tauchen Hand in Hand eine Frau und ein Mann auf. Sie warten auf die Großmutter mit dem fremden Mann und auf die fremde Frau. Die Mutter dreht ihren Kopf zu dem Kind und winkt ihm mit leichter Hand zu. Das Wollgras wogt im Wind. Die Frauen in den weißen Kleidern summen. Sie ziehen nach oben, dem Schnee und dem eisigen Wind zu. Der Windsturm wird stärker und dunkle Wolken stehen in schwarzen Türmen am Himmel. Die Welt ist ohne Dach und verloren. Das Kind schläft ein.

Am Abend des nächsten Tages, als alles geschehen und vorbeigegangen ist, als die letzten Gäste das Haus verlassen haben, stehen Cornelia und Annalena in der Küche.
Das hast du alles sehr gut durchgestanden, Annalena.
Ich war ja nicht allein, so viele Menschen waren da, die es gut mit meiner Mutter und mit mir gemeint haben. Meine Mutter hat mich lange an der Hand gehalten, in der Kirche und am Grab.
Ja, das habe ich auch gespürt, dass dir von irgendwoher viel Kraft zugeflossen ist.
Cornelia, ich werde mich jetzt schlafen legen. Morgen habe ich viel zum Aufräumen, Ausräumen und Onkel Joachim erwartet mich am Nachmittag.
Dann sehen wir uns morgen am Abend. Schlaf gut, Annalena.
Ja, du auch. Und danke für alles.

Am nächsten Morgen schaut Annalena von ihrem Giebelfenster hinaus in die weiße Welt. Der Krähenvogel lässt sich nicht bli-

cken, aber Amseln und Meisen hüpfen schon um das Vogelhaus. Cornelia ist bereits zum Unterricht gegangen. Annalena macht sich daran, das Haus zu säubern. Es ist weit über die Mittagszeit, als sie die Arbeit, die sie sich vorgenommen hat, beendet hat. Zuerst saugen, putzen und aufräumen, danach das Zimmer der Mutter ausräumen. Die Mutter hat nur wenige persönliche Gegenstände in ihrem Zimmer aufbewahrt, diese und den Brief, der auf Mutters Schreibtisch gelegen ist, bringt Annalena hinunter in den kleinen Arbeitsraum der Mutter im Erdgeschoss. Dieses Zimmer kann am längsten warten, denkt sie. Hier steht ein alter Sekretär, eine behäbige breite Chaiselongue, ein hoher Nussbaumschrank, ein Ohrensessel, gewiss Möbel von der Tante und der Großmutter. Den Besitz der Mutter stellt Annalena hier in Kartons ab, sie legt die Wanduhr der Mutter und die gerahmten Fotografien behutsam auf die Chaiselongue und kippt das Fenster. Es riecht ein wenig nach Speik und Kampfer. Auf dem Sekretär liegt eine Botanisiertrommel aus Blech mit einem Lederriemen. Annalena meint sich zu erinnern, diese früher in ihrer Kindheit gesehen zu haben. Die Großmutter muss sie bei ihren Wanderungen in den Bergen mit sich getragen haben, um Pflanzen für das Herbarium zu sammeln. Sie bringt die Trommel zum Tisch im Wohnzimmer.
Herbarium und Botanisiertrommel sind zwei schöne Erinnerungsstücke an die Großmutter, denkt sie. Ich werde sie säubern müssen, das eingeprägte Motiv auf der Klappe ist nicht mehr zu erkennen.
Annalena trägt noch die Wäsche, den Teppich und die Gardinen aus ihrer Mutter Zimmer in die Waschküche, kleidet sich um, nimmt die Tasse aus der Kredenz und macht sich auf den Weg zu Onkel Joachim.
Joachim Weiss steht im zweiundachtzigsten Lebensjahr. Er wohnt im Stammhaus der Familie, einem stattlichen repräsentativen Patrizierhaus in der alten Stadt am Schlossberg, wo sich die Häuser dicht drängen und sich kleine Handwerksbetriebe und Geschäfte noch haben halten können. Seit seine Frau Sophia gestorben ist, lebt der Witwer alleine in seiner Wohnung im obersten Stock-

werk des Hauses. Direkt über dem von allen so genannten Laden, an den sich rückseitig die Werkstätte anschließt, wohnt die Familie des jetzigen Firmeninhabers Henner Weiss. Über ihm wohnt sein Sohn Jochen mit seiner Frau Sabine und ihrer gemeinsamen Tochter Bettina. Das Haus, vor mehr als dreihundert Jahren erbaut und im Besitz der Familie Weiss, erweckt in Annalena, wenn sie den seitlich gelegenen Privateingang benutzt, stets eine gewisse Ehrfurcht, vielleicht, denkt sie, weil in ihrer Familie sich alles nur kurze Zeit zurückverfolgen lässt und jedem Leben nur eine kurze Spanne Zeit eingeräumt wurde. Annalena sagt sich dann, dass hier aber auch ihre Wurzeln liegen, zumindest ein Teil davon. Vielleicht müsste ich mich auf die Suche machen, Spurensuche, denkt Annalena, als sie heute das Haus betritt.
Onkel Joachim hat bereits auf sie gewartet. Der Tisch im Erker des Wohnzimmers ist gedeckt und er nötigt Annalena zuzugreifen. Du musst essen, das ist wichtig, meint der alte Herr.
Ja, und du musst mir bitte erzählen, Onkel Joachim.
Was soll ich dir erzählen, fragt dieser müde. Ihm ist der Tod seiner Großnichte Lena Maria sehr nahegegangen, ohne dass er es sich hat anmerken lassen. Aber dieser jungen Frau gegenüber öffnet sich der alte Mann, ihr zeigt er seine Anteilnahme und sein Mitgefühl. Annalena kennt er gut, da sie seit Jahren im Laden und in der Werkstätte seines Enkels arbeitet.
Von deiner Mutter gibt es wohl wenig zu berichten, was du nicht selbst schon weißt.
Nein, Onkel, ich möchte alles wissen von früher, von Wolf und Magdalena. Du bist der Einzige, der mir über diese Menschen, meine Urgroßeltern, noch etwas erzählen kann.
Ja, da bin ich sicher der Letzte, der in unserer Familie von damals noch etwas zu erzählen weiß. Aber wie kommst du darauf.
Annalena zieht die Tasse mit der Blumenmalerei aus ihrem Beutel. Schau, die Tasse steht in unserer Kredenz und ich weiß nicht, von wem sie herstammt. Und die Großmutter hat ganz besonders diese Alpenblumen, Wollgras, Speik und Frühlings-Enzian gesammelt und sich dazu einiges aufgeschrieben, vielleicht war es auch die Tante Marlene.

Nun, Alpenblumen sind nicht mein Fachgebiet. Der Onkel räuspert sich.
Ich werde dir aber nachher noch etwas zeigen, das gut dazu passt. Aber jetzt iss du den Kuchen und ich will dir erzählen, von Wolf und Magdalena.
Der Wolf ist ein Bruder von meinem Vater Heinrich gewesen. Sie sind zusammen hier in diesem Haus aufgewachsen und beide haben in schöner alter Familientradition das Uhrmacher- und Goldschmiedehandwerk bei ihrem Vater Hermann gelernt. Wolf war der Jüngere. Er hat kurz nach dem Ersten Weltkrieg, also 1918 oder 1919, die Magdalena geheiratet. Das war eine schöne Frau, ich kann mich an die beiden sogar noch ein wenig erinnern, oder ich habe die Bilder von Fotografien im Kopf. Ich müsste die einmal suchen, irgendwo müssen sie ja noch sein. Magdalena hat wunderbar zeichnen können, sie hat an der Universität Kunstgeschichte studiert, das war für die damalige Zeit tatsächlich so etwas wie eine Sensation, eine Frau an der Universität. Die beiden waren viel draußen in der Natur, sie haben der Wandervogelbewegung angehört. Ihre größte Reise dürfte vor ihrer Hochzeit gewesen sein, da waren sie in Tirol. Als der Wolfgang auf die Welt gekommen ist, das war 1920, sind sie dann weniger gewandert und haben oben Im Gefälle ein Haus, euer Haus gebaut. Das Grundstück hat die Magdalena mit in die Ehe gebracht. Sie hatte keine Familie mehr, die Elendsjahre im Ersten Weltkrieg hat ihre Mutter nicht überlebt. Ich glaube, sie ist im Hungerwinter 1916 auf 1917 gestorben. Den hat man auch Steckrübenwinter genannt. Damals hat man in den Städten fast nur noch von Ersatzlebensmitteln gelebt, den Begriff Ersatzkaffee wirst du kennen, aber gegen Ende des Ersten Krieges hat man als Hauptnahrungsmittel die Steckrübe gekannt, die wurde für alles verwendet, nicht nur für Eintopfgerichte. Aber ich schweife ab, entschuldige. Magdalenas Vater ist im Krieg geblieben. Ich bin als Bub viel bei euch oben gewesen, da standen damals nur wenige Häuser und wir sind oft im Wald spielen gewesen, hinter dem Diakoniehaus war auch eine Rodelwiese. Marlene, die jüngere Schwester von Wolfgang, ist

im gleichen Alter wie ich gewesen. Bei uns zu Hause war immer eine gedrückte Stimmung. Mein Vater Heinrich hatte ein Lungenleiden aus dem Krieg mitgebracht und wir mussten ständig um seine Gesundheit und unsere Existenz bangen, er ist auch schon 1930 gestorben. Wolf hat damals das Geschäft alleine führen müssen. Das war eine Notzeit damals und es war viel Unruhe in der Welt, das spürten die Menschen auch in unserer kleinen Kreisstadt. Immer häufiger wurde laut von einer neuen Zeit gesprochen, die bald anbrechen würde. In unserer Familie habe ich das nicht so gespürt und bei Wolfgang und Marlene zu Hause war es auch wie sonst immer. Marlene und ich sind noch in die Volksschule gegangen, das war 1932, als Wolf und Magdalena im Sommer mit dem Zug zu einer Reise in die Alpen aufbrachen. Sie wollten drei Wochen wandern und einige wirklich hohe Gipfel in Österreich besteigen. Vielleicht war das eine Wiederholung ihrer Hochzeitsreise, die sie auch wandernd in den Bergen verbracht hatten, so hat es meine Mutter damals ausgedrückt und sich für die beiden gefreut, dass sie sich das ermöglichen konnten. Die Kinder, den Wolfgang und die Marlene, haben sie in der Obhut der Großmutter, das war deine Ururgroßmutter Karoline, gelassen. Wir haben einige Postkarten von den beiden von unterwegs bekommen, von München, von Innsbruck, und die letzte kam von Mittersill, einem kleinen Ort im Bundesland Salzburg. Die Großmutter hat die Karten lange Zeit aufgehoben und später hat Marlene sie bekommen, vielleicht findest du sie in deinem Haus. Ja, und dann sind die Eltern von Wolfgang und Marlene nicht mehr heimgekommen. Es war schwer für die Kinder, das hat beide für ihr weiteres Leben geprägt. Die Großmutter ist dann mit den beiden in das Haus Im Gefälle gezogen, damit die Kinder weiter ein richtiges Zuhause hatten. Das war eine großartige Leistung von ihr, sie war damals schon weit über sechzig Jahre alt und hat auch die Geschäftsführung übernehmen müssen. Die Geschwister waren verstört und wurden unzertrennlich.

Ja, hat die Familie nicht alles getan, um Wolf und Magdalena zu finden.

Nun, ich erinnere mich, dass sich jedes Reden damals vor der Machtergreifung der Nationalsozialisten bei uns zu Hause eigentlich nur um dieses Unglück drehte. Dass ein Unglück passiert sein musste, stand für uns ja zweifelsohne fest. Die Großmutter hat eine Vermisstenanzeige aufgegeben, sie hat nach Lienz telegrafiert und Suchanzeigen in Münchener, Innsbrucker und Tiroler Zeitungen aufgegeben. Sie musste einen neuen Meister einstellen, um das Geschäft weiterführen zu können. Ich habe dir schon gesagt, dass es eine unruhige Zeit war, damals. Alles war im Umbruch und dass Hitler im Januar 1933 Reichskanzler wurde, hat alles noch einmal verschlimmert.
Der Onkel fährt sich mit den Händen über das Gesicht.
Das waren schlimme Tage und Wochen. Auch wenn ich noch ein Kind war, so habe ich das doch noch deutlich vor Augen. Aber jetzt hole ich uns etwas Stärkeres zum Trinken. Der Kaffee in der Kanne ist auch schon kalt.
Er holt einen Cognac und zwei Schwenker von einem kleinen Beistelltisch und schenkt ein.
Hier, Annalena, trink einen Schluck.
Danke, Onkel Joachim, aber wie ging das nun weiter mit der Suche.
Ja, wir haben nur warten können. Weißt du, Wolf und Magdalena waren keine Freunde der neuen politischen Richtung, auch die Großmutter Karoline hat sich schwer damit getan. Wolf und Magdalena konnten ihre Ablehnung auch öffentlich nie verhehlen, sie haben sich eben mit den politischen Umwälzungen nicht abfinden können. Hast du einmal etwas über die Wandervogelbewegung gelesen. Oder die Geschichte der Sophie Scholl oder der Geschwister Scholl. Da gibt es eine Biografie von Inge Scholl über ihre Schwester und ihren Bruder, *Die Weiße Rose*, so hieß ihre Widerstandsgruppe. Dieses Buch, finde ich, gibt ein gutes Bild der Zeit. Es gab auch andere Gesinnungen damals. Aber einer Sache nur anhängen oder ihr gemäß leben, das sind zwei verschiedene Dinge. Nun, wenigstens, hat man seitens der Behörden spätestens seit Anfang 1933 gemutmaßt, dass Wolf mit Magdalena Deutschland freiwillig verlassen hat, um dem neuen Regime zu entkommen. Schon wegen der Kinder, zu ih-

rem Schutz, hat sich unsere Familie dann sehr zurückgehalten. Die Menschen haben einander mehr misstraut als vertraut. Später hat man dafür den Begriff der inneren Emigration geprägt. Die Großmutter hat eigentlich verhindert, dass die Kinder in ein von den Nationalsozialisten geführtes Kinderheim kamen. Damals war eine schwere Zeit, die Menschen waren wie in einem Rausch, besinnungslos wurde alles geglaubt und der Alltag bis hinein in das private Leben wurde auf verschiedenste Weise von außen organisiert und beeinflusst. Joseph Roth hat das in einem Brief an Stefan Zweig 1933 etwa so wiedergegeben *Inmitten der Gefahr der Zeit gibt es nur die Illusion der Vergangenheit oder die Hoffnung der Zukunft.* Und als es später ruhiger wurde um die beiden Kinder, als die Hausdurchsuchungen, Befragungen und Bespitzelungen durch die Gestapo aufhörten, dann, nach einigen Jahren, da wurden Wolf und Magdalena für tot erklärt. Ab 1933 bis 1936 gab es damals doch auch die Tausend-Mark-Sperre, da konnte man als deutscher Staatsangehöriger nur mehr nach einer Abgabe von 1000 Mark nach Österreich einreisen und so war es der Großmutter Karoline oder meiner Mutter unmöglich geworden, nach Osttirol zu fahren, wo sich die beiden unseres Wissens nach zuletzt aufgehalten hatten. In Österreich herrschten dazumal sehr schlechte wirtschaftliche Verhältnisse, 1932 hat das Land beim Völkerbund auch einen hohen Kredit aufnehmen müssen. Aber eines stand für uns immer fest, dass diese Eltern ihre Kinder niemals allein zurückgelassen hätten. Nun, bis heute hat sich ihr Schicksal nicht geklärt.

Annalena hört wie gebannt zu. Ganz langsam beginnt sie zu begreifen, was sie der Mutter hat versprechen sollen und dann auch hat müssen.

Die beiden bleiben im Erker sitzen. Draußen senkt sich die Dämmerung über die alten Häuser.

Onkel Joachim, bitte, erzähl mir noch von Tante Marlene.

Ja, meine Cousine Marlene hing, wie gesagt, sehr an ihrem Bruder. Als der zu Kriegsende im Frühling 1945 vermisst wurde und nicht von der Front von Norditalien heimkam, hat sie ihre ganze Liebe deiner Mutter geschenkt. Sie war immer für alle in der

Familie da. Zwanzig Jahre später ist sie dann auch verschollen. Sie hat im August 1965, das war ein ganz verregneter Sommer, daran erinnere ich mich gut, eine Reise in die Berge nach Österreich unternommen und ist nicht wiedergekehrt. Das hat das Miteinander in unseren Familien sehr geprägt. Zwei Menschen gingen verloren, als die Zeit noch nicht begonnen hatte, in der Menschen von einem Tag auf den anderen verloren gingen, ein dritter verlor sich, als diese Zeit fast schon vorüber war und ein vierter war nicht mehr zu finden, als diese Zeit schon beinahe vergessen geglaubt schien. Aber zu Marlene kann ich dir nicht mehr erzählen, ich glaube, du hast auch schon mit Jochen darüber gesprochen.
Ja, aber noch eines, die Tasse.
Annalena merkt, dass der Onkel müde wird.
Ja, sagt der alte Mann und erhebt sich mühsam. Er holt aus dem Nebenraum eine mit Samt ausgeschlagene Blechschachtel und stellt sie auf den Tisch. Hier habe ich eine Reihe von Arbeiten aus unserer Werkstatt, die für mich mit besonderen Erinnerungen verknüpft sind. Er legt behutsam mehrere Schmuckstücke vor sich auf den Tisch und zieht eine Krawattennadel aus Gold hervor.
Schau, auf ihr sind die gleichen Alpenblumen in Ziselierarbeit aufgebracht. Das war das Gesellenstück von Wolf. Ich erinnere mich, dass er seiner Braut zur Verlobung auch eine gleichartige Brosche gefertigt hat, die ist aber nicht hier dabei. Für Marlene, seine kleine Tochter, hat er später einen silbernen Anhänger mit dem gleichen Motiv gearbeitet, ich habe Marlene nur mit diesem Anhänger an einer Kette in Erinnerung, sie hat die Kette niemals abgenommen.
Warum befindet sich die Nadel hier bei dir, möchte Annalena wissen.
Das war anlässlich einer Firmenjubiläumsfeier 1930, da haben wir eine kleine Ausstellung unten im Laden gemacht. Die Nadel ist dann zunächst hiergeblieben und später konnte man sie Wolf nicht mehr zurückgeben. Ich schenke sie dir, du stehst deinem Urgroßvater näher als sonst jemand in diesem Haus.

Er legt die Nadel in ein kleines Etui und überreicht sie der jungen Frau. Annalena nickt sprachlos, sie beugt sich über den Tisch und streicht dem Onkel über die Schläfe.
Und wegen der Tasse, da gehst du am besten in das Antiquariat in der Nicolaigasse und fragst dort nach. Dort können sie dir sicher Auskunft geben.
Danke, Onkel Joachim. Bis Montag, sagt Annalena leise.
Ja, bis Montag, so Gott will. Das kommt uns alten Menschen nicht mehr so leicht von den Lippen. Und vergiss bei allem, was du gehört hast, nicht, dass die Erinnerung auch ein Geschenk sein kann. Ich lebe in meinen Erinnerungen, das gibt mir Wärme.

Bei ihrer Heimkehr sieht Annalena, dass die niedergebrannten Kerzen am Gartentor fortgeräumt worden sind. An der Haustür erwartet sie Cornelia.
Komm schnell herein. Du bist ja sehr fleißig gewesen, alles strahlt und glänzt, du Putzteufel, ruft Cornelia ihrer Freundin zu.
Von wegen Putzteufel. Ich möchte diese Woche auch noch beginnen, die Kondolenzbriefe zu beantworten. Darum hat mich die Mutter ausdrücklich gebeten. Schau, den Stapel dort drüben, es haben so viele Menschen geschrieben und es kommen sicher noch mehr Briefe in den nächsten Tagen. Sicher werde ich nicht alle Briefeschreiber kennen. Und du, wie war dein Tag.
Oh, nichts Besonderes, aber es stehen einige Schularbeiten an und ich muss mich als Anfängerin immer noch auf alles gut vorbereiten.
Nach dem Abendessen setzen sie sich zusammen an den Tisch im Wohnzimmer. Annalena zündet die Kerze an, die in der Mitte des Tisches steht.
Morgen am Abend werden wir die Entscheidung von Bettina und Monika hören. Was meinst du. Ob die beiden die Idee, hier zu wohnen, aufgreifen.
Ja, Annalena, ich glaube, sie kommen. Kommst du mit der Arbeit im Haus zurecht.
Ja, bestimmt. Morgen kann ich Henners Firmenauto ausleihen, ich muss die alte Matratze entsorgen und eine neue kaufen, auch weiße Farbe zum Streichen, Gardinen und Bettwäsche.

Da kannst du dich ja austoben, du Putzteufel.
Annalena zieht eine klägliche Grimasse und lacht. Sie holt Zeitungspapier, das sie zum Schutz auf ihrer Seite des Tisches ausbreitet, weiche Lappen, eine Pinzette und die Botanisiertrommel und nimmt wieder an dem Tisch Platz. Mit den Lappen säubert und poliert sie behutsam zunächst das Blechgehäuse, dann die Einprägungen an der Klappe der Vorderseite. Ohne Schmutz- und Staubschicht zeigt die Trommel eine blassgrüne Farbe mit nur vereinzelten Farbabsprengungen. Cornelia hat ihr Buch auf die Seite gelegt und eine CD aufgelegt. Sie hören beide die Klänge einer Fuge von Johann Pachelbel und Cornelia setzt sich neben Annalena.
Was hast du da.
Oh, das ist eine Botanisiertrommel. Ich habe sie drüben in der Kammer beim Aufräumen gefunden. Ich glaube, sie stammt noch von der Großmutter. Darin hat man früher Pflanzen in der Natur gesammelt, um sie dann zu pressen, wie in dem Herbarium hier.
Sie zeigt auf das schwere Buch mit dem Ledereinband.
Beide schauen schweigend, wie sich unter Annalenas Händen der Schmutz löst und auf der Klappe, noch in der Originaleinfärbung, verschiedene Blumen auftauchen.
Das ist ein wunderschönes Stück, staunt Cornelia.
Ja, hier unten ist auch ein Monogramm eingraviert. M.W. Wer das wohl gewesen ist. Magdalena oder Marlene. Es war wohl doch nicht das Eigentum der Großmutter Anna.
Wer ist Magdalena und wer ist Marlene, fragt Cornelia.
Magdalena war meine Urgroßmutter, Marlene meine Großtante. Sie haben in diesem Haus gewohnt und beide …
Annalena verstummt. Sie öffnet langsam die Klappe mithilfe der Pinzette. Sie klemmt ein wenig.
Die Scharniere müssten geölt werden.
Sie schaut in die Trommel und zieht ein kleines Päckchen aus grauem Seidenpapier heraus. Cornelia stockt der Atem.
Gib es mir, sagt sie, als sie den verstörten Ausdruck auf Annalenas Gesicht bemerkt.
Es ist nichts Böses, glaub mir. Ich hole uns jetzt eine gute Flasche Wein. Dann musst du mir ein wenig erzählen, wenn du magst.

Annalena bleibt mit gesenktem Kopf am Tisch sitzen. Sie hört die Musik und starrt auf die Botanisiertrommel. Die Kerze flackert und ihre Finger verkrampfen sich um Wollgras, Speik und Schusternagelen in grauem Seidenpapier.

Gibt es so etwas wie Spuk, fragt sie Cornelia, die mit einer Flasche mit einem Rheinhessischen Weißwein und zwei Gläsern in der Tür auftaucht.

Nein, Spuk gibt es nicht, meint Cornelia. Und wenn wir beide uns etwas nicht erklären können, dann muss es noch lange nichts Unheilvolles sein.

Möchtest du das Seidenpapier auseinanderwickeln.

Nein, Cornelia, mach du das. Mir zittern die Hände.

Aber wir beide wissen doch schon, was in dem Päckchen ist, nicht wahr.

Annalena nickt. Cornelia wickelt das Papier auseinander. Sie nimmt die gepressten Blumen in ihre Hand.

Die Blumen sind die gleichen und die Farben sind ebenso gut erhalten.

Sie schenkt den Wein ein und beide trinken einen Schluck.

Cornelia legt die Botanisiertrommel, das Herbarium und die Seidenpapierpäckchen auf die Kredenz. Annalena holt noch das Etui mit der Krawattennadel, die ihr Onkel Joachim geschenkt hat, und reicht es Cornelia.

Eine sehr schöne Arbeit, so zart und doch so naturgetreu. Eure Familie besitzt viele schöne Erinnerungsstücke. Hier liegen sie gut beisammen. Wir trinken jetzt den Wein und du erzählst mir ein wenig.

Sie hören die Fugenklänge von Pachelbel. Annalenas Geschichte ist darin gut eingebettet.

Cornelia hört zu, ohne Annalenas Redefluss zu unterbrechen.

Als sie geendet hat, muss Cornelia noch das eine und das andere nachfragen.

Auch die Musik ist verklungen. Die Kerze ist weit hinuntergebrannt.

Annalena, ich glaube, deine Mutter hat sehr recht damit getan, dir weitere Mitbewohnerinnen in deinem Haus vorzuschlagen. Sie

hat gewusst, dass du nach ihrem Tod mit der Vergangenheit deiner Familie konfrontiert werden würdest und dass es dann besser sein würde, wenn du nicht alleine Im Gefälle wohnen würdest. Ich habe ihren Brief ja noch gar nicht geöffnet und bin jetzt schon voller Angst und Grauen. Die Gespräche mit Tante Lenchen, Onkel Jochen und Onkel Joachim haben mir neue Seiten meiner Familiengeschichte eröffnet und immer wieder passieren diese merkwürdigen Geschehnisse, die ich nicht einordnen oder begreifen kann. Und deshalb ist es gut, dass du nicht alleine bist. Wir können dir alle helfen, dass du die Welt um dich herum nicht nur als einen Ort unheilvoller Ungereimtheiten erlebst.
Cornelia, ist die Erinnerung ein Geschenk, ein Gefängnis oder ein Gefäß.
Das weiß ich nicht. Ich glaube, wir sind zu jung, um das zu wissen. Das kann der Einzelne für sich vielleicht nur im hohen Alter beantworten, wenn er alles miteinander in eine Beziehung setzen kann. Wir können das noch nicht. Und ich bin jetzt zu müde und voller Wein, ich muss zu Bett gehen. Morgen komme ich schon früh am Nachmittag nach Hause, dann werde ich dir mit dem Zimmer deiner Mutter helfen und am Abend, wenn Andrea und Bettina kommen, ist alles fertig.
Du bist eine gute Seele, Cornelia. Bitte weck mich, wenn du aus dem Haus gehst. Hast du auch gemerkt, dass die Rabenkrähe mit dem Schielauge nicht mehr auf der Gartenbank sitzt.
Na, siehst du, ein Unheil weniger. Vielleicht hat sie sich eine Auszeit genommen. Gute Nacht, schlaf gut, Annalena.
Annalena nimmt sich noch von dem Rheinhessenwein, legt sich unter die Decke auf den Sessel im Wintergarten. Sie lauscht den Psalmenklängen von Mendelssohn-Bartholdy nach und schaut in die Himmelsnacht. Beim Einschlafen fällt ihr eine Liedstrophe von Matthias Claudius ein.

Seht ihr den Mond dort stehen,
er ist nur halb zu sehen und ist doch rund und schön;
so sind wohl manche Sachen, die wir getrost belachen,
weil unsre Augen sie nicht sehn.

Am nächsten Morgen, an dem sich Annalena wiederholt daran erinnert, dass es bereits eine Woche her ist, seit sie alleine in ihr Haus zurückgekehrt ist, besucht sie zunächst Henner in seinem Geschäft, das auch ihre Arbeitsstelle ist. Henner hatte sie um ein Gespräch, ihre Anstellung betreffend, gebeten. Es ist ein ruhiger Morgen und sie kann sich mit Henner in das kleine Büro zurückziehen.

Und, wie sieht es aus. Wirst du am Montag mit der Arbeit beginnen können.

Ja, natürlich. Ich freue mich schon darauf. Ich bin doch schon wochenlang nicht mehr unter die Menschen gekommen oder nur im Zusammenhang von Krankheit, Leid und Tod. Aber jetzt wird alles neu oder anders. Fabian, Sebastian.

Ja, lacht Henner, Fabian, Sebastian. Ich will dir auch eine Änderung in unserem Arbeitsvertrag vorschlagen. Du bist hier einfach unentbehrlich, das haben wir alle in den letzten Wochen spüren müssen. Ja, und ich möchte einfach, dass dein Gehalt erhöht wird, das ist nur gerecht und fair und außerdem möchte ich dich fragen, ob du nicht einen Nachmittag mehr Zeit hier investieren könntest. Es bleibt so viel an Reparaturarbeiten liegen.

Annalena schluckt. Wie seltsam, dass sich manche Knoten im Alltag so rasch und problemlos lösen können.

Ja, das ist ein sehr schönes Angebot von dir. Ich nehme es gerne an.

Ja, dann werden wir ab Februar mit einem neuen Vertrag miteinander auszukommen versuchen. Ich danke dir nochmals für deinen bisherigen Einsatz für unseren Betrieb. Und ich danke dir auch, dass Bettina bei dir wird wohnen können. Weißt du, die Mutter ist immer so besorgt um sie und nun kann sie Bettina ziehen lassen, weiß sie sie doch bei dir in guten Händen. Aber verwöhne unser Nesthäkchen nicht zu sehr.

Ach, Henner, du weißt doch, wie wir in diesem Haus leben. Einfach, ruhig, gewissenhaft, fleißig und die Muße hat dabei auch ihren gehörigen Platz.

Das sind seltsame Worte, Annalena.

Ja, sie stammen auch nicht von mir, das waren Leitworte meiner Großmutter, darauf hat sie großen Wert gelegt.

Annalena verabschiedet sich. Sie hat die Tasse mit dem Blumenmotiv mitgenommen und geht zu dem Antiquitätenhändler, der ihr von Onkel Joachim empfohlen wurde. Das Antiquariat liegt nur zwei Gassen weiter oberhalb des Marktplatzes. Annalena öffnet die Ladentür. Eine Glocke ertönt und aus dem Dunkel des Verkaufsraums tritt ein alter Herr, wohl im Alter von Onkel Joachim. Annalena stellt sich vor, Onkel Joachim ist ein Freund des Geschäftsinhabers.
Was kann ich für Sie tun, fragt dieser und blickt sie aufmerksam an.
Ich habe hier eine alte Tasse. Meine Mutter ist verstorben und ich würde diese Tasse gerne zeitlich einordnen können.
Der Antiquar nimmt ihr die Tasse vorsichtig aus den Händen und spürt sogleich ihre körperliche Anspannung. Er setzt sich an einen Arbeitstisch und begutachtet die Tasse mit einem Vergrößerungsglas.
Ja, das ist ein schönes Stück. Besitzen Sie nur eine davon.
Ja, solange ich zurückdenken kann, steht diese bei uns als Einzelteil in der Kredenz.
Schauen Sie, ich zeige Ihnen hier ein Vergleichsstück. Es handelt sich der Form und Größe nach um eine so genannte Verlobungs- oder Hochzeitstasse. In der Regel gab es immer zwei Tassen mit dem gleichen Motiv. Vielleicht ist das Gegenstück zu Ihrer Tasse verloren gegangen.
Ich weiß es nicht. Ist es ein gängiges Motiv.
Nein, diese Tassen waren Einzelanfertigungen. Brautleute haben sie sich gegenseitig geschenkt und mit einem Motiv ihrer Wahl versehen lassen. Manchmal findet sich auch eine Widmung, ein Monogramm oder eine Jahreszahl. Hier sehen wir aber nur das schön gearbeitete Blumenmotiv.
Können Sie die Tasse datieren.
Ja, ich kann die Herstellungszeit zeitlich einordnen.
Der alte Herr blättert in einem Katalog.
Schauen Sie, hier am Boden der Tasse befindet sich der Stempel der Porzellanmanufaktur. Dieser Hersteller gründete noch im 19. Jahrhundert seinen Betrieb und hat ihn 1926 aufgelöst. Die Tasse muss also vorher gekauft worden sein. Ich vermute,

dass es sich um eine private Handarbeit handelt. Jemand hat die Tasse gekauft und dann kunstfertig bemalt oder bemalen lassen. Annalena nimmt die Tasse wieder an sich und legt sie behutsam in ihre Tasche zurück. Sie bedankt und verabschiedet sich. Der alte Herr geleitet sie zur Tür. Er wundert sich. Eine junge Frau, dabei so nachdenklich und doch von einer heiteren Gelassenheit, denkt er.

Annalena kauft auf dem Markt einige Rosen und eilt noch zum Friedhof. In der Innenstadt sind alle Wege leicht zu Fuß zu bewältigen. Sie ordnet die Kränze auf dem frischen Grab und legt die Rosen zunächst an das schlichte Holzkreuz, zündet ein Grablicht an und verharrt ganz ruhig. Es kommt ihr seltsam vor, ihre Mutter hier zu wissen. Aber vielleicht ist es gut, wenn ich einen Ort habe, an den ich zu ihr gehen kann, wenn sich in unserem Haus so viel verändern wird und ich sie dort, wo sie immer war, nicht mehr finden werde, denkt sie.
Dann holt sie das Auto von Henner und macht die nötigen Besorgungen in einem Möbelhaus am Rande der Stadt.
Im Gefälle angekommen, wechselt sie die Kleidung und beginnt, das Zimmer der Mutter frisch auszumalen. Annalena ist die Arbeit gewohnt, in diesem Haus haben die Frauen stets, soweit es ihnen möglich war, Mal- und Reparaturarbeiten eigenhändig getätigt und so geht ihr die Arbeit rasch von der Hand. Cornelia staunt über die ausgemalten Zimmerwände, als sie am Nachmittag nach Hause kommt.
Ich habe einen Nachmieter über das Schwarze Brett in der Schule gefunden, teilt sie ihrer Freundin mit. Er zieht am Wochenende ein. Das heißt, ich komme schon morgen mit meinen Sachen. Mein Bruder hilft mir mit seinem Lieferwagen vom Hof. Er ist neugierig, wohin ich ziehe, lacht sie. Ich habe nicht gedacht, dass es so rasch geht. Ist dir doch recht, oder, fragt sie, nun doch ein wenig besorgt.
Ja, natürlich, aber jetzt musst du mir helfen. Ich habe versucht, sauber zu arbeiten, und bin bis auf die zwei schmalen Wände fast fertig. Aber nach dem Malen kommt immer das Putzen, das ist

manchmal anstrengender als die Malerei. Und im Wohnzimmer liegt ein wahrer Berg von Kondolenzpost, aber der muss bis nach dem Wochenende warten, da nehme ich mir dann jeden Abend einige Briefe zum Beantworten vor. Es ist mir auch noch nicht möglich, da kommt die Traurigkeit wie in Wellen, die über mir zusammenschlagen.

Am frühen Abend, es ist bereits dunkel geworden, kommen Monika und Bettina. Beide staunen über das ausgeräumte saubere Zimmer mit den frischen Gardinen und dem neuen Teppich.
Das ist ja fast Hexerei, meint Bettina.
Sie gehen in das Wohnzimmer und Cornelia bereitet ein kleines Abendessen mit Brot, Käse und Apfelsaft. Annalena gießt die Blumen und Grünpflanzen im Wintergarten und zieht die Standuhr auf. Die Frauen sind sich bald einig. Bettina möchte das Zimmer von Lena Maria beziehen.
Ich habe sie gern gemocht, ich glaube, es wäre ihr recht, wenn das nun mein Zimmer sein wird.
Monika nimmt das leerstehende Zimmer und Cornelia bleibt in ihrem bisherigen Gästezimmer. Alle drei wollen in den nächsten Tagen Im Gefälle einziehen und haben bereits um Umzugshilfen in ihren Familien gebeten.
Annalena, kann ich im Keller einen Teil des Arbeitsraums benutzen, fragt Monika. Ich habe hin und wieder nach Ladenschluss noch eine Arbeit fertig zu machen und manchmal habe ich Lust, an den freien Tagen auch etwas auszuprobieren. Meine Kunden wollen immer wieder etwas Neues sehen.
Ja, freilich, dafür ist der Raum doch da. Da ist ein großer Tisch frei und es gibt auch einen Wasseranschluss mit Spülbecken. Ich bin selbst oft dort unten und arbeite für mich. Und noch etwas, ich habe eine große Bitte. Bitte keine Männer im Haus. Das bin ich nicht gewohnt, das bringt Unruhe. Ich meine, Freunde und Verwandte können immer gerne zu Besuch kommen, wir haben ja hier unten das kleine Gästezimmer, aber leben kann hier keiner. Ich bitte euch, darauf Rücksicht zu nehmen.

Das ist den drei Frauen, die von nun an hier miteinander wohnen werden, bereits bewusst gewesen. In dieser Familie gab es keine männlichen Hausbewohner. Warum sollte Annalena das jetzt ändern wollen.

Ich möchte euch auch um etwas bitten, fügt Cornelia noch an, als sie aufbrechen wollen. Es ist für Annalena. Sie wird sich in der nächsten Zeit sicherlich intensiv mit ihrer Familiengeschichte auseinandersetzen. Ich habe mir vorgenommen, sie dabei nicht allein zu lassen, und ich möchte euch beide bitten, euch anzuschließen. Bettina hat da sicher einen Wissensvorsprung wegen ihres Studiums.

Monika und Bettina schauen erstaunt. Das ist ihnen neu, aber sie willigen ein, geht es doch um ihre Freundin. Oder geht es um mehr.

Sie verabschieden sich, beide in Gedanken versunken.

Annalena berichtet Cornelia noch von ihren beruflichen Veränderungen und von ihrem Gespräch im Antiquariat in der Nicolaigasse. Weißt du, ich glaube, die Tasse ist ein Geschenk von meiner Urgroßmutter Magdalena für Wolf anlässlich der Verlobung oder Hochzeit gewesen. Sie soll wunderschön gezeichnet und gemalt haben, hat mir Onkel Joachim erzählt. Wolf hat ihr eine Brosche gearbeitet und sie ihm diese Tasse bemalt. Und jetzt sind die Dinge für uns gedanklich wieder zusammengekommen.

Und von Unheil keine Spur, ergänzt Cornelia nüchtern.

Nein, keine Spur von Unheil, lacht Annalena.

Aber noch im Einschlafen bewegt sie der Gedanke, ob sie die Brosche jemals wird finden können, bis er unter dem leisen Summen der Frauen in ihren weißen Kleidern verblasst.

Es ist ein strahlender Junitag, auf den Gipfeln liegen noch hohe Schneewächten und von dorther weht der Wind kühl. Vier Kinder laufen mit ihrem Hund den Bach entlang. Die beiden Brüder springen vorneweg. Sie wollen Weidenruten schneiden, um sich Pfeifen zu schnitzen. Das größere Mädchen hält gewissenhaft die kleine Schwester an der Hand und zieht sie mit sich. Die Mutter hat ihnen aufgetragen, Brunnenkresse und Sauerampfer für den Salat und Löwenzahn zu holen. Löwenzahn braucht die Mutter, um einen Honig zu kochen, seine Wurzeln röstet und mahlt sie zu Kaffeepulver, weiß die Große. In den Wochen um das Kriegsende hat sich der große Krieg auch hierher in das hinterste Tauerntal vorgewagt. Es ist nicht mehr so ruhig wie sonst während der Sommermonate auf den Almen. Beim Matreier Tauernhaus stehen noch immer Militärwagen und Motorräder, die die Soldaten hier am Ende des Weges hatten stehen lassen müssen und immer wieder hört man die Leute davon reden, dass sich noch Soldaten und andere Leute in den Bergen versteckt halten. Auch auf den Wegen sind viele unterwegs. Die Bauersleute fürchten um ihr Vieh, um ihre Eier und ihre Vorräte, geben aber auch manch einem, der vorbeikommt, ein Essen oder Obdach um Gottes Lohn, vornehmlich die, die selbst noch Vater, Mann, Sohn oder Bruder nicht zu Hause wissen.
Der Krieg ist auch an den Kindern nicht spurlos vorübergegangen. Karge und harte Zeiten, der Ausbruch von Naturgewalten gelten als gottgegeben und dem Alltag zugehörig, aber neue gewalttätige Eindrücke sind hinzugekommen. Die Buben schießen mit selbst gebauten Gewehren, die Mädchen bauen sich Verstecke mit Vorräten in den Ställen und Kellern oder spielen Betteln. Bachaufwärts, wo der Bach seitlich vom Wildenkogel herabstürzt und unter einem breiten Schneefeld in den Gschlössbach mündet, wissen die Kinder einige Stellen am Flachwasser neben dem breiten Schotterbett, an denen die gesuchten Pflanzen zu finden sind. Der Hund, bisher in weiten Sprüngen vorweg springend, macht Halt, hebt den Kopf in die Höhe und fängt zu winseln, dann zu bellen an.

Was denn, stille, Wächter, ruft der große Bub, aber das Tier lässt sich nicht beruhigen, läuft am Wasser entlang, winselt und kehrt um, den Kopf an den Leib geduckt.
Was hat er, fragt der Kleinere, hat er eppes aufgespürt.
Ja, da, schau, da liegt oaner, ruft der Große und watet einige Schritte in das flache eisige Bachwasser hinein.
Was ist da, ruft die große Schwester vom Ufer.
Schau. Da liegt oaner, der ist derfrorn. Der macht koanen Rührer mehr, meint der Bub und kommt aus dem Wasser zurück.
Der schaut einem Kosak gleich. Loas zu. Ich warte hier am Bache, ihr lauft zruck und holt den Sepp, der soll mit dem Wagen kemmen. Wächter, bleib da.
Die Kinder eilen den Weg zurück, die große Schwester trägt die kleine. Sie holen den Knecht mit dem Leiterwagen und sind in kurzer Zeit zurück. Der Knecht holt den Toten aus dem Wasser und legt eine Rosshaardecke über ihn.
Nit zubischaugn, Kinder, der ist schon oan Zeitl hinüber, meint er und bekreuzigt sich.
Die Kinder machen ebenfalls das Kreuzzeichen.
Sie ziehen den Leiterwagen zur Alm und dann weiter zum Tauernhaus. Die Männer dort beratschlagen über den Leichenfund. Der Tote trägt weder Ausweis noch persönlichen Besitz mit sich und ist ganz nach der hiesigen Art gekleidet, er ist mittelgroß, hat kurze schwarze Haare, zarte Glieder und Gelenke und auffallend lange schmale Finger. Keiner der Bauern hat ihn jemals vorher gesehen.
Der ist nit von hier, des ist oan Kosak, des sag i enk gleich, der hat sich versteckt, ist ieban Bache gangn. Ist durch das Schneefeld auf der Schattseiten in Bach gefolln, letzer Teifl, meint einer.
Ein Soldat ist der wenigstens nit, gibt ein anderer dazu, der hier hat koan Schuhwerk. Und was hätte der enten auf der anderen Talseite wellen, enten ist koan Weg. Der nach Salzburg ieber den Tauern geht auf der herentenen Bachseiten, logisch.
Holla. Sollen wir des den Engländern melden, meint ein nächster vorsichtig.

Herrschaftszeitn, immer die englischen Herren. Sollen wir uns von denen zammputzn lossn. Den letzen Teifl werden wir schon selbst unter die Erdn bringn, sonst sitzn die uns wieder ständig im Gnack.

Die Buben, die draußen zwischen den Hütten mit ihren Holzgewehren das Schießen lernen, sehen zu, wie die Bauern den Toten in eine Decke einschnüren und auf einen Wagen packen, einen Haflinger vorspannen und zwei von ihnen damit gemächlich talauswärts fahren.

Was geschieht mit dem Kosak, will der Große von seinem Vater wissen.

Der Vater schlägt das Kreuzzeichen.

Den melden sie bei der Gendarmerie in Matrei, auf dann geben sie ihn auf den Kosakenfriedhof in der Peggetz nächst Lienz, da kemmen alle hin, die man noch findet. Wird nit der Letzte gewen sein.

Das große Mädchen geht auf Nacht noch einmal zum Bach. Es pflückt einen kleinen Strauß mit Schusternagelen und weißem Wollgras, den sie an der Fundstelle am Bachufer niederlegt. Es würde gerne etwas über den Mann wissen, wer er war und woher er kam, wohin er aufbrechen wollte, warum ihm niemand geholfen hat. Die Muetta hat gesagt, der Tote schaue keinem Kosak gleich, mit den feinen Gliedern. Sie hat etwas aus der Manteltasche des Toten genommen, flink und verstohlen nach allen Seiten blickend, das hat die Tochter gesehen, aber keiner der Männer, die sich mit dem Pferd und dem Wagen abmühten. Das Mädchen legt sich ins Gras, schaut in den blauen Himmel und hört die Saligen summen. Es hat keine Angst. Wo die Saligen sein, sein die Menschen gut, hat die alte Nanne gewusst.

Der Februar mit milderen Winden, ersten Schneeglöckchen und gelben Winterlingen ist ins Land gezogen. Am zweiten Monatstag bringt Monika am Abend eine geweihte Kerze mit in das Haus Im Gefälle. Ihre Mutter hat sie in der Kirche weihen lassen, es ist eine schwere graue Wetterkerze.
Die dunkelste Zeit ist nun vorbei, das sollten wir ein wenig feiern, oder, fragt Bettina.
Wie war das mit Lichtmess, fragt Monika Annalena, als sie zu viert am Wohnzimmertisch sitzen. Sie haben Glühwein gekocht und verzehren die letzten Reste vom Weihnachtsstollen. Die Standuhr schlägt sieben schwere Töne, die im Raum nachhallen. Meine Mutter kennt einen Spruch. *Sonnt sich um Lichtmess das Murmeltier im Freien, muss es im März nochmal in den Bau hinein*, fährt Monika fort.
Ja, Lichtmess geht auf ein römisches Lichterfest mit Lichterprozessionen zurück. Ursprünglich wurde es am vierzehnten Februar gefeiert, also vierzig Tage nach Epiphanias, das ist der Tag der Heiligen Drei Könige, das alte Weihnachtsfest. An dem Tag wird heute der Valentinstag begangen. Maria brachte nach damaligem Brauch vierzig Tage nach der Geburt den kleinen Jesus zur Darstellung in den Tempel. Hier erkannten zwei alte Leute seine spätere Bedeutung. Um Lichtmess gibt es einige Bräuche wie die Kerzenweihe. Es ist auch ein wichtiger Lostag, weil jetzt die Tage wieder länger werden und das bäuerliche Arbeitsjahr beginnt.
Cornelia zündet die Kerze auf dem Tisch an.
Und was hat das mit dem Murmeltier zu tun, fragt Bettina.
Und täglich grüßt das Murmeltier, lacht Annalena. In Mitteleuropa hat man früher den Spruch gekannt *Ist's an Lichtmess hell und rein, wird ein langer Winter sein*. Die Menschen haben aber nicht nur den Himmel, sondern auch die Winterschläfer beobachtet. Wenn die an diesem Tag ihren Bau verließen und ihren Schatten sahen, so meinten die Leute, sie würden sich nochmals für lange Zeit verkriechen, es würde also noch eine lange Zeit kalt bleiben. Die Tiere haben so im Volksglauben das Wetter vorhergesagt. Einwanderer aus Deutschland auf dem amerikanischen Kontinent

haben dafür das Murmeltier ausgewählt. Es gab von etwa zehn Jahren auch einen Film mit diesem Titel, der viel Erfolg hatte. Wenigstens wird es jetzt langsam in der Früh wieder heller. Ich mag es gar nicht, im Dunkeln fortzugehen und im Dunkeln heimzukommen, meint Cornelia.

Die vier Frauen sind zusammengezogen und beginnen, ihr Zusammenleben miteinander zu gestalten. Annalena hat den drei neuen Hausbewohnerinnen ihr oberstes Stockwerk gezeigt, ein großes helles Zimmer mit einem Dachgaubenfenster, ein kleiner Vorraum mit Einbauschrank und ein winziges Duschbad mit Toilette. Die Mutter hat die Umbau- und Erweiterungsarbeiten an ihrem Haus nach dem Tode der Großmutter durchführen lassen. Annalena erinnert noch die unruhigen Monate, als das Haus eine einzige Baustelle war, ihrer beider Freude über die gelungene Renovierung und bewundert heute noch die kluge Voraussicht ihrer Mutter, die ihnen beiden ein gemeinsames Leben unter einem Dach ermöglicht hat. Annalena hat ihr Leben in diesem Haus dann stets aufgeteilt. In den unteren Stockwerken lebte sie mit ihrer Mutter, unter dem Dach ist sie eine eigenständige junge Frau gewesen.

Hast du eigentlich die Beantwortung der Kondolenzpost zu Ende bringen können, fragt Cornelia.

Ja, den Großteil habe ich beantwortet. Das hat mich oft angerührt, wie großartig die Menschen von meiner Mutter geschrieben haben. Jetzt bleiben mir noch drei Briefe, deren Absender ich nicht kenne, dafür möchte ich mir noch Zeit lassen.

Kann ich dir beim Aufräumen in der kleinen Kammer hier unten helfen, fragt Bettina.

Ja, am Wochenende gerne, wenn du Zeit hast.

Ich werde nach Hause fahren, sagt Cornelia und Monika berichtet von ihren Plänen, über das Wochenende mit ihrer Berufsinnung zu einer Krokusmesse in den Niederlanden zu fahren. Aber Annalena weiß sehr genau, dass auf sie nicht nur die Beantwortung einiger weniger Kondolenzbriefe wartet. Da ist der Brief der Mutter, sie wird zum Notar gehen müssen und in der kleinen Kammer gibt es auch noch einiges zum Aufarbeiten.

Bevor Monika in die Niederlande fährt, hilft sie Annalena, das Grab der Mutter zu richten. Sie bringt eine frisch gefüllte Schale mit den ersten Frühblühern des Jahres mit. Gemeinsam entfernen sie die verwelkten Kränze, harken die Erde glatt und belegen sie mit Fichtenreisern. Die Schale kommt in die Mitte, davor stellt Annalena einige Grablichter. Monika verspricht ihr, weiterhin für die Wahl und Gestaltung des Grabschmucks zu sorgen. Du musst dann auch zusätzlich die neue Inschrift eingravieren lassen, da kenne ich jemand, der das sehr schön machen könnte. Ich nehme das in die Hand, damit es bis zum Sommer getan ist. Danke, das ist mir eine große Hilfe. Aber mit der Eingravierung können wir uns noch Zeit lassen.
Wenn du meinst. Dir eine Hilfe, mir eine Freude, weißt du doch.
Sie bleiben noch eine Weile vor dem Grab mit den flackernden Lichtern stehen. Auch Monika sieht jetzt die halb verborgene Inschrift unten am Grabstein, liest und macht sich ihre eigenen Gedanken.

Am Samstag frühmorgens lässt Annalena Bettina noch länger schlafen. Sie setzt sich mit dem Brief der Mutter in die Küche und bereitet sich einen Kaffee. Nach dem Frühstück räumt sie das Geschirr beiseite und öffnet den Brief.

Meine liebe Annalena, meine liebe Tochter!
Vor gar nicht langer Zeit sind wir noch recht froh zusammen gewesen, mit meiner Krankheit und dieser düsteren Diagnose ist viel Dunkles über uns zusammengeschlagen. Ich möchte Dir noch einiges mit auf den Weg geben.
Zu meinem Leben gibt es nicht so viel zu sagen. Ich bin kurz nach Kriegsende geboren und habe immer hier in diesem Haus gewohnt, gemeinsam mit meiner Mutter und mit Tante Marlene. Mein Vater ist aus dem Krieg nicht zurückgekehrt, wir waren somit ein männerloser Haushalt, wie es viele Frauen damals halten mussten oder auch wollten. Als ich noch sehr klein war, haben hier auch andere Menschen gelebt, Flüchtlinge, ich erinnere mich noch an eine Familie Schorn mit vier Kindern, aber

ohne Vater und an eine junge Frau, Katharina. Tante Marlene hat die Flüchtlinge wohl im Krieg in das Haus geholt. Als ich in die Volksschule kam, sind diese Menschen dann weggezogen. Katharina hat uns noch oft besucht oder vielmehr deine Großmutter. Wir hatten damals auch Hühner und Kaninchen und um das Haus war ein reiner Gemüsegarten. Wir haben nicht viel Geld gehabt, aber immer ein wunderbares Zuhause. Meine Mutter war sehr großzügig, ich durfte alles lernen, was ich wollte, und sie hat mich zu einer stabilen Selbstständigkeit erzogen. Eine schlimme Zeit brach an, als Tante Marlene im Sommer 1965 von einer Österreichreise nicht zurückkam. Ich erinnere mich, dass sie ohne viel Gepäck, nur mit einem Rucksack aufbrach. Sie war schon vorher oft ganz eingesponnen in sich, hat sehr viel gehandarbeitet, sich mit den österreichischen Alpen und dem Leben dort auseinandergesetzt, Sagen und Märchen von dort gesammelt und hat auch immer wieder mit dem Suchdienst des Roten Kreuzes Kontakt aufgenommen, um Gewissheit über den Tod meines Vaters, ihres Bruders, zu erlangen. Dabei war sie freundlich und fleißig, hilfsbereit und herzlich. Im Sommer 1965, als sie nicht mehr von ihrer Urlaubsreise nach Österreich wiederkam, hatte ich einen sehr merkwürdigen Traum. Ich lag als Kind auf einer Bergwiese und um mich herum tanzten Frauen barfüßig mit langen Haaren und weißen Gewändern. Sie summten eine ganz eigene Melodie. Sie verloren sich in den Bergwänden und nahmen dabei die Tante mit sich. Da gab es noch einen jungen Mann und zwei andere Bergwanderer, eine Frau und einen Mann, die den Frauen in die Bergwelt folgten. Danach wurde der Wind sehr kalt und ich war allein. Diesen Traum habe ich mein Leben lang nicht vergessen. Meine Mutter war stiller als die Tante, obwohl sie einen Kreis wirklich guter Freunde um sich hatte. Ihre ganze Liebe galt mir und der Natur, dem Haus, der Musik und dem Garten. Du wirst dich noch erinnern, wie erlebnisreich unsere Ferien in den bayerischen Alpen gemeinsam mit meiner Mutter waren. Ich wollte immer einmal mit euch auch nach Österreich fahren, aber deine Großmutter hat das ganz strikt abgelehnt.

Als ich mein Studium und das Referendariat an einem Gymnasium abgeschlossen hatte, beschloss ich, mir vor Antritt in das Berufsleben noch eine Auszeit zu gönnen. Für uns junge Frauen war damals eine Aufbruchszeit. Ich wollte nie eine Familie gründen und konnte mir nicht vorstellen, mit einem Mann zusammen zu leben, um für ihn da zu sein, wie es damals noch erwartet wurde. So bekam ich zum Ausgleich dich und das war das größte Geschenk, das mir Gott machen konnte. Dein Vater ist ein sehr feiner Mensch gewesen, aber er war anderweitig gebunden, und ich glaube, ich habe recht daran getan, seinen Namen nie genannt zu haben. Er ist schon verstorben, aber er hätte dich sehr geliebt, wenn er von dir gewusst hätte, dessen bin ich gewiss. Liebes, in der Dokumentenmappe findest du alle notwendigen Unterlagen, die das Haus betreffen, auch meine Lebensversicherung und den Bausparvertrag, die Sparbücher. Es wird dir sicher gelingen, das Haus für dich zu erhalten. Ich würde dir auch gerne wünschen, dass du eine Familie gründen kannst, aber das liegt oft nicht in unseren Händen. Um eines aber möchte ich dich inständig bitten. Es ist mir ein so wichtiges Anliegen, dass ich erst Ruhe finden werde, wenn ich dein Versprechen erlangt haben werde. In der Familie deines Großvaters hat es zu verschiedenen Zeiten im letzten Jahrhundert einige merkwürdige Unglücksfälle gegeben, die miteinander zusammenzuhängen scheinen. Ich selbst und auch meine Mutter, wir hatten nie die Kraft und den Mut und auch nicht den notwendigen Abstand, hier Nachforschungen anzustellen. In dem Schrank in meinem Arbeitszimmer findest du viele wichtige Unterlagen dazu, auch von der Großmutter und der Tante Marlene, die ich nie eingesehen habe. Du brauchst keine Angst zu haben, die Menschen, die es betrifft, waren allesamt vortrefflich und herzensgut. Such dir Hilfe. Ich habe mir immer vorgenommen, dafür später einmal Zeit zu finden, nun rinnt sie mit meiner Lebenskraft davon.
Sei behütet Mama

Annalena atmet tief auf. Sie ist erleichtert, denn vieles vom Inhalt des Briefes hat sie bereits gewusst oder geahnt. Nur die Traum-

erzählung macht sie betroffen, aber es ist auch ein beruhigendes Gefühl, dass sie mit ihren Träumen nicht alleine ist. Alles scheint in ein Größeres eingebettet zu sein. Sie faltet den Brief sorgfältig und gibt ihn zurück in das Kuvert, legt diesen auf die Wohnzimmerkredenz und schaut aus dem Wintergartenfenster. Die Morgensonne steht hellrot vor einem bleifarbenen Himmel. Die große Kälte ist überwunden, im Garten sind die letzten Schneereste zusammengeschmolzen. Annalena geht hinauf in ihr Zimmer, zieht Jogginghose, Laufjacke und Laufschuhe an, nimmt im Hausgang noch die warme Mütze und die Handschuhe und geht hinaus. Anfangs bereitet es ihr Mühe, bergan zu laufen, aber als sie nach einer Weile ihren Schritt und das rechte Tempo gefunden hat, fühlt sie, wie sie leer wird, wie ihre Kraft zurückzukommen und wie vieles, was sie bedrückt, andere weniger wichtige Dimensionen zu gewinnen scheint. Als sie in das Haus Im Gefälle zurückkommt, beschließt sie, das regelmäßige Laufen wieder in ihren Alltag einzureihen, so frisch und erholt fühlt sie sich, bereit, mit Bettina die Kammer aufzuräumen. Bettina am Frühstückstisch hebt erstaunt den Kopf, als sie gleichsam mit einem frischen Windstoß das Haus betritt.
Wo warst du so früh, fragt sie.
Ich war Laufen, es war herrlich und ich werde das jetzt öfters machen, so wie früher. Ich gehe ins Bad und dann werden wir uns gemeinsam die Kammer vornehmen.
Ja, gerne, heute haben wir viel Zeit. Morgen am Nachmittag möchte Charlotte mit den Kindern zu uns kommen. Ich werde noch einen Kuchen backen.
Ja, fein, ich habe die Kinder schon länger nicht gesehen. Und Charlotte auch nicht.
Sie einigen sich auf eine Arbeitsteilung. Annalena übernimmt das Putzen und Saugen des Zimmers und der Möbel. Bettina leert den großen Schrank aus Nussbaumholz und staunt über die Ordnung darin.
Hier riecht es nach Kampfer, Lavendel und Salbei. Deine Mutter hat alles ordentlich in Kartons verpackt und beschriftet. Ich stelle das erstmal in den Flur, dann werden wir weitersehen.

Sie arbeiten gemeinsam über die Mittagszeit hinaus, Bettina sorgt immer wieder für Musik aus dem CD-Player. Sie mag Countrymusik und irische Volkslieder. Annalena packt die Kleidung und die Schuhe der Mutter in einen Altkleidersack. Nach dem Putzen räumt sie die Bücher der Mutter vom Wandregal, staubt sie ab und stellt sie zuoberst in den Schrank. Sie überzieht die Bettdecke und Kissen frisch und gibt die restliche Bettwäsche in ein Fach der Kommode, während die Gardinen in der Waschmaschine gewaschen werden. Zuletzt hängen sie gemeinsam die Gardinen wieder auf und die Wanduhr der Mutter an die Wand und tragen den kleinen Fernseher auf die Kommode.
Das ist ein uraltes Modell, lacht Bettina.
Ja, weißt du, bei uns hat keine ein großes Interesse am Fernsehprogramm gehabt, aber meine Mutter und ich, wir hatten unsere eigenen Apparate, meiner in meinem Zimmer ist natürlich ein neueres Modell, aber so wichtig ist mir das Fernsehen auch nicht. Meine Mutter wollte nie ein Gerät im Wohnzimmer haben. Das hat schon die Großmutter so mit dem Radio gehalten. Von meiner Urururgroßmutter Karoline gibt es eine Anekdote, eine der wenigen Geschichten von früher, die ich gehört habe. Als nach 1933 der Volksempfänger mit seinen staatlichen Sendern eingeführt und für die Bürger das Hören quasi verpflichtend wurde, hat sie sich geweigert, hier in diesem Haus ein Radio aufzustellen. Sie hat damals hier Im Gefälle für meinen Großvater und die Tante Marlene gesorgt, als deren Eltern in Österreich vermisst waren. Die waren ja noch im Schulalter. Ja, und sie hat den Kauf eines Volksempfängers strikt abgelehnt. Wir werden uns doch wohl selbst unterhalten können, war ihre Einstellung dazu. Irgendwie hat sich das dann so erhalten, Massenmedien haben die Frauen hier im Haus nicht so sehr interessiert. Also wir hatten ein Radio in der Küche und einen Plattenspieler im Wohnzimmer, der Fernseher ist aber erst nach Großmutters Tod 1990 gekauft worden.
Bettina schaltet das alte Gerät an und staunt, dass dieser einige deutsche Sender ausstrahlt.

Vielleicht werden die Dinge oft viel zu schnell entsorgt. Ein anderer würde den Fernseher zum Elektromüll bringen, aber der hier tut ja noch seine Dienste.

Ich glaube nicht, dass hier in dieser Kammer überhaupt jemand von uns viel vor dem Fernseher sitzt, du hast doch auch deinen eigenen mitgebracht.

Ja aber, Annalena, was willst du mit diesem Zimmer machen, fragt Bettina.

Erstmal ist es ein Gästezimmer, dann muss niemand im Wohnzimmer nächtigen, das mag ich nicht. Und jetzt werden wir etwas essen und dann räumen wir gemeinsam den Schrank wieder ein.

Komm, wir gehen ins Kino, schlägt Bettina vor, als sie in der Küche bei Kaffee und Broten sitzen.

Ins Kino, wie kommst du auf die Idee, meint Annalena.

Na, du musst doch auch mal etwas anderes sehen als deine Arbeit und das Haus und die Kondolenzpost.

Welchen Film hast du denn ausgesucht, bitte nichts mit Klamauk oder mit Gewalt.

Lass dich überraschen, es ist super, wenn wir gemeinsam gehen, freut sich Bettina.

Im Flur stapeln sich die ausgeräumten Kartons, Ordner und Kisten. Ich bin froh, dass du mir hilfst, Bettina, alleine wäre ich bestimmt überfordert gewesen. Das ganze alte Zeug, aber ich habe meiner Mutter versprechen müssen, mich damit auseinanderzusetzen. Das muss ich einhalten. Ob das für mich sehr sinnvoll sein wird, da habe ich meine Zweifel. Vielleicht zieht es mich einfach nur hinunter.

Nein, das glaube ich nicht, Annalena. Ich finde es spannend. Deine Mutter hat eine großartige Ordnung gehalten, sieh nur, alles ist so genau beschriftet und wir müssen das ja nicht heute öffnen und ansehen.

Ja, du hast recht. Aber nicht nur die Mutter hat die Ordnung gehalten, da ist auch die Schrift von meiner Großmutter und eine andere, sicher von Tante Marlene und hier ist ein Karton, die Aufschrift ist noch in der Sütterlin Kurrentschrift geschrieben, den muss die Urgroßmutter Karoline beschriftet haben.

Das ist eine ganze Familiengeschichte, staunt Bettina.
Sie räumen den Schrank wieder nach der alten Ordnung ein, das Prinzip ist eine einfache chronologische Folge.
Jetzt weißt du, wozu dieses Zimmer gut sein wird, meint Annalena, als sie am späten Nachmittag endlich den Schrank schließen können.
Wozu, fragt Bettina und wirft einen letzten Blick in das saubere, aufgeräumte und gemütliche Zimmer.
Es wird uns helfen, Geheimnisse zu enträtseln.
Geheimnisse, wie meinst du das, warum glaubst du, dass es hier Geheimnisse gibt. Vielleicht sind hier nur alte Spitzendeckchen, Fotos und Schulzeugnisse aufbewahrt.
Nein, Bettina, wir werden hier bestimmt ganz andere Spuren finden. Davon erzähle ich dir, wenn wir in die Stadt zum Kino gehen.
Ja, gut, aber dann müssen wir uns beeilen, damit wir pünktlich sind. Ich muss unbedingt noch duschen, mir sitzt der Staub und der Kampfergeruch in den Haaren.
Mir auch. Eine Dusche kann nicht schaden, lacht Annalena.

Auf dem Weg durch den Februarabend in die Stadt zu dem großen cineastischen Tempel erzählt Annalena, was sie über ihre gemeinsame Familie bisher in Erfahrung bringen konnte. Die Seidenpapierpäckchen mit den gepressten Alpenblumen lässt sie unerwähnt, weil sie sich deren Existenz nicht erklären kann. Bettina hört aufmerksam zu.
Davon habe ich eigentlich gar nichts gewusst, gibt sie zu.
Bei uns zu Hause reden die Eltern nicht von der Zeit während oder nach dem Krieg, aber ich habe sie auch nie direkt gefragt. Mein Großvater erzählt schon hin und wieder, aber eher Familiengeschichten oder Episoden aus der Betriebsgeschichte, das liegt ihm sehr am Herzen.
Ja, ich weiß, bei uns herrschte auch immer Stillschweigen, und nun soll ich die Fäden entwirren. Ich frage mich aber immer wieder, wo die Lösung zu finden sein wird, am Anfang oder am Ende und wo ist der Anfang und wo ist das Ende. Und ob ich das jemals werde herausfinden können.

Sie kaufen die Kinokarten und Annalena fragt sich, als sie den Filmtitel liest, ob das nun auch ein Film nach ihrem Geschmack ist, aber sie will Bettina nicht die Freude verderben.
Der Film heißt *Die fetten Jahre sind vorbei* und da einer der Hauptdarsteller, Daniel Brühl, einer ihrer bevorzugten Schauspieler ist, kann sich Annalena schon von Beginn an für den Film begeistern. Beide folgen mit Spannung dem Filmgeschehen. Nach dem Abspann lädt Annalena Bettina zu einer Pizza ein. In der riesigen Eingangshalle treffen sie auf einen früheren Mitschüler von Annalena, Holger Weber, der nicht lange zögert und sie begleitet. Bettina kennt ihn auch, er ist Assistent an ihrem Institut. In einer der Weinschenken in der Altstadt, zu einer Pizzeria umgestaltet, finden sie einen Tisch, an dem sie ungestört über den Film reden können. Holger ist fasziniert von dem Rebellentum heutiger junger Menschen, Bettina von der fantastischen Geschichte, Annalena beschäftigt die Vergangenheit des im Film entführten ehrbaren und etablierten Bürgers, der sich als Alt-68er zu erkennen gibt.
Ich weiß kaum etwas von den 68er-Jahren. Du, Holger, wendet sie sich ihrem Schulfreund zu.
Nein. Das ist die Generation unserer Eltern, ist ja unvorstellbar, lacht Holger.
Ich kann mir gar nicht vorstellen, dass die Leute damals revolutionäre Ideen hatten. Die erscheinen mir immer so angepasst, so bieder. Vielleicht gab es die 1968er-Revoluzzer auch nur in den größeren Städten, in den Kleinstädten sicher nicht.
Aber hier in unserer Stadt war eine Universität und es gab sicher auch Unruhen und Studierende, die diese Ideen aufgegriffen und gelebt haben, gibt Annalena zu bedenken.
Ich werde mich am Institut nach Literatur über diese Zeit umsehen, wirft Bettina ein.
Das ist doch schon mehr als dreißig Jahre her, das ist sicher schon von der wissenschaftlichen Forschung erfasst worden. Es braucht immer eine gewisse Zeitdistanz, bis da seriöse Ergebnisse erwartet werden können. Es kann doch auch sein, dass manche Archive erst Jahrzehnte nach einem Ereignis

geöffnet werden und Quellenmaterial öffentlich zugänglich gemacht wird.
Ich denke, es braucht in der Regel vierzig Jahre und mehr, bis ein Kollektiv beginnen kann, ein einschneidendes Geschehen aufzuarbeiten, überlegt Holger.
Je schwerwiegender der geschichtliche Verlauf war, umso länger sind die Betroffenen unfähig, sich damit auseinanderzusetzen. Denkt nur an den Zweiten Weltkrieg. Das ist immer noch für viele ein Tabuthema, das schmerzt zu sehr, überhaupt die Zeit des Nationalsozialismus, davon reden die Menschen, die das miterlebt haben, kaum oder oberflächlich oder sie schildern Wunschbilder, die in ihnen gewachsen sind, um die wahren Bilder zu verdecken.
Die drei reden noch lange bei Pizza und italienischem Rotwein. Beim Aufbruch lädt Annalena Holger ein, einmal vorbei zu kommen.
Du weißt doch, wo ich wohne, Im Gefälle, wie schon immer.
Ja, mache ich gerne, aber ich rufe vorher an. Arbeitest du noch in dem Uhrmacherladen deiner Familie in der Altstadt.
Ja. Aber Bettina wohnt jetzt bei mir.
Na, dann komme ich sicher. Gute Nacht, war fein, euch zu treffen.
Gute Nacht, wünschen auch Annalena und Bettina.
Bettina hakt sich bei Annalena ein. In Gedanken versunken gehen sie, ohne viele Worte zu wechseln, heim.

Annalena nutzt den Sonntagmorgen zum Laufen, Bettina backt einen Schokoladekuchen für den Kinderbesuch am Nachmittag. Vor dem Mittagessen, es gibt Spaghetti mit Basilikum-Pesto noch vom letzten Sommer, noch von der Mutter eingeweckt und von Annalena mit leiser Wehmut aus der Speisekammer hervorgeholt, denn immer wieder wird ihr bewusst, dass die Dinge nicht nur in der Speisekammer weniger werden, mit denen sich die Mutter umgeben, die sie besorgt oder hergestellt hatte, nimmt sie einen der drei letzten Kondolenzbriefe, die neben der Botanisiertrommel auf der Wohnzimmerkredenz liegen und geht damit in ihr Dachgeschosszimmer. Sie lüftet und räumt kurz auf, legt das Album *Quelqu'un m'a dit* von Carla Bruni auf und öffnet den Brief. Der Absender lautet Frau Adelheid Schorn aus Kassel. Den Namen hat sie neulich bereits einmal gehört oder gelesen, aber sie kann sich nicht mehr genau erinnern, der Schrift nach muss sie bereits älter sein. Vielleicht eine Lehrerin von meiner Mutter, denkt Annalena, entfaltet die drei eng beschriebenen Bögen und beginnt zu lesen.

Sehr geehrtes Fräulein Weiss!
Ich möchte Ihnen anlässlich des Todes Ihrer Mutter mein tief empfundenes Beileid aussprechen. Ich habe Ihre Mutter als kleines Kind gekannt und solange Ihre Großmutter und Ihre Großtante noch lebten, hatte ich immer Kontakt zu Ihrer Familie und habe Lena Maria aufwachsen und erwachsen werden gesehen. Ich darf Ihnen sagen, dass ich ohne die Unterstützung und Hilfe von Marlene und Anna meine Kinder am Ende des Krieges und weit darüber hinaus nicht hätte durchbringen können. Wir sind im Winter 1944 vom Osten, von Tilsit gekommen, das liegt im damaligen Ostpreußen an der Memel, an der Grenze zu Litauen und sind in Marburg am Bahnhof gestrandet und Ihrer Großtante sozusagen vor die Füße gefallen. Wir hatten ja gar nichts mehr, alles verloren bei der Flucht, mein Mann war gefallen und Ihre Großtante, die dort beim Hilfsdienst ausgeholfen hat, hat gesagt: Sie kommen zu mir und der braunen Schwester vom Hilfswerk ist sie einfach über den Mund gefahren und hat behauptet, wir seien weitschichtige Verwandte, auf die sie schon gewartet hätte. Ich hatte fünf Kinder, das kleinste war erst wenige Monate alt, ein Sommerkind. Das Haus Im Gefälle war einfach und klein, aber Marlene hat das Wohnzimmer für uns hergerichtet, sie ist für uns zu den Behörden gelaufen und hat Marken geholt. Da war auch noch ein ganz junges Mädchen, Katharina, die hat sich mehr der Anna angeschlossen. Die Anna und die Marlene haben alles mit uns geteilt. Anna war die Ruhigere von beiden, fast verschlossen und gegen Kriegsende hin ist sie kaum noch aus dem Zimmer gegangen, hochschwanger und keine Nachricht von ihrem Mann. Im De-

zember ist dann auch noch Lilli, eine Freundin von Marlene, dazugestoßen, die war nach dem furchtbaren Bombenangriff auf Gießen ohne Wohnung, die suchte eine Bleibe. Im Keller und dann, im Spätwinter im Gartenhaus waren zwei Frauen versteckt. Ich habe davon gewusst und hatte immer große Ängste, dass die Kinder das Versteck entdecken und die Menschen verraten könnten. Als die Amerikaner Ende März 1945 kamen, sind sie kurze Zeit später verschwunden. Anna und Marlene haben auch oft Essen und Decken in den Wald getragen, auch da habe ich weggeschaut und gebetet, dass es niemand von den Nachbarn merkt. Anna hat dann im Mai Lena Maria geboren, es war eine leichte Geburt, aber Anna hat lange Zeit gebraucht, sich zu erholen. Sie konnte nicht stillen und so habe ich endlich auch etwas zurückgeben können. In diesen Wochen und Monaten war Katharina für alle ein Sicherheitsanker, in ihrer ruhigen, freundlichen Art immer ausgleichend. Marlene hat viel Angst um Anna und das Kind gehabt. Anna hat bald die Hoffnung aufgegeben, dass Wolfgang, ihr Mann, zurückkommen werde, aber Marlene hat immer wieder die Soldaten, die von Italien kamen, auf den Bahnhöfen nach ihm gefragt und sich bald täglich beim Suchdienst erkundigt. Vor Kriegsende, Anfang 1945 ist das gewesen, hat sie unseren Großen oft in ihr Zimmer geholt. Da hing eine riesige Weltkriegskarte an der Wand und Marlene hat dort den Kriegsverlauf mit kleinen Fähnchen markiert, wenn sie den neuesten Wehrmachtsbericht im Dienst gehört hat. Die beiden Frauen haben zu Hause nie Radio gehört. Meinen Jungen hat die Karte mit den gesteckten bunten Fähnchen beeindruckt, aber er war doch enttäuscht, weil sie nur den Frontverlauf in Italien abgesteckt hat, andere Ereignisse der Kriegsberichterstattung waren ihr ganz unwichtig. Er hat sich auch verwundert, weil sie fast fröhlich war, wenn der Rückzug der Wehrmacht ganz deutlich zu sehen war, denn für ihn mit seinen zehn Jahren war alles andere als ein Sieg Deutschlands unvorstellbar. Aber das sind alte Geschichten, die heute kaum noch jemand hören will. Meine Kinder erinnern die Jahre, die sie in Ihrem Haus leben durften, als eine glückliche Zeit in einem

*guten Zuhause. Für all das bin ich den Frauen in Ihrer Familie unendlich dankbar. Ich wünsche Ihnen viel Kraft und Gottes Segen! Möge Ihnen Ihre Mutter in der Ferne stets nahe sein!
Es grüßt Sie herzlich
Ihre Adelheid Schorn*

Annalena hört die weiche, etwas rauchige Stimme von Carla Bruni und schaut gedankenverloren zum Fenster heraus. Die Knospen der Bäume sind schon prall gefüllt, auch die Krähe mit ihrem Gefährten hat sich wieder auf der Gartenbank eingefunden und schielt zu ihr hinauf. Warum hat sie von dieser Zeit nie etwas gehört. Warum haben die Mutter und die Großmutter nie davon erzählt. Sie haben doch nichts zu verheimlichen gehabt, bisher hat sie nur Gutes von den beiden und der Tante Marlene gehört. Vielleicht wollten sie mich nicht belasten. Vielleicht hat der Schmerz sie sprachlos gemacht. Die Großmutter hat im Krieg alle Menschen verloren, die ihr lieb waren. Und Marlene hat auch niemanden mehr gehabt, als ihr Bruder nach dem Krieg nicht zurückkam. Darüber kann man vielleicht nicht erzählen, vielleicht erst nach langer Zeit und wie es Holger gestern am Abend ausgedrückt hat, da braucht es vierzig Jahre und mehr und beide haben nicht lange oder gar nicht darüber hinaus gelebt. Aber wie unterschiedlich sie sich nach dem Ausbleiben des Mannes und Bruders verhalten haben, sie müssen sehr verschiedene Charaktere gehabt haben oder sie haben das Gleiche ganz unterschiedlich erlebt und für sich ausgelegt.

Zu Annalena steigt der Duft der Pasta herauf. Sie hört Bettina unten in der Küche hantieren. Viele Fragen, denkt sie, aber ich habe großartige Helfer um mich herum.

Bettina ist eine kreative Köchin, die von ihr gekochten Speisen neigen zur französischen oder mediterranen Küche. Sie probiert gerne neue Rezepte aus und Annalena hat sich bereits mit einer gewissen Erleichterung überzeugt, dass das Säubern der Küche für Bettina genauso dazugehört.

Bettina, was meinst du, könntest du dich einmal beim Deutschen Suchdienst nach meinem Großvater erkundigen, fragt sie,

als sie nach dem Essen zusammen im Wintergarten einen italienischen Espresso trinken.
Ja, natürlich, du gibst mir seine Daten und alles, was du von seinem Verbleib weißt, und dann werde ich das gerne tun. Es gibt auch noch andere Institutionen, die sich der Suche vermisster Soldaten widmen.
Ich weiß aber gar nicht viel. Wir haben die Unterlagen und Dokumente, Fotos und andere persönliche Schriften ja noch in den Kisten im Schrank liegen. Aber wenn ich mehr weiß, gebe ich dir Bescheid.
Es muss ja nicht gleich morgen sein. Jetzt decke ich den Tisch in der Küche, da können die Kinder besser essen als hier im Wohnzimmer. Charlotte wird bald hier sein. Sie wollte lieber früher kommen, weil es noch früh dämmert, und die Kinder sollen nach Kuchen und Kakao draußen herumspringen.
Kurz darauf hören sie die Mädchen lachen und rufen und die Klingel der Haustür ungestüm läuten. Annalena öffnet und die drei springen fröhlich herein. Charlotte eilt hinter ihnen her und mahnt zur Ruhe.
Sie sind so aufgeregt und freuen sich so, weil sie lange nicht hier waren, erklärt sie nach der ersten stürmischen Begrüßung.
Hallo, Annalena, hallo Bettina. Ich freue mich auf einen guten Kaffee und die Kinder können es sicher kaum erwarten, bis sie die Schokoladentorte probieren dürfen. Geht schon einmal in die Küche, ruft Charlotte und stellt die Kinderschuhe ordentlich im Flur auf und räumt Anoraks und Mützen auf die Seite.
So ein Wirbel, das hat mir wirklich gefehlt, lacht Annalena.
Nach Kakao und Schokoladentorte packt Charlotte die Kinder wieder in ihre Skianzüge und lässt sie hinaus in den Garten. Die Frauen setzen sich in den Wintergarten, von dort können sie die Kinder beobachten.
Bettina, wie hast du dich eingelebt, möchte Charlotte wissen.
O ja, sehr gut, Charlotte, das Haus ist wunderbar und mein Zimmer ist wunderschön und wir verstehen uns sehr gut.
Wir sehen uns nicht so oft, meint Annalena. Wir haben alle einen anderen Tagesablauf, aber das ist sicher gut so.

Das ist wirklich eine Frauenwohngemeinschaft. Ich wünsche euch, dass ihr es gut miteinander habt.
Ja, antwortet Bettina, so gut, dass wir gestern sogar Zeit zum Kinobesuch hatten.
Welchen Film habt ihr gesehen.
Die fetten Jahre sind vorbei und danach waren wir noch Pizza essen. Ich habe eine gute Rezension darüber gelesen, aber ich werde wohl wieder mal keine Zeit finden, ihn mir anzusehen, das passiert mir oft. Die Kinder lassen mir wenig Spielraum. Was hat euch daran gefallen, fragt Charlotte interessiert.
Ich habe darüber nachdenken müssen, welche Aufbruchsstimmung in den 1960er-Jahren in Deutschland spürbar war und auch umgesetzt wurde. Das ist während der Studienzeit meiner Mutter gewesen. Darüber möchte ich mehr erfahren, meint Annalena.
Da war ich noch ein sehr kleines Kind, aber mir ist vorgekommen, dass damals alles sehr kleinbürgerlich und eng war, da war ein sehr konservatives Denken, wenigstens bei mir zu Hause, gibt Charlotte zurück. Ich erinnere mich an quälend lange Sonntage und die heute unvorstellbaren Erziehungsmethoden im Kindergarten.
Ich glaube, meine Eltern waren auch keine Revoluzzer. Mein Vater hat sicher keinen Ernesto Guevara an der Wand hängen gehabt und meine Mutter hat auch mehr Schlagermusik als Rock oder Beat gehört, überlegt Bettina.
Die Haustüre wird aufgeschlossen und wenig später kommt Cornelia herein.
Hallo, was diskutiert ihr so eifrig, fragt sie.
Wir reden darüber, wie das Leben unserer Eltern in den 1960er-Jahren gewesen ist. Annalena und Bettina haben gestern im Kino einen Film gesehen, da war die 1968er-Bewegung in Deutschland ein zentrales Thema. Wie war das bei euch zu Hause.
Also, ich glaube, davon haben meine Leute nur in der Zeitung gelesen oder im Radio gehört. Bei uns im Dorf ändert sich nicht so viel oder nur sehr langsam, die Arbeit gibt alles vor und revolutionäre Gedanken haben da kaum Platz. Das Bauernleben richtet sich an anderen Gegebenheiten und Prioritäten im Leben aus.

Ich denke aber, dass meine Mutter davon sehr geprägt worden ist. In diesem Haus gab es keine Autoritäten, gegen die man sich auflehnen musste, so habe ich das erlebt. Sie war in ihrem Denken sehr frei und im Leben ungebunden, außer, dass ihr die Großmutter sehr wichtig war und natürlich ich, fügt Annalena leise hinzu. Damit man so werden kann, muss man sich erst entwickeln und reifen und dazu wurde ihr die Möglichkeit gegeben. Ich würde gerne wissen, welche Interessen meine Mutter als junge Frau hatte, was sie gelesen hat, ob sie als Studentin politisch aktiv geworden ist. Wollte sie die Gesellschaft verändern, friedlich oder mit Gewalt. War die 1968er-Bewegung für meine Mutter nur ein kurzes Zwischenspiel, das sie vom Rand aus beobachtete oder konnte sie dadurch zu neuen Lebensformen finden.
Ist dir das sehr wichtig, fragt Cornelia behutsam, während Charlotte und Bettina erstaunt dem ungewohnten Wortschwall Annalenas zugehört haben.
Ja, das ist mir wichtig. Ihr wisst, wie viele Fäden ich entwirren muss, um ein stimmiges Bild über die Geschichte meiner Familie gewinnen zu können, gibt Annalena zurück.
Vom Garten her hören die Frauen die Kinder laut nach Charlotte rufen.
Ja, für mich ist es erst mal aus mit dem Nachdenken, wir werden jetzt gleich aufbrechen, lacht Charlotte. Sie ruft die Kinder zur Haustüre und sorgt dafür, dass sie sich von Annalena verabschieden.
Annalena, wir haben dir etwas mitgebracht, flüstert das große Mädchen schüchtern. Sie gibt Annalena ein kleines Päckchen. Annalena wickelt es vorsichtig aus. Darin liegen drei geschnitzte Engelfiguren aus Holz.
Das sind Schutzengel, meint die Kleine.
Die sollen dich beschützen, weil du jetzt keine Mama mehr hast, erklärt die größere Schwester.
Deine Mama hat oft gesagt, wenn wir heimgehen mussten, *Ich wünsche Dir Glück und Segen auf dem Weg bei jedem Schritt. Gott sende einen Engel, nur für Dich, der gehe mit*, sagt die älteste Schwester mit ernstem Gesicht auf.

Annalena schluckt. Bettina nimmt die drei Mädchen in den Arm und sagt, dass sie das ganz großartig gemacht haben, und begleitet Charlotte hinaus zum Gartentor.
Du wirst die Antworten bestimmt finden, flüstert Cornelia Annalena zu, während beide vom Haus her die Kinder auf den Gehsteig laufen sehen. Auf der Gartenbank hockt eine Rabenkrähe und folgt ihnen mit ihrem Blick.

Am Abend setzt sich Annalena an den Wohnzimmertisch und schreibt eine Liste. Vieles ist bisher nicht liegen geblieben, stellt sie erleichtert fest. Sie muss noch einen Termin beim Notar ausmachen, dessen Sekretärin sie in der Vorwoche angerufen hat. Da sind auch noch Daueraufträge für die Betriebskosten des Hauses zu ändern und zwei Kondolenzbriefe liegen noch auf der Kredenz und müssen beantwortet werden. Sie sucht bei den CD-Aufnahmen ihrer Mutter das Gloria von Vivaldi heraus, eines ihrer Lieblingswerke, holt sich ein Glas Rotwein und schaut durch das Wintergartenfenster. Sie versucht, sich an die Großmutter Anna zu erinnern. Sie sieht sie vor sich, schlank, schnell am Weg, meistens freundlich lächelnd und sehr ruhig. Die Großmutter liebte Musik und kannte eine Vielzahl von Märchen und Sagen, von Reimen, Liedern und Sprichwörtern. Sie spielte mit Begeisterung selbst erdachte Kasperlestücke, spontan, an ihren Kindergeburtstagsfeiern oder auch für Annalena als einzige Zuschauerin. Sie muss sich ihr Wissen selbst angelesen haben, überlegt Annalena, woher soll es sonst gekommen sein. Vielleicht war auch ihre Familie sehr musisch gebildet, aber darüber würde sie nichts mehr in Erfahrung bringen können. Seltsam, dass sie nie nach Österreich fahren wollte, sie war doch eine begeisterte und erfahrene Bergsteigerin. Ob das mit dem Tod des Großvaters und dem Tod von Tante Marlene zu tun hatte. Onkel Jochen könnte ihr sicher noch mehr von den beiden Frauen erzählen.
Leise öffnet sich die Wohnzimmertür und Monika huscht herein. Störe ich dich, fragt sie vorsichtig.
Nein, gar nicht, ich lasse den Tag ausklingen, wir hatten Kinderbesuch und es war ein Wirbel im Haus. Es war schön. Und bei dir.

Oh, die Fahrt war lang, aber es hat sich gelohnt. Ich habe nette Kollegen kennengelernt und viele Blumenzwiebeln mitgebracht, also Arbeit, aber ich freue mich schon darauf. Einige Schalen mit den Frühblühern hier an der Haustür, das würde schön aussehen.
Ja, tu du nur, ich freue mich auch auf die Frühlingsfarben.
Was hörst du da, möchte Monika wissen.
Das ist ein Gloria von Vivaldi, eine Aufnahme, die meine Mutter geliebt hat.
Da kenne ich mich nicht aus. Überhaupt verstehe ich von Musik gar nichts. Diese Musik jetzt mag ich gerne hören, aber ich wüsste nicht, was es ist.
Das macht doch nichts. Wichtig ist für mich nur, dass die Musik nicht seicht und dumm ist, denn sie hat eine Aufgabe.
Musik hat eine Aufgabe, welche Aufgabe könnte das denn sein, abgesehen davon, dass manche Menschen davon leben können.
Ja, die Musik begleitet uns und stimmt uns froh oder traurig, lässt uns auch manches leichter ertragen, kann trösten und uns auch zum Nachdenken auffordern.
So habe ich das noch nie gesehen. Bei uns zu Hause dudelt halt das Radio, aber niemand hört genau hin. Die Musik, die du hörst, ist ganz anders. Ich werde bei dir noch viel lernen können.
Und ich von dir. Weißt du, wenn man ständig etwas hört, wird man taub. Hilfst du mir, wenn ich am Friedhof Krokusse und Tulpen setze. Das kann ich nicht so gut.
Ja, super, ich habe neue Sorten aus Holland mitgebracht, das mach ich gerne. Aber die Frühblüher setzen wir erst im Herbst.
Gute Nacht, Annalena, ich muss morgen sehr früh ins Geschäft.
Ja, ich muss auch früh aus dem Haus. Gute Nacht, schlaf gut.

Das Notariatssekretariat hat Annalena einen Termin für die Testamentseröffnung zugeteilt, der auf ihren freien Nachmittag fällt. Sie kennt den Notar, Dr. Wiederholt, schon so lange sie zurückdenken kann, er scheint alle Rechtsgeschäfte in ihrer Familie geregelt zu haben. Als sie die Kanzlei betritt, deutet ihr die Sekretärin, dass sie gleich, ohne warten zu müssen, weitergehen kann. Als sie den Raum des Notars betritt, steht dieser auf und kommt ihr entgegen.

Guten Tag, Fräulein Weiss. Ich darf Ihnen nochmals mein herzliches Beileid zum Verlust Ihrer Mutter aussprechen. Nun wartet hier die rechtliche Abwicklung der Verlassenschaft nach Ihrer Frau Mutter, also die Eröffnung des Testaments, auf Sie und ich möchte Ihnen helfen, sich dabei zurechtzufinden. Zum Glück liegen meines Erachtens die Fakten sehr klar vor uns. Bitte, nehmen Sie doch Platz. Ich lese Ihnen nun den letzten Willen Ihrer Frau Mutter Lena Maria Weiss vor. Sie hat das Testament mit mir zusammen erstellt und in meiner Kanzlei deponiert.

Annalena nickt und hört zu. Der Wille der Mutter ist klar und deutlich. Sie, Annalena, ist Alleinerbin ihres Besitzes, allerdings hat die Mutter noch einige Legate angegeben.

Bitte, Herr Dr. Wiederholt, was ist ein Legat.

Nun, das ist ein Vermächtnis. Ihre Frau Mutter hat verfügt, dass aus ihrem Erbe, auf das Sie alleine einen Erbanspruch haben, an fünf verschiedene Institutionen eine bestimmte Summe Geldes vermacht wird. Dafür tragen Sie die Verantwortung und nur mit Ihrem Einverständnis, die Legate anzuerkennen, wird das Testament rechtsgültig vollstreckt.

Annalena schluckt und nickt mit dem Kopf. Der Notar lächelt ihr aufmunternd zu und reicht ihr ein Blatt Papier, auf dem die Legate verzeichnet sind. Eine gleich große Summe soll dem Hospiz des Diakoniewerks in ihrer Stadt, der deutschen Kriegsgräberfürsorge und dem Schwarzen Kreuz in Österreich, den v. Bodelschwinghschen Stiftungen Bethel und einem Förderkreis zur Erhaltung einer jüdischen Synagoge in Hessen, im Landkreis Waldeck-Frankenberg, vermacht werden.

Dr. Wiederholt betrachtet Annalena und nickt ihr aufmunternd zu. Haben Sie dazu noch Fragen, würden Sie die Legate anerkennen.

Ja, natürlich, selbstredend, wie können Sie denn zweifeln.

Ich zweifle nicht, ich muss Sie das fragen. Und nun unterschreiben Sie mir hier und hier.

Meine Sekretärin berät Sie in den nächsten Tagen und Wochen gerne, wie Sie nun weiter vorgehen müssen. Die Legatsabwicklung macht unser Notariat. Es ist gar nicht kompliziert, aber es muss alles seine Richtigkeit haben.

Und nun, fährt der alte Herr lächelnd fort, bleiben Sie hier noch ein wenig sitzen. Ich lasse Ihnen einen Kaffee bringen. Ich freue mich, wenn ich noch ein wenig mit Ihnen plaudern kann. Mein Notariat wird aus Altersgründen mit Ende des nächsten Jahres geschlossen werden. Ich habe die festgesetzte Altersgrenze bereits überschritten und bin längst überfällig.

Er drückt auf einen Knopf einer Gegensprechanlage und bittet die Sekretärin um Kaffee für den Besuch.

Wie lange waren Sie hier in der Stadt als Notar tätig, möchte Annalena wissen, aber eigentlich fragt sie es nur, damit etwas gesagt wird und das Schweigen nicht belastend wird.

Ja, es waren doch einige Jahrzehnte. Stellen Sie sich vor, ich war als Notariatsanwärter seit 1950, damals noch bei meinem Vorgänger, in dieser Kanzlei. Mit den Frauen Ihrer Familie bin ich als Notar immer wieder zusammengekommen.

Ja, bitte, Dr. Wiederholt, erzählen Sie. Das ist wirklich wichtig für mich, beteuert Annalena lebhaft.

Selbstredend. Einiges werden Sie vielleicht gar nicht wissen, aber ich habe mir das Einverständnis Ihrer Frau Mutter geholt, dass ich Ihnen gegenüber manches erzählen darf, was sonst mit meinem Ausscheiden aus dem Berufsleben für immer verloren gehen würde, nicht in den Akten, sondern als wichtige Einschnitte im Lebensalltag Ihrer Familie, von denen Sie Kenntnis haben sollten. Ich versuche, es zusammenzufassen und nach den Jahren zu ordnen.

Er macht eine Pause, während die Sekretärin den Kaffee für Annalena auf dem Tisch neben ihrem Sessel abstellt, bedankt sich und fährt mit seinen Ausführungen fort, nachdem diese den Raum verlassen hat.

Erstmalig hatte ich Anfang der 1950er-Jahre mit Ihrer Großmutter Anna Weiss und Ihrer Großtante Marlene Weiss beruflichen Kontakt. Es ging um die Erklärung des Todes Ihres Großvaters Wolfgang Weiss, der seit 1945 vermisst war. Der Todeserklärung folgten einige rechtliche Schritte, wie Sie sich denken können.

Das war kompliziert, aber es ging so aus, dass beiden Frauen zu gleichen Teilen das Haus Im Gefälle samt Inventar überschrieben wurde. Sonstiges Vermögen war nicht vorhanden. Im Jahr 1960 haben beide Frauen eine recht große Erbschaft angetreten. Ihre Großtante hatte in den letzten drei Kriegsjahren zwei junge jüdische Frauen, zwei Schwestern hier aus dem hessischen Raum, in ihrem Haus versteckt und diesen dadurch mit großer Wahrscheinlichkeit das Leben gerettet. Ihre Großmutter hat das spätestens seit Herbst 1944, als sie in das Haus Im Gefälle zog, gewusst und verantwortlich mitgetragen. Der Vater dieser Schwestern, der die Zeit des Naziregimes ebenfalls überleben konnte, hat Ihrer Großmutter und Ihrer Großtante eine hohe Geldsumme in seinem Testament vermacht. Diese jüdische Familie lebte damals in den USA und meine Kanzlei übernahm die rechtliche Abwicklung des Vermächtnisses. Das war auch für mich berufliches Neuland.

1965 kam es zum tragischen Tod Ihrer Großtante in Österreich, hier wurde ich von Ihrer Großmutter zunächst mit der Vermisstenanzeige und dann, nach einigen Jahren, mit der Todeserklärung beauftragt, ich war auch für die Regelung des Nachlasses Ihrer Großtante verantwortlich. Sie hatte ein Testament hinterlassen, in dem Ihre Großmutter und Ihre Mutter als Alleinerbinnen aufschienen. Nach dem Tod Ihrer Großmutter Anna 1990 ging deren Hausanteil als Erbe an Ihre Frau Mutter, diese war bis zu ihrem Tod Alleinbesitzerin des Hauses. Es ist schuldenfrei, im Grundbuch sind keine Hypotheken eingetragen.

Annalena atmet tief ein und schaut den Notar fragend an, der eine Pause gemacht hatte und nun gedankenverloren vor sich hinsieht. Da ist mir einiges ganz neu, sagt sie leise. Ich habe von all dem vor dem Tod meiner Mutter kaum etwas gewusst. Nun erfahre ich vieles von mir eigentlich fremden Personen.

Nun, wenn die Personen Ihnen auch fremd zu sein scheinen, so bin ich doch überzeugt, dass diese ihre Erinnerungen Ihnen nur mit bestem Gewissen zukommen lassen.

Ja, das denke ich auch, aber es ist halt viel, es ist wie bei einem Mosaik, in dem noch viele Stücke fehlen.

Ja, das verstehe ich. Aber noch eines muss ich Ihnen mitteilen. Sie haben Ihren Vater nie kennengelernt, auch sonst hat niemand jemals von seiner Person Kenntnis erhalten. Ihr Herr Vater hat ohne Nennung seines Namens und ohne Wissen Ihrer Frau Mutter kurz nach Ihrer Geburt hier in meinem Notariat ein Sparbuch hinterlegen lassen, in dem regelmäßig bis zu seinem Ableben eingezahlt wurde. Mein Notariat hat das Sparbuch treuhändisch verwaltet und hatte den Auftrag, es Ihnen persönlich nach dem Tod Ihrer Frau Mutter auszuhändigen. Sie können darüber verfügen, das Losungswort ist in dem beigefügten Kuvert angegeben.

Der Notar steht auf und öffnet umständlich den Tresor an der Rückwand des Raumes, entnimmt eine schmale lederne Banktasche und überreicht sie Annalena.

Sie müssen mir den Erhalt des Sparbuchs und des Losungsworts bitte noch quittieren. Ich habe das bereits vorbereitet, sagt er. Mir ist das eine große Freude, dass ich es Ihnen noch persönlich überreichen darf.

Ich danke Ihnen sehr, bringt Annalena hervor. Ich habe mit alldem nicht gerechnet.

Fräulein Weiss, bedanken Sie sich nicht bei mir. Wenn ich in meinem wirklich verdienten Ruhestand bin, dann werde ich mir erlauben, Sie Im Gefälle einmal zu besuchen. Ich wünsche Ihnen alles Gute.

Annalena verabschiedet sich, verlässt das Notariat und tritt auf die belebte Straße. Der Verkehrslärm ist nach der Stille in der Kanzlei des alten Herrn kaum zu ertragen, der Wind bläst kalt und die Luft schmeckt nach Staub und Abgasen, aber doch spürt Annalena die ersten Frühlingszeichen und gleichzeitig ein Gefühl großer Dankbarkeit, Erleichterung und Fröhlichkeit in sich aufsteigen. Zu Hause angekommen, öffnet sie die Fenster weit, um diese neue ungewohnte Frische in jeden Winkel strömen zu lassen, sie bäckt Apfelpfannekuchen und holt eine Flasche Champagner aus dem Keller. Ihren Mitbewohnerinnen gibt sie keine Erklärung, aber Cornelia und auch die anderen verstehen, dass dies ein ganz besonderer, ein einzigartiger Tag in Annalenas Leben sein muss, den es gebührend zu feiern gilt.

Mit mächtigen Frühlingsstürmen, Regen und den ersten Schneeglöckchen, prall gefüllten Knospen an den Bäumen, einem zarten grünen Schimmer über den Weiden am Fluss und auf den Äckern mit der Wintersaat verlässt der Winter die Stadt und das Tal mit dem grünblauen Fluss zwischen den sanften Hügeln. Annalena steht im Wintergarten, liest den vorletzten noch verbliebenen Kondolenzbrief und schaut dann nachdenklich in den Garten, wo Monika am Frühbeet werkelt. Der Brief war kurz und mit dem Computer geschrieben worden.

Sehr geehrtes Fräulein Weiss!
Mit Bestürzung habe ich vom Tode Ihrer Mutter Lena Maria erfahren. Bitte entschuldigen Sie, dass ich nicht persönlich am Begräbnis teilnehmen und Ihnen kondolieren konnte, aber meine Kräfte reichen nicht mehr aus, eine größere Fahrt zu unternehmen, und mein Augenlicht ist so schwach, dass ich meine Enkeltochter bitten muss, Ihnen diese Zeilen zu schreiben.
Sie kennen mich nicht und auch Ihre Mutter hat mich mit den Jahren ganz aus den Augen verloren. Ich bin zusammen mit dem Vater Ihrer Mutter in Italien als Soldat gelegen und habe mit ihm den Rückzug überstanden. Es ist heute noch unfassbar für mich, dass Wolfgang nicht mehr nach Hause finden konnte. In den ersten Nachkriegsjahren bin ich immer wieder bei Ihrer Großmutter Im Gefälle gewesen, um mich nach dem neuesten Stand der Dinge zu erkundigen, aber leider haben wir alle von Wolfgang nichts mehr in Erfahrung bringen können. Ihre Großmutter war eine sehr tapfere herzensgute Frau, die unter diesem Verlust sehr gelitten hat.
Es wäre mir eine große Freude, wenn Sie einmal die Gelegenheit finden würden, mich hier in Eiterfeld aufzusuchen.
Es grüßt Sie sehr herzlich
Ihr Norbert Gensen

Monika hockt vor dem Frühbeetkasten, setzt Zwiebeln und sät den ersten Salat aus. Sie ist so vertieft in ihre Arbeit, dass sie erst aufschaut, als Annalena sie behutsam mit ihrem Namen anruft.

Annalena, was gibt's, fragt sie und lacht. Dein Garten ist ein Traum, du musst mir sagen, wenn ich dir zu viel verändere.
Aber nein, lass doch, an deinem Tun haben wir alle viel Freude und Nutzen zugleich. Ich wollte dich etwas fragen. Du hast mir doch erzählt, dass du im Frühling, im April, einmal in die Hohe Rhön auf ein Kräuterwochenende fahren willst. Ich müsste auch dorthin, vielleicht können wir zusammenfahren.
Ja, gerne. Ich sage dir die Termine und dann buchen wir. Willst du mehr über Heilkräuter erfahren.
Das kann ja nicht schaden, wenn ich mir meinen Tee bei Halsschmerzen selbst zusammenstellen kann, oder was sonst immer. Als Kind haben mich die Kräuterhexen im Buch von der kleinen Hexe besonders fasziniert. Aber im Ernst, die Seminare finden doch in der nordwestlichen Rhön statt, hast du mir erzählt. Ich müsste dort in Eiterfeld einen sehr alten Herrn besuchen, das war ein Kriegskamerad von meinem Großvater, der würde mich gerne kennenlernen und ich möchte ihn auch einiges fragen, was das Kriegsende betrifft, als mein Großvater nicht mehr heimgekommen ist. Monika blättert in einem Notizbuch, das sie aus der Gartenschürze hervorgezogen hat.
Wir könnten Ende April fahren, da geht es um Küchenkräuter und Heilkräuter. Vor allem Küchenkräuter verkaufen sich im Frühling gut und da kann ich mir ein paar gute Tipps holen. Ist dir das recht, Annalena, von Freitag am Nachmittag bis Sonntag am Abend.
Ja, natürlich. Wir fahren Freitag zu Mittag und machen es uns fein. Da liegt das Hessische Kegelspiel, es ist zwar ein wenig abgeschieden, aber die Landschaft ist beeindruckend. Ich war dort mit meiner Mutter schon einmal mit dem Rad unterwegs. Dort gibt es eine Reihe von Basaltkuppen, früher haben die Menschen geglaubt, hier hätten Riesen in einer vergangenen Zeit ein Kegelspiel aufgebaut.
Das kannst du mir dann an Ort und Stelle noch genau erzählen. Wir übernachten in Unterufhausen, dort ist auch das Seminar in einem Bauernhof, klingt lustig.
Ja, aber das ist wirklich eine einsame raue Gegend. Ich freue mich, wenn wir das zusammen machen. Dem Freund meines Groß-

vaters gebe ich gleich Bescheid, am besten kündige ich uns für den späteren Sonntagnachmittag an, für einen kurzen Besuch. Soll ich mitkommen, störe ich nicht, fragt Monika.
Du und stören. Ich brauche dich doch, dich und dein Auto, Monika.
Ja, dann buche ich das Wochenende, das geht über das Internet.

Annalenas Entschluss, Monika um ihre Begleitung zu bitten, war eine rasche Entscheidung ohne größeres Nachdenken gewesen. Entscheidungen ohne Kopflastigkeit sind oft sinnhafter und zielführender als solche, die nach reiflichen Überlegungen und Überprüfen des Für und Wider gefällt werden, das weiß sie. Annalena freut sich auf dieses Wochenende. Sie mag die Hohe Rhön, diese karge bergige Landschaft an der osthessischen Grenze. Sollte der Besuch bei diesem alten Herrn belastend sein oder auch keine neuen Erkenntnisse bringen, so würde sie doch einem alten Freund der Familie eine Freude machen. Mit Monika an der Seite würde das Rhönwochenende sicherlich ein schönes Erlebnis werden, daran zweifelt Annalena nicht. Nach dieser Stunde der Testamentseröffnung im Notariat Dr. Wiederholts, mit seinen persönlichen Erinnerungen an die Frauen, die in diesem Haus gelebt hatten und der überraschenden Eröffnung am Ende des Gesprächs hat Annalena viel Offenheit dem Leben gegenüber gewonnen. Cornelia, die ihr am nächsten steht, kommt sie einfach unglaublich verändert vor, so viel Lebensfreude hätte sie ihrer Freundin früher nicht zugestanden. Lebenskraft, Ausdauer und Zähigkeit gewiss, aber diese überschäumende Freude, die mitunter in Annalenas Augen aufzublitzen scheint, ist ihr neu und fremd. Cornelia freut sich mit Annalena, wenn sie auch die Zusammenhänge höchstens vermuten kann, denn bei den Recherchen, die ihrer Freundin noch bevorstehen, wird sie Lebensmut und Optimismus und hin und wieder ein fröhliches Augenzwinkern brauchen können.

In ihrem Betrieb in der Oberstadt wird in diesen Tagen die Sommerkollektion bestellt, von der sich Henner bereits im Winter auf den Messen einen Überblick verschafft hatte. Henner ent-

wirft auch gerne das eine oder andere Schmuckstück selbst und Annalena hilft ihm bei der Ausfertigung. Es ist auch schon vorgekommen, dass Annalena nach einer kreativen Vorzeichnung ein Unikat herzustellen vermochte, dessen Anfertigung in einer kleinen Serie schöne Erfolge beim Verkauf erzielen konnte. In diesem Vorfrühling ermuntert Henner seine Mitarbeiterin, wieder einmal einen eigenen Entwurf einzubringen.
Du hast doch oft so fantasievolle Ideen und dein Gespür für Ästhetik, für das Schöne, ist doch deinen Werkstücken wirklich anzumerken. Magst du es doch nicht wieder einmal probieren.
Ach, Henner, eigene Ideen habe ich nach diesem Winter gar keine, das kannst du mir glauben. Aber ich habe da etwas zu Hause, erinnerst du dich noch an die Tasse, die ich dir einmal gezeigt habe.
Ja, die Tasse. Was willst du jetzt mit der Tasse anfangen, erkundigt sich Henner mit einem fragenden Unterton.
Also, das Motiv darauf, das hat der Wolfgang, mein Ururgroßvater hier in diesem Haus als Krawattennadel umgesetzt. Das war sein Gesellenstück. Es sind drei Alpenblumen, das wäre doch ein schönes Sommermotiv.
Da könnte wirklich etwas daran sein, Annalena. Bringe die Nadel und die Tasse doch einmal mit. Wir können die Blumen ja etwas modifizieren.
Ja, das gleiche Stück würde ich nicht anfertigen wollen, aber ein ähnliches Design vielleicht oder als Armband oder an einer Halskette.
Ich sehe schon, du wirst dich davon gar nicht mehr abbringen lassen. Ach, übrigens, mein Vater möchte dich gerne einmal beim Nachmittagskaffee sehen, ob es dir heute passen würde. Heute schließen wir sicher pünktlich, fügt Henner an, wenn es ruhig ist, kannst du schon früher hinaufgehen. Meine Mutter freut sich auch auf einen Kaffeeplausch.

Am späteren Nachmittag steigt Annalena hinauf in die Wohnung ihrer Verwandten. Sie sieht die Familie zwar regelmäßig, aber doch nur kurz, auf einen Augenblick, zu einem ausführlicheren

Gespräch ist es seit den Wintertagen nicht mehr gekommen. Annalena läutet und die Tante öffnet so rasch, dass man vermuten könnte, sie hätte bereits hinter der Türe auf den Besuch gewartet. Aber ihr Lächeln und ihre Freude über Annalenas Kommen sind echt und ungekünstelt. Sie führt die junge Frau hinein in die Stube mit dem Erker, in dem der Onkel bereits am gedeckten Kaffeetisch sitzt.

Hallo Onkel Jochen, nickt ihm Annalena zu, ich danke euch für die Einladung.

Ja, das ist schön, dass du die Zeit findest, dich einmal zu uns zu setzen.

Ja, seit Bettina nicht mehr hier ist, ist es so ruhig hier, klagt die Tante. Annalena wird beklommen zumute. Was soll das, Bettinas Mutter wird doch nicht darauf bestehen wollen, dass ihre Tochter wieder nach Hause ziehen soll.

Nun lass mal, brummt indes der Onkel. Wir sehen Bettina jetzt regelmäßiger als früher und wenn sie kommt, hat sie Zeit und nimmt sie sich für uns, für Henners Familie und für meinen Vater. Gerade mein Vater braucht die Abwechslung und unseren Wirbelwind ganz besonders. Das ist doch schön. Ich glaube auch, dass Bettina bei dir, Annalena gut zurechtkommt.

Ja, bestätigt Annalena, sie ist eine fantastische Köchin und sehr angenehm, sie hat sich schnell gut eingelebt. Ich freue mich, dass sie bei mir wohnen bleiben will. Das kann man von vorneherein nicht immer wissen, wie das so gehen wird. Aber wir vier passen gut zusammen, vielleicht, weil wir so unterschiedlich sind.

Ja, ich mache mir oft unnötig Sorgen, meint die Tante und seufzt auf. Aber nun nimm, Kuchen und Kaffee, Milch und Zucker, es ist alles da.

Onkel Jochen, ich habe noch eine Frage zu meiner Großmutter oder vielleicht auch zu Tante Marlene. Du hast die beiden doch zusammen erlebt, auch wenn du damals noch ein Junge oder ein junger Erwachsener gewesen bist, beginnt Annalena, nachdem sie länger mit Onkel und Tante über Allerweltsgegebenheiten in ihrer Stadt und in der Familie geredet hat.

Ob ich dir helfen kann, meint der Onkel auf seine eigene zögerliche Art.
Aber sicher, sprudelt es aus jetzt aus seiner Frau heraus. Ich habe die Tante nicht mehr erlebt, in Jochens Leben bin ich erst in diesem Unglücksjahr, als sie in den Bergen verschollen ist, getreten. Ich kann dir davon nichts erzählen, leider, aber Jochen ganz bestimmt, fügt sie an Annalena gewandt hinzu.
Ja, die beiden, Anna und Marlene. Wie meinst du das, wie sie zusammen waren, fragt der Onkel bedächtig nach.
Ja, ich meine, die beiden haben seit dem letzten Kriegswinter zusammengelebt. Mein Großvater kam nicht mehr heim und die beiden Frauen, die ihn geliebt oder verehrt und die an ihm gehangen haben, lebten mit einem ganz ähnlichen Verlust zusammen und mussten in dieser schrecklichen Notzeit ein Kind, meine Mutter, großziehen. Wie haben sie zusammen ihren Alltag gemeistert, haben sie gestritten, waren sie unzertrennlich, wie war das, ich würde das gerne wissen, Onkel, bitte.
Da muss ich überlegen. Natürlich sehe ich sie noch vor mir. Sie waren beide groß und schlank, Marlene war die lebhaftere, Anna hatte nach den Ereignissen der letzten Kriegswochen und der ersten Nachkriegszeit wohl den Lebenswillen verloren, es hat lange gedauert, bis sie wieder ins Leben gefunden hat. Vielleicht ist ihr das auch nie wieder wirklich gelungen, freilich ist sie im Alltag angekommen, irgendwann, aber ein Teil von ihr, so habe ich das empfunden, war stets weit fort. Einerseits waren die beiden sehr anhänglich, sie gingen immer zusammen in die Kirche, machten Ausflüge, besuchten Theateraufführungen und Konzerte und reisten gemeinsam mit deiner Mutter, immer in Deutschland, nach Bayern oder in die schwäbische Alp. Von Streit oder Unstimmigkeiten habe ich nie etwas gemerkt, auch in Geld- oder Wirtschaftsfragen waren sie einer Meinung. Sie waren beide sparsam und fleißig und noch dazu hübsche, ja schöne Frauen.
Oh ja, wirft die Tante ein, deine Großmutter war so zurückhaltend elegant, sogar bei der Arbeit, dabei hat sie alles selbst geschneidert. Sie und auch Marlene hatten auf ihre Art einen ge-

wissen Stil, um den habe ich sie beneidet. Ich kam mir neben ihnen immer etwas hausbacken vor.
Nun, nun, wiegelt der Onkel ab und wendet sich wieder Annalena zu.
Aber wenn du mich so hartnäckig fragst, ja, es gab da etwas, hält der Onkel inne und schaut aus dem Fenster zu den Fachwerkfassaden der Nachbarhäuser.
In der eingetretenen Stille ist nur das Ticken der Standuhr zu hören. Die Tante hält ganz gegen ihre Gewohnheit den Kopf gesenkt und scheint den Worten des Onkels nach zu lauschen.
Da war etwas zwischen den beiden, das war aber nicht greifbar, das hing zwischen ihnen und hatte mit der Gegenwart oder mit den vergangenen schweren Zeiten weniger zu tun, eher mit unserer Familie. Die Anna hat doch niemanden von unserer Familie gekannt, sie hat kaum etwas von Wolfgang und Marlene von früher her gewusst. Marlene hat sich doch so sehr zu den Alpenblumen, zu Sagen und Märchen aus der Alpenwelt hingezogen gefühlt. Sie hat Lena Maria ihre Kinderbücher von früher vorgelesen und mit ihr Lieder gesungen, die uns ganz fremd waren. Ich bin ja doch etwa gleichaltrig gewesen wie deine Mutter und war oft dort oben in eurem Haus Im Gefälle. Das ist mir aufgefallen. Deine Großmutter hat das nicht unterbunden, sie hat das nicht abgelehnt, aber sie hatte in diesem Zusammenhang Angst. Ja, ich glaube, sie hatte Angst und konnte diese Angst nicht aussprechen, aber das habe ich gespürt. Das war es, was zwischen ihnen beiden stand, ohne dass sie deshalb gestritten oder sich gar entzweit hätten. Sie waren sonst in allem einig und gut miteinander. Mehr kann ich dir dazu nicht sagen und manches, was vorbei ist, sollte man ruhen lassen, mein liebes Kind. Du darfst darüber nicht zu viel grübeln.
Nein, das Grübeln bringt nicht viel, wirft seine Frau ein, das ist alles lang vorbei und vergessen.
Ich danke dir, Onkel Jochen. Was du mir erzählt hast, ist sehr wichtig. Ich hatte auch gehofft, dass du mir mehr erzählen würdest als Familiengeschichten, die alle kennen und schon oft gehört haben.

Annalena verabschiedet sich und Onkel und Tante begleiten sie noch zur Türe.
Es war sehr schön, dass du wieder einmal vorbeigeschaut hast. Ich bin froh, dass es dir nun wieder etwas besser geht, meint die Tante zum Abschied, während der Onkel Annalena über den Kopf streicht und sich im Stillen fragt, ob er mit seinen Worten manches wieder aufgerissen hat, was er selbst schon lange vernarbt und verheilt geglaubt hat.

Annalena nimmt noch den Umweg über den Friedhof. Es dämmert bereits später als noch vor wenigen Wochen und sie kauft vor Schließung der Geschäfte eine Grabkerze und eine langstielige Rose für das Grab der Mutter. Der Friedhof ist in ein mildes Abendlicht getaucht. Annalena sieht eine kleine moosgefüllte Schale mit Zwiebelknollen, die Monika hierhergebracht haben muss, und legt die Rose daneben. Die Kerze flackert ein wenig und Annalena fragt sich, was ihre Mutter alles geahnt haben mag von dem, was der Großmutter Angst gemacht haben muss und wie groß die Angst ihrer Mutter gewesen sein muss, da auch sie nicht darüber zu reden vermocht hatte. Aber welcher Schrecken war in das Leben dieser Frauen getreten oder hatte alles viel früher begonnen. Wo waren die Zusammenhänge zwischen ihrer Stadt, dem Zweiten Weltkrieg, Österreich, einer Tasse und gepressten Alpenblumen, die ihr noch immer wie Knoten in einem verworrenen Knäuel Garn vorkamen.

Im Schlaf ist Annalena wieder ein kleines Kind. Sie steht auf einer Blumenwiese und rings umher sind hohe Berge mit Schnee bedeckt. Der Himmel ist von einem tiefen Blau. Von den Bergen stürzt sich ein Wasserfall in die Tiefe, er sieht aus wie wallendes graues Frauenhaar. In der Luft ist ein Summen. Frauen in weißen Kleidern tanzen über der Wiese, ohne mit den Füßen den Boden zu berühren. Sie halten sich an den Händen und schauen freundlich. Annalena legt sich in die Wiese zu Wollgras, Speik und Schusternagelen und schläft ein.

Der März bricht mit mächtigen Frühlingswinden den Winter. Monika hat für blühende Krokusinseln in den sonnigen Gartenwinkeln gesorgt und gegen die Monatsmitte hin beginnen die Palmkätzchen zu blühen und die ersten Tulpenspitzen ragen aus dem Boden. Am Fenster im Wintergarten blühen in bauchigen Gläsern Hyazinthen, die Monika seit Wochen vorgezogen und umsorgt hat. Annalena, Cornelia und Bettina kennen diese Frühjahrsboten und haben aufmerksam verfolgt, wie sich aus den Zwiebeln unter den Papierspitzhüten die duftenden farbenprächtigen Blüten entwickelten. An St. Gertraud, dem 17. März, einem Donnerstag, sind Annalena und Bettina am Abend alleine im Haus.
Es führt St. Gertraud die Kuh zum Kraut, das Ross zum Pflug, die Bienen zum Flug, meint Annalena beim Abendbrot zu Bettina. Wie, was hast du denn da wieder für einen Spruch ausgegraben, den kenne ich nicht, fragt Bettina und muss lachen.
Ja, aber St. Gertraud kennst du vielleicht schon, das war eine Heilige des Mittelalters, eine Äbtissin in Belgien, die dafür gesorgt haben soll, dass auch Mädchen das Lesen erlernen. Man nannte sie auch die Schutzherrin der Landstraße, weil sie sich besonders um fahrende Leute gekümmert hat. Ihr Gedenktag ist heute, am 17. März, da begann früher das Gartenjahr und so gibt es zahlreiche Sprüche, die Gertraud mit der Arbeit im Garten zusammenbringen. Wir hier in Marburg haben auch eine enge Verbindung zu diesem Frauennamen, denn so hieß die jüngste Tochter der Hl. Elisabeth, die als Witwe in unserer Stadt gelebt und gewirkt hat. Gertraud war Prämonstratenserin in Altenberg bei Wetzlar und soll auch viel Gutes für die Armen getan haben.
Meine Mutter meinte im März, dass Gertraud das Gartentörchen wieder aufschließt und zog wieder mit ihrer Gartenschürze in unseren kleinen Gartenhof hinter unserem Haus. Aber der ist so klein, da gab es damals nur ein paar Rosen und Schnittlauch. Charlotte hat dort einen kleinen Garten für ihre Mädchen gestaltet.
Bettina muss immer noch lachen.
Wie geht es dir beim Studium, erkundigt sich Annalena nach einer Pause.

O gut, danke. Ja, ich wollte dir etwas erzählen, eine Überraschung. Ich habe gestern in der Mensa Holger getroffen. Du weißt doch, er ist Assistent am Institut für Kulturanthropologie, das hieß früher Volkskunde. Er hat auch Zeitgeschichte studiert. Er leitet im Mai eine Exkursion nach Osttirol. Stell dir vor, die Universität in Innsbruck hat dort in Lienz über mehrere Jahre ein fächerübergreifendes Projekt durchgezogen, und zwar das Institut für Ur- und Frühgeschichte gemeinsam mit dem dortigen Institut für Europäische Ethnologie. Sie haben unter verschiedenen Aspekten die sogenannte Tragödie der Kosaken 1945 untersucht. Was ist das für eine Tragödie, unterbricht Annalena den Redeschwall von Bettina.

Ja, so genau weiß ich das noch nicht. Also, in den letzten Kriegstagen kamen mehrere Tausend Kosaken, die der deutschen Wehrmacht angehörten, auf der Flucht vor der Roten Armee in die Gegend um Lienz. Sie blieben eine Zeit dort und dann sind sie doch in die Sowjetunion gebracht worden. Die Spuren von ihrem Aufenthalt und den geschichtlichen Hintergrund haben die Studenten der zwei Institute jetzt nach sechzig Jahren versucht zu recherchieren und daraus wurde eine Ausstellung konzipiert. Also, die einen haben nach materiellen Überbleibseln gesucht, die anderen haben Zeitzeugenbefragungen durchgeführt. Ich werde mit dieser Studentengruppe von der Marburger Uni im Mai nach den Pfingstfeiertagen nach Lienz fahren und diese Ausstellung besuchen. Du fährst nach Lienz, fragt Annalena betroffen.

Ja, und ich werde dir sicher sehr viel Interessantes berichten können. Aber bis dahin ist es noch eine Zeit hin. Erst möchte ich dich um die Unterlagen von deinem Großvater Wolfgang bitten. Ich habe dir versprochen, mich an verschiedene Institutionen zu wenden, die bei der Suche nach vermissten Wehrmachtssoldaten behilflich sind. Und das möchte ich jetzt tun. Jetzt kommen die freien Tage über Ostern, da kann ich mir dafür Zeit nehmen. Ich weiß aber nicht, wie lange es dauern wird, bis ich eine Antwort erhalten werde.

Das willst du für mich tun. Und die Geschichte mit den vertriebenen Kosaken, also da bekomme ich eine Gänsehaut. Kannst

du mir darüber etwas zum Lesen besorgen, du kennst dich doch sicher bestens aus bei der Literatursuche.
Ja, gerne, ich bringe dir etwas von der Unibibliothek mit oder ich kopiere dir etwas, wenn ich die Bücher nicht ausleihen kann. Und jetzt gibst du mir die Dokumente von deinem Großvater, er hat sicher eine eigene Schachtel in dem Schrank, den wir neulich aufgeräumt haben.
Annalena und Bettina gehen hinüber in das Gästezimmer. Annalena öffnet den Schrank und der Geruch von Kampfer schlägt ihnen entgegen. Sie finden rasch das Gesuchte, ein schmaler Karton trägt die Aufschrift *Wolfgang*. Die Schrift ist in flüssigen Blockbuchstaben geschrieben. Annalena nimmt den Karton und trägt ihn zum Tisch im Wohnzimmer. Sie dreht die Deckenlampe an und setzt sich neben Bettina.
Puh, von dem Kampfergeruch in dem Schrank bekomme ich immer Kopfweh, meint sie und fährt sich mit den Händen über die Schläfen.
Ich auch, aber vielleicht sind wir auch aufgeregt, meint Bettina. Wer weiß, wann dieser Karton das letzte Mal geöffnet oder geschlossen worden ist. Ich mache uns noch schnell einen guten Tee mit Zitrone und wir können auch das Fenster öffnen. Vielleicht huscht draußen die Heilige Gertraud vorbei und winkt uns, herauszukommen.
Hast du keine Achtung vor den Heiligen, lacht Annalena, ich werde morgen früh vor der Arbeit meine Strecke laufen, heute Abend bringen wir das hier zu Ende.
Annalena nimmt gedankenverloren die Botanisiertrommel in die Hand. Ein sehr altes Stück, ich müsste es dem Antiquar in der Nicolaigasse zeigen, denkt sie, öffnet vorsichtig die Klappe und zieht das Seidenpapierpäckchen heraus. Schon lange hat sie die Angst vor diesen Zeichen vergangener Zeit verloren, aber ein Gefühl der Scheu ist geblieben. Da ist noch etwas, murmelt sie leise und zieht ein gefaltetes Papier aus dem Bauch der Trommel. Es ist ein altes Blatt vergilbten Papiers, ähnlich einem Briefbogen, an den Faltkanten schon bräunlich verfärbt. Auf der Innenseite steht in Sütterlin Kurrentschrift mit kleinen eigenartig zarten

Buchstaben ein Gedicht. Diese Handschrift habe ich schon gesehen, denkt Annalena, es ist die gleiche, mit der die Sage vom Tauerntal im Herbarium geschrieben war. Sie legt das Blatt vor sich hin und versucht zu lesen.
Bettina schreckt sie auf, als sie mit den Teegläsern zum Tisch tritt. Was, hast du etwa schon begonnen, du bist aber neugierig, lacht sie.
Nein, ich habe das in der Botanisiertrommel entdeckt, das ist mir bisher noch nicht aufgefallen.
Was ist das, lies doch bitte vor, meint Bettina und schaut sich das Blatt an. Kannst du das entziffern, fragt sie erstaunt.
Ja, meine Großmutter hat es mich gelehrt, so konnte ich die Kinderbücher aus ihrer Kindheit selbst lesen.
Ja, aber nun lies schon, drängt Bettina. Schau, es ist signiert. M.W. 1919
Etwas stockend beginnt Annalena.

Sommerwiese
Wo die Berge in den Himmel ragen liegt unsere Welt der Langsamkeit
Als hätte die Welt den Atem angehalten wachsen Wolken in die Ewigkeit
Über die Felswände fließt goldenes Licht und drüben verschleiern Schatten die Hänge
Um uns lichtes silbriges Weiß der Wollgrasblüten, das tiefe Blau der Schusternagelen und Inmitten der kleinblütige unscheinbare Speik
Der Wind führt die Gräser zum Tanz
In der Luft liegt ein eifriges Summen
Das Licht zerfließt zwischen unseren Händen
Unsere Schritte sind behutsam und achten die silbrig leuchtenden Disteln
Die freudig die Große Sonnenmutter grüßen

Das ist sehr schön, meint Bettina nach einer Pause.
Ja, wer es geschrieben hat, war gerne dort oben, dem Himmel so nahe, meint auch Annalena. Es ist tief empfunden. Ich weiß aber auch, wer es geschrieben hat. 1919, das kann nur meine Urgroßmutter gewesen sein, Magdalena. Sie, also Wolf und Magdalena, waren also schon kurz nach Ende des Ersten Weltkrieges in

den Bergen. Schon wieder ein Puzzleteil, das uns irgendwohin führt und von dem wir vorher nicht wussten.

Ja, aber jetzt öffne ich diese Schachtel, sonst kommt uns noch etwas in die Quere, sagt Bettina resolut und öffnet den Deckel. In der Schachtel liegen drei große Briefkuverts aus festem hellbraunem Papier, mit Klammern sorgfältig verschossen, beschriftet jeweils mit W o l f g a n g und den römischen Zahlen I, II und III. Die beiden Letzten hat die Großmutter beschrieben, meint Annalena erstaunt. Sie hat alles selbst geordnet. Die erste Zahl ist von einer anderen Hand geschrieben worden, vielleicht ist es die Urururgroßmutter Karoline gewesen.

Komm, wir beginnen mit dem ersten Umschlag.

Annalena und Bettina finden verschiedene Dokumente, die Geburtsurkunde und den Taufschein von 1922, Schulzeugnisse, alte Schulklassenfotografien mit streng blickenden Lehrpersonen und ernst dreinblickenden Schülern, Impfausweise, einen Ahnenpass und Sportabzeichen. In einem gefalteten Papier liegen Kinderzeichnungen und ein Muttertagsgedicht, in einem kleinen Umschlag einige Familienfotografien. Annalena erkennt Wolf und Magdalena und Wolfgang als Kind zusammen mit Marlene mit einer alten Frau vor ihrem Haus Im Gefälle. Das muss ihre Großmutter Karoline sein, überlegt sie laut und zeigt Bettina die Fotografie. Sie legen alle Unterlagen und Bilder chronologisch vor sich hin. Die letzten Dokumente sind der Konfirmationsschein von 1936, das Schulabgangszeugnis von 1938 und der Gesellenbrief aus dem Jahr 1940.

Im zweiten Umschlag liegen zwei Bündel, jeweils mit einer Schnur zusammengehalten. Das erste Bündel enthält nur lose Blätter von minderer Qualität, es sind offizielle Papiere der Wehrmacht. Bettina blättert darin.

Die nehme ich zu mir, sagt Bettina. Ich mache davon Kopien und gebe sie dir genauso zurück, wie wir sie vorgefunden haben. Dein Großvater Wolfgang ist 1940 eingezogen worden, war zunächst kurz an der Westfront in Frankreich, dann an der Ostfront, noch später in Italien. Ich werde dir das genau auflisten, verspricht sie, es sind auch einige Feldpostbriefe dabei.

Im zweiten Bündel finden sie den Trauschein von Anna und Wolfgang und eine Hochzeitsfotografie, eine Schwarzweißaufnahme, und einige Fotografien der beiden zusammen am Ufer der Lahn und am Marburger Schloss, Feldpostbriefe von Wolfgang und eine Bleistiftzeichnung von ihrem Haus Im Gefälle mit der handgeschriebenen Widmung *Für meine liebe Anna von Wolfgang im Sommer 1944.*
Bettina greift behutsam nach der Hochzeitsfotografie.
Deine Großeltern waren ein sehr schönes Paar. Da ist eine große Innigkeit, aber da ist kein strahlendes Glück. Er hat sehr stille, sehr ausdrucksvolle Gesichtszüge und er ist feingliedrig, schau nur die Hände. Du gleichst ihm, Annalena.
Ich habe noch nie eine Fotografie meines Großvaters gesehen, entgegnet Annalena leise.
Es geht mir sehr nahe, ihn so jung zu sehen, jünger, als ich es bin.
Annalena und Bettina trinken ihren Tee in kleinen Schlucken, Bettina zuckert noch einmal nach.
Der dritte Umschlag ist weniger gewichtig. Er enthält kaum persönliche Schriften, dafür Formulare auf billigem Papier gedruckt. Es ist die Korrespondenz mit dem Suchdienst des Roten Kreuzes, die Vermisstenanzeige, die offizielle Todeserklärung und die notarielle Abhandlung der Verlassenschaft sowie einige wenige handgeschriebene Kondolenzbriefe aus dem Freundeskreis des Großvaters.
Das macht mich alles traurig, sagt Annalena leise. Nimm du nur, was du für deine Recherchen benötigst. Ich mag da nicht herumsuchen, da finde ich keine neuen Erkenntnisse. Ich komme mir vor, als ob ich in einem fremden Terrain ungebeten herumirre. Es war eine schlimme Zeit für alle, die damals hier lebten. Es wundert mich nicht, dass die Mutter und auch die Großmutter alle Fotografien von damals weggeschlossen haben. Für sie war die Erinnerung vielleicht wirklich ein Gefängnis, wie ein tiefes dunkles Wasser, das einen Menschen hinabzieht, wenn er darin an bestimmte Stellen gerät.
Gut, sagt Bettina, ich mache gleich hier davon Aufnahmen, die kann ich auch an die verschiedenen Organisationen schicken.

Dann bleiben die Originale unverändert hier. Das wird der einfachste Weg sein.
Sie holt ihre Kamera und fotografiert die Wehrmachtspapiere und die Dokumente aus der Nachkriegszeit, dann legt sie sie wieder in den Umschlag zurück. Annalena folgt ihrem Tun stumm, den Kopf in die Hände gestützt.
Wir wollen damit aufhören. Es ist nicht viel, was von einem Menschen bleibt. Schau, hier unten liegt noch etwas.
Am Schachtelboden liegen vier abgegriffene Bücher und ein eingerolltes blaues Packpapier.
Das ist ja eine alte Ausgabe von *Emil und die Detektive* staunt Annalena, von 1929. Das war vielleicht das Lieblingskinderbuch des Großvaters. Und hier, drei Kinokarten aus dem Jahr 1933. Vielleicht hat er mit Marlene und seiner Großmutter gemeinsam den Film angesehen. Ich habe das Buch auch sehr gern gehabt, meine Großmutter hat es mir vorgelesen, da war ich noch gar nicht auf der Schule.
Ich kenne es auch. Ich wusste aber nicht, dass es schon so alt ist, fügt Bettina hinzu.
Und hier, von Heinrich Heine *Die Harzreise*. Mir scheint, mein Großvater und ich hatten die gleichen Vorlieben in der Literatur. Das Buch kenne und mag ich auch. Einmal, als man nach 1990 wieder in den Harz reisen konnte, bin ich mit meiner Mutter dort auf den Spuren von Heine durch den Harz gereist, sozusagen mit dem Reclam-Heft in der Hand.
Ich finde es immer wieder spannend, was ihr gemeinsam unternommen habt. Das war sicher kein konventioneller Strandurlaub.
Nein, dazu hättest du meine Mutter sicher nicht bewegen können. Und was hast du da in der Hand, möchte Annalena wissen.
Walden oder Leben in den Wäldern von Henry David Thoreau, eine Ausgabe von 1922. Kennst du das Buch, gibt Bettina zurück.
Ja, ich habe es noch während der Schulzeit gelesen. Es steht auch im Bücherregal meiner Mutter. Das ist eine Art Bibel für Aussteiger, ein Leitfaden für alternatives Leben, zur Selbstfindung. Der Schriftsteller hat es im neunzehnten Jahrhundert in Amerika geschrieben, es hat ganz maßgeblich die Naturschutz-

bewegungen im zwanzigsten Jahrhundert und später auch die Bewegung von 1968 beeinflusst. Es sind Tagebucheinträge während seines Lebens in einer Hütte im Wald, Reflektionen über das Leben im Einklang mit der Natur, über die Einsamkeit, über die Ökonomie. Wenn ich es recht erinnere, gilt er als Begründer der Idee des zivilen Ungehorsams. Und nun noch das letzte Buch.
Das ist ein Buch von Dietrich Bonhoeffer, *Nachfolge*, verlegt 1937. Es muss die erste Auflage sein. Kennst du den Namen des Autors, Annalena.
Ja, meine Mutter besaß einige seiner Schriften und unsere Kirchengemeinde hat einmal vor einigen Jahren ein Seminar über Bonhoeffer angeboten. Ich erinnere mich, er war ein Mitglied des Widerstands innerhalb der Bekennenden Kirche im Dritten Reich und wurde ganz am Ende der NS Zeit, 1945, hingerichtet. Was mir auffällt, in der Schachtel des Großvaters sind drei unter den Nationalsozialisten verbotene Bücher.
Das sind sehr persönliche Seiten, die wir an ihm entdecken dürfen, meint Bettina.
Die Bücher lege ich in unser Wohnzimmer, sie haben viel zu lange in einem dunklen Winkel warten müssen, bis wir sie entdecken konnten. Vielleicht bekommen wir noch mehr Hinweise, wenn wir in den anderen Schachteln suchen. Annalena macht eine Pause und Bettina schaut zu ihr hinüber.
Du solltest auch noch meinen Großvater fragen, über Wolfgang, er wird dir sicher noch etwas erzählen können.
Ja, aber es schmerzt und bekümmert ihn, über diese Zeit zu reden, entgegnet Annalena.
Jetzt schauen wir uns noch an, was in der Rolle hier verborgen ist. Bettina entrollt das schon brüchige Packpapier. Innen steckt ein gerolltes graues Papier von minderer Qualität, ein schreibmaschinengeschriebenes Blatt mit Flecken und Faltkanten. Sie nimmt es vorsichtig, legt es auf den Tisch und beschwert es oben und unten mit einem der vorher entdeckten Bücher.
Was ist das, fragt sie fast ehrfürchtig staunend. Das sieht aus wie ein Flugblatt, ein Original. Komm, lass uns lesen.

Annalena schluckt. Ihr Hals ist wie verdorrt, aber sie lässt Bettina gewähren.
Lies du vor, ich kann nicht, flüstert sie.
Bettina liest langsam die ersten Zeilen.

Flugblätter der Widerstandsbewegung in Deutschland.
Aufruf an alle Deutsche!
Der Krieg geht seinem sicheren Ende entgegen. Wie im Jahre 1918 versucht die deutsche Regierung alle Aufmerksamkeit auf die wachsende U-Boot-Gefahr zu lenken, während im Osten die Armeen unaufhörlich zurückströmen, im Westen die Invasion erwartet wird. Die Rüstung Amerikas hat ihren Höhepunkt noch nicht erreicht, aber heute schon übertrifft sie alles in der Geschichte seither Dagewesene. Mit mathematischer Sicherheit führt Hitler das deutsche Volk in den Abgrund. Hitler kann den Krieg nicht gewinnen, nur noch verlängern! Seine und seiner Helfer Schuld hat jedes Maß unendlich überschritten. Die gerechte Strafe rückt näher und näher! Was aber tut das deutsche Volk? Es sieht nicht und es hört nicht. Blindlings folgt es seinen Verführern ins Verderben. Sieg um jeden Preis! haben sie auf ihre Fahne geschrieben. Ich kämpfe bis zum letzten Mann, sagt Hitler – indes ist der Krieg bereits verloren.

Bettina räuspert sich.
Ich weiß nicht, was es ist, aber es ist kaum zu begreifen. Es ist ein Widerstandsflugblatt aus der Zeit des Zweiten Weltkriegs. Ein Original. Der Text geht noch weiter.
Annalena blickt auf.
Du musst herausfinden, was das ist, Bettina. Du kannst das. Es war lebensgefährlich, so ein Flugblatt im Hause zu haben, das weiß ich.
Bettina steht auf.
Ich mache von dem Blatt ein paar Aufnahmen, dann packen wir es wieder ein. Wenn wir wissen, was es ist, dann kannst du entscheiden, was wir damit tun werden.
Bettina fotografiert sorgfältig, sie rollen das Flugblatt wieder zusammen, legen es zuunterst in die Schachtel und die Umschläge wieder obenauf.

Annalena schließt die Schachtel und legt sie auf die Kredenz neben die Botanisiertrommel.
Ich bin sehr müde, sagt sie, als die Wanduhr mit ihren Schlägen die späte Stunde anzeigt.
Aber es war nichts in der Schachtel, was mich beunruhigen würde. Einige neue Hinweise, die mir helfen werden, den Großvater näher kennenzulernen.
Gute Nacht, Bettina. Danke dir sehr für deine Hilfe.
Ja, das war doch keine Hilfe. Ich sitze gerne bei dir. Bis nächste Woche finde ich sicher heraus, was es mit dem Flugblatt auf sich hat. Ich muss auch über den Pfarrer Bonhoeffer nachlesen und die Suchdienste anschreiben.
Ja, du Gute. Schlaf gut.
Bettina räumt die Teetassen fort und wartet, bis von Annalena vom Dachgeschoss her nichts mehr zu hören ist. Die Wanduhr und die Standuhr schlagen zur Mitternachtsstunde.
Wir müssen auf sie aufpassen, denkt sie. Es ist besser, wenn sie nicht alleine beginnt, Nachforschungen anzustellen. Ich muss das auch den anderen sagen. Sie hat eine zu dünne Haut und Narben und Wunden genug.

Am Samstag vor dem Palmsonntag kommt Annalena später als gewöhnlich nach Hause. Cornelia wartet schon mit dem Essen, einer Erbsensuppe mit frischen Brötchen und einer Joghurtcreme zum Nachtisch. Bettina hat ihr ihre Sorgen und Überlegungen dargelegt und Cornelia hat beschlossen, ihre Freizeit heute mit Annalena zu teilen.
Das Wetter ist vorösterlich frisch bei Sonnenschein mit vielen Wolken. Cornelia schaut wartend aus dem Fenster. Draußen sitzen die Krähen einträchtig nebeneinander neben dem Gartentor, als würden auch sie auf Annalena warten. Cornelia beginnt, die Küchenfenster zu putzen. Ihr fällt es leichter, bei einer Arbeit nachzudenken, als die Hände ruhen zu lassen. Wie würden sie Annalena helfen können und würde sie sich überhaupt helfen lassen und wer von ihnen könnte sich dabei wie einbringen. Sie putzt auch die Fensterbänke und sieht dabei Annalena langsam das Gefälle heraufkommen.

Hallo, ruft sie ihr durch das geöffnete Fenster entgegen, Essen ist fertig, hast du Hunger.

Annalena lacht und winkt.

Das ist aber ein schöner Empfang. Warte, ich bin gleich bei dir und Hunger habe ich auch.

Annalena betritt die Küche. Cornelia hat aufgedeckt, in einer kleinen Vase auf dem Tisch stehen Märzenbecher.

Du warst heute schon fleißig. Danke schön. Es riecht nach Erbsensuppe.

Ja, aber nun setz dich, du bist heute spät, meint Cornelia.

Ja, stell dir vor, was mir heute bei der Arbeit passiert ist, beginnt Annalena zu erzählen und nimmt sich einen Schöpfer von der dicken Suppe mit Speckwürfeln.

Kurz vor Ladenschluss zu Mittag kam noch eine alte Dame herein. Sie hat eine Kette mit zerbrochenem Verschluss zur Reparatur gebracht. Dabei sind wir ins Gespräch gekommen. Sie hat mich gefragt, ob ich die Annalena sei, sie hätte mich als sehr kleines Kind gekannt, aber eigentlich mehr meine Mutter. Die Dame hat sich dann vorgestellt, ihr Name ist Elisabeth Pohl, aber eigentlich wäre sie immer Lilli gerufen worden. Das war eine Freundin und Kollegin von Tante Marlene, in dem Brief von Frau Schorn ist sie auch erwähnt.

Annalena pustet auf die Suppe und beginnt zu löffeln.

Jetzt musst du essen und beim Nachtisch kannst du erzählen. Ich mache uns noch einen Kaffee.

Ja, lacht Annalena, heute ist die Küche so sauber und aufgeräumt, da mag ich gerne hier Kaffee trinken. Du verwöhnst mich nach Strich und Faden, Cornelia.

Sie isst die Suppe, nimmt sich Brot und schöpft sich noch einen Nachschlag auf ihren Teller.

Eine heiße dicke Suppe, das ist das beste Essen bei diesem Wetter. Hoffentlich wird es zu Ostern etwas besser. Aber eigentlich erwarten wir den Frühling immer viel zu früh.

Ja, das gaukelt uns die Werbung vor, gibt Cornelia zu bedenken, holt die Joghurtcreme aus dem Kühlschrank und lässt zwei Tassen Kaffee aus der Kaffeemaschine laufen.

Aber nun erzähl weiter, von Frau Pohl.
Ich musste sie Tante Lilli nennen. Frau Pohl wohnt in Gießen und kommt samstags mit dem Zug nach Marburg, um sich mit ihren Freundinnen von früher zum Kaffeekränzchen oben in der Konditorei in der Wettergasse zu treffen. Das geben wir nicht auf, hat sie gesagt. Sie hat bis zum Ladenschluss auf mich gewartet und ich musste sie dann in die Konditorei begleiten. Dort bin ich dann bei ihr gesessen, bis die Freundinnen kamen. In der Zwischenzeit hat sie mir von früher erzählt, von Tante Marlene, von Großmutter Anna und von meiner Mutter, die sie als Kind gekannt hat. Nach 1965 hat sie aber nach und nach den Kontakt zu den Frauen hier Im Gefälle verloren, Frau Pohl hat meine Mutter das letzte Mal besucht, als ich ein Kleinstkind war. Daran konnte ich mich natürlich nicht mehr erinnern.
Was hat sie denn von Tante Marlene erzählt, möchte Cornelia wissen.
Sie kannten sich noch von der Zeit beim BDM, dem *Bund Deutscher Mädel*, her und von ihren gemeinsamen Einsätzen im Arbeitsdienst. Die Tante Marlene sei fleißig und flink gewesen, aber sie hätte sich nichts sagen lassen. Nach außen hätte sie getan, was nötig gewesen sei, aber mit ihrem Herzen sei sie ihren eigenen Weg gegangen, sie hätte trotz ihrer Jugend eine große innere Reife besessen. Tante Lilli, also Frau Pohl, war von der Haltung und Einstellung meiner Tante sehr beeindruckt. Ein Ausspruch sei ihr immer noch in ganz klarer Erinnerung. Wenn einer seine Seele verkauft, gehört sie dem Teufel, das könne man in den Märchenbüchern nachlesen. Sie hätte in den Kriegsjahren nicht viel von Marlene und ihrem Leben gewusst, die Tante sei sehr verschwiegen gewesen. Aber als sie ihre Wohnung in Gießen bei der Bombardierung damals im Winter 1944 verloren hätte, hätte sie Im Gefälle sofort einen Schlafplatz gefunden. Frau Pohl war bei der Flak, der Flugabwehr, eingesetzt und ist wenig hier im Haus gewesen, hier waren auch noch andere Flüchtlinge untergekommen und meine Großmutter wohnte auch schon hier. Das Haus war noch nicht so ausgebaut wie heute, unter dem Dach,

wo ich jetzt so komfortabel wohne, war nur eine winzige Kammer, da stand ihr Klappbett. Im Garten hatten sie einen Graben angelegt, da sind sie alle bei Bombenalarm hineingekrochen. Hier oben sind aber keine Bomben gefallen und in den letzten Märztagen 1945 sind dann die amerikanischen Truppen einmarschiert. Im Winter im Keller und dann, ab März 1945, im Gartenhaus hat Marlene zwei verfolgte Frauen versteckt. Frau Pohl hatte große Angst, dass ein Nachbar oder einer der Flüchtlinge im Haus das hätte entdecken und melden können. Die Tante und die Großmutter hatten auch Dokumente oder verbotene Bücher im Garten vergraben.

Das meiste davon hast du aber schon gewusst, Frau Schorn hat dir davon bereits geschrieben. Konnte dir Frau Pohl noch mehr von damals erzählen, fragt Cornelia nach.

Frau Pohl hat gar nicht mehr aufgehört, von der Zeit der letzten Kriegsmonate zu berichten. Sie hat sich auch an die schwere Zeit nach dem Krieg erinnert, als meine Großmutter sich aus dem Leben zurückgezogen hatte, als Wolfgang nicht zurückkam und die Tante alles alleine bewältigen musste. Frau Pohl ist dann nach Gießen zu ihrer Familie zurückgekehrt, aber sie und Tante Marlene sind immer in einem sehr engen Kontakt gestanden und Frau Pohl hat viel Anteil an ihrem Leben genommen. Die Tante Marlene hat eine Ausbildung zur Zeichen- und Handarbeitslehrerin gemacht. Frau Pohl ist aufgefallen, dass sie sich immer mehr mit alpenländischen Sagen und Geschichten beschäftigt und sich ein großes Wissen über Alpenblumen angeeignet hat. Sie besaß auch eine Menge von Landkarten und Wanderkarten von Österreich. Aber darüber hat die Tante mit ihr nicht gesprochen. Frau Pohl wusste nicht, warum die Tante daran so interessiert war, denn seltsamerweise sei sie nie nach Österreich gefahren, bis 1965. Sie hätte damals, als sie von ihrer Reise nicht zurückgekommen sei, eine sehr liebe Freundin verloren. Sie hat mich auch noch gefragt, ob ich auch gute Freundinnen hätte, und das habe ich bejahen können, sie war dann ganz beruhigt und dann sind schon die anderen Damen vom Kaffeekränzchen dazu gestoßen und ich habe mich ver-

abschiedet. Frau Pohl hätte sicher noch gerne weiter von früher erzählt, aber ich hatte eigentlich genug erfahren. Ich musste ihr versprechen, sie wieder einmal an einem Samstag in die Konditorei zu begleiten.
Frau Pohl hat eine hohe Meinung von deiner Tante gehabt. Sie erinnert sich gerne an sie.
Ja, das habe ich auch herausgehört. Darüber habe ich mich gefreut.
Was machst du in der Osterwoche, Cornelia, möchte Annalena noch wissen.
Erst einmal fahre ich zu meinen Eltern nach Hause. Meine Mutter will uns für Gründonnerstag eine Grüne Soße bereiten und hierher mitgeben, mein Bruder bringt mich am Mittwochabend wieder zurück. Dann mache ich hier einen gründlichen Osterputz. Das muss auch sein. Und du, Annalena.
Am Karfreitag wird im evangelischen Gemeindezentrum der Film *Die letzte Stufe*, eine Biografie Dietrich Bonhoeffers gezeigt. Magst du mit mir zusammen schauen gehen. Am Samstag muss ich ins Geschäft, das Ostergeschäft ist für uns sehr wichtig.
Ja, der Film interessiert mich auch sehr. Und an den Feiertagen, hast du schon etwas geplant, fragt Cornelia.
Ich würde gerne mit dir zusammen in ein Thermalbad fahren, vielleicht nach Bad Wildungen. Faul sein, Wellness, schwimmen, wandern, gutes Essen. Das wäre doch schön.
Ja, das machen wir. Ich suche uns einen schönen Platz und die Zugverbindung. Wir haben nicht so viel Zeit, von Samstag am Nachmittag bis Montag am Abend, da muss ich etwas finden, das leicht erreichbar ist. Am Ostersamstagabend gibt es dort in Bad Wildungen ein bekanntes Osterfeuer und wir können auch die gotische Kirche mit dem Altar besuchen. Ja, das machen wir.
Danke, Cornelia, auch für das wunderbare Mittagessen. Ich werde mich jetzt ausruhen, nachher gehe ich laufen und ich muss auch noch bei Tante Lenchen vorbeischauen, vor der Osterzeit. Und ich möchte mich noch mit einigen Kolleginnen treffen, zum Kaffeekränzchen, würde Frau Pohl wohl sagen.

Am Nachmittag nimmt Annalena ihre liebste Laufstrecke, durch den Wald, hinauf auf die Höhen zum Spiegelslustturm und durch ein Tal über die Schäferbuche wieder zurück. Sie macht erst am Diakonissenhaus Halt, um bei ihrer Nenntante vorbeizuschauen. Die alte Diakonisse sitzt in ihrem Lehnsessel und ist eingenickt.
Hallo, Tante Lenchen, ich bin es, Annalena.
Die alte Frau schrickt auf.
Wie du mich aber auch erschreckt hast. Grüß dich, Annalena.
Ja, ich bin jetzt oft sehr müde.
Das glaube ich dir gerne. Vielleicht wird es besser, wenn die Tage jetzt länger werden.
Ach Kind, das glaube ich nicht. Wenn man alt ist, wird man schneller müde. Manchmal strengt mich schon das Denken an und ich mag gar nicht mehr viel hören und sehen. Komm, setz dich zu mir. Hier ist Wasser, ein Glas findest du in dem Schrank dort drüben. In der Dose auf dem Tisch sind auch gute Kekse, hier im Haus gebacken.
Danke, Tante Lenchen. Ich wollte dir auch nur eine gute Osterzeit wünschen. Nächste Woche habe ich sicher keine Zeit mehr, vorbeizukommen.
Ja, das denke ich mir. Da wird im Geschäft viel Kundschaft sein.
Ja, das wünschen wir uns natürlich. Und dann fahre ich mit Cornelia, meiner Freundin, zum Erholen in ein Thermalbad, irgendwo in der Nähe, wahrscheinlich nach Bad Wildungen. Cornelia hatte auch viele Unterrichtsverpflichtungen und Konferenzen vor Ferienbeginn.
Ihr jungen Frauen müsst heute genauso arbeiten wie früher die Männer und tragt außerhalb der Familie viel Verantwortung, das war früher nicht unbedingt so, außer in den letzten Kriegsjahren und auch noch in den Jahren nach dem Kriegsende. Ich bin immer auf mich allein gestellt gewesen, wie deine Großmutter. Aber mir ist das Diakoniewerk zur Heimat geworden. Mir ist unser Gespräch von neulich nicht mehr aus dem Kopf gegangen. Kannst du dich daran erinnern, möchte die alte Frau wissen.
Ja, natürlich, du hast mich beruhigen können, in einer für mich sehr belastenden Situation.

Das ist schön, wenn es dir gutgetan hat. Ich habe damals kurz von meinem weiteren Leben erzählt und mich in den letzten Wochen immer wieder an deine Großmutter und deine Mutter erinnert. Deine Großmutter war so anders als die anderen Frauen in der Nachkriegszeit und deine Mutter war auch anders als viele ihrer gleichaltrigen Mitschülerinnen und Kolleginnen.
Wie denn, wie anders, fragt Annalena.
Ja, das ist so schwer zu sagen. Anna war meine beste Freundin, sie war eine sehr pflichtbewusste Frau und eine ausgezeichnete Krankenschwester. Sie war auch oft lustig, aber nie laut, eher heiter, nie oberflächlich im Reden und Tun. Sie war irgendwie sie selbst, sie hat niemandem nachgeeifert oder eine andere Person imitiert.
Das gibt es selten, pflichtet Annalena ihr bei.
Die Jugend deiner Mutter war dann ganz geprägt von der Kultur nach 1960, aber sie hat auch nichts einfach mitgemacht, weil es gerade Mode war. Sie hatte einen ausgezeichneten Verstand und hat sich stark in der Entwicklungspolitik und in der Umweltpolitik eingebracht. Daneben hat sie aber familiäre Traditionen durchaus gelebt und gepflegt, das Singen oder das Lesen oder die Gartenarbeit.
Und wie war das bei dir, Tante Lenchen, fragt Annalena behutsam nach. Sie streichelt über die Hand der alten Frau und schaut hinaus auf das weite Flusstal zwischen den Hügeln, die von einem frischen Grün überzogen sind.
Die alte Frau hat die Augen geschlossen.
Das ist es, worüber ich schon eine geraume Weile nachdenken musste. Ich war viel autoritätsgewohnter. Ich habe meist getan, was mir aufgetragen wurde, und habe das als ganz normal empfunden. Eine Freiheit im Denken und im Handeln oder auch im Glauben habe ich nicht angestrebt, das war mir von klein auf fremd, ein selbstbestimmtes Leben zu führen. Anna war da anders und die Tante Marlene war ihr da sehr ähnlich. Mit tut es heute sehr weh, dass ich viel später erfahren musste, wie belastet die Diakonie durch die nationalsozialistische Zeit war und auch, zu welchen Maßnahmen sie noch bis vor gut zwanzig Jahren in der Erziehungsarbeit

gegriffen hat. Es tut mir weh, weil ich immer versucht habe, den Menschen, die mir anvertraut waren, mit Achtung zu begegnen. In der Geschichte der Diakonie gibt es dunkle Flecken, da habe ich weggeschaut und war blind. Weißt du, die Art der Pädagogik der Diakonissen war auch der Grund, warum du nicht den Kindergarten hier oben im Diakoniewerk besucht hast, deine Mutter übrigens auch nicht. Das wäre so praktisch gewesen, er liegt so nahe an eurem Haus Im Gefälle. Aber da waren sich deine Mutter und auch die Großmutter einig, dass unsere Anschauungen nicht mit ihren persönlichen Zielsetzungen übereinstimmten.
Ist das so schlimm, dass du dich damit quälen musst, fragt Annalena vorsichtig.
Nein, das ist nicht so schlimm, aber im Ganzen gesehen liegt da der Unterschied. Ich habe seit meiner Mädchenzeit manches nicht gemerkt oder merken wollen oder für richtig gehalten, ohne nachzudenken, und das wäre bei deiner Großmutter oder bei deiner Mutter nicht möglich gewesen. Darin unterschieden sie sich von anderen, seien es Verwandte, Freunde oder Nachbarn gewesen.
Annalena merkt, dass die alte Frau erschöpft ist. Sie sitzt gekrümmt in ihrem Sessel und kann den Kopf kaum noch heben.
Nun lauf, mein Kind. Mein Flämmchen geht bald aus.
Annalena verabschiedet sich mit leiser Stimme und streicht der alten Frau liebevoll über die Wange.
Es muss schlimm sein, so alt zu werden, denkt Annalena.
Auf dem Gang hält sie eine jüngere Diakonisse an und bittet sie, nach der alten Frau zu schauen.
Ja, das Lenchen, das gefällt uns gar nicht so sehr, meint diese und eilt zu dem Zimmer, das Annalena gerade verlassen hat.
Annalena läuft zu Monikas Blumenladen, der nur wenige Straßen weiter liegt. Monika räumt nach Geschäftsschluss den Verkaufstisch auf, hat aber noch nicht zugesperrt. Auf dem Boden türmt sich ein Berg von Schachteln, daneben liegen Zweige zu einem Haufen aufgetürmt.
Das ist aber fein, dass du einmal bei mir vorbeischaust.
Ja, aber ich habe noch eine Arbeit für dich. Könntest du jetzt gleich noch einen Strauß Tulpen und Narzissen zum Mutter-

haus hinaufbringen, es wäre mir sehr wichtig, bittet Annalena ihre Freundin.

Ja, natürlich, das mache ich gleich. Für wen soll er denn sein, für deine alte Tante, nehme ich an. Da weiß ich schon einen passenden Strauß.

Ja, etwas zum Freuen, es ist für Tante Lenchen, bitte gib ihn unten im Empfang ab. Ich schreibe noch eine Klammerkarte dazu. Annalena schreibt einen Gruß und gibt Monika die Karte.

Ich zahle dir das zu Hause, entschuldige, ich habe meine Geldtasche beim Laufen nicht dabei, das geht doch, Monika.

Ja, selbstverständlich. Ich komme dann etwas später nach Hause. Heute bin ich müde, ich hatte einen guten Tag, viele Kunden kaufen jetzt die ersten Blumen zum Setzen, aber dafür ist es fast noch zu früh.

Ja, wir warten alle auf die Wärme und auf die Sonne. Bis nachher und Danke.

Bis nachher, Annalena.

Am Palmsonntag fährt Cornelia in ihr Dorf zu ihrer Familie. Auch Bettina verbschiedet sich. Ihre Eltern wollen die Karwoche an der Nordsee verbringen und Bettina wird in dieser Zeit auf den Großvater schauen. Sie macht mit Cornelia aus, sich einmal in den nächsten Tagen bei ihm in seiner Wohnung zu treffen. Bettina möchte auch unbedingt recherchieren, was es mit dem gefundenen Flugblatt auf sich hat und ob die früheren Nachforschungen von Anna Weiss nach ihrem Gatten Wolfgang heute neue Ergebnisse bringen würden. Annalena und Monika lassen das Mittagessen ausfallen und gehen flussaufwärts über die Felder und Wiesen, durch kleine Dörfer, die seit langer Zeit unverändert geblieben zu sein scheinen und kehren erst am späteren Nachmittag zurück. Annalena räumt ihr Zimmer unter dem Dach auf, nimmt die Gardinen ab und bringt sie in die Waschküche. Im Werkraum hört sie Monika bei einer Arbeit und schaut hinein.

Was machst du noch, warte, ich drehe das Licht auf, so ist es viel zu dunkel.

Danke, ich war so vertieft, da habe ich gar nicht gemerkt, dass mir das Licht fehlt. Ich muss noch für nächste Woche Osterkörbe und Osternester herrichten. Das mache ich lieber selbst, die verkaufen sich besser als die, die im Großhandel erhältlich sind.

Welches Material nimmst du denn dafür.

Zweige und Äste, die sammle ich schon Wochen vorher und binde sie zu kleinen Nestern oder Körben, ich lege dann Ostereier hinein und Moos, gesteckt mit kleinen Zwiebelpflanzen oder Stiefmütterchen, Schlüsselblumen sind auch sehr schön.

Ja, bitte, ich bestelle ein besonders schönes Nest für den Friedhof, Monika.

Gerne, Annalena. Ich habe dieses Jahr aber nur wenige Ostereier, die Bäuerin, die sie mir bisher gebracht hat, musste die Bestellung absagen und nun weiß ich nicht recht weiter. Es fehlt mit an der Zeit, am Mittwoch auf dem Wochenmarkt noch Ostereier zu holen. Ich brauche noch etwa sechzig Stück weiße oder noch besser gefärbte Eier.

Wir könnten Cornelia anrufen, vielleicht hat sie einen Eierlieferanten aus ihrem Dorf an der Hand, der verlässlich frische Eier bringen kann. Ich mache das jetzt gleich und bringe uns später ein Abendbrot herunter, ich muss hier auch noch etwas weiterarbeiten.

Annalena wählt die Nummer von Cornelias Elternhaus, die Mutter meldet sich. Annalena kann sie zunächst nur schwer verstehen, aber als die Frau merkt, wer am Telefon spricht, wechselt sie sofort von der hessischen Mundart in ein für Annalena gewohntes Umgangsdeutsch. Auf Annalenas Frage ruft sie etwas beinahe Unverständliches und meint dann wieder an Annalena gewandt, dass der junge Bauer am Mittwoch noch sechzig Eier liefern könne, ob Monika gefärbte Eier haben möchte, sie würde sie nach alter hessischer Tradition mit Naturfarben färben und mit einer Wachstechnik verzieren.

Ja, wunderbar, flüstert Monika, als Annalena ihr die Antwort der Bäuerin vermittelt und Annalena gibt den Auftrag weiter. Diese bedankt sich und Annalena richtet noch Grüße an Cornelia aus.

Wie einfach doch etwas sein kann, staunt Monika. Da habe ich mir nun wegen der Eier den ganzen Tag Gedanken gemacht und nun haben wir die Lösung so schnell gefunden.
Ja, wenn es immer so einfach wäre, gibt Annalena lachend zurück.
Jetzt mache ich uns ein Abendbrot. Ich trinke ein Glas Apfelwein, gespritzt, und esse ein Brot mit Butter und frischer Kresse. Was magst du, Monika.
Ich nehme bitte einen Apfelsaft und ein Butterbrot, das reicht mir heute.
Die beiden Frauen sitzen an ihren Arbeitsplätzen. Annalena fertigt einige Vorzeichnungen für die Sommerkollektion, wie sie es mit Henner besprochen hat.
Was wird das, fragt Monika neugierig, von ihren Nestern und Körben herüberschauend.
Ich versuche mich in diesem Jahr an einigen neuen Schmuckstücken für den Sommer, ich denke an einen Armreif oder an einen Anhänger mit Alpenblumenmotiven.
Das wird sicher sehr schön, du hast gute Ideen und kannst sie sogar umsetzen.
Das Design kommt eigentlich nicht von mir. Du erinnerst dich an die Blumen auf der alten Tasse, auf der Kredenz liegt auch eine Krawattennadel mit dem gleichen Motiv. Das sind Familienstücke von meinen Urgroßeltern, die möchte ich ein wenig zeitgemäßer adaptieren.
Damit sind auch viele Geschichten von früher verbunden, fragt Monika behutsam.
Ja, das wirst du schon gemerkt haben. Aber sie bedrücken mich nicht oder nicht mehr so sehr. Ich glaube, es ist wichtig, dass ich herausfinde, was es damit auf sich hat. Ihr, Bettina, Cornelia und du gebt mir dazu viel Kraft.
Ich, wieso ich, verwundert sich Monika.
Ja, du auch, weil du zuhören und beobachten kannst, ohne dich wichtig zu machen oder neugierig zu sein. Ich glaube, du weißt immer, wann die Zeit für etwas die richtige ist.
Das kann schon sein, erwidert Monika und macht eine Pause.

Ich arbeite so viel mit Blumen und Pflanzen, die haben ihre eigene Zeit, da habe ich gelernt zu warten. Es kann nicht immer alles sofort geschehen. Wie hast du es mit der Zeit. Du trägst keine Armbanduhr, das ist mir schon lange aufgefallen.
Ich bin in meinem Beruf ständig von Uhren umgeben, auch hier zu Hause tickt und schlägt es unentwegt. Die Uhren teilen unsere Zeit ein. Seltsam, dass sie von ihrer Erfindung her immer rund gedacht wurden, erst in jüngster Zeit sind andere Varianten entwickelt worden. Erde und Mond bewegen sich auch im Kreis, das haben die Menschen schon immer beobachtet. Früher dachten sich die Menschen das Leben oder besser die Lebenszeit als einen Kreis, wie auch das bäuerliche Jahr, da spricht man auch vom Jahreskreis. Erst später hat man die Zeit eher linear gedacht. Ich versuche immer, mir in meiner privaten Zeit ein Gefühl für die Zeit, die verstrichen ist und für die, die noch bleibt, zu bewahren. Aber immer gelingt das nicht, dann muss ich auf mein Mobiltelefon schauen oder nachfragen.
Und wie hast du es mit der vergangenen Zeit, legst du sie weg oder denkst du darüber nach.
Bei mir hier, bei meiner Mutter und bei meiner Großmutter, gab es ein Tabu der Vergangenheit, darüber wurde nie gesprochen oder nur so, dass bei mir mehr Fragen als Gewissheiten blieben und geblieben sind. Ich bin zurzeit gewissermaßen konfrontiert mit der Vergänglichkeit und der Unendlichkeit.
Wie meinst du das, Annalena, das musst du mir näher erklären, bitte, das klingt kompliziert.
Das hat mit dem Tod meiner Mutter begonnen. Ich werde immer wieder an Vergangenes herangeführt, von dem ich nichts gewusst habe, das vollkommen fremd und neu für mich ist. Ich muss versuchen, das Vergangene in die Gegenwart einzuflechten, damit es weiterleben kann, damit es nicht verloren ist, damit ich es begreifen kann.
Ist das wichtig.
Ja, das ist wichtig. Ich habe es meiner Mutter versprechen müssen. Annalena, gehen die Zeiten nacheinander oder miteinander, was meinst du.

Das ist eine Frage, die nur jeder für sich beantworten kann. Natürlich liegen die Zeiten hintereinander, wir zählen doch auch die Tage, die Monate und die Jahre fortlaufend. Aber für mich gibt es auch ein Durcheinander der Zeiten, das heißt aber nicht, dass ich so verwirrt bin, dass ich die einzelnen Zeiten nicht auseinanderhalten könnte. Es bedeutet, dass das Vergangene in die Gegenwart und in die Zukunft ausstrahlt, in einer anderen Zeit nachwirkt, in Menschen etwas auslöst. Für mich ist das Zeitgefühl dann gelungen, wenn die Zeiten miteinander laufen. Wesentliches verliert sich nicht, Erfahrungen und Erkenntnisse bleiben.
Das hast du sehr gut ausgedrückt. Ich muss darüber nachdenken. Ja, beim Arbeiten geht das oft am einfachsten. Da können die Gedanken weit fliegen.
Die Zeit, die die beiden Frauen miteinander teilen, ist weitergegangen, ohne dass eine von ihnen den Zeiger einer Uhr beachtet hätte.
Annalena, gibt es auch ein Gegeneinander der Zeiten, fragt Monika.
Wie meinst du das.
Es gibt in meiner Familie und in meinem Bekanntenkreis Menschen, die sind in der Vergangenheit gefangen, andere denken nur an die Zukunft, dritte leben nur im Jetzt.
Und du, Monika.
Ich weiß es nicht genau. Aber die Zeit, die vorüber ist, ist mir auch wichtig, vor allem, wenn ich meinen Großeltern zuhöre. Ich habe Pläne und Wünsche für später, aber nicht sehr konkret, vielleicht kommt alles anders. Das Heute ist aber für mich erstrangig, ich muss mein Leben meistern, das Geschäft erhalten, ich will Freunde treffen und reisen.
Siehst du, es gibt das Gegeneinander, dabei besteht eine Intoleranz gegenüber einer anderen Zeit. Wer die Gegenwart nicht ertragen kann, flüchtet sich in die Vergangenheit oder sieht nur das Zukünftige. Was richtig ist und was nicht, weiß ich nicht. Das wird jeder für sich entscheiden. Aber wenn ein Mensch nur in einer Zeit lebt und die anderen Zeiten außer Acht lässt, dann verneint er Lebenszeiten, die auch zu ihm gehören. Dann kann sein Leben nicht rund werden. In verschiedenen Lebensphasen

haben die verschiedenen Zeiten auch eine unterschiedliche Bedeutsamkeit.

Ja, das sind gute Erklärungen. Apropos rund. Kannst du mir vielleicht einige Tage im Jahr aufschreiben, die mit Heiligen und dem Bauern- und Gartenjahr verbunden wurden, bitte.

Sicher, wir haben oben in der Kredenz noch von meiner Großmutter einen immerwährenden Bauernkalender, da sind diese althergebrachten Regeln und Sprüche nach Monaten genau aufgelistet. Komm, wir haben genug getan. Wofür brauchst du die Bauernregeln.

Ich würde mir gerne eine Reihe davon abschreiben, die Sprüche gestalten und ausdrucken und je zum aktuellen Datum im Geschäft aushängen. Das wäre ein besonderer Blickfang, dann komme ich mit meinen Kunden auch leichter in ein Gespräch. Das ist mir wichtig. Ich muss noch dieses Nest abschließen.

Monika nimmt ein buntes Band und befestigt damit zum Abschluss Moos und Zweige an einem Korb.

Wunderschön, staunt Annalena. Ich gehe schon mal voraus. Du hast heute Abend mehr als ich vorzuweisen, meine Entwürfe gefallen mir noch nicht.

Ja, alles hat eben seine Zeit, gibt Monika zurück.

In der Kredenz findet Annalena den immerwährenden Bauernkalender. Sie blättert und sucht das aktuelle Datum, den 19. März.

Ist es an Josephus klar, wird es ein gesegnets' Jahr.

Heute war also Josefstag, überlegt Annalena. Für den folgenden Tag findet sie

Willst du Gerste, Hafer, Erbsen dick, so säe sie an St. Benedikt.

Annalena muss lachen und zeigt Monika den Spruch.

Der Spruch passt gut in ein Garten- und Blumengeschäft, bitte, nimm das Buch und kopiere dir die geeigneten Sprüche. Ich finde, das ist eine großartige Idee.

Ja, danke schön. Ich gehe jetzt schlafen. Unten sieht es noch aus wie Kraut und Rüben, aber ich muss in den nächsten Tagen noch einige Nester und Körbe bauen, ich räume dann zu Ostern auf.

Das stört wirklich keinen hier im Haus, Moni. Gute Nacht.

Ja, schlaf gut, Annalena.

Annalena bleibt noch sitzen. Sie hört das Ticken der Wanduhr, nimmt die Krawattennadel aus der Schachtel und betrachtet sie. Es wird nicht leicht sein, das Motiv aufzugreifen und auf eine neue Art darzustellen. Annalena wählt sich zum Hören die *Cantique de Jean Racine* und denkt nach, was sie sich vorgenommen hatte, bis zu den Osterfeiertagen abzuschließen. Sie muss noch einmal mit Onkel Joachim sprechen, das wollte sie gemeinsam mit Bettina in der Karwoche tun. Und dann liegt da noch ein Kondolenzbrief. Sie nimmt ihn und liest den Absender, Frau Katharina Hermsdorff, Berlin, Köpenickerstraße. Wer das wohl sein mag, überlegt Annalena. Frau Schorn hatte von einer Katharina geschrieben, einem jungen Mädchen, die hier um 1945 gewohnt und wohl sehr an der Großmutter Anna gehangen hatte. Sie öffnet das Kuvert und nimmt die Karte heraus. Kein langer Brief, eine dezente Kondolenzkarte und nur einige wenige handgeschriebene Zeilen. Die Handschrift ist deutlich, ordentlich fügen sich die lateinischen Buchstaben aneinander.

Liebe Frau Weiss, ich möchte Ihnen mein herzlichstes Beileid zum Tode ihrer Mutter aussprechen. Es wäre mir ein großes Anliegen, Sie einmal persönlich sprechen zu können. Bitte rufen Sie mich unter der unten angegebenen Telefonnummer an.
Es grüßt Sie herzlichst Ihre Katharina Hermsdorff

Annalena speichert die Telefonnummer in ihrem Mobiltelefon. Sie wird Frau Hermsdorff vor den Osterfeiertagen anrufen, nimmt sie sich vor. Sie geht in die Waschküche, holt die gewaschenen Gardinen und hängt sie noch feucht in ihrem Dachzimmer auf. Beim Einschlafen vermischen sich die letzten Töne der *Cantique* mit dem leisen Summen der freundlich schauenden Frauen über schwankenden Wollgrasblüten.

Einige Tage später besucht Annalena Onkel Joachim nach Geschäftsschluss. Sie weiß, dass Bettina ihrem Großvater nach dem

Nachmittagskaffee gewöhnlich Gesellschaft leistet, auch aufräumt oder bügelt und hat ihr Kommen bereits angekündigt. Bettina hat einen Zwiebelkuchen gebacken, dazu serviert sie einen gut gekühlten Rheinhessenwein.

O ja, ich müsste auch einmal unseren Weinkeller auffüllen, meint Annalena, nachdem sie den Onkel begrüßt und am Tisch Platz genommen hat.

Ja, wir haben einen Weinbauern in der Pfalz, der uns seit vielen Jahren beliefert. Du könntest auch bei ihm bestellen, meint Onkel Joachim und erfreut sich an Annalenas Interesse an seinem Wein und an ihrem guten Appetit.

Bettina, dein Zwiebelkuchen ist nicht zu übertreffen, meint Annalena anerkennend. Ist das ein Geheimrezept, möchte sie wissen.

Nein, nur ein wenig Ausprobieren, bis der richtige Käse und die richtigen Mengen an Zwiebeln und Sauerrahm gefunden sind, das ist alles, es freut mich, wenn es dir schmeckt, gibt Bettina zurück.

Onkel Joachim, du glaubst nicht, wie sehr mich meine Mitbewohnerinnen verwöhnen. Apfelpfannekuchen, Erbsensuppe, italienische Nudeln, jetzt Zwiebelkuchen, alles, was das Herz begehrt nach einem Arbeitstag.

Wie weit bist du mit der Alpenblumensommerkollektion, erkundigt sich der Onkel. Alles, was das Geschäft angeht, findet sein uneingeschränktes Interesse.

Ich denke, ich brauche noch Zeit. Ich brauche Zeit, um einen eigenen Ausdruck zu finden. Es hat auch mit der Geschichte von Wolf und Wolfgang zu tun. Verstehst du das, Onkel Joachim, fragt sie vorsichtig.

Aber sicher, mein Kind. Wenn es dich belastet, dann musst du selbst entscheiden, wie weit du dich damit auseinandersetzen kannst. Aber auch im Schmerz entsteht oft viel Neues.

Es ist aber nicht der Schmerz, es ist die Ungewissheit. Ich möchte mehr über meine Vorfahren erfahren.

An wen denkst du jetzt. An deinen Großvater oder an deinen Urgroßvater.

Bettina schenkt Wein nach, räumt leise die Teller zusammen und bringt ihrem Großvater seine Pfeife und den Tabak.

Von meinem Urgroßvater weiß ich noch fast gar nichts, aber von meinem Großvater habe ich schon einiges in Erfahrung bringen können.
Von Wolfgang. Der Wolfgang war nur zwei Jahre älter als ich, er war mir ein guter Cousin, wir haben uns sehr gut verstanden. Wo ist deine Ungewissheit. Er war ein redlicher Mann, ehrlich, fleißig, treu.
Großvater, wir haben in einer Schachtel mit seinem Namen, in dem verschiedene Dokumente und Erinnerungen aufbewahrt waren, ein Flugblatt gefunden, mischt sich Bettina in das Gespräch ein. Stellt euch vor, ich habe die Kopien, die ich davon gemacht habe, an unserem Institut überprüfen lassen. Es war fast eine kleine Sensation. Es handelt sich um ein hektografiertes Flugblatt der Weißen Rose, dieser studentischen Widerstandsbewegung in München. Das ist doch nicht zu glauben, das war unter seinen Papieren, erregt sich Onkel Joachim.
Ja, bestätigt Annalena, und Bücher, die während der Nazizeit verboten waren.
Ja, ich habe das immer geahnt. Anna und Wolfgang, auch Marlene, die waren nie angepasst. Die müssen Verbindungen gehabt haben, von denen niemand in ihrem Verwandtenkreis Kenntnis hatte, gar nicht haben durfte, auch Freunde nicht. Aber selbstredend haben sie keinen eingeweiht. Ich habe Wolfgang nach 1941 kaum gesehen. Damals war man froh, wenn man einen anderen noch am Leben glauben konnte. Wolfgang war kurz an der Westfront, später an der Ostfront und dann, ab 1943, in Italien, dort hat er den ganzen Rückzug mitgemacht.
Hattest du auch Kontakt mit Menschen, die sich gegen das Regime gewandt haben, möchte Bettina wissen.
Nein und ja. Ich bin anders erzogen worden, meine Eltern waren obrigkeitsgläubiger. Später war es dann zu spät für ein Zurück. Da war die Angst zu groß, wie so viele andere auch waren wir den neuen Mächten ausgeliefert. Die Großmutter von Wolfgang und Marlene, Karoline, war eine sehr klar denkende Frau, die ihre Enkel bis zu ihrem Tod nicht erzogen, sondern geleitet hat. Im Haus Im Gefälle herrschte ein anderer Ton,

ein anderer Umgang als im öffentlichen Leben. Die Kinder hat das sehr geprägt. Das hat mir zu Hause manchmal gefehlt, diese Freiheit im Denken, Reden, Lesen, Hören. Aber dafür hatte ich meine Mutter, Lotte, die ich sehr geliebt habe. Mein Vater ist ja schon früh verstorben. Jetzt, wenn ihr mir das erzählt, erinnere ich mich an manches, das mir früher gar nicht bewusst war. Marlene hat sicher dazu gehört, also ich meine zu widerständischen Kreisen, die war nachgerade waghalsig und hat damit alle in große Gefahr gebracht. Inwieweit Wolfgang aktiv etwas unternommen hat, ich weiß es nicht. In der Wehrmacht war das kaum möglich. Und er ist mit Sicherheit bei den Partisanenkämpfen und Vergeltungsaktionen in Italien an seine eigenen persönlichen Grenzen gestoßen. Ich selbst konnte lediglich versuchen, mich zumindest nicht parteipolitisch einzubringen, aber was zählt das schon in dem Leid, das Deutschland damals in die Welt gebracht hat. Es war so, als hätte sich nicht nur ein Schatten, sondern eine Düsternis auf unsere Seelen gelegt, so habe ich es für mich empfunden.
Der alte Mann streicht sich über die Augen.
Komm, sagt Bettina leise zu Annalena, es ist spät. Ich bleibe noch hier, bis Schlafenszeit ist.
Gute Nacht, Onkel Joachim, sagt Annalena. Danke für alles. Ich wünsche dir eine gute Osterzeit.
Gute Nacht, mein Kind. Komm wieder einmal vorbei.
Onkel Joachim schaut auf die Dachgiebel der Nachbarhäuser wie in eine andere Welt.

Am nächsten Abend kommt Cornelia von ihrem Heimatdorf zurück und bringt ihren älteren Bruder Christoph, den Jungbauern, mit. Im Gepäck haben sie eine Schüssel mit Grüner Soße für den Gründonnerstag von Cornelias Mutter und sechzig in Kartons sicher verwahrte Ostereier.
Hallo, ihr beiden, begrüßt Annalena Cornelia und ihren Bruder. Die Eier tragen wir gleich in den Keller, Monika ist unten am Arbeiten. Ich richte uns ein Abendbrot und habe noch Wäsche zu bügeln, das kann ich nicht aufschieben.

Cornelia zeigt ihrem Bruder den Weg in den Arbeitsraum und hilft ihm, die Eier zu tragen.

Monika ist begeistert von den gefärbten und nach althergebrachter hessischer Art in Wachstechnik verzierten Ostereiern und die drei kommen gleich in ein Gespräch, während Monika beginnt, Nester und Körbe, die schon österlich geschmückt sind, mit den Eiern zu befüllen.

Das war mir eine so große Hilfe, will sie sich nochmals bedanken, aber Christoph winkt ab.

Meine Mutter hat da viel Geschick und sie ist froh, wenn sie damit ihr Haushaltsgeld aufbessern kann. Die Eier sind ihren Preis wert, es steckt viel Zeit darin.

Cornelia zieht sich in das Erdgeschoss zurück, als sie merkt, wie Monika und ihr Bruder beginnen, gärtnerisches Wissen austauschen. Sie freut sich über das gemeinsame berufliche und fachliche Interesse der beiden, da Christoph schon seit längerer Zeit beabsichtigt, den Hof zu einem zertifizierten landwirtschaftlichen Betrieb, einem sogenannten Biohof, zu entwickeln und ein Gedankenaustausch mit Monika ihn in diesem Bestreben unterstützen kann.

Als die beiden aus dem Keller heraufkommen, hat Annalena bereits den Tisch in der Küche gedeckt und schiebt gerade das Bügelbrett beiseite.

Das kann bis nachher warten, meint sie und staunt über das Osternest, das Monika mit heraufgebracht hat.

Das ist sehr schön geworden. Du denkst doch an den Korb für den Friedhof, fragt sie nach. Und eines brauche ich noch zusätzlich für die Familie von Henner.

Monika reicht Christoph das Osternest.

Es ist für deine Mutter, ein kleines Dankeschön, die Ostereier sind wirklich wunderhübsch, bitte richte ihr das aus. Aber jetzt wollen wir etwas essen. Ich muss die Nester und Körbe noch füllen und zum Auto bringen, damit ich sie morgen im Verkaufsraum aufstellen kann. Das Abendessen verläuft munter und fröhlich wie schon lange nicht mehr. Beim Aufbruch vereinbaren sie, dass Christoph von nun an regelmäßig Eier vorbeibringen wird.

Annalena bestellt noch einen halben Zentner Frühkartoffeln für den Sommer und eine Kiste naturtrüben Apfelsaft.
Monika belädt ihr Auto und schaut dann bei Annalena in der Küche vorbei, die wieder am Bügelbrett steht.
Annalena, Christoph wird mich mit frischen Küchenkräutern beliefern. Er hat einen Stand am Wochenmarkt in der Stadt und kann ohne Umwege bei mir im Geschäft vorbeifahren. Die Kunden lieben im Frühjahr die vorgezogenen Kräuter in Töpfen, die werden gerne gekauft und für viele ist der Weg auf den Markt von hier oben aus zu weit.
Das hört sich gut an. So, ich bin auch fertig. Eigentlich bügele ich nicht ungern, aber heute bin ich doch schon müde. Cornelia ist auch schon hinaufgegangen.
Dann eine gute Nacht, Annalena. Und danke.
Wofür denn, Monika.
Dafür, dass ich hier sein kann. Das ist eine schöne Bleibe.
Ja, wir haben es gut miteinander. Was machst du an den Osterfeiertagen, Monika, fragt Annalena.
Ich werde am Karfreitag und am Sonntag bei meinen Eltern sein. Wir machen alle gemeinsam einen Osterausflug. Und am Montag werde ich hier im Keller aufräumen und mich im Garten umschauen. Schlaf gut, Annalena.
Ja, du auch.

Am frühen Abend des Gründonnerstags findet Annalena unter einigen Osterkarten und Werbeprospekten einen Brief vom Vorstand des Förderkreises zur Erhaltung einer jüdischen Synagoge in einem kleinen Ort bei Frankenberg. Sie geht in den Wintergarten und blickt versonnen in den Garten, in dem sich die ersten Frühlingszeiger blicken lassen, Krokusse, Märzenbecher, die Bäume mit ihren Knospen in den unterschiedlichsten Grüntönen. Auch die beiden Rabenvögel haben sich auf der Gartenbank niedergelassen und beäugen Annalena neugierig. Sie öffnet den Brief und liest das offizielle Schreiben aufmerksam durch. Der Vereinsvorstand bedankt sich bei ihr für das ihm über das Notariat von Dr. Wiederholt zugekommene Legat und lädt sie ein, die Synagoge nach vorheriger Terminabsprache zu besuchen, man werde sie persönlich durch die Ausstellungsräume führen. Diese Einladung werde ich sicher annehmen, denkt Annalena, aber zuerst muss ich mit Frau Hermsdorff in Berlin telefonieren, das darf nicht liegen bleiben.

Annalena legt das Schreiben auf die Kredenz und holt das Mobiltelefon aus ihrem Rucksack, sucht und wählt die gespeicherte Telefonnummer. Frau Hermsdorff zeigt sich kaum überrascht über Annalenas Anruf.

Frau Weiss, ich habe fest damit gerechnet, dass Sie mich anrufen werden, ich verstehe auch, dass ich so lange habe warten müssen. Das ist schön, dass ich Ihre Stimme höre. Ich möchte Sie gerne nach Berlin einladen, ich bin zu alt, um die Reise nach Marburg anzutreten, und würde vielleicht auch ungelegen kommen. Andererseits können Sie sich vielleicht ein paar Tage frei nehmen und Berlin besuchen, diese Stadt ist wirklich ein Erlebnis. Wann könnten Sie denn kommen.

Annalena versucht, eine Antwort zu finden. Auch diese Einladung wird sie nicht ablehnen können.

Frau Weiss, Sie können bei mir wohnen, ich habe eine große Wohnung ganz für mich allein, in Kreuzberg nahe dem Schlesischen Tor. Das macht gar keine Umstände.

Ja, Frau Hermsdorff, ich komme gerne. Ich werde mir in der Woche nach Pfingsten einige Tage frei nehmen können, das wird sicher möglich sein. Sie können mit mir rechnen, ganz sicher. Ich werde Sie nach Ostern nochmals anrufen und ganz herzlichen Dank für Ihre liebenswürdige Einladung, die für mich ganz überraschend kommt.

Ich freue mich, wenn Sie zu mir kommen. Ich wünsche Ihnen erst einmal ein frohes Osterfest.

Ja, das wünsche ich Ihnen auch, erwidert Annalena, verabschiedet sich und beendet das Gespräch. Henner wird mir sicher zwei oder drei Urlaubstage geben können, überlegt sie und freut sich auf diese nicht erwartete Unterbrechung des Arbeitsalltags, auf die Reise, auf neue Eindrücke und die Begegnung mit ihr unbekannten Menschen.

Nun muss ich nur noch Herrn Gensen und Frau Hermsdorff treffen, und was dann, denkt sie und schaut gedankenverloren in das aufgeschlagene Herbarium. Sie ist mittlerweile davon überzeugt, dass es ursprünglich von ihrer Urgroßmutter angelegt und von Tante Marlene weiter bestückt wurde. Auch mit der Botanisiertrommel muss es eine ähnliche Bewandtnis gehabt haben, oder mit der handbemalten Tasse. Vielleicht sind das alles aber nur Hirngespinste und die Tante hat die Dinge lediglich als Erinnerungsstücke an ihre Eltern in Ehren gehalten. Aber nein, das könnte ein Außenstehender annehmen, der noch keine Einblicke in die Geschichten gewinnen konnte, die die Menschen in diesem Haus Im Gefälle auf eine ganz eigene Art verbunden hatten. Welche Schachtel sie nun als nächstes öffnen wird, überlegt sie weiter und schaut auf, als Cornelia das Wohnzimmer betritt. Was sitzt du hier so nachdenklich und allein, fragt sie. Es ist ja schon fast dunkel. Komm, unser Gründonnerstagessen ist fertig. Monika kommt heute später, sie ist mit ihrer Mutter in eine Abendmesse mit geistlicher Musik gegangen und möchte dann noch mit Freunden ausgehen.
Gut, dann werden wir uns der Grünen Soße zuwenden.
Cornelia hat neue Kartoffeln gekocht, dazu gibt es die hessische Grüne Soße aus Saurer Sahne und Joghurt mit sieben Kräutern, wie Cornelia betont, Borretsch, Kerbel, Kresse, Petersilie, Pimpinelle, Sauerampfer, Schnittlauch und hart gekochten Eiern. Beinahe so gut wie Apfelpfannekuchen, seufzt Annalena, dazu müssen wir aber noch einen guten Weißen trinken, was meinst du Cornelia, morgen ist ein Feiertag, ich gehe eine Flasche holen, ganz leer wird unser Keller doch noch nicht sein.
Es läutet an der Haustür und Cornelia geht öffnen. Vor der Tür steht ein Herr mit einem Blumenstrauß in der Hand, der sie verlegen und auch etwas neugierig anschaut.
Guten Abend, ich möchte Frau Weiss einen Osterstrauß bringen.
Hallo, Robert, ruft Annalena von der Kellertreppe herauf mit der Flasche unter dem Arm.
Komm doch herein, du kannst gerne mit uns zu Abend essen. Das ist Robert Sartorius, sagt sie zu Cornelia gewandt, ein Kolle-

ge meiner Mutter. Und das ist meine Freundin Cornelia Böge, sie wohnt seit dem Winter bei mir. Wir sitzen in der Küche, es ist fein, wenn du uns Gesellschaft leistest. Danke dir für die schönen Blumen, die stelle ich gleich auf den großen Tisch im Wohnzimmer.
Da sage ich nicht nein, wenn es keine Umstände macht. Was habt ihr übrigens für seltsame Hausgenossen am Gartentor. Zwei Rabenkrähen haben mich sehr skeptisch empfangen.
Ach die, lacht Cornelia, die beiden beschützen uns und das Haus, ein besonders wachsames Auge werfen sie aber auf Annalena.
Bei der Gründonnerstagsabendmahlzeit kommen die drei schnell in ein angeregtes Gespräch. Robert Sartorius ist wenig unter vierzig Jahre alt und hat Lena Maria als Kollegin und Freundin sehr geschätzt, sie war ihm beruflich wie in ihrer Lebenshaltung Vorbild, das weiß Annalena. Er hatte sich auch bereit erklärt, bei dem Begräbnis ihrer Mutter den Sarg zu tragen und ist seither immer wieder bei Annalena im Geschäft aufgetaucht, hat sie in der Mittagspause zu einem Kaffee eingeladen oder auf einem Gang zum Schloss, ein Lieblingsort Annalenas über der alten Stadt, begleitet.
Zunächst wundert sich Robert über die Grüne Soße.
Ist es nicht noch etwas zu früh, auf meinem Fensterbrett wächst noch keines dieser Kräutlein, meint er.
Ja, eigentlich schon, aber wir haben hier eine Fachfrau am Tisch, lacht Annalena zurück.
Nun, ich bin nicht die Fachfrau, räumt Cornelia ein. Aber meine Mutter hat ein Treibhaus im Garten und so bekommen wir die Grüne Soße halt schon etwas früher. Und beim Kartoffelkauf habe ich geschwindelt, die neuen Kartoffeln hier stammen aus Israel. Auf die neue Ernte müssen wir in Hessen noch lange warten.
Bist du auch Fachfrau für Kartoffeln, neckt Robert.
Ja, in gewisser Weise schon. Wenn ich zu Hause mitarbeite, dann nur bei den groben Arbeiten wie Kartoffeln ausgraben, Rüben ziehen, Gemüse ernten, Heu machen, den Hof fegen. Da arbeite ich meinen Stress ab und helfe obendrein. Meine Mutter hat eine gute Hand für die Gärtnerarbeiten, die mit Sorgfalt getan werden müssen.

Annalena erklärt Robert, dass Cornelia seit diesem Schuljahr ihre erste Stelle nach dem Lehramtsstudium für Mathematik und Physik angetreten habe, sie somit also Kollegen seien.

Diese Entspannungsübungen in Haus, Hof und Garten muss ich mir einmal näher anschauen. Vielleicht sind sie auch bei meinen Unterrichtsfächern sinnvoll anzuwenden, überlegt Robert und lacht.

Wieso, welche Fächer unterrichtest du, erkundigt sich Cornelia.

Deutsch und Philosophie, erklärt Robert.

Ich kann euch aber nicht sagen, welches Fach mir mehr am Herzen liegt. Was macht ihr an den Osterfeiertagen, will Robert und wie Cornelia meint, ein klein wenig neugierig, wissen.

Wir fahren am Samstag am Nachmittag nach Bad Wildungen und kommen am Montag am Abend zurück. Was wir dort unternehmen, weiß ich noch nicht, da musst du Cornelia fragen, gibt Annalena zurück.

Wir schauen uns am Karsamstag am Abend das Osterfeuer an. In Bad Wildungen gibt es einen sehr schönen Kurpark, unser Hotel hat einen modernen Wellnessbereich und im Umfeld der Stadt gibt es einige alte Waldbestände, ideal zum Laufen. Also Natur und Erholung, wie typische Kurgäste es zu halten pflegen, gibt Cornelia Auskunft.

Ihr beide seid dort bestimmt nicht typisch. Übrigens gibt es dort in der evangelischen Stadtpfarrkirche den gotischen Altar von Conrad von Soest, jetzt gerade sechshundert Jahre alt. Der ist wirklich sehenswert, auch abgesehen von der angeblich ältesten Brillendarstellung nördlich der Alpen. Diesen Altar solltet ihr euch nicht entgehen lassen.

Danke, Robert, für den Tipp. Etwas Kultur neben Natur und Entspannung kann ja nicht schaden, neckt Annalena.

Sie hört dem Gespräch der beiden über die Entwicklung der Brille und ihr Auftreten im vierzehnten Jahrhundert in der darstellenden Kunst Italiens in Gedanken versunken zu und vernimmt, dass das Wort Brille in der deutschen Sprache von dem Mineral Beryll herzuleiten ist. Sie staunt, wie es ihr immer leichter fällt, hin und wieder die Traurigkeit hinter sich zu lassen und den Alltag mit einer gewissen Leichtigkeit hinzunehmen.

In dem Buch *Der Name der Rose* von Umberto Ecco kommt ein eine Brille tragender Benediktinermönch vor, und das zu Beginn des vierzehnten Jahrhunderts, erinnert sich Cornelia.
Ja, fügt Robert bei, vor dem Hochmittelalter konnte die Mehrheit der Menschen in Europa nicht schreiben und lesen, für sie waren als kollektives Medium die Bilderbibeln zum Beispiel in den Kreuzgängen der Klöster oder auf den österlichen Fastentüchern gedacht. Im 13. Jahrhundert kam es zu einer Zunahme der Literatur und damit verbunden zu einer Zunahme der Menschen, die die Literatur handschriftlich kopierten und der Menschen, die die Bücher lesen wollten. Die Brille war ein sehr individuelles Hilfsmittel für den Umgang mit der Schrift. Kurz, das Individuum wurde durch eine neue Technik quasi perfektioniert. Aber jetzt lassen wir hier alles stehen und gehen nach drüben, unterbricht ihn Annalena. Ich hole noch einen Wein, es ist aber die vorletzte Flasche vom Weißwein dieser Sorte, ich muss erst wieder eine Bestellung aufgeben. Vielleicht mögt ihr euch eine Musik aussuchen.
Während Cornelia den Küchentisch abräumt und rasch das Geschirr zusammenstellt, wechselt Robert in das ihm bekannte Wohnzimmer. Er ist in den letzten Jahren hin und wieder Gast in diesem Haus gewesen, seine Kollegin Lena Maria lud mitunter befreundete Kolleginnen und Kollegen zu einem Abendessen oder zu einem kleinen Gartenfest ein, es erschien ihm stets wie eine private Auszeichnung, zu diesen geladenen Gästen zu gehören.
Wie gut hast du Lena Maria gekannt, fragt Cornelia, die nach ihm das Zimmer betritt.
Sie war eine sehr offene und hilfsbereite Kollegin, als ich vor fünfzehn Jahren als junger Lehrer, damals noch im Referendariat, an ihre Schule kam. Sie hat mich sozusagen unter ihre Fittiche genommen und mir in vielem weitergeholfen. Du weißt, das Unterrichten ist nicht immer leicht. Gerade das Fach Philosophie stößt im Allgemeinen auf wenig Akzeptanz bei den Schülern und Schülerinnen. Dazu kam, dass wir uns in manchen Interessensgebieten auch außerhalb des Schulalltags trafen, in der Literatur etwa oder in der bildenden Kunst. Ich habe sie als einen

ehrlichen, feinfühligen und sehr verlässlichen Menschen kennen und schätzen gelernt.

Ja, das war sie, stimmt Annalena von der Tür her zu. Und das fehlt mir. Sehr. Sie war sehr liebevoll. Bitte setzt euch doch. Robert, kannst du mir etwas über Dietrich Bonhoeffer erzählen, fragt Annalena.

Warum, fragt Robert zurück.

Wir haben hier in einem Schrank eine Ausgabe eines Buchs von Bonhoeffer, noch vor dem Zweiten Weltkrieg erschienen, gefunden. Meine Mutter hatte auch einige Bücher von ihm, die in den letzten Jahren neu verlegt wurden, ich selber kenne eigentlich nur das Lied *Von guten Mächten*, das hat meine Mutter sehr gemocht, es war ihr Silvesterlied. Morgen wird in der Stadt ein Film über Dietrich Bonhoeffer gezeigt, den wollen wir uns anschauen. Magst du auch kommen.

Oh ja, sehr gerne, das ist ein sehr schöner Ausklang des Karfreitags. Und danach können wir über den Theologen Bonhoeffer sprechen, eine wirklich außerordentliche Persönlichkeit. Und weil deine Mutter auch eine begeisterte Leserin von Matthias Claudius war, wie ich weiß, kann ich euch auch über die Verbindungen zwischen diesen beiden Christenmenschen erzählen.

Das klingt spannend, lässt sich Cornelia vernehmen.

Ja, das ist es auch. Annalena, ihr habt ja noch einen Plattenspieler, staunt Robert, der sich in dem großen Wohnzimmer umsieht. Darf ich deine Plattensammlung anschauen.

Ja, freilich, aber das ist die Plattensammlung meiner Mutter und es finden sich darin sicher auch noch Langspielplatten von meiner Großmutter und von meiner Großtante Marlene. Ich besitze nur CD-Aufnahmen.

Während Robert und Cornelia die Plattenhüllen studieren, läutet es an der Haustür. Annalena geht verwundert nachschauen, wer am Gründonnerstag zu so später Stunde noch vorbeischauen könnte. Draußen stehen Herr und Frau Simon, ein Ehepaar, das ein Haus weiter Im Gefälle zu Hause ist, gute Nachbarn, die Annalena schon von klein auf kennt.

Guten Abend, Frau Weiss, wir wollten Ihnen ein schönes Osterfest wünschen, beginnt Frau Simon etwas befangen.
Annalena freut sich über diesen nachbarschaftlichen Besuch.
Bitte kommen Sie doch herein, ich freue mich sehr. Wir wollten gerade noch ein Glas Wein trinken, da kommen Sie gerade recht, sagt sie und öffnet die Tür weit, um die Nachbarn hereinzulassen.
Ja, wenn wir nicht stören, meint Herr Simon, wir haben Ihnen auch einen guten Tropfen vorbeibringen wollen, einen Eierlikör aus der Küche meiner Frau.
Ja, das ist aber besonders nett von Ihnen, lacht Annalena. Bitte, kommen Sie doch weiter.
Robert und Cornelia sind noch in die Covertexte der Plattenalben vertieft und schauen erstaunt auf die unerwarteten Gäste.
Cornelia, Robert, das sind meine Nachbarn, Frau und Herr Simon. Sie wohnen gleich hier ein Haus weiter.
Jetzt legen wir eine Platte auf, meint Cornelia nach der Begrüßung. Hier sind ja wahre Schätze verborgen.
Welche Schallplatten sind in der Sammlung, erkundigt sich Herr Simon. Robert stapelt die Langspielplatten vorsichtig auf dem großen Tisch, Cornelia holt noch Weingläser für die dazu gestoßenen Gäste, kühlt die letzte Flasche ein und bald dreht sich das Gespräch über die Musikaufnahmen. Manche sind ihnen bekannt, manche unbekannt.
Was möchten Sie gerne hören, Frau Simon, fragt Annalena.
Ich. Oh, ich weiß nicht recht, ich bin noch etwas unentschlossen. Aber hier vielleicht, da ist eine Langspielplatte von Hannes Wader, nein, da sind drei Alben von ihm, in die von 1982 *Das nichts bleibt wie es war* würde ich gerne hineinhören. Die Lieder darauf habe ich noch von früher im Ohr.
Ja, gerne, sagt Annalena, nimmt die Platte und legt sie auf.
Sie lauschen dem Lied *Heute hier, morgen dort*, Robert räuspert sich und meint, das kenne er noch von Gruppenabenden in seiner Jugendzeit, Annalena verortet das Lied in die amerikanische Folkmusik, Cornelia eher in die Wandervogelbewegung der 1920er-Jahre.

Ich weiß nicht, wem diese Platten jeweils gehörten, sagt Annalena nach einer Weile. Diese könnte auch von meiner Großmutter Anna stammen. Und nun bitte Sie, Herr Simon. Was würden Sie auswählen.
Mir fällt das auch schwer, meint dieser. Ich mag Reinhard Mey, da ist auch ein Studioalbum von 1989, *Mein Apfelbäumchen* mit meinem Lieblingslied *Nein, meine Söhne geb ich nicht*. Das ist ein Antikriegslied, ganz still, aus der Sicht eines Vaters, der dem Staat seine Söhne verweigert. Das habe ich auswendig gewusst, so sehr hat es mich beeindruckt. Aber ich wähle dieses Album hier aus, von Christoper und Michael, die sind ganz vergessen, ich freue mich, dass ich da nochmal hineinhören darf. Es erinnert mich an die späten 1960er Jahre, da war ich noch ein Schüler, an die Friedensbewegung und die Ostermärsche in Deutschland. Das war wie eine andere, neue Zeit. Bitte, ich möchte gerne aus diesem Album *Kommt her all ihr Leute* den Song *Soll es denn niemals anders sein* hören.
Alle lauschen dem Lied.
Cornelia singt leise die Zeilen *So viele Lügen und so große Not* nach und Robert wiederholt nachdenklich für sich *Ich habe keine Fragen mehr*.
Eine solche Kraft, die in einem Lied stecken kann, wiederholt Herr Simon, für mich bricht eine untergegangen geglaubte Welt auf. Aber nun du, Cornelia, was würdest du dir aussuchen, fragt Annalena.
Cornelia nimmt einen Schluck Wein.
Ja, das ist nicht so leicht, da gibt es eine große Vielfalt der verschiedensten Musikrichtungen. Bob Dylan und Franz Josef Degenhardt, aber ich möchte ein Volkslied hören. Hier ist eine Langspielplatte mit ausgewählten Liedern, zum Beispiel von Dvorak, Schubert und Brahms. Ich wähle *Da drunten im Tale* von Johannes Brahms, es ist ein Album von einem Jugendchor. Ich mag die jungen Stimmen.
Annalena legt die Platte auf und nachdem das Lied verklungen ist, schweigen die Zuhörer. Es ist, als ob die Musik noch weiter durch den Raum schwingt. Herr Simon nimmt die Hand seiner Frau.

Und nun deine Wahl, Robert. Hast du etwas gefunden, das dich besonders ansprechen würde.
Oh, die Qual der Wahl, Annalena, es fällt mir schwer, mich zu entscheiden. Da ist eine Schellackplatte, von einer Sängerin, die ich nicht kenne, Evelyn Künneke, sie scheint schon früher erschienen zu sein, noch zur Zeit des Zweiten Weltkriegs, müsste also aus dem Besitz der Großmutter oder der Großtante stammen. Das Lied heißt *Sing, Nachtigall, sing*.
Wie du meinst, Robert, lacht Annalena, lassen wir uns überraschen.
Nachdem sie den Schlager gehört haben, sind alle betroffen.
Es kommt mir so vor, als ob mit der Musik ganz verschiedene Welten anklingen, die hier in diesem Haus Einzug hielten. Ich weiß nicht, ob das in unserem Haus auch so wäre, sagt Frau Simon.
Ja, es ist ein besonderes Haus, pflichtet Cornelia Frau Simon bei. Das war ein Schlager aus der Zeit des Krieges und auch in jener Zeit haben hier Menschen gelebt. Das weht jetzt noch zu uns herüber. Aber nun du, Annalena, was wählst du aus.
Ich mache es mir leicht und schwer zugleich. Wir hören von Dietrich Bonhoeffer *Von guten Mächten* und danach beenden wir diesen Abend. Das ist, denke ich, ein gutes Schlusslied.
Es fällt den fünf Menschen in diesem Zimmer an dem großen Tisch nach diesem Lied schwer, die Stille aufzuheben, aufzustehen und sich zu verabschieden.
Es war ein guter Abend, meint Herr Simon.
Ja, wir müssten das wiederholen, im Frühjahr, wenn wir wieder im Garten sitzen können, fügt seine Gattin an und beide verabschieden sich.
Annalena bedankt sich für den überraschenden Besuch und auch bei Robert Sartorius für sein Kommen. Sie verabreden sich nochmals für den morgigen Abend, dann schließt Annalena die Tür.
Cornelia steht an den Rahmen der Küchentür gelehnt.
Ich danke dir für die schönen Stunden, Annalena. Du siehst müde aus. Geh du zu Bett, ich räume noch auf.
Ja, danke. Cornelia, hast du in der Sammlung auch die Schallplattenalben mit den Liedern und Weisen aus den Alpen gesehen. Ich

habe kurz überlegt, ob ich mir davon ein Stück auswählen soll. Aber ich habe mich dann anders entschieden. Diese Musik sagt mir gar nichts. Wahrscheinlich haben die Alben der Tante Marlene gehört. Du hast dich richtig entschieden, für ein passendes Lied am Ende eines guten Abends. Die alpenländische Musik ist ein Teil der fremden Welt, mit der du dich auseinandersetzt, aber du musst sie nicht zu deiner eigenen machen.
Gute Nacht, Cornelia.
Gute Nacht. Und vergiss nicht, morgen kannst du etwas länger schlafen, wenn du magst.

Am Abend des Karfreitags treffen sich Annalena, Cornelia und Robert vor dem Gemeindehaus, in dem der Film *Die letzte Stufe* über das Leben Dietrich Bonhoeffers gezeigt wird. Zuletzt stößt auch noch Charlotte dazu.
Ich habe mich gerade noch rechtzeitig davonschleichen können, Henner passt auf die Kinder auf, meint sie lachend. Ich freue mich auf einen Filmabend. Was werden wir anschauen.
Wir sehen eine Biografie über Dietrich Bonhoeffer, den evangelischen Theologen der Bekennenden Kirche während des Nationalsozialismus, antwortet Cornelia.
Ein Film, der gut zum Karfreitag passt, meint Annalena und hakt sich bei Charlotte ein.
Kommt, der Film beginnt in wenigen Minuten, drängt Robert, der sich ein wenig abseits von den drei jungen Frauen hält, von denen zwei ihm fast unbekannt sind.
Am Ende der Vorführung verlassen die Menschen still und nachdenklich den Saal des Gemeindehauses. Erst draußen, in der kalten Nachtluft, wenden sie sich wieder einander zu.
Lasst uns noch irgendwo einkehren, ich mag so schnell noch nicht nach Hause gehen, bittet Charlotte.
Ja, wir gehen hier in die Eckkneipe, da ist es heute bestimmt ruhig, meint Robert.
Sie haben Glück. Das Lokal ist trotz des Feiertages geöffnet und sie nehmen an einem runden Tisch in der Ecke des Gastzimmers Platz. Im Raum sind nur einige wenige Gäste.

Sie diskutieren bald über die Eindrücke und Einblicke, die ihnen der Film geboten hat.
Im Zentrum steht für sie als Zuschauer die Suche von Dietrich Bonhoeffer nach seiner eigenen Person und seiner Geborgenheit in Gott.
Die heitere Gelassenheit, die haben die Menschen auch meiner Mutter zugeschrieben, aber vielleicht war auch sie im Grunde voll unruhiger Sehnsucht. Ich weiß es nicht, sagt Annalena leise.
Wer man selbst ist, das ist doch fast unmöglich zu begreifen, aber dass sich ein Mensch in Gott geborgen fühlen kann, so wie er ist, das finde ich ungemein tröstlich, antwortet Cornelia.
Ich wollte euch noch die Verbindungen zwischen Matthias Claudius und Dietrich Bonhoeffer aufzeigen, beide Dichter und gläubige Christen, sie haben in deiner Familie einen hohen Stellenwert besessen, Annalena, merkt Robert an.
Ja, das stimmt, wir haben von beiden einige Werke und Aufsatzsammlungen im Bücherschrank, zum Teil sind es ältere Ausgaben, zum Teil sind sie neu verlegt.
Matthias Claudius, fragt Charlotte. Von dem kenne ich nur ein *Wintergedicht, hinter dem Ofen zu singen* und natürlich den Liedertext von *Der Mond ist aufgegangen*. Wenn ich mit meinen Kindern das Lied anstimmen will, muss eines von ihnen bestimmt *Der Herr Matthias Claudius schickt allen einen lieben Gruß* beifügen.
Der Text zu dem Schubertlied *Der Tod und das Mädchen* stammt auch von ihm, weiß Cornelia.
Matthias Claudius war ein Zeitungsschreiber, ein Redakteur des *Wandsbeker Boten* in Norddeutschland und damals im 18. Jahrhundert einer der meistgelesenen Schriftsteller in Deutschland, er war eigentlich ein Unzeitgemäßer in einer vernunftgeprägten Welt der Aufklärung. In seinen tiefsinnigen Beiträgen steckt viel Zeitkritik. Es gibt ein Gedicht von ihm, *Der Mensch*, in dem er hervorhebt, dass sich kein Mensch als Individuum besonders wichtig nehmen soll. Das Leben des Einzelnen mit allen seinen Höhen und Tiefen, in seiner ganzen Widersprüchlichkeit ist etwas Beiläufiges, etwas Banales, das allen Menschen widerfährt. Menschen kommen und gehen, zerreiben sich in ihrem Leben,

werden alt, alle müssen schlussendlich sterben. Der Mensch wird bei Matthias Claudius eigenartig passiv dargestellt, alles passiert ihm und der Tod mutet wie eine Erlösung an. Und hier sehe ich die Gemeinsamkeit mit dem Theologen Bonhoeffer. Wer bin ich, hat Bonhoeffer im Film gefragt und die Antwort darauf findet er wie Matthias Claudius in eben diesem Zurücknehmen des eigenen Fortschritts mit all seiner trostlosen Quälerei im Vertrauen auf das Eingebettet-Sein in viel größere Dimensionen. Wer das begreift, der kann mit der Lebensmaxime einer heiteren Gelassenheit, auch des Genießens der alltäglichen Freuden, seinen Lebensweg gehen, beschließt Robert seine Ausführungen.

Der Abend klingt ruhig aus. Sie reden noch lange über das Leben, über ihre weiteren Pläne, über die Musik, die sie am Vorabend miteinander gehört haben und beenden ihre Gespräche erst, als die Wirtin sie auf die nahende Sperrstunde verweist und sie sich als Freunde vor der Eckkneipe in die Osterfeiertage verabschieden.

In der Schankstube der Gastschwaig am Felber Tauern, dem Matreier Tauernhaus, und auf dem weitläufigen Vorplatz herrscht an diesem frühen Sommerabend ein lebhaftes Kommen und Gehen. Die Almen sind in diesem Jahr zwei Sommer nach dem Großen Krieg wieder leidlich gut mit Vieh bestückt und der Wirt kann sich über die ersten Sommerfrischgäste freuen, die mit heimischen Bergführern bei ihm vor und nach ihren Gipfelbesteigungen um Kost und Logis anfragen.
Da kemmen noch welle vom Felber Tauern ochn, zwoa Leitln seins, ruft die Stallmagd dem Wirt zu.
Der Wirt schaut hinauf und sieht zwei vom Tauern herunterkommen, geschwinden Schritts, einen Mann und eine Frau kann er jetzt ausmachen und er ruft der Küchenmagd zu, sie solle nochmal den Herd schüren, es kämen noch welche von oben herunter.
Später setzt sich der Wirt zu den beiden Neuankömmlingen in die Gaststube, fragt sie aus nach Woher und Wohin. Die beiden Gäste sind jung, kräftig und gut ausgerüstet.
Servas. Wollts Großvenediger, brauchts oan Führer, fragt der Wirt.
Nein, wir suchen hier eine Bleibe in einem Stall oder einer Alm, wir wollen auf den Wildenkogel und dann, zum Abschluss bei Windisch-Matrei auf den Zunig und den Muntanitz.
Ah so, woher kemmts, fragt der Wirt neugierig. Die Fremden wissen oft etwas Neues zu berichten, weiß er.
Wir sind von Deutschland. Erst sind wir mit dem Zug über München nach Innsbruck gefahren, dann mit dem Postbus nach Mittersill. Genächtigt haben wir im Gasthaus Bräurup und dann sind wir über das Tauernhaus Spital und über den Felber Tauern hierher. Oben konnten wir nicht bleiben, die Hütte am Passübergang ist noch nicht fertig gebaut. Der Tag war wunderschön, berichtet die junge Frau eifrig.
Wir haben dort oben Steinadler gesehen, oder waren es Geier, fügt der junge Mann an.
Sie ist schön, mit feinen Händen und gesunden Zähnen und trägt eine fein gearbeitete silberne Brosche mit Blumen darauf an ihrer Bluse, denkt sich der Wirt. Dafür hat er einen guten Blick.
Der Mann an ihrer Seite ist stiller, ruhiger, mit einem offenen

Gesichtsausdruck. Das sind feine städtische Leute, denkt sich der Wirt, der schon viele Menschen in seinem Leben kommen und gehen gesehen hat.

Des sein gwiss Gänsegeier gwen, gibt er zur Antwort. Da oben auf der Mittersiller Seitn ist vor guet dreißig Jahren oane Lahn oagangn, hat oane Menge Viech weggeputzt und die Mander dazu und seit der Zeit, so redn die Leit, solln heroben Lämmergeier hausn, die sein wohl auf den Geschmack kemmen. Unter uns, i denk, des sein decht eher Gänsegeier, die hoaßn auch Weißkopfgeier. Die Bartgeier, wie die Lämmergeier auch hoaßn, sein decht beinah ausgerottet. Gänsegeier sein Aasfresser, mit dem Glas han i schon etliche im Sommer gesechn.

Der Wirt zeigt auf sein Fernglas, das an der Wand hängt.

Im Winter ziagn die Vögel nach Süden. Den Steinadler siecht man auch nur mehr selten, hier im Tauern. Ja, die Hittn am Felber Tauern wird noch nit so bald aufgerichtet sein, das wird noch ein Zeitl dauern, es fehlt am Geld, wie überall. Des ist oane Hittn vom Alpenverein, von St. Pölten. Auch nuie Wege für die Wanderer werden momentan gebaut. Aber ihr habt ja den Abstieg guet hinterbracht, lacht der Wirt.

Ja, sagt der junge Mann aus Deutschland nun an den Hausherrn gewandt, das Essen war auch ganz ausgezeichnet. Wir hätten auch gerne noch ein Glas Roten und dann hätten wir noch eine Frage. So, was wöllts denn wissn, wendet sich der Wirt an seine Gäste und nimmt mit zwei Gläsern von seinem Hauswein wieder Platz. Können Sie uns jemand nennen, in dessen Hütte wir für ein paar Tage bleiben können, bittet die junge Frau.

So woll. Der Wirt kratzt sich im Nacken und scheint zu überlegen, gibt aber gleich die Antwort.

I wüsste da schon eppes, a kloans Stückl weiter talauswärts, enten vom Bache, in Gschild. Da kennts sicher eine Bleibe findn. Von da kemmts ihr auch leicht auf den Wildenkogel. Ihr habt's eh oane guete Karten. I zeig enk den Weg. Müssts enk aber gschleinen, es ist schon spat.

Der Wirt steht auf und begleitet die beiden hinaus. Die Sonne schickt ihre letzten Strahlen über die Bergkanten und Schatten haben sich über die Talseiten ausgebreitet, das Vieh liegt in den Ställen bei den Almhütten, aus den Kaminen steigt leichter weißer Rauch. Ein Hund springt lebhaft um die kleine Gruppe herum. Eine Frau mit einem Besen schaut neugierig herüber, eine andere lockt ein paar Hühner zum Stall.

Ruhig, Treff, mahnt der Wirt. Des sein feine Leit. Da, ihr gehts hetz den Weg hier weiter, am Tauernbache entlang, etwa oane halbe Stund, dann kennts schon die Alm enten auf der anderen Bachseiten sechen. Da ist oane Bruckn, da misst ieban giehn. Da fragts nach der Berger Vrone, da kennts sicher unterkemmen. Pfiat enk Gott mitnonda.

Die beiden schultern ihre Rucksäcke und folgen dem Weg in der ersten Dämmerung. Bist du müde, Liebes, fragt der Mann, es kann nicht mehr weit sein.

Wir hatten einen so schönen Tag, und die Bergwelt ist so erhaben, schau, wie das letzte Licht über den Bergkämmen steht. Wie schroff und kalt sie jetzt wirken, in diesem Abendlicht, entgegnet die junge Frau an seiner Seite.

Sie gehen schweigend den Saumpfad weiter.

Ich verstehe die Leute hier fast nicht, dabei versuchen sie, so etwas wie Hochdeutsch zu reden, lacht sie eine Weile später. Das ist hier überhaupt ein ganz anders Leben, aber schau, dort sind Lichter, das muss die Alm sein, die uns der Wirt genannt hat.

Ja, komm, da ist die Brücke. Wir kommen gerade noch früh genug, gleich wird es dunkel sein.

An der Brücke lehnt ein Junge und ein jüngeres Mädchen fegt die Bodenbretter sauber. Die Frau fragt die Kinder nach Frau Vrone Berger.

Der Bub lacht und zeigt auf eine Almhütte hinter ihm.

Gehts da vürchn, die Vrone ist schon in der Kuchl, wir kemmen glei eina.

Der Mann nimmt seine Begleiterin an der Hand und sie steigen den Pfad zu der Almhütte hinauf.

Er klopft mehrmals an der Tür, bis diese plötzlich geöffnet wird. Vor ihnen steht eine ältere schmale Frau mit einem auf dem Hinterkopf zusammengedrehten Zopf, mit einem langen Rock, ei-

ner weißen Schürze und derben Stiefeln, die die beiden Wanderer neugierig mustert.
Was wöllts, fragt die Frau und macht einen Schritt aus der Tür heraus, s'ist schon spat.
Guten Abend, entschuldigen Sie die Störung, sind Sie Frau Berger, antwortet der Mann und tritt einen Schritt zurück.
Ja, wer soll hier sonst sein, wundert sich die Sennerin.
Der Wirt vom Tauernhaus schickt uns, wir suchen eine Unterkunft.
Ja, kemmts nur eina, oan Platzl im Stadl hun i schon, aber koan Luxus, wie des die Herrischen gwohnt sein. Die Hittn ist koane Sommerfrisch.
Luxus brauchen wir keinen, nur eine Schlafstatt, wir wollen morgen auf den Wildenkogel., bekräftigt die junge Frau.
Wer seids und woher kemmts, will die Sennerin wissen.
Das hier ist meine Frau, wir sind aus Deutschland und heute von Salzburg über den Tauern herübergekommen, war ein weiter Weg.
Woll, des ist decht oan gewaltig Stück Wegs, habts oan Hunger, i hun an Milachmuas am Feuer, kennts mitessn, nochant ist Schlafenszeit, i bin schon beizeitn auf.
Das ist uns recht, danke.
Die beiden nehmen in der Rauchkuchl Platz. Ihre Augen müssen sich erst an das Dämmerlicht gewöhnen. Die Wände der Kuchl sind schwarz, ums Eck verläuft eine Bank, davor ein großer Tisch, gegenüber einer großen gemauerten Feuerstelle. Die Möbel sind grob gezimmert, alles ist sauber, der Herrgottswinkel mit Blumen geschmückt. Die junge Frau erkennt die Blüten von Frühlingsenzian, Speik und Wollgras. Diese Alpenblumen hat sie heute oben auf den Wiesen unter dem Felber Tauern gesehen und einige davon sorgsam gepresst mit ins Tal genommen.
Auf einer Bank stehen Milchkannen und allerlei hölzernes Küchengerät, an der verrußten Wand hinter der Feuerstelle hängen große Pfannen aus Eisen und kleine aus Kupfer, Siebe und Schöpflöffel, auf einem Wandbord stehen einige wenige irdene Teller und Tassen, daneben der Holzrahmen mit den Brotlaiben. Jetzt springen auch die Kinder in die Kuchl, und setzen sich an den Tisch. Vrone holt fünf Löffel, stellt einen eisernen Pfannen-

knecht auf den Tisch und darauf eine Eisenpfanne mit einem
Muas, in der Mitte ein großes Stück Butter. Sie löffeln schweigend, dann macht die Sennerin das Kreuzzeichen und murmelt
ein kurzes Gebet.

Sell woll, zum Wildenkogel wellts, da geht's gleich hier auch
auf die Ochsenalm, oft dann auf den Schildenkogel, oft ieban
den Wildensee auchn auf den Wildenkogel. Beim Abstieg nehmts
den Steig öchn ieban Löbbensee und Löbbenboden, oft kemmts
wieder öchn ins Tal zum Tauernhaus.

Der Mann nimmt die Karte aus dem Rucksack und fährt mit
dem Zeigefinger den angegebenen Weg nach.

Da werden wir erst am Abend zurück sein. Wird das Wetter halten, wendet er sich an Vrone.

Ja, es geht der Niederwind, das Wetter hebt noch oan Zeitl. Ist
nit ungefährlich heroben, wenn des Wetter umschlagt. Am Wildenkogel hausn die Saligen.

Die Saligen, fragt die junge Frau eifrig, wer ist das.

Ja, ihr kennts die Saligen nit, des sein feine Wesen, die moanen
es guet mit selle Leit, die sich lieben. Aber wenn es zweien dort
oben guet geht und sie nehmen eppes mit aus dem Reich der
Saligen Fräulein, so derfen sie nie wieder dorthin zurückkehren. Hier im Tal derzählt man sich viele Geschichtln von denen
Fräulein, den Saligen.

Oh bitte, erzählen Sie uns eine davon, bittet die junge Frau.

Woll, guet, aber nochant zeig i enk enkere Bettstatt. Es ist schon
spat. Die Kinda muessn tutschn giehn. Der Gitschn folln schon
die Guckerlen zu, meint sie zu den Kindern gewandt.

Die alte Frau setzt sich aufrecht und beginnt in einem eigenartigen Tonfall zu erzählen. Es klingt, als würde sie aus einem unsichtbaren Buch in Schriftsprache deklamieren.

Die Saligen Fräulein am Wildenkogel. In den Nischen und Höhlungen der Schrofen, die sich ober dem Löbbensee senkrecht erheben, hielten sich ehedem Salige Fräulein auf, und noch heute
nennt man die Stelle den Hexenboden, wo ihr Schloss gestanden haben soll. Man sah die Fräulein öfters kochen, aber auch
tanzen und springen, und dann konnte man gewöhnlich auch

lieblichen Gesang und schöne Musik vernehmen. Nicht selten gesellten sie sich zu den Hirten und waren überhaupt gegen die Leute wohlgesinnt. Einmal schenkte ein solches Fräulein einer Mattinger Magd für einen erwiesenen Dienst ein Sträußlein gepresster Blumen von den oberen Matten, Schusternagelen, Speik und Wollgras. Das solle sie gut aufbewahren, so sei sie auch unten im Tal von den Guten Saligen Fräulein beschützt und würde Glück genug haben. Aber sonst dürfe sie nichts mitnehmen von den Höhen, es würde ihr sonst grausam genommen werden, wenn sie dorthin zurückkehren würde. Die Magd stieg ein Stück von den eisigen Höhen hinunter und traf ihren Liebsten, der sie schmerzlich vermisst und in den Schrofen gesucht hatte. Solange die Frau das Wort der Saligen beachtete, war ihr das Glück stets hold und sie freute sich an ihrem Mann und ihrem Kind. Als sie aber nach Jahr und Tag doch wieder einmal den Weg in die steinerne Felsenwelt am Löbbenboden beschritt, hatte sie sich ihr Glück und bald auch ihr Leben verscherzt und musste den Saligen in deren eisige Höhen folgen.

Die Kinder haben still zugehört und laufen ohne ein weiteres Wort in die seitliche Schlafkammer. Die Sennerin erhebt sich, nimmt die Petroleumlampe und weist ihren Gästen den Weg zum Heustadl.

An einem verregneten Samstagnachmittag im April klopft Bettina an Annalenas Zimmertür.
Annalena, hast du ein wenig Zeit, ich wollte etwas mit dir besprechen.
Ja, gleich, ich habe nur etwas geschlafen, ich war müde.
Entschuldige, ich wollte dich nicht wecken.
Das macht doch nichts, ich bin froh, dass du mich geweckt hast. Wenn ich länger schlafe, ist der Tag für mich verloren. Ich komme gleich.
Bettina hat auf dem Wohnzimmertisch verschiedene Papiere ausgebreitet.
Ich wollte dir die Korrespondenz zeigen, die ich wegen Wolfgang mit dem Suchdienst des Deutschen Roten Kreuzes, der Deutschen Dienststelle für Auskünfte über deutsche und ausländische Soldaten in Berlin und dem Militärarchiv in Freiburg geführt habe. Ich war überrascht, wie schnell ich von dort Informationen bekommen habe, aber wahrscheinlich kommen jetzt, sechzig Jahre nach Kriegsende, nicht mehr allzu viele Nachfragen, die beantwortet werden sollen. Die Informationen der Archive über Wolfgang decken sich. Aber zuvor möchte ich dir noch etwas zur Soldatenzeit von Wolfgang erzählen, wenn du magst.
Ja, sagt Annalena und setzt sich an den Tisch. Sie blickt Bettina erwartungsvoll an.
Wolfgang war bei der Heeresgruppe C. Die Heeresgruppe C gab es seit 1939, sie war zuerst an der Westfront, von 1941 bis 1943 als Heeresgruppe Nord an der Ostfront eingesetzt, im November 1943 wurde sie neu aufgestellt und in Italien eingesetzt. Im Frühsommer 1943 hatte die Invasion Italiens durch die alliierten Truppen begonnen, in der Folge wurde nach der Landung auf Sizilien der italienische Diktatur Mussolini abgesetzt. Italien erklärte im September 1943 den Waffenstillstand, fast gleichzeitig landeten britische Truppenverbände in Süditalien, in Kalabrien. Neben der Verteidigung des von ihnen besetzten Staates Italien führten die deutschen Truppen einen Partisanenkrieg gegen italienische Widerstandskämpfer, im Laufe dessen es vonseiten der Deutschen zu zahlreichen Massakern auch an der Zivilbe-

völkerung kam. Unter der neuen Regierung Badoglios hat Italien dann noch 1943 Deutschland den Krieg erklärt. Im ersten Halbjahr 1944 rückten alliierte Truppen bis nach Florenz vor, im Oktober bis nach Rimini und Bologna. Der entscheidende Durchbruch der alliierten Truppen gelang aber erst im Frühjahr 1945. In den letzten Apriltagen befand sich die gesamte Heeresgruppe C in Norditalien auf dem Rückzug, am 29. April unterzeichnete der befehlshabende General die Teilkapitulation der deutschen Armeen in Italien, also etwa zehn Tage vor der Kapitulation des Deutschen Reiches, die Kampfhandlungen endeten dort in Italien am 2. Mai 1945. Soweit in Kürze der Kriegsverlauf in Italien, schließt Bettina.
Und was wurde aus den deutschen Soldaten, die sich zum Zeitpunkt der Kapitulation in Norditalien befanden.
Tausende von Wehrmachtssoldaten, aber auch von Angehörigen der SS befanden sich nach der Kapitulation der deutschen Truppen in Norditalien auf der Flucht, um einer möglichen Kriegsgefangenschaft zu entgehen. Sie zogen durch das Pustertal, den Vintschgau oder über den Brenner nach Norden, mussten bei Eintritt in das Deutsche Reich aber damit rechnen, als Deserteure erschossen oder aufgehängt zu werden, da sich das Deutsche Reich in den ersten Maitagen noch im Kriegszustand befand und auf deutschem Gebiet sich noch viele im Endkampf um das Deutsche Reich wähnten. Viele Wehrmachtssoldaten zogen in eingetauschter Zivilkleidung über die Berge und hielten sich versteckt. Auf italienischem Gebiet wurden Wehrmachtssoldaten von italienischen Partisanen auch noch nach dem Waffenstillstand angegriffen.
Annalena senkt den Kopf. Der Krieg muss furchtbar gewesen sein, sagt sie leise. So viel Not und Leid. Ich sehe meinen jungen Großvater vor mir, gezeichnet vom Krieg und schon so unendlich müde. Ich mache uns einen Tee. Ich brauche etwas Warmes, Bettina. Mir ist kalt geworden.
Bettina nickt und wendet sich wieder ihren Unterlagen zu. Sie breitet eine Karte auf dem Tisch aus und markiert einige Stellen darauf mit kleinen Fahnen.

Was soll das, fragt Annalena, die mit zwei Teebechern wieder zu ihr tritt. Ich habe den Tee schon gezuckert. Was sind das für Fahnen, fragt sie.
Die sind von Henners Kindern von einem Reisespiel. Hier, ich zeige dir die Gegend in Norditalien, wo deutsche Einheiten zum Zeitpunkt der Kapitulation Ende April 1945 noch gekämpft haben, antwortet Bettina und stellt einige Fahnen nördlich von Triest und Mailand auf.
Die Archive haben uns übereinstimmend mitgeteilt, dass Wolfgang sich zum Zeitpunkt der Teilkapitulation noch bei seiner Einheit befunden hat. Es wurden, nachdem er von Anna vermisst gemeldet wurde, zahlreiche Zeugen ausfindig gemacht, die ihn Ende April noch im Pustertal gesehen haben wollen. Besonders glaubwürdig und ausführlich ist die Aussage des Norbert Gensen, der hat dich ja auch angeschrieben.
Bettina markiert das Pustertal bis zur Grenze bei Sillian mit kleinen Fahnen.
Der Herr Gensen. Ihm ist es sehr wichtig, dass ich zu ihm komme, ich fahre mit Monika Ende des Monats in sein Dorf in der Rhön, das weißt du bereits. Ich habe mit seiner Tochter telefoniert. Ich frage mich, warum sich die beiden Soldaten aus den Augen verloren haben. Bettina, ich weiß nicht, wie viel Zeit und Mühen du mit diesen Recherchen gehabt hast, aber ich danke dir dafür. Ich habe viel gelernt, schon allein das war es wert. Außerdem habe ich mich auch mit der damaligen Geschichte und den geografischen Gegebenheiten auseinandergesetzt, das musste ich schon im Vorfeld der Fahrt nach Lienz zu der Kosakenausstellung tun. Das hat sich gut getroffen. Den Briefwechsel lasse ich dir hier, ich habe mir Kopien gemacht. Übrigens hat die Deutsche Dienststelle in Berlin auch keine Angaben zu Wolfgang in ihrer Kriegsgräberdatei finden können. Sein Schicksal scheint ungewiss zu bleiben.
Ja, danke. Ich gehe jetzt noch eine Runde laufen. Habe ich dir erzählt, dass Tante Lenchen zu Ostern verstorben ist, ich werde noch auf dem Friedhof vorbeigehen, es ist jetzt schon länger hell und auch nicht mehr so kalt am Abend.

Ja, lauf nur. Und wann öffnen wir den nächsten Karton, fragt Bettina.
Ich weiß noch nicht, wenn es sich halt gut trifft, antwortet Annalena ausweichend, streicht Bettina über das Haar und verlässt den Raum.

Eine Woche später ist das Wetter immer noch trüb, die Frühlingswinde stürmen um das Haus Im Gefälle. Cornelia ist mit Monika in ihr Dorf gefahren, sie möchte ihr den Hof ihres Bruders und ihr Heimatdorf zeigen. Bettina ist schwimmen gegangen. Annalena nutzt die Ruhe im Haus, setzt sich an den Tisch im Wohnzimmer und schaut in den Frühling hinaus. Ihre Hände fahren behutsam über die Konturen der Krawattennadel, das Gesellenstück ihres Urgroßvaters. Der Regen und der Wind vertreiben den Winterschmutz, denkt sie, vielleicht pusten uns die Frühlingsstürme auch die Köpfe durch und nehmen alles Überflüssige mit, damit wir Neues aufnehmen können. Sie nimmt die Botanisiertrommel mit den eingewickelten Alpenblumen und die Papierblätter mit den Blumenbeschreibungen und der Sage von den Saligen und legt sie vor sich hin. Dann geht sie zum Plattenspieler, sucht im Plattenregal eine der Langspielplatten mit alpenländischer Volksmusik, legt sie auf und stellt das Gerät an. Während sie auf die ersten Takte wartet und die Nadel mit einem leisen Kratzgeräusch den Plattenrand abtastet, betrachtet sie die Plattenhülle. Vier Musikern schauen ernst und gefasst in die Kamera, seltsam gekleidet in ihren alpenländischen Trachten. Zither und Hackbrett, Geige und Kontrabass machen das kleine Orchester aus. Nach den ersten Tönen lässt sich Annalena auf dem Boden nieder und lauscht dieser fremden Musik, die sich seltsam rein und frisch verströmt, ohne künstlerische Ambitionen, aber mit gesungener und gespielter Freude. Ein Matreier Viergesang, liest Annalena. Sie bleibt eine Weile am Boden hocken, schließt die Augen und lässt sich von den Stimmen und dem Saitenklang weit hinweg tragen, vermeint wieder, mit der Mutter und der Großmutter in den Bergen zu sein. Annalena sucht noch die anderen Langspielplatten mit Volksmusik aus Osttirol heraus, die alle noch von Tante Marlene herzustammen scheinen. Im Gästezimmer holt sie aus dem Nussbaumschrank im untersten Fach zwei Kartons mit den Aufschriften M a g d a l e n a und M a r l e n e in der Handschrift ihrer Großmutter, die ihr vom Einräumen des Schranks her in Erinnerung geblieben sind. Sie wechselt die Schallplatte, stellt die Kartons mit dem ihr beinahe unerträglichen Kampfergeruch auf den Tisch und öffnet sie begleitet von volksfrommer Musik eines gemischten Chores. In Magdalenas Karton finden sich zahlreiche Skizzen zu Berggipfeln und zu Alpenblumen, die sie vorsichtig auf dem Tisch ausbreitet, darunter ein größeres Briefkuvert mit persönlichen Dokumenten ihrer Urgroßmutter, in das sie nur flüchtig hineinschaut. Es ist traurig, dass die Zeichnungen hier in einer Schachtel versteckt sind, denkt sie bei sich und nimmt sich die zweite größere Schachtel vor. Darin liegen die verschiedensten Stickarbeiten, die die ihr schon vertrauten Alpenblumen zum Motiv haben, Schusternagelen, Speik und Wollgras auf Kissenhüllen, Gardinen, Tischdecken und Tischläufern. Der durchdringende Kampfergeruch, der dem Karton entströmt, lässt sie nur einen kurzen Blick auf den Inhalt der Schachtel von Marlene werfen. Diese Zeichnungen von der Urgroßmutter sind wunderschön, denkt Annalena, aber die sorgfältig gearbeiteten Stickereien von Tante Marlene haben beinahe einen manischen Zug. So, als habe sie von diesen Blumen nicht mehr lassen können und sich immer wieder damit beschäftigen müssen. Was wohl mit der Tante geschehen ist, denkt sie weiter. Und warum sind ihr diese Blumen so wichtig gewesen, dass sie davon nicht mehr lassen konnte. Ein gleiches Kuvert mit persönlichen Papieren der Tante lässt sie unangetastet in der Schachtel liegen. Annalena glaubt zu spüren, dass dafür noch keine Zeit sei, ihr das Durchlesen auch ein Unbehagen bereiten könnte. Sie packt die Handarbeiten wieder zurück in die Schachtel und räumt diese zuunterst in den Schrank im Nebenzimmer, holt sich aus dem Arbeitsraum im Keller einen weichen Stift und Zeichenpapier, schließt den Schallplattenspieler und beginnt zu skizzieren, immer und immer wieder die Zeichnungen Magdalenas betrachtend, um sich dann wieder in ihre

eigenen Skizzen zu vertiefen. In Annalena steigt ihre Traummusik auf, das Summen der tanzenden Frauen unter den schneebedeckten Gipfeln. Zaghaft beginnt sie leise vor sich hin zu singen *Wir wollen zu Land ausfahren über die Berge weit*, ein Lied, das ihre Großmutter oft gesungen hatte. Als Kind wollte sie dieses Lied immer gerne laut und kräftig singen, aber die Großmutter hatte sie dann immer zum Singen, nicht zum Schmettern ermahnt. Das ist das Lied von der blauen Blume, ein Sehnsuchtslied, kein Räuberlied und bei jeder Sehnsucht ist viel Stille, hatte sie eingefordert. So vertieft in ihre Arbeit finden Cornelia und Monika ihre Freundin bei ihrer Rückkehr und Cornelia fragt besorgt, noch im Mantel von der Türschwelle aus, ob wohl alles gut sei. Sie sehen beide das strahlende Lächeln von Annalena.
Ja, es ist alles gut. Ich habe mich von den Zeichnungen meiner Urgroßmutter von Bergen und Blumen in den Alpen inspirieren lassen und mich mithilfe der Volksmusik aus den Alpen von den alten Langspielplatten in die Berge versetzt und jetzt sind mir endlich die Entwürfe gelungen, seht mal.
Cornelia und Monika treten näher an den Tisch.
Das ist sehr schön, staunt Monika und Cornelia nickt nachdenklich. Ein wenig abstrakt, aber sehr klar und einfach in den Formen, du hast die Eigenart der Blumen sehr gut herausgearbeitet.
Ja, und jetzt telefoniere ich und bestelle uns Pizza, Bettina muss auch bald kommen. Morgen habe ich einen arbeitsreichen Sonntag im Keller vor mir und darauf freue ich mich.
Und ich werde dir dabei gerne Gesellschaft leisten, wenn du magst, fügt Monika hinzu.

Am Wochenanfang unterbreitet Annalena Henner etwas befangen die ersten Werkstücke und die Entwürfe, der sich rasch begeistert zeigt.
Das ist dir wunderbar gelungen, lobt er seine Mitarbeiterin. Ich kann mir vorstellen, wie schön die Endergebnisse ausschauen werden. Gut gemacht, Annalena, deine erste eigene Kollektion, das werden wir bei Gelegenheit einmal feiern müssen. Ich rechne fest damit, dass diese Stücke sehr viele Abnehmer finden, die

genauso begeistert sein werden wie ich. Ich bestelle schon jetzt ein Armband für Charlotte, ganz privat.
Das freut mich sehr, Henner. Ich werde die Woche an der Fertigstellung arbeiten und dir das Band dann am Samstag geben. Aber zuerst werde ich es Onkel Joachim zeigen. Er ist immer so sehr interessiert an allem, was das Geschäft betrifft, und vielleicht findet er die Entwürfe und das erste fertig gestellte Werkstück der Sommerkollektion auch gelungen.
Ja, mach das nur. Mein Großvater freut sich über deinen Besuch und über alle Gespräche, die sich um sein Handwerk drehen, auch wenn er jetzt oft sehr müde ist. Das Gehen und das Hören fallen ihm schwer. Es ist ihm fast unmöglich, die Treppen hinunter und hinauf zu kommen. Ich denke, wir müssten ihm eine Frau als Hilfe zur Seite stellen, aber das lehnt er ganz stur ab. Er ist ein störrischer Esel.
Ich werde ihn dann am Freitagabend nach Geschäftsschluss besuchen und etwas länger bleiben, ich kann auch für das Abendbrot sorgen, wenn es recht ist.
Ja, sehr recht sogar, Annalena. Ich werde nachher meiner Mutter Bescheid geben, die ist froh, wenn sie hin und wieder entlastet wird.

Als Annalena am Freitag das Geschäft geschlossen hat, schlägt sie die Entwürfe und die verschiedenen Werkstücke in Papier ein, legt das Armband in eine Schatulle und verabschiedet sich von Henner.
So, ich bin für heute fertig. Jetzt hole ich noch etwas Gutes zum Essen für deinen Großvater und mich. Was mag er denn gerne, erkundigt sie sich.
Ja, er mag gerne ein einfaches dunkles Bauernbrot, Gänseschmalz und grobe Leberwurst. Das bekommst du hier um die Ecke beim Metzger. Wir können froh sein, dass es hier noch einen Metzger gibt, mit dem Einzelhandel ist es sonst ja nicht gerade gut bestellt. Schau dir die Geschäfte hier in der Oberstadt an. Immer wieder sperrt ein alteingesessener Betrieb zu und dann kommt ein neuer Laden, meist mit einem exotischen

Angebot wie indische Tücher, die keiner wirklich braucht, erregt sich Henner.
Da magst du recht haben. Ich muss mich beeilen, sonst schließt die Metzgersfrau den Laden. Den Wein habe ich schon mitgebracht, ich habe eine neue Lieferung aus der Pfalz bekommen. Einen guten Abend und danke, ruft ihr Henner nach.
Annalena ist müde. Die zusätzlichen Arbeitsstunden in ihrem Arbeitsraum Im Gefälle haben ihr zu wenig Bewegung und Schlaf gebracht. Das wird sie am kommenden Wochenende in der Rhön ausgleichen müssen, nimmt sie sich vor. Sie kauft in dem Metzgerladen Brot, Gänseschmalz und eine grobe Leberwurst und nimmt noch etwas Schinken mit. Die Metzgersfrau, die gerade absperren wollte, zeigt Erbarmen, kennt sie Annalena doch als langjährige Kundin.
Ich muss für den alten Herrn Weiss von gegenüber noch etwas besorgen, bemüht sie sich, ihr spätes Kommen zu entschuldigen. Ach Gottchen, der alte Herr Weiss, den bekommt man gar nicht mehr zu Gesicht. Geht es ihm nicht gut, erkundigt sich die Metzgersfrau leutselig über die Verkaufstheke hinweg, während sie die Ware einpackt.
Oh doch, aber das Treppensteigen fällt ihm nach dem langen Winter schwer. Wir hoffen, das wird wieder besser, beeilt sich Annalena, die Sorgen der Frau um den alten Uhrmachermeister abzuschwächen. Wer weiß, welche Geschichten sonst morgen der Stammkundschaft erzählt werden. Und nichts hasst der alte Mann so sehr wie den Klatsch der Nachbarn, weiß Annalena, hier in der alten Stadt unter dem Schloss, wo viele Familien bereits seit Jahrzehnten oder gar Jahrhunderten eng miteinander leben und auskommen müssen. Onkel Joachim wartet bereits auf seine Großnichte. Bettinas Mutter öffnet Annalena die Tür, zeigt auf den gedeckten Tisch im Erker, an dem der alte Herr Platz genommen hat.
Er freut sich auf deinen Besuch, flüstert sie, das ist für ihn eine schöne Überraschung und Abwechslung. Wenn du nach dem Essen vielleicht das Geschirr in die Küche tragen kannst, ich schaue dann später noch herauf. Jochen und ich nutzen die Stunde und gehen einen Schoppen trinken.

Onkel Joachim ergreift mit beiden Händen die Hände Annalenas. Wie schön, dass du mir den Abend erhellst, meint er. Was hast du uns denn Gutes mitgebracht.
Das, was du gerne magst, und einen Weißwein aus der Pfalz. Aber das muss noch etwas warten. Vorher möchte ich dich noch überraschen.
So, womit denn, fragt der Onkel vorsichtig abwehrend.
Ja, Onkel Joachim, ich habe einige Skizzen entworfen, du weißt schon, für die Sommerkollektion, zu der mich Henner ermuntert hat. Meine Entwürfe habe ich dann in ein paar Rohlinge umgesetzt und ein Stück, ein Armband, habe ich fertig bearbeitet. Charlotte wird es von Henner bekommen.
Annalena räumt das aufgedeckte Geschirr ein wenig zur Seite, lächelt ihren Großonkel an, breitet die Skizzen und Werkstücke auf dem Tisch aus und öffnet die Schatulle.
Onkel Joachim zieht seine Lupe hervor, die er noch immer stets mit sich trägt. Er betrachtet die Skizzen und die Rohlinge und nimmt dann behutsam das Armband aus der Schachtel.
Ei, Kind, da ist dir aber wirklich etwas Besonderes geglückt, ruft er wenig später aus. Da hast du mich aber nicht eigentlich überrascht, ich wusste schon immer, dass du eine besonders gute Hand für unsere Arbeit hast. Wie bist du denn auf diese Formgebung gestoßen, magst du mir das erzählen. Es erinnert mich ein wenig an das Gesellenstück von Wolfgang, aber doch ist es anders, reduzierter, zurückgenommen im Ausdruck, aber die Blumen sind deutlich erkennbar und benennbar.
Das ist schön, Onkel Joachim, dass es dir gefällt. Ja, ich habe Anleihen genommen, bei den Zeichnungen von meiner Urgroßmutter und der Krawattennadel, gefertigt von meinem Urgroßvater. Ich habe Musik aus den Alpen gehört und der Frühlingssturm mit seinem Sausen ist durch meinen Kopf geweht. Alles das hat dazu beigetragen.
Wie waren denn deine Arbeitsschritte, erkundigt sich der Großonkel, während er immer noch das Band prüfend in den Händen hält.
So, wie wir es eigentlich immer machen. Zunächst das Gold schmelzen und als Stück in einem Wachsmodell eingießen, die gewünschte

Form nachschneiden, dann das Hämmern, Polieren und Schleifen, zuletzt habe ich die Oberfläche nochmals mit einem Schwamm bearbeitet und das Band aus verschieden gefärbter und gewachster Schafwollkordel angeknüpft. Diese Kordeln kann der Besitzer wieder bei uns kaufen, wenn er sie austauschen möchte. Ich bekomme sie von einer Weberei aus dem Hinterland. Neben dem Armband werde ich auch Halsbänder mit diesen Anhängern gestalten, auch in Silber. Das wichtigste ist, dass die Verknüpfung der Kordeln sicher hält, da muss ich mir noch etwas einfallen lassen. Ich freue mich für dich, mein Kind. Du wirst sicher viel Erfolg damit haben und der fällt auf unseren Betrieb zurück. Deine Mutter hätte sich sehr darüber gefreut, da kannst du sicher sein.
Ich möchte einen tragbaren Schmuck fertigen, der für jede Gelegenheit passt, alltagstauglich und unkompliziert. Aber nun ist es davon genug, Onkel Joachim.
Annalena deckt den Tisch wieder auf, entkorkt die Flasche und schenkt dem Onkel ein. Probiere einmal.
Onkel Joachim ist ein Kenner deutscher Weißweine.
Na, der ist für den Anfang schon ganz gut, meint er anerkennend und hebt nach einem Probeschluck sein Glas.
Auf dich, Annalena, auf dich. Mein Stolz und Lob sind ganz und gar ehrlich gemeint. Aber jetzt zu Tisch.
Beide essen und lassen ihren Blick über die Dächer der alten Stadt gleiten.
Man meint immer, es ändere sich nicht so viel in einer alten Stadt, wenn die Häuser die gleichen bleiben, aber das stimmt nur bedingt, meint der Großonkel plötzlich.
Wie meinst du das, fragt Annalena und schenkt Wein nach.
Ich habe in den letzten Wochen immer wieder nachdenken müssen, was mit unserer Familie passiert ist, vor siebzig, sechzig, fünfzig, vierzig Jahren. Im Alltag gehen die Dinge oft einmal unter, besonders wenn der Alltag bedrohlich ist, aber auch, wenn Gewöhnlichkeit und Banalität des Alltags allzu mächtig werden und sich eine gewisse Borniertheit einschleichen kann. Und doch, vieles hat sich in unserer Familie verändert und zu wenig ist bisher gefragt worden.

Welche Fragen hast du dir gestellt, fragt Annalena behutsam. Sie weiß, der Onkel ist einer der Letzten, der ihr verlässlich über die Zeit vor Jahrzehnten Auskunft geben kann.
Da sind zwei Anlässe, die mir immer wieder zu denken geben. Zum einen die Idee, dass mein Cousin und meine Cousine in den Widerstand gegen das nationalsozialistische Regime aktiv eingebunden waren. Zum zweiten die Vermutung, dass Wolf und Magdalena das Land bewusst verlassen haben, um Verfolgungen seitens des Staates zu entgehen.
Der Onkel räuspert sich und Annalena schiebt rasch das Geschirr und das Essen beiseite, füllt noch einmal die Gläser.
Erzähle mir, was du denkst, sagt sie leise. Es ist unwichtig, ob es richtig ist oder nicht. Wichtig ist, dass du dir um diese Menschen und die Verstrickungen, in denen sie lebten, Gedanken machst. Ich kann die Zeit und die Haltungen und Einstellungen der Menschen jener Zeit dann vielleicht besser verstehen.
Geh, mein Kind, hole mir von dort drüben den Tabak und die Pfeife, bitte auch noch den Pfeifenstopfer und den Aschenbecher. Hast du noch einen Wein für mich. Ja, gut, du hast zwei Flaschen mitgebracht. Das gefällt mir.
Der alte Herr blickt aus dem Fenster in die letzten Strahlen der Abendsonne.
Ich beginne mit dem zweiten Gedanken. Wolf und Magdalena waren dem aufkommenden Nationalsozialismus nicht zugeneigt, daran kann es keinen Zweifel geben. Sie hätten unter Umständen vielleicht etwas später das Land verlassen, aber niemals ohne ihre Kinder Wolfgang und Marlene, das ist sicher. Ich habe darüber nachgedacht, ob auf ihrer Wanderreise etwas geschehen ist, ob sich etwas ergeben hat, von dem wir nichts ahnen konnten. Sie sind in die gleiche Berglandschaft in Osttirol wie 1919 gefahren, vielleicht hatte das einen besonderen Grund. Vielleicht konnten sie nicht mehr zurück. Es klingt wie ein wirres Traumgespinst, aber je länger ich darüber nachsinne, desto wahrscheinlicher erscheint es mir. Beide waren kritisch denkende, weitblickende Menschen und daher über alle Maße gefährdet, auch wenn damals, im Sommer 1932, noch

nicht absehbar war, wohin der Zug der Zeit fahren würde. Beide haben mehr gewusst als viele andere in dieser kleinen Stadt. Hier in der Nachbarschaft hat man später gemunkelt, sie hätten sich in Österreich dem Republikanischen Schutzbund angehängt und seien in die Sowjetunion gegangen, noch später, sie seien in den Spanischen Bürgerkrieg gezogen. Dafür gab es natürlich keinerlei Beweise, die Leute haben halt so dahingeredet, aber es zeigt doch, dass ihre Gesinnung nicht unbemerkt geblieben war. Ich kann mich erinnern, dass die Kinder auf der Gasse Wolfgang und Marlene als Schutzbündlerkinder verspottet haben. Wäre die Vermutung vermessen, dass Wolf und Magdalena und ihre Kinder vielleicht viel Schlimmeres hätten erleiden müssen, wenn die Familie zusammen in Marburg geblieben wäre, ich weiß es nicht.
Annalena hat still zugehört, die langen schmalen Hände auf dem Tisch ausgestreckt, die Schultern hochgezogen, als müsse sie sich schützen vor den Worten, die aus dem Onkel hervorbrechen.
Der Onkel lehnt sich ein wenig zur Seite und nimmt eine Schachtel von einem kleinen Teetisch, die er bereits vorher dorthin gestellt haben muss.
Ich habe keine Beweise, wiederholt er. In letzter Zeit habe ich angefangen in den Schränken hier aufzuräumen und ich denke, diese Schachtel gehört in deine Hände. Darin sind Erinnerungen an deine Ururgroßmutter Karoline. Nach ihrem Tod 1940 sind ihre kleinen Besitztümer, ihre Bücher, ihr Schmuck, ihre Briefe und Dokumente wieder hier in dieses Haus zurückgekehrt. Das, was für dich wichtig und des Erinnerns wert ist, habe ich hier zusammengegeben. Du kannst es an dich nehmen und später einmal durchsehen. Aber nun lass uns noch einen Wein einschenken.
Annalena entkorkt die zweite Flasche und bringt Geschirr und Essen in die Küche. Onkel Joachim beschäftigt sich mit seiner Pfeife und dem Tabak, nimmt langsam einen kräftigen Schluck Weißwein und wendet sich wieder Annalena zu.
Ich denke, du musst noch eine kleine Weile zuhören, mein Kind, sagt er.

Es ist mir ein großes Bedürfnis, meine Gedanken darzulegen, jetzt, wo es mir noch möglich ist. Du bist eine großartige Zuhörerin und ich bin sicher, dass keines meiner Worte bei dir verloren ist. Nun zu meinem ersten Gedankengang. Ich habe Wolfgang recht gut gekannt, wie du weißt. Aber es geht auch um Marlene. Ich sagte dir neulich bereits, dass diese beiden Geschwister nach dem ungewissen Verlust ihrer Eltern unzertrennlich gewesen sind. Heute neige ich dem Gedanken zu, dass sie nicht nur, wie man so schön sagt, ein Herz und eine Seele waren, sondern dass sie das, was sie gemeinsam begonnen hatten, auch zu Ende führten und sei es notfalls alleine. Beide waren im Widerstand und Marlene musste diese widerständischen Handlungen, als Wolfgang im Krieg war, hier in Marburg selbsstständig weiterführen. Das war wie ein Vermächtnis. Das eine Geschwister konnte nicht ohne das andere sein, sei es im Leben oder im Tod. Marlene muss es nach dem Kriegsende sehr schwer gehabt haben. Es war da ja der ständige Widerspruch, einerseits der vermisste und dann als tot erklärte Bruder, ohne den sie nicht weiterleben konnte, und andererseits dieses junge Leben, das Kind des Bruders, deine Mutter, das Zeugnis ablegte von seinem Leben. Ohne mehr Einsichten gewinnen zu können, scheinen mir die Umstände ihres Todes Jahre später auf Wolfgang zurückzuweisen. Auch dafür gibt es keine Beweise. Meine liebe Frau Sophia hatte ein gutes Gespür für Menschen. Sie hat Marlene mir gegenüber immer wieder als eine zerrissene Natur bezeichnet. Du wirst meine Gedanken aber nicht als unsinnig beiseiteschieben, das weiß ich. Schlussendlich kann ich es nur bereuen, dass wir im Leben mitunter zu wenig aufeinander zugegangen sind, zu schnell nebeneinander her gelebt haben. Und nun trinken wir unser Glas aus. Ich danke dir für dein Kommen und deine Aufmerksamkeit. Du hast mir den Abend wirklich erhellt. Wenn du gehst, schalte bitte das Licht ab, ich werde noch ein wenig hier sitzen bleiben und über die Häuser blicken.
Ja, Onkel Joachim, ich danke dir für das, was du gesagt hast. Ich weiß nun, dass ich mit meiner Suche nicht alleine bin. Gute Nacht. Ich wünsche dir einen guten Sonntag.

Annalena nimmt ihren Korb, legt die Schachtel hinein und verlässt leise die Wohnung und das Haus. Auf den Straßen der alten Stadt sind noch etliche Menschen unterwegs und sie wählt den weiteren Heimweg entlang der Flussauen. Die Luft ist frisch und feucht, wie von weit her schimmern die Lichter der Stadt unter dem Schloss. Weiße Nebel schweben über dem Wasser und ein Käuzchen ruft in die Dunkelheit hinein.

Ja, denkt sie, die Häuser scheinen gleich zu bleiben, aber die Menschen darin werden niemals die gleichen Geschichten zu erzählen wissen. Ob sie ihre Erinnerungen als Gefängnis, als Geschenk oder als Gefäß verstehen, sie dürfen sich nicht darin verstricken, sondern müssen sie loslassen, wenn es an der Zeit ist.

Eine Woche später am frühen Nachmittag brechen Annalena und Monika am Mittag zu ihrer Fahrt in die Rhön auf. Das Wetter ist angenehm mild und die Wettervorhersage für das Wochenende verspricht Sonnenschein und frühlingshafte Temperaturen. Sie fahren durch Nordhessen über Alsfeld durch die hügelige oberhessische Landschaft weiter nach Hersfeld, durch die kleinen Dörfer und Ansiedlungen mit ihren Fachwerkbauten. Unterufhausen, der Ort, in dem das Kräuterseminar angeboten wird, ist ein Ortsteil von Eiterfeld.

Kennst du Eiterfeld, erkundigt sich Monika.

Nein, aber ich weiß, dass es hier bis 1938 eine jüdische Gemeinde gab, mit eigener Volksschule und Synagoge, von der heute nur eine Gedenktafel zeugt. Davon hat mir meine Mutter erzählt.

Und vom Hessischen Kegelspiel, neckt Monika.

Ja, das ist aber eine nur kurze Ortssage, sie nimmt Bezug auf die Landschaftsform der Kuppelrhön bei Eiterfeld. Dort liegen, soweit ich mich erinnern kann, zehn Bergkuppen, Basaltkuppen, also frühere Vulkane. Der Stoppelsberg ist im Volksglauben die Kugel, mit der Riesen in früherer Zeit gekegelt haben, die Kegel sind die übrigen neun Kuppen. Mehr gibt es darüber nicht zu berichten. Aber es ist eine wunderbare wenn auch karge Landschaft, mit diesen kleinen Dörfern. Ich habe schon zwei Schafherden gesehen, staunt Monika.

Man muss gar nicht weit fahren, und schon verändert sich die Welt, gibt Annalena zurück.
Ich erinnere mich, wir waren früher mit meinen Großeltern hin und wieder hier, an der Grenze zum anderen Deutschland, da war ich noch ein Schulkind, erzählt Monika.
Wir fuhren bis zu einem Waldweg und stiegen dann auf eine Art Aussichtsturm. Mein Großvater hatte immer sein Fernglas dabei und meine Großmutter musste weinen. Auf der anderen Seite war alles böse, so schien es mir. Aber keiner der Großen hat mit uns Kindern geredet. Ich habe auch gespürt, dass sie sich geschämt haben, und habe mir ihre Gefühle nicht erklären können. Ich freue mich auf dieses Seminar, die Leiterin hat mir einen Flyer geschickt, das Angebot klingt vielversprechend. Hoffentlich langweilst du dich nicht, Annalena, meint Monika und schaut zu Annalena herüber.
Nein, sicher nicht, ich habe schon jetzt Angst vor dem Gespräch mit Herrn Gensen, da ist das Seminar vorher eine gute Ablenkung. Und morgen am Abend feiern wir erst einmal Walpurgisnacht, wir Kräuterhexen. Das habe ich dem Bauernkalender entnommen, morgen, in der Nacht zum ersten Mai ist Walpurgisnacht, da tanzen die Hexen auf bestimmten Bergen auf ihren Besen und reiten durch die Lüfte, lacht Monika.
Ja, auf dem Blocksberg im Harz. Aber es gibt auch bei Ziegenhain einen hessischen Blocksberg. Blocksberge befanden sich oft an Plätzen früherer Gerichtsbarkeit und zeichneten sich durch den Wuchs besonders heilkräftiger Pflanzen aus. Vielleicht hat sich die Seminarleiterin auch zur Walpurgisnacht etwas einfallen lassen. Mir soll es recht sein.

Das Kräuterseminar erweist sich für Monika als eine gute Möglichkeit, ihr Wissen über Anzucht, Auspflanzung, Ernte und Aufbewahrung von Kräutern zu vertiefen. Auch Annalena ist mit Begeisterung dabei, ihr Interesse liegt eher bei Tee- und Salbenrezepturen. Ein spezieller Seminarteil widmet sich der Vermarktung von Kräutern, die Leiterin des Kurses, Frau Michel, zeigt, wie Kräuter mit passenden Töpfen und handbemalten Schildern zu einem Blickfang werden können. Das Seminar findet in einem Stalltrakt eines Bauernhofes statt, eine Kräuterwanderung führt durch die angrenzenden Wiesen und Bachniederungen. Auch die Unterbringung erfolgt in dem Wohnhaus des Hofes, in einfach hergerichteten Zimmern. Alle Teilnehmerinnen nehmen die Mahlzeiten, die sich aus Speisen und Getränken auf Kräuterbasis zusammensetzen, gemeinsam ein und schon am ersten Abend ergibt sich ein geselliger Austausch, der bald die Fachgespräche in den Hintergrund rücken lässt. Frau Michel erzählt vom kargen Leben in dem Mittelgebirge im Länderdreieck von Hessen, Thüringen und Bayern, das in den Jahrzehnten nach dem Zweiten Weltkrieg besonders stark von der Teilung Deutschlands geprägt worden ist, von der Biotop- und Artenvielfalt, die zur Anerkennung als Biosphärenreservat führte, aber auch von Abwanderung und wirtschaftlicher Strukturschwäche dieser Region mit den daraus resultierenden Herausforderungen, von der Rhön als Sehnsuchtsort für Aussteiger und naturverbundene Menschen aus den Städten nach Abschluss der Berufstätigkeit. Nach einem intensiven Programm am Samstag lädt Frau Michel am späteren Nachmittag die Teilnehmerinnen zur Walpurgisnachtfeier ein.

In der ersten Dämmerung treffen sich die Frauen zu einem mit Weidenruten abgesteckten und abgegrenzten Platz neben dem Kräutergarten, an dem ein Holzfeuer brennt und brennende Fackeln in die Erde gesteckt sind. Ein langer Tisch ist festlich gedeckt, junge Mädchen musizieren mit ihren Hexeninstrumenten Flöte, Trommel, Sackpfeife und Geige. Frau Michel überreicht jeder Frau einen Kranz aus Gundelrebe.

Das hilft, die wahren Hexen zu erkennen, meint sie mit einem verschwörerischen Lächeln und beginnt dann, von der Hl. Walburga zu erzählen, einer Heiligen aus dem achten Jahrhundert, Äbtissin in Heidenheim und Schutzpatronin der Kranken und Wöchnerinnen, Schutzheilige gegen Seuchen aller Art, deren früherer Gedenktag am ersten Mai begangen wurde.

Die Kirche, führt sie aus, stellte diese große Frau des Mittelalters dem heidnischen Wintervertreibungsfest entgegen, denn in der heutigen Nacht endet die dunkle Jahreshälfte, sie liegt in der

Mitte zwischen Tag-und-Nacht-Gleiche zu Frühlingsbeginn und der Sommersonnwende. Die heidnischen Kultfeste wurden als Hexenversammlungen ausgelegt und verteufelt. In Erinnerung an die dunkle Zeit für viele Frauen, zu denen auch die Trägerinnen von Heilwissen und Pflanzenheilkunde gehörten, wollen wir diesen Abend mit einem Hexenmahl, begleitet von unserem teuflischen Hexenorchester, ausklingen lassen. Es wird ein Bärlauch-Brennnessel-Gratin und eine Walpurgisnacht-Quiche aufgetischt, ausgeschenkt wird ein Hexenwein, zusammengerührt aus Schwarztee, Rotwein, Rum, Obstschnaps, Traubensaft, Nelken, Zimt und Pfeffer. Wem das nicht zusagt, für den steht heißer Holundersaft und Apfel-Hagebuttenpunsch bereit. Ich wünsche einen guten Appetit.

Die Frauen an dem langen Tisch schweigen zunächst betroffen, dann beginnen sie, zögerlich zu applaudieren. Annalena und Monika gehören zu den Letzten, die nach dem Walpurgisnachtmahl in der Nacht der Kälte wegen aufbrechen.

Schön war das, meint Monika, als sie an der Haustür noch einmal in den klaren Sternenhimmel blicken.

Ja, das ist kein Wunder bei dem teuflischen Hexentrunk. Manchmal kann das Leben ganz einfach sein. Jetzt wäre ich gerne die kleine Hexe mit ihrem Raben Abraxas, die kennst du doch, aus dem Kinderbuch von Ottfried Preußler. Gute Nacht, Moni.

Schlaf gut, Annalena. Wir hätten unsere Rabenkrähen mitnehmen sollen und dann hui, durch die Lüfte, die Welt von oben besehen. Dir auch eine gute Nacht.

Im Schlaf ist Annalena wieder ein kleines Kind. Sie steht auf einer Blumenwiese und rings umher sind hohe Berge mit Schnee bedeckt. Der Himmel ist von einem tiefen Blau. Von den Bergen stürzt sich ein Wasserfall in die Tiefe, er sieht aus wie wallendes graues Frauenhaar. In der Luft ist ein Summen. Frauen in weißen Kleidern tanzen über der Wiese, ohne mit den Füßen den Boden zu berühren. Sie halten sich an den Händen und schauen freundlich. Sie legt sich in die Wiese zu Wollgras, Speik und Schusternagelen. Ihre Augen wollen zufallen, und sie sieht, wie die Frauen einen Kreis um sie herum bilden und die Hände heben.

Nach dem Mittagessen verabschieden sich die Frauen voneinander und verlassen eine nach der anderen den Hof. Annalena fragt Frau Michel nach dem Weg zu Herrn Gensen in Buchenau, wie Unterufhausen ein Teil des Ortes Eiterfeld.
Was, zu den Evangelischen wollt ihr, lacht Frau Michel. Ja, hier sind alle katholisch, nur Buchenau ist protestantisch geblieben. Dort ist es sehr schön, es gibt drei Schlösser und eine Kirche, aber nur etwa vierhundert Einwohner. Die Rhön hat halt viele Besonderheiten aufzuweisen.
Dank einer Wegskizze, die ihnen Frau Michel mitgibt, finden sie die Adresse von Herrn Gensen rasch. Annalena ist auf der kurzen Fahrt schweigsam. Monika will, bei Herrn Gensens Haus angekommen, fragen, ob sie im Auto warten soll, als schon die Haustür geöffnet wird und eine ältere Frau auf sie zueilt.
Willkommen, Sie müssen unsere Gäste sein. Der Vater wartet schon ungeduldig. Bitte kommen Sie doch herein. Sie waren bei der Emmi Michel, auf einem Kräuterseminar, nicht wahr. Ich bin Heidemarie Schwarz, die Tochter von Herrn Gensen. Wer ist denn nun Frau Weiss, erkundigt sie sich.
Das bin ich, sagt Annalena in einer wegen der Anspannung eigentümlich hohen Tonlage. Und das ist meine Freundin, Monika Henkel.
Was wird auf sie zukommen, überlegt sie, soll Monika bei dem Gespräch dabeibleiben. Sie kann doch nicht gut im Auto sitzen bleiben.
Die Tochter von Herrn Gensen nickt Monika zu.
Frau Henkel, Sie können bei mir bleiben. Ich habe einen großen Garten und wir werden zusammen warten, bis Frau Weiss und der Vater sich ausgesprochen haben. Dann gibt es Kaffee und einen guten Sonntagskuchen. Heute ist für den Vater ein ganz besonderer Tag, das muss ich Ihnen sagen.
Frau Schwarz führt Annalena in das Haus und weiter in das Wohnzimmer, dann zieht sie sich sofort zurück.

Herr Gensen sitzt in einem Rollstuhl am Fenster.
Frau Weiss, ich freue mich so sehr, dass Sie den Weg zu mir gefunden haben. Bitte nehmen Sie hier Platz. Meine Augen haben nicht mehr die Sehkraft wie früher, auch das Hören wird immer schlechter, leider. Ja, Sie gleichen Ihrem Großvater ungemein, hat Ihnen das einmal jemand gesagt.
Es ist mir nicht so leichtgefallen, hierher zu kommen, gibt Annalena nach der Begrüßung, ein wenig befangen trotz der herzlichen Aufnahme, zu.
Ich wusste, dass mein Besuch für Sie von großer Wichtigkeit ist, aber ich weiß nicht, was Sie mir von meinem Großvater erzählen können. Nach dem Tod meiner Mutter habe ich vieles aus seinem Leben erfahren, aber alles ist noch ganz unzusammenhängend.
Ich werde Ihnen erzählen, was ich an die Zeit damals, zu Kriegsende hin, erinnere. Ich habe es auch aufgeschrieben. Der Inhalt eines privaten Schreibens an Ihre Frau Großmutter, damals, 1945, enthielt ebenfalls eine genaue Wiedergabe dieser Erinnerung, die sich nicht zur Gänze mit meinen Angaben bei den verschiedenen Suchdiensten deckt. Meine Enkelin hat nochmals alles aufgeschrieben und eine Kopie für Sie bereitgelegt. Ich werde also beginnen. Ihr Großvater Wolfgang und ich, wir waren seit 1943 Wehrmachtssoldaten bei der Heeresgruppe C in Italien und haben den gesamten Rückzug der deutschen Truppen bis April 1945 mitgemacht. Es ist bei diesem Rückzug durch den Partisanenkrieg zu vielen Einsätzen gekommen, die mit den eigentlichen Aufgaben eines Wehrmachtssoldaten nichts zu tun hatten. Viele unserer Landser hat das schwer belastet. Wolfgang war ein guter Kamerad, verlässlich, von guter Gesundheit, hilfsbereit, er hat diese Befehle umgangen, so gut es ihm möglich war. Bei Befehlsverweigerung hatten wir das Militärgericht und die Todesstrafe zu befürchten, ja, das waren oft schwerste Entscheidungen. Von seinem Leben daheim in Marburg hat er kaum erzählt, ich wusste aber, dass er im Sommer 1944 noch geheiratet hat. Uns hat auch unsere gemeinsame Heimat zusammengeschweißt. Nun, Ende April 1945 lösten sich unsere Truppen infolge der Teilkapitulation der Heeresgruppe C auf. Wolfgang schlug den Rückzug

über das Pustertal in Südtirol nach Österreich vor, ich weiß den Grund dafür nicht, über den Brenner wäre die Route die kürzere nach Deutschland gewesen, aber vielleicht wollte er einer möglichen Gefangenschaft durch amerikanische Truppenverbände entgehen. Den Begriff Alpenreichsgau Tirol haben wir übrigens nie verwendet, der Begriff Österreich war damals im offiziellen Sprachgebrauch verpönt. Im Pustertal konnten wir unsere Uniformen gegen Zivilkleidung eintauschen, wir warfen alles fort, was uns als Wehrmachtssoldaten hätte erkennen lassen. Wir bekamen auch von den Bauersfamilien dort Unterstützung, Essen, einen Schlafplatz, Proviant, auch nächtlichen Weitertransport oder Geleit über gefährliche Bergsteige. In Südtirol gab es noch Partisanen, die uns in den Tagen um den ersten Mai bedrohten, auf österreichischer Seite liefen wir Gefahr, als Deserteure aufgehängt zu werden. Der Krieg war ja noch nicht beendet. So schlugen wir uns durch die Berge, über ein abseitig gelegenes Joch in das Deferreggental, wo der Schnee noch hoch lag. Wir erreichten Matrei am vierten Mai 1945 und gelangten am folgenden Tag über das Tauerntal auf schlechtem Weg bis zum Matreier Tauernhaus. Von dort wollten wir gemeinsam über den Felbertauern weiter in das Salzburger Land. Im oberen Iseltal und im Tauerntal war es ganz ruhig, bis dorthin ist der Krieg von seinem Anfang an bis zu seinem schrecklichen Ende nicht gekommen. Nach außen hin ist dort alles heil geblieben. Der schlechte Karrenweg war Flüchtlingsstraße für viele, die den gleichen Weg wie Wolfgang und ich gewählt hatten. Mir ist damals aufgefallen, dass Wolfgang, nachdem wir das Tauerntal erreicht hatten, zunehmend wortkarger wurde, er schien zeitweise wie abwesend in sich hineinzuhören. Mir wurde bang bei dem Gedanken, dass ihn nun, so kurz vor Ende des Krieges, die Kräfte verlassen würden. Immer wieder musste er sich setzen und ließ dann seinen Blick über die Berggipfel schweifen, es war ihm auch gleichgültig, wenn ich ihn zur Eile mahnte. Am Abend des fünften Mais haben wir uns kurz hinter dem Matreier Tauernhaus eine Lagerstatt gerichtet, notdürftig, am folgenden Morgen wollten wir, so hatte ich für ihn mitbeschlossen, den Übergang über den

Tauern wagen, trotz der großen Schneemengen, die wir weiter oben zu befürchten hatten. Ja, und in der zeitigen Früh, es begann gerade zu dämmern, habe ich ihn dann vergeblich gesucht. Ich habe alle gefragt, die in unserer Nähe waren, ich habe im Tauernhaus, in den Almhütten und am Bachufer gesucht, nach zwei Tagen habe ich mich entschieden, alleine über den Tauern zu gehen, ohne Wolfgang. Ich konnte mir nicht erklären, was geschehen war. Womöglich war er in verwirrtem Zustand wieder talauswärts gelaufen, aber wo sollte ich ihn dort suchen. Es war offensichtlich, dass er sich nicht mit klarem Verstand von seinem Schlafplatz entfernt haben konnte, denn seine Stiefel standen neben dem alten Mantel, den er von einem Bauern erhalten und der ihn in der Nacht gewärmt hatte. Die letzten Worte, die ich von ihm erinnere, waren sehr seltsam, aber ich habe ihnen damals kaum Bedeutung zugemessen. Er fragte mich sinngemäß, ob ich auch dieses Summen und Brausen hören würde, aber da waren keine Geräusche außer dem gleichmäßigen Rauschen des Baches und ich dachte, er würde Motoren- oder Flugzeuggeräusche fantasieren.
Herr Gensen blickt Annalena aufmerksam an.
Sie gleichen ihm so sehr, da kommt mir auch so vieles wieder in den Sinn, weil er mir über Monate ein so naher Freund war, den ich damals verloren habe.
Und wie ging es später weiter, fragt Annalena fast tonlos. Sie schaut aus dem Fenster und blickt in den Garten mit seinen ersten zarten Frühlingsfarben. Neben den kräftigen Erdfarben und dem Schwarz der Bäume wirkt der Himmel blass, beinahe farblos. Ich konnte nicht glauben, dass ich jetzt, als das Ende der Quälereien, des Leides, des Unheils greifbar war, meinen Kameraden verlieren sollte. In den heutigen Zeiten werden Begriffe wie Kameradschaft oder Kamerad häufig politisch vereinnahmt, aber damals, in den bald sechs Kriegsjahren, umfassten sie vieles, was man an der Front entbehren musste: Freunde, Familie, Heimat, aber auch private Verantwortung und Einsatz für den anderen. Sein Verschwinden war sinnlos und unheimlich. Meine Hoffnung, ihn weiter oben in den Tauern zu finden, schwand von

Stunde zu Stunde. Dort oben lag damals noch viel Schnee. Viele von den Landsern, die sich auf den Weg durch die Berge gemacht haben, sind wohl erfroren und für immer dortgeblieben, trotz der Begleitung von unerschrockenen einheimischen Männern. Ich schlug mich dann auf Schleichwegen nach Hessen durch und im Frühsommer, als ich wieder etwas weiter nach vorn blicken konnte, habe ich Ihre Heimatstadt aufgesucht.
Herr Gensen bedeckt sein Gesicht mit den Händen. Annalena kann den Blick nicht von dem Garten vor dem Fenster lösen, auch dem Entsetzen, das im Raum steht, kann sie nicht entrinnen. In Ihrem Haus Im Gefälle lebten damals Ihre Großmutter mit ihrem Säugling, Wolfgangs Schwester Marlene und einige Flüchtlinge, die dort untergekommen waren. Wolfgang war nicht zurückgekehrt. Ihre Großmutter hat kaum mit mir gesprochen, sie war dem Tod näher als dem Leben. Ihre Großtante hingegen war begierig, mehr über die näheren Umstände bei Kriegsende zu erfahren, aber Ihre Großmutter bat mich, zu gehen. Es blieb mir nichts weiter, als meine Erinnerungen an die letzten Tage, die ich an der Seite von Wolfgang verbringen durfte, schriftlich in einem Brief an Ihre Großmutter festzuhalten.
Was aber hat Sie bewogen, Ihre Aussagen zu dem vermissten Soldaten Wolfgang Weiss gegenüber den Suchdiensten abzuändern, fragt Annalena mit leiser Stimme.
Das Leben nahm damals seinen Lauf, viele kehrten nicht mehr nach Hause zurück, überall herrschte drückende Not und die Menschen sehnten sich nach einem Alltag in Ruhe ohne belastende Sorgen und Qualen. Ich konnte nicht leicht in einen geordneten Tagesablauf zurückfinden. Wolfgang war mir sehr nahe gewesen und ich hatte lange Zeit, und habe es auch heute noch, das Gefühl, etwas versäumt zu haben, zu wenig auf ihn geachtet zu haben. Da habe ich versucht, das auszugleichen, indem ich das mutmaßliche Ende seines Lebens am Felber Tauern verschwiegen habe. Laut meiner Aussagen vor den Behörden wurde er noch vor Kriegsende in Italien gesehen, dort kam es Ende April noch zu Kampfhandlungen und so wurde er als Wehrmachtssoldat zunächst als vermisst geführt. Die letzten vier Tage

unseres Zusammenseins habe ich verschwiegen. Die Todeserklärung Jahre später war dann wahrscheinlich ein rein bürokratischer Beschluss. Es wäre anders gewesen, wenn ich die Wahrheit angegeben hätte, denn im Gebiet des Felber Tauern fanden keine kriegerischen Auseinandersetzungen statt, vorher nicht und auch nicht in den Tagen um den Monatswechsel von April auf Mai 1945. In diesem Gebiet lag keine strategisch wichtige Heeresstraße. Die Besatzungsbehörden hätten vielleicht eine andere Todesursache gemutmaßt, auch eine bewusste Flucht vor den alliierten Truppen, eventuell auch eine Desertion, also Fahnenflucht, in Erwägung gezogen. Das alles wollte ich seiner Frau und dem Kind ersparen.
Wie ist es Ihnen dann in den späteren Jahren ergangen, Herr Gensen. Annalenas Stimme hat wieder mehr an Kraft gewonnen.
Ich konnte, da ich politisch nicht belastet war, rasch in die mittlere Verwaltungsebene im Kreisbauamt einsteigen, ich blieb hier auf dem elterlichen Hof wohnen und habe viel Glück mit meiner Familie erfahren dürfen. Mein Schwiegersohn hat den Hof weitergeführt. Ich habe immer gerne in Buchenau gelebt, auch wenn wir jetzt zu Eiterfeld gehören. Aber das sind Unwichtigkeiten. Ich bin auch nach 1950 viele Jahre lang im Sommer mit meiner verstorbenen Frau nach Osttirol gefahren, die Kinder konnten wir bei den Schwiegereltern lassen und haben uns dadurch sehr frei gefühlt. Wir haben die dortigen Täler durchwandert, durch die ich mit Wolfgang gezogen bin. Wir haben uns eingehend mit der Geschichte der Vertreibung der Kosaken im Lienzer Talbecken auseinandergesetzt und die Anlage des Kosakenfriedhofs im Lienzer Ortsteil Peggetz mitverfolgt. Dieser Erinnerungsort lag meiner Frau besonders am Herzen, bei jedem Besuch dort hat sie Blumen bei der Kapelle niedergelegt und Grabkerzen angezündet. Auch den Bau der Felbertauernstraße und des dortigen Tunnels, die verkehrstechnische Anbindung von Osttirol an das Land Salzburg, haben wir beide aufmerksam verfolgt. Osttirol wurde uns so zu einer zweiten Heimat. Die wunderbare Bergwelt dort hat mich zur Ruhe kommen lassen, trotz der quälenden Erinnerungen, die mich besonders in der ersten Nachkriegs-

zeit heimgesucht haben. Mit der Zeit halfen mir die Eindrücke dort, mich mit der Bergwelt, in der ich Wolfgang verloren hatte, auszusöhnen. Aber eines ist mir als merkwürdig in Erinnerung geblieben. Meine Frau hat sich alle Jahre hindurch mit großer Hartnäckigkeit geweigert, vom Matreier Tauernhaus zum Löbbentörl oder zum Wildenkogel aufzusteigen. Es sei ihr dort zu gefährlich und zu abseitig, hat sie zunächst ausweichend auf meine Fragen geantwortet, dabei war sie eine gute erfahrene Bergwanderin. Sie war mir eine gute Kameradin, stand immer mitten im Leben, sie war sehr praktisch veranlagt und hatte dabei ein großes Einfühlungsvermögen. Einmal, das war noch zu Beginn der 1950er-Jahre, ist sie mit einer Bäuerin beim Matreier Tauernhaus ins Gespräch gekommen. Die Frau war noch jung und hatte schon für eigene kleine Kinder zu sorgen. Sie kam aus dem Tal und verbrachte von klein auf den Sommer auf der Tauernalm. Meine Frau hat ihr erzählt, dass ich immer noch nach meinem Kriegskameraden suchen würde, der hier spurlos verschwunden wäre. Da wurde die junge Frau sehr aufmerksam. Meine Frau musste alles erzählen, was sie über das Verschwinden von Wolfgang und auch von ihm selbst wusste, zugegeben, das war nicht viel, aber sie hatte mir immer aufmerksam zugehört und alles im Sinn behalten. Die junge Bäuerin hat dann gesagt, dass man hier nach dem Viehauftrieb 1945 einen toten Kosaken im Tauernbach gefunden hätte, der sei nach Lienz in die Peggetz gebracht worden, dort war damals eine Art behelfsmäßiger Friedhof für Kosaken. Sie habe aber noch hinzugefügt, dass sie nicht glauben würde, dass das ein Kosake gewesen sei. Das sei ein feiner junger Herr gewesen, der zu den Saligen Fräulein hinaufgestiegen wäre, davon war sie überzeugt. Meine Frau war dann sehr unruhig und hat gedrängt, sofort talauswärts ein Quartier zu suchen, ohne mir triftige Gründe dafür nennen zu können. Wir waren zu Fuß von Matrei gekommen und mussten nun umgehend wieder die Rucksäcke packen, dabei war herrliches Bergwetter. Ich habe mich gefügt, weil ich die Unruhe meiner Frau gespürt habe. Sie ist ein Rhönkind gewesen, in der Kargheit des Gebirges aufgewachsen und war von Kindheit an mit Natur-

geistern vertraut, vielleicht lag darin diese heftige Besorgnis um
unser Wohlergehen. Auch später hat sie niemals mehr länger im
Gschlösstal bleiben mögen. Aber, wie gesagt, ich habe das nicht
so ernst genommen. Ich war überzeugt, dass es einen rationalen
Grund gegeben haben muss, warum ich Wolfgang aus den Augen
verloren hatte, damals, bei Kriegsende. Vielleicht wollte ich das,
was sie mir erzählte, auch nicht an mich herankommen lassen.
Der alte Herr schaut Annalena mit einem Ausdruck von Verzweiflung und Traurigkeit an.
Herr Gensen, ich danke Ihnen für Ihre Offenheit. Es muss für
Sie bedrückend sein, nach so vielen Jahren die Geschehnisse in
der Erinnerung wieder aufleben zu lassen.
Nein, Frau Weiss, bedrückend ist, wenn man sich niemandem
mehr mitteilen und ein unerklärbares Geschehen nicht aufklären kann und ein kleines Stück Restschuld in sich verspürt, aufgrund einer Nachlässigkeit, die man sich nie verzeihen kann.
Aber nun wollen wir uns in unserer Küche dem Sonntagskuchen
zuwenden. Meine Tochter Heidi bäckt wunderbaren Blechkuchen mit Äpfeln von der Rhön, müssen Sie wissen. Sie und Ihre
Begleiterin werden auch genug im Garten und im Stall herumgeschaut haben.
Herr Gensen, vielleicht freut es Sie, zu hören, dass der Großvater Wolfgang in unserem Familiengrab auf dem Grabstein mit
seinem Namen aufscheint. Er ist von unserer Familie nie vergessen worden, aber die Frauen in unserem Haus haben nie von
ihm erzählen können.
Ja, entgegnet der alte Herr nachdenklich, das passt zusammen. Sie
dürfen nachher die Aufzeichnungen nicht vergessen, die meine
Enkelin für Sie bereitgelegt hat. Ich spüre eine große Erleichterung, darüber, dass ich diese nun in Ihren Händen weiß.

Seltsam, denkt Annalena, als sie mit Monika nach dem Nachmittagskaffee von Herrn Gensen und seiner Tochter Abschied genommen haben, es ist doch seltsam, wie sich die Anteilnahme am
Ende eines langen Lebens einengt. Alles scheint sich um die Geschehnisse zu drehen, die einem Menschen im Leben widerfahren

sind, die ein Mensch erfahren, erleben und erleiden musste. Das Leben anderer hat darin kaum mehr einen Raum. Das war bei der alten Diakonisse so, ähnlich ist es auch bei Onkel Joachim. Monika steuert den Wagen schweigend durch das milde Licht des Frühlingsabends. Sie spürt, dass Annalena mit ihren Gedanken sehr weit fort ist.
Annalena unterbricht die Stille und fragt, ob Monika in Alsfeld einen kleinen Zwischenstopp einlegen wolle, dort wäre sie mit ihrer Mutter oft gewesen, sie könnten sich noch die gut erhaltene Altstadt ansehen.
Nach so vielen starken Landschaftseindrücken täte uns ein Kaffee in einem Stadtcafé sicher gut. In Alsfeld gibt es auch eine Walpurgiskirche, ein Besuch würde doch diesen Sonntag perfekt abrunden, was meinst du, Moni.
Ja, gerne, ein Kaffee wird mich auch aufmuntern, der Kaffee bei Familie Gensen war etwas lau, gibt Monika zurück, froh, dass Annalena wieder mit ihren Gedanken bei ihr und im Jetzt angekommen zu sein scheint.
Alsfeld ist eine oberhessische Kleinstadt mit einer großartigen Vergangenheit, die dem Besucher mit den repräsentativen Fachwerkhäusern am Marktplatz entgegentritt. Annalena und Monika schlendern langsam an den Häusern vorbei, trinken einen guten Espresso in einem Stadtcafé und besuchen zum Abschluss die Walpurgiskirche mit ihren frühromanischen und frühgotischen Bauelementen. Überrascht nehmen sie auf einer Kirchenbank in der Hallenkirche Platz, als die Orgel ertönt und lauschen einem Präludium von Dietrich Buxtehude. Annalena bedeckt ihr Gesicht mit den Händen.
Später, im letzten Licht des Frühlingsabends, auf den kopfsteingepflasterten Gassen und Plätzen hakt sich Monika bei Annalena unter.
Das war schön. Du hast geweint.
Ja, ich musste weinen, ich musste an meinen Großvater denken. Er war jünger, als ich es bin, und kein Mensch weiß, was ihm zugestoßen ist. Meine Mutter hat nie einen Vater gehabt und er wäre ihr sicher ein guter, liebevoller Vater gewesen. Das macht mich traurig.

Magst du mir mehr darüber erzählen.
Nein, jetzt nicht. Ich erzähle dir eine Sage aus der Walpurgiskirche, magst du hören.
Ja, erwidert Monika, wenn wir losgefahren sind. Das verkürzt uns die Zeit.
Bitte erzähle, bittet Monika Annalena, als sie Alsfeld verlassen und auf der Landstraße weiter nach Südwesten in den Abendhimmel hineinfahren
1813 hat Johann Wolfgang von Goethe eine Ballade geschrieben, der Totentanz, die auf eine Sage zurückgeht, die ein Geschehnis im Glockenturm der Walpurgiskirche schildert. Der Türmer beobachtet in der Geisterstunde, wie sich die Toten aus ihren Gräbern erheben und zu tanzen beginnen. Er stiehlt einem das Totenlaken und wenn die Geisterstunde nicht vorbei gewesen wäre und die Glocke geschlagen hätte, so hätte er sein Leben durch den Zorn des Bestohlenen verloren.
Das klingt gruselig, Annalena.
Die Menschen früherer Zeit meinten, dass Tote sich aus ihren Gräbern erheben könnten und in bestimmten Nächten auf den Friedhöfen um die Kirchen herum Feste mit Musik und Tanz feierten. Die Toten durfte man aber bei ihrem Treiben nicht stören, wenn einem das Leben lieb war. Ich glaube, dass die Menschen früher dem Tod viel näher waren und sich auch ihren gestorbenen Mitmenschen näher fühlten. Es gibt ja auch viele Sagen um die Wiedergänger.
Was sind Wiedergänger, möchte Monika wissen.
Wiedergänger sind gestorbene Menschen, die auf der realen Welt erscheinen, als Untote sind sie den Lebenden unheimlich, sie gelten als böse.
Warum kommen sie nicht zur Ruhe, Annalena.
Ja, entweder stört jemand ihre Totenruhe oder sie müssen noch eine Schuld begleichen oder ihre Seelen können nicht zur Ruhe kommen, weil sie nicht bestattet werden konnten.
Meine Mutter hängt diesem Aberglauben auch noch ein wenig an, meint Monika, als sie das Haus Im Gefälle erreichen. Zu Allerseelen stellt sie ein Licht ins Fenster, damit die Toten den

Weg finden, was immer sie damit meinen mag. Aber jetzt sind wir gleich da, es ist dunkel, da wollen wir lieber ins Haus gehen. Ein wenig unheimlich ist mir schon bei diesen Sagen und Totentanzgeschichten geworden.

Annalena und Monika nehmen ihre Rucksäcke, gemeinsam tragen sie die kleine Holzsteige mit den Seminarunterlagen und ihren Aufzeichnungen, den Teemischungen und Salbenproben durch den Garten zur Haustür. Die Rabenkrähe mit dem schielenden Blick erwartet sie auf der Rücklehne der Gartenbank und erhebt sich böse kreischend in die Luft.

Schau, sie hat auf uns gewartet, meint Monika lachend.

Die Haustür öffnet sich und Cornelia tritt heraus. Sie verschränkt die Arme und zieht die Jacke enger um sich.

Ihr seid ja spät, es ist kalt, meint sie.

In der Küche bei einem Bier erzählen sie sich von ihrem Wochenende. Cornelia war mit Robert mit dem Rad im Lahntal unterwegs.

Es war schön, aber frisch und ein wenig habt ihr mir gefehlt, meint sie. Wir sind durch die Dörfer geradelt und Robert mir in einem mitgebrachten Märchenbuch Zeichnungen und Bilder gezeigt, deren Motive der Maler im Lahntal gefunden hat und die wir unterwegs gesucht haben. Das war spannend. Besonders beeindruckt hat mich die Zeichnung von einer Brücke über den Lahnfluss zu dem Märchen vom singenden Knochen, wir haben am Ufer der Lahn gesessen und mir ist es unheimlich und kalt geworden. Das Märchen erzählt eine Geschichte von einem Mord unter zwei Brüdern und wie der Mord lange Zeit später durch einen Knochen des Toten ans Tageslicht kommt, erzählt Cornelia. Jetzt sind wir wieder bei den Wiedergängern. Ja, das ist ein wichtiges Motiv in den Märchen, der Tote rächt sich, die Sonne bringt es an den Tag oder ähnliche Abläufe. Alles dient der ausgleichenden Gerechtigkeit und der Besänftigung der Untoten, fügt Annalena bei.

Ich muss jetzt schlafen gehen, ich freue mich auf die nächste Woche, da kann ich im Geschäft einiges Neues anbieten. Ich habe viel dazugelernt, meint Monika.

Ich freue mich auch auf die nächste Woche, da geht wieder alles seinen geregelten Lauf. Ohne die Gewöhnlichkeit des Alltags hätte ich wohl oft nicht die Kraft, nach vorne zu schauen. Von diesem Wochenende werde ich dir noch erzählen müssen, Cornelia. Ich gehe auch schlafen, auf mich wartet ab morgen nicht nur die Gewöhnlichkeit, sondern auch die Fertigstellung meiner neuen Sommerkollektion.

Cornelia stellt die Biergläser in die Spüle. Sie schaut nachdenklich hinter Annalena her.

Schlaf gut, Annalena, du weißt, dass ich mir immer Zeit nehmen kann.

Als der Morgen graut, will es nicht hell werden. Der Regen, der die Frau seit ihrer Ankunft in den Bergen begleitet hat, rauscht beständig vom Himmel herunter, als wolle er den Menschen zeigen, dass es noch lange nicht genug sei mit dem Wasser. Die Frau fröstelt unter ihrem Strohsack. Was sind wir Menschen vermessen, zu meinen, uns gegen die Natur stellen zu können. So, wie die Leute es bei ihr zu Hause halten, wo alles bezähmbar, berechenbar und machbar geglaubt wird. Sie erhebt sich von ihrem Lager, streift sich das Stroh aus den Haaren, legt ihre Wanderkleidung an. Praktisch und neu, aber doch völlig unzureichend bei diesen Wassermassen, die von oben kommen. Sie packt ihren Rucksack und geht nach nebenan in die Kuchl. Sie kennt sich hier gut aus, alles ist ihr von den Erzählungen der Mutter von klein auf vertraut. Die Sennerin ist bereits seit Langem auf und bei den Tieren im Stall. Auch diese sind unruhig, die Frau neben der Stallwand spürt die Angst der Tiere. Sie holt sich einen Kanten vom Brotrahmen, gießt mit einem Schöpfer Kaffee aus der Kupferpfanne am Herd in eine Tasse, gießt ein wenig Milch dazu und beginnt mit Bedacht, ihr Morgenmahl einzunehmen. Wenig später tritt die Sennerin in die Kuchl. Sie stellt eine Milchkanne auf den Tisch und legt Holzscheiter im Herd nach. Hier, magst oane frische Milach. Die Kiah wellen heint gar nit recht. Sein angschtik, rucken zsammen, giehn nit aussa aus dem Stalle. Himmelsvota, a so oan Wetter, da wird noch eppes oakemmen. Weiß auch gar nit, wo moan Brueda ausbleibt, der wollte in die Huben, nach dem Rechtn schaugn.
Die Sennerin bekreuzigt sich hastig.
Danke. Ich muss noch ein Stück gehen. Mir bleibt nicht viel Zeit. Aber bei so oanen Wetter, dem lausigen, da bleibt decht der Hund hinter der Tür. Des ist zu gefährlich, der Bach ist wilde und hoch zum Ibergiehn, da kennen die Muren kemmen, oft dann sei uns unser Herrgott gnädig. Geh nit, bleib in der Hittn.
Die Frau schüttelt stumm den gesenkten Kopf. Am vorigen Abend haben sie lange geredet. Die Sennerin hatte gut zugehört, hatte den Erzählungen der Frau aus Deutschland aufmerksam gelauscht, war aber wortkarg geblieben, wie es ihre Art war. Die

fremde Frau wusste viel von den Menschen hier, von ihrer Art, zu leben und zu denken. Dass sie etwas suchen müsse. Sie hatte Blätter mit Zeichnungen von Schusternagelen, Speik und Wollgras ausgebreitet und eine Wanderkarte. Dabei hat sie immer wieder an ihren Halsschmuck gegriffen, ein kleiner silberner Anhänger mit eben diesen Blumen. Wunderschön, hat die Sennerin für sich befunden. Sie hatte mit ihr über die Pflanzen gesprochen und ihr den Weg hinauf zum Löbbenboden gezeigt. Vergeblich hatte sie ihren Gast gewarnt vor reißenden Bächen, weggespülten Wegen und drohendem Steinschlag. In ihrer Not, weil die Frau gar keine Einsicht zeigte, zuletzt vor den Saligen Fräulein. Da aber hatte die fremde Frau gelächelt und gemeint, die kenne sie wohl gut, die müsse sie nicht fürchten. Die Sennerin hat dann einen glorreichen Rosenkranz gebetet und beide gemeinsam im Anschluss ein Vaterunser und dann sind die Frauen in ihre Kammern gegangen. In der Früh war sie froh, dass die Frau noch in der Hütte war.
Darfst aber nit zu weit giehn. Der Weg ist schiach und kaum zu sehen.
Nein, nein, ich muss nur noch etwas suchen. Ich lasse alles von mir da in dem Rucksack, ich bin bald zurück. Das Wetter macht mir nichts. Das passt alles zusammen.
Wie, wundert sich die Sennerin, aber sie spricht nicht weiter, als sie die entschlossene Miene der Frau sieht.
Musst halt wissn, bei dem schiachen Wetter kann dir koaner helfn, wenn dir eppes passiert.
Die Frau schnürt den Rucksack zusammen.
Den brauche ich nicht mehr.
Kannst den Bugglsack da enten im Winkl lassn. Da holt ihn koaner. Sie geht zum Weihbrunn, macht der Frau ein Kreuzzeichen auf die Stirn.
I werd hier auf dich warten. Bleib nit gar zu lang aus.
Die Frau schlüpft aus der Tür und blickt sich nicht um. Die Sennerin schaut ihr nach, aber sogleich hat das Grau der Regenmassen die Frau verschluckt. Nichts ist zu hören außer dem Brüllen der Tiere, dem Fauchen des Sturms und dem Rauschen des Wassers.

Die Sennerin geht zurück in den Stall. Die Viecher sein leichter zu verstehen als die Menschen, denkt sie bei sich. Es ist, als ob sich der Himmel auflösen und die Welt verschlingen würde. Wenn nur der Bruder bei ihr wäre, wünscht sie sich, schickt ein Stoßgebet zum Himmel und nimmt ihre Arbeit im Stall wieder auf.

Die ersten Maitage sind warm und freundlich. Am Abend vor dem Himmelfahrtstag sitzen die jungen Frauen auf der Terrasse vor dem Wintergarten und freuen sich an der aufblühenden Pflanzenpracht des Gartens. Es ist der Geburtstag von Annalena, aber sie hat alle Versuche ihrer Mitbewohnerinnen, diesen Tag als einen besonderen zu gestalten, hartnäckig abgewehrt. Es sei nicht die Zeit für sie, zu feiern, gab sie zu, aber zusammensitzen, das könne man schon.

Da sieht man, was eine fachkundige Hand alles auszurichten vermag, meint Cornelia zu Monika, blickt auf die wohlgeordnete Wildnis und atmet tief ein. Ja, aber ein wenig Liebe und Sorgfalt gehören auch dazu, gibt diese zurück. Schaut einmal, welchen Heiligenspruch zum vierten Mai ich in meinem Laden aufgehängt habe.

Florian und Gordian richten oft noch Schaden an.

Florian und Gordian, fragt Bettina. Wer ist das gewesen.

Florian und Gordian waren römische Beamte und christliche Märtyrer, der Namenstag von Gordian ist am zehnten Mai. Der Spruch soll darauf hinweisen, dass man nicht zu früh mit dem Garten- und Ackerbau beginnen soll. Wir kennen ja auch die Eisheiligen, die uns um die Monatsmitte herum vor der letzten Kälte im Frühjahr warnen. Wir sind ja mit allem oft viel zu früh, das macht auch die Werbung, erklärt Monika.

Die Gartentür quietscht, die beiden Rabenkrähen flattern hoch und Herr und Frau Simon kommen langsam zur Terrasse.

Guten Abend, sagt Herr Simon zu Annalena gewandt. Wir haben Sie von unserer Terrasse aus gesehen und dachten, wir könnten an unsere letzte Begegnung in Ihrem Haus anknüpfen.

Ja, das war damals so nett bei Ihnen und ich habe auch etwas mitgebracht. Wenn wir nicht stören, fragt Frau Simon vorsichtig.

Nein, nein, herzlich willkommen. Eine gute Nachbarschaft ist so viel wert. Wir rücken einfach noch etwas zusammen.

Frau Simon packt ihren Korb aus und stellt einen Teller mit gestrichenen Butterbrotscheiben mit Kresse und Schnittlauch und zwei Flaschen Apfelwein auf den Tisch. Cornelia läuft um Gläser, eine Wasserkaraffe und Servietten und Bettina holt Decken und Kissen aus dem Wintergarten, denn nun, nach Sonnenuntergang, wird es rasch kühler.

Wir bleiben nicht lange, meint Herr Simon, aber wir dachten, es wäre schön, wieder einmal zusammen zu sitzen. Der Garten ist wirklich schön, da steckt viel Arbeit dahinter. Frau Weiss, ich wollte Sie einmal etwas fragen. Ich weiß, dass Sie wie ich auch hier Im Gefälle aufgewachsen sind. Ich bin einige wenige Jahre jünger als Ihre Frau Mutter gewesen, aber zu viele Jahre, als dass wir uns über Kindergarten oder Schule nähergekommen wären. Aber früher war es hier noch ganz ruhig auf der Straße, da haben alle Kinder zusammen draußen gespielt. Die Jugendlichen haben sich an der Straßenecke dort oben am frühen Abend getroffen und heimlich die ersten Zigaretten geraucht, mit Musik aus dem Kofferradio. Lena Maria war überall dabei. Aber sonst hat man von Ihrer Familie nichts zu erzählen gewusst. Sie wissen ja, eine Straße ist wie ein Dorf, da gibt es viel Gerede und viele Gerüchte. Was würden Sie denn gerne wissen, Herr Simon, fragt Annalena und wundert sich. Es ist sonst nicht die Art des Nachbarn, neugierig zu sein. Die Frauen am Tisch hören dem Gespräch gespannt zu.

Ja, also, meine Eltern haben ja auch schon hier gewohnt. In den Kriegsjahren hat sich hier Im Gefälle ja nicht viel verändert, Bomben sind mehr unten im Bahnhofsgelände gefallen, hier oben sind viele Einquartierungen gewesen, auch in unserem Elternhaus. Mein Vater war Wehrmachtssoldat und meine Mutter mit meinen älteren Geschwistern alleine im Haus, da lebte sonst noch unsere Großmutter. Meine Mutter hat in dieser Zeit ein Tagebuch geführt. Sie hat aufgeschrieben, was sie in ihrem kleinen Radius, also in der Nachbarschaft, in der Straße, beobachten konnte. Damals konnte man sich nicht so freimütig gegenüber anderen Mitmenschen äußern und auch die Feldpostbriefe wurden zensiert. Sie war überzeugt, dass sich ihr unbekannte Menschen nachts heimlich in Ihrem Garten aufhielten, auch im Gartenhaus. Sie war wegen der kleinen Kinder oft nachts auf den Beinen, auch hat man wenig Ruhe wegen der Bombenangriffe gehabt. Meine Mutter war sehr gläubig und alle diesbezüglichen

Tagebucheintragungen enden mit Stoßgebeten für Ihre Großmutter und Ihre Großtante oder mit Äußerungen der Hilflosigkeit und Anteilnahme. Ich wollte Sie eigentlich fragen, ob die Wahrnehmungen meiner Mutter einen realen Grund gehabt haben.
Annalena nimmt ein Schluck vom Apfelwein, Cornelia eine Butterbrotscheibe. Frau Simon seufzt auf, die Fragen ihres Mannes bereiten ihr Unbehagen.
Herr Simon, das, was Ihre Mutter da glaubte zu beobachten, entspricht der Wahrheit. Aber warum ist das jetzt, nach sechzig Jahren für Sie von Wichtigkeit.
Ja, manches braucht halt seine Zeit, gibt Herr Simon zögernd zurück.
Der Mensch oder eine Gruppe braucht vierzig, wenn nicht sechzig Jahre, um das zu benennen oder sich mit dem auseinanderzusetzen, was ihn gekränkt oder verletzt hat, wirft Bettina ein.
Aber Herr Simon war damals noch gar nicht auf der Welt und die Tagebücher seiner Mutter hat er sicher auch erst später gelesen, meint Monika etwas schüchtern.
Ich habe mir darüber bereits Gedanken gemacht, gibt Herr Simon zu.
Mein Mann ist Psychotherapeut, sagt Frau Simon leise.
Das müssen Sie mir bitte genauer erklären, bitte Annalena. Sie merkt, wie die Menschen am Tisch ihre Anspannung verlieren, und ist froh darüber. Es ist wichtig, miteinander im Gespräch zu sein, das weiß sie.
Ja, mein Interesse liegt darin, aufzudecken, wie Erlebnisse, Eindrücke, Ängste, Sorgen von Menschen ganz unbewusst an die nächsten Generationen weitergegeben werden. Da muss gar nichts erzählt werden, das geht nonverbal, ohne Worte und Erklärungen. Aber die Nachkommen leben mit den Geschehnissen, die der älteren Generation widerfahren sind, weiter. Und wenn wir darüber nicht reden können, werden wir nie wissen, warum wir bestimmte Situationen oder Stimmungen bevorzugen, meiden oder nicht aushalten können und geben sie unbewusst an unsere Kinder weiter. Um uns mit diesen emotionalen Momenten auseinandersetzen zu können, dafür muss eine gewisse Zeit ver-

streichen. Aber in der Psychotherapie stehen wir da noch ganz am Anfang, es gibt auch wenig Literatur zu dieser Thematik.
Ich denke, dass das mit einer großen Verantwortung verbunden ist, meint Cornelia nachdenklich. Es bedarf sicher einer persönlichen Reife, sich seinen Ängsten zu stellen.
Ich möchte auch auf eine andere Theorie verweisen, aber die Wissenschaft steht auch da noch ganz am Anfang, führt Herr Simon weiter aus. Der Begriff Epigenom umfasst chemische Markierungen, die um unser Erbgut, die DNA herumliegen, ganz laienhaft ausgedrückt. Die Forscher, die sich mit der Epigenetik beschäftigen, nehmen an, dass umweltbedingte Faktoren das Epigenom verändern können und dass diese Veränderungen vererbt werden können. Oder, anders gesagt, Erfahrungen wirken sich auf unser Erbgut aus und verändern es so nachhaltig, dass die Veränderungen auch an folgende Generationen weitergegeben werden können. Aber, soviel ich weiß, sind das im Moment lediglich noch sehr komplexe Fragestellungen, die die Neurowissenschaften angerissen haben, aber noch lange nicht beantworten können.
Bitte, wie hängen die Tagebucheintragungen Ihrer Mutter mit Annalena zusammen, fragt Bettina und wendet sich wieder Herrn Simon zu.
Ja, eigentlich gar nicht. Wie soll ich das sagen. Meine Mutter hatte aufgrund der nächtlichen Beobachtungen große Angst, weniger um sich und ihre Kinder, sondern um die versteckten Menschen und ihre Nachbarinnen. Die Angst war so groß, dass sie nie in ihrem Leben später jemandem davon erzählen konnte. Ich frage mich, ob und was sie uns Kindern davon mitgegeben hat, von dieser Angst. Mein erster Ansatz gründet sich darauf, dass unsere Mutter sehr prägend in der Kindheit von uns Geschwistern war. Wir haben alle einen Beruf ergriffen, der im weitesten Sinne Menschen oder die Unterstützung von Menschen in den Mittelpunkt stellt. Das ist ein Teil meines Arbeitsgebietes, das lässt sich aber nicht so einfach und auch noch nicht befriedigend erklären. Wir stehen da, wie gesagt, erst am Anfang. Das hat jetzt mit Annalena gar nichts zu tun, aber ihre

Bestätigung der Beobachtungen meiner Mutter haben mich ein Stück weitergebracht.
Der Abend klingt ruhig aus. Sie holen noch Apfelwein und Käsewürfel und reden über ihre Sommerpläne.
Beim Aufbruch bedankt sich Annalena bei ihren Gästen für ihr Kommen und den guten gemeinsamen Abend. Und zu Bettina gewandt, fragt sie, ob sie ihr morgen am Feiertag beim Durchlesen der Papiere in der Schachtel von Marlene helfen könne.
Ja, klar doch, gibt diese zurück. Ich gehe in der Früh schwimmen, das Freibad hat jetzt wieder geöffnet.
Ich gehe laufen und werde dabei nachdenken. Über unsere Ängste, ganz ernsthaft, lacht Annalena.

Im Schlaf ist Annalena wieder ein kleines Kind. Sie steht auf einer Blumenwiese und rings umher sind hohe Berge mit Schnee bedeckt. Der Himmel ist von einem tiefen Blau. Von den Bergen stürzt sich ein Wasserfall in die Tiefe, er sieht aus wie wallendes graues Frauenhaar. In der Luft ist ein lautes Summen. Frauen in weißen Kleidern tanzen über der Wiese, ohne mit den Füßen den Boden zu berühren. Sie halten sich an den Händen und stellen sich im Kreis um sie herum. Sie heben die Hände und schauen ernst auf sie herab. Annalena legt sich in die Wiese zu Wollgras, Speik und Schusternagelen. Die Augen fallen ihr zu und sie hört von fern die Frauen flüstern. Sie hat etwas nicht ernst genommen, aber was war es nur. Sie will es finden, aber der Schlaf trägt sie fort von den Bergen, den Wiesen und den Frauen, die so ernst schauen.

Der Himmelfahrtstag zeigt einen strahlend blauen Himmel und sommerliche Temperaturen. Annalena wertet den eifrigen Vogelsang schon im frühen Morgenlicht als ein gutes Omen für diesen Tag, an dem sie sich viel vorgenommen hat. Bei ihrem Morgenlauf schüttelt sie alle Traumgespinste und Ängste, etwas nicht mit dem notwendigen Ernst zu beachten, ab. Nach einem guten Frühstück ziehen sich Annalena und Bettina mit Wasserkaraffe und Trinkgläsern in das Wohnzimmer zurück, Corne-

lia und Monika sind im Wintergarten mit der Buchhaltung des Blumengeschäfts beschäftigt. Bettina hat bereits die Schachtel mit der Aufschrift M a r l e n e auf den großen Tisch gestellt. Annalena zieht einen Stuhl heran, nimmt die Botanisiertrommel in die Hand, streicht behutsam über das kühle Metall und bittet Bettina, ihr von der geplanten Exkursion nach Lienz zu erzählen. Ja, wir sind eine nicht sehr große Gruppe, Holger als leitender Assistent und sechs Studierende vom Institut für Neuere Geschichte und vom Institut für Kultur und Sozialanthropologie, zwei Studenten kommen aus Innsbruck, von Institut für Mittelalter- und Neuzeitarchäologie, die waren schon bei den Forschungen und Erhebungen vor Ort dabei. Von München aus werden noch einige Studierende anreisen. Wir fahren mit einem kleinen Bus von der Hochschülerschaft, das kostet uns am wenigsten. In Lienz werden wir in einer preisgünstigen Pension in einem Bauernhaus direkt neben dem Haus, in dem sich die Kosakenausstellung befindet, übernachten. Das Haus ist ein alter Ansitz, die Tammerburg, so sagt man dort, in Lienz. Ich bin schon sehr gespannt auf die Tage dort.
Was ist bitte Mittelalter- und Neuzeitarchäologie.
An der Innsbrucker Universität gibt es eine eigene Studienrichtung mit verschiedenen Schwerpunkten wie Stadtarchäologie, Gewerbearchäologie, Bergbauarchäologie, aber auch militärhistorische Forschungen zum Ersten und Zweiten Weltkrieg und die sogenannte Gletscherarchäologie. Da werden Funde, die beim Rückgang der Gletscher zutage kommen, ausgewertet.
Das klingt enorm spannend. Ich dachte immer, Archäologie befasst sich mit Lebenswelten, die extrem lange zurückliegen. Habt ihr auch ein Arbeitsprogramm.
Ja, sicher, es ist ja eine offizielle Exkursion. Wir haben einige Arbeitsgespräche, Führungen, Vorträge und Besichtigungen und natürlich soll das Ganze auch dem Austausch untereinander dienen. Am Ende wartet dann der Exkursionsbericht, ohne den bekommen wir keine Punkte. Ein wenig Freizeit wird aber sicher bleiben.

Und was hast du in dieser Freizeit vor.
Ach, Annalena, lacht Bettina. Wenn ich dich nicht so genau kennen würde. Du hast sicher einige Aufträge an mich, oder.
Ja, ich denke schon. Du kannst vielleicht das eine oder andere für mich herausfinden. Aber erst müssen wir die Schachtel von deiner Großtante Marlene durcharbeiten. Ich will dich aber nicht belasten, mit meinen Geschichten.
So lass das doch. Es sind zwar zuerst einmal deine Geschichten, aber ohne Hilfe wirst du das Fadenknäuel nicht entwirren können.
Ja, einen Ariadnefaden werde ich wohl brauchen, meint Annalena leise. Es könnte doch sein, dass ich an mein Ziel gelange, aber nicht mehr zurückfinde. Auch dafür brauche ich Hilfe.
Zum Zurückfinden. Wie meinst du das.
In diesem Moment schlägt die Standuhr zu Mittag. Vom Wintergarten her treten Cornelia und Monika in den kühlen Raum.
Wir gehen schwimmen. Es ist so heiß im Garten, ruft Monika.
Ja, schwimmen und einen großen Eisbecher zum Kühlen. Kommt ihr mit, fragt Cornelia.
Nein, Annalena schüttelt den Kopf und Bettina nickt nachdrücklich.
Seid uns nicht böse, wir müssen hier unbedingt noch etwas beginnen und zu Ende bringen.
Magst du etwas essen, fragt Bettina zu Annalena gewandt.
Nein, ich hole uns ein paar Äpfel, erwidert Annalena. Es sind die Letzten vom Herbst. Nachher vielleicht einen Kaffee.
Bettina öffnet die Schachtel der Großtante. Darin liegen zuoberst Stickarbeiten, darunter ein kleineres und ein großes Kuvert aus braunem festem Packpapier. Sie nimmt das kleinere Kuvert heraus und wirft einen flüchtigen Blick auf die Stickarbeiten und räumt die Schachtel auf die Seite.
Stickereien sind nicht mein Fachgebiet. Dazu passt der Kampfergeruch, meint sie zu Annalena, die eine Schale mit Äpfeln, zwei Teller und Obstmesser auf den Tisch stellt.
Nein, meines auch nicht. Diese Arbeiten hier wirken fast schon bedrohlich mit den immergleichen Motiven, sicher über Jahre hinweg entstanden. Lass uns das Kuvert öffnen, Bettina.

Wie es zu erwarten war, finden sich darin zunächst persönliche Dokumente der Großtante. Geburtsurkunde, Taufschein, Konfirmationsschein, Schulzeugnisse, eine Auszeichnung für ehrenvolle Tätigkeit beim Bund Deutscher Mädel, das Lehrerinnendiplom, ein Meldeschein des Stadtmagistrats, einige Lebensmittel- und Kleidermarken aus der Kriegs- und Nachkriegszeit. Es finden sich verschiedene Todesanzeigen von Verwandten und Bekannten und Ansichtskarten aus mehr oder weniger bekannten Ferienorten, die die Tante von Kolleginnen und Freundinnen erhalten haben muss. Daneben einige Wanderkarten und Zeitungsartikel unterschiedlichen Alters von den Hohen Tauern. In dieser Sammlung unterschiedlichster Zeugnisse eines vergangenen Lebens sticht ein unbeschriebener Umschlag hervor, den Bettina hervorzieht und an Annalena weitergibt.
Magst du ihn öffnen, fragt sie.
Annalena schüttelt den Kopf. Nein, mach du das. Mir ist kalt.
Wirklich, du hast eiskalte Hände. Wovor hast du Angst.
Ich weiß es nicht. Wir müssen das jetzt durchziehen, Bettina.
Wenn du meinst. Komm, lass uns zusammen schauen.
Bettina macht eine Fläche auf dem Tisch frei und lässt den Inhalt des Umschlags vorsichtig auf den Tisch gleiten. Sie meint, Annalena aufseufzen zu hören, als ihnen auch hier nur unterschiedlichste Drucksorten entgegenfallen.
Ob es eine chronologische Reihung gibt, fragt Bettina in den Raum hinein.
Annalena zuckt mit den Schultern.
Wenn ja, dann müssen wir unten beginnen.
Zuunterst liegt eine Bleistiftskizze eines markanten Berggipfels, betitelt mit *Wildenkogel*.
Bettina, kannst du hiervon Aufnahmen machen, so wie von dem Flugblatt, das wir in der Schachtel von Wolfgang gefunden haben, fragt Annalena.
Ja, sicher, ich hole schnell meine Kamera.
Annalena nimmt das nächste Blatt. Vor ihr wieder eine Bleistiftskizze, schnell hingeworfen. Eine Gruppe niederer Holzhäuser, geduckt an einem Bergabhang, davor ein reißender Bach mit einer Brücke, betitelt mit *Gschildalm beim Tauernhaus*.

Wo mag das sein, fragt Annalena, während Bettina mit ihrer Kamera Aufnahmen macht.
Es folgen Fotografien aus der Kinderzeit von Wolf und Marlene mit den Eltern im Garten, beim Hausbau, bei der Einschulung, später mit der Großmutter Karoline, dann die Vermisstenanzeige der Eltern und die Todeserklärung, beides in Kopie. Einige von Hand geschriebene Sagen über Salige Fräulein lassen Bettina eine Pause machen.
Annalena, was sind Salige Fräulein. Hat das etwas mit dem katholischen Glauben zu tun. Das Wort erinnert mich an den Begriff selig.
Nein, nein, das sind Sagengestalten wie Feen oder Nixen, aber die Saligen leben in den Bergen. Hier, im Herbarium habe ich eine solche Sage gefunden. Sie nimmt das Seidenpapierpäckchen, das auf dem Herbarium liegt, öffnet das Album und reicht Bettina das Blatt. Bettina liest den Text.
Das ist doch eigentlich schön, so wie ein Märchen.
Ja, fast so wie ein Märchen, aber Märchen finden immer ein gutes Ende. Die Sagen von den Saligen können auch bedrohlich sein, erwidert Annalena.
Warum liegen diese Geschichten in diesen Umschlag und warum liegt dieses Blatt im Herbarium, weißt du das.
Nein, wenn ich es nur wüsste, Annalena legt das Seidenpapierpäckchen auf den Tisch und bedeckt einen Moment lang ihr Gesicht mit den Händen.
Die Schrift in Kurrent muss von Magdalena, der Mutter von Wolfgang und Marlene sein, Marlene hat die beiden Sagentexte dann in die lateinische Schulschrift übertragen. Oder meine Ururgroßmutter Karoline hat die ursprünglichen Texte geschrieben.
Ich kann das gar nicht mehr entziffern. Komm, wir machen eine Pause, wir drehen eine Runde im Garten. Das Licht tut uns gut und die Wärme auch.
Bettina will aufstehen und streckt sich auf ihrem Stuhl.
Nein, bitte, wir machen das hier fertig. Ich will nicht noch einmal in diesen Papieren nach etwas suchen und eigentlich nicht

wissen, wonach ich suche. Vielleicht ist auch manches ganz einfach nicht zu verstehen, da kann man suchen, solange man will. Gut, dann schau hier, diese vergilbte Fotografie. Das sind keine Personen aus unserer Familie, oder.
Annalena nimmt die Fotografie behutsam an den geriffelten weißen Kanten.
Das ist in unserem Garten aufgenommen worden. Da sind zwei junge Mädchen, sehr schmal und ernst mit dunklen Haaren. Diese Gesichter habe ich noch nie gesehen. Vielleicht gibt es auf der Rückseite einen Hinweis.
Annalena reicht Bettina die Aufnahme. Bettina liest halblaut vor. Ruth und Elise Goldbach 1943.
Goldbach, Ruth und Elise. Bettina, das müssen die Mädchen sein, die hier im Haus in den letzten Kriegsjahren im Keller und im Gartenhaus versteckt wurden. Mein Notar Dr. Wiederholt hat mir davon erzählt und auch, dass der Vater dieser Mädchen Marlene und Anna später mit einer großen Geldsumme bedacht hat.
Das müssen die Personen gewesen sein, die die Mutter von Herrn Simon beobachtet hat. Davon habe ich gar nichts gewusst. Marlene muss sehr mutig gewesen sein, staunt Bettina.
Ja, und Anna und Wolfgang haben das mitgetragen. Wenn das verraten worden wäre, wenn die Mädchen von der Gestapo oder der Polizei gefunden worden wären, dann wären alle drei verloren gewesen und die Mädchen auch.
Ich bewundere die Haltung dieser Menschen. Ich wüsste nicht, ob ich so viel Verantwortung übernehmen könnte. Marlene und Anna waren ja noch jung, die hatten ihr Leben doch noch vor sich, meint Bettina.
Als Nächstes findet sich eine vielfach zusammengelegte Wehrmachtskarte, die Frauen erkennen darauf die italienische Halbinsel und im Norden die Alpen. In einem kleinen Umschlag sind Fähnchen verschiedenster Fahnen beigefügt.
Das wird die Karte sein, von der mir Frau Schorn geschrieben hat. Sie hing in Marlenes Zimmer und zeigte den aktuellen Frontverlauf der deutschen Wehrmacht an.

Schau, Annalena, hier ist eine Fotografie von Marlene, alleine, ohne die Familie. Darauf ist sie schon etwas älter, wenigstens erwachsen. Sie hat sehr gut ausgesehen, finde ich.
Gibst du es mir bitte, Bettina.
Annalena betrachtet die Fotografie und zieht mit den Fingerspitzen die gerillten Ränder nach.
Die Großtante trägt eine Kette mit einem Anhänger, aber ohne Lupe kann ich die Arbeit nicht gut sehen und beurteilen. Diese Fotografie werde ich nicht in den Umschlag zurückgeben, vielleicht wird sie uns später noch weiterhelfen.
Ja. Aber nun zu diesem Papierbogen. Das ist ein handgeschriebener Brief ohne Umschlag, ein billiges Papier.
Annalena beginnt zu lesen.
Das ist ein Brief von Herrn Gensen.
Wer ist Herr Gensen, ich glaube, du hast den Namen schon einmal erwähnt, hakt Bettina nach.
Herr Gensen ist ein Wehrmachtssoldat gewesen, er war mit Wolfgang befreundet und mit ihm zusammen auf dem Rückzug von Italien nach Österreich, das war im April und Anfang Mai 1945. Dort, in der Nähe von Lienz hat er meinen Großvater aus den Augen verloren. Ich habe ihn neulich besucht. Mit Moni zusammen, bei ihm zu Hause in der Rhön, davon habe ich dir erzählt.
Ja, ich erinnere mich.
Der alte Herr grämt sich immer noch, weil er nicht verhindern konnte, dass Wolfgang dort in den Hohen Tauern einfach verschwunden ist.
Und was steht in diesem Brief.
Herr Gensen hat mir alles so erzählt, wie es hier von ihm im Frühsommer 1945 aufgeschrieben worden ist.
Am Pfingstsonntag fahre ich für ein paar Tage nach Berlin und werde da noch eine Frau besuchen. Sie heißt Katharina Hermsdorff und hat Anna sehr gut gekannt, sie hat auch hier als Flüchtling in diesem Haus gewohnt. Vielleicht findet sich da noch ein Hinweis, der uns weiterführen kann.
Zuunterst finden sich noch drei Ansichtskarten aus Österreich, an Marlene und Wolfgang Im Gefälle adressiert.

Das sind Feriengrüße von Magdalena und Wolf an ihre Kinder, Bettina flüstert beinahe.

Ja, aber woher. Zeig einmal. Aus Wörgl, aus Mittersill und aus Matrei in Osttirol. Die Poststempel sind von 1932. Das sind die letzten Lebenszeichen von den beiden, dass es ihnen gut geht, dass sie hohe Berge bestiegen haben, dass sie bald wieder heimkommen werden. Wie sehr sich die Kinder an diese Versprechungen geklammert haben müssen. Marlene hat die Karten ihr Leben lang aufbewahrt.

Die Karten sagen uns etwas über die Reiseroute. Sie sind von Mittersill im Salzburger Pongau zu Fuß über den Felber Tauern nach Osttirol gewandert. Ob das heute noch möglich ist. Das würde mich sehr interessieren, bemerkt Bettina mit nun etwas festerer Stimme.

Nein, mich nicht, ich hätte große Angst, aber ich wüsste nicht direkt, wovor, meint Annalena.

Jetzt noch der größere Umschlag. Was uns da wohl erwartet. Schau, er ist nicht verschlossen.

Annalena lässt den Inhalt auf den Tisch gleiten: einen kleinen Stoffsack mit farbigen Glasmurmeln, eine Puppe, ein Kinderbuch und ein Bilderbuch.

Bettina nimmt ein paar Murmeln in die Hand und greift nach dem Bilderbuch, Annalena nimmt die Puppe vorsichtig in ihre Hände und streicht über das kleine Gesicht.

Jetzt habe ich einen Kloß im Hals, sagt sie leise. Die Marlene kommt mir mit ihrem Spielzeug ganz nahe. Schau dir die Puppe an. Das ist, glaube ich, eine Käthe-Kruse-Puppe. Das Sommerkleid mit den Blumen und das rote Kopftuch, der Körper ist aus Nesselstoff, der Kopf aus Pappmache. Die ist sicher sehr geliebt worden, ganz abgenutzt ist sie. Vielleicht hat auch meine Mutter damit gespielt.

Das Bilderbuch ist auch sehr alt, ergänzt Bettina. Es heißt: *Unsere lieben Haustiere*, von Armin Brunner. Das sind sehr schöne Druckgrafiken, sehr aufwendig gestaltet. Und sieh hier, das Kinderbuch: *Hans Urian. Die Geschichte einer Weltreise*. Die Autorin heißt Lisa Tetzner, das Buch ist 1929 in Stuttgart erschienen. Das werde ich unbedingt lesen müssen und ich kann sicher auch etwas über die Autorin herausfinden.

Weiß du, meint Annalena mit belegter Stimme, wir werden das Spielzeug nicht wieder in den Schrank verbannen. Wir legen es zu der Botanisiertrommel und dem Herbarium, dort liegt ja auch schon Wolfgangs Kinderbuch von Erich Kästner.

Bettina und Annalena räumen die Papiere, Dokumente, Fotografien und Briefe wieder geordnet in das Kuvert, das Foto von Marlene legt Annalena in das Herbarium und beide Seidenpapierpäckchen an ihren Platz in der Botanisiertrommel. Annalena gibt das Kuvert in die Schachtel und trägt sie in den Schrank im Nebenzimmer. Bettina packt ihre Kamera ein.

So jetzt gehen wir in die Küche. Wir haben noch eine gute Rindsuppe mit Möhren und Sellerie von gestern. Ich bin hungrig. Nur von Äpfeln kann man nicht leben.

Ich habe keinen Appetit, entgegnet Annalena. Aber ich muss etwas essen, das viele Grübeln über die Vergangenheit macht nicht hungrig, es nimmt nur Kraft.

Nach der Rindsuppe deckt Bettina einen Bienenstich auf. Dazu gibt es einen starken Espresso.

Geht es dir nun etwas besser. Du wolltest mir noch etwas für die Reise nach Lienz auftragen, Annalena, fragt Bettina behutsam nach dem Essen.

Ja, es geht schon wieder. Ich muss heute noch eine Runde gehen, ich brauche noch etwas Bewegung. Ja, ich hatte mir vorgestellt, dass du vielleicht in Lienz direkt alles, was du über den Kosakenfriedhof in der Peggetz, so heißt das wohl richtig, in Erfahrung bringen kannst, für mich zusammenträgst.

Das ist gar kein Problem, der Kosakenfriedhof ist ein Schwerpunkt bei unserer Exkursion.

Gut, dann noch etwas anderes. Bitte nimm deine Kamera mit.

Selbstverständlich, die brauche ich auf jeder Exkursion.

Ich meine, ich würde gerne wissen, wo die Gruppe der Holzhäuser steht, die sich auf der Skizze befindet, die wir vorhin gefunden haben. Da war auch noch eine zweite Zeichnung, von einem Berggipfel namens Wildenkogel. Ich glaube, beide Zeich-

nungen, die auf deiner Kamera gespeichert sind, stammen von meiner Urgroßmutter Magdalena, Marlene hat sie von ihr geschenkt bekommen. Die Mutter hat ihr wohl auch die Sage von den Saligen Fräulein erzählt und später aufgeschrieben. Vielleicht kannst du herausbekommen, wo genau diese Holzhäuser stehen. Ich nehme an, in der Nähe vom Matreier Tauernhaus.
Auch das wird nicht unmöglich sein. Ich kann unseren Bus nehmen und mich dort ein wenig umschauen. Vielleicht finde ich auch jemanden, der sich an die Zeit erinnert, erwidert Bettina aufgeregt.
Welche Zeit meinst du. Ich denke, das müssen Einheimische sein, die sich dort vor sechsundachtzig, dreiundsiebzig, sechzig oder vierzig Jahren, also 1919, 1932, 1945 oder 1965 aufgehalten haben. Nein, also wenn du mir bei den ersten Punkten helfen kannst, dann bin ich schon sehr froh.
Ja klar, aber jetzt gehen wir noch eine Runde, Annalena. Wo magst du denn hingehen, erkundigt sich Bettina.
Ich muss noch zum Friedhof, dort will ich dir etwas zeigen. Und dann können wir noch irgendwo ein Bier trinken. Täte nicht schaden.
Ich hole noch Tulpen aus dem Garten, ich bin gleich so weit, ruft Bettina.

Wenige Minuten später gehen die beiden die kleine Straße Im Gefälle hinunter, wandern über die Lahnauen in einem Bogen an der Stadt vorbei und erreichen den Friedhof auf der anderen Seite des Schlossbergs. Sie gehen zuerst zum Grab von Lena Maria. Annalena breitet einen Teil der Tulpen auf dem Grab aus und zündet eine mitgebrachte Kerze an. Ein kleines Holzkreuz erinnert, dass hier Annalenas Mutter seit kurzer Zeit begraben liegt.
Hier liegen deine Großmutter und deine Mutter, stellt Bettina fest.
Schau, Bettina, davon habe ich bis zum Tod meiner Mutter gar nichts, wirklich gar nichts gewusst, bricht es aus Annalena hervor, während sie auf den Sockel mit den eingravierten Namenszügen weist. Bettina beugt sich über die Inschriften.

Annalena, du konntest nichts davon wissen, weil deine Mutter es von dir fernhalten wollte, gibt Bettina ganz ruhig zurück. Komm, wir gehen noch zum Grab meiner Großmutter. Dort kenne ich alle Namen der Menschen, die man dorthin gelegt hat. Ich erinnere mich noch gut an meine Großmutter, ich habe sie, als ich klein war, lange Zeit sehr vermisst. Bald wird mein Großvater auch dort liegen. Daran kann ich gar nicht denken. Ich meine, dass er nicht mehr an seinem Fenster sitzt und über die Dächer der Stadt schauen kann.
Annalena legt auch hier die Tulpen auf das Grab und reicht Bettina eine Kerze und Zündhölzer. Sie streicht die Efeuranken an der Grabplatte auf die Seite.
Schau, sagt sie behutsam, hast du auch diese Namen schon einmal gelesen.
Bettina schaut genauer hin, lässt sich dann auf die Knie nieder und fährt die Eingravierungen mit den Fingerspitzen nach.
Aber woher weißt du davon, fragt sie leise.
Es war ein Zufall, kurz nachdem meine Mutter gestorben war und ich war entsetzlich erschrocken. Cornelia hat mich dann überzeugt, dass mir niemand etwas Böses will. Es ist einfach so, dass niemand in unserer Familie über diese Menschen geredet hat.
Ja, da magst du recht haben. Aber ich bin auch erschrocken. Meinst du, es gibt so viele Zufälle so gehäuft in einer Familie. Das ist es, vor dem mir ein wenig graut. Dir nicht.
Nein, ich habe viel nachgedacht und kann damit jetzt schon ganz gut umgehen. Du wirst sehen, es ist kein Grund, Ängste zu entwickeln oder Albträume zu bekommen. Komm, Bettina, wir gehen jetzt noch auf ein Bier. Ich weiß eine kleine Kneipe ganz in der Nähe, da wird es dir sicher gefallen.

Später, auf dem Heimweg drückt sich Bettina eng an Annalena. Von der Lahn steigt kalte Luft auf und legt sich als Nebel über die Uferwiesen.
Und aus den Wiesen steiget der weiße Nebel wunderbar, sagt Annalena leise vor sich hin.
Du weißt so vieles und trägst so vieles mit dir herum. Brauchst du Hilfe, fragt Bettina.

Ja, ich brauche hin und wieder Hilfe. Aber eigentlich muss ich vieles auf mich zukommen lassen. Weißt du, damit mir der Faden nicht entgleitet. Der Ariadnefaden, von dem wir heute am Vormittag gesprochen haben. Wenn ich den Faden verliere, dann komme ich aus den Verwirrungen von Gegenwart und Vergangenheit nicht mehr heraus.

Wie war das noch mit Ariadne. Das ist doch eine antike Sage aus der griechischen Mythologie, oder.

Ja. Sie handelt vom kretischen König Minos, der die Stadt Athen unterworfen hatte und als Tribut alle neun Jahre sieben Mädchen und Jünglinge für den Minotaurus, ein Ungeheuer, halb Stier, halb Mensch, von den Athenern einforderte. Theseus, ein athenischer Königssohn, fuhr mit auf die Insel Kreta und verliebte sich dort in Ariadne, die Tochter des kretischen Königs. Sie gab ihm ein Knäuel aus selbst gesponnener roter Wolle, mit diesem Faden gelangte er wieder aus dem Labyrinth der Höhle heraus, nachdem er das Ungeheuer erschlagen hatte.

Und du glaubst, es gibt einen roten Faden, der dir helfen wird, alles zu entwirren, was in der letzten Zeit auf dich eingeströmt ist.

Ja sicher. Aber dabei hilft mir nicht ein Faden, auch kein logisches Denkgerüst, sondern ihr alle helft mir dabei. Mir eurem Dasein, Zuhören, auch mit eurer Ablenkung. Mit euch zusammen kann ich vorwärtsschauen und vergrabe mich nicht in diesen oft unerklärbaren Verstrickungen. Ich glaube, genau das hat meine Mutter geängstigt und das hat sie davon abgehalten, sich mit ihrer Familiengeschichte auseinanderzusetzen.

Da sehe ich aber Parallelen zu der Sage von Theseus und Ariadne, Annalena. Theseus muss in ein Labyrinth und sich dort einer bedrohlichen Macht stellen. Er findet nur mit besonderer Hilfe wieder heraus.

Man kann es aber auch noch anders sehen. Theseus muss sich mit seinem Innenleben auseinandersetzen, er muss mit sich ins Reine kommen und dann braucht er eine Orientierungshilfe, also einen roten Faden, auf seinem neuen Lebensweg.

Das ist aber sehr tiefsinnig. Ich kann mir nicht vorstellen, dass die Menschen vor mehr als zweitausend Jahren im antiken Griechen-

land solche Gedanken erwogen haben, wenn sie sich Sagen von Göttern und Halbgöttern, von Nymphen und Sirenen erzählten.
Nein, das glaube ich auch nicht. Wir erzählen uns auch die Märchen, mit denen wir aufgewachsen sind und denken nicht weiter darüber nach. Aber es gibt nun mal auch tiefenpsychologische Deutungen unserer Märchen. Könnte es nicht sein, dass uns die Märchen die Welt erklären, ohne dass wir tiefsinnig darüber nachgrübeln.
Ja, das denke ich auch. Wir verstehen den Sinn, ohne zu verstehen, was wir verstehen. Schau den Mond am Himmel, Annalena, der lacht über unsere Tiefsinnigkeit. Gibt es nicht auch eine Strophe von deinem Lieblingslied *Der Mond ist aufgegangen*, in dem es um die angebliche Gescheitheit der Menschen geht. Wie hieß das nur.
Bettina beginnt, die Melodie zu summen. Annalena aber singt den Text halblaut vor sich hin.

Wir stolzen Menschenkinder sind eitel arme Sünder und wissen gar nicht viel;
Wir spinnen Luftgespinste, und suchen viele Künste, und kommen weiter von dem Ziel.

Aber wir haben unser Ziel erreicht, meint Bettina lachend, als sie wenige Schritte später vor der Gartentüre Im Gefälle stehen. Jetzt ist es doch spät geworden. Wir sehen uns bestimmt noch, bevor du nach Lienz fährst. Das ist schon nächste Woche. Gute Nacht, Bettina.
Ja sicher, schlaf gut. Wir hatten einen anstrengenden Tag zusammen.
Die beiden Rabenkrähen stieben aufgeschreckt auf, als die Haustür ins Schloss fällt. Kurz darauf lassen sie sich langsam wieder in einem Strauch bei der Gartenbank nieder, weiter aufmerksam das Haus beäugend.

Einige Tage später überrascht Cornelia ihre Mitbewohnerinnen mit einem Blatt Papier, das sie auf den Frühstückstisch gelegt hat.

Sie verlässt meist als Erste das Haus Im Gefälle, nur manchmal ist Monika früher, wenn sie noch Ware zu besorgen hat, bevor sie das Geschäft aufsperrt.

> *Liebe Mitfrauen, ich möchte am Donnerstag am frühen Abend eine kleine Party im Garten veranstalten, weil wir spätestens ab Pfingstsonntag einige Tage auf Urlaub sein werden. Keine Widerrede, ich habe unsere Gäste schon eingeladen: Henner mit seiner Familie, Christoph, Robert, Holger. Es kommen auch die Eltern von Monika und Simons von nebenan. Ich habe auch den Pfarrer und seine Frau eingeladen, ebenso den Kirchenchorleiter und zwei Kolleginnen von Annalenas Mutter.*
> *Euch einen guten Tag Cornelia.*
> *P. S.: Ich bereite mit Christoph alles vor.*

Annalena weiß nicht, ob sie sich über diese Ankündigung freuen soll. Es ist eigentlich nicht Cornelias Art, Zettelnachrichten zu hinterlassen. Sie wollte mich also überraschen. Warum wohl. Soll das eine verspätete Geburtstagsfeier sein, aber nein, eine solche Eigenmächtigkeit liegt Cornelia überhaupt nicht. Ach was, sie wird die unangenehmen Gedanken einfach beiseiteschieben, es ist richtig, dass alle hier im Haus einige Tage fort sein werden. Und warum soll sie sich nicht auch einmal einfach zurücklehnen und die anderen etwas planen und durchführen lassen. Solche Gedanken gehen Annalena im Kopf herum, während sie durch die alte Stadt am Berg zu ihrer Arbeitsstätte geht. Jeden Tag empfindet sie es als Geschenk, vor dem Arbeitsbeginn die gewohnten Wege zu laufen und sich so auf den Tag vorbereiten zu können. Die Anfertigung ihrer Sommerkollektion geht gut voran und Annalena beschließt, bis zum Donnerstag noch ein Halsband für Bettina zu fertigen.

Als Annalena am Donnerstag gegen Abend durch die Gartentüre tritt, sieht sie die Kinder von Charlotte und Henner über die Wiese springen. Jemand hat das alte Holzkricketspiel aus dem Gartenhaus hervorgeholt und die Kinder spielen begeistert mit Robert und Holger.

Charlotte liegt entspannt auf einem Liegestuhl und erhebt sich, als sie Annalena kommen sieht. Auch die Kinder springen fröhlich herbei und begrüßen Annalena.

Annalena, komm, wie schön, dass du da bist. Kinder, lasst die Annalena einmal ankommen, sie hat später sicher noch viel Zeit für euch. Ja, ich freue mich auch, euch alle zu sehen. Das ist wirklich eine Überraschung für mich.

Das haben wir Cornelia und Christoph zu verdanken.

Annalena begrüßt die Gäste und setzt sich zu den Eltern von Monika und dem Ehepaar Simon an den Terrassentisch. Auch der Chorleiter hat hier Platz genommen. Unter den Büschen sitzen die Kolleginnen von Lena Maria und winken fröhlich herüber. An der Hauswand ist eine Gartenbank aufgestellt und darauf ein kleines Buffet aufgebaut. Charlotte hat die Musik mitgebracht. Ich bin heute der Diskjockey, ruft sie vergnügt, wir hören südamerikanische Musik, Samba, Tango, Bossa-Nova, das gefällt immer. Und heute ist ein so schöner Abend.

An den Bäumen hängen Papierlampions, ein kleines Feuer brennt an der Grillstelle. Dort braten Henner und Christoph auf kleinen Ästen aufgespießte Bratwürste, Steckbratwürste, in der Glut liegen Folienkartoffeln. Am Buffet locken Brot, Kuchen und Waffeln, Kaffee, Wasser, Bier und Wein.

Annalena hat einen Moment lang das bedrohliche Gefühl, als ob sich eine unsichtbare Wand zwischen sie und die fröhlichen Menschen um sie herum schiebt. Was wollen alle diese Leute und warum müssen sie heute hier sein. Muss ich mich nicht eigentlich um Anderes, Wichtigeres kümmern, muss ich nicht Anderes ernst nehmen. Ist es nicht erst fünf Monate her, seit ich hier alleine in diesem Haus gestanden bin und nicht wusste, wie das, was auf mich einströmte, zu bewältigen ist. Da nimmt Cornelia sie an der Hand und weist auf zwei verspätete Gäste. Es sind der Pfarrer und seine Frau, die etwas zögernd durch den Garten auf die fröhliche Feiergesellschaft zutreten. Der Pfarrer breitet die Arme aus, eine Geste, die sich zu den verschiedensten Anlässen als wohlgeeignet und passend herausgestellt hat, während seine Frau rasch auf Annalena zutritt und sie mit einem festen Händedruck begrüßt.

Wir freuen uns, dass wir wieder einmal hier zu Gast sein dürfen, sagt sie und nimmt damit ihrem Gatten die Gelegenheit eines theatralisch eingefärbten Willkommensgrußes.
Bettina und Monika eröffnen das Buffet, Robert nimmt die Gitarre und setzt sich mit den Kindern an die Feuerstelle. Der Abend vergeht rasch. Annalena beobachtet die Gäste, die, ohne sich näher zu kennen, angeregte Gespräche führen. Wie leicht der Frohsinn daherkommen kann, wie mit sanften Flügelschlägen, denkt sie.
Nach und nach verabschieden sich die Menschen, die hier einen herzlichen Empfang, einen wunderbaren Frühlingsabend und einen nicht minder herzlichen Abschied erfahren durften. Das ist wirklich ein besonderes Haus und ein besonderer Garten, meint Herr Simon zu Frau Henkel und dem Pfarrer gewandt und dessen Frau ergänzt, dass hier auch ganz besondere junge Frauen unter einem Dach beieinander seien.
Aber sie sind auch modern und unternehmungslustig und plagen sich mit den normalen Alltagssorgen, ruft Charlotte dazwischen, die mit ihren Kindern ebenfalls aufbricht.
Der Pfarrer lässt es sich nicht nehmen, die ausgebreiteten Arme als Abschiedsgeste einzusetzen.
An diesen jungen Menschen hat man viel Freude, sagt er, dann verläuft sich die Gruppe auf der Straße. Im Gefälle ist es ruhig und dunkel. Cornelia, die die Gartentüre hinter den Gästen schließt, möchte gerne anfügen, dass es auch Dunkles unter klaren Wasserspiegeln gibt, aber sie schluckt die Worte hinunter, wohlwissend, dass es besser ist, weniger als wenig nach außen dringen zu lassen. Dass wir hier unsere Geheimnisse bewahren, dafür sorgen schon die Raben auf der Gartenbank. Die werden mir immer unheimlich bleiben, vor allem im Dunkeln, denkt sie und tritt rasch wieder zu den anderen in den Lichtschein des Wintergartens. Hier haben sich die restlichen Gäste mit den Hausbewohnerinnen in die verbliebene Wärme des sonnigen Tages zurückgezogen.
Du warst heute sehr ruhig, stellt Robert, zu Annalena gewandt, fest. Ja, ich habe viel an meine Mutter denken müssen. Es ist noch nicht so lange her, dass sie mit mir hier im Garten gesessen ist.

Sie fehlt dir sehr, nicht wahr, meint Monika.
Ja, Moni, aber manchmal denke ich, es ist noch schlimmer, dass ich eigentlich die Letzte bin. Meine Mutter fehlt oder sie mischt sich ein, sodass ich immer wieder an sie erinnert werde. Aber ich weiß nicht, ob sich jemand, wenn ich einmal …
Henner steht auf, geht um den Tisch und nimmt Annalenas Hände. Deine Hände sind eiskalt. Es ist schade, dass Charlotte nicht mehr da ist. Sie hätte dir nun auf ihre Art lebhaft widersprochen, denn für uns alle bist du ein sehr wichtiger Teil unseres Lebens. Und deshalb sitzen wir jetzt auch hier, genau aus diesem Grund. Wir haben nämlich etwas mit dir vor.
Ach so, lächelt Annalena nun wieder, wenn auch etwas zaghaft, das konnte ich mir ja denken, dass Cornelia mit ihrer Einladung mehr im Sinn gehabt hat als eine Gartenparty.
Aber nichts, was ich dir nicht auch hätte unter vier Augen sagen können, wirft Cornelia ein.
Also los, Henner, du musst es ihr sagen, stößt Bettina ihren Bruder an.
Ja, beginnt Henner. Wir haben gedacht, dass wir dir in diesem Sommer helfen werden, den Erkenntnissen und Entdeckungen, die dir seit dem Januar widerfahren sind, auf den Grund zu gehen.
Wie, auf den Grund gehen, fragt Annalena.
Bettina und ich werden in Osttirol in der nächsten Woche die ersten Erkundigungen einziehen, also noch ganz sachlicher Art, beginnt Holger.
Ja, Holger, das ist sehr hilfsbereit. Aber was soll dann geschehen, fragt Annalena und blickt in die Runde ihrer Freunde.
Wir schließen das Geschäft im August für eine Woche. Da ist immer eine Flaute, kaum jemand kauft in der Sommerferienzeit Schmuck. Auch nicht deine wunderschöne Sommerkollektion, antwortet Henner.
Ja, und in dieser Woche werden wir mit dir gemeinsam nach Osttirol fahren. Was du dort im Einzelnen machen wirst, wirst du selbst entscheiden, sagt Cornelia.
Vielleicht gönnen wir uns ganz einfach eine Woche Wanderurlaub. Ich mag auch gerne mitfahren. Und Bettina und Hol-

ger, die wollen Hüttentouren machen, sagt Robert und schenkt noch Rotwein nach.
Ich werde nicht mitfahren können. Ein Bauer bleibt im Sommer auf dem Hof, mischt sich Christoph ein.
Und ich kann meinen Laden auch nicht schließen und das Haus muss auch betreut werden, fährt Monika fort.
Was immer du dort finden oder erkunden willst, es wird jemand von uns in deiner Nähe sein, bekräftigt Henner.
Das ist ... ich finde jetzt die Worte nicht. Und das wollt ihr alles für mich tun.
Nein, Charlotte und ich wollen einfach einmal eine Woche ohne Kinder Urlaub machen, lacht Henner.
Die Freunde reden noch in die Nacht hinein, bis ihnen Standuhr und Wanduhr im Haus die erste Morgenstunde anzeigen. Am Ende bleibt nur Cornelia noch bei Annalena am Tisch sitzen. Annalena hat sich eine Decke um die Schultern gelegt und spielt mit dem Verschluss an der Botanisiertrommel.
Stört dich das Schlagen der Uhren im Haus, Cornelia, fragt sie und sieht ihre Freundin an.
Nein, es gehört wohl zu diesem Haus und zu dir, gibt diese zurück.
Ja, das wird wohl so sein. Aber der Glockenschlag ruft mir auch immer ins Bewusstsein, dass die Zeit nicht stillsteht, auch wenn ich manchmal dieses Gefühl habe. Dieses Gefühl der stillstehenden Zeit. Cornelia, jetzt muss ich dich noch etwas fragen. Neulich, als die Simons abends vorbeigekommen sind und Herr Simon von seiner Mutter erzählt hat, da hat er am Ende noch etwas gesagt, an das ich mich nicht erinnern kann. Ich war schon müde und unaufmerksam. Weißt du es noch. Ich habe es nicht ernst genommen oder ich habe mich gesträubt, es ernst zu nehmen. Unser Nachbar hat von Stimmungen gesprochen, von emotionalen Haltungen wie Angst, Abneigung oder Vorlieben, die ein Individuum von seinen Eltern oder Großeltern unbewusst übernimmt und mit sich trägt. Die können aber nur erklärt und bewältigt werden, wenn diese Emotionen bei der vorhergehenden Generation entdeckt und entschlüsselt werden. So habe ich das verstanden.

Danke, Cornelia. Das ist mir wirklich entglitten. Ich muss darüber nachdenken.
Bettina kommt herein.
Monika ist schlafen gegangen. Die Küche ist halbwegs aufgeräumt, den Rest mache ich morgen früh vor meiner Abreise, Holger holt mich mit dem Bus ab. Wir bringen dann noch das Altglas fort.
Danke, Bettina. Schau, ich wollte dir noch etwas auf die Reise mitgeben.
Annalena zieht eine kleine Schachtel aus ihrer Rocktasche.
Hier, das soll dich beschützen. Dass du nur gesund wiederkommst.
Bettina öffnet die Schachtel. Darin liegt ein eine gedrehte Wollkordel mit einem Anhänger aus Silber.
Das ist wunderschön. Das ist aus deiner Sommerkollektion. Mein Großvater ist sehr beeindruckt von deinen Entwürfen. Und ich darf es tragen
Ja und du darfst es behalten. Es soll dir Glück bringen.
Cornelia schaut den Halsschmuck an.
Es erinnert mich, beginnt sie.
Ja, es erinnert uns, aber es ist auch ganz neu und anders, gibt Bettina zurück.
Es gibt nichts, was unverändert wiederkommt, bekräftigt Annalena. Nur liegt es an uns, die Veränderungen herbeizuführen. Aber jetzt ist Schlafenszeit. Gute Nacht und danke für diesen schönen Abend.

Im Schlaf ist Annalena wieder ein kleines Kind. Sie steht auf einer Blumenwiese und rings umher sind hohe Berge mit Schnee bedeckt. Der Himmel ist von einem tiefen Blau. Von den Bergen stürzt sich ein Wasserfall in die Tiefe, er sieht aus wie wallendes graues Frauenhaar. In der Luft ist ein lautes Summen. Frauen in weißen Kleidern tanzen über der Wiese, ohne mit den Füßen den Boden zu berühren. Sie halten sich an den Händen und stellen sich im Kreis um sie herum. Sie heben die Hände und schauen ernst auf sie herab. Sie legt sich in die Wiese zu Wollgras, Speik und Schusternagelen. Sie hört von fern die Frauen flüstern. Sie hat etwas nicht ernst genommen, aber was war es nur. Das Kind richtet sich auf, schaut zu den Frauen, die so ernst schauen, und flüstert, dass die Mutter gesagt habe, es brauche keine Angst zu haben. Dann schließt es die Augen und schläft ein.

Am Abend vor ihrer Abreise nach Berlin, nachdem sie den Nachmittag über die längst notwendigen Hausarbeiten verrichtet, ihr Dachzimmer endlich wieder einmal in Ruhe gründlich geputzt, im Garten das Vogelhaus gesäubert und abgespritzt und zuletzt noch das Gartenhaus vom Winterschmutz befreit hat, zieht sich Annalena müde in das große Wohnzimmer zurück. Es ist ungewohnt still im Haus, ihre Mitbewohnerinnen sind über die Pfingsttage ausgeflogen. Über dem Garten steht noch ein mildes Abendlicht. Bettina wird schon in Lienz sein, denkt Annalena. Wie es ihr dort wohl ergehen wird. Sicher wird sie viel Neues und Interessantes kennenlernen, auch neuen Menschen begegnen und das Exkursionsprogramm mit Eifer verfolgen. Während ich hier Trübsal blase und meine, das Leben draußen geht ohne mich weiter. Aber nein, das ist nicht richtig, sie hat der Mutter ein Versprechen gegeben und es dauert eben, bis die Knoten sich lösen. Und das Versprechen bindet sie an ihre Mutter, oder vielleicht ist es auch umgekehrt. Ich hätte nicht gedacht, dass es Grenzen gibt, die wir als gegeben hinnehmen und die sich dann auflösen, die wir überschreiten können. Diese Erfahrung kann von Ängsten begleitet sein, aber nicht von Trübsal und von Ärger schon gar nicht.
Sie steht auf, bereitet sich in der Küche einen Cappuccino und nimmt ihn mit in das Wohnzimmer. Aus dem Bücherregal nimmt sie einen Bildband von Osttirol, lehnt sich auf dem Sofa zurück und beginnt, darin zu blättern, bricht nach den ersten Bildseiten ab und legt eine der Langspielplatten mit Volksliedern aus den Alpen auf, die Gruppe heißt *Altmatreier Volksmusik*. Bei den ihr fremden Klängen von Akkordeon, Bassgeige, Blasinstrumenten und klaren Männer- und Frauenstimmen vertieft sie sich wieder in die Aufnahmen einer ihr ebenfalls fremden Berglandschaft. Majestätisch sind da die Gipfel, steil die Felsen, lieblich die Täler, geduckt wie hingeworfen die Häuser auf den Bergwiesen, die

Kirchen weisen gegen den Himmel, von dem alles kommt, Gutes wie Böses. Die Menschen mehr kantig als weich, freundlich und ohne Scheu, erprobt im Leben. Das letzte Lied ist schon verklungen, der Kaffeerest im Becher längst kalt geworden, da bleibt ihr Blick an der Überschrift *Tauerntal* hängen. Sie setzt sich auf und legt das Buch aufgeschlagen auf den Tisch und schaut nun aufmerksamer als zuvor, nichts erscheint ihr hier mehr nebensächlich. Sie verfolgt mit den Augen den Weg von Matrei über Prosegg, Gruben, Berg, Raneburg bis zu einer kleinen Almgruppe an einem steilen Berghang, davor ein reißender Gebirgsbach, danach kommt eine Großaufnahme vom Gschlösstal mit dem stattlichen Matreier Tauernhaus, umgeben von kleinen Almhütten und einer Kapelle. Davon hat Herr Gelsen erzählt, er war mit dem Großvater dort, am Ende des Krieges, erinnert sich Annalena. Er war später so fasziniert von der Schönheit der Gebirgslandschaft, aber seine Frau zog es fort von dort, sie konnte dort nicht bleiben. Annalena schlägt eine Seite zurück. *Gschildalm am Felber Tauern*. Das kennt sie. Das Motiv hat die Urgroßmutter Magdalena gemalt, sie hat es in Marlenes Mappe gefunden, zusammen mit Bettina, es ist erst vor kurzer Zeit gewesen. Aber sie hat nicht daran gedacht, dass dies alles eine Realität hat, eine Realität, die greifbar und erreichbar ist, nicht verschwommen wie in den Träumen der Nächte. Annalena geht zum Plattenspieler und legt die Langspielplatte zurück in die Hülle. Nein, diese Musik sagt mir heute wenig und auch dieses kleine Osttirol ist mir noch nicht nähergekommen, aber ich kann nun nicht mehr zurück. Es gibt eine Auflösung aller Fragen, vielleicht auch eine Verschiebung der Grenzen des denkbar Möglichen. Sie geht in den Flur, nimmt ihr Handy und schreibt eine SMS.

Hallo Bettina. Die Häuser auf der Zeichnung liegen etwas talauswärts vom Matreier Tauernhaus. Die Alm heißt Gschild. Du wirst sie leicht finden. Vielleicht kannst du von dort auch den Wildenkogel sehen. Gruß Annalena
Der kleine Reisekoffer ist gepackt. Am nächsten Morgen wird sie in die entgegengesetzte Himmelsrichtung fahren.

Zita Resinger tritt in den frühen Morgenstunden aus ihrer Almhütte beim Matreier Tauernhaus, legt ihren Kleiderschurz ab, schnürt ihre Schuhe und nimmt den Hirtenstab. Sie sperrt die Haustüre zu und tritt auf den kleinen Vorplatz hinaus, nimmt den Gschlösser Weg über die Wohlgemuthalm und biegt dann in einen schmalen Pfad ein, der steil aufwärts durch den Wald zum Tauernwegkreuz führt. Dies ist der alte Samerweg, auf dem früher die Menschen über den Felber Tauern auf die salzburgische Seite gingen. Früher, als es noch keinen Tunnel und keinen Verkehr gab und die Lasten in Buckelkörben und auf Pferden über den alten Weg weitergebracht wurden. Ihr ist der Weg, jede Kehre, jeder Baum, bald schon jeder Stein vertraut, unzählige Male ist sie den Pfad als Sennerin heraufgestiegen. Und auch früher schon, als junges Madl, als sie sich als Jätegitschn im Sommer im Salzburgischen verdingt hat. Beim Tauernwegkreuz verweilt sie kurz und steigt dann weiter zum Zirbenkreuz auf. Von hier hat man einen guten Blick auf den Großvenediger und auf den Wildenkogel. Hier oben sind so früh im Jahr kaum Menschen unterwegs, die Wanderer kommen erst später im Juni von der St. Pöltener Hütte herunter und auf dem alten Weg steigt kaum einmal ein Fremder herauf, weiß die alte Frau. Am Zirbenkreuz setzt sie sich auf den grasbedeckten Boden und schaut in die Weite. Der Himmel ist blau, über dem Großvenediger hängt eine weiße Wolke. Das Wetter wird wohl halten, denkt sie. Auf der anderen Talseite fallen die schroffen Felshänge des Wildenkogels steil ab, daneben der weite Löbbenboden und darüber der Wasserfall, der vom Löbbensee herunterfällt, wie wallendes graues Frauenhaar. Zita lehnt sich an das Kreuz, bindet ihr Kopftüchl fester, denn ein kalter Windzug weht von den Höhen herab und lässt das junge Wollgras schwanken. Sie denkt über den gestrigen Tag nach. Eine junge Frau aus Deutschland hat an ihrer Haustür geklopft und sehr höflich um eine Auskunft gebeten. Der Wirt vom Tauernhaus hatte sie herübergeschickt, sie suche eine Person, die sich an den Frühsommer nach dem Großen Krieg erinnern könne. Natürlich konnte sich Zita an den Sommer erinnern, als der Große Krieg zu Ende war. Sie hätte auch erzählen können von dem jungen Mann, den sie damals im Gschlössbach gefunden haben, der Bruder und die Geschwister, und wie er auf Lienz gebracht worden ist. Aber sie hat nicht viel gesagt zu der jungen Frau. Da war ja noch etwas gewesen, Jahre später. Eine junge Frau aus Deutschland hatte mit ihr gesprochen, der sie die Geschichte von dem Kosak, wie es bei ihnen geheißen hatte, anvertraut hatte und die kurz darauf das Gschlösstal verlassen hatte. Und dann noch einmal, in dem ersten Regensommer, als eine Fremde nachgefragt hatte, nach einem jungen Mann und nach einer Hütte und auch etwas über die Saligen wissen wollte und dann für immer verschwunden war, am Wildenkogel. So war sie am Vortag vorsichtig mit ihren Auskünften gewesen. Die junge Frau hatte einen silbernen Anhänger um den Hals getragen, eine feine Arbeit, mit Speik, Schusternagelen und Wollgras, darüber haben sie dann geredet. Zita kannte diese Art der Darstellung, verwahrte sie doch immer noch ein fein gewobenes Schnäuztüchl mit einer ähnlichen Stickerei in ihrer Lade unten, in ihrem Hof im Tal. So hat sie der jungen Frau am Vortag nur eine ausweichende Antwort gegeben. Sie wolle im Sommer wiederkommen, hatte diese versichert. Bettina hat sie geheißen und sie werde eine Verwandte mitbringen, die sich Gewissheit über den Verbleib ihres Großvaters verschaffen wolle. Auch eine Tante sei hier im Gschlösstal verschwunden, vor vierzig Jahren, von der hätte niemand mehr etwas gehört, draußen, in Deutschland. Die Verwandte, die im Sommer mitkommen wird, hat auch den Anhänger gefertigt, hat die junge Frau erzählt. Zita hat ihr versprochen, sich bis dahin umhören zu wollen. Die Berger Agnes hat darüber sicher etwas gewusst, sie müsste einmal nach Gschild gehen und schauen, wer dort jetzt in den Sommermonaten in der Alm wohnt, geht es ihr durch den Kopf. Zita lehnt den Rücken an das mächtige Holzkreuz und schließt die Augen. Von der Ferne her weht das Summen herüber, das sie schon lange nicht mehr vernommen hat. Es ist unruhig geworden in dieser Welt, denkt sie. Früher, vor dem Großen Krieg, gab es noch keinen Radioapparat, keinen Telefonapparat und keine Fremden, die heute mit Autos und Bussen in Scharen durch das kleine Land und über die Berge bis zum Tauernhaus gelangen. Früher, als die Nächte noch finster und die Tage oft nicht hell waren, haben die Leute sich noch die alten Geschichten erzählt und an die alten Mächte geglaubt, an die Wilde Jagd, die Saligen Fräulein, die Hulden, die Perchten und die Venedigermandln. Das hat heute alles keinen Wert mehr, aber vielerlei gibt es zwischen dieser Welt und dem Himmel dort oben, das sich nicht allen Menschen zeigt. Es ist besser, darüber zu schweigen. Die alte Frau erhebt sich mit Mühe, nimmt ihren Stab und blickt noch einmal zum Wildenkogel hinüber. Sie wird sich zunächst einmal in Gschild umsehen. Die Agnes hat noch mehr gewusst, als noch später, nach dem Hochwasser, das war 1965, die Gendarmen gekommen sind und nachgefragt haben, nach einer deutschen Wanderin. Niemand hat etwas gewusst, außer der Agnes, da hat ein jeder selbst genug zu tun gehabt mit Aufräumen, aber die hat stille geschwiegen. Die Agnes ist schon gestorben, letztes Jahr, denkt Zita und macht geschwind ein Kreuzzeichen. Vielleicht weiß die Tochter etwas zu erzählen, oder der Bruder von der Agnes, der Peter Paul, der ist noch gut auf den Beinen und klar im Kopf, wie sie selbst. Jetzt wird sie den Steig hinunter nach Außergschlöss nehmen, auch will sie ein wenig Wasser vom Frauenbrunn abfüllen, der dort am Wege liegt und geschwind einen kurzen Rosenkranz in der Felsenkapelle beten. Hat alles seine Richtigkeit und sich um Hilfe von allen Seiten zu versichern, kann gewiss nicht schaden. Ein wenig neugierig ist die alte Frau schon auf diesen Besuch im Sommer, das gibt sie gerne zu. Dass noch einmal jemand kommen und fragen würde, nach so langer Zeit, damit hat sie mitnichten gerechnet.

Erst in der letzten Maiwoche sitzen die Frauen wieder an einem Abend zusammen. Der Mai ist mit außergewöhnlich hohen Temperaturen ins Land gezogen. Monika gießt noch die Gemüsepflanzen, Annalena zupft Unkraut aus den Blumenbeeten. Cornelia blättert auf der Terrasse in einer Zeitschrift und Bettina ist mit ihrem Mobiltelefon beschäftigt.
Eigentlich ist es hoch an der Zeit, dass ihr mir eure Ferienerlebnisse berichtet, ruft Monika herüber. Ich bin jetzt fertig, nur noch Händewaschen.

Ja, ich auch, ruft Annalena und streckt den Rücken durch. Wie heiß es heute doch ist.
Heute ist der Namenstag von Urban. *Wie sich das Wetter an St. Urban verhält, so ist es zwanzig Tage bestellt,* erklärt Monika, die wieder vom Haus hinaus in die Sonne tritt.
Wer war Urban, fragt Bettina.
Urban war ein früher christlicher Bischof in Rom und wurde auf Befehl des Kaisers Alexander Severus enthauptet, das war im dritten Jahrhundert nach Christus, erzählt Monika eifrig.
Und was hat dieser Heilige mit deinem Blumengeschäft zu tun, fragt Cornelia.
Ja, sein Namenstag zeigt den Bauern und Gärtnern den Beginn des Sommers an, es ist ein wichtiger Lostag. Aber jetzt müsst ihr mir von euren Pfingstferien berichten.
Also, ich fange an, meint Cornelia. Ich war mit einer fröhlichen bunt gemischten Lehrergruppe in Mecklenburg-Vorpommern radeln und die Backsteingotik bewundern. Das war großartig. Die Ostsee ist gewaltig, die Strände sind wunderbar. Robert ist auch mitgefahren. Wir haben sehr viel Neues gesehen, viel Fisch gegessen und die Tage und die langen Abende mit herrlichem Wetter genossen. Und jetzt du, Annalena, wendet sie sich an ihre Freundin.
Ja, aber das wird ein längerer Bericht. Ich glaube, ich hole uns erst noch etwas aus der Küche. Oder möchtest du erzählen, Bettina.
Nein, bei mir wird es auch länger dauern.
Also, dann richten wir uns etwas Gutes und Annalena beginnt dann mit ihrem Ferienbericht, entscheidet Monika und steht auf. Der Terrassentisch ist schnell gedeckt. Brot, Butter, geschnittener Speck und Frischkäse mit Schnittlauch, dazu Apfelwein. Bei uns in Hessen kann man auch gut leben. Aber nun du, Annalena, wie ist es dir in Berlin ergangen, fragt Monika etwas hartnäckig nach.
Berlin ist umwerfend, wenn man wie ich aus der Provinz kommt. Die Reise mit der Bahn war ganz unkompliziert, ich habe auch die Adresse von Frau Hermsdorff leicht gefunden. Sie wohnt in einer Altbauwohnung ohne Lift in Berlin Kreuzberg, das ist ein

sehr lebendiges Viertel. Wir haben natürlich viel geredet. Die Frau Hermsdorff ist nicht mehr so beweglich, sie wird bald achtzig, aber wir haben in den zwei Tagen doch einiges unternommen. Eine Spreerundfahrt bei Nacht, gleich nach meiner Ankunft mit Bouletten und Berliner Weiße. Am Montag haben wir das Pergamonmuseum auf der Museumsinsel besucht und dann mussten wir noch in ihre Lieblingskneipe, gleich um die Ecke. Das war auch super, die Frau Hermsdorff hat dort einen Stammtisch mit Kollegen von früher. Ich finde, die Berliner sind sehr offene Menschen. Und am Dienstag habe ich erstmal das Jüdische Museum besucht, das hat mich sehr angestrengt, ich habe dann irgendwo einen Kaffee getrunken und dann habe ich Gisela besucht. Cornelia, kennst du Gisela noch.
Gisela. Du meinst die Gisela aus unserer Klasse. Das war eine sehr gute Schülerin. Nein, leider, ich habe sie ganz aus den Augen verloren. Hast du sie dort getroffen.
Ja. Ich habe sie vorher angerufen. Gisela ist Kindergärtnerin geworden und nach Berlin gegangen. Sie ist verheiratet, hat selbst drei Kinder und hat in einem wunderbaren Haus mit einem großen Garten in Charlottenburg, das ist von ihrem Mann, einen eigenen Tageshort für Kinder eröffnet. Da habe ich sie besucht. Am Abend haben wir dort mit ihrer Familie im Garten gegrillt und ich habe auch einen Freund von der Familie, Laurenz, kennengelernt. Er ist ein begeisterter Bergsteiger und will im Sommer unbedingt mit uns in Osttirol auf die Berge gehen.
Davon hast du deinen Bekannten in Berlin erzählt, fragt Bettina erstaunt und blickt Annalena an.
Ja. Wir haben von unseren Sommerplänen geredet. Den eigentlichen Grund habe ich natürlich verschwiegen. Es sind ja fast fremde Menschen für mich gewesen, aber mit Gisela habe ich mich gleich wieder gut verstanden, so als sei unsere gemeinsame Schulzeit gestern erst zu Ende gegangen.
Konnte Frau Hermsdorff dir weiterhelfen. Das war doch der eigentliche Grund deiner Reise, mischt sich Cornelia ein.
Es bleibt einen Augenblick still am Tisch. Annalena blickt gedankenverloren in das Grün des Gartens.

Frau Hermsdorff hat mir viel erzählt, aber eigentlich nichts Neues, also vieles habe ich schon von Tante Lenchen, von Onkel Joachim und Onkel Jochen, auch von Frau Schorn und Herrn Gensen und von der Freundin von Marlene, Lilli, erfahren. Sie hat nach dem Tod meiner Großmutter 1995 alles, was sie 1945 und in den Jahrzehnten später erlebt hat, auf eine Kassette gesprochen. Mit dem Tod meiner Großmutter, so meinte sie, hat auch für sie ein Lebensabschnitt geendet. Erst kürzlich, als sie sicher war, dass ich sie besuchen werde, hat sie die Kassette auf eine CD überspielen lassen. Die hat sie mir mitgegeben, in einer kleinen Schachtel. Ich sollte die Schachtel öffnen, wenn ich einmal viel Zeit hätte, es würde nicht eilen, hat sie gemeint. Das werde ich auch tun, also nicht so nebenbei, sondern in Ruhe.
Du bist doch eigentlich immer ruhig, hektisch kenne ich dich nicht, unterbricht Monika den Redefluss von Annalena.
Denkst du gar nicht mehr an die Gelassenheit, die uns Matthias Claudius angeraten hat, fragt Cornelia.
Das mag schon sein, dass ich nach außen so wirke. Aber innerlich sieht es oft ganz anders aus. Ich war in letzter Zeit so unsicher. Ich kann doch nicht immer in der Vergangenheit nach etwas suchen, wovon ich nicht weiß, was es sein wird. Ich denke, deshalb habe ich in Berlin Gisela angerufen, einfach, um einmal wieder mit Menschen zusammenzukommen, die von meiner Geschichte und meinem Suchen, von meinen Ängsten nichts wissen. Ich habe ihre Nummer schon nach unserem letzten Klassentreffen in meinem Mobiltelefon gespeichert. Und mein Besuch bei ihr und ihrer Familie hat mir richtig gutgetan, hat mich auf andere Gedanken gebracht. Jetzt kann ich die Fäden wieder aufnehmen.
Den Ariadnefaden, ergänzt Bettina.
Und bei dir, Bettina, wie war es auf deiner Exkursion, fragt Cornelia.
Oh, es war sehr spannend und überhaupt super. Seid ihr nächste Woche zu Wochenbeginn am Abend zu Hause, dann werde ich euch Fotos zeigen und erzählen. Da wird wohl länger dauern, heute ist es schon zu spät.

Gut, meint Monika, ich bin da und werde im Garten auf euch warten. Es ist schon wieder Zeit, die Zwiebeln von Tulpen, Krokussen und Narzissen aus der Erde zu nehmen und Sommerblumensamen einzusäen. Im Gemüsebeet ist auch einiges zu tun. Wie schnell das geht. Jetzt ziehen sich unsere ersten Frühblüher schon wieder in die Erde zurück. Wenn ich früh genug zu Hause bin, werde ich dir helfen, schließt sich Cornelia an.
Geht ihr nur schlafen, ich bleibe noch ein wenig sitzen, sagt Annalena.
Darf ich noch einen Moment bei dir sitzen bleiben, fragt Bettina. Ich möchte dir noch etwas von diesem Kinderbuch erzählen, das wir in der Schachtel von Marlene gefunden haben.
Dass du daran gedacht hast, freut sich Annalena. Aber komm, wir gehen hinein, jetzt ist es mir zu frisch hier im Freien.
Bettina folgt Annalena zu dem großen Tisch, dort greift sie nach dem Buch und blättert darin.
Zuerst einmal zu der Autorin, Lisa Tetzner. Sie ist am Ende des 19. Jahrhunderts geboren, hat die Soziale Frauenschule in Berlin besucht und sich vor allem dem Sammeln und Erzählen von Märchen gewidmet, bevor sie ab Mitte der Zwanzigerjahre Leiterin der Kinderstunde beim Berliner Rundfunk wurde. 1933 emigrierte sie in die Schweiz, zusammen mit ihrem Mann, den sie in der Wandervogelbewegung kennengelernt hatte. Ihr Mann, Kurt Kläber, nannte sich selbst einen Berufsrevolutionär für Gerechtigkeit, er war ebenfalls Autor und Reporter. Ihr Kinderbuch *Hans Urian. Eine Weltreise* wurde 1929 gedruckt und stand auf der Liste der von den Nationalsozialisten verbrannten und verbotenen Bücher. Darin geht es um einen Jungen, Hans, aus sehr armen Verhältnissen, der auf der Suche nach Brot für seine kranke Mutter einen sprechenden Hasen trifft, der fliegen kann. Eigentlich will Hans mit dem Hasen in das Wunderland Amerika fliegen, doch sie landen erst einmal in Grönland und dann fliegen sie um die ganze Welt. Überall erfahren sie nur Ausbeutung, Geldgier und Elend, in Amerika, in Afrika, in China. Nur in der UdSSR behandelt man sie menschlich. Am Schluss macht Hans sich auf den Weg nach Hause.

Das Buch muss ich unbedingt lesen, meint Annalena. Danke, Bettina für deine Recherchen. Du bist so gründlich. Manches wird dadurch sehr klar, ich meine die Geisteshaltung meiner Urgroßeltern. Die kommt einer sozialrevolutionären Einstellung sehr nahe und muss ihre Kinder Wolfgang und Marlene sehr geprägt haben. Jetzt kann ich auch besser einordnen, was mir Onkel Joachim erzählt hat, über das Gerede der Nachbarn und Bekannten, als Wolf und Magdalena verschollen waren.
Was hat mein Großvater erzählt, fragt Bettina.
Ja, dass die Leute gemunkelt haben, sie seien Anhänger des Schutzbunds in Österreich geworden und später in die Sowjetunion emigriert. Das ist natürlich ganz unrealistisch, aber dass die Leute solchen Vermutungen anhingen, zeigt doch, dass ihre Einstellungen nicht unbemerkt geblieben sind.
Dabei waren sie politisch nicht aktiv, oder, fügt Bettina an.
Nein, Parteibücher, Abzeichen oder Ähnliches haben wir bei ihren Sachen nicht gefunden.
Ja, das braucht es vielleicht gar nicht. Es reicht schon, wenn eine Person sich ein wenig anders verhält, anderen Interessen anhängt, andere Bücher liest, andere Musikrichtungen als die Massen bevorzugt, um zum Außenseiter zu werden. Und vom Außenseiter zum Verfemten und Verfolgten ist es manchmal gar nicht weit. Aber ich gehe jetzt auch hinauf. Gute Nacht, Annalena, bleib nicht mehr gar so lange auf.
Als auch Bettina einen Stock höher gegangen ist, legt Annalena die Schallplatte mit der Aufnahme des Elias Oratorium von Mendelssohn-Bartholdy auf den Abspielteller. Beim Hören dieses Werkes ist ihr die Mutter und auch ihr Sterben immer sehr nahe, spürt sie auch immer die eigene Verlassenheit, aber heute mischt sich auch anderes ein. Sie vernimmt auch die Verzweiflung dieses Propheten und seinen Kampf gegen Irrglauben und Vielgötterei. Immer wieder kann man Neues erfahren und von allen Seiten können Kraft und Herzlichkeit auf uns kommen, denkt Annalena, löscht das Licht, als der Schlusschor verklungen ist und steigt hinauf in ihre Dachkammer.

Im Schlaf ist Annalena wieder ein kleines Kind. Sie steht auf einer Blumenwiese und rings umher sind hohe Berge mit Schnee bedeckt. Der Himmel ist von einem tiefen Blau. Von den Bergen stürzt sich ein Wasserfall in die Tiefe, er sieht aus wie wallendes graues Frauenhaar. In der Luft ist ein sehr lautes Summen. Frauen in weißen Kleidern tanzen über der Wiese, ohne mit den Füßen den Boden zu berühren. Sie halten sich an den Händen und stellen sich im Kreis um sie herum. Sie heben die Hände und schauen ernst auf sie herab. Zwischen ihren Händen haben sie Netze aus Fäden gespannt. Annalena legt sich in die Wiese zu Wollgras, Speik und Schusternagelen. Sie hört von fern die Frauen flüstern. Sie hat etwas nicht ernst genommen, aber was war es nur. Das Kind richtet sich auf, schaut zu den Frauen, die so ernst schauen, und flüstert, dass die Mutter gesagt habe, es brauche keine Angst zu haben. Es schließt die Augen und im Einschlafen sieht es, wie die Frauen über ihr ein dichtes Netz weben, das das Himmelsblau verdrängt.

Der Gendarmerieposten Kommandant von Matrei in Osttirol schaut aus dem Fenster seines Dienstzimmers nahe dem Rauterplatz und gibt ein kräftiges Herrschaftszeiten von sich. Das Faxgerät hat ein Fax vom Landesgendarmeriekommando aus Innsbruck ausgeworfen, eine Aufforderung, die Archive einzusehen und zu durchforsten, jetzt, vierzig Jahre nach Neugründung der österreichischen Gendarmerie nach dem Zweiten Weltkrieg. Wie steht es da geschrieben. Alle geklärten Fälle seien unverzüglich samt Unterlagen und Asservaten nach Innsbruck zu überstellen. Und was soll mit den ungeklärten Fällen geschehen. Der Gendarmeriebeamte liest nach. Alle ungeklärten und offenen Fälle der letzten zwanzig Jahre sind nochmals aufzurollen, ältere Fälle seien an das Landesgendarmeriekommando in Innsbruck zu vermitteln. Der Polizeibeamte seufzt. Nun, viel wird ihnen nicht unterkommen, er selbst kann sich an nur wenige Fälle erinnern, die nicht restlos geklärt worden sind, eher Einbruchsdelikte und Alpinunfälle. Dem Herrgott sei Dank. Er überträgt seinem jungen Kollegen die Aufgabe, das Archiv und die Asservatenkammer laut Anordnung aus Innsbruck zu ordnen, sicherheitshalber von allen Unterlagen Kopien für die Matreier Gendarmerie zu fertigen und diese ordentlich zu verwahren, dann die Post zusammenzustellen und auf den Weg nach Innsbruck zu bringen. Die Restbestände werde er sich selbst vornehmen und sich dabei Zeit lassen, es gibt auch sonst noch einiges zu tun, jetzt, wenn die Sommersaison beginnt und die Fremden einfallen wie die Heuschrecken. Manche sind unverbesserlich, meinen, alles ungefragt am besten zu wissen, begeben sich und andere am Berg in größte Gefahren. In weinlauniger Stimmung kommt es auch immer wieder zu Situationen, in denen die Gendarmen mit Fingerspitzengefühl arbeiten müssen, die Fremden sind Gäste des Landes und wollen als solche behandelt werden. Er legt die Hände auf den Schreibtisch und schaut aus dem Fenster. Er ist schon einige Jahre hier der Postenkommandant und hat diese Dienststelle nach seinem Dienstantritt vor nun gut zwanzig Jahren nie gewechselt, hat es zu etwas gebracht in der Marktgemeinde, ist angesehen und kompetent. Von Kompetenzen wird ja heutzuta-

ge immer mehr gesprochen. Aber wer könnte ihm bei der Aufarbeitung des Archivs noch helfen, sinniert er. Er beugt sich zu seinem Diensttelefon und wählt die Nummer von einem pensionierten Kollegen und Bergwachmann, der alles, was sich jemals während seiner Dienstzeit in Matrei zugetragen hat, wie in einem Geschichtsbuch in seinem Gedächtnis gespeichert hat. Den müsste er fragen. Es wird ein kurzes Gespräch und der frühere Kollege erklärt sich erfreut bereit, sein Wissen zur Verfügung zu stellen, für eine so hohe Sache, ist doch selbstverständlich. Es dauert doch einige Tage, bis der junge Polizeibeamte das Archiv geräumt hat und in dem Kellerraum, in dem sich früher einmal das Gefängnis von Matrei befunden hat, nur noch einige wenige Akten und Asservate verblieben sind. Er trägt sie in einem Waschkorb hinauf in das Dienstzimmer des Postenkommandanten und dieser und sein pensionierter Kollege vertiefen sich an einem ruhigen Vormittag in die Unterlagen. Manches können sie gleich dem jungen Kollegen zur Weiterbeförderung nach Innsbruck übergeben, da die Delikte, seien es Sachbeschädigung oder Einbruchsdiebstahl oder leichte Körperverletzung nach Raufhandel, bereits verjährt sind. Am Ende bleiben neben einer Aktennotiz von 1945 nur zwei schmale Ordner und eine Schachtel mit Verwahrstücken im Korb liegen. Die beiden beschließen, erst einmal beim Metzger Mühlstätter eine Jause einzunehmen und eine Zigarettenpause einzulegen. Der Schreibkraft im Journaldienst tragen sie auf, einen starken Kaffee zu kochen und es liegt wohl am Eifer des pensionierten Kollegen, dass die Arbeit kurz nach Mittag wieder aufgenommen wird.
Die Aktennotiz ist ein handschriftlicher Vermerk aus den Junitagen 1945, die Unterschrift unter dem Stempel der Behörde ist unleserlich, der Inhalt umfasst nur wenige Zeilen. Der Postenkommandant liest laut vor: Leichenfund beim Matreier Tauernhaus. Eine männliche Leiche wurde am Ufer des Gschlössbaches von Kindern gefunden. Eine Identifizierung war nicht möglich, der Leichnam war schon einige Wochen im Wasser gelegen. Die Kleidung ließ einen geflohenen Kosaken vermuten. Der Leichnam wurde nach Lienz und dort auf dem Friedhof in der Peggetz unter

die Erde gebracht. Das werden wir nicht mehr aufklären, das ist unwahrscheinlich, sinniert sein älterer Kollege, worauf sie es dem jungen Kollegen zur Weiterleitung nach Innsbruck aushändigen. Der Postenkommandant bittet diesen aber noch, gut leserliche Kopien von der Aktennotiz zu fertigen und diese zurück ins Archiv zu bringen. Er weiß es nicht, gibt er zur Antwort, als ihn der Ältere nach dem Grund fragt. Es sei halt so, aus dem Auge, aus dem Sinn und auch nach Jahrzehnten ist ein Todesfall im Zuständigkeitsbereich seines Gendarmeriepostens nichts, was einfach so vernachlässigt werden darf, versucht er, seinem alten Kollegen zu erklären. Das muss er aber nicht weiter ausführen, denn dass es einem Gendarmeriebeamten nicht gleichgültig sein dürfe, wenn ein Fall nicht gelöst worden sei, das sei doch logisch und eine Ehrensache. Einer der Ordner umfasst nur wenige Seiten, es ist eine Vermisstenanzeige aus Deutschland, ausgestellt in Marburg a. d. Lahn im September 1965, vermisst wurde eine weibliche Person, geboren 1922 namens Marlene Weiss. Ein Begleitschreiben einer Verwandten enthält die Bitte um Nachforschungen, da sich die gesuchte Person dem Vernehmen nach zuletzt im Raum Matrei aufgehalten haben soll. Es folgt ein offizielles Amtshilfeersuchen der Polizei in Marburg, in dieser Sache Nachforschungen anzustellen.

Der Postenkommandant kann sich vage an den Fall erinnern, das war zu Beginn seiner Zeit hier auf diesem Gendarmerieposten, er war ein junger und noch unerfahrener Gendarm, alles war neu und aufregend. Auch die Arbeitsbedingungen waren andere, es gab nur wenige Telefonapparate in Matrei, auch Funk gab es keinen, geschrieben wurde auf mechanischen Schreibmaschinen oder mit der Hand, meistens war man mit dem Fahrrad oder im besseren Fall mit dem Motorrad unterwegs, bei Wind und Wetter. Das war auch der Sommer mit den Unwettern, Tauern- und Iseltal standen unter Wasser, überall Muren und Steinschlag. Der Alte erinnert sich auch, aber genauer. Beim Panzlwirt hatte die Frau eine Nacht genächtigt, laut Meldekarte. Sie seien damals im Herbst, als die Wege wieder halbwegs passierbar gewesen seien, noch zum Tauernhaus gefahren und haben die Leute dort befragt, aber von den wenigen Einheimischen, die sie dort angetroffen hätten, hat keiner etwas zu berichten gewusst. Es gab keine weiteren Anhaltspunkte, so hat man die Akte im Archiv verwahrt. Er seufzt. Nicht alles war leicht in seinem Arbeitsleben. Der Postenkommandant nimmt den zweiten Ordner, er ist jüngeren Datums, mit 1967 datiert und betrifft eine Fundsache im alpinen Gelände. Sein Gegenüber macht ein nachdenkliches Gesicht.

Ja, das sei folgendermaßen gewesen. Im Sommer 1966 habe man auch nicht weiter nachforschen können, da sei das zweite Hochwasser gekommen, die Menschen waren verzweifelt wegen der Zerstörungen. Im Sommer 1967 seien die Mander der Bergwacht im hinteren Tauerntal gewesen und hätten den Wanderweg vom Tauernhaus über den Löbbensee und Wildensee zum Löbbentörl und zur Badener Hütte neu gerichtet. Alles sei verlegt gewesen, der Weg zum Teil ganz weggespült, da hätten sie viele Arbeitsstunden gebraucht, um für die Jäger und Wanderer die Steige wieder begehbar zu machen Im unteren Teil, noch unter dem Löbbenboden, hätten sie dann einen Fund gemacht und den zum Posten auf Matrei gebracht. An der Fundstelle haben sie später im Sommer ein überdachtes Wegzeichen aufgestellt, sehr einfach ist das gearbeitet gewesen. Dort hat immer wieder jemand Blumen abgelegt, auch noch in letzter Zeit. Da wird er wohl wieder einmal nachschauen müssen.

Auch der Postenkommandant wird jetzt aufmerksam. Das ist doch etwas, meint er bedächtig. Er zieht die fein säuberlich mit Alpinfund 12. Juli 1967, Fundstelle Aufstieg zum Löbbenboden beschriftete Schachtel zu sich her und öffnet sie. In einem Plastiksack befindet sich ein Füllfederhalter mit den eingravierten Initialen M.W. und eine silberne Halskette mit einem kleinen Anhänger aus Silber mit drei Blumen. Daneben ein paar blaue Lodenstoffreste und ein Rest von einem Wanderschuh. In der Schachtel liegt noch ein Formblatt mit Auflistung der Fundsachen und der Fundumstände. Der Gendarmerieposten Kommandant greift nochmals zu dem dünnen Ordner und liest den Abschlussbericht.

Gottlob, da haben wir nichts übersehen, meint er dann und liest dem Alten den Bericht vor.
Aufgrund der Initialen auf dem Füllfederhalter liegt nach Einschätzung der Behörde der Verdacht nahe, dass es sich bei den gefundenen Stücken um das Eigentum der 1965 als vermisst gemeldeten Marlene Weiss aus Marburg an der Lahn, geboren 1922, handeln könne. Hier ist noch eine Kopie eines RSb Briefes. Man bitte die Empfängerin Anna Weiss seitens des Gendarmeriepostens Matrei, um eine endgültige Klärung der Sachlage herbeiführen zu können, sich mit dem Gendarmerieposten in Matrei in Verbindung zu setzen. Das Schreiben war an Frau Anna Weiss in Marburg gerichtet, erläutert der Postenkommandant. Und dann hat es keine Antwort mehr gegeben, da der Ordner keine weiteren Schriftstücke mehr aufweist. So wird es wohl gewesen sein. Aber das Schreiben muss angekommen sein, es war ein behördlicher Rückscheinbrief, ein solcher geht so leicht nicht verloren. Ist schon seltsam. Hier war dann auch niemand mehr vorstellig. Sollen wir den Akt nun schließen, fragt er sein Gegenüber. Lass ihn im Archiv liegen, man kann nie wissen, entgegnet dieser. Mach eine Kopie vom Akt und Fotos von den Fundstücken, die schickst du dann nach Innsbruck mit dem Vermerk, dass der Akt noch nicht abgeschlossen werden kann. Das kann der Junge tun. Es ist eh wenig, was während so vieler Jahre von uns nicht geklärt werden konnte. Da bekommst du von der Landesbehörde vielleicht noch einen Ehrentotzn, fügt der alte Kollege lachend hinzu.

An einem der letzten Tage im Mai, kurz vor dem Fronleichnamstag, fährt Zita Resinger mit dem Bus hinunter ins Tal, ins Marktle. Die Fronleichnamsprozession lässt sie sich nicht entgehen und auch in ihrem Haus muss sie wieder einmal nach dem Rechten sehen. Sie hat da in ihrer Truhe noch etwas verwahrt und eigentlich beinahe darauf vergessen, nach dem Besuch der deutschen Frau hat sie wieder daran denken müssen. Das will sie holen und bei sich behalten. Der Mann von Zita, der Josef, ist schon eine Weile unter der Erde, in den letzten Lebensjahren ist er gar nicht mehr so recht auf den Füßen gewesen. Nun lebt sie alleine bei ihrem Ältesten und hat es gut, so wie es ist. Aber im Sommer, da zieht es sie hinauf, zum Tauern, da hat das Leben noch eine andere Geschwindigkeit, trotz der Fremden, die jedes Jahr in noch größerer Zahl zum Tauernhaus kommen und von dort ausschwärmen. Das schert Zita wenig, sie betreut die Kapelle neben dem Gasthaus und hält sich eine kleine Schar Goggillin, hilft auch die Viecher treiben, wenn es notwendig ist. Nach der Prozession und einem guten Mittagessen in der Familie von ihrem Ältesten beschließt sie, einmal bei der Theres vorbeizuschauen, das ist die Tochter von der Berger Agnes. Die Agnes war nie verheiratet, aber gut geschaut hat sie auf ihre Tochter, die ist sogar studieren gegangen in Innsbruck und Lehrerin an der Volksschule im Marktle geworden. Die Theres hat von der Mutter ein kleines altes Haus geerbt, ein früheres Söllhäusl, schön gelegen auf der Sonnseiten mit einem ansehnlichen Gartl. Die ist auch nicht verheiratet, aber Kinder hat sie auch keine, Jesus Maria. Zita läutet an der Haustür. Früher ist man bei einem Besuch einfach so eingekehrt, heute muss man erst einmal läuten, daran hat sie sich auch erst gewöhnen müssen, an diese städtischen Sitten. Bei manchen Häusern muss man sogar die Schuhe ausziehen, bevor man in die Kuchl treten darf, wundert sich die alte Frau. Theres öffnet die Tür und freut sich, die alte Bekannte ihrer Mutter zu sehen.

Griaß di, Zita. Magst einakemmen. Hast di ein Zeitl nimmer blicken lassen.

Theres bittet sie herein, mit Schuhen, in die Stube.

Fein hat sie es, die Thresl, muss Zita feststellen.

Hock di nieder. Was treibt dich denn im Sommer öchn von der Alm, möchte Theres wissen, und ausgerechnet zu mir.

Ja, des ist amol so, beginnt Zita und erzählt der Theres alles von der fremden jungen Frau aus Deutschland, die nach einer Verwandten suchen würde, die vor vierzig Jahren im Gschlösstal verschwunden sei.

Da bist du noch oane kloane Gitschn gewesen, du kannst davon nix wissn, aber deine Muetta, die war in Gschild, viele Sommer lang, die hat decht eppes wissn kennen, setzt sie neugierig hinzu. Theres bringt ihrem Besuch einen Häfen Kaffee und einen Teller mit Strauben.

Hier nimm, magst einen Kaffee. I woaß nit, ob ich dir helfen kann. Also, ich bin 1960 geboren, die Muetta hat bei ihren Eltern gewohnt, enten in Huben, am Mattersberg. Der Valtl, mein Großvater, hat den Hof beinah bis zu seinem Tod geführt und dann an den Peter Paul übergeben und die Agnes, also die Muetta, war jeden Sommer mit unseren Viechern in Gschild, bis sie dort die Gemeinschaftsalm gebaut haben, das war so um 1968, nochant haben die Bauern von Huben, also Berger, Holzer, Mentlis, Obenfellner, Mattersberger, Feglitzer und alle, ihr Viech gemeinsam auchngetriebn und von da ab gab es wie heute einen Senner für alle Viecher. Das Almleben wie früher war dann vorbei. Die Agnes hat mir decht oft eppes derzählt, wie das war, 1965, mit dem Unwetter, als ob die Welt untergehen würde. Sie ist mit dem Peter Paul in Gschild gewen, seit Wochen hat es geregnet, die Erde hat das Wasser gar nit mehr aufnehmen kennen, ganze Hänge sein abgerutscht, überall Vermurungen. Der Peter Paul ist auf Huben, nach dem Hof schaugn und seinen Leuten. In Gschild ist dann eine Frau unterkemmen, lei für eine Nacht hat die oane Unterkunft gesucht, die wollte unbedingt zum Wildenkogel, hat sich nit abbringen lassn. Die Agnes hat die Frau nit aufhaltn kennen. Sie ist einfach im Regen verschwundn und spater ist der Peter Paul wieder kemmen und nochant ist der Bach übergangn und tagelang haben sie die Hittn nit verlassn kennen und nit gewisst, wie es herunten im

Tal ausschaut. Zwischen Matrei und Huben ist oan oanziger See gewesen, da sein die Häuser wie beim Kartenspiel oanfach zsammenbrochn. Oben auf den Höfen haben sie weiße Leilach aus den Fenstern ghangn, damit sie herunten sechn konnten, dass da noch jemand lebt. Am Lottersberg hat es das Futterhaus völlig weggeputzt und nach Virgen ist man gar nimmer einakemmen. Auf die Fremde haben die Agnes und der Peter Paul da gar nit aufgdenkt, haben müssen auf sich und das Vieh schaugn. Das ist eigentlich olls gewen. Nochant ist dann die alte Straße wieder notdürftig gerichtet gewen und dann ist wohl amol der Buzz vom Marktle auchn kemmen und hat nachgeforscht, nach der vermissten Frau aus Deutschland, aber die Agnes hat dazue nichts sagen wollen, ist ganz stille gewen. Zwei oder drei Jahre später hat der Wibmer Luis von der Bergwacht einige Funde gemacht, unter dem Löbbenboden, damit hat die Agnes nichts zu tuen haben wellen. Das hat man auch im Osttiroler Bötn lesen können. Der Luis hat dann dort am Weg ein kleines Kreuzle aufgestellt, mit einem Dach und ich weiß noch, dass die Mamme olm Blümlen gebrockt und hinbracht hat, jeden Sommer und ich geh auch noch auchn und tu das Gleiche, weil es der Mamme a Freid wäre. Aber geredet hat sie eigentlich nit über die Sach. Zita Resinger hat ihren Kaffee getrunken und beim Gebäck zugelangt.

A so ist des also gewen, des hun i mir decht denkt, dass die Agnes eppes gwisst hat. Das muss ihr schieche getan haben, sell woll, wendet sie sich an Theres.

Woll, des hat sie sicher lange mit sich umma getrogn, dass sie die Frau hat giehn lassen miassen. Mit mir hat sie lei a hattele geredet, über selle Geschichtn, eigentlich gar nit. Aber des ist olls schon so eine lange Zeit her, des ist schon beinahe vergessen.

Im Sommer so um den Hohen Frauentag, kimmt die Deutsche nochmal mit ihrer Verwandten. Moanst, der Peter Paul kann uns die Alm aufsperrn. Der woaß vielleicht auch noch eppes zu derzähln.

Weißt, Zita, des machen wir so. I bin im Sommer olm viel in Gschild. I hun die Alm vom Peter Paul in Pacht. Wenn die deut-

schen Frauen kemmen, gibst du mir Bescheid, dann kimmst du mit dem Peter Paul und wir können uns in Gschild zsammenhockn. Vielleicht kennen wir a we Licht in des Dunkel bringn.
Die alte Frau schüttelt bedächtig den Kopf.
Woasst, i bin decht schon oan altes Weibetz. I hun schon viel gesechn auf dieser Welt und i hun da so ein Gefühl. Manches Mal ist zu viel Licht auch nix Güts. Hat dir die Agnes eppes derzählt von den Saligen oder vom Speik und sellen Blümlen. Oder von einem toten Kosak im Sommer nach dem Großen Krieg.
Wenn du so redest, da fällt mir das vielleicht decht wieder ein. Aber darüber muss i erst nachdenken. Lass es guet sein für heute.
Theres packt das restliche Gebäck für ihren Besuch in ein Scharmiezl und bringt die alte Frau hinaus vor die Haustür.
Pfiat di, Zita, i melde mich bei dir.
Sie sieht der Besucherin hinterher und geht in Gedanken versunken in ihr Haus zurück.

Der großen Hitze im Mai folgen kühle und nasse Junitage. An einem Abend treffen sich die Bewohnerinnen von dem Haus Im Gefälle im Wohnzimmer, um sich Bettinas Reisebericht anzuhören. Sie haben sich gerade im Wohnzimmer an dem großen Tisch niedergesetzt, schauen den stürmischen Windböen zu, der die Sträucher im Garten herumwirft und hören die Regenfluten an den Scheiben des Wintergartens prasseln, als es, kurz nachdem die Uhren achtmal geschlagen haben, an der Haustür läutet.
Das wird Holger sein, er wollte euch aus erster Hand von Osttirol berichten, erklärt Bettina und eilt zur Haustür. Eine Weile später kommt sie mit dem durchnässten Holger zurück, der die jungen Frauen etwas kläglich anlächelt.
Mein Aufzug entspricht nicht der Wichtigkeit meines Hierseins, bringt er etwas geschraubt hervor, muss dann aber selbst über sich lachen.
Das macht doch nichts, beruhigt Annalena ihren Gast. Es ist sicher für uns wichtig, was du erzählen kannst.
Bettina kommt mit einer Tasse Tee und einem gestrickten Winterpullover, den sich der junge Mann über die Schultern gleiten lässt.

Ich hoffe, es hört auf zu regnen, ich muss heute noch einige Proseminararbeiten korrigieren und wollte mich nicht so lange bei euch aufhalten, aber das, was wir in Osttirol erfahren haben, ist, denke ich, wichtig und deshalb bin ich von der Uni direkt hierhergeradelt.
Dann wollen wir gleich anfangen, mischt sich Cornelia ein. Ich habe auch noch einiges an Vorbereitungen für die letzten Schularbeiten in diesem Schuljahr vor mir.
Ja, ich beginne mit dem Kosakenfriedhof in der Peggetz, den wir in Lienz besucht haben. Im Zweiten Weltkrieg rechnete die Sowjetunion unter der Führung Stalins erbarmungslos mit den verschiedensten Gruppen von sogenannten Staatsfeinden ab. Zu diesen gehörten auch Kosaken-Verbände aus der südlichen Sowjetunion, die ab 1943 dem Rückzug des deutschen Heeres folgten und unter deutschem Oberbefehl an Partisanenkriegen in Jugoslawien teilnahmen. Wegen ihrer Kollaboration mit den deutschen Truppen wurden sie von der Sowjetmacht als Verräter betrachtet. Da sie mit ihren Familiensippen unterwegs waren, waren auch diese massiv durch den Vorstoß der Roten Armee bedroht. Sie gelangten Anfang Mai 1945 über den Plöckenpass in das britisch besetzte Kärnten, ihr Hauptquartier lag in Lienz. Hier lagerten bei Kriegsende mehr als dreißigtausend Menschen mit ihren Pferden, eine Situation, auf die die Bevölkerung mit Angst und Schrecken reagierte. Die englische Besatzungsmacht begann dann in den letzten Maitagen, die Kosaken mit ihren Sippen über einen Zeitraum von etwa zehn Tagen nach Judenburg zu verfrachten und an die Sowjets auszuliefern. Dabei spielten sich unbeschreibliche Szenen ab, die im kollektiven Gedächtnis der Bevölkerung als Tragödie an der Drau erinnert wird. Manchen Kosaken gelang es, sich über Monate hinweg mit Unterstützung von Einheimischen in den Bergen zu verstecken oder über den Felber Tauern weiter zu flüchten. Viele starben auf der Flucht, begingen Selbstmord. Kleine Kinder wurden fremden Einheimische übergeben. Schon bald wurde der Platz an der Drau in der Flur Peggetz zum Begräbnisort von etwa dreihundert aufgefundenen Kosaken, sie wurden hier in den allermeisten Fällen ohne weite-

re Identitätsprüfung begraben. Zunächst wurde der Friedhof von privater Seite erhalten, seit 1977 ist das Österreichische Schwarze Kreuz für die Pflege und Erhaltung der Friedhofsanlage zuständig. Es ist eine eigenartige Anlage, am Fluss, mit Birken und vielen Grabkreuzen, alle einheitlich und ohne Namen, fügt Bettina an. Ja, alle Exkursionsteilnehmer waren sehr beeindruckt nach dem Besuch dieser Gedenkstätte, fährt Holger fort. Bettina kann euch später noch mehr davon berichten. Und auch von ihren privaten Recherchen, auf der ich sie zwar begleitet habe, aber ich habe mich mehr für das Land und die Berge dort interessiert. Ich werde dort im Sommer mit euch sicher fantastische Bergwanderungen unternehmen, es ist wunderschön, dieses Osttirol. Für unsere Reise werde ich versuchen, im Raum Matrei Zimmer zu bekommen, merkt er noch an und verabschiedet sich. Bettina begleitet ihn hinaus, kommt aber rasch wieder in das große Zimmer und setzt sich wieder an ihren Platz.
Annalena steht auf, geht in die Küche und kommt mit einigen Flaschen Bier, Gläsern und geschnittenem Käse zurück. Ich glaube, wir brauchen zwischendurch eine Stärkung, meint sie. Es ist nicht zu fassen, was Menschen vor nicht allzu langer Zeit hier in Mitteleuropa ertragen mussten, sagt Cornelia mit leiser Stimme. Man kann sich in der Geschichte gut auskennen, aber wenn sie mir so nah kommt, dann ergreift mich Schauder und Entsetzen.
Ich will euch aber noch erzählen, was ich bei Matrei getan habe, beginnt nun Bettina wieder und nimmt einen ausgiebigen Schluck aus ihrem Bierglas.
Holger ist also mit mir zuerst an einem Nachmittag zum Matreier Tauernhaus gefahren. Man fährt sehr schön auf dieser Felbertauernstraße und kurz vor dem Felbertauerntunnel, durch den man nach Salzburg weiterfahren kann, biegt ein schmaler Weg zum Tauernhaus ab. Dort bei der Abzweigung habe ich dann sofort die Hütten entdeckt, die wir auf der Zeichnung von Magdalena gesehen haben. Hier, schaut euch das einmal an.
Bettina reicht einige Fotos weiter. Es war so schönes Wetter und auch dieses Almdorf ist beeindruckend. Wir sind aber gleich zum

Tauernhaus weitergefahren. Dort habe ich den Wirt nach einer möglichen Auskunftsperson gefragt und er hat mir eine alte Frau genannt, die heißt Zita Resinger und wohnt schon seit Jahrzehnten in den Sommermonaten in einer Almhütte direkt beim Tauernhaus. Die Frau Resinger war recht freundlich, aber erzählen wollte sie gar nichts, sie war wachsam wie ein kleiner Fuchs, ist mir vorgekommen. Ich bin bei ihr mit meinem Anliegen nicht weitergekommen, aber sie hat mir gesagt, ich solle im Sommer noch einmal vorbeischauen und die Verwandte mitbringen, also dich, Annalena, und dabei hat sie ständig meinen Halsschmuck angeschaut, konnte ihren Blick gar nicht abwenden und zuletzt hat sie gemeint, sie würde noch mit ein paar Leuten reden, die vielleicht etwas wissen könnten von einem verloren gegangenen Soldaten und einer verloren gegangenen deutschen Frau viele Jahre später. Wenn ich so darüber rede, bin ich überzeugt, dass die Frau sehr viel mehr wusste, als sie erzählen wollte. Die alten Menschen dort sprechen einen starken Dialekt, ich musste immer wieder nachfragen, weil ich die Frau Resinger nicht verstanden habe.
Hast du sonst noch etwas ausfindig machen können, fragt Monika. Also, der Wildenkogel ist vom Tal aus nicht gut zu sehen, da müsste man weiter oben sein, um ihn fotografieren zu können. Aber das können wir ja im Sommer ausgiebig nachholen. Ja, es war leider sehr wenig Zeit, um abseits vom Exkursionsprogramm noch privat etwas zu unternehmen. Das rechne ich dem Holger hoch an, dass er sich dafür die Zeit genommen hat. An einem Mittag haben wir in der Mittagspause schnell bei der Polizei in Matrei vorgesprochen, wir hatten uns am Vormittag dort eine romanische Kapelle angesehen, mit Führung, St. Nikolaus heißt die. Davon erzähle ich später einmal. Die Polizeidienststelle heißt noch Gendarmerieposten, aber in einigen wenigen Wochen wird österreichweit der Begriff Polizeiinspektion eingeführt. Dort habe ich mit einem Herrn Oberbichler gesprochen und ihn gefragt, was man tun müsse, wenn man eine vermisste Verwandte suchen würde und ob die Polizei dabei helfen würde. Der Polizeiinspektor hat dann wissen wollen, seit wann die

Person vermisst wird, und als er hörte, seit vierzig Jahren, war er mit einem Mal sehr zugänglich und hat mir geraten, dass ein naher Verwandter mitkommen solle und dass er auch die Vermisstenanzeige und die Todeserklärung brauche. Mit der anstehenden Neuorganisation der Gendarmerie sei auch die Aufarbeitung der Archive verbunden. Vielleicht lässt sich da noch etwas klären, hat er vor sich hingesagt und mindestens dreimal In Herrgotts Namen oder ein ähnliches Stoßgebet vor sich hingemurmelt. Ihm war meine Suche wirklich ein wichtiges Anliegen. Sicher werden alle diese Personen dir bei deiner Suche helfen, Annalena.
Monika und Bettina bringen die Gläser und Flaschen hinaus. Auch Cornelia steht auf.
Ich brauche die Nachtruhe und das wühlt mich alles auf. Es ist auch in der Schule stressig, so kurz vor Schuljahresende. Ich muss das erste Mal im Leben Jahreszeugnisnoten ausstellen. Ob ich mich daran jemals gewöhnen werde. Annalena, du wolltest doch im Juni noch zu dieser Synagoge im Waldecker Land fahren. Nächste Woche bin ich auf Klassenfahrt, aber danach, am Wochenende, da begleite ich dich gerne.
Ja, Cornelia, das machen wir. Wir müssen unseren Besuch vorher bekanntgeben, ich schreibe eine Mail dorthin. Ich habe auch noch viel mit meiner Sommerkollektion zu tun.
Bettina und Monika schauen noch zur Tür herein.
Du, Annalena, Charlotte hat gefragt, ob wir am Samstag am Nachmittag auf die Kinder schauen können. Passt dir das. Ich wollte mit Monika eigentlich im Garten arbeiten und die Fenster putzen.
Ja, das geht. Ich werde mit ihnen in den Wald gehen und wir können Rindenschiffe basteln und Brote und Saft mitnehmen. Sie sollen Matschhosen und Anoraks anziehen. Ich glaube, die Schafskälte kommt erst noch.
Prima, Annalena. Am Abend kann ich dann noch von der Exkursion erzählen, vom Heiligen Nikolaus und vom kollektiven Gedächtnis, das war ein Schwerpunkt der Innsbrucker Studentengruppe.

Und ich brauche am Samstag am Nachmittag den Werkraum im Keller, im Moment verkaufen sich Blumenkränze für Haustüren ganz besonders gut, für das Binden fehlt mir im Laden die Muße. Und noch etwas. Christoph wird mit seiner Mutter ab Juni Bauernkisten ab Hof verkaufen, er will sich einen festen Abnehmerkreis aufbauen, also eine Art wöchentliches Biokistenabonnement anbieten, mit Gemüse, Salat, Kräutern, Eiern, Kartoffeln. Mein Laden soll eine Art Filiale für seine Produkte werden. Davon werde ich auch profitieren. Umwegrentabilität heißt das, hat Cornelia mir erklärt. Egal, ich hoffe fest auf euch als erste Abnehmer.
Aber das ist doch klar, meint Bettina. Und meine Eltern werden sicher auch eine Kiste abonnieren, wenn ich sie ihnen jede Woche bringe. Ich fehle meiner Mutter, aber eigentlich geht es uns bei etwas Distanz viel besser miteinander. Bei meinem Großvater schaue ich sowieso oft herein, er tut mir leid in seiner Einsamkeit, aber es scheint ihm nicht so viel auszumachen, so allein seine Tage zu verbringen.
Er denkt viel nach, gibt Annalena zur Antwort. Für ihn ist die Erinnerung ein Geschenk, so hat er sich mir gegenüber einmal ausgedrückt. Ich möchte ihn auch in nächster Zeit wieder nach der Arbeit besuchen und ihm meine neuesten Stücke aus meiner Sommerkollektion zeigen. Da hat er immer die größte Freude.

Der Samstag bringt trotz des nahenden Sommers niedere Temperaturen und Regen. Annalena zieht mit den Mädchen in den Wald oberhalb des Diakoniewerks. Sie basteln Rindenschiffe und lassen sie auf dem Bach dahinfahren, spielen Verstecken und verspeisen ihre mitgebrachten Brote unter einer mächtigen Buche, auf deren Wurzeln Annalena als Kind schon gesessen hatte. Am Mittag war die Freundin von Tante Marlene, Lilli, aus Gießen wieder bei ihr im Geschäft aufgetaucht und sie waren zusammen in die Konditorei gegangen. Frau Pohl hatte wieder von der Kriegszeit und den Nachkriegsjahren erzählt. Annalena konnte im Gespräch die Sorge der alten Frau um ihre verschollene Freundin spüren, deren Schicksal sie noch vier Jahrzehnten später beschäftigte und nicht zur Ruhe kommen ließ. Heute hatte Annalena sie nach der Kette gefragt, die Onkel Joachim einmal erwähnt hatte. An diesen Halsschmuck konnte Frau Pohl sich sehr gut erinnern, Tante Marlene hätte die Kette nie abgelegt, aber über ihre Herkunft geschwiegen. Manchmal hätte sie gedacht, dass sie von einem heimlichen Verehrer stamme, oder von einem Freund, der im Krieg geblieben wäre, aber in dieser Hinsicht hätte die Tante Marlene ja gar kein Interesse gezeigt, ihre Frauengemeinschaft Im Gefälle hätte ihr vollends gereicht, um glücklich und zufrieden zu sein. Ob das nun aber wirklich so war, das bezweifelte die alte Frau noch heute. Bald kamen dann die anderen Kränzchenfreundinnen und Annalena brach eilig auf, um nicht zu spät zu den Kindern zu kommen, die tatsächlich schon am Gartentor auf sie warteten, in respektvollen Abstand zu den Rabenkrähen, von denen eine besonders eindringlich nach ihnen zu schielen schien.

Am späten Nachmittag, die Mädchen waren schon von Charlotte abgeholt worden, lässt der Regen nach. Cornelia und Bettina putzen die Terrasse und die Fensterscheiben des Wintergartens, Monika trägt Blumenkränze aus dem Keller und Annalena putzt vor der Haustüre Schuhe. Robert tritt durch das Gartentor, verscheucht die Rabenkrähen und bleibt bei der Terrasse stehen. Darf ich ein wenig bleiben, fragt er. Ich habe einen Spaziergang gemacht und wollte nach euren schwarzen Vögeln sehen. Ja, komm nur herein, ruft Annalena, wir gehen in die Küche und essen zu Abend.
Robert breitet die Arme aus und meint, eine solche Frau möchte er haben.
Wen meinst du und warum, gibt Bettina schlagfertig zurück. Euch alle vier. Eine putzt, eine kocht, eine arbeitet im Garten und eine im Keller. Da müsste es mir gut gehen, lacht Robert zurück und schaut zu Cornelia herüber, die sich gelassen die Gartenschuhe auszieht.
Bettina hat in der Küche das Abendessen bereits gerichtet, einen Nudelsalat, frisches Weißbrot und Apfelsaft. Robert lässt es sich schmecken.

In Gesellschaft schmeckt es einfach wunderbar, vielen Dank für die Bewirtung.
Danke, Robert. Wir haben uns für heute am Abend noch etwas vorgenommen, erklärt Annalena. Bettina will uns von der Exkursion nach Osttirol berichten, einen Einblick hat sie uns mit Holger vor ein paar Tagen schon gegeben. Dazu ziehen wir in unser Wohnzimmer, da ist mehr Platz.
Es ist zwar noch hell, aber doch schon spät, fügt Cornelia hinzu, während die Uhren im Haus acht Mal zu schlagen beginnen.
Annalena holt Rotwein aus dem Keller und bestaunt im Vorbeigehen die Blumenkränze, die Monika gebunden hat.
Bettina zieht Fotos aus ihrem Rucksack, die sie auf dem Tisch ausbreitet. Zuerst Aufnahmen von Lienz und der Tammerburg, von der Kosakenausstellung und dem Kosakenfriedhof.
Wie heißt die Ausstellung, erkundigt sich Robert.
Flucht in die Hoffnungslosigkeit, antwortet Bettina. Ein Buch mit dem gleichen Titel erscheint demnächst.
Ja, so wird es gewesen sein, sagt Cornelia leise. Das war eine schreckliche Geschichte. Erinnern sich noch viele Menschen in Osttirol an dieses Geschehen.
Ja, das war ein Schwerpunkt der Exkursion. Die Studenten aus Innsbruck haben darüber viel recherchiert. Wir haben auch ein Referat gehört, über einen Aufsatz von Jan Assmann. Der Aufsatz heißt Kollektives Gedächtnis und Kulturelle Identität, aber den Inhalt kann ich euch ohne Vorbereitung leider nicht darlegen. Da müsste Holger hier sitzen.
Ich kann aber helfen, bietet sich Robert an. In Kurzform, wenn ihr mögt.
Da keine Widerrede kommt, beginnt Robert mit seinen Ausführungen.
Jan Assmann unterscheidet kommunikatives und kulturelles Gedächtnis. Das kommunikative Gedächtnis ist an das Erzählen der Menschen geknüpft. Jedes Individuum kommuniziert mit der Familie, den Kollegen, den Sportsfreunden und so weiter und hat so Anteil an vielen verschiedenen Selbstbildern und Erinnerungen. Das kommunikative Gedächtnis ist zeitlich beschränkt,

es reicht maximal hundert Jahre zurück, es ist also sehr alltagsnah. Das kulturelle Gedächtnis ist alltagsfern und nicht an Menschen gebunden. Es hat zeitliche Fixpunkte, das sind schicksalshafte Ereignisse in der Vergangenheit, die schriftlich festgehalten und erinnert werden. Die Erinnerung wird durch Feiern, Texte, Denkmäler wachgehalten. Diese kulturellen Ausdrücke festigen das kulturelle Gedächtnis, sogar über sehr lange Zeiträume hinweg. Nun noch schnell zu den Merkmalen des kulturellen Gedächtnisses. Bettina, kannst du sie wiedergeben.
Bettina schaut einen Moment nach oben an die Zimmerdecke. Ja, ich versuche es. Es wirkt identitätsstiftend für eine Gruppe und grenzt das Eigene vom Fremden ab. Es ist ein unerschöpfliches Archiv, es wird immer aktualisiert und mit der jeweiligen Gegenwart in Bezug gebracht. Dann ist es bildlich, sprachlich oder rituell geformt. Das kulturelle Gedächtnis muss gepflegt werden und ist verbindlich für seine Träger. Die Träger sollten aber auch immer über die Inhalte reflektieren und diese auch an die Gegenwart anpassen und somit ihr Selbstbild überdenken. Mehr fällt mir nicht ein.
Ja, sehr umfassend. Die kulturelle Überlieferung macht eine Gesellschaft sichtbar. Was die Gesellschaft für wert hält, zu zeigen, macht deutlich, was sie ist und wohin sie will, ergänzt Robert.
Danke Robert, danke Bettina. Ich weiß nicht, ob ich mir das alles merken werde, unterbricht Annalena die kurze Pause.
Ich fürchte, ich habe nicht alles verstanden, Robert, das war sehr theoretisch, bemerkt Monika. Kannst du uns dafür ein Beispiel nennen.
Ich denke zum Beispiel an unsere großen christlichen Feste. Es ist doch undenkbar, dass unsere Gesellschaft in Mitteleuropa nicht Weihnachten feiern würde. Und dass wir so sehr an diesem Fest hängen, sagt meiner Meinung nach weniger über den weihnachtlichen Kaufrausch aus als über die Grundhaltung, die mit diesem Fest verbunden wird. Das wird nun schon zweitausend Jahre tradiert, das ist uns wichtig.
Bei uns im Hinterland gibt es auch noch Riten und Feiern im Jahreskreis, die fast im Verborgenen nur von Eingeweihten be-

gangen werden, das zählt auch zum kulturellen Gedächtnis, denke ich, überlegt Cornelia.
Und wie ist das mit dem kollektiven Gedächtnis, fragt Bettina bei Robert nach. Das kollektive Gedächtnis ist das gemeinsam Erinnerte einer Gruppe. Eine Gruppe erinnert sich gemeinsam an ein Geschehen und setzt es in Bezug zur Gegenwart. Durch das kollektive Erinnern wird Wissen weitergegeben. Da gibt es unendlich viele Verschränkungen zwischen individuellem, kollektivem, kommunikativem und kulturellem Gedächtnis, da gibt es auch Widersprüche und da muss ständig neu ausgehandelt werden, da ist ständig auch etwas im Fluss.
Das Erinnern an die Tragödie an der Drau gehört dann zuerst einmal zum kommunikativen Gedächtnis. Zuerst haben sich die betroffenen Einheimischen erinnert. Das hat sich zu einem kollektiven Erinnern ausgeweitet. Das hat allerdings lange gedauert, einige Jahrzehnte lang hat man davon eigentlich nichts wissen wollen, so haben wir es in Osttirol gehört. Aber es scheint ein Moment des kulturellen Gedächtnisses zu werden, es gibt ein Mahnmal, einen Friedhof, einen jährlichen Erinnerungsgottesdienst, der Weg in das kollektive Gedächtnis könnte bereits vorgezeichnet sein, fügt Bettina noch hinzu.
Andere Beispiele für ein kollektives Erinnern sind vielleicht bestimmte Kriegsgeschehen und Naturkatastrophen. Immer, wenn im Fernsehen oder im Radio von Überschwemmungen berichtet wird, erinnern sich meine Eltern und Großeltern an eine Sturmflut in Hamburg, das war 1962, überlegt Monika.
Oder die Heilige Elisabeth von Thüringen. Nach ihrem Tod 1231 haben die Menschen noch lange und viel über sie und ihre Werke der tätigen Nächstenliebe geredet, es kamen die ersten Legenden und Wundergeschichten auf, man baute bald eine große Kirche, sie wurde heiliggesprochen, wurde die Landespatronin von Hessen und Thüringen und die Patronin der evangelischen Diakonie, es wurden Frauenorden in ihrem Namen gegründet. Eine Gestalt des Mittelalters, die heute noch erinnert wird. Das wäre ein Beispiel für eine Abfolge von kommunikativem Gedächtnis über kulturelles Gedächtnis zu kollektivem Gedächtnis.

Das Wichtigste für mich in Roberts Ausführungen war die Feststellung, dass das, was wir als Gruppe zeigen, etwas aussagt über uns selbst, meint Annalena nachdenklich und steht auf.
Ich hole uns noch Wasser und Wein, wir haben auch noch Nüsse, das passt zu Bettinas Erzählung vom Heiligen Nikolaus.
Im Sommer. Ja, seltsam, dass wir uns an diesen Heiligen nur im Frühwinter erinnern, wirft Monika lachend ein.
Die christlichen Heiligen sind an ihre Gedenk- oder Namenstage gebunden, das ist ein Zeichen des kulturellen Gedächtnisses.
Ja, dann fange ich einmal an. Bettina räuspert sich.
Hier könnt ihr noch ein paar Fotos von dieser Kirche anschauen. Die Nikolauskirche steht über dem Matreier Talbecken. Man kann sie schon von weit sehen, nicht nur vom Iseltal her, sondern auch vom Virgental. Ihre Errichtung wird in die zweite Hälfte des zwölften Jahrhunderts datiert. Bei den jüngsten Grabungen wurde ein Vorgängerbau aus dem siebenten Jahrhundert entdeckt. Der älteste Teil ist der romanische Chorturm. Zwei übereinanderliegende, beinahe quadratische Räume bilden die Nikolauskapelle im Unterchor und die Georgskapelle im Oberchor. Das Langhaus wurde in der zweiten Hälfte des fünfzehnten Jahrhunderts gotisiert. Besonders bedeutend sind die romanischen Fresken im Chorturm. Obwohl in unterschiedlicher Zeit und von verschiedenen Künstlern aufgebracht, bilden sie theologisch eine Einheit. Im Unterchor Szenen aus dem Paradies, im Oberchor das himmlische Jerusalem, über den Toren nach allen Himmelsrichtungen die zwölf Apostel. An den Seitenwänden gibt es noch Brustbilder von Heiligen, darüber die Propheten des Alten Testaments. Das ist ein durchdachtes narratives Konzept. Solche Fresken haben den Menschen, die früher in der Regel nicht lesen konnten, die Erzählungen der Bibel anschaulich vor Augen geführt. Mich haben das Alter der Kirche und ihre exponierte Lage sehr beeindruckt. Auch, dass hier im Hochmittelalter Künstler verschiedenster Herkunft gearbeitet haben und dass die Christianisierung in diesem für uns abgelegenen Tal schon im frühen Mittelalter begonnen hat, finde ich aufregend. Matrei war damals vielleicht ein sehr wichtiger Ort, vielleicht ein kulturelles Zentrum und hat erst später

eine eher weniger bedeutende Rolle eingenommen. Am schönsten fand ich die Holzplastik vom Heiligen Nikolaus in einer Fensternische. Einfach, schlicht, gütig trotz seines goldenen Mantels.
Danke, Bettina, das war sehr schön, sagt Cornelia.
Robert schenkt noch Rotwein nach und greift zu der Schale mit Nüssen.
Ich muss diesen Kirchenbau im Sommer unbedingt besuchen.
An der Kirchentür hing ein Blatt Papier mit einem Gedicht, von Hand geschrieben, hat wohl ein Besucher dort angebracht. Ich habe es fotografiert und lese es euch vor.

St. Nikolaus
Ein steinernes Gotteshaus am Berghang weist in Demut den Weg
Darin eine Holzfigur früh geschaffen von einem
der wissend alles gab.
Geblieben ist was uns anrührt
Liebe, Güte, Hingabe und Trost.

Einen Moment ist es still in dem großen Wohnzimmer, nur das Ticken der Standuhr ist zu hören.
Wer war denn nun eigentlich der Heilige Nikolaus, fragt Monika in die Stille hinein. Warum hat man ihm dort wohl eine Kirche gewidmet.
Also, sein Leben und Wirken müssten wir im Heiligenlexikon nachlesen, findet Annalena.
Nur kurz also zu seinem Patronat. Der Heilige wurde zuerst besonders in Russland, in den slawischen Ländern und Griechenland verehrt. Seit dem Hochmittelalter verbreitete sich sein Kult auch in Nordeuropa und in den Mittelmeerländern. Er ist Schutzpatron der Schüler, der Seeleute, von Bettlern, von zahlreichen Berufsständen, von Reisenden und Pilgern. Seine Begleiter sind wilde Gestalten, bei uns der Knecht Ruprecht, in den Alpen die Krampusse und die Perchten. Da mischt sich vorwinterliches Brauchtum mit christlichen Momenten.
Ja, in Matrei sind die Klaubaufe Anfang Dezember auf den Straßen unterwegs, das sind wilde Gesellen, die den Winter einläu-

ten, aber ihr oberster Herr ist der Heilige Nikolaus, erzählt Bettina. Und wenn du mich fragst, warum hier eine Nikolauskapelle steht, dann denke ich, dass er die Reisenden beschützt hat auf ihrem Weg von Italien nach Salzburg oder Kärnten und umgekehrt, umgeben von Ängsten und bedroht von Gefahren. Das könnte gut passen, überlegt sie weiter.

Ja, die Wege bleiben wohl immer die gleichen, gibt Annalena leise zur Antwort.

Und die Ängste wohl auch, aber die Gefahren verändern sich, schließt sich Cornelia an.

Sie reden noch lange an dem großen Tisch bei Nüssen und Wein und wieder sind es die Uhren im Haus, die sie an die weit fortgeschrittene Nacht erinnern.

Die Sennerin hat sich auf der Bank neben der Tür ihrer Almhütte niedergesetzt. Vor ihr steht ein großer Rucksack, darauf zwei Mäntel geschnürt. Sie steht wohl zum hundertsten Male auf und schaut in die Weite, zum Talschluss hin und zum Pfad, der von oben, von der Ochsenalm herunterkommt. Sie schaut nicht nach dem Vieh, das weiß sie wohlversorgt im Stall, auch das Schwein und die Hennen hat sie hereingetrieben, die Enkelin steht am Brunnen und wäscht die Milchkandln aus. Seit zwei Tagen wartet die alte Frau auf die beiden, die hinaufgestiegen sind, zum Wildenkogel. Gekannt hat sie den Mann wohl noch, aber gemocht hat sie die freundliche Frau mit den feinen Händen. Eine Zeichnung hat die Frau ihr mitgebracht von ihrer Almhütte, ganz fein gemalt, sie hat es hinter das Bild mit dem Antlitz von Maria in der Stube gesteckt, im Herbst wird sie das Blatt mit herunternehmen, auf ihren Hof unten im Tal. Wird noch etwas dauern, aber in der Früh herbstelt es schon und das Vieh wird heroben bald nicht mehr genügend Futter finden, jetzt nach dem Hohen Frauentag. Da sind die Kräuter auf den oberen Mähdern besonders wirkmächtig. In den Frauendreißigern zwischen der Himmelfahrt und der Geburt Marias brocken die Frauen die Kräuter für die Kräuterbuschen, die in den Kirchen und Kapellen geweiht werden, weiß die Frau. Bald wird auch der erste Schnee wie Zucker auf den hohen Mähdern liegen. Wenn sie nur eine Lösung finden würde. Ganz unruhig ist sie, seit sie in der Früh auf dem Gang das kleine Packerl hat liegen sehen. Blümlen sind darein gelegen, oben von den Bergmähdern und sie weiß nicht, ob es die Frau hier niedergelegt hat oder wer das hätte sonst tun können. Sie hat es in den Herrgottswinkel gelegt, zu den Sterbebildern von ihrem Mann und dem Sohn. Sie seufzt. Das Leben meint es oft einmal nicht gut. Der Mann ist beim Holzen ums Leben gekommen, den Sohn hat die Lahn genommen, sie hat seine Kinder alleine aufziehen müssen in diesen schweren Zeiten, die wären sonst ganz verloren und sind eh schon ohne Mutter aufgewachsen. Sie allein kann gar nichts ausrichten, wo soll sie denn die beiden Fremden suchen bei dem schlimmen Wetter und der junge Bauer wird erst später zum Abtrieb heraufkommen. Der ist gestern noch spät am Abend wieder nach Huben aufgebrochen, am Hof gibt es genug zu tun mit dem Mähen. Wie war das doch gewesen, als die beiden bei ihr aufgetaucht sind, nach so vielen Jahren, fast ganz gleich haben sie ausgeschaut und so eine Freude war das gewesen. In der dunklen Stube der Almhütte unter dem Herrgottswinkel haben sich an diesem Sommerabend die Menschen dicht aneinandergedrängt. Alle waren begierig, die Fremden anzuschauen, die Senner und Sennerinnen von Gschild. Eine Handvoll Kinder mit rosigen Wangen war auf der Ofenbank schon eingeschlafen. Sie sieht noch die kantigen Gesichter der Männer, die knochigen Hände der Frauen mit den Spuren jahrzehntelanger schwerer Arbeit tagaus tagein, alle miteinander ihren Blicken vertraut. Unter ihnen der Mann und die Frau aus Deutschland. Es war heiß in der Stube und rauchig, auf dem Tisch ein geschmuggelter Roter aus Südtirol, ein Selberbrennter, der einem das Wasser in die Augen treibt. Die Sennerin hat Kiachln und Strauben gebacken, man hat es sich schmecken lassen. So einen Besuch gibt es nicht alle Tage und sie will sich nichts nachsagen lassen. Zum Erzählen von draußen, von der Welt hinter dem Tauern, haben die Fremden wohl viel gehabt, alles kann man gar nicht verstehen, wenn man selbst nie hinauskommt aus diesem ihrem Tal und das Geld an allen Ecken und Enden fehlt, auch die Zeit und die Gewohnheit, eine Reise zu machen, um etwas zu sehen von derer Welt. Und debattiert und politisiert ist auch bald geworden, aufbrausend waren die Stimmen der Manderleut und der Tabakrauch hat die Stube eingehüllt, sie hat die Kinder hinausbringen und in ihre eigene Bettstatt legen müssen. Über die Nationalsozialisten haben sie debattiert, über die Armut, über die Not der Bauern und das Elend der kleinen Häusler, über die Kapitalisten, über die Weltwirtschaftskrise, die auch über ihr kleines Land eingebrochen war. Sie hat sich wohl nicht alles merken können. Von Bürgerkrieg ist da die Rede gewesen, von der Sozialdemokratie, vom republikanischen Schutzbund, von der Heimwehr und dem Austrofaschismus. Der Enkel ist ganz angespannt dagesessen. Der Mann aus Deutschland hatte eine gute Art zu reden, ganz bestimmt, niemals laut und ausfällig. Seine Frau hat nur wenig mitgeredet, aber auch dann mit einem Verständnis, wie man es von einer Frau nicht kennt, hier, in ihrem Tal. Spät ist man schlafen gegangen und in der Früh sind die beiden noch vor dem Taglicht aufgebrochen, den Weg haben sie wohl noch gekannt und nun kommen sie nicht und kommen sie nicht. Sie steht noch einmal auf und geht ein Stück taleinwärts, aber nirgends ist ein Mensch zu sehen, kehrt dann um und ruft die Enkelin ins Haus. Einmal muss ein Ende sein, man wird sonst ganz zaklaubt im Kopfe, sagt sie zu sich selbst. Die Junge schaut auf den Rucksack auf dem Gang und die Alte meint, die Fremden kämen ihn später abholen. Als die Enkelin schlafen gegangen ist, nimmt sie das Gepäck und hebt es mit Mühe hinauf auf den Unterboden unter dem Dach, wo nie jemand hinschaut. Da wird es keiner finden und schnell wieder hervorgeholt ist es auch. Die alte Frau schlägt ein Kreuzzeichen am Weihbrunn und schickt ein Gemurmel zu den Bergen hinauf, dass sie sie wohl wieder freigeben mögen, schickt gleich noch ein Vaterunser nach, damit der Gleichklang gewahrt sei. Den welches der rechte Weg ist, weiß sie nicht zu sagen und sich nach allen Seiten abzusichern, ist noch nie ein Fehler gewesen.

Um Peter und Paul wird dem Korn schon mal die Wurzel faul, liest Annalena, als sie am vorletzten Junitag am frühen Abend den Blumenladen von Monika betritt.
Hallo Moni, draußen ist es so heiß und bei dir angenehm kühl. Ich wollte dir nur sagen, dass die Familie Simon auch ein Biokistenabonnement bestellen möchte, aber erst mal auf Probe. Kannst du heute am Abend eine Kiste mitbringen, ich trage sie ihnen morgen hinüber, sind ja nur ein paar Schritte.
Ja, vielen Dank für deine Werbung. Ich schaue auch immer noch mal selber nach, was angeliefert wird, aber Christophs Mutter hat das gut im Griff. Ich lege auch noch einen Spruch dazu, sagt Monika und weist mit dem Kopf auf den aufgehängten Kalenderspruch zum Feiertag von Peter und Paul. Ich glaube, die beiden waren zwei ganz besondere Heilige, sie sind schon sehr früh verehrt worden. Ihr Feiertag ist ein wichtiger Lostag im Jahreskreis, da hat man allgemein viel Regen befürchtet und als Folge eine schlechte Ernte. Meine Mutter sagt Wetterherren zu ihnen und meint, Petrus hat den Schlüssel, um den Himmel aufzusperren. Aber nicht nur für die Verstorbenen, sondern auch bei Regenwetter. Du, Annalena, wenn wir uns heute noch an diese Menschen erinnern, gehört das auch zur Gedächtniskultur, wie es uns Robert neulich erklärt hat.
Ja. Das war zwar sehr theoretisch, fast wie eine Vorlesung, aber es ist ein spannendes Thema, das finde ich auch. Moni, ich fahre am Sonntag mit Cornelia zum Edersee. Können wir uns dein Auto ausleihen oder magst du mit uns mitfahren. Mit dem Zug ist es sehr umständlich, dorthin zu kommen. Wir wollen die Fahrräder mitnehmen. Dort gibt es viele Radwege durch die Wälder, da wollen wir radeln, nach dem Synagogenbesuch in Vöhl.
Ja, da komme ich gerne mit.
Vergiss die Biokiste nachher nicht. Ich muss dann später nochmal weg, ich werde wieder im Kirchenchor singen. Meine Stimme ist ganz eingerostet und dagegen muss ich etwas unternehmen. Vom eigentlichen Chor hat sich eine kleine Gruppe abgespalten, ganz junge Sänger, die singen mehr Gospel und moderne christliche und auch jiddische Chormusik, das klingt doch interessant.

Wir proben im Gemeindehaus. Ich werde auch wieder in meiner Handballgruppe trainieren. Nicht nur meine Stimme, auch meine Glieder sind eingerostet.
Monika blickt Annalena nach, die draußen auf ihr Fahrrad steigt. Das wurde aber auch Zeit, denkt sie, dass die Annalena mal wieder in die Welt hinaustritt.

Als Annalena von der Chorprobe nach Hause kommt, ist es ruhig und still in dem Haus Im Gefälle. Viele Mitglieder des Kirchenchors hatten sie mit Freude begrüßt, das hatte sie deutlich gespürt und manche hatten auch von Lena Maria gesprochen. Das kann sie nicht gleich von sich wegschieben und so nimmt sie sich vor, jetzt noch am späten Abend die Unterlagen in der Mappe mit der Aufschrift L e n a   M a r i a durchzusehen. Sie holt sich einen Apfelsaft aus dem Keller und aus dem Schrank im Gästezimmer die Mappe mit den persönlichen Unterlagen ihrer Mutter. Seltsam, dass ich diese Mappe noch nicht durchgesehen habe, sagt sie mehr zu sich selbst. Vielleicht, weil ich im Leben meiner Mutter nichts vermute, was sie mir verheimlicht hätte. Im Grunde ist wohl alles in ihrem letzten Brief gestanden. Und wenn es anders wäre. Aber sie findet in dieser Mappe keine Papiere, die ihr fremd wären. Da gibt es Dokumente aus dem Leben ihrer Mutter, Grundbuchseintragungen und Fotografien, die die Mutter und sie selbst als Kind zeigen, auch einige mit der Großmutter Anna sind darunter, ebenso mit Onkel Joachim und Tante Marlene. Zuletzt fällt ihr Blick auf eine Spendenbestätigung des Schwarzen Kreuzes mit dem Kennwort Erhaltung Kosakenfriedhof Peggetz in Lienz. Die Mutter hatte im Todesjahr der Großmutter einen monatlichen Dauerauftrag eingerichtet, den sie erst kurz vor ihrem eigenen Tod, im letzten Dezember gekündigt hat. Von diesem Friedhof hatte schon Herr Gensen erzählt und Bettina war auch dort gewesen. Welche Verbindung hatte Lena Maria zu diesem Ort gehabt, fragt sie sich. In der Mappe findet sich noch ein Buch, das sie vorsichtig hervorzieht. Es ist ein abgegriffenes Kinderbuch, 1957 erschienen. Der Buchrücken ist schon lose und droht abzufallen. *Die Rote Zora* von einem Autor namens Kurt Held.

Sie blättert gedankenverloren darin. Auf dem hinteren inneren Buchdeckel liest sie von der Handschrift ihrer Mutter geschrieben: *Das war mein Lieblingsbuch. Es ist 1941 erstmals erschienen. Der Autor war Kurt Kläber, er schrieb unter dem Pseudonym Kurt Held. Er war der Mann der Kinderbuchautorin Lisa Tetzner. Ich habe es von Tante Marlene geschenkt bekommen.*
Annalena ordnet die Unterlagen wieder in ihrer Mappe und leert das Glas mit dem Apfelsaft. Die Spendenbestätigung legt sie auf den Tisch im Wohnzimmer, denn was der Mutter ein Anliegen war, wird sie wohl weiterführen müssen. Sie stellt das Kinderbuch zu den anderen in das Bücherregal. Warum die Mutter ihr dieses Buch nicht zum Lesen gegeben hat, überlegt sie. Vielleicht hat es etwas mit Marlene zu tun.
Das wird neben dem Hans Urian meine Sommerlektüre werden, sicher ist es ein spannendes Buch. Ein rothaariges Mädchen und eine Bande von wilden Jungen, aber wahrscheinlich steckt noch mehr dahinter, so gut hat sie ihre Mutter nun doch gekannt.
Am frühen Sonntagmorgen brechen Annalena, Cornelia und Monika nach Vöhl im Landkreis Waldeck-Frankenberg auf. Sie haben die Fahrräder im rückwärtigen Teil des Autos verstaut, es herrscht nur wenig Verkehr und sie finden den kleinen Ort am Rand des Edersees sofort. Alle drei kennen diesen Stausee seit ihren Kindertagen, er ist ein beliebtes Ausflugs- und Ferienziel.
Ich habe hier schwimmen gelernt, erinnert sich Monika.
Ich fand es immer spannend, wenn bei Niedrigwasser die Ruinen versunkener Dörfer auftauchten. Eine Schwester meiner Mutter lebt hier, da habe ich früher im Sommer viele Ferienwochen verbracht. Sie hat mit ihrem Mann einen Campingplatz mit Eisdiele geführt, das war für mich als Kind aufregend, erzählt Cornelia.
Moni, wir müssen in die Mittelgasse, da steht die frühere Synagoge. Ein Herr vom Förderkreis wird uns dort erwarten und uns durch das Haus und auf den Friedhof führen, wendet sich Annalena an ihre Fahrerin.
Vor der ehemaligen Synagoge, ein einfacher Fachwerkbau, steht ein Herr mittleren Alters. Er stellt sich den Besucherinnen als Walter vor und ist sichtlich erfreut über ihr Kommen.

Es ist schön, wenn junge Besucherinnen uns besuchen, erklärt er einleitend. Uns liegt es sehr am Herzen, dass wir das Gedenken an unser ehemaliges und untergegangenes jüdisches Leben hier in unserer Gemeinde aufrechterhalten können. Und Sie haben ja auch eine spezielle Fragestellung mitgebracht, darauf werden wir dann am Ende der Führung eingehen.

Walter erzählt ihnen die Geschichte der 1827 errichteten Synagoge. An der Außenfassade erinnern nur ein rundes Fenster mit dem Davidstern, die nicht einsehbaren Fenster und eine Inschrift an den früheren Sakralbau. Die Renovierung der Außenfassade ist fast zur Gänze abgeschlossen, die des Innenraums ist noch im Gange, sie wird mit Geldern des World Monuments Fund – Jewish Heritage Grant in New York finanziert, erklärt Walter mit sichtlichem Stolz. Sie müssen später einmal wiederkommen, wir haben hier auch immer wieder Konzerte, Ausstellungen und Vorträge. Annalena, Cornelia und Monika staunen über den guten Erhalt der Synagoge.

Sind nicht eigentlich alle Synagogen in Deutschland zerstört worden, fragt Cornelia.

Ja, aber diese wurde als Wohnhaus mitten im Dorf weiterhin genutzt, war schon in nichtjüdischem Besitz und blieb daher erhalten. Der Sakralraum diente als Abstellraum.

Der Sternenhimmel an der Decke muss wunderschön gewesen sein, meint Annalena und lässt den Blick über die Empore schweifen. Dies wird bestimmt ein würdiger Gedenkraum. Nach dem Besuch der Synagoge führt sie Walter zum früheren jüdischen Friedhof im nördlichen Teil des Ortes, eine von Bäumen umsäumte Wiese.

Hier fand die letzte Beisetzung 1940 statt. Ab 1935 ist der Friedhof immer wieder Ziel von Schändungen gewesen, Bengels haben damals auch den Leuchter in der Synagoge beschossen. 1941 wurde der Friedhof von den Behörden geschlossen, die Grabsteine wurden weggebracht, sollten als Baumaterial verwendet werden, wurden aber nach dem Krieg wieder hier aufgestellt. Sie gehen schweigend durch die Reihen der verwitterten Grabsteine. Auf einigen haben Besucher Kieselsteine niedergelegt.

Den Brauch, am Grab kleine Steine abzulegen, kenne ich nicht. Annalena, weißt du etwas darüber, fragt Monika.
Ja, dieser Brauch wird schon in der Bibel erwähnt. Vielleicht diente er anfangs dazu, den runden Grabstein in der Erde oder zwischen Felsen zu verkeilen. Heute ist es ein Gruß der Besucher an den Toten im Sinne einer Versicherung, dass der Tote nicht vergessen wird.
Gab es nach 1940 denn noch jüdische Mitbürger in Vöhl und dem regionalen Umland, erkundigt sich Cornelia.
Walter schüttelt den Kopf. Nein, viele hatten Glück und konnten rechtzeitig in den 1930er-Jahren emigrieren, 1940 lebten hier nur noch vier alte Frauen. Von vielen Mitbürgern haben wir jedoch keine gesicherten Nachrichten über ihr weiteres Schicksal. Aber nun kommen Sie. Für unseren Förderkreis ist es eine große Freude und Ehre, Sie, Frau Weiss als Erbin einer Legatsstifterin, und ihre Freundinnen bei uns begrüßen zu dürfen. Der Förderkreis lädt sie alle gerne zu Kaffee und Kuchen ein, bitte nehmen Sie sich doch dafür die Zeit, trotz des schönen Wetters. Wir gehen zurück und kehren bei unserer Frau Rita ein, einer Nachbarin des Synagogengebäudes. Dort können wir auch Ihre weiteren Fragen besprechen.
In einem kleinen Fachwerkhaus werden sie herzlich begrüßt und hereingebeten. Die Hausfrau hat in einem ebenerdigen Raum mit schlichten weißgekalkten Wänden und einem Lehmziegelboden eine kleine Tafel gedeckt, mit Bienenstich, Kaffee und Tee. Bitte, setzen Sie sich und greifen Sie zu, muntert Walter seine Gäste auf. Diesen Raum nutzen wir für Treffen des Förderkreises oder für Gesprächstermine, man kann hier auch Broschüren oder Monografien kaufen, oder CDs mit jiddischer Musik oder DVDs mit preisgekrönten Spielfilmen zum Thema Holocaust.
Liebe Frau Weiss, wir möchten uns nochmals sehr herzlich für Ihre Großzügigkeit bedanken. Sie haben mir im Vorfeld geschrieben, dass in Ihrem Elternhaus in Marburg in den Kriegsjahren etwa von 1942 an, zwei junge jüdische Mädchen versteckt wurden, Ruth und Elise Goldbach und die Bitte geäußert, mehr

von diesen Menschen zu erfahren. Hier nun das Ergebnis meiner Nachforschungen.
In Kassel gab es seit 1941 ein Auffanglager für Juden aus dem Regierungsbezirk Kassel, zu dem auch unser Landkreis gehört. Das Lager in der Schillerstraße war von der Geheimen Staatspolizei eingerichtet worden. Von hier wurden die Juden zum Kasseler Hauptbahnhof geführt und deportiert, in den meisten Fällen nach Riga, Majdanek und Theresienstadt. Ruth und Elise sind in Marienhagen aufgewachsen. Es gelang ihren Eltern, die beiden Mädchen bei Geschäftsfreunden in Arolsen unterzubringen, wo sie die Jahre von 1838 bis 1941 im Untergrund verbrachten. So entgingen sie zunächst der Deportation. Ihrem Vater gelang die Emigration, vom Schicksal der Mutter wissen wir nichts. In Arolsen wurde das Versteck mit der Zeit zu unsicher, die Helfer befürchteten Denunziationen und man suchte eine neue Bleibe für die Mädchen. Sie waren dann für einige wenige Monate in Korbach in einem evangelischen Pfarrhaus, der dortige Pfarrer stand der Bekennenden Kirche nahe, und diesem ist es zu verdanken, dass Ruth und Elise im Sommer 1942 bei Ihrem Großvater und seiner Schwester in Marburg einen Unterschlupf fanden. Die Mädchen müssen damals schon sehr geschwächt gewesen sein, seit Jahren in Kellern versteckt und ohne Beistand erwachsener Angehöriger. In Ihrem Haus haben die beiden Frauen, also Ihre Großtante und Ihre Großmutter, sehr viel für die beiden getan, unter Einsatz des eigenen Lebens. So viel an Mut und Nächstenliebe wäre wahrscheinlich auch heute selten. Ende März 1945, mit Einmarsch der 3. US-Panzerdivision in Marburg, hat sich Ihre Großtante Marlene Weiss dann an die Behörden der U.S.Army gewandt und zu Protokoll gegeben, dass die Schwestern Goldbach bei ihr untergekommen seien. Daraufhin kamen Ruth und Elise in die Obhut der amerikanischen Behörden und sind bald danach, nachdem ihr Vater in den USA ausfindig gemacht worden war, dorthin ausgesiedelt.
Es folgt ein herzlicher Abschied, verbunden mit der Bitte, dem Gedenkhaus und dem Förderkreis in Vöhl weiterhin verbunden zu bleiben. Annalena, Cornelia und Monika steigen auf ihre

Räder und fahren durch stille Buchenwälder und über Feldwege vorbei an Kornraden, Mohnblumen, Büschelschön und Gemeiner Wegwarte. Keine von ihnen mag viel reden, alle drei sind in Gedanken versunken. Die abendliche Heimfahrt verläuft schweigend und auch nach ihrer Heimkehr verspüren sie keine Lust, noch weiter in dem Haus Im Gefälle zusammenzusitzen, so nachhaltig beeindruckend sind die Bilder im Kopf, die sie von ihrer Fahrt mitgebracht haben.

Im Schlaf ist Annalena wieder ein kleines Kind. Sie liegt auf einer Blumenwiese zwischen Wollgras, Speik und Schusternagelen und rings umher sind hohe Berge mit Schnee bedeckt. Der Himmel ist von einem tiefen Blau. Von den Bergen stürzt sich ein Wasserfall in die Tiefe, er sieht aus wie wallendes graues Frauenhaar. In der Luft ist ein sehr lautes Summen. Frauen in weißen Kleidern tanzen um sie herum, ohne mit den Füßen den Boden zu berühren. Sie halten sich an den erhobenen Händen und schauen ernst auf sie herab. Zwischen ihren Händen haben sie ein dichtes Netz aus Fäden gespannt, das das Himmelsblau verdrängt. Ein Fadenende hängt lose herunter und streicht sacht über die Wange des Kindes. Es ergreift den Faden und beginnt, ihn aufzuwickeln. Die Frauen schauen freundlich. Das Kind umklammert das kleine Fadenknäuel fest mit seinen Händen und schläft ein.

Theres hat nach dem überraschenden Besuch der alten Frau Resinger immer wieder über ihre Erzählungen nachdenken müssen. Zita Resinger ist so etwas wie ein Urgestein in Matrei, sie kennt jeden, weiß jeden Steig, jedes Kraut, kennt sich aus mit den Heiligen und den Unholden. Es gibt niemanden im Tauerntal, der sie nicht mag, vertrauensvoll wenden sich viele um Rat an sie, wenn im Leben nichts anderes mehr zu helfen scheint. Mit ihrer Mutter, der Agnes, war sie recht vertraut gewesen. Das Wort Freundschaft kannte man früher unter Frauen nicht, überlegt die Lehrerin. Aber es gab ein enges Band zwischen diesen beiden Frauen. Zita war zwar älter als ihre Mutter Agnes, so um 1930 muss die geboren sein und die Mutter war gute zehn Jah-

re jünger, aber beide waren eifrige Kirchgängerinnen und hatten in manchem sehr eigene Anschauungen. Über die Saligen oder die Perchten, das war schon sehr eigen, wie sie an diesen althergebrachten Geschichten hingen. Dabei tagaus, tagein fleißig, niemals untätig, selbst beim Viechtreiben noch mit dem Strickstrumpf umedum gehend, lacht Theres vor sich hin. Diese Frauen kannten noch die Not früherer Zeiten und bedurften sicher Absicherung und Beistand von vielen Seiten in misslichen wie guten Lebenslagen. Ein wenig will sie sich doch auf den Besuch der deutschen Frauen vorbereiten, bevor sie jetzt, nach dem Schuljahresende, ihre Sachen packen und nach Gschild aufbrechen wird. Zunächst einmal wird sie zum Oberbichler Sebastian gehen, der ist der neue Polizeiinspektor und den kennt sie von klein auf. Sie nimmt ihre Umhängetasche und nach einem Blick auf den Himmel, auch den Regenschirm und überquert das Zentrum der Marktgemeinde, den Rauterplatz und gelangt zum Gerichtsplatz, wo sich die Polizeiinspektion befindet. Theres trifft gleich an der Tür auf Sebastian Oberbichler.
Hallo Wastl, griaß di, hast einen Moment Zeit für mich, fragt Theres und reicht dem Polizeiinspektor die Hand.
Ja, Servus, Thresl, was führt dich zu mir. Kann ich etwas für dich tun.
Ich weiß nit recht, Wastl, ich wollte dich etwas fragen zu einer Sache, die weit zurückliegt, und du bist hier der dienstälteste Beamte und ich kenne dich außerdem gut.
Ja, entgegnet der Polizeiinspektor, dann gehen wir doch in mein Dienstzimmer. Bitte, hier entlang, setz dich doch. Magst einen Kaffee oder ein Glas Wasser.
Ein Glas kaltes Wasser, sehr gerne, meint Theres und nimmt Platz.
Weißt, seit dem ersten Juli ist das Sicherheitswesen in Österreich vollkommen neu aufgestellt worden und das war auch für uns eine, wie sagt man doch, stressige Zeit. Alle bisherigen Sicherheitswachkörper sind nun unter dem Begriff Polizei zusammengefasst worden. Unsere Dienststelle heißt auch nicht mehr Gendarmerie Kommando oder Wachstube, sondern korrekterweise Polizeiinspektion. Aber die Arbeit wird dadurch nicht weniger,

das kannst mir glauben. Es ist halt ein guter Moment, um wieder einmal Archive zu durchstöbern. Aber was hast du nun für ein Anliegen.

Weißt, Wastl, es ist so. Vor Kurzem, an Fronleichnam, war die Resinger Zita bei mir. Die wirst du wohl kennen. Sie ist wohl schon betagt, aber noch frisch im Kopf und auf den Füßen. Sie hat mir derzählt, eine junge Deutsche sei bei ihr gewen, die hätte eppes wissen wellen über eine vermisste Tante und einen vermissten Großonkel oder Großvater, ganz schlau bin ich nicht daraus geworden.

Wann soll denn das gewesen sein, wundert sich der Polizeiinspektor.

Ja, nicht vor Kurzem, sondern der Mann sei schon seit Kriegsende, also seit Mai 1945 vermisst, die Frau seit 1965, das war das Katstrophenjahr, als das Hochwasser so viel Unheil angerichtet hat.

Das sein decht sechzig beziehungsweise vierzig Jahre her, das ist schon ein Zeitl. Ich habe in der nächsten Zeit viele Akten in unserem Archiv aufzuarbeiten, da werde ich mich besonders umschauen, ob ich zu den Fällen, die du genannt hast, etwas finden kann. Mir kommt es so vor, als sei mir etwas Ähnliches schon einmal untergekommen, aber das ist lange her, sicher zwanzig Jahre, da war der Ignaz noch hier der Postenkommandant. Sonst weißt du nichts mehr zu den Vermissten zu sagen.

Ja, die Resinger Zita hat gesagt, der Wibmer Luis von der Bergwacht, der war auch bei der Gendarmerie, hätte dort einmal ein Kreuzle aufgestellt, beim Löbbenboden und meine Mamme, die Agnes, hat dort immer Blümlen auchn gebracht, bald vierzig Sommer lang. Ich bin auch schon dort gewen. Ich denke also, da müsste es bei der Polizei schon Unterlagen dazu geben. Ich selbst weiß kaum etwas davon, die Agnes hat mir nur wenig derzählt. Gut, das sind doch noch wichtige Einzelheiten. Vielleicht lässt sich das noch klären. Wenn die Deutschen kommen, sollen sie auf jeden Fall bei mir hereinschauen. Ich erinnere mich, dass da vor einigen Wochen eine junge Frau mit einer ähnlichen Fragestellung bei uns vorgesprochen hat, aber sie hatte keine konkreteren Angaben machen können oder wollen und ich habe ihr

gesagt, ihre Verwandte müsse mit Dokumenten wiederkommen. Aber jetzt fällt mir wieder ein, mit welchem ungelösten Fall ich das alles verbinde. Geh, Thresl, sei so gut, komm in den nächsten Wochen nochmal kurz vorbei, dann weiß ich mehr.
Vergelts Gott, Wastl. Mich versetzt das in Unruhe, das kenne ich sonst nit. Sag deiner Frau einen Gruß und den Kindern. Die werden auch froh sein, dass nun Ferien sind. Ciao, Wastl.

Auf dem Rauterplatz herrscht nun am späten Nachmittag reges Treiben. Nach einem schönen Sommertag flanieren vor allem die Wandergäste durch den kleinen Ort. Theres trifft einige Bekannte und trinkt einen Verlängerten, dann geht sie über die Brücke, die über den Bretterwandbach führt, hinauf zur Pfarrkirche St. Alban und auf den dort gelegenen Friedhof zum Grab ihrer Mutter.
Geh, Mamme, hält sie stumme Zwiesprache mit der Verstorbenen, was ist dir denn da passiert vor vierzig Jahren. Hast mir lei a hattele davon derzählt. Hast olls für dich behaltn. Hast mich am End schützen wellen. Muss i schiache hobm. Koaner woaß eppes Genaues, aber gewen ist beileibe eppes, des ist gwiss.
Aber wenn Theres auch sonst noch die Stimme der Mutter zu hören vermeint, heute bleibt diese ihr eine Antwort schuldig.
Hetz bin i so zeriedit, dass ich auf die Kerzen vergessn hun. Nimm es mir nit iebel, i kimm morgen zombst noch amol vorbei, Mamme, meint die Theres und macht sich nachdenklich auf den Heimweg. Die Berggipfel, die das hintere Tauerntal begrenzen, erschienen ihr heute in dem milden Licht des späten Nachmittags eigentümlich nahe und eine eisige Kälte scheint von dort oben über die Felswände in die Täler zu ziehen.

Der Juli bringt in diesem Jahr viel Regen und Wärme, denkt Annalena, als sie an einem Samstag mit ihrem aufgespannten Regenschirm ihr Haus Im Gefälle erreicht. Im Garten sprießt alles und besonders Monika hat hier viel Arbeit, denn alles scheint zur gleichen Zeit zu reifen, aufzublühen und wieder zu vergehen. Annalena lacht, als sie Cornelia den Gartenweg kehren sieht.

Dieses Jahr fällt das Laub schon früh, gibt diese lachend zurück, der Wind und der Regen lässt auch den Äpfeln kaum eine Chance. Komm herein, wir machen uns jetzt Apfelpfannekuchen.
Ja, ich habe wirklich Hunger.
Apfelpfannekuchen, das Zauberwort, hat seine Ausstrahlung bei den beiden Frauen nicht verloren, wenn auch die erste Jahreshälfte für Annalena viel Unruhe in das Haus Im Gefälle gebracht hat und es oft einmal mehr als eines Zauberwortes bedurfte, um sie wieder zur Ruhe kommen zu lassen.
Heute sind wir nur zu zweit, meint Cornelia. Bettina ist unterwegs und Moni ist zu meinem Bruder gefahren. Die beiden haben einen neuen Lebensinhalt gefunden, die Biokiste.
Ich werde eine Stunde schlafen. Wir hatten heute viele Kunden. Henner ist so begeistert von meinen Armbändern und dem Halsschmuck mit den Blumen, das glaubst du gar nicht. Den jungen Mädchen gefällt das sehr gut, besonders die, die sich sonst eigentlich keinen Schmuck kaufen würden, auch aus Kostengründen. Diese Anhänger sind leistbar, aber nicht billig. Und nach der Mittagspause werde ich heute endlich einmal den Inhalt der Mappe von meiner Großmutter Anna durchgehen. Magst du mir helfen, Cornelia.
Ja, gerne. In zwei Wochen beginnen die Sommerferien, alle Konferenzen sind vorbei und ich habe mein erstes Schuljahr wirklich bravourös gemeistert. Ich bin froh. Ich glaube, das erste Jahr als Lehrerin an einer fremden Schule ist wirklich eine Herausforderung. Und danach lade ich dich ins Kino ein, in die Abendvorstellung von einem ganz neuen Film. *Sophie Scholl – die letzten Tage.*
Läuft der Film jetzt in Marburg, von dem habe ich schon eine Besprechung im Radio gehört. Da gehe ich wirklich gerne mit und hinterher vielleicht noch ein Eis essen oder einen Wein trinken, oben im Bückingsgarten oder beim Rathaus, das wäre schön. Und morgen einmal ganz lange ausschlafen.
Am Nachmittag setzen sich Annalena und Cornelia an den Tisch im Wohnzimmer. Annalena hat eine Platte aus der Sammlung ihrer Mutter oder Großmutter herausgesucht.
Was hörst du da, fragt Cornelia.

Annalena reicht ihr die Hülle der Langspielplatte.
Das ist eine Platte von zwei Liedermachern von 1979, die haben sich Zupfgeigenhansl genannt, die Platte ist von 1979, mit jiddischen Liedern. Horch mal, diese Aufnahme ist sehr beeindruckend. Sie gibt den Tonabnehmer wieder an den Plattenrand und sie hören *Schtil, di Nacht is ojssgeschternt*.
Meine Mutter hat die Übersetzung der Lieder auf einem Blatt Papier dazugeschrieben. Das ist ein jiddisches Partisanenlied. Ob die Großmutter diese Lieder gekannt hat. Vielleicht haben Ruth und Elise Goldbach solche Lieder gesungen. Das werden wir nicht mehr erfahren.
Still, die Nacht ist voller Sterne, liest Cornelia leise vor sich hin. Aber jetzt zur Mappe von meiner Großmutter, sonst werden wir bis zum Abend nicht mehr fertig, fürchte ich.
Annalena schüttelt den Inhalt der Mappe mit der Aufschrift A n n a behutsam auf den Tisch. Es sind nur wenige persönliche Dokumente dabei, der Geburtsschein, die Taufurkunde, der Trauschein und das Schwesterndiplom, aus der jüngeren Zeit ein Rentennachweis und zwei aufgelöste Sparbücher, ein alter Grundbuchauszug für ihr Haus Im Gefälle, ein Meldeschein, die Sterbeurkunde und ein Spendendauerauftrag für das Schwarze Kreuz in Österreich. Zuletzt noch ein leerer Briefumschlag, adressiert an Frau Anna Weiss, als Absender ist Herr Norbert Gensen in Eiterfeld angegeben.
Marlene muss den Brief genommen und ihn bei sich aufbewahrt haben, er liegt bei ihren Dokumenten, überlegt Annalena
Warum, was meinst du, fragt Cornelia.
Vielleicht war sie sehr begierig darauf, etwas von Wolfgang zu erfahren, und mit Anna konnte sie darüber nicht reden. Vielleicht hatte sie Angst, dass der Brief verloren ginge oder dass Anna ihn zerreißen würde. Ich weiß es nicht.
Unter den einzelnen Dokumenten liegen zwei größere Briefumschläge aus braunem festem Papier. Annalena öffnet den ersten und breitet die darin liegenden Papierblätter vor sich aus. Cornelia nimmt die Blätter, liest die Datumsangaben, Anreden und Unterschriften.

Das sind Briefe von Ruth und Elise ab den 1950er-Jahren. Sie haben von Toronto aus immer wieder zuerst an deine Tante Marlene und deine Großmutter, zuletzt nur noch an deine Großmutter geschrieben. Also hatten sie noch lange Kontakt.
Annalena und Cornelia vertiefen sich in die eng beschriebenen Briefbögen.
Hier ist immer wieder von Dank die Rede, von der Erinnerung an die Zeit in diesem Haus, von Einladungen nach Amerika, von Segenswünschen für meine Mutter und auch für mich. Meine Großmutter war wohl nie dort, in Toronto, das müsste ich eigentlich wissen, sie hätte mir davon erzählt. Ob die beiden, Ruth und Elise, noch leben. Meine Mutter wird ihnen wohl mitgeteilt haben, dass die Großmutter gestorben ist, vor zehn Jahren. Es ist doch tröstlich, dass dieses Haus mit solchen Empfindungen verknüpft worden ist. Ich werde den Schwestern wohl persönlich schreiben müssen. Aber das lassen wir jetzt, nun noch den letzten Umschlag.
Cornelia öffnet ihn behutsam. Darin ist ein Briefkuvert mit einer österreichischen Briefmarke, der Datumsstempel ist kaum zu entziffern, Annalena holt ihre Lupe und sie können die Jahreszahl 1965 ausmachen. Die Handschrift, mit der die Adresse der Großmutter geschrieben ist, kennt Annalena, es ist die von Tante Marlene.
Tante Marlene hat noch von Österreich aus an Anna geschrieben, bevor sie in den Bergen Osttirols verschwunden ist, erklärt sie mit einer eigentümlichen Ruhe. Bitte, Cornelia, lies du den Brief, ich hole uns ein Glas Wasser.
Cornelia liest den kurzen Brief.
Was hat sie an die Großmutter geschrieben, möchte Annalena mit gepresster Stimme wissen.
Sie schreibt, dass sie von Lienz aus mit dem Postbus nach Matrei gefahren ist. In Lienz hat sie einen Kosakenfriedhof besucht. Es hat ständig stark geregnet, trotzdem hat sie in Matrei nur eine Nacht in einem Gasthaus verbracht, weil sie unbedingt weiter ins Tauerntal wollte. Sie ist wirklich bis zum Matreier Tauernhaus gekommen, bei ganz schlechtem Wetter, dort hat sie den Brief

aufgegeben. Sie schreibt noch, dass sie bei einer Sennerin in einer Almgruppe nicht weit entfernt übernachten werde und dass sie beim Tauernhaus eine Frau mit Namen Zita getroffen habe, die sich an Wolfgang erinnern würde. Dieser Spur müsse sie noch nachgehen, danach würde sie wieder abreisen. Das ist ein kurz gefasster Brief, in Eile abgefasst und aufgegeben.
Es ist nichts Unheimliches dabei, oder. Den Namen Zita hat Bettina auch erwähnt. Aber für meine Großmutter waren das sicher Nachrichten, die sie aufgewühlt haben müssen. Ob sie mit meiner Mutter darüber geredet hat. Und dann war die Tante Marlene verschwunden. Ich werde den Brief mit nach Osttirol nehmen und dort bei der Polizei vorzeigen. Bettina hat doch gesagt, dass ich Dokumente mitbringen soll, wenn solche noch vorhanden wären.
Schau, hier ist noch ein Briefumschlag, Er ist grau, das ist ein Einschreiben von Österreich, von 1967, die Adresse ist mit einer Schreibmaschine geschrieben worden. Er scheint noch verschlossen zu sein.
Wer war der Absender, kannst du das lesen, fragt Cornelia.
Das ist ein behördliches Schreiben von der Österreichischen Bundesgendarmerie in Matrei in Osttirol.
Annalena öffnet den Briefumschlag und entnimmt ihm einen maschinenbeschriebenen Briefbogen.
Magst du vorlesen, meint Cornelia. Ich vermute, deine Großmutter hat den Brief nicht geöffnet.
Er ist an Frau Anna Weiss gerichtet. Die Gendarmerie ersucht meine Großmutter, sich bei der Dienststelle in Matrei zu melden, da man vermutet, dass persönliche Besitzgegenstände von Frau Marlene Weiss, die von ihr 1965 als vermisst gemeldet wurde, gefunden wurden.
Das ist doch seltsam und gar nicht zu verstehen. Warum hat die Großmutter das Schreiben nicht geöffnet und nicht gelesen. Sie muss große Angst gehabt haben. Sie hat den Brief ganz einfach ignoriert und auch bei den Marburger Behörden nicht angegeben. Tante Marlene wurde für tot erklärt, ohne dass die Behörden in Marburg und in Matrei weiter miteinander zusammengear-

beitet haben. Das war wohl nur möglich, weil die grenzüberschreitende Kommunikation damals noch sehr erschwert war. Für die Behörde in Marburg war die Sachlage offensichtlich, es lag ein Bergunfall vor und aufgrund der Unwettersituationen in den Jahren 1965 und 1966 gingen sie davon aus, dass es hier zu keiner weiteren Aufklärung mehr kommen konnte. Die Gendarmeriebeamten in Matrei haben die Unterlagen archiviert und der Fall ist vielleicht ganz einfach vergessen worden, nachdem auf ihr Schreiben keine Antwort eintraf. Dieses Schreiben werde ich ebenfalls mitnehmen.
Deiner Großmutter war es vielleicht nicht möglich, sich mit den näheren Umständen auseinanderzusetzen. Sie hat sich zurückgehalten, die Gründe dafür wissen wir nicht und würden sie vielleicht auch nicht verstehen.
Weißt du, dass wir schon in vier Wochen nach Österreich aufbrechen. Eigentlich müssten wir uns nochmal zusammensetzen und alles besprechen. Holger wollte Zimmer für zwei Wochen suchen, hoffentlich hat er etwas für uns alle bekommen. Und was ist mit dem Berliner, der unbedingt mitkommen will, fragt Cornelia.
Ach, der schläft sicher auch in einem Zelt oder im Biwak, diesen Eindruck hat er auf mich gemacht, lacht Annalena.
Gut, wir müssen los, sonst kommen wir zu spät zum Kino. Ich esse unterwegs einen Apfel.
Ich auch. Ich bin gleich so weit, gibt Annalena zurück und schlüpft in der Garderobe in ihren Regenmantel.

Die Widerstandsgruppe Die Weiße Rose stellt heute eines der bekanntesten Beispiele jugendlichen Widerstands gegen das nationalsozialistische Regime dar. Zu ihren führenden Mitgliedern gehörten die Geschwister Sophie und Hans Scholl. Sie machten durch mehrere Flugblätter auf die Verbrechen der Nationalsozialisten aufmerksam und versuchten damit, das deutsche Volk zu passivem Widerstand zu bewegen. Sie taten dies vor dem Hintergrund, dass sie anfangs selbst von der NS-Ideologie begeistert und aktiv in HJ und BDM tätig waren, da die Nationalsozialisten bündische Elemente in die HJ übernahmen. Die selbst verfassten Schreiben wurden von der Gruppe an Tausende Haushalte in München und anderen deutschen Städten gesendet sowie in der Münchner Universität ausgelegt. Bei einer dieser Aktionen wurden Hans und Sophie Scholl verhaftet und nach einigen Tagen gemeinsam mit ihrem Mitstreiter Christoph Probst nach tagelangen Verhören durch die Gestapo zum Tode verurteilt und hingerichtet. Der kurze Schauprozess, der der Abschreckung dienen sollte, und die daraus resultierenden Urteile, machen den Charakter des nationalsozialistischen Regimes und dessen Umgang mit Gesetz und Recht deutlich.

Cornelia hat laut aus dem Filmbeiheft vorgelesen. Der Regen hat nachgelassen. Annalena und sie haben nach dem Kinobesuch einen freien Tisch am Rathausplatz gefunden und einen Rotwein bestellt. Beide sind nachdenklich und schweigsam.
Da gibt es eigentlich gar nicht viel zu erklären und zu diskutieren, meint Cornelia nach minutenlangem Schweigen.
Ja, das finde ich auch. Ist es nicht seltsam, wohin wir unsere Aufmerksamkeit lenken, immer wieder holt uns die Vergangenheit ein. Ja, und immer ist es die Vergangenheit vor sechzig und mehr Jahren. Aber ich denke, nun haben wir schon sehr viel aufgearbeitet, wie es so schön heißt und im Grunde bin gerade ich so stark betroffen, weil alles irgendwie mit meiner Familie zusammenhängt.
Annalena nimmt einen Schluck Rotwein und schaut versonnen auf das noch regennasse Kopfsteinpflaster. Sie mag diesen alten Stadtplatz mit den jahrhundertealten Patrizierhäusern und dem Rathaus unterhalb des Schlosses, für sie ein Inbegriff von Sicherheit und Beständigkeit. Aber trügt dieses Bild nicht auch, denkt sie weiter, hier gab es doch auch über die Jahrhunderte hinweg Verbrennungen, Prangerstrafen, Verhaftungen, Erschießungen, Denunziationen und private Anfeindungen. Es ist ein dünnes Eis, die Sicherheit des Kopfsteinpflasters trügt.
Ja, Annalena, das erscheint dir so, unterbricht Cornelia ihre Gedanken.
Aber ich bin überzeugt, jeder Mann und jede Frau in unserem Alter würde genauso persönlich betroffen sein, wenn es die Möglichkeit geben würde, so tief in die Familiengeschichte einzutauchen, wie es bei dir geschehen ist. Wenn ich ehrlich bin,

ich weiß nicht, ob ich den Mut hätte, mich meiner Familiengeschichte so offen zu stellen. Ich denke, man ist nicht nur mutig, sondern auch in gewissem Maße wehrlos.
Ja. Da hast du recht. Vielleicht ist es leichter, wenn die Verbindungen zu den Menschen der früheren Generationen innig waren, ich musste nicht unbedingt befürchten, dass sich menschliche Abgründe auftun würden. Zudem musste ich meiner Mutter versprechen, die offenen Fragen in unserer Familiengeschichte zu klären. Was jetzt noch bleibt, sind die persönlichen Schicksale meiner Verwandten. Was ist mit Wolf und Magdalena passiert. Was mit Wolfgang. Was mit Marlene. Was hat es mit den Blumen in den Seidenpapierpäckchen auf sich. Wir haben zwei davon, aber mit meiner Mutter sind es fünf Menschen, die in eine gemeinsame Geschichte hineinverwoben sind. Ich muss aufpassen, dass mich diese Geschehnisse nicht überwältigen. Und bei einigen Gedanken stehe ich noch ganz am Anfang. Was hat das mit mir zu tun. Wer war meine Großmutter, wer war meine Mutter und was hat das aus mir gemacht.
Vielleicht war es nicht so gut, diesen Film anzusehen. Mich hat eher die Zivilcourage der damaligen Studenten beeindruckt und andererseits haben mich der Hass und der Terror zur Zeit des nationalsozialistischen Regimes aufgewühlt. Aber weißt du, Annalena, dadurch kannst du alles etwas mehr einordnen, in die größeren Zusammenhänge, diese Überlegungen habe ich gehabt. In vier Wochen werden wir nach Osttirol aufbrechen. Vielleicht löst sich dort das Fadenknäuel.
Cornelia, ich bin überzeugt, dass ich das Ende verstehe, wenn ich den Anfang kenne. Es gibt da noch manches, was ich von meinen Urgroßeltern wissen muss. Im Schrank sind noch einige Unterlagen, die werde ich vor unserer Abreise noch durchsehen müssen. Und ich werde sehen, ob ich nicht alle, die mitfahren, in den nächsten zwei Wochen zu einem Treffen bewegen kann. Dürfte doch nicht so schwierig sein. Nur der Berliner, also den musst du selbst ansprechen.
Ja, du machst eine Zeit aus und ich gebe dann dem Laurenz Bescheid. Wäre schön, wenn er nach Marburg kommen könnte.

Die Frauen trinken schweigend ihren Rotwein aus. Auch auf dem gemeinsamen Heimweg wechseln sie nur wenige Worte. Das Haus Im Gefälle liegt dunkel in seinem Garten. Nur die beiden Rabenkrähen erwarten die Bewohnerinnen und machen sich kaum die Mühe, ihren Platz bei der Haustüre zu verlassen, als Annalena den Haustürschlüssel aus der Tasche zieht und aufsperrt.

Im Schlaf ist Annalena wieder ein kleines Kind. Sie liegt auf einer Blumenwiese zwischen Wollgras, Speik und Schusternagelen und rings umher sind hohe Berge mit Schnee bedeckt. In der Luft ist ein sehr lautes Summen. Frauen in weißen Kleidern tanzen um sie herum, ohne mit den Füßen den Boden zu berühren. Sie halten sich an den erhobenen Händen und schauen freundlich auf sie herab. Zwischen ihren Händen haben sie ein dichtes Netz aus Fäden gespannt, das das Himmelsblau verdrängt. Das Kind umklammert das kleine Fadenknäuel in seiner Faust und wickelt den Faden weiter langsam auf. Das Netz über den Köpfen der Frauen wird lichter und das Kind kann ein wenig vom Himmelsblau erkennen.

Einige Tage später findet Annalena bei ihrem Heimkommen auf dem Küchentisch einen Zettel von Cornelia.

> *Wir treffen uns um Samstag, den 30. Juli am späten Nachmittag zu einer Vorbesprechung unserer Fahrt nach Osttirol hier Im Gefälle, es können alle kommen. Bitte gib du Laurenz Bescheid. Ich bin heute auf einem Klassenfest eingeladen.*
> *Liebe Grüße Cornelia*

Annalena seufzt und zieht die Schultern hoch. Sie wird das, was kommen wird, kaum aufhalten können, das ahnt sie bereits. Gegen Grübeleien aller Art hilft am besten die körperliche Arbeit, wie sie weiß. Sie zieht Gartenhose und Gartenschuhe an und beginnt mit dem Rasenmähen, erntet Bohnen und Spinat und jätet das Unkraut im Rosenbeet. Später, nach einer ausgiebigen Dusche, zieht sie sich zum Laufen um und nimmt ihre Lieblingslaufstrecke mit dem vertrauten Ausblick auf das sommerliche Lahntal. Annalena weiß, dass sie heute am frühen Abend keine ihrer Mitbewohnerinnen mehr im Haus antreffen wird. Sie setzt sich nach einer zweiten Dusche und einem kleinen Abendbrot in den Wintergarten. Die Türen lässt sie weit geöffnet und der laue Abendwind umspielt ihren Nacken. Auch gut, denkt sie, es kommt, wie es kommt, ich werde es gelassen nehmen, wie es meine Großmutter getan oder zumindest geraten hätte. Sie schreibt Laurenz eine Textnachricht auf sein Handy und teilt ihm den Termin ihres Treffens mit, schreibt noch ein Willkommen dazu und sendet die Nachricht ab. Dann sucht und wählt sie die Telefonnummer von Bettinas Vater. Onkel Jochen meldet sich schon nach dem zweiten Klingelton. Annalena fragt ihn, ob er am morgigen Abend Zeit hätte und zu Hause sei, sie wolle erst noch zum Friedhof und dann zu Onkel Joachim, es würde sie freuen, wenn er dazu kommen könne. Der Onkel ist sofort einverstanden, die Tante hätte am morgigen Abend Kegelclubtreffen, er würde Annalena gerne auf den Friedhof begleiten und auch seinem Vater Bescheid geben.

Annalena ist erleichtert. Sie kennt ihre Schwachstellen, Termine ausmachen und persönliche Nachrichten schiebt sie nicht ungern vor sich her. Wahrscheinlich ist das immer noch die Erschöpfung, überlegt sie, oft hat sie das Gefühlt, noch ein oder zwei oder drei Verpflichtungen oder Gespräche und der Grat, auf dem sie sich bewegt, wird zu steil und zu schmal. Ihr Mobiltelefon lässt einen leisen Signalton hören und sie öffnet die angemeldete Textnachricht. Ich komme gerne, habe in Süddeutschland zu tun. Danke, Laurenz aus Berlin.

Annalena holt aus dem Schrank im Gästezimmer die Mappen von ihrer Urgroßmutter Magdalena und die von ihrem Urgroßvater Wolf, im Keller eine Flasche Weißwein aus der Pfalz, ein Glas und eine Karaffe Wasser aus der Küche und aus ihrem Zimmer unter dem Dach zwei CDs von Carla Bruni. Sie legt eine der CDs ein und breitet den Inhalt der Mappen nebeneinander auf dem Tisch auf. Annalena beginnt mit dem Päckchen mit der Aufschrift W o l f. Geburtsurkunde, Taufurkunde, Schulzeugnisse, zwei Schulklassenfotografien, Konfirmationsurkunde, Gesellenbrief, Meisterbrief und Heiratsurkunde. Ein Entlassungsschein als Soldat nach dem Ersten Weltkrieg. Vergilbte Hausbaupläne und einen Baubescheid für das Haus Im Gefälle. Ein Zupfgeigenhansl-Liederheft, ein Wanderheft von der Wandervogelbewegung. Eine Vorzeichnung für ein Schmuckstück, wohl eine Brosche mit den ihr bekannten Alpenblumen Schusternagelen, Wollgras und Speik, datiert mit 1919.

Annalena schenkt sich Wein nach, wechselt die CD, hört eine Weile mit geschlossenen Augen den Melodien nach und öffnet die zweite Mappe mit der Aufschrift M a g d a l e n a . Auch hier wieder unspektakuläre Dokumente, Geburtsurkunde, Taufschein, Konfirmationsurkunde, Schulzeugnisse, Abiturzeugnis, Studienabschlussurkunde, Heiratsurkunde, die Geburtsurkunden der Kinder Wolfgang und Marlene. Das Testament von Magdalenas Mutter, ein Grundbuchsauszug von der Bauparzelle Im Gefälle. Ein handbeschriebener Papierbogen mit der Sage von den Saligen Fräulein, die Annalena schon kennt, einige Rötelskizzen von den Köpfen ihrer Kinder Wolfgang und Marlene im Kleinkindalter. Zuunterst ein von Hand gebundenes Wandertagebuch von 1919. Annalena packt alles wieder sorgfältig in die braunen Umschläge zurück, nur das Wandertagebuch lässt sie offen auf dem Tisch liegen. In die etwas rauchige weiche Stimme der Carla Bruni mischt sich das Summen der tanzenden Frauen.

So findet Bettina Annalena schlafend mit dem Kopf auf den verschränkten Armen auf der Tischplatte liegend, als sie spät am Abend leise die Wohnzimmertür öffnet. Bettina schließt die Wintergartentüren, schaut kurz auf die CDs und schüttelt Annalena behutsam am Arm.

Hallo, du bist eingeschlafen.

Oh hallo, Bettina, ja, aber nur einen kurzen Moment. Ich habe hier die Papiere von meinen Urgroßeltern durchgeschaut.

Hast du etwas gesucht.

Nein, eigentlich nicht, nur wegen der Vollständigkeit. Wenn wir nach Osttirol fahren, da muss ich doch vorher so viel wie möglich wissen, auch von den Urgroßeltern, die waren doch auch

dort, vor mehr als achtzig Jahren und dann noch einmal, das war 1932, bricht es aus Annalena hervor.
Ja, aber heute ist es schon sehr spät dafür, meint Bettina.
Ja, ich glaube auch. Ich bin zu müde. Hier ist noch ein Wandertagebuch von Wolf und Magdalena, da hat mich der Schlaf übermannt.
Dann liest du es ein anderes Mal.
Ich lege es neben das Herbarium, das ist ein passender Platz für die Aufzeichnungen. Morgen am Abend bin ich mit deinem Vater bei Onkel Joachim. Vielleicht kannst du auch kommen.
Annalena steigt in ihre Dachkammer hinauf. Bettina hört noch einige Aufnahmen von Carla Bruni. Sehnsucht und Selbstbewusstsein, ja, das trifft auch auf Annalena zu, denkt Bettina, trinkt das Glas Wein aus, das auf dem Tisch steht, räumt die Umschläge zurück in den Schrank im Nebenzimmer und die Flasche in den Kühlschrank.

Theres macht sich an einem sonnigen Hochsommertag mit dem Rad auf den Weg zu ihrem Onkel Peter Paul, dem Bruder ihrer verstorbenen Mutter. Der Onkel wohnt mit seiner Familie in Huben, einem kleinen Weiler bei Matrei, dort ist die Familie seit Generationen im Besitz eines Bergbauernhofes, zu dem auch die Alm in Gschild gehört. Der Alltag auf den hochgelegenen Bergbauernhöfen ist ein anderer als im Tal, die Arbeit härter, aber doch aufgrund der Subventionen durch das Land, den Staat und die Europäische Union lange nicht mehr so rau und entbehrungsreich wie noch vor einigen Jahrzehnten. Theres ist als Kind bei der Muetta und dem Atte, ihren Großeltern, auf dem Hof aufgewachsen, von dem ihre Mutter kam. In den Sommern hat die Mutter erst jahrelang das Vieh des Hofes auf der Alm in Gschild betreut, später hat sie dann auf Berghütten gearbeitet und noch später in der Miederfabrik. Viele Arbeitsmöglichkeiten gab es früher für die Einheimischen nicht, viele mussten auspendeln, auf Lienz oder ins Salzburgische. Theres nimmt die kleinen Gemeindestraßen über Seblas und Feld bis zum Weg, der hinauf zum Mattersberg führt, stellt ihr Rad beim Anstieg der Straße ab und macht sich zu Fuß auf den

Weg. Das Wohnhaus ihrer Großeltern weit oben in den Mähdern, fast an der Baumgrenze gelegen, grüßt schon von Weitem mit dem großen weißen Christuskorpus und dem üppigen Blumenschmuck an der schwarz verwitterten Vorderseite.
Griaß di, ruft sie einem Buben zu, der auf der Treppe sitzt und mit einer Katze spielt.
Wo ist denn der Peter Paul.
Der ist hinter dem Hause, gibt der Bub zur Antwort, die Muetta ist im Stalle, der Vota ist mit den Rössern im Wald, die Mander sein in den Mähdern.
Theres geht die Labn entlang durch das Haus zur rückwärtigen Seite. Hier sitzt der Altbauer und tengelt eine Sense, vor sich einen mächtigen Haufen Brennholz.
Griaß di, Peter Paul, sagt Theres und setzt sich neben den Onkel auf einen Schemel.
Griaß di. Dass man dich auch gar amol wieder siecht. Was führt dich denn zu uns herauf, begrüßt sie der Onkel.
Ja, loas zu. Bei mir im Marktle ist die Resinger Zita gewesen. Das ist eine Bekannte von der Agnes gewesen. Selle wasche woll.
Und was hat die von dir wellen, erkundigt sich der Onkel.
Sie hat so Geschichtlen derzählt, von früherer Zeit, von den Almen am Tauern und in Gschild. Oane junge Frau aus Deutschland sei kemmen und hat sie eppes fragen wellen, von dem Sommer, als das große Wasser war, 1965. Sie hat eine Tante gesucht, die seit der Zeit vermisst wird. Die Frau wird noch amol wiederkemmen, mit einer Verwandten. Die Zita hat gemoant, die vermisste Frau hätte bei der Agnes geschlofn in Gschild. Später sei sie dann verschwunden gewen. Ich war schon bei der Gendarmerie, beim Oberbichler Wastl, der hat gesagt, er schaut amol in den Akten. Ich woaß aber, dass die Mamme oft amol zu einem Kreuzle gangn ist, am Löbbenboden, mit Blümlen. Vielleicht kannst du mir noch eppes derzähln, von der Zeit.
So, so. Ist schon oane kloane Weile her, meint der Onkel nachdenklich.
Loas zu. Des war in dem Sommer mit dem Unwetter, da bischt du no oane gonz kloane Gitschn gewen. I hun koan Weibetz

aus Deutschland in Gschild gesechn, aber die Agnes war vazoat, ganz zeriedit. Mehr kann i dazue nit sagn. Mir san a so beschäftigt gewen, mit den Viechern und der Hittn bei dem grauslichen Wetter. Da sein die Muren oagangn und die Bruggen war unterspült, ich hun gmoant, des sei das Ende von unserem Tal. Woasst, die Frau kimmt noch amol, im August. Die Leit werden mich in Gschild besuchen. Vielleicht kannst du denen auch eppes derzähln von dem Hochwasser.
Ja da bin i noch oan Mordslackl gewen, nit so a terischa Lotta wia heint. I woaß da noch oane Geschichte zum derzähln, von meinem Vota, dem Valtl, aber des ist viel friager gewen. Die Schwester vom Valtl, die Burgl, die lebt noch, die ist auch dabei gewen. Wenn du moanst. Ich telefonier noch vorher. Vergelts Gott für die Hilfe, pfiat di und griaß ma olle umedum, meint die Theres und geht durch die Labn zurück auf die sonnige Hausseite. Pfiat di, ruft sie dem Buben auf der Treppe zu und nimmt noch einen Schluck Wasser vom Hausbrunnen. Sie lässt ihren Blick auf die gegenüberliegende Bergseite schweifen. Da liegt der Lottersberg mit seinem hochgelegenen Mentlishof unterhalb des Zunig. Der Zunig ist der Hausberg von Matrei, abseits gelegen und kaum erschlossen, ein streng gehütetes Geheimziel für Beeren- und Schwammlenklauber. Von weiter oben, wo die aufgelassenen Knappenlöcher liegen und wo man früher Gold geschürft hat, erzählt man sich manche Sage von den Venedigermandln und um den Gipfel hausen die Saligen Fräulein, so hat es die Mamme gewusst und dass dort viele heilkräftige Pflanzen wachsen, der Speik, der Enzian, die Arnika, erinnert sich Theres. Unterhalb des Gipfels liegt der Arnitzsee, auf dessen Grund sich einst eine blühende Alm befunden haben soll, aber die Almleute hätten durch ihr sündhaftes und ruchloses Treiben ein fürchterliches Unwetter heraufbeschworen, das alles Leben dort oben vernichtete. Manch einer vermeint noch heute Geräusche aus dem See zu hören, die im Volksglauben ein Unwetter ankündigen sollen. Theres kennt die Sagen aus ihrer Heimat gut, sie bilden einen Teil des Lesestoffs der Volksschulkinder, aber wenn sie weit hinaufsteigt und dem Treiben im Marktle entkommt, erhalten diese al-

ten Geschichten einen anders gewichteten Sinn. Jetzt kommt ihr vor, dass der Wind auffrischt, der von den Höhen kommt und ein eigenartiges Summen in der Luft zu hören ist. Theres schüttelt den Kopf über sich selbst und macht sich auf den Rückweg hinunter ins Iseltal. Als sie vor der ersten Wegbiegung noch einmal zurück zum Hof der Großeltern schaut, sieht sie den Buben mit der Katze auf dem Arm auf der Treppe stehen und angestrengt mit zusammengekniffenen Augen hinüber zum Zunig schauen.

Jochen Weiss holt Annalena kurz nach Geschäftsschluss im Verkaufsraum des Juwelierladens ab. Es ist kühler Sommerabend mit leichtem Nieselregen, der den Staub des Sommers wegwäscht.
Bist du fertig, fragt er und schaut sich prüfend in dem großen Raum um, bevor er nachschaut, ob die Eingangstüre vorschriftsmäßig verschlossen und die Alarmanlage eingeschaltet ist.
Man kann nicht vorsichtig genug sein, aber bei dir brauche ich mir diesbezüglich wirklich keine Sorgen machen, sagt er zu Annalena und lächelt ihr freundlich zu.
Das ist eine alte Gewohnheit von mir. Wie war dein Tag, Annalena.
Oh danke, gut. Ich habe schon wieder einige Stücke aus meiner Kollektion verkauft, im Moment sind die violetten Armbänder sehr gefragt.
Ja, das ist eine wunderschöne leichte Kollektion, das muss jemandem erst einmal einfallen. Gehen wir gleich gemeinsam zum Friedhof. Mein Vater weiß Bescheid, dass wir später kommen.
Ja, Onkel Jochen, wir können aufbrechen.
Die beiden gehen die Barfüßerstraße entlang und biegen dann zur Ockershäuser Allee ein, an der sich der große städtische Friedhof erstreckt. Zuerst besuchen sie das Grab von Onkel Jochens Mutter und legen Rosen aus dem Garten Im Gefälle ab. Annalena entzündet schweigend eine Grabkerze. Sie lesen gemeinsam die eingravierten Namen der Verstorbenen, dann schiebt Annalena den Efeu an der Grabplatte zur Seite.
Onkel Jochen, hast du von diesen Eingravierungen gewusst, fragt sie behutsam.
Ihr Onkel nickt.

Ja, mein Kind, für mich ist das kein Geheimnis und auch nicht schmerzvoll. Aber ich kann dir nicht sagen, wer das hat anbringen lassen, wann oder aus welchem Anlass.

Die beiden gehen zum Grab von Lena Maria, legen auch hier Rosen auf die Grabstelle und Annalena entzündet eine zweite Kerze.

Onkel Jochen, kennst auch hier die Inschriften unten unter dem Efeu, fragt sie.

Ja, auch diese habe ich schon vor längerer Zeit entdeckt, aber ich kann dir dazu auch nicht Näheres sagen. Die Inschriften sind alle ohne das Wissen meiner Familie angebracht worden, aber wir hätten auch nie etwas dagegen gehabt. Im Gegenteil. So sind sie nicht vergessen, wenn sie auch nicht hier liegen. Bei meinem Familiengrab stehen ja auch die Namen von Fritz und Claudius, die als Soldaten in anderen Ländern auf Kriegsgräberfriedhöfen bestattet worden sind. Da ist wohl kein Unterschied. Aber nun lass uns gehen. Mein Vater mag es gar nicht, wenn man sich verspätet, da hat er gar kein Einsehen, sagt Jochen Weiss mit einem kleinen unwilligen Seufzer.

Nach einem eher eiligen Rückweg finden sie diesen jedoch schon in Gesellschaft von Bettina.

Gott lob, da ist ihm das Warten nicht so endlos vorgekommen, flüstert sein Sohn Annalena in der Garderobe zu.

Wenn Bettina bei ihm ist, hellt sich seine Stimmung rasch auf, sonst ist er in letzter Zeit oft unruhig und unleidlich.

Joachim Weiss sitzt an seinem Lieblingsplatz im Erker des Wohnzimmers. Bettina hat bereits den Tisch gedeckt, es gibt mit Käse, Radieschen und Schinken belegte Brotscheiben, einen Grünen Veltliner aus der Pfalz und für ihren Vater Marburger Bier, das er dem Wein vorzieht.

Die Brote hat meine Mutter schon gerichtet, sie ist zum Kegeln gegangen, erklärt Bettina. Sie lässt dich lieb grüßen, Annalena. Greift zu.

Danke dir, entgegnet Annalena und zieht Bettina etwas zur Seite. Sie greift in ihre Umhängetasche und zieht behutsam das Wandertagebuch ihrer Urgroßeltern heraus.

Hier, das ist für Holger, er kann die Aufzeichnungen vielleicht für seine Tourenplanung nützen. Bitte lege es dann wieder zurück auf den Tisch zum Herbarium.

Das ist aber sehr lieb von dir. Ich werde das Buch aber nicht aus den Händen geben, sondern Fotokopien davon machen. Ich kann es auch mit Großvater noch durchschauen, daran wird er sicher Gefallen finden.

Joachim Weiss isst mit gutem Appetit, wie immer, wenn er Gesellschaft um sich hat. Nach dem Abendbrot, bei dem sie Alltagsgeschichten ausgetauscht haben, zündet er sich umständlich seine Pfeife an, auch das ein Ritual, das seine Zeit braucht.

Onkel Joachim, heute muss ich dich noch etwas fragen. Ich bin auch froh, dass du dabei bist, Onkel Jochen.

Was hast du denn auf dem Herzen. Ist es etwas mit der Arbeit, fragt der alte Herr besorgt.

Nein, nein, da brauchst du dir keine Sorgen zu machen, Vater, beschwichtigt ihn sein Sohn. Das Geschäft geht gut und Annalena spricht mit ihren neuen Entwürfen auch neue, junge Kundinnen an.

Ja, das ist ja sehr schön. Also, wie und wobei können wir beide dir helfen, fragt Joachim Weiss und nimmt einen Schluck Weißwein.

Ja, ich muss einfach noch ein wenig mehr wissen von den Frauen, die früher Im Gefälle gelebt haben. Das ist mir wirklich wichtig. Also, ein wenig mehr von Anna, Marlene und auch von meiner Mutter. Meine Mutter war immer sehr verschwiegen, was ihr Zusammenleben mit meiner Großmutter und meiner Großtante angeht. Vielleicht könnt ihr mir davon noch ein wenig erzählen.

Ich weiß nicht, Annalena, du hast mich und Sabine doch schon danach gefragt, also ich muss erst einmal darüber nachdenken, überlegt Bettinas Vater. Ich war damals ja noch ein kleines Kind und später ein junger Erwachsener, als Tante Marlene abgereist und nicht mehr wiedergekommen ist.

Ich denke, du hast ein Recht, so viel als möglich zu erfahren. Ich werde es versuchen, entgegnet Joachim Weiss.

Danke, ihr wisst, dass ich das alles nicht aus Neugier frage, sondern, weil es mir wirklich ein wichtiges Anliegen ist.

Gut. Wie war das mit Anna und Marlene. Von der Kriegszeit her kann ich dir nichts erzählen, ich war als Soldat ja nicht hier und dann Gott sei Dank nur kurz in französischer Gefangenschaft. Ich bin im Herbst 1945 dort entlassen worden und hatte dann mit der Wiedereröffnung unseres Geschäfts und mit meiner Familie viel zu tun, wir haben uns selten Im Gefälle blicken lassen, kleine Familienfeste gab es erst später wieder. Ein Bruder von mir ist im Krieg geblieben, uns ist ein kleiner Junge gestorben, 1950 starb meine Mutter, die die Familie zusammengehalten hatte in den schrecklichen Jahren vorher. Deiner Großmutter, sie war die Frau von meinem Cousin, ist es, nachdem Wolfgang vermisst und dann für tot erklärt wurde, sehr schlecht gegangen. Sie hing mit großer Hingabe an deiner Mutter, war aber in der ersten Lebenszeit des Säuglings beinahe unfähig, sich um das Kind zu kümmern. Das hat mir meine Frau Sophia erzählt. Ihr schien, Anna war in großen Ängsten, dass etwas mit dem Kind passieren könnte. Marlene war da viel praktischer, aber bei allem gemeinsamen Tun um das Wohl der Menschen Im Gefälle, bei allem Tun um die Erhaltung des Hauses, ja, bei allem, was sie taten, war da doch auch so etwas wie eine unsichtbare Wand zwischen den beiden Frauen. Sie stritten nie. Mit der Zeit wurde das Verhältnis entspannter, aber richtig aufgelebt ist deine Großmutter erst, als Marlene nicht mehr wiederkam. Das klingt schrecklich und sie hat so etwas nie auch nur angedeutet, aber ich hatte diesen Eindruck und Sophia hat das genauso gespürt. Anna hat dann auch zu ihrer Tochter, also zu deiner Mutter Lena Maria ein besseres Verhältnis aufgebaut, so ist es mir vorgekommen. Wenigstens ist von Marlene, als die ersten Aufregungen vorbei waren, kaum mehr gesprochen worden. Aber nicht im Bösen, das darfst du nicht glauben. Es war auch keine Erleichterung spürbar, eher ein neuer Lebensmut. Bei Anna habe ich immer eine latente Angst verspürt. Ich möchte auch behaupten, dass diese Angst erst gekommen ist, als Wolfgang nicht mehr nach Hause kam, vorher, bis zur Geburt ihres Kindes, war sie eine besonnene und aufgeschlossene junge Frau, die gelernt hatte, sich alleine zu bewähren. So hat Sophia sie mir beschrieben, die beiden verstanden sich gut. Anna

konnte ja auch sehr mutig sein, wie sie im Krieg zusammen mit Marlene bewiesen hat. Ihr früher Tod ist uns sehr nahegegangen.
Joachim Weiss beginnt umständlich, seine Pfeife frisch zu stopfen, und nimmt noch einen Schluck Weißwein. Bettina beeilt sich, ihm nachzuschenken.
Ich habe das auch ähnlich in Erinnerung, greift sein Sohn den Gesprächsfaden wieder auf.
Darf ich dir das erklären, Annalena, fragt er und blickt nachdenklich aus dem Erkerfenster.
Ja, natürlich, Onkel Jochen, ich habe euch ja darum gebeten. Ich weiß selbst, dass es manchmal unmöglich ist, Gefühle oder gefühlte Erinnerungen in Worten auszudrücken. Ich denke, Bilder im Kopf können nur unzureichend beschrieben werden, Worte machen sie unansehnlich, sie verblassen, wenn sie beschrieben werden.
Dann will ich es versuchen. Ich habe dir meine Eindrücke ja im Winter schon einmal dargelegt, auch dass ich davon überzeugt war, dass Anna Angst gehabt hat. Die Angst war greifbar, aber nicht rational. Ich kann mich wirklich gut erinnern, dass es ihr wichtig war, Tante Marlenes Versuche, der kleinen Lena Maria alpenländische Sagen oder Lieder aus den Alpen nahezubringen, zu unterbinden, dass sie nicht wollte, dass sich das Kind mit gepressten Alpenblumen beschäftigte. Ich bin selbst in solchen Situationen dabei gewesen, in eurem Haus Im Gefälle, als Schulkind, und mir ist das seltsam vorgekommen. An was ich mich noch sehr gut von unserer Volksschulzeit her erinnern kann, ist ein eigenartiges Spiel, dass Lena Maria mit mir spielte, sie nannte es Vermisst-Sein.
War das ein Gesellschaftsspiel, Vati, hakt Bettina nach.
Nein, nein, außer mir kannte es kein anderes Kind, nur ich war eingeweiht und kannte die Regeln. Lena Maria packte nach den Hausaufgaben ein Butterbrot und Himbeersaft in einen kleinen Korb und wir zogen auf die Straße gegenüber von dem Haus Im Gefälle, setzten uns dort auf ein Gartenmäuerchen und warteten, oft stundenlang. Lena Maria war überzeugt, dass gerade an diesem Tag ihr Vater nach Hause kommen würde, und wartete,

und ich mit ihr, bis Anna kam und uns hereinholte. Sie mochte
es nicht, wenn wir da auf dem Gartenmäuerchen saßen und warteten, aber sie konnte Lena Maria nicht davon abhalten, die war
manchmal sehr eigensinnig. Die Marlene hat aber nichts gegen
dieses Spiel einzuwenden gehabt und hat uns immer wieder etwas hinausgebracht, eine Handvoll Kirschen oder Johannisbee-
ren, was gerade da war. Das Mäuerchen war aus rotem Buntsand-
stein und bis zum Abend konnte man an den Oberschenkeln die
Spuren der Einkerbungen sehen, die die rauen Steine dort hinterlassen hatten. Das Warten verkürzte ich mir mit dem Anschau-
en von verschiedenen Käfern und Insekten, auch Ameisen, die
aus den Ritzen der Mauerfugen hinaus und wieder hineinkro-
chen, emsig beschäftigt, während wir dort tatenlos saßen. Oder
war Warten auch eine Tätigkeit. Ich erinnere mich nicht, dass
uns langweilig wurde, die gespannte Erwartung von Lena Maria
übertrug sich auch auf mich und ich wusste, es war richtig und
wichtig, dort zu sitzen und zu warten. Später, als deine Mutter
auf das Gymnasium gegangen ist, hat sich dieses Spiel ganz verloren. Es haben sich auch diese Spannungen zwischen den Frauen
gelegt, dafür wurde die Tante merkwürdig. Sie hat sich so sehr
versponnen in eine ganz eigene Welt, wann immer ihr das möglich war. Und dann ist sie eines Tages auch dahin aufgebrochen.
Bettina ist aufgestanden, öffnet eines der Erkerfenster, holt noch
eine Flasche Wein und ein Bier für ihren Vater, leert den Aschenbecher und holt eine Schale Nüsse.
Schau, Walnüsse, die magst du doch so gerne. Früher hast du mir
erklärt, wer viele Walnüsse isst, wird gescheit, weil die Walnuss
ausschaut wie das menschliche Gehirn, lacht sie ihrem Großvater zu.
Annalena, warum willst du, dass wir dir von Anna und Marlene erzählen, fragt der alte Herr.
Ja, das ist ganz schwer zu erklären. Ich bin überzeugt, dass es eine
ganz enge Verbindung zwischen mir und meiner Großmutter
gibt. Natürlich war unsere Beziehung immer eng, sie hat mich
ja auch großgezogen. Aber jetzt noch, ein Jahrzehnt nach ihrem
Tod, fühle ich mich mit ihr verbunden. Sie hat über annähernd

alles, was ihr in ihrer Familie widerfahren ist, immer geschwiegen. Auch meiner Mutter gegenüber hat sie sich nicht geöffnet. Kann es sein, dass es so etwas wie ein unausgesprochenes Vermächtnis gibt, dass ich als Enkelin noch etwas zu Ende bringen muss, was meine Großmutter und meine Mutter nicht vermochten. Meiner Mutter habe ich das Versprechen geben müssen, hier noch die Fäden zu entwirren.
Jochen Weiss hat nachdenklich zugehört, sein Vater Joachim zieht an seiner Pfeife.
Kind, Kind, wenn du dich da nur nicht verrennst. Was willst du denn noch finden, nach vierzig, sechzig und mehr Jahren. Mach es dir doch nicht so schwer, lass doch die Geschichten der Vergangenheit ruhen, sagt der alte Herr mit einem bittenden Unterton. Ich muss aber die Vergangenheit erst einmal verstehen, dann kann ich sie loslassen, antwortet Annalena mit ruhiger Stimme, die aber eigentümlich gepresst klingt und ihre innere Anspannung verrät. Also, ich finde, Annalena ist da auf einem sehr guten Weg. Ich war doch über Pfingsten in Osttirol und ich habe auch Hoffnung, dass wir noch etwas über den Verbleib von Wolfgang und Marlene herausfinden werden. Ich bin überzeugt, da wird es Lösungen geben, die im Bereich des Rationalen liegen. Vieles wird sich aufklären und seine Schrecknisse verlieren. Annalena hat mich richtig angesteckt, wirft Bettina ein und muss dazu ein wenig lachen.
Und wie wollt ihr beiden das konkret angehen, erkundigt sich ihr Vater.
Wir werden im August nach Osttirol fahren und schauen, ob wir noch etwas finden. Wir, dazu gehören auch Henner und Charlotte und Freunde von Annalena. Wir machen zusammen eine Woche und noch ein paar Tage Wanderurlaub und vielleicht erfahren wir dabei noch etwas, was uns Aufschluss geben kann über die verschwundenen Menschen. Bisher hat das noch niemand getan, es kann doch sein, dass sich alle diese Fragen lösen lassen. Ja, das gehst du ja sehr locker an, ich wünsche dir dazu viel Glück und irgendwie bewundere ich euch auch. Wir, deine Mutter und ich nehmen gerne in dieser Zeit die drei Kinder, dann können

Henner und Charlotte auch einmal Ferien machen, das haben sie wohl verdient, gibt Bettinas Vater zurück.
Annalena hebt ein wenig die Schultern und kreuzt die Arme auf dem Tisch.
Ich glaube, wir brechen auf, morgen ist wieder ein normaler Arbeitstag, lenkt sie ab, steht auf und verabschiedet sich.
Warte bitte auf mich. Ich komme auch mit, ruft Bettina und beginnt, den Tisch abzuräumen.

Joachim Weiss bleibt in Gedanken versunken im Erker sitzen, zieht an seiner Pfeife und blickt auf die Dächer der Stadt, deren Farben in der ersten Dämmerung des Sommerabends langsam zu verblassen beginnen.
Hätten wir mehr tun müssen, damals, fragt er an seinen Sohn gewandt.
Ich weiß es nicht, Vater, gibt dieser zurück.
Aber ich kann nicht glauben, dass wir etwas versäumt haben. Die Anna war immer so zurückgezogen, vielleicht, wenn sie sich mehr geöffnet und von ihren Ängsten gesprochen hätte. Ich hoffe für Annalena, dass sich die Fäden entwirren.
Ja. Das wäre für uns alle eine große Erleichterung. Ich habe dabei immer das Gefühl einer Restschuld, weil wir nie miteinander richtig geredet haben. Es bedrückt mich, dass Annas Abwehr oder vielleicht eher ihre spürbare Distanzierung uns gegenüber auf Ängsten beruht hat, von denen wir nichts gewusst haben, die sie aber mit uns in Verbindung gebracht hat.

An einem der ersten Julitage ist Annalena alleine im Haus Im Gefälle. Das ist einmal ganz ungewohnt, denkt sie, aber es tut auch gut. Nach den Bügelarbeiten und nachdem sie ihr Bad gründlich geputzt hat, nimmt sie sich noch die Kellerfenster vor, dann schlüpft sie müde aus ihren Arbeitsschuhen und stellt sie in der Garderobe ab. Da fällt ihr Blick auf die kleine Schachtel, die ihr Onkel Joachim neulich mitgegeben hat. Erinnerungen an die Ururgroßmutter hatte er gesagt, seien darin, von ihm aussortiert. Annalena nimmt ein Glas Apfelsaft und Nüsse mit in den Wintergarten, setzt sich an den Tisch und öffnet behutsam die Schachtel. Sie nimmt Fotografien von Wolf, von Wolf und Magdalena, von der jungen Familie heraus. Einige Fotografien vom Hausbau, Hauspläne, Unterlagen über einen Bankkredit und den Hausbau sind mit einem Band zusammengehalten. In einem schmalen Ordner die Vermisstenerklärung des jungen Ehepaars, die Todeserklärung, der Bescheid über die Übertragung des Sorgerechts für die Kinder Wolfgang und Marlene an die Großmutter. Neben mehreren Schreiben der Wohlfahrtsbehörde den Verbleib und die schulische Entwicklung der Kinder betreffend auch Verhörprotokolle der Gestapo bis in das Jahr 1937 hinein. Zuletzt ein Briefkuvert mit der handschriftlichen Bezeichnung E R ‑ K L Ä R U N G .

Annalena nimmt einen Schluck Apfelsaft und schaut gedankenverloren in den sommerlichen Abend hinaus. Ob das wirklich wichtig ist für mich, was meine Ururgroßmutter vor mehr als 65 Jahren hier niedergeschrieben hat, überlegt sie. Aber wenn ich es ungesehen zurücklege und die Schachtel schließe, dann werde ich mir das später immer vorwerfen.

Sie zündet die Kerze am Tisch an, hört die Uhren im Haus schlagen, entnimmt dem Kuvert einen Briefbogen und liest mit etwas Mühe die Zeilen, die die Ururgroßmutter mit zittriger Handschrift niedergeschrieben hat. Danach liest sie sich die Zeilen nochmals laut vor.

Ich, Karoline Weiss, verwitwet und im 72. Lebensjahr stehend, habe seit 1932, seit nunmehr mehr als sieben Jahren meine Enkelkinder Wolfgang und Marlene Weiss großgezogen. Ihre Eltern Wolf und Magdalena sind von einer Ferienreise nach Österreich im Sommer 1932 nicht wieder zurückgekehrt, ihr Verbleib ist ungewiss, sie wurden für tot erklärt. In diesem Sommer lagen eines frühen Morgens zwei kleine Päckchen aus Seidenpapier, darin getrocknete Wildblumen, vor der Haustüre vom Haus Im Gefälle. Die Blumen und vor allem ihre Herkunft sind mir ganz unbekannt gewesen, sie hatten eine eigentümliche Frische. Ich gab die Päckchen schlussendlich in die Botanisiertrommel meiner Schwie-

gertochter Magdalena. In den ersten Jahren, in denen ich meine Enkelkinder umsorgte, erzählten diese einander immer wieder ihre Träume von weißen Frauen und hohen Bergen. Ich habe das alles nicht verstehen können, aber auch mit keinem Menschen darüber gesprochen, um die Kinder nicht noch mehr Schrecknissen auszusetzen. Besonders die kleine Marlene hat den Tod der Eltern nie verwinden können, sich oft zurückgezogen und in ihrer eigenen Welt gelebt. Erst als die Kinder die Schulzeit abgeschlossen hatten, habe ich ihnen die seltsamen Blumenpäckchen gezeigt und ihnen erklärt, dass diese eine Erinnerung an ihre Eltern sind. Ich selbst habe nun ein hohes Alter erreicht und möchte diese Geschehnisse für meine Enkelkinder festhalten. Gott möge sie weiterhin behüten.
Marburg, im Dezember 1939 Karoline Weiss

Annalena nimmt den Brief, faltet ihn, steckt ihn in das Kuvert, gibt es in die Schachtel und legt diese in den Schrank im Gästezimmer. Sie löscht Kerze und Licht und steigt langsam hinauf in ihr Zimmer unter dem Dach.

Die junge Frau geht mit langsamen schleppenden Schritten durch den Garten und lässt sich auf die Stufen des Gartenhauses sinken. Sie hat keinen Blick für die Zeichen des aufbrechenden Frühlings, spürt die wärmenden Sonnenstrahlen nicht, schenkt dem Zwitschern der Vögel in den Hecken und dem Summen der Bienen und Hummeln kein Gehör. Ihr Gesicht ist fahl, das Haar aufgelöst ohne Glanz und trotz ihrer jugendlichen schlanken Gestalt wirkt sie wie eine zu Tode erschöpfte alte Frau am Ende ihrer Kräfte. Ihre Hände verkrampfen sich und ihre Schultern sinken nach unten. Aus dem Haus tritt eine sehr junge Frau, noch eigentlich ein Mädchen, ebenso schmal, aber mit aufrechtem Gang und aufmerksamen Blick. Ihr entgehen die beiden Frauengesichter nicht, die in diesen Winkel des Gartens spähen. Die eine aus einem Fenster des Hauses hinter ihr mit prüfendem besorgtem Blick, die andere von den noch kaum belaubten Büschen des Nachbargartens her mit ebenso anteilnehmendem wie ernstem Gesichtsausdruck.

Was tust du hier, fragt das junge Mädchen leise, aber mit fester Stimme, als es das Gartenhaus erreicht hat.

Oh, ich musste weg von der Unruhe im Haus, es sind dort so viele Menschen, so viele Stimmen, antwortet die andere.

Ja, das ist so, dem können wir kaum entgehen, meint das Mädchen. Aber dein Kind ist brav, es schläft viel und weint gar nicht, es ist ganz zufrieden und bei deiner Schwägerin ist es gut aufgehoben und die Frau mit dem kleinen Mädchen hat auch viel Milch übrig. Komm doch, es wird schon wieder alles gut werden.

Ich kann nicht, ich kann nicht unter die Menschen gehen. In mir ist so viel Unruhe. Da ist immer so ein fremder Gesang, ein Brausen, das nimmt mich ganz gefangen und wenn ich mein Kind heben will, habe ich Angst, dass es mir aus den Armen gleitet, aber ich will das gar nicht. Ich habe Angst, dass das andere stärker ist als ich.

Wovon redest du, verwundert sich das junge Mädchen. Du hast dich so leicht getan bei der Geburt, nun musst du wieder zu Kräften kommen. Auch von deinem Mann werden wir sicher bald hören, wenn erst einmal wieder Post und Telefon in Ordnung ge-

kommen sind. Wir haben zu essen und ein Dach über dem Kopf, du weißt nicht, was es für mich bedeutet, hier sein zu können.
Sie setzt sich neben die Frau auf die Stufen des Gartenhauses und will ihre Hand nehmen, aber die andere wehrt es ab.
Lass mich. Ich kann gar nicht nach vorne denken.
Was hast du da in den Händen, fragt die Jüngere und streicht der anderen sacht übers Haar.
Es ist nichts, ich habe es auf dem Kinderbett gefunden, es schreckt mich. Ich will es nicht bei mir haben, aber ich habe Angst, wenn ich es wegtue, kann alles noch schlimmer werden. Sie könnten es mir übel vergelten.
Wer könnte dir etwas übel vergelten wollen, du gute Seele, meint das junge Mädchen.
Das weiß ich nicht, aber ich spüre sie und ich will nichts von ihnen wissen, aber sie sind hartnäckig und mischen sich ein mit ihrem Gesang und Gesumm.
Dann gib es mir. Ich nehme es zu mir und du musst es nie wieder vor Augen haben. Dein Kind braucht dich jetzt und du musst wieder essen und dich erholen. Verstecke deine Gedanken ganz tief in dir, ich mache das auch so, wenn die Erinnerungen kommen. Die, von denen du redest, kommen dann noch in deine Träume, aber mit der Zeit werden sie leiser und freundlicher werden.
Woher willst du das wissen, fragt die Ältere. Und wenn es doch schlimme Folgen haben wird.
Das denkst du jetzt. Die schlimmen Folgen würde dein Kind, euer Kind spüren, weil du es nicht gehalten und umsorgt hast.
So wird das sein, und ich will daran nicht Schuld haben, eifert sich das Mädchen.
Die Frau blickt es mit unendlich müden Blicken an, streckt dann ihr Gesicht der Sonne entgegen und nimmt mit geschlossenen Augen die Hand der anderen und drückt ihr ein kleines Päckchen in die Hand.
Das Mädchen hält es fest und geht ein paar Schritte zurück. Danke, flüstert es. Ich werde es wohl verwahren und gut darauf achtgeben. Es wird dich nicht mehr schrecken können. Bleib noch ein wenig hier sitzen. Hier hast du meine Jacke, dass dir

nicht kalt wird. Und dann komm ins Haus. Ich werde den anderen sagen, dass sie alle ein wenig ruhiger sein sollen. Und ich rede mit deiner Schwägerin. Sie soll dir Zeit und Ruhe für das Kind geben.
Bitte ja, tu das. Je mehr Kraft ich habe, desto weniger leicht kann sie die Kleine an sich fesseln.

Hier riecht es ja herrlich, wie beim Konditor, ruft Annalena, als sie am Abend nach ihrer Arbeitszeit das Haus Im Gefälle betritt und durch die offene Küchentür Cornelia mit einer umgebundenen Küchenschürze erblickt.
Da ist ein Aprikosenkuchen im Rohr und ich backe noch einen Möhrenkuchen, meine Mutter hat mir die Rezepte verraten. Eigentlich hält sie die sonst streng geheim, aber für morgen hat sie eine Ausnahme gemacht und mir auch noch Holunderpunsch mitgegeben.
Wie war es zu Hause, möchte Annalena wissen.
Ja fein, aber arbeitsintensiv, du weißt ja, der Sommer am Hof bringt die meiste Arbeit und dann der Aufwand mit der Biokiste. Die Mutter, Christoph und Monika haben schon sehr viele Abnehmer im Abonnement gefunden.
Ja, das klingt gut, aber zusätzliche Arbeit ist es auch.
Aber auch ein zusätzliches Standbein, gerade für meine Mutter. Die hatte im Leben noch nicht viel Möglichkeiten, sich selbst etwas selbstständig zu erarbeiten. Und bei dir, wendet sie sich an Annalena.
Ja, alles gut. Ich habe den Schwestern Ruth und Elise noch eine Todesanzeige geschickt und war auch noch auf der Bank und habe einen neuen Dauerauftrag eingerichtet, eine monatliche Überweisung an das Schwarze Kreuz in Österreich. Das geht mittlerweile doch sehr einfach und ohne Komplikationen. Ich bin ein wenig aufgeregt wegen morgen.
Du brauchst gar nichts tun, Annalena. Du gehst am Morgen arbeiten, mittags kannst du schlafen und dann eine Runde laufen. Unsere Gäste kommen erst am frühen Abend. Jeder bringt etwas mit und die Aufgaben hier sind auch schon aufgeteilt. Übrigens hat Bettina das Wandertagebuch von Magdalena und Wolf wieder zurückgelegt. Holger hat sich Bergtouren herausgesucht, die man auch heute noch gut gehen kann. Apropos Gäste, wir kennen uns doch alle, außer Laurenz. Er kommt doch, fragt Cornelia.
Ja, natürlich, er hat zugesagt. Er kann im Gästezimmer unterkommen. Ich glaube, du solltest nach dem Aprikosenkuchen schauen, bemerkt Annalena und schnuppert.

Ja, du hast recht und dann noch schnell den Möhrenkuchen ins Rohr. Das Rezept ist erstklassig, schnell und leicht.
Cornelia schiebt den zweiten Kuchen ins Rohr und Annalena übernimmt den Abwasch.
Cornelia, ich muss dich etwas fragen. Du kannst dich doch erinnern, dass eines dieser Blumenpäckchen in der Botanisiertrommel gelegen ist. Die Urgroßmutter Karoline hat in ihren Aufzeichnungen festgehalten, dass im Sommer 1932, als die Eltern von Wolfgang und Marlene in Österreich waren, an einem frühen Morgen zwei solcher Päckchen vor der Haustüre gelegen haben. Sie hat die beiden dann in die Botanisiertrommel gelegt.
Wir haben nur eines darin gefunden.
Richtig. Ich habe immer gedacht, es könnte das von Wolfgang sein. Vielleicht hat Marlene ihres herausgenommen.
Wovon redet ihr gerade, fragt Bettina, kommt herein und setzt sich an den Küchentisch. Ihr seid ja wieder mal fleißig.
Wir reden von den Seidenpapierpäckchen. Die Urgroßmutter Karoline hat zwei in die Botanisiertrommel gelegt, aber eines ist nicht mehr darin. Eines wurde herausgenommen und ich denke, von Marlene, gibt Cornelia zur Antwort.
Wir haben doch eigentlich den gesamten Inhalt des Schranks durchgearbeitet, grübelt Annalena halblaut vor sich hin und bearbeitet die Rührschüssel mit der Spülbürste.
Wartet einen Moment, da fällt mir doch noch etwas ein, Bettina springt auf und läuft in den Flur.
Die Wanduhr im Flur schlägt die volle Stunde und die Standuhr im Wohnzimmer schließt sich an. Annalena und Cornelia schauen sich fragend an. Bettina kehrt mit einer Schachtel zurück, auf der mit großen Buchstaben M a r l e n e geschrieben steht.
Ja, aber wir haben doch schon, beginnt Annalena.
Nein, haben wir nicht, ergänzt Bettina. Der Kampfergeruch hat uns von der Schachtel vertrieben.
Sie öffnet die Schachtel und schiebt sie zu Annalena über den Tisch.
Annalena trocknet sich die Hände. Hilfst du mir, wendet sie sich an Cornelia.

Beide nehmen nun Stück für Stück der Handarbeiten aus der Schachtel. Bettina öffnet das Küchenfenster.
Hier. Sie hat es zu ihren Handarbeiten gesteckt, entfährt es Cornelia, als sie ein Päckchen von der bekannten Machart in den Händen hält.
Annalena faltet die bestickten Stoffe wieder zusammen und legt sie in die Schachtel zurück.
Ich werde das Päckchen in die Botanisiertrommel legen. Jetzt sind es drei, es fehlen uns also noch zwei. Ich glaube, ich muss noch viel über Marlene nachdenken. Mein Bild von ihr ist eigentümlich verzerrt.
Wie meinst du das, fragt Cornelia behutsam. Sie steht auf, verscheucht die Rabenkrähe auf dem Fensterbrett, schließt das Fenster, wischt den Tisch sauber und holt drei Gläser und aus dem Kühlschrank einen Glaskrug mit Zitronenlimonade, Butter und Käse, schneidet dann dicke Scheiben von einem Brotlaib ab. Bettina räumt die Schachtel im Gästezimmer wieder in den Schrank.
Das Brot hat meine Mutter selbst gebacken. Und jetzt können wir in Ruhe über Marlene reden.
Ich habe sie immer als eine Art Widerpart zu Anna gesehen, beginnt Annalena. So, als würde sie nicht richtig dazugehören, zu mir, meine ich.
Also, du denkst, sie war die Großtante, nicht die Großmutter und nicht die Mutter, unterbricht Bettina.
Ja, richtig. Aber das ist eine falsche Sicht. Ihre Eltern waren verschwunden. Man hat nicht mit ihr geredet, vielleicht konnte sie nur mit ihrem Bruder Wolfgang darüber sprechen. Vielleicht haben sie sich im Kindesalter geschworen, die Eltern später einmal zu suchen. Als auch er nicht mehr heimkam und alle Zeichen daraufhin deuteten, dass es zwischen allem, was geschehen ist, Zusammenhänge gibt, hat sie begonnen, sich mit ihren Ängsten und Vermutungen auseinanderzusetzen. Das muss für ihre Umwelt, in erster Linie für Anna wahnhaft gewirkt haben. Anna hat dann ihr Kind, Lena Maria, beschützen wollen, fügt Annalena ruhig hinzu.
Bettina schenkt von der Zitronenlimonade ein und nimmt Brot und Käse.

Annalena, ich glaube, sie war sehr allein. Und sehr verzweifelt. Anders kann man ihre Reise nach Österreich nicht verstehen. Sie hatte nur ihre Erinnerung an ihre Familie und konnte nicht ruhig werden, bis sie die Fäden voneinander gelöst hatte, überlegt Cornelia.
Aber sie hat das Gewirr der Fäden nicht gelöst, flüstert Annalena.
Nein, nicht so, wie wir uns das vorstellen. Vielleicht war es bei Wolfgang ähnlich, aber das wissen wir nicht, erwidert Cornelia.
Wie stellen wir uns eine Lösung vor, fragt Bettina.
Ja, etwa so, dass es eine vernünftige Erklärung für alles gibt, dass es wie ein Mosaik ist, bei dem alle Teile ein Gesamtganzes ergeben, gibt Cornelia zur Antwort.
Annalena bestreicht sich ein Brot und steckt sich ein Stück Käse in den Mund.
Daran glaube ich schon lange nicht mehr, an eine rationelle Erklärung. Aber ich habe es meiner Mutter versprochen. Es wird nichts Furchtbares dabei herauskommen, die Mutter hat mir geschrieben, dass es herzensgute und vortreffliche Menschen waren. Ich habe nichts zu befürchten, ich muss nur mutig sein. Ich kann nur nicht verstehen, wie etwas in der Wirklichkeit real werden kann, das es eigentlich nicht geben kann, ich meine, dem kann ich mit meinem Verstand nicht folgen. Vielleicht braucht es mehr als Mut und Verstand, in die Vergangenheit meiner Familie zurückzugehen.
Du bist ungemein mutig, finde ich. Cornelia steht auf, stellt sich hinter ihre Freundin und legt ihre Arme um ihre Schultern.
Ich bin sehr gespannt auf unsere gemeinsame Fahrt nach Osttirol. Und dort werden wir dich keinen Moment aus den Augen lassen und du sollst immer alles mit uns bereden können, Annalena, das musst du uns versprechen, bekräftigt Bettina.
Ich werde mich jetzt hinlegen, bitte Bettina, kannst du hier noch etwas aufräumen. Morgen darf ich keine Kopfschmerzen haben. Gute Nacht ihr beiden.
Bettina und Cornelia bleiben noch lange in der Küche sitzen, hören den Schlägen der Uhren hinterher und besprechen alle nur denkbaren Vorkommnisse, die sich in ihren Ferien ereignen

könnten, aber auch ihnen ist bewusst, wie weit sie von allem, was die verschwundenen Menschen betrifft, entfernt sind. Daneben wächst aber auch die übereinstimmende Erkenntnis, dass vor ihnen nicht nur eine Reise in die Berge, sondern auch eine Reise in die Vergangenheit liegt, auf der noch unbekannte Herausforderungen auf sie warten werden.

Zita Resinger steht vor der kleinen Bartholomä-Kapelle dicht am Tauernhaus. Der Hochsommer ist vorbeigegangen und die Mähder hoch oben am Gletscherrand tragen schon einen leichten samtbraunen Überzug. Seit Tagen ist Zita unruhig. Von der Theres hat sie nichts mehr gehört, sie will auch nicht fürwitzig sein, aber die Unruhe nagt an ihr wie die Maus am Speck. Mit gewohnt flinken Schritten schlägt sie den Weg zur Wohlgemuthalm ein, nur eine kurze Wegstrecke vom Tauernhaus taleinwärts gelegen. Das Almdorf mit seinen großen Almhäusern liegt in einer kleinen Senke dicht am Gschlössbach, dort wohnt im Sommer Burgl Stadler, bei der wird sie heute einmal einkehren, die hat sie schon lange nicht mehr gesehen, hoffentlich ist die noch nicht so tearisch wie andere Leute in dem hohen Alter, denkt sie sich.
Griaß di, Burgl, ruft sie laut in die Alm hinein und kehrt zu, ohne weiter um Einlass gebeten zu haben, so, wie es früher üblich gewesen ist.
Muast nit gar so laut umma schrein, Zita, ich kann noch gonz guet losn, nur die Guggan sein arg letz. Griaß di, setz di nieder, gibt Burgl aus der Stube zurück.
Jesses, wia schian ihr es hier habts, wia die Grafen, staunt Zita.
Ja, die Bubn hobn olls neu gerichtet, erklärt die Burgl, nicht wenig stolz.
Tuts ihr die Hittn vermieten, erkundigt sich Zita neugierig.
Ja freilich, um ein guets Stück Geld, das macht olls die Schwiegertochter, die Angelika, die ist tüchtig, die tut aufkochn und olls herrichtn für die Fremden. Lei für mi ists nit so gfüarig, ich muss in die Nebenhittn umsiedln, wenn die Fremden kemmen.
Habts heuer noch Feriengäste, fragt Zita neugierig.

Ja, um den Hohen Frauentag, für oane guete Wochen, aus Deutschland. Sein junge Leit, hobn sich hier in der Hittn einquartiert. So, aus Deutschland. Geh, Burgl, hast nit ein Glasl Wasser für mich, meint ihr Besuch und macht es sich auf der Sitzbank bequem. Die alte Bäuerin steht langsam auf und geht in die angrenzende Kuchl.
Wie alt die hetz wohl ist, die Burgl. Wohl um die neunzig Jahr, aber noch guet auf den Füßen, tut lei a hattele tscharfeln, und noch guet im Kopf, denkt sich Zita.
Burgl kehrt mit einer Schale Kaffee und einem Teller mit Kiachln zurück zum Tisch.
Greif zue, Delikatessen hun i nit zum Anbieten, lei oane kloane Marende, lacht sie. Brauchst oanen Zugga, Milach hun i schon einagetun.
Na, bin wohl zufrieden, hab lei ein Glasl Wasser mögen, aber Vergelts Gott tausendmal. Du bist wirklich guet beinand. Muast du mit anpackn, wenn die Deutschen kemmen.
Na, des macht olls die Angelika. I tue lei Obacht gebn, auf die Goggillin und die Maunzelen. Dös sein acht Personen, die wellen hier Berg giehn, und der, der am Apparat war, hat zur Angelika gemoant, sie wellen auch a we in der Vergangenheit ummastiggsn.
Zita ist mit einem Mal sehr aufmerksam.
Woasst, Burgl, auf die Leit tue i schon warten.
Du. Zwoi tuast du warten auf fremde Leit. Des versteh i nit.
Ja woasst, des hat eppes zu tun mit der Zeit nach dem Krieg. Neulich ist oane bei mir zugekehrt, oane junge Gitsche aus Deutschland, die hat nach oanem Verwandten gefragt, der ist hier verschwundn, als der Krieg grad zu End gangn ist. Des ist gewen im Mai 1945. Da bin i dabei gewen, als sie den aufgeklaubt haben, im Bache, der hat koanen Rührer mehr getun, aber i hun nichts davon gesagt, zu der Frau. Die hat gemoant, sie will wieder kemmen, mit oaner Kusine.
Als kloans Gingele und als junge Gitschn bin i in Gschild gewen, bei der Vrone. Da ist auch oanmal jemand verschwundn, glei zwoa, oan Mann und oane Frau. Und spater, als die Agnes in Gschild gewen ist, da ist auch eppes passiert, bei dem großen

Unwetter, erinnert sich Burgl und macht hastig ein Kreuzzeichen. Zita tut es ihr gleich.

Aber sem, als der Krieg zu End war, da bist du wohl hier im Almle gewen, meint sie.

Sell woll, überlegt ihr Gegenüber.

Da war i schon oane lange Weile verheiratet. Mein Mann, der Anton und ich hobn Hossit geholtn 1934.

Sie macht eine Pause und streichelt versonnen die Katze auf ihrem Schoß.

Ja, der Tonik, Gott hab ihn selig. Oft dann hun i Stadler gehoasn. Des war oane arme Zeit. Arbeit hats rah genue gebn. Nochant sein die Kinda kemmen. Hier im Almle bin i alleweil im Sommer gewen, auch als der Krieg zu End war.

I war auch olm in der Tauernalm, moan Lebtag. Erst mit der Muetta und dem Vota, spater mit dem Resinger. War ein gueter Mann. Wie viel Kinder hast denn, fragt Zita.

I hun sechse, vier Bubn und zwoa Gitschn, sein alle aufkemmen und eppes wordn. Aber der Mann ist im Krieg geblibn, an der Eismeerfront und i hun olls alleinig tuen miassn, aber i hun den Hof derholtn, der Dad und die Mamme vom Tonik hobn wohl olm geholfn, hobn viel buckln miassn und die Kinda hobn schon früh mit anpackn miassn.

Und hast eppes gesechn oder gehört in dem Sommer von dem Kosak, den man im Bache gefundn hat.

Sell woll, die Leit hobn eppes derzählt von dem Kosak. Aber da ist ollahand passiert, an allen Ecken die Engländer und versteckte Soldaten und i war vazoat um den Tonik und a Tschippl kloane Kinda und lei a weank zu beißn für oll die kloanen Mäuler.

Die beiden Frauen bleiben noch eine Weile stumm am Tisch sitzen. Dann steht Zita auf.

Woasst, i kehr bei dir zue, wenn die Fremden angereist sein, nochant redn wir weiter. Pfiat di, Burgl und Vergelts Gott für das Kaffeetschal. Die Kiachln sein auch guet gewen.

Pfiat di, Zita, die Geschicht hat mi jetztand ganz zaklaupt. Schau halt wieder einmal eina, wenn du daweil hast.

Zu Annalenas Erleichterung ist an diesem letzten Samstag im Juli Frau Pohl zu Mittag nicht im Geschäft aufgetaucht, sodass sie rasch nach Hause eilen kann. Als sie die Gartentür öffnet, vernimmt sie vom hinteren Gartenteil Stimmen, aber sie will sich noch etwas hinlegen, nimmt einen Apfel, ein Glas Wasser und die kleine Schachtel von Frau Hermsdorff und steigt in ihre Dachkammer. Es ist heiß unter dem Dach und sie kippt das Gaubenfenster, um frische Luft hereinzulassen. Sofort fliegen die Rabenkrähen hinzu und äugen neugierig in ihr Zimmer hinein. Annalena muss beinahe über deren Neugier lachen und legt das Verhalten der Vögel nicht als Zudringlichkeit, sondern als empathische Anteilnahme aus, die ihr aber doch etwas unheimlich ist. Ob die Tiere ihre Aufregung wahrnehmen können. Annalena beißt in den Apfel und öffnet die Schachtel. Es liegen nur zwei Stücke darin, eine CD und ein Seidenpapierpäckchen, das sie vorsichtig öffnet. Die Farben der Blumen sind auch hier noch seltsam frisch, sie sind auf die gleiche Art eingewickelt wie die drei Päckchen, die nun in der Botanisiertrommel liegen und es scheint ihr, dass Frau Hermsdorff das Päckchen über sechzig Jahre lang nicht angerührt hat. Annalena legt die CD in den CD-Player, nimmt das Päckchen behutsam in die Hände und legt sich auf ihr Bett. Wie von weit her hört sie die Stimme von Katharina Hermsdorff, die ihr eine lange Geschichte über Ostpreußen, über den Krieg, über Marburg und über Anna, Marlene und Lena Maria erzählt. Beim Zuhören fallen ihr die Augen zu und sie hört die Frauen summen.

Im Schlaf ist Annalena wieder ein kleines Kind. Sie liegt auf einer Blumenwiese zwischen Wollgras, Speik und Schusternagelen und rings umher sind hohe Berge mit Schnee bedeckt. Der Himmel ist von einem tiefen Blau. Von den Bergen stürzt sich ein Wasserfall in die Tiefe, er sieht aus wie wallendes graues Frauenhaar. In der Luft ist ein sehr lautes Summen. Frauen in weißen Kleidern tanzen um sie herum, ohne mit den Füßen den Boden zu berühren. Sie halten sich an den erhobenen Händen und schauen freundlich auf sie herab. Das Netz zwischen ihren Händen ist jetzt dünn und durchscheinend und das Kind müht sich, den Faden bis zum Ende aufzuwickeln. Das Himmelsblau scheint nun wieder auf sein Gesicht und es setzt sich auf die Blumenwiese und blickt zu den Frauen. Die Frauen tanzen und summen und treten einen Schritt zurück. Das Kind hält das Fadenknäuel fest umklammert und erhebt sich langsam.

Wach auf, Annalena, du wirst doch nicht unser Treffen verschlafen wollen.
Das ist Cornelias frische, aber doch etwas besorgte Stimme.
Ich habe dich gesucht. Was hast du da in der Hand, Annalena.
Das ist das vierte Päckchen, murmelt Annalena. Es war in der Schachtel von Frau Hermsdorff. Sie hat mir alles erzählt, auf einer CD-Aufnahme. Meine Großmutter hat es kurz nach der Geburt von meiner Mutter gefunden und Katharina gegeben. Sie hatte große Angst, um Wolfgang, meinen Großvater, und Todesangst um das Neugeborene und sich selbst. Katharina hat ihr vielleicht den Weg zurück ins Leben gezeigt, mit ihrer ruhigen pragmatischen Art. Sie hat die Ängste meiner Großmutter erkannt und ihre Tragweite ernst genommen, aber nicht viel hinterfragt, sondern ganz einfach die Großmutter an der Hand genommen. Sie hat erreicht, dass Anna und Marlene einen Weg fanden, den sie gemeinsam gehen konnten, ohne dem Kind zu schaden. Dabei war sie selbst noch fast ein Kind. Sie erzählt auf der CD auch in Ansätzen, wie es ihr selbst ergangen ist in den letzten Kriegsjahren und später. Ich weiß nicht, woher diese Frau ihre Kraft genommen hat. Ihr Leben wäre es wert, aufgeschrieben zu werden.
Vielleicht tun wir beide das einmal, antwortet Cornelia beruhigend. Ihr ist die übersprudelnde Art Annalenas fremd.
Ja, das hat mich bis in meinen Traum begleitet, sagt Annalena, nun wieder mit ruhiger Stimme. Ich will noch duschen und irgendetwas zum Vorbereiten werdet ihr mir wohl gelassen haben. Ich glaube, wir sind fast fertig. Die Kinder sind schon im Garten, Robert hat das Feuer angezündet. Nun warten alle auf Laurenz.
Und auf dich, lacht Cornelia.

Den Abend im Garten durchzieht von Beginn an eine kaum merkliche Spannung. Ohne darauf zu sprechen zu kommen, warten alle auf den letzten Gast und Reisegefährten. Nach dem Grillen beginnt es, sacht zu regnen, und sie ziehen sich in den Wintergarten zurück. Die Kinder dürfen in Bettinas Zimmer schlafen, Monika und Christoph sind bereits aufgebrochen. Holger legt gerade seine Aufzeichnungen auf den Tisch und Robert spielt leise auf der Gitarre, als sie die Gartentüre knarren hören. Annalena steht auf und meint, nun hätten sie lange genug gewartet und geht ihrem Gast entgegen. Unter dem Vordach der Haustüre brennt ein mattes Licht und Cornelia wird sich auch später immer wieder an dieses Bild erinnern, als sich Annalena und Laurenz in dem Lichtschein begegneten. Der Regen umhüllte die beiden wie ein grüner Vorhang und ohne sich zu berühren, schienen sie innig verbunden zu sein. Nur die beiden schwarzen Vögel, die von der Gartenbank hinüberäugten, schienen ihr fehl am Platz zu sein. Annalena weist Laurenz den Weg durch den Garten und alle erheben sich, um ihn zu begrüßen. Laurenz ist groß und macht einen sportlichen Eindruck, er trägt einen Tramperrucksack und einen Geigenkasten, der sich neben dem großen Gepäckstück beinahe winzig ausmacht. Laurenz stellt sich vor, lacht und bittet um Entschuldigung wegen der Verspätung, seine Ankunft wäre nicht früher möglich gewesen.
Du bist nicht zu spät, meint Holger.
Wir haben noch gar nicht angefangen, über unsere gemeinsame Reise zu sprechen.
Was magst du essen und trinken, fragt Bettina, du wirst hungrig sein. Was soll ich dir bringen.
Erst einmal ein Wasser, bittet Laurenz und schaut die Menschen um sich herum an. Ich wusste nicht, dass wir so viele sein werden, wendet er sich Annalena zu.
Ja, dann werden wir uns mal vorstellen, beginnt Cornelia.
Annalena kennst du bereits. Ich bin Cornelia, ich wohne hier bei ihr, wir sind Freundinnen, ich bin Lehrerin. Das ist Henner, er ist der Cousin von Annalena und das ist Charlotte, seine Frau.

Sie haben drei Kinder und wohnen in der Stadt. Annalena arbeitet in Henners Geschäft. Das ist seine Schwester Bettina, sie ist Studentin und wohnt ebenfalls hier Im Gefälle. Neben dir, das ist Holger, er arbeitet in der Universität am Institut, an dem Bettina studiert. Und hier sitzt Robert, ebenfalls ein Lehrer und mein Freund. Er wohnt aber nicht hier. Nicht dabei sind Monika, unsere Gärtnerin und Hausgenossin und ihr Freund Christoph, mein Bruder. Sie können nicht mitfahren.
Im Gegenzug musst du uns alles von dir erzählen, wir haben hier einen sehr guten italienischen Rotwein, der lockert die Kehle, lacht Robert und erhebt sein Glas.
Das wird aber eine etwas längere Geschichte und ein Rotwein und etwas Brot wären dabei nicht schlecht, meint Laurenz.
Dann werden wir vielleicht erst einmal die Eckdaten unserer Fahrt besprechen, drängt Holger und zieht seine Unterlagen zu sich hin. Bettina bringt Laurenz ein Glas, Brot und Käsewürfel, Robert schenkt ihm ein.
Annalena setzt sich zu Laurenz und Holger beginnt mit seinen Ausführungen.
Hier habt ihr zunächst einmal unsere Mobiltelefonnummern und die Adresse von unserer Pension bei Mittersill, sie liegt am Eingang des Felbertals. In Mittersill war erst vor etwa zwei Wochen eine furchtbare Unwetterkatastrophe, der Ortskern stand unter Wasser und wir haben Glück, dass wir dort am Ortsausgang noch eine Bleibe gefunden haben. Im Gasthof Bräurup in Mittersill, der früher Ausgangs- und Endpunkt einer Überquerung des Felber Tauern gewesen ist, werden wir uns am späteren Nachmittag am Samstag, dem dreizehnten August treffen. Am Sonntag, dem vierzehnten August werden wir uns aufteilen. Wir haben zwei Autos. Eine Gruppe wandert über den Felber Tauern und die St. Pöltener Hütte nach Osttirol, die anderen fahren durch den Felbertauerntunnel auf die Osttiroler Seite zum Matreier Tauernhaus. Wer was tut, entscheiden wir noch vor Ort, jedenfalls brauchen wir zwei Fahrer. Dort in der Nähe habe ich einen alten Schwaighof gemietet, für uns alle. Es gibt genug Platz für uns. Dort treffen wir uns jedenfalls am fünf-

zehnten August und werden dann je nach Wetter, Kondition und Stimmung entscheiden, was wir unternehmen werden. Das ist der Hohe Frauentag oder Mariae Himmelfahrt, ein katholischer Festtag, der in Österreich feierlich mit Prozessionen und Kräuterweihen begangen wird. Ihr werdet also die ersten beiden Tage nichts einkaufen können und müsst ein bisschen vorsorgen. Hier ist noch für jeden die Adresse unserer Unterkunft, sie nennt sich Wohlgemuthalm.
Das ist ein seltsamer Name. Vielen Dank, Holger, du hast dir viel Mühe mit den Vorbereitungen gegeben, sagt Annalena und bittet Robert um ein Glas Weißwein.
Laurenz, wie kommst du nach Mittersill, möchte sie wissen.
Ich komme mit dem Zug. Ich fahre über Mittenwald und Innsbruck, dort habe ich noch beruflich zu tun, antwortet Laurenz. Das ist so weit entfernt von Berlin, da muss ich die Gelegenheit nutzen, wenn ich in der Nähe bin. Es liegt fast am Weg. In Mittersill werde ich aber dann der Erste sein und euch schon erwarten.
Bist du schon oft in den Bergen gewesen, fragt Bettina.
Ja, immer, wenn es möglich war. Entweder fahre ich an die Ostsee oder in die Berge, wo auch immer. In Osttirol war ich aber noch nie, aber ich bin eigentlich bergerfahren, das kann ich schon behaupten.
Und willst du uns nun ein wenig von dir erzählen, bohrt Charlotte nach. Ich bin neugierig zu erfahren, wer du bist.
Also, ich bin Laurenz Friedrich. Ich bin 1975 geboren und im Harz, in der Deutschen Demokratischen Republik großgeworden.
Du sprichst aber keinen sächsischen Dialekt, ich hätte dich für einen Berliner gehalten, stellt Henner fest.
Ja, das ist halt meine eigene Geschichte. Und die meines Großvaters, gibt Laurenz zurück und nimmt sich noch Brot.
Was hat dein Großvater mit deiner Sprache zu tun, fragt Charlotte.
Wollt ihr das wissen. Ich versuche es zu erklären. Mein Großvater hatte eine Landwirtschaft im Oberharz, in Benneckenstein. Der Hof war schon immer im Familienbesitz. Er liegt ganz nahe der Grenze zu Niedersachsen und zur Zeit der Deutschen Demokratischen Republik, also etwa seit 1949 war das Sperrge-

biet. Die nächsten Orte heißen Sorge und Elend, so arm sind die Menschen früher im Harz gewesen, dass es sich in ihren Ortsnamen widerspiegelt. Die kleine Werkstatt meines Großvaters ist nie enteignet worden, aber der Hof, der wurde zwangskollektiviert. Meiner Familie blieb nur ein wenig Gartenland und das Haus. Meine Eltern haben beide schon als junge Leute in den Harzer Kalkwerken in Elbingerode, einem Volkseigenen Betrieb, gearbeitet.
Was ist ein Volkseigener Betrieb, unterbricht Bettina.
Nach den Enteignungen durch die Sowjetische Besatzungsmacht ab 1945 ging Privateigentum in den Besitz des Volkes über und unterstand ab 1953 der Staats- und Parteiführung der Deutschen Demokratischen Republik. Bis Anfang der Siebzigerjahre existierte aber noch eine große Anzahl privater mittelständischer Betriebe, die dann fast zur Gänze verstaatlicht wurden, erklärt Holger. Also meine Eltern haben so nebenbei die kleine Landwirtschaft weitergeführt, mein Großvater hat seinen zweiten Beruf selbstständig weiter ausüben können, er war Flötenbauer. Das hat im Harz eine lange Tradition, das Herstellen von Holzflöten. Für den Staat war das ein wichtiges Exportgeschäft. Der Großvater hat auch in seiner Rente noch viele Flöten hergestellt, aber eigentlich kaum mehr für den Verkauf, das war eine Liebhaberei von ihm. Er war kein Mitglied des Sozialistischen Einheitspartei und hatte immer wieder große Probleme mit der Stasi, das waren die verschiedenen Organe der Staatssicherheit. Mein Bruder und ich sind auch nicht bei der Freien Deutschen Jugend, der staatlichen Jugendorganisation gewesen, meine Mutter war immer in der evangelischen Kirche engagiert. Mein Vater hat irgendwann resigniert. Unsere Situation im Sperrgebiet hat noch einmal alles verschlimmert, daran kann ich mich gut erinnern.
Aber was hat das nun mit deiner Sprache zu tun, fragt Holger.
Ach so, entschuldige bitte, ich bin ganz abgewichen.
Nein. Das ist dein Leben, da kann nichts unwichtig sein, ergänzt Annalena.
Danke. Es war also so, dass mein Großvater sehr an seinem Stück Land gehangen ist und auch seine Heimat, den Oberharz, nie

hätte verlassen und in den Westen gehen können. Seine Frau ist in den Nachkriegswirren im Osten verschollen und er stand mit seinem Sohn, meinem Vater, alleine da. Dem wollte er den Hof erhalten. Die beiden haben nie Auskunft über den Verbleib meiner Großmutter erhalten, das hat vor allem meinen Vater für sein Leben geprägt. Er ist ein Mensch, dem es schwerfällt, fröhlich zu sein. Mein Großvater war Wehrmachtssoldat gewesen, dann ist er in russische Gefangenschaft gekommen. Von dort kam er als Kommunist oder Sozialist wieder. Zumindest hing er diesen politischen Ideen an. Spätestens seit 1956 war er ein Gegner des neuen deutschen Staates. Er hatte aber kaum Möglichkeiten des Widerstandes und seine Art, Protest gegen den Staat auszudrücken, war, eine andere Sprache zu sprechen. Er besann sich auf das bis in die Zwischenkriegszeit gesprochene gepflegte Weimarer Deutsch des gehobenen Bildungsbürgertums. Das hat er sich angeeignet wie eine Fremdsprache. Er wollte nicht so reden wie die sächsischen Genossen. Ich bin mit meinem Bruder bei meinem Großvater aufgewachsen, es gab bei uns abseits im Sperrgebiet keine Betreuungseinrichtung für Kleinkinder. Dort haben auch nur noch wenige Menschen gewohnt. Und so haben wir seine Sprache gesprochen, das kam uns ganz natürlich vor. Die Sprache als Protestmittel. Was ist bitte das Weimarer Deutsch. Davon habe ich noch nie gehört, staunt Robert.
Das glaube ich dir gerne. Ich habe das auch erst viel später herauszufinden versucht, als mir bewusst wurde, dass wir, mein Bruder und ich, anders als die Menschen bei uns zu Hause sprachen. Selbst meine Eltern reden einen Harzdialekt. Das Weimarer Deutsch wurde von Menschen gesprochen, die im klassischen Sinne humanistisch gebildet waren. Nach dem Ersten Weltkrieg hat sich das mehr und mehr verloren.
Ja, eine Sprache ist lebendig und verändert sich mit dem Alltag der Menschen, wirft Cornelia eifrig ein.
Sprache ist aber auch Identität und Heimat. Ohne Sprache kein Gedächtnis, stellt Holger fest.
Zur Zeit des Naziregimes kam dann auch eine neue deutsche Sprache hinzu und nach dem Krieg hat sich die Deutsche De-

mokratische Republik auch um neue Ausdrucksformen bemüht. Ich habe neulich erst eine Radiosendung gehört über jüdische Mitbürger, die schon früh, um 1933 nach Palästina emigriert sind und ihre Sprache mitgenommen haben. In der Sendung kamen sie mit ihrer deutschen Sprache, die sie sich unverändert über bald achtzig Jahre erhalten haben, in Interviews zu Wort, da war es mir, als ob ich meinen Großvater würde reden hören.
An dem großen Tisch im Wintergarten entsteht eine Pause. Robert nimmt die Gitarre und spielt einige Akkorde. Unschwer ist die Melodie von *Die Gedanken sind frei* zu erkennen.
Entschuldigt, ich möchte hier aber nicht die Hauptperson oder der Alleinunterhalter sein und werde euch am Ende mit meinen Geschichten langweilen.
Nein, das tust du gar nicht, unterbricht ihn Charlotte.
Ich habe selten eine so spannende Lebensgeschichte gehört, ergänzt Henner.
Ich komme auch vom Land, unser Hof ist schon seit Menschengedenken im Besitz meiner Familie. Mein Großvater wäre auch niemals von seinem Hof weggegangen. Dass er dazu nicht gezwungen wurde, ist ein Zufall gewesen, überlegt Cornelia.
Der Zufall misst in diesem Fall etwa fünfzig Kilometer Luftlinie, sagt Bettina. Sie steht auf und holt noch Wein, Käse und Brot. Letztes Jahr gab es im deutschen Fernsehen eine Dokumentarreihe *Damals in der DDR*, dazu ist auch ein Begleitbuch erschienen. Also, wer sich nicht auskennt in der Geschichte unseres deutschen Nachbarstaates bis vor fünfzehn Jahren, der sollte das unbedingt lesen, weiß Holger.
Ja, an diese Dokumentation kann ich mich gut erinnern. Aber wenn jemand von seinem eigenen Leben erzählt, klingt das viel spannender, meint Charlotte.
Ich glaube, über die Geschichte der DDR weiß ich so gut wie gar nichts. Damit müsste ich mich wirklich einmal näher beschäftigen, überlegt Henner.
Dann werde ich uns das Buch noch besorgen, als Ferienlektüre. Wenn wir Fragen haben, kann uns Laurenz dann gleich weiterhelfen, ergänzt Charlotte und lacht Laurenz zu.

Aber ein wenig wirst du noch von dir erzählen müssen. Du bist doch nicht mehr im Harz, sondern ich habe dich in Berlin bei Gisela getroffen, wendet sich Annalena an Laurenz.
Ja, aber das ist schnell erzählt. Ich hatte wirklich viel Glück. Als die Wende kam, war ich gerade mit der Schule fertig und konnte mir aussuchen, was ich nun machen würde. Das war für uns ganz neu, selbst entscheiden zu können, wohin der Weg gehen soll. Ich bin bei einem Tischler, der sich gerade selbstständig gemacht hat, in die Lehre gegangen. Nach der Lehre habe ich noch eine Zeitlang in diesem Betrieb gearbeitet und nebenbei meinem Großvater beim Flötenbauen zugeschaut. Ich bin dann nach Zwickau auf die Westsächsische Hochschule gegangen und habe den Studiengang Musikinstrumentenbau belegt und das Studium auch abgeschlossen.
Bist du ein Flötenbauer, erkundigt sich Bettina.
Nein, ich baue Zupf- und Streichinstrumente. Ich arbeite in der Werkstatt von einem Geigenbauer, das ist ein alteingesessener Betrieb in Berlin, bin aber auch selbstständig und nehme Aufträge an. Die kommen aus ganz Deutschland. Deshalb bin ich heute auch so spät gekommen, fügt Laurenz erklärend hinzu.
Kannst du davon leben, möchte Holger wissen.
Ja, schon, ich brauche nicht so viel. Und wenn es hart kommt, arbeite ich zwischendurch als Tischler daheim im Harz, da ist man immer gefragt. Und diese Abwechslung, das Springen zwischen den Berufswelten, tut mir gut. Aber nun genug von mir, wir werden uns in Osttirol noch viel erzählen können.

Holger und Bettina machen einige Schritte in den Garten hinaus und die anderen folgen ihnen. Der Regen hat nachgelassen, der Nachthimmel ist klar und voller Sterne.
Schau, eine Sternschnuppe, ruft Bettina.
Psst, meint Cornelia, wenn du dir etwas wünschen willst, dann musst du ganz still sein.
Das sind Laurentiusträne, sagt Charlotte.
Warum Laurentiusträne, verwundert sich Laurenz.
Der Gedenktag des Heiligen Laurentius ist am zehnten August, also nächste Woche. Das ist die Zeit, in der wir viele Sternschnup-

penströme, die Perseiden, beobachten können. Moni hat einen Aufhänger in der Küche liegen lassen, sie hat den Heiligen für die nächste Woche mit dem Merkspruch *Sollen Obst und Trauben sich mehren, müssen mit St. Laurenz die Gewitter aufhören* für ihr Geschäft ausgewählt. Laurentius war ein frühchristlicher Märtyrer, er war ein Diakon, der auf einem Rost über einem Feuer grausam zu Tode kam, sagt Annalena.

In meiner Heimatstadt, in Benneckenstein, gibt es eine Laurentiuskirche und im Stadtwappen ist der Laurentius mit einem Rost auf einer Mauer zu sehen. Laurenz oder Lorenz ist bei uns ein häufiger Name, aber wenn die Leute bei uns einer Kirche angehören, dann eher der evangelischen und die Protestanten hängen nicht so sehr an dem Heiligenkult. Von dem Heiligen habe ich bisher nichts gehört, auch nicht in der Schule, erinnert sich Laurenz. Warum dieser Heilige wohl gerade bei uns so verehrt wurde.

Laurentius ist der Patron von vielen Berufsgruppen aber auch der armen Leute und das würde doch in den Oberharz passen, wie du deine Heimat beschrieben hast. Wir Frauen hier Im Gefälle gedenken der verschiedenen Heiligen, die im Gartenjahr eine wichtige Aufgabe haben. Die Sprüche sind schon lange überliefert und geben den Bauern und Gärtnern noch heute Richtlinien für Saat, Anbau und Ernte, erklärt Cornelia.

Sie stellt sich zu Annalena auf die Wiese und fängt an zu summen und Annalena fällt nach den ersten Takten ein. *Still, die Nacht ist voller Sterne*, das jiddische Partisanenlied, von der Schallplatte mit dem Zupfgeigenhansl.

Robert hat im Keller passend für diesen Abend einen St. Laurent Wein gefunden.

Wer ist denn eigentlich der Patron der Musikinstrumentenbauer, fragt Bettina in die Runde.

Ich weiß es nicht, gibt Laurenz zu.

Vielleicht König David oder Orpheus, lacht Holger.

Robert greift zur Gitarre und greift einige Akkorde.

Ich wollte wie Orpheus singen, sagt Charlotte und blickt zu Henner herüber.

Meine Lieder sing ich dir von Liebe und Ewigkeit, und zum Dank teilst du mit mir meine Mittelmäßigkeit, singt Robert leise vor sich hin. Sie reden noch lange über die Sprache als Heimatort, über ihre Pläne für die gemeinsame Fahrt, studieren gemeinsam Wanderkarten und Reiseführer und trennen sich spät in der Nacht bis zu ihrem Treffen am Hohen Frauentag im Felbertal.

Theres hat bei ihrer wöchentlichen Fahrt mit dem Postbus von der Gschildalm nach Matrei, um zu Hause nach dem Rechten zu sehen und Einkäufe im Marktle zu tätigen, einen Anruf von Christian bekommen, dem Ältesten vom Peter Paul, der den Hof übernommen hat. Theres kennt ihn gut, sie sind beide auf dem Hof des Großvaters groß geworden und zusammen in die Volksschule gegangen, bis ihre Mutter Agnes ihr Haus in Matrei bezogen und begonnen hatte, in der Miederfabrik zu arbeiten. Das war ein Glück damals, denn es gab nicht viele ganzjährige Arbeitsstellen für Frauen im oberen Iseltal, die zwar fleißig, aber ohne Ausbildung waren. Da waren die Raten für das Haus zu zahlen gewesen und mit ihrer Ausbildung zur Lehrerin hat sie der Mutter lange genug auf der Tasche gelegen. So war es ein Glück, dass sie als Schulkind in den Ferien immer wieder für lange Wochen hinauf zu den Großeltern gehen konnte. Christian bittet sie, doch noch einmal heraufzukommen, wegen dem Peter Paul, der wolle ihr unbedingt etwas erzählen, er würde auch gerne dabei sein. Sie verabreden sich für den frühen Abend, so wird sie erst am nächsten Tag mit dem Postbus zurück in die Alm fahren können. Theres jätet ihr Gemüsebeet, klaubt Ribiseln und gießt die Blumen, dann geht sie in ihr Bad und genießt die warme Dusche, das Einzige, was ihr auf der Alm zu ihrem Wohlbefinden fehlt. Das Marmeladekochen und die Einkäufe verschiebt sie auf den nächsten Tag und bricht dann eilig mit dem Fahrrad auf.

Auf dem Hof hoch über dem Iseltal wartet der Onkel schon in der Stube. Die Bäuerin deckt eine Marende auf und einen Hollersaft. Der Christian kimmt glei, er ist noch im Stalle, meint sie und nickt Theres zu.

Wie geht es in Gschild, möchte Peter Paul wissen.
Theres weiß, dass der Altbauer keine Allerweltsgeschichtln hören mag, sondern dass ihm das Vieh vom Hof, das im Sommer nach Gschild aufgetrieben wird, am Herzen liegt.
Der Senner ist harbe, der arbeitet wirklich viel, die Viecher sein gsund, gibt sie rasch zur Antwort. Nur die Stacheldrahtzäune, die könnte man einmal wegtun und Holzzäune aufstelln, was moanst du.
Ja, aber dafür wird das Geld nit langn, da gibt es allemal Ausgaben für die Almgemeinschaft, die dringender sein, meint der Onkel und zieht an seiner Pfeife.
Als Christian hinzukommt, holt Peter Paul eine Schachtel aus der Tischlade, geht dann zur Stubenwand und nimmt ein kleinformatiges Bild herunter, beides legt er auf den Tisch.
So, Dadde, hetz kannst du beginnen, meint Christian.
Peter Paul möchte dir etwas vom Valentin, unserem Großvater derzähln. I hun mir gedenkt, es ist gscheiter, wir besprechen uns hier ohne die Fremden, die dich in Gschild besuchen. Ist doch eine Familiengeschicht, oder, fügt er zu Theres gewandt an.
Sell woll, Geheimnisse sein es decht nit, wirft Peter Paul ein, aber es ist sicher gscheiter, wenn du schon vorher Bescheid woasst.
Worüber, wundert sich Theres. Ihr macht es decht spannend.
Wartet, i hol noch gschwinde die Annelies, die wird des auch interessieren, unterbricht Christian und holt seine Frau aus der Küche, die mit einer Flasche Rotwein und vier Gläsern in die Stube kommt.
Hetz kann i wohl beginnen, setzt Peter Paul an und legt seine Pfeife auf die Seiten.
Loas zu. Es ist nämlich so, dass der Valtl sehr viel aufgeschrieben hat in seinem Leben. Der Atte, also enker Großvater Valentin, und nun verfällt der Onkel unversehens in die Schriftsprache, ist 1912 geboren. Als er ausgeschult ist, das war 1925, hat er hier oben am Hof gearbeitet und hat ihn dann nach dem Tod der Großmutter übernommen. Der Valentin ist vor zwanzig Jahren gestorben und sein Lebtag gesund gewesen.
Peter Paul zieht die Schachtel zu sich.

Hier sein die Dokumente von enkeren Großeltern verwahrt. I mecht enk des Büchl hier zeigen.

Er entnimmt der Schachtel ein dickes Buch, das in dunkelblaues Papier eingeschlagen ist, und schlägt es auf. Es ist liniert und erinnert Theres mit dem festen Einband an ein Buchhaltungsjournal. Papier und Schreibzeug sein friager beinah oan Luxus gewen, er muss des Büchl wia oanen Schatz gehütet hobn, sagt Annelies und schenkt den Rotwein ein.

Ja, derzählt hat er koanem Menschen davon und i mecht auch, dass es hierbleibt, in diesem Haus, fügt Christian hinzu. I hun auch erst vor ein paar Tagen von den Aufzeichnungen erfahren und i leid es nit, dass andere Leit in dem Büchl ummadumschnüffln.

Peter Paul öffnet die zweite Seite des Heftes, dort steht mit fein säuberlicher Schulschrift

Aufzeichnungen aus meinem Leben.

Woll, der Vota hat von seinem zwanzigsten Lebensjahr an olls aufgeschribn, was den Hof angeht. Er hat aber auch Besonderheiten festgehalten und Politisches, das wird mit der Zeit immer mehr, der Hof und die Familie sein oane Nebensach gewen. Dass sein zweiter Sohn, mein jüngerer Bruder, hat auswandern miassen, nach Schweden, war ihm oane Zeile wert. Nach dem Tod der Muetta, der Kreszenz, des ist 1974 gewen, hat er kaum noch eppes geschribn.

Die Frauen am Tisch machen ein Kreuzzeichen, Christian nimmt einen Schluck Rotwein, der Altbauer greift zu seiner Pfeife.

Bitte, Peter Paul, was sein des für Besonderheiten, was moanst du damit, fragt Theres nach.

Des sein seine persönlichen Beobachtungen. Er hat auch Zeitungsartikel ausgeschnitten und in das Buch einigepickt, auch Familienfotos, von 1932 bis 1985.

I denk, des ist eppes Besunderes mit dem Büchl. Ich kenn mich in der Geschichte nicht so gut aus, was ich halt in der Schule mitgekriegt hun, des ist bald weniger als nix gewen. Aber an den Valtl kann i mich decht guet erinnern. Das war eher so ein stiller Bedächtiger, aber oanen gsunden Humor hat er gehabt. Koanen Schmäh, wirklich oanen Humor. Ummaraunzn hat der nit ge-

kennt. I hun des Büchl durchgeblattelt. Es ist eine Beschreibung des Iseltals aus seiner Sicht, von seinem Hof heroben aus, so viel hun i verstandn, fügt Christian hinzu.
Er war Zeitzeuge und hat darüber Aufzeichnungen gemacht, staunt Theres.
So woll, bekräftigt der Altbauer. Er hat olls niedergeschriebn, was ihm aufgefalln ist und was er gesechn und gehört hat. Wenn er im Marktle war oder wenn er auf Lienz gefahrn ist, hat er Zeitungen mitbracht. Was die Zeitungsschmierer geschriebn hobn, des hat er nochant mit dem, was er selbst gewisst hat, verglichn. Wenn einer von den Verrückten das Heft gefundn hätte, wäre es wohl aus gewen mit ihm.
Darf ich des Büchl mitnehmen, bittet Theres. Ich bringe es in zwei Tagen zurück. Ich würde gerne mehr von dem Atte wissen.
Aber du muasst guet drauf schaugn und mir übermorgen wieder auchnbringen.
Gewiss. Und was ist mit dem Bild, fragt Theres und zeigt auf die Bleistiftzeichnung in einem schlichten Holzrahmen.
Das hat schon immer da gehangn, gibt Christian zurück. Kannst di nit erinnern. Des war schon da, da sein mir noch kloane Kinder gewen.
Nein, des hun i total vergessn. Woaß man eppes davon. Das ist Gschild, aber ohne Gemeinschaftsalm. Das ist datiert. 1932, M.W. Des sein die Initialen des Malers.
Oder der Malerin, meint Peter Paul und zieht an seiner Pfeife.
Wie kimmst du hetz darauf, fragt Christian.
Loas. Ich hun des Büchl genau studiert. Des steht ganz am Anfang zu lesen. Im Sommer 1932 war der Dadde einen Tag in Gschild, ein Viech auchnbringen. Da sein fremde Leit zu der Vrone in die Hittn kemmen, das war die Großmutter vom Valtl. Die Burgl ist auch da gewen. Der Besuch ist aus Deutschland kemmen, ein Mann und seine Frau. Valtl schreibt, des sein feine Leit gewen. Sie waren schon einmal in der Hittn, Jahre vorher ist des gewen, da war der Valtl noch oan Schulbua. Die Frau hat der Vrone das Bild geschenkt, sie hat es mit hierher genommen und der Valtl hat spater einen Rahmen dazuegetun. Du muasst des Büchl sel-

ber lesn. Da sein auf Nacht die Almleute alle bei der Vrone in die Hittn kemmenn und haben politisiert. Der Vota schreibt von Sozialismus, von der Sowjetunion, von Umsturz und Unruhen. Das sein ganz schiache Zeitn gewen. I hun mir immer denkt, der Vota ist ein Erzkonservativer, aber er hat ganz andere Ideen im Kopf gehabt.

Ja, i hun ihn auch lei so ingeschätzt, derzählt hat er decht koan Sterbenswort von solchen Sachn, erinnert sich Christian.

I hun den Valtl auch gekennt, überlegt Annelies. Boisenweis hun i mi decht verwundert, wenn er im Radio auf die Nachrichten zugeloast hat. Da hat er allemal eppes Gescheits beifiegn kennen. 1936 hört er vom Spanischen Bürgerkrieg. Sebm sein Tiroler Bauern gewen, die die Sozialisten in Spanien gegen Franco unterstützt hobn. Die haben hier olls aufgeben und sein Spanienkämpfer worden. Denen wollte er sich anschließn, viel verliern konnte er nit, der Hof war nit viel wert und hochverschuldet, die hatten rah genue zum Beißn, erzählt der Altbauer.

Des ist decht kaum zum glaubn. In Österreich war zu der Zeit der Ständestaat. Für die politischen Ideen wollte er olls aufgebn, hakt Theres nach.

Ist wohl so gewen. Die Mamme und der Vota waren schon tot, er hat den Hof irgendwie derhaltn miassn, sonst hätten die Vrone und die Mamme, die Kreszens, mit mir, der Agnes und dem Bruder weichn miassn. Nochant ist er gebliebn, erwidert Peter Paul.

Und ein kritischer Beobachter worden, fügt Annelies an.

Und decht noch viel mehrer, aber des miasst ihr selber lesn. Derzählt hat er nemb, wirklich koanem Menschen, nie eppes von denen Zeitn. Als Kind hun i auch nichts davon gesechn, des hobn sie, die Mamme und der Vota ganz im Geheimen getun. I kann mi lei dunkel erinnern, dass da eppes gewen ist, da hobn wir Buibn ins verstecken muessn unter der Stiege. Dass du mir des Büchl wohl wieder daherbringst, Thresl, aber standepe, meint der Alte und steht auf.

Theres leert ihr Glas Rotwein, verabschiedet sich, nimmt die Aufzeichnungen ihres Großvaters und schlägt das Heft in ihr Wolltuch ein.

Gut zeichnen hat sie können, die Malerin, denkt sie bei sich und tritt vor die Haustür. Annelies tritt neben sie und gibt ihr ein sorgsam verpacktes Päckchen in die Hand.
Hier nimm, des ist oane Butter und oan frischer Graukas. Er kann noch oane kloane Weile reifen. Und ein paar Goggillin, ganz frisch. Woasst, den Valtl hun i gern mögn. Er hat ganz andere Ansichten über Frauen gehabt wia die Manderleit, die i kenn.
Vergelts Gott, Annelies. I bin lei als kloane Gitschn hier heroben dahoam gewesen, viel hat er nit mit mir geredt, aber er war ein feiner Lotta, ist zu allen Kindern gleich gewen, egal, ob vom Peter Paul oder von der Agnes.
Kimm wieder mal vorbei, Thresl, bittet Annelies.
Ja, iebermorgen, aber lei kurz, lacht Theres.
Du kannst dir den Weg sparen, gibt Annelies zurück. I muass iebermorgen ins Marktle fahrn, da hole ich des Büchl bei dir ab. I werd aber schon zmorgenst anläutn. Kimm guet hoam.
Theres bedankt sich und macht sich auf den Heimweg ins Tal hinunter. Die Sonne ist im Westen versunken und der Mattersberg erglüht in ihrem roten Widerschein. Sie schaut kurz herüber zur Schattseite, zum Lottersberg und zum Gipfel des Hohen Zunig. Die sinkende Abendsonne an diesem milden Hochsommerabend glänzt wie ein rotgoldener Spiegel am Himmel und nichts ist in der klaren Luft zu vernehmen von Summen und Brausen. Theres freut sich auf einen spannenden Leseabend mit dem Lebensbuch ihres Großvaters, wie sie das Heft insgeheim für sich benannt hat.

Schon bei Sonnenaufgang am nächsten Morgen steht Theres auf, kocht die Ribiselmarmelade ein und nimmt dann einen frühen Postbus nach Lienz. Gestern am Abend hat sie sogleich begonnen, in dem Heft des Großvaters zu lesen, hat aber feststellen müssen, dass diese Lektüre kein Unterfangen von einem oder zwei Abenden sein würde, so umfangreich waren die Aufzeichnungen des Valentin Berger. Jetzt sitzt sie im Bus und wird das Manuskript in Lienz fachgerecht fotokopieren und binden lassen. Ihrem Onkel wird sie nichts davon sagen. Es sind die Aufzeich-

nungen ihres Großvaters, hat sie sich gedacht, das geht nicht nur den Peter Paul und den Christian etwas an. Außerdem wird sie die Gelegenheit nutzen und in Lienz das Mahnmal für die Osttiroler Opfer des Nationalsozialismus auf dem Pfarrplatz von St. Andrä, die Kosakenausstellung auf der unweit gelegenen Tammerburg und schlussendlich den Kosakenfriedhof in der Peggetz besuchen. Das hatte sie sich bereits seit dem Frühjahr vorgenommen, aber das flüchtige Überfliegen der Aufzeichnungen des Großvaters hat in ihr sozusagen über Nacht den Entschluss reifen lassen, dies jetzt gleich zu tun. Wann, wenn nicht jetzt, ist auch einer ihrer Leitsprüche, die sie an der Pinnwand über ihrem Schreibtisch angeheftet hat. Ein dichtes Programm, denkt Theres, gut, dass sie schon so früh auf den Beinen war. Sie ist von einer seltsamen Unruhe erfüllt. Während der Bus an Oberlienz vorbei in die Stadt einfährt, geht ihr durch den Kopf, dass die Besuche, die sie sich hier vorgenommen hat, nicht länger warten können, eigentümlich dringlich und unaufschiebbar scheinen. In einer kleinen Kopieranstalt, in der auch Bücher gebunden werden, gibt sie das Heft dem Geschäftsinhaber mit der Bitte, dieses zu kopieren und das neue Exemplar stabil zu binden, möglichst ähnlich wie die vorliegende handschriftliche Aufzeichnung. Theres kennt den Buchbinder und weiß, dass er sorgsam mit dem Buch des Großvaters umgehen und den Auftrag bis zu ihrer Rückkehr gefertigt haben wird.
Die Stadtpfarrkirche St. Andrä liegt am Hang ober der Isel, mit den Schulkindern ihrer Volksschule ist sie schon mehrere Male hier gewesen. So weiß sie, dass hier, auf dem Pfarrbichl, bereits eine frühchristliche Kirche stand, später ein gotischer Bau errichtet wurde, dieser aber vollständig barockisiert wurde. Theres mag den barocken Stil nicht sonderlich, sie fühlt sich mehr zu den klaren Formen der Romanik oder Gotik hingezogen, im Grunde bedauert sie jede Barockisierung einer Kapelle oder Kirche, aber gerade in ihrer Heimatregion gibt es nur wenige Ausnahmen von dieser Entwicklung in der sakralen Architektur. Auf dem Pfarrplatz entdeckt sie das Mahnmal, das ihr bisher nur vom Hörensagen bekannt war.

Zum Gedenken an Osttirols Kämpfer für Österreichs Freiheit und den Opfern des Nationalsozialismus der Jahre 1938 bis 1945, liest sie halblaut vor sich hin. Das Mahnmal ist zwanzig Jahre nach dem Krieg errichtet worden. Ob die neuesten historischen Forschungsergebnisse einmal hier einfließen werden, fragt sie sich, während sie den Weg zum Ansitz Tammerburg nimmt, denn dass gerade in den letzten Jahren dieses Themenfeld wieder vermehrt zum Gegenstand historischer Forschungen wurde und auch in den Medien einen gewichtigeren Platz eingenommen hat, ist ihr nicht verborgen geblieben. Mehr als sechzig Jahre, gerade noch rechtzeitig, da gibt es nur noch wenige Zeitzeugen, geht es ihr durch den Kopf, aber seltsam, dass ein Geschehen eine so lange Zeit in den Menschen schlummert, um dann aufzubrechen und in den Mittelpunkt des allgemeinen Interesses zu rücken. Die Kosakenausstellung *Flucht in die Hoffnungslosigkeit* erscheint ihr überschaubar konzipiert, eine Studentin der Universität Innsbruck begleitet sie durch die Ausstellungsräume. Theres ist beeindruckt, aber die Vertreibung Tausender im Lienzer Talbecken gestrandeter fremder Menschen vor sechzig Jahren vermag sie kaum zu berühren, so sehr sie sich auch zu mehr Empathie zwingen möchte. So bemüht sie sich, den historischen Fakten zu folgen und diese in einen größeren Kontext einzubetten, macht sich Notizen, um später vielleicht noch über das Ausstellungsthema vertiefend recherchieren zu können. Dass sich auch in ihrer Heimatgemeinde vereinzelt Kosaken niedergelassen hatten und vorwiegend als Knechte und Stallburschen gearbeitet haben, wusste sie, aber auch, dass diese meist unter sich blieben und im gesamten Isel- und Drautal lockere Gruppierungen bildeten. Ihre Beklemmung vermag sich auch im hellen Sonnenlicht auf dem Rückweg in die Stadt kaum zu legen. Theres kennt sich selbst kaum wieder mit dieser Unruhe, die sie in sich spürt und möchte sie gerne auf das unruhige, ihr ungewohnte Treiben in der Stadt schieben. Sie holt die Aufzeichnungen des Großvaters und die sorgfältig gefertigte Kopie in der Druckerei ab, schlendert über den Hauptplatz, trinkt einen Cappuccino in einem Straßencafé und findet endlich ansatzweise ihre Ausgeglichenheit wieder. Der Lienzer Hauptplatz lässt sie die Grübelei vergessen, mit seinen in der Mitte in Kübeln aufgestellten Palmen, den gepflegten Bürgerhäusern, dem Antoniuskirchl und der Liebburg, den zahlreichen Straßencafés und den Strömen vorwiegend italienischer Touristen kommt hier ganz anders als im oberen Iseltal bereits ein mediterranes Flair auf, das zum Flanieren und Verweilen verleitet. Doch dazu reichen Zeit und Muße heute nicht. Auf Theres, die einschichtig als Bergbauernkind zu einer Zeit aufgewachsen ist, als die Höfe noch nicht erschlossen waren und sich selten ein Fremder in die oberen Mäder verirrte, wird die Stadt ihr Leben lang wenig Anziehungskraft ausüben. Theres besorgt sich in der Buchhandlung das Buch *Osttirol im Dritten Reich 1938–1945*, das ihr in der Auslage aufgefallen ist, eine Studie eines einheimischen Autors und Zeitgeschichtlers. Sie nimmt ein Taxi, um zu dem am Rande der Stadt an der Drau gelegenen Ortsteil Peggetz zu gelangen, denn für heute ist sie genug auf Asphalt gelaufen, Müdigkeit und Erschöpfung machen sich bemerkbar. Den Fahrer des Taxis bittet sie, kurz zu warten, da sie nicht beabsichtigt, länger auf dem Friedhof zu verweilen, nur einen Eindruck will sie gewinnen, um dann vielleicht auch beurteilen zu können, ob dieser Platz auch Ziel eines Klassenausflugs nach Lienz sein könnte. Der Friedhof liegt am linken Ufer der Drau bei einem kleinen Steg, entlang des Flusses führt ein Radweg vorbei. Es ist ein ruhiger, abgeschiedener Platz trotz des nahe gelegenen Gewerbegebiets der Stadt, darauf etwa dreißig einheitlich gestaltete Grabstellen mit Blumen bepflanzt und mit Grabkreuzen aus hellem Stein, zentral ein Obelisk mit einem Ikonenkasten an jeder Seite. Die Grabkreuze tragen keine Namensinschriften, lediglich eine Plakette mit der Aufschrift *Unbekannte Kosaken*. Hier müssen ungezählte Tote liegen, die beim Abtransport der Kosaken im Juni 1945 ums Leben gekommen sind, überlegt Theres. Beim Hinausgehen fällt ihr Blick auf den kyrillischen Schriftzug auf dem Torbogen. In einem Glaskasten neben dem Tor liest sie die Übersetzung *Der Gerechte wird nimmermehr vergessen*.

Als Theres an diesem Abend in ihr Haus zurückkommt, packt sie ihren Rucksack, gibt die Buchkopie gut eingeschlagen in Zeitungspapier in die Seitentasche, für mehr reicht an diesem Tag ihre Kraft nicht. Es sind nicht so sehr die Fahrt und die Eindrücke dieses Tages, sondern die Gedanken und Fragen, die sie in den Schlaf verfolgen. Denn wer ist gerecht, wer ist fremd und wer erinnert sich warum.

In den nächsten Tagen wundern sich andere Almbewohner über die Frau in der Hütte mit dem reichen Blumenschmuck, die sonst tageweise am Berg, im Wald und in den Wiesen zu finden ist, aber nun lesend ihre Zeit auf dem Solder verbringt, ganz vertieft ist sie und auf Nacht sieht man noch lange ein Licht in der Kuchl brennen.
Theres liest und liest und liest. Immer wieder beginnt sie bei der ersten Eintragung des Großvaters, nimmt auch das Buch, das sie von Lienz mitgebracht hat und die Chronik der Gemeinde Matrei dazu, vergleicht und kann nicht aufhören, sich zu erstaunen über ihren Großvater, den Berger Valentin, dem es mit seiner akkuraten Schulschrift und seinem knappen Schreibstil gelungen ist, einen Mikrokosmos vor ihren Augen entstehen zu lassen, der sich ihr dringlicher aufzwängt als manch ein Roman oder gar Film, der auf historischen Gegebenheiten aufbaut. Sie hat sich an die Gespräche mit Zita Resinger und an den angekündigten Besuch aus Deutschland erinnert und beschlossen, die Notizen und Aufzeichnungen des Großvaters von 1932 bis 1945 aus seinem Lebensbuch herauszuschreiben und später in ihrem Computer zu speichern. Das wird ihr der Großvater schon nicht übelnehmen, denkt sie und schickt ein Stoßgebet herüber in den Herrgottswinkel. Nur der Onkel, der Peter Paul, dem wird sie es wohl verheimlichen müssen, der würde sicher Einwände erheben. Sie wird die deutschen Frauen einfach noch einmal treffen und ihnen dann von den Aufzeichnungen des Großvaters erzählen.

Aus den Aufzeichnungen meines Großvaters Valentin Berger 1932 bis 1945
Am St. Annatag 1932, dem 26. Juli, habe ich eine Kuh in unsere Alm in Gschild am Felber Tauern gebracht. Auf Nacht sind zwei Menschen, ein Mann und eine Frau aus Deutschland gekom-

men, die habe ich noch gekannt, die waren schon einmal da, ist aber schon gut zehn Jahre vorher gewesen. Sie haben der Vrone ein Bild mitgebracht. Dann sind die anderen von der Gschildalm auch dahergekommen, haben eine Gungl gemacht. Bald ist die Rede von den schlechten Zeiten gewesen. Von der Sozialdemokratie, von den Kommunisten, von der Heimwehr und den Zuständen in Deutschland. Die Deutschen haben gemeint, dass nun bald die Nationalsozialisten an die Herrschaft kommen. Sie haben Angst gehabt, vor dem Regierungswechsel. Bald haben alle angefangen zu politisieren. Ich hätte gerne mehr mit den Fremden gesprochen, über die Sozialdemokraten, den Republikanischen Schutzbund und einen Widerstand, aber ich habe dann noch in der Nacht zurück in die Huben müssen. Später hat mir meine Großmutter Vrone erzählt, die beiden Deutschen seien nicht mehr vom Berg heruntergekommen. Sie hat sich darüber bekümmert und die Burgl war ganz still und wollte nichts erzählen.

Eintragung in der Lienzer Zeitung vom 28. September 1932
Die Talbewohner sind wieder um eine große Enttäuschung reicher geworden, nämlich durch den heurigen Mathias-Markt. Dieser Markt ist wohl der größte Osttirols und auch außerhalb des Landes der bekannteste und besuchteste seit jeher gewesen. Auch heuer war der Auftrieb sehr groß – weil unter dem Jahr kein Absatz war; auch auswärtige Händler waren viele. Trotzdem war der Markt das reinste Fiasko, so schlecht und miserabel, wie man es nie ahnen konnte. Wenn man bedenkt, dass pro Kilo 30 Groschen bezahlt wurden; dass die Bauern für Stücke, die vor einem Jahr gekauft wurden, Angebote tief unter dem Einkaufspreis erhielten, ist es nicht zu wundern, dass die Hälfte des aufgetriebenen Viehs wieder heimgeführt wurde.
Am 9. August 1932 brannte die Schule in Feld ab.
Dezember 1932. Die Gemeinde Matrei Markt und die Gemeinde Matrei Land haben den Bau des Tauerntalweges beschlossen. Man spricht im Tal nur noch von der Mehlstraße. Sie haben kein Geld, um die Arbeiter mit Geld zu entlohnen und bezahlen sie mit Mehl, woran anscheinend genug ist. Die Anfahrtswege sind

lang und die Zustände menschenunwürdig. Pro Schicht werden 7 kg Mehl ausgezahlt. Es gibt viele arbeitslose Männer und Frauen, überall Verelendung. Hier gibt es Bauern, die mit ihren Familien hungerkrank werden. Wir sind nur drei, dafür langt es gerade, was der Hof bringt. Dazukaufen kann ich nichts. Die Großmutter nimmt Pflegekinder zum Durchfüttern auf, Bezahlung kann sie keine dafür erwarten.
30. Januar 1933. Adolf Hitler ist Deutscher Reichskanzler geworden.
30. März 1933. Auflösung des Republikanischen Schutzbundes. Im Februar große Unruhen in Linz und Ostösterreich. Hier war davon nichts zu merken, aber viel Gendarmerie auf den Straßen.
14. April 1933. In Matrei hat man eine Ortsgruppe der NSDAP geründet. Alles junge Burschen, noch grün hinter den Ohren und Habenichtse.
26. Mai 1933. Verbot der Kommunistischen Arbeiterpartei. Kommunisten gab es hier keine.
25. Juni 1933. Die NSDAP ist in Österreich verboten und aufgelöst worden.
Im Juli 1933 habe ich regierungsfeindliche Flugblätter der Sozialdemokraten auf der Straße bei der Göbelhuben aufgeklaubt. Das ist Leichtsinn und wird keinen Wandel der Verhältnisse bringen. Hitler hat eine Tausend-Mark-Sperre eingeführt, die Fremden bleiben aus, das merkt man beim Rauter und beim Panzl im Marktle und beim Taferner in der Huben. Wollen sie uns aushungern und dann kolonialisieren. Die Gäste sind die Einzigen, die Geld bringen. Ich sehe Kinder mit Hungeraugen auf der Straße betteln, ihr Leiden ist unsäglich still.
Ende Februar 1933. Verbot der Sozialdemokratischen Partei. Wo soll das hinführen. Hans und Bartlmä verhaftet.
1. Mai 1934. Österreich bekommt eine Ständestaatverfassung. Im Markt ein Sprengstoffanschlag auf das Haus des früheren Heimwehrführers. Hakenkreuzschmierereien auf Hauswänden in der Huben beim Taferner. Überall Gemunkel über Verschickung von Schutzbündlern und Sozialdemokraten in Straflager.
25. Juli 1934. Dollfuß ist ermordet, jetzt haben wir einen Schusch-

nigg an der Spitze unseres Landes, weiterhin Ständestaat. Da hätten wir gleich die Monarchie behalten können. Haus und Hof sind von der Gendarmerie durchsucht worden, gefunden wurde nichts. Ich habe gehört, dass einem Genossen die Flucht aus der Haft geglückt ist. Im Dezember 1934 hat man in Matrei eine Gedenktafel zu Ehren von Dollfuß aufgehängt. In St. Jakob steht ein Dollfußkreuz. Auf den oberen Mähdern ist ein Versteck in unserer Kuchlhütte. Meine Schwester Walburga hat sich mit Anton Stadler verehelicht.

Ich habe am Tag der unschuldigen Kinder im Christmond, dem 28. Dezember 1934, Kreszentia Riepler geehelicht. Möge Gott uns gnädig sein und uns nicht verlassen.

Im Wonnemond 1935, am 10. Mai, hat mein Weib einen Sohn geboren. Die Zeiten sind schlecht. Überall wird zwangsversteigert. Das Vieh ist keinen Kreuzer mehr wert. Die Frauen bauen an, in dieser Höhe, Roggen, Erdbirnen, Kraut, was halt geht, halten Hasen und Goggillin. Überall im Iseltal sieht man Hakenkreuze auf den Matten, mit Mist, mit Asche, mit Baumstämmen gelegt. Im Herbstmond 1936, am 3. September, hat mein Weib einen Sohn geboren.

31. Dezember 1937. Es ist 1936 und 1937 ruhig geblieben im Land. Wir haben große wirtschaftliche Not. Hätte ich keine Familie, würde ich nach Spanien gehen. Immer wieder haust oben jemand in der Kuchlhütte. Ich gehe selbst hinauf etwas zum Beißen bringen.

12. März 1938. Die Machtergreifung der Nationalsozialisten.
Im April 1938. Alle öffentlichen und politischen Ämter sind von Parteimitgliedern besetzt. Der Volksschuldirektor von Matrei wurde versetzt. Der Lehrer von Feld wurde verhaftet. Die Hochwürdigen Herren scheinen auch ihr Fähnlein nach dem Wind zu hängen. Die Bevölkerung soll geeint mit Ja bei der Volksabstimmung abstimmen. In Lienz sind jüdische Geschäftsinhaber enteignet worden.

19. August 1938. Der Deutsche Osttiroler vermeldet *Der letzte Jude verschwindet*

Jud Braun, der Inhaber des gleichnamigen Geschäftes in der Rosengasse, hat sich entschlossen, den Kreis Lienz nicht mehr länger mit seiner Anwesenheit zu beglücken. Das Geschäft ist nun in arische Hände übergegangen und wird von Pg. Julius und Emil Ingruber in Betrieb genommen. Damit ist also der Kreis Lienz für alle Zeit judenfrei geworden, denn dafür ist Vorsorge getroffen, dass kein Jünger Jehovas in unserem Kreise nochmals Gelegenheit erhält, sich hier breitzumachen.
Mögen sich die Brüder Ingruber die arischen Hände später in Unschuld waschen.
15. Oktober 1938. Osttirol wird dem Gau Kärnten angegliedert. Das wird unsere Lage nicht verbessern. In Matrei wehen die Fahnen. Es wird viel geredet, hinter vorgehaltener Hand. Es wird auch viel gegrüßt, mit ausgestreckter Hand.
Im Herbstmond 1938, am 16. September, hat mein Weib Zwillinge geboren.
31. Dezember 1938. Im Wintermond, im November haben wir unsere Kinder Maria und Alois an den Fraisen verloren. Gott sei ihren Seelen gnädig. Sind nicht lang auf dieser Welt gewesen.
Im Mai 1939. Die Bevölkerung murrt wegen der wiederholten Kreuzentfernungen an Wegen und aus den Häusern. Unser Kreuz wurde schon mehrmals umgeworfen und weggebracht, wir haben es immer wieder aufgestellt. In den Schulen wurden die Kreuze abgehangen, der Religionsunterricht ist verboten. Am Ehrentag der Mutter wurden Mutterkreuze verliehen, aber nur für deutschblütige und erbgesunde Kinder. Eine Frau, die das Ehrenkreuz ablehnt, muss mit Verhör und Arrest rechnen. Die Jugend soll in HJ und BDM organisiert werden, es gibt Konflikte mit den Pfarren. Viele Hochwürdige Herren werden versetzt, verschwinden oder werden abgeschoben. Manche gehen über die Berge und kommen auch bei mir vorbei. Ich bin verwarnt worden, da ich den Deutschen Gruß nicht ausführe.
2. September 1939. Gestern Beginn des Krieges gegen Polen.

Im Oktober 1939 wurden elf Osttiroler Arbeiter wegen Hochverrats angezeigt. Sie hatten Radio Moskau gehört. In der Zeitung las ich die Namen meiner Genossen.
31. Dezember 1939. In den Innsbrucker Nachrichten habe ich ein Treuegelöbnis der NSDAP an die Schützen gelesen.
Parteigenossen, Schützen, Männer und Frauen! Erhebt Eure Hände zum Schwur und lasst uns Gelöbnis ablegen, dass wir so wie einst unsere Vorfahren Andreas Hofer, heute unserem Führer Adolf Hitler und seinem von ihm uns eingesetzten Gauleiter treu und gehorsam sein wollen.
Sie spannen alles vor ihren Karren, unsere Heimattreue, unsere Geschichte, unseren Glauben. Unsere Festtage werden ebenso dem Machtapparat einverleibt.
Die jungen Manderleut werden als Soldaten eingezogen. Es gibt schon erste Meldungen von Gefallenen aus dem Iseltal. Ich gelte als unabkömmlich, da ich als Bauer alleine stehe. Von mehreren Familien in Matrei Land, deren Angehörige in Hall oder Mils bei Innsbruck oder in Hartheim bei Linz in Pflegeheimen untergebracht sind, habe ich erfahren, dass sie eine Todesmeldung und gleich auch die Urne von diesen kranken Menschen erhalten haben. Die Todesnachrichten ähneln sich und sind so gehäuft aufgetreten, dass man das Schlimmste befürchten muss. Eltern beginnen, kleine Kinder mit Geisteskrankheiten zu verstecken. Manche versuchen, mit ihnen nach Südtirol zu gelangen, da sei man menschlicher und es gäbe in den Klöstern noch geheime Aufnahme.
3. März 1940. Anzeige wegen Schwarzhörens. Ich verbringe einen Tag und eine Nacht in Lienz und werde strengstens ermahnt, da ich aber dem Reichsnährstand zugehöre, darf ich wieder nach Hause fahren. Die Zwangsabgaben sind erdrückend. Jetzt warte ich auf meinen Einberufungsbefehl. Im Wald habe ich einen Bunker gegraben. In Lienz sind erste Baracken für ein Kriegsgefangenenlager errichtet worden. Jeder persönliche Kontakt zu Kriegsgefangenen fällt unter Wehrkraftzersetzung und wird streng geahndet.
Im Brachmond, am 3. Juni 1940, hat mein Weib eine Tochter geboren.

Im Weinmond, am 10. Oktober 1940, ist meine Großmutter Veronika zu Gott heimgekehrt.
November 1940. Etliche Burschen haben bei Virgen die Glocken der Bichler Kapelle versteckt, damit sie nicht für Rüstungs- oder Industriezwecke eingeschmolzen werden. Die Burschen sind bereits zur Wehrmacht eingezogen worden, ohne dass es gegen sie zur Anzeige kam. Ein Glockenverstecker in Hinterbichl wurde zu acht Monaten Haft verurteilt.
Bei uns zeigten sich einige Personen auf der Durchreise. Wir haben sie um Gottes Lohn beherbergt, verköstigt und ihnen den Weiterweg gewiesen.
In Lienz werden erste Siedlungen für die Optanten aus Südtirol errichtet. In der Lienzer Zeitung steht *Lienz baut im Kriege wie nie zuvor*, aber leider nur wenig für die eigenen Volksgenossen. Wer murrt oder kritisiert, bekommt mindestens eine Verwarnung.
August 1941. Eine kommunistische Widerstandsgruppe in Lienz ist aufgeflogen. Die Geschwister R. habe ich von früher her gut gekannt. Das Kriegsgeschehen läuft nicht so, wie es sich manche erhofft haben. Ich muss unbedingt unabkömmlich bleiben, es gibt hier zu viele dringlichere Aufgaben.
Im Sommer 1942. Eine Singschar-Gruppe von jungen Madln aus Lienz ist nach Polen gefahren, einen Osteinsatz haben sie das genannt. Ein Madl ist um Goggillin bei uns vorbeigekommen und zeigte mir Fotografien. Die Madln stehen lachend vor einem Ghetto in Petrikau. Darin sind ganz offensichtlich Juden eingesperrt.
Im Winter 1942. Nachrichten von Lienzer Kommunisten. Steiner, Wernisch, Anetter sind in Konzentrationslagern umgekommen. Immer mehr Kriegsversehrte auf den Straßen, Leute, die man von früher her gekannt hat, viele sind schon gefallen oder werden vermisst. Da plagt mich das schlechte Gewissen. Ich schäme mich und kann den Männern nicht in die Augen sehen. Kriegerwitwen und Kindern helfen wir, wie es uns möglich ist. Die meisten der Männer und viele der Frauen im Tal sind aber unbeirrbar in ihrer Haltung zum Großdeutschen Reich. Man kann ihnen das Leben, die Familie, die Gesundheit, die Freiheit nehmen und sie brüllen immer noch Sieg Heil.

31. Dezember 1943. Mir ist es noch vergönnt, auf dem Hof zu bleiben. Den Wehrdienst zu verweigern, ist zu gewagt, besser ist es, unsichtbar zu bleiben. Immer wieder Durchreisende aufgenommen. Zwei Hausdurchsuchungen, einmal nach dem Heimtückegesetz verhaftet und drei Tage Arrest gefasst. Ich bleibe oft für Tage im Versteck, wenn ich von heroben Gendarmerie auf der Straße sehe. Wenn ich nicht da bin, stellt Kreszenz das Wegkreuz auf, das immer wieder umgestürzt wird. Im Sommer schicke ich sie nach Gschild, da ist es für sie und die Kinder leichter. Ich habe mehrere Verstecke oben in den Mähdern gebaut. Wenn die Frau mit den Kindern nicht daheim ist, wenn die Gendarmerie mich suchen kommt, kann ihnen nichts geschehen. In Schlaiten sind drei Wehrmachtssoldaten desertiert, halten sich versteckt, zwei Brüder Holzer und Stolzlechner Franz.
Ende Juni 1944. Die Westalliierten sind in der Normandie gelandet. Es geht etwas weiter. Dauernde Überflüge von ausländischen Kampffliegerverbänden. Ich habe unter der Hand eine Propagandaflugschrift zugesteckt bekommen mit einem Lagebericht des U.S.Army, aber sofort verbrannt. Stolzlechner Franz aus Schlaiten wegen Desertion hingerichtet.
31. Dezember 1944. Das Land ist überschwemmt mit Evakuierten aus dem Großdeutschen Reich. Das Reich ist nicht mehr allzu groß. Dazu die Kriegsgefangenen. Im Wald immer mehr Deserteure. Sie erzählen von unmenschlicher Behandlung der sowjetischen Kriegsgefangenen und der polnischen und russischen Zivilbevölkerung, haben alle mit der Wehrmacht gebrochen. Bei Unterstützung von Fahnenflüchtlingen muss man mit dem Schlimmsten rechnen, das Mildeste ist noch die Strafkompagnie oder das Arbeitserziehungslager Reichenau bei Innsbruck. Ich habe mich mehrmals im Bunker versteckt, wenn die Gendarmerie anrückte. Die ausländischen Sender rechnen nur noch mit wenigen Wochen bis Monaten bis zur Kapitulation.
Mitte Mai 1945. Kapitulation der Deutschen Wehrmacht. Die Engländer sind nun die Herren im Land. Wir haben das Vieh nach Gschild aufgetrieben. Auf dem Tauernweg ist kein Durchkommen mehr, ab Landeck Säge stauen sich Fahrzeuge aller Art bis hinter den Tauernwirt.

Im Sommer 1945. Unzählige Menschen versuchen, zu Fuß nach Salzburg und nach Nordtirol, zu den Amerikanern, zu gelangen. Ich suche nach meinen Genossen, aber es ist keiner zu finden. Verzweifelte erschöpfte deutsche Soldaten und DPs, Personen aus Lagern, die irgendwohin wollen, nur nicht zurück. In den Wäldern oberhalb von Huben verstecken sich Kosaken, ich kann sie mit dem Fernglas auf der anderen Talseite am Lottersberg sehen. Kreszenz bringt immer noch Essen in die Kuchlhütte. Im Lenzmond 1947. Ich habe von Juden gehört, die über den Krimmler Tauern Italien und dann per Schiff Palästina erreichen wollen. Den Weg über Kärnten oder den Brenner zu den italienischen Häfen sollen ihnen die Engländer verweigern. Jetzt ist meine Stunde, bin ich mit Kreszenz einig. Gott hat uns so gnädig geschützt und gehalten, da müssen wir etwas zurückgeben. Ich führe die Menschen für ein Vergelts Gott über den Felber Tauern nach Salzburg und dann über den Krimmler Tauern nach Italien.

Theres beschließt, jetzt, kurz vor dem Hohen Frauentag, bei ihrer nächsten Fahrt ins Marktle nochmals auf der Polizeiinspektion vorbeizuschauen. Sie hat sich so sehr in die Aufzeichnungen ihres Großvaters vertieft, dass sie nun bei der Fahrt mit dem Postbus talauswärts die Einzelheiten im oberen Tauerntal mit anderen Blicken wahrnimmt. Sie sieht das Matreier Tauernhaus noch als Gastschwaige ohne Zubauten inmitten eines kleinen Almdorfes, den holprigen Karrenweg, den die Menschen Mehlstraße nannten, die niedrigen Almhütten in Gschild, die sich eng an den Waldrand unterhalb der steil aufragenden Bergflanke drücken, die abgelegenen Weiler Raneburg, Berg und Gruben, die Prossegklamm mit dem reißenden Tauernbach und endlich die Marktgemeinde im Talboden mit der stattlichen Pfarrkirche St. Alban, dem Rauterplatz, dem Gericht und dem reißenden Bretterwandbach, abseits die Nikolauskappelle. Sie sieht Menschen vor sich, die in alle Richtungen gegangen sind, immer zu Fuß und immer den Gefahren nicht nur des Weges ausgesetzt. Theres schaut in ihrem Haus nach dem Rechten, kocht sich ein leichtes Mittagsmahl und gibt dann die Aufzeichnungen, die sie

aus der Handschrift des Großvaters, seinem Lebensbuch, herausgearbeitet hat, in ihren Computer ein. Sie speichert sie, druckt sie aus und gibt sie in eine Ringmappe. Diese legt sie zuunterst in ihren Rucksack und packt noch eine Ribiselmarmelade dazu. Die notwendigen Einkäufe wird sie nach ihrem Besuch auf der Polizeiinspektion hinzugeben. Vor ihrem Aufbruch erreicht sie noch ein Telefonanruf. Am Apparat ist Annelies, die Frau von Christian.
Griaß di, Thresl, hast ein boisel Zeit, han dir geschwinde noch eppes derzähln wellen.
Ja, sicher. Griaß di Annelies, was magst denn loswerden, so geschwinde, lacht Theres.
Ja, i hun mir denkt, des könnte wichtig sein. Woasst, mein Großvater war Wehrmachtsdeserteur, er hat sich im Frühwinter 1944 als Soldat bei einem Heimaturlaub abgesetzt. I hun des nit derzähln wellen, weil ein Deserteur heute noch eppes Schlimmes ist, für die Leit sein die feige Hund gewen, Vaterlandsverräter. Mein Atte hat mir derzählt, dass der Valentin, also der Atte von Christian und dir, ihn versteckt hat. Monatelang sei er in einem Bunker im Wald gelegen und in Heustadln, mit anderen zsammen. I hun des friager nit derzähln kennen, weil sich der Atte dahoame und im Dorf geschamt hat. Des hat koaner wissen derfn. Da ist erst langsam Gras drüber gewachsn. Aber du solltest das wissen, hun i mir denkt.
Danke, Annelies. Ja, des war ein feiner Lotta, der Valtl.
Als i Hossit geholtn hun, mit dem Christian, war moan Atte hochzufriedn, hat gemoant, des sei oane guete Familie und der Valtl sei ein Gerechter.
Danke Annelies, ja, i denk auch, der Valtl, war ein bsunderer Mensch. Pfiat di, i muss hetz hudln.
Pfiat di, lass di nit aufhaltn und kimm wieder einmal vorbei, wenn du daweil hast.

Auf der Polizeiinspektion ist es ruhig und der Inspektor kann sich Zeit für Theres nehmen. Er begrüßt sie freundlich und meint, dass er doch mit einigen Neuigkeiten aufwarten kann.

Weißt, die Sache ist so, dass es decht einen Datenschutz gibt, aber die Angelegenheit ist schon lange verjährt und es ist nur eine glückliche Fügung, dass die Akten noch nicht vernichtet worden sind, nach nun vierzig und eventuell sechzig Jahren.
Du meinst, es ist etwas daran, an dem Geschichtl, das mir die Resinger Zita derzählt hat, fragt Theres zurück.
Ja, davon gehe ich aus, erklärt Sebastian Oberbichler. Bei der Angelegenheit der vermissten Toten von 1965 sind wir schnell fündig geworden. Da haben wir aussagekräftige Unterlagen und auch Fundobjekte in einer Asservatenschachtel, die sind bei uns aufbewahrt und seltsamerweise nie aufgearbeitet worden. Ist aber auch nie wieder nachderfragt worden. Geh, Thresl, magst einen Kaffee, entschuldige.
Oh ja, sehr gerne, Wastl, bitte einen doppelten Espresso.
Sebastian Oberbichler bringt den gewünschten Espresso und für sich einen Verlängerten.
So, Thresl, diese Sachlage werde ich mit den Deutschen wohl klären und endlich abschließen können. Das war ein Unfall am Berg unter widrigsten Wetterverhältnissen.
Ja, die Mamme hat sich halt ihr Lebtag Vorwürfe gemacht, dass sie die Frau hat giehn lossn. Das ist ihr oane schmerzhafte Erinnerung gewen und hat sie nie zur Ruhe kemmen lossn. Und was ist mit dem Mann, von dem die Resinger Zita derzählt hat, einer, der 1945 bei Kriegsende im Gschlössbach gefunden worden ist, hakt Theres nach.
Ja, des ist nun auch schon sechzig Jahre her und für normal hätten wir darüber keine Aktennotizen mehr, aber seltsamerweise hat sich da noch etwas gefunden. Da ist einer gefunden worden, erfroren im Bache hat man gemeint, den hat man auf Lienz gebracht, in die Peggetz, auf den Kosakenfriedhof. Mehr gibt es dazu aber nicht auszuheben. Ein fremder Toter mehr oder weniger, da hat man sich dazumal wohl nicht so sehr gekümmert, fügt der Polizeiinspektor noch hinzu.
Ja, aber er ist ordentlich begraben worden, das haben die Unsrigen nit versäumen wellen, sagt Theres. Ich bin neulich einmal enten gewen, auf dem Kosakenfriedhof, das ist ein ruhiger Platz, ganz schön gerichtet.

Aber am Anfang, i moan, das ist eine eher wilde Gstättn gewen, bis sich ein paar Leit darum gekümmert haben, und dann das Schwarze Kreuz. Ist schon lange ein geweihter Gottesacker, fügt der Polizeiinspektor hinzu.
Danke Wastl, du hast mir sehr weitergeholfen. Die deutschen Frauen werden nicht vergeblich bei dir vorbeikommen. Etwas habe ich aber noch auf dem Herzen, eine ganz alte Geschichte, von meinem Großvater Valentin und da muss ich dich auch noch eppes fragen, wenn du daweil hast.
Ja, wie kann ich dir noch helfen, wundert sich Sebastian Oberbichler. Mit wie viel Geschichten will sie noch kommen, die Thresl, denkt er bei sich, er kennt sie doch sonst als vernünftige besonne Frau und Lehrerin seiner Kinder.
Theres hat die Ringmappe mit den Aufzeichnungen ihres Großvaters aus ihrem Rucksack hervorgezogen und liest dem Polizeiinspektor den ersten Abschnitt daraus vor.
Danach ist es still in dem Dienstzimmer.
Da weiß ich nicht, wie ich dir helfen kann. Das ist zu lange her. Lebt die Walburga noch, möchte der Polizeiinspektor wissen.
Ja. Sie ist noch guet beinand. Aber das sein vielleicht nur Hirngespinste.
Sell woll. Das werden wir von der Polizei auch nicht mehr klären, was mit diesen Menschen passiert ist. Lass es gut sein, Thresl, meint Sebastian Oberbichler ein wenig besorgt.
Ich will dich nicht mehr aufhalten, Wastl. Danke für deine Zeit. Ganz umsonst bin ich nicht bei dir gewen. Vergelts Gott tausendmal. Hier, des ist für deine Frau mit einem schönen Gruß, entgegnet Theres und reicht dem Polizeiinspektor das Glas Ribiselmarmelade.
Vergelts Gott. Ciao, Thresl, kannst jederzeit wieder vorbeischauen.

Die alte Frau schaut in den trüben Herbsthimmel und auf die Nebelschwaden, die um das Landgrafenschloss und über dem Lahntal liegen. Etwas hatte sie die Vorbereitungen für das Frühstück der Kinder unterbrechen lassen, sie steht in der offenen Haustür und ihr Blick fällt auf zwei kleine Päckchen auf der Türmatte. Sollte ein Kamerad der Kinder hier schon etwas abgelegt haben. Die Frau seufzt und bückt sich, nimmt die Päckchen mit hinein und legt sie im Wohnzimmer ab. Die Wanduhr neben der Kredenz und die Standuhr schlagen die halbe Stunde und sie beeilt sich die Kinder zum Schulgang zu wecken. Das Kinderzimmer liegt im ersten Stock des kleinen Hauses. In dem Bett unter der Dachschräge liegen die Kinder eng aneinandergeschmiegt. Die Großmutter schüttet angewärmtes Wasser aus einer Kanne in eine Waschschüssel, legt Handtuch und Seife daneben und rüttelt dann die Kinder sanft wach.

Guten Morgen, ihr müsst aufstehen, es hat schon halb sieben Uhr geschlagen, du weißt, die Lehrer mögen es nicht, wenn ihr unpünktlich seid. Kind, die Augen auf, es ist Zeit. Du darfst deine Puppe mit zu deinem Frühstück nehmen. Kommt Kinder, aufstehen, waschen und anziehen.

Die Kinder verlassen noch schlaftrunken das gemeinsame Bett und beginnen mit der Morgenwäsche.

Wie hast du geschlafen, will der Bruder wissen.

Ich war mit Mutti und Vati auf einer grünen Wiese, da waren Frauen in weißen Kleidern, die haben so schön getanzt und dann war da eine schöne Musik, antwortet die Kleine.

Ich habe auch geträumt. Da war ein mächtiger Sturm und die Blumen auf der Wiese haben sich im Wind hin und her bewegt. Weißt du, die Blumen, die uns die Mutter im Herbarium gezeigt hat, Wollgras, Speik und, er macht eine Pause.

Und Schusternagelen, ergänzt die Schwester.

Ja, aber jetzt komm, die Großmutter wird schon warten.

In der Küche bekommen die Kinder ihr Frühstück, gewässerten Haferbrei mit Himbeersaft, dann packt die Großmutter die Frühstücksbrote in die Schulranzen und hilft den Kindern beim Binden der Schuhe.

Großmutti, noch den Kindersegen, mahnt der Junge ernst und nimmt die Schwester an der Hand.

Ich wünsche Dir Glück und Segen auf dem Weg bei jedem Schritt. Gott sende einen Engel, nur für Dich, der gehe mit.

Die Großmutter begleitet die Kinder bis zum Gartentor und sieht ihnen noch eine Weile auf ihrem Weg Im Gefälle hinterher. Die alte Frau wohnt seit dem Ende der Sommerferien mit ihren Enkelkindern in deren elterlichem Haus Im Gefälle. Sie ist erschöpft, die letzten Wochen haben ihre Kräfte aufgezehrt. Die Enkel ohne Eltern, der Verlust von Sohn und Schwiegertochter, die Weiterführung des Geschäftes, die Behördengänge, die Vorsprachen beim Jugendamt wegen der Vormundschaft für die unmündigen Kinder, die entsetzliche Ungewissheit, die große Traurigkeit haben ihren Lebensmut schwinden lassen. Dazu die schlechte Wirtschaftslage, dass man nicht weiß, wie man den Monat überstehen soll. Man hat allen Angestellten in dem Betrieb ihres verstorbenen Gatten kündigen müssen und nun, seit Wolf und Magdalena nicht mehr da sind, muss sie selbst wieder im Geschäft im Verkaufsraum stehen. Erst vor einigen Tagen hat sie bei einer verständnisvollen Beamtin des Marburger Jugendamtes Gehör gefunden und die Versicherung erhalten, dass die Kinder in ihrer Obhut und Vormundschaft bleiben können. Diese Zusicherung hatte sie erleichtert aufgenommen und sie von einer großen Angst befreit. Es wurde immer schwieriger, auf den Ämtern und Behörden Staatsbeamte oder Magistratsmitarbeiter zu finden, die nach menschlichem Maß zu beurteilen versuchten und die Gespräche mit den bei ihnen vorsprechenden Bürgern ohne versteckte Drohungen und Andeutungen führten. Die Wanduhr schlägt die halbe Stunde. Dumpf hallen die Schläge der Standuhr im Wohnzimmer herüber in die warme Küche. Sie brüht sich schnell einen Malzkaffee auf und füllt die Hochzeitstasse von ihrem Sohn, holt die abgelegten Päckchen, setzt sich an den Küchentisch und öffnet sie behutsam. Das Grauen steigt ihr vom Nacken in den Kopf, lässt ihre Beine schwer werden und ihren Körper wie in Todeskälte erstarren. Immer wieder gleitet ihr Blick von den Blumen, denen eine eiskalte Frische entströmt, zu der Tasse ihres Sohnes, bis ihre Lippen langsam die Worte finden, die ihr immer noch geholfen haben in Zeiten der größten Not und in mancher miterlebten Sterbensstunde.

Der Herr ist deine Zuversicht, der Höchste ist deine Zuflucht. Denn er hat seinen Engeln befohlen über dir, dass sie dich behüten auf allen deinen Wegen, dass sie dich auf den Händen tragen und du deinen Fuß nicht an einen Stein stoßest. Amen.

Niemals, niemals dürfen die Kinder davon erfahren. Ich weiß nicht, was es ist, aber es zerreißt mir das Herz, geht es ihr wieder und wieder durch den Kopf. Die alte Frau nimmt die Päckchen, faltet sie zusammen und legt sie nach kurzem Zögern in die Botanisiertrommel von Magdalena und diese zuunterst in den großen Wandschrank. Sie geht in die Küche, spült das Frühstücksgeschirr ab, richtet die Betten der Kinder und verlässt eilig das Haus Im Gefälle, um pünktlich zu ihrer Arbeitsstelle zu gelangen.

Der Samstag, an dem sich Annalena und ihre Freunde in Mittersill mit Laurenz treffen wollen, ist ein leicht verhangener Tag. Laurenz ist mit dem Postbus von Innsbruck gekommen und bereits am frühen Nachmittag in Mittersill beim Gasthof Bräurup eingetroffen. Er sieht die verheerenden Schäden, die das Hochwasser einen Monat vorher in der Marktgemeinde hinterlassen hat. Modriger Geruch liegt in der Luft und Bewohner sind an allen Ecken mit Aufräumarbeiten beschäftigt. Laurenz lässt sein Gepäck im Gasthof zurück, verlässt das Ortzentrum über die Lebzeltergasse und geht die Felberstraße weiter, bis er zum Felberturm mit der benachbarten Nikolauskirche am Eingang des Felbentals kommt. Der Felberturm aus dem zwölften Jahrhundert, so hat Laurenz seinem Reiseführer entnommen, war einst Stammsitz der Herren von Felben, die ursprünglich romanische und später im gotischen Stil erweitere Nikolauskirche war wohl die Eigenkirche dieser Herren.
Wahrscheinlich, vermutet Laurenz, ist hier im Mittelalter und bis in das zwanzigste Jahrhundert hinein der Saumhandel über den Felber Tauern gelaufen. Laurenz nimmt auf einer hölzernen Bank vor dem daneben gelegenen Heimatmuseum Platz und lässt seine Gedanken zurück zu seinem Aufenthalt in Marburg schweifen. Nach dem abendlichen Treffen in Annalenas Garten, dem Kennenlernen ihrer Freunde und Mitbewohnerinnen, war er am nächsten Tag vor seiner Abreise nach Berlin mit Annalena noch durch den Wald zu einem ihrer Lieblingsplätze, dem Spiegelslustturm, aufgestiegen. Hier hatte sie ihn in das für sie vorrangigste Ziel ihrer Wanderreise eingeweiht. Das sei sie ihm schuldig, denn noch könne er problemlos die Reise absagen, hatte sie gemeint und ihm dann eine lange Familiengeschichte erzählt. Ihre Rede war klar und ohne Verirrungen, er hatte ihr gut folgen können, aber auch die versteckte Angst gespürt, eine Angst, die sich nicht direkt greifen und benennen ließ, mehr war es eine Ahnung, dass es sich um nicht erklärbare Geschehnisse, nicht nur um eine Nachforschung nach im Tauerntal vor Jahrzehnten vermissten Angehörigen handeln würde, auf die sie sich einlassen musste und auch würde. Laurenz hat-

te ohne Zwischenfragen zugehört und über das weite Marburger Land mit seinen Dörfern, Wäldern und Wiesen geschaut. Nichts gemahnte bei dieser Rundumsicht an seine eigene Heimat, das karge Hochland des Oberharzes. Als Annalena geendet hatte und Laurenz überzeugt war, dass sie ihm längst noch nicht alles erzählt hatte und er daher auch ihre Beklemmung nur ansatzweise verstehen konnte, hatte er sie gefragt, ob es gut sei, wenn man so sehr in der Vergangenheit verhaftet sei, dass man darüber die Aufgaben und die Fülle der Gegenwart aus den Augen verlieren würde.
Nein, das sei nicht gut, hatte Annalena gemeint. Eine Weile hatten sie beide gemeinsam in das Land geschaut, dem Fluss hinterher. Wir können uns aber nicht in unserer Zeit bewähren, wenn wir immerzu tapfer durch eine krisenhafte Vergangenheit ziehen. Das habe ich bei meinem Vater erlebt, hat Laurenz dann das Gespräch wieder aufgegriffen. Das müsse sie sich durch den Kopf gehen lassen, aber sie sei überzeugt, dass sie zunächst einmal etwas verstehen müsse, um sich dann davon lossagen zu können, hatte Annalena erwidert und dass sie froh sei, wenn er ihr dabei zur Seite stehen würde. Laurenz hatte ein wenig gelächelt und sie gefragt, ob sie den Ursprung des Ausdrucks, eine Gelegenheit beim Schopfe ergreifen, kennen würde. Nach ihrer fragenden Verneinung hatte er ihr von Gott Kairos erzählt. Kairos war ursprünglich der antike Begriff für den richtigen Zeitpunkt und wurde später als Gott der Zukunft in die antike griechische Mythologie übernommen. Er wurde stirnseitig mit einer Haarlocke und ohne Haare am Hinterkopf gedacht, damit der Mensch nach ihm greifen kann, wenn er auf ihn zueilt. Ist er vorbei, so kann er ihn nicht mehr erwischen. Annalena hatte lachen müssen. Du wirst dich mit Robert prächtig unterhalten können, hatte sie gemeint und dann waren sie hinab durch den Wald gelaufen, damit er seinen Zug nicht verpassen würde. Am Bahnsteig hatte sie ihm ganz zart über die Haare gestrichen und ihm für sein Kommen gedankt und ihm war es fast so vorgekommen, als würde er die kleine hessische Stadt wie Kairos leichtfüßig und mit wehenden Stirnlocken verlassen.

Bei einem kurzen Blick in das nahe liegende Felbermuseum fragt Laurenz einen dortigen Mitarbeiter, ob er ihm Auskunft über das Patronat des Heiligen Nikolaus geben könne.

Ja, freilich, der Nikolaus ist vor allem der Schutzheilige für alle Reisenden und Pilger zu Wasser und zu Lande. Er ist es von alters her und erst der Heilige Johannes Nepomuk hat ihn im Alpenraum verdrängt, aber doch nicht ganz auf die Seiten schieben können. Er beschützt auch die Brücken und die Wege über die Flüsse. Hier ist doch früher der alte Samerweg hinauf nach Süden verlaufen, vom Gasthof Bräurup über das Tauernhaus Spital und den Tauern zum Matreier Tauernhaus, da waren Sommer wie Winter die Säumer mit ihren Pferden unterwegs. Leider hat Sankt Nikolaus unser schönes Mittersill nicht vor dem Hochwasser bewahren können, jetzt müssen sich die Politiker wieder besinnen auf den Naturschutz, die Renaturierung der Bäche und Flüsse, eine vernünftige Aufforstung ist jetzt gefragt. Beten allein wird nicht helfen, eifert sich der Einheimische und lässt Laurenz stehen, um sich einem anderen Museumsbesucher zuzuwenden.

Als Laurenz zurück in den Ortskern kommt, sieht er bereits Annalena und ihre Freunde vor dem Gasthof Bräurup stehen. Müde und etwas steifbeinig von der langen Reise stehen sie und beschauen die Schäden des Hochwassers. Nach der ersten Begrüßung meint Holger, sie sollten jetzt erst einmal ihr Quartier im Ortsteil Felben beziehen, er habe bereits für den Abend einen Tisch im Bräurup reserviert, da kämen sie leicht zu Fuß hin und wieder zurück.

Am nächsten Morgen brechen sie schon zeitig in der Früh von der Pension auf, in der sie übernachtet haben. Mit den Autos gelangen sie bis zum Parkplatz Schößwendklamm hinter einer Abzweigung von der Felbertauernstraße gelegen, die weiter zum Tunnel und nach Osttirol führt. Am vorhergehenden Abend bei einem guten Essen im Gasthof Bräurup hatten sich Henner, Charlotte, Robert und Cornelia entschieden, mit dem Auto weiterzufahren. Laurenz, Holger und Bettina hatten unbedingt den Übergang über die St. Pöltener Hütte nehmen wollen, wobei Holger wiederholt auch die Aufzeichnungen von Annalenas Urgroßeltern in ihrem Wandertagebuch von 1919 erwähnte, die diesen Übergang damals gemeistert hatten, obwohl die Schutzhütte kriegsbedingt noch nicht fertig aufgebaut war. Annalena hatte zunächst gezögert und sich den Strapazen der Wanderung nicht aussetzen wollen, aber Laurenz hatte sie angelächelt und nur Kairos mit einem fragenden Unterton gesagt, darauf hatte Robert die Augenbrauen hochgezogen, die anderen hatten sich überrascht angeschaut, bis Annalena einen Schluck von ihrem Bier nahm und meinte, dann müsse sie heute noch ihren kleinen Rucksack packen, denn morgen dürften sie nicht zu spät losgehen.

Cornelia hält Annalena fest umschlungen, bevor sie sich in das Auto setzt. Sie spürt die Angst ihrer Freundin und weiß doch, dass diese damit alleine kämpfen wird müssen, denn das rational nicht Erklärbare kann nicht geteilt, aber mit dem Verständnis anderer leichter ertragen werden. So flüstert sie Laurenz noch schnell zu, dass er gut auf Annalena schauen soll, und auch Robert meint ganz gegen seine Gewohnheit mit einem sonderbar ernsten Gesichtsausdruck, nicht nur der Gott Kairos sei bei Entscheidungen wichtig, sondern auch der Beistand, wenn nicht anderer Götter, so doch anderer Menschen.

Die beiden Frauen schauen und winken den Autos noch eine Weile hinterher, bis diese hinter einer Wegbiegung aus ihrer Sicht geraten und folgen dann den Männern, die schon vorausgegangen sind, auf dem zunächst leicht ansteigenden Weg zum Hintersee.

Holger, ich möchte dich etwas fragen, zu Annalena, da ist mir etwas noch gar nicht klar, beginnt Laurenz recht unvermittelt. Ich weiß nicht, ob ich dir etwas von Annalena erzählen kann und bin mir auch ziemlich sicher, dass ich es nicht tun würde, gibt dieser erstaunt zurück.

Nein, nein, wehrt Laurenz ab, ich will dich nicht über Annalena ausfragen. Bestimmt nicht. Sie hat mir erzählt, dass diese Wanderreise für sie auch eine Spurensuche nach vermissten Verwandten ist. Weißt du darüber etwas Genaueres.

Ja, schon, ein wenig. Ich bin Annalena erst im Frühling wieder begegnet, früher sind wir in die gleiche Schulklasse gegangen. Im Winter ist ihre Mutter gestorben und beim Aufräumen des Hauses ist sie dann auf Dokumente gestoßen, die vielleicht Hinweise geben können über das seit jeher rätselhafte Verschwinden ihrer Angehörigen. Soviel ich weiß, werden wir einige Touren nachwandern, die ihre Urgroßeltern im Jahr 1919 hier unternommen haben und einige Stätten aufsuchen, an denen sich diese Menschen aufgehalten haben. Viel mehr weiß ich nicht darüber, da müsstest du Bettina oder noch besser Cornelia fragen, die beiden haben bisher gemeinsam mit Monika Annalena sehr beigestanden, seit dem Tod ihrer Mutter. Ich kenne Annalena seit unserer gemeinsamen Schulzeit, das ist zwar schon eine Weile her, aber sie war eine sehr angenehme Erscheinung, weißt du, keine Zicken, immer geradlinig, offen, hilfsbereit.
Danke, Holger. Ich möchte nichts Falsches machen und habe schon gemerkt, dass ich noch einiges erfragen muss.
Laurenz dreht sich um und winkt den Frauen zu, die ihnen auf dem Bergpfad gefolgt sind.
Hier steht das alte Tauernhaus Spital, ruft Holger, das war früher eine wichtige Station auf dem Übergang von Nord nach Süd oder umgekehrt.
Was ist eigentlich ein Tauernhaus, fragt Annalena, und setzt sich zu den Männern auf die Bank vor dem Haus.
Warte, sagt Holger und zieht ein Notizbuch aus der Seitentasche seines Tourenrucksacks.
Ich habe mir das Wichtigste im Internet herausgesucht. Ich lese es euch kurz vor: Tauernhäuser sind Hospize entlang der Saumpfade, die im Mittelalter vom Erzbistum Salzburg errichtet wurden. Sie liegen immer am Talschluss, nie auf den Passhöhen wie die späteren Schutzhütten, ihnen zugehörig waren oftmals Schwaighöfe. Das Erzbistum bezog Mautgelder für die Benutzung der Saumpfade. Die Wirte der Tauernhäuser waren verpflichtet, die Wege zu erhalten und den Händlern, Reisenden und Pilgern zu helfen, Rettungsaktionen durchzuführen und Verstorbene zum nächsten Friedhof zu bringen.

Im Sommer und im Winter, staunt Bettina.
Ja, es lag im Interesse des Erzbistums, dass die Wege möglichst durchgehend passierbar waren, dafür erstatteten sie den Wirten ihren Aufwand.
Und wie lange galten diese Regelungen, fragt Laurenz.
Bis um 1850 wurden Sachleistungen an die Gastschwaigen ausbezahlt, danach Geldleistungen. Nach 1938, mit der Machtübernahme der Nationalsozialisten und auch kriegsbedingt, wurden die Zahlungen eingestellt.
Aber die Leistungen wurden noch weiterhin erbracht, sagt Annalena halblaut.
Woran denkst du dabei, hakt Holger nach.
Ich denke es mir. Bestattungen in geweihter Erde haben für Christen einen hohen Wert, gleichgültig, welche politische Macht über ihnen steht, so Annalenas etwas ausweichende Antwort.
Das meine ich auch, fügt Bettina an. Aber wenn wir weiter so trödeln, schaffen wir es heute nie bis zur Passhöhe, das sind noch gute tausend Höhenmeter.
Der Weg zieht sich noch zum Hintersee. Laurenz hält sich an Bettina, Annalena geht mit Holger voraus.
Bettina, nun muss ich dich etwas fragen. Du bist eine enge Freundin von Annalena.
Ja, und noch dazu mit ihr verwandt, gibt Bettina lachend zurück. Was willst du denn wissen.
Ich weiß es selbst nicht so genau. Ich habe den Eindruck, dass Annalena nicht nur Spuren von vermissten Angehörigen aus verschiedenen Jahrzehnten des letzten Jahrhunderts sucht, wie sie es mir erzählt hat, sondern dass sie selbst unmittelbar davon betroffen ist. Besser kann ich es nicht ausdrücken.
Ja, da magst du recht haben. Aber sie muss es dir selber erzählen. Es ist irrational und es ist ein großer Vertrauensbeweis, wenn sie sich jemandem mitteilt. Nur eines, es ist möglich, dass sie hier in Osttirol an ihre Grenzen stößt und Hilfe braucht. Nur Cornelia, Monika und ich haben Einblicke gewinnen können, ob wir alles wissen, kann ich nicht sagen.

Musst du auch nicht. Es gibt manches, das unerklärlich ist, aber es sollte nicht ängstigen.
Und gerade deshalb braucht es die helfenden Hände. Aber nun komm, da vorne liegt der Hintersee, danach hört der Spaziergang auf, lacht Bettina und beeilt sich, Holger und Annalena einzuholen.
Am Wirtshaus Gamsblick endet der Fahrweg und es beginnt der eigentliche Aufstieg. Die vier Wanderer bleiben nun enger beieinander. Die ringsum liegenden Berggipfel und ihre erhabene Schönheit lassen jedes Reden überflüssig erscheinen, sie haben ihren Schritt den anderen angeglichen und erreichen am späten Nachmittag müde und erschöpft ihr Ziel, die St. Pöltner Hütte. Hier hat Holger vier Betten reserviert und sie haben Glück. Da nur wenige Gäste über Nacht im Haus bleiben, müssen sie nicht mit einem Platz im Lager Vorlieb nehmen und können nach dem anstrengenden Aufstieg die Bequemlichkeit von Zweibettzimmern genießen.

Zum Abendessen gibt es eine Knödelmahlzeit, Himbeersaft und gespritzten Rotwein für alle. Annalena merkt erst jetzt ihre Erschöpfung und verspürt einen leisen Unwillen, als sich der Hüttenwirt kurz vor der Sperrstunde noch an ihren Tisch setzt. Er fragt zunächst nach ihrem Woher und Wohin und klagt über die wegen des Regens in den vergangenen Wochen ausgebliebenen Hüttengäste.
Unsere Saison in den Hütten ist kurz und der Aufwand immens. Längere Regenperioden können uns den Garaus machen, fügt der Hüttenwirt an.
Können Sie uns ein wenig über die Geschichte der St. Pöltner Hütte erzählen, fragt Holger.
Ja sicher, antwortet der Hüttenwirt sichtlich erfreut über die interessierte Nachfrage.
Die frühen Alpinisten aus St. Pölten, die Stadt ist heute die Landeshauptstadt von Niederösterreich, haben um 1900 beschlossen, hier heroben am Übergang vom Felbertal zum Tauerntal einen Stützpunkt und ein Wanderwegnetz anzulegen. Das sein noch richtige Pioniere gewesen, Alpinpioniere. Mit dem Bau

der Schutzhütte wurde 1913 begonnen, aber wegen des Ersten Weltkriegs hat man unterbrechen müssen, fertiggestellt worden ist die Hütte dann 1922, trotz der miserablen wirtschaftlichen Situation damals in unserem Land. Das kann man sich decht gar nicht mehr vorstellen. Das heutige Schutzhaus ist mit dem damaligen Bau freilich nicht zu vergleichen, 1992 wurde es erweitert und renoviert. Und noch ein Unterschied, früher hat man alles mit den Rössern heraufgebracht, heute kommt der Hubschrauber und ich selbst kann mit dem Motorrad ziemlich weit hinauffahren, vom Tunnelportal aus.
Gibt es ein Gästebuch, erkundigt sich Holger.
Sell woll, erwidert der Hüttenwirt, steht auf und holt von der Schank ein dickes Buch. Er freut sich über das Interesse der Deutschen an seiner Schutzhütte.
Bettina und Holger blättern in dem Buch, das 1993 beginnt.
Gibt es noch ältere Gästebücher, fragt Holger, wir würden eine Eintragung von 1932 suchen.
Von 1932, staunt der Hüttenwirt. Da muss ich einmal schauen, das müsste in meinem Büro sein.
Er ruft seiner Frau an der Schank zu, sie solle fünf Vogelbeerler bringen, auf Haus, und verschwindet in einer Seitentür. Kurz danach kommt er mit einem dicken in Schweinsleder gebunden Buch wieder und setzt sich zu den Gästen.
So, da kennts einaschaugn, wen suchts denn.
Ich suche eine Eintragung meiner Urgroßeltern, meint Annalena, wir wissen, dass sie zweimal über den Tauern gegangen sind, zuerst 1919, dann 1932.
Holger hat begonnen, das Buch von der ersten Eintragung aus dem Jahr 1932 an durchzublättern.
Mit wie viel Sorgfalt man früher in ein Hüttenbuch geschrieben hat. Hier sind Zeichnungen, da eine Wegeskizze und hier gepresste Edelweiß, wundert sich Laurenz.
Ja, so eine Wanderreise war früher ein gewagtes und kostspieliges Unternehmen, das musste mit Sorgfalt geplant und durchgeführt werden, fügt Holger an. Aber hier, also doch, schaut, jetzt habe ich die Eintragung gefunden.

Holger schiebt Annalena das Buch zu.
Magst du es uns vorlesen, Annalena, bittet Bettina.

Heute, am 13. August 1932 bin ich mit meiner Frau Magdalena von Mittersill über das Tauernhaus Spital herauf in die Granatspitzgruppe gestiegen. Hier in der neuen Hütte am Übergang zum Tauerntal haben wir Unterkunft genommen. Ein herzliches Danke den Hüttenleuten, die hier Großartiges leisten. Die erhabene Schönheit der Berge lässt uns und unsere Sorgen klein werden. Mögen die Menschen hier weiter in Frieden leben dürfen. Wolf Weiss aus Marburg a. d. Lahn

Die Gruppe sitzt ganz still da, bis der Hüttenwirt sein Glas hebt und meint, auf diesen Fund müsse man doch anstoßen.
Bettina macht ein Foto von der Bucheintragung, Annalena blättert eine Seite weiter und findet noch eine Bleistiftzeichnung von der damaligen Hütte in dichte Wolken gehüllt, signiert mit M.W. Kannst du davon bitte auch ein Foto machen, die Zeichnung ist von Magdalena, wendet sie sich an Bettina.
Nun müssen wir aber zu Bett, drängt Laurenz. Ihm ist die Erschöpfung vor allem von Annalena, aber auch von Bettina nicht entgangen.
Ist gut, Sperrstund ist auch schon gewesen, es ist schon spat, nickt der Hüttenwirt und räumt die Gläser ab.

Am Tag darauf zeigt sich ein klarer Himmel. Nach dem Hüttenfrühstück und dem Aufbruch teilt sich die kleine Gruppe. Annalena wird mit Laurenz den direkten Weg bergabwärts, den alten Samerweg über das Zirbenkreuz hinunter zum Matreier Tauernhaus nehmen. Holger und Bettina wollen den Messelingkogel besteigen und über den Grausee, Schwarzsee und Grünsee hinunter zum Matreier Tauernhaus gelangen, am Nachmittag werden sie sich in der Wohlgemuthalm mit den anderen Freunden treffen. Annalena und Laurenz gehen ohne Eile durch das Hochtal mit Blick auf die Großvenedigergruppe.
Es ist hier so wunderschön, ich möchte den Blick auf die Gipfel noch nicht gleich verlieren, sagt Annalena, nimmt den Ruck-

sack ab und lehnt sich am Rand des Tauernbachs gegen einen Felsen.
Ja, man sieht den Kleinvenediger, den Großvenediger. Östlich liegt die Kristallwand und daneben die Weißspitze. Darunter sieht man Schlatenkees und Frosnitzkees, schau hier auf der Karte kann man das gut erkennen.
Was ist ein Kees, wundert sich Annalena.
Ein Kees ist ein Gletscher, so sagt man in den Ostalpen, im Westen sagt man eher Ferner.
Und wie hoch sind diese Gipfel, braucht es da viel Erfahrung, um hinaufzusteigen.
Hier haben wir eine große Gruppe von Dreitausendern, das würde mich schon reizen und Holger auch. Da muss man viel Erfahrung haben und die richtige Ausrüstung. Bergschuhe allein reichen dabei nicht aus.
Das würde ich mir nicht zutrauen, ich bin eine Hessin aus dem Flachland, lacht Annalena. Kannst du mir sagen, wie dieser Berg hier vorne heißt.
Annalena zeigt auf einen Gipfel, der ihnen gegenüberliegt.
Das ist der Wildenkogel, meint Laurenz und zeigt auf die Karte. Daneben liegt der Schildenkogel, zwischen beiden liegt der Wildensee, darunter Löbbensee und Löbbenboden. Von dort geht es direkt hinunter zum Matreier Tauernhaus.
Vom Wildenkogel weiß ich eine Sage von den Saligen Fräulein. Meine Urgroßmutter hat sie von ihrer ersten Wanderreise nach Osttirol mitgebracht. Ich kann sie dir vorlesen.
Annalena nimmt ein Blatt aus ihrem Rucksack und liest Laurenz die Sage vor, die sie im Herbarium ihrer Urgroßmutter gefunden hat.
Das ist eine seltsame Geschichte, sagt Laurenz, als sie geendet und das Papier wieder zurückgelegt hat.
Ja, ich bin noch nicht hinter das Geheimnis gekommen, das Geheimnis, was die Magd wohl mitgenommen haben mag, als sie von den Saligen wegging und gleich darauf ihren Liebsten traf. Ihre Bestrafung ist hart ausgefallen, überlegt Annalena.
Wie geht die Geschichte weiter, erinnert Laurenz.

Sie lebt mit ihrer Familie zusammen. Das ist es, Laurenz. Zuerst war sie alleine, dann hat sie ein Kind bekommen.
Annalena zieht die Schultern zusammen und vergräbt ihr Gesicht in den Händen.
Hier, nimm meinen Anorak, dir ist kalt. Das sind Sagen und manchmal entdeckt man Parallelen zu seiner eigenen Lebensgeschichte. Erschrick dich nicht. Ich weiß, dass diese Vorgänge dich beunruhigen und du sie nicht erklären und auch nicht darüber reden kannst. Ich möchte dir auch etwas erzählen, von meinem Vater, es ist ein Teil seiner Geschichte, auch davon werde ich nie mehr erfahren. Mein Vater hat, wie ich erzählt habe, sehr darunter gelitten, dass er seine Mutter sehr früh, kurz nach dem Krieg, auf ungeklärte Weise verloren hat. Das hat ihn sein Leben lang getrieben, die Erinnerung hat ihn nicht losgelassen oder er konnte seine Erinnerungen nicht loslassen. Ich kann es nicht besser erklären. Erinnerung hat viel mit Gewissen zu tun. Was lasse ich zu, was verstecke ich tief in mir. Erst zu der Zeit, als er meine Mutter kennengelernt hat, konnte er etwas Ruhe finden. Als sich um 1990 die Welt im Harz änderte und wir endlich wieder auf die Berge dort steigen und durch die Wälder und Wiesen streifen konnten, war er bald jede freie Stunde dort in den abgeschiedensten Ecken, hat sich mit der Tierwelt und den Pflanzen beschäftigt und sich auf seine stille Art ganz nachdrücklich für die Schaffung des heutigen Nationalparks eingesetzt. Er hat ja auch unseren Hof wieder bewirtschaftet und im Sommer ist er mit den Schafen am Brocken unterwegs. Ein Sonderling. Ja, aber ich wollte dir von etwas anderem erzählen, auch wenn ich nicht viel davon weiß. Vater ist kein Mensch, der viele Worte macht.
Laurenz reicht Annalena einen Becher Tee aus der Thermoskanne, den sie von der Hütte mitgenommen haben. Sie hat jede Farbe im Gesicht verloren, ich muss auf sie aufpassen, denkt er.
Wie du sicher weißt, ist der Harz eine Bergregion mit besonders vielen Sagengestalten. Es gibt bei uns nicht nur die Hexen, die in der Nacht zum ersten Mai auf den Blocksberg reiten, es gibt

noch viele andere Wesen dort in den Höhen, der Wilde Mann, Berggeister, Frau Holle und venezianische Zwerge. Solche Wesen gib es sicher auch in der Osttiroler Sagenwelt. Im Harz werden auch Baum- und Wassernymphen geglaubt, die Sage von den Saligen hat mich an sie erinnert.
Was sind das für Nymphen, Laurenz, was weißt du über sie. Annalenas Stimme ist beinahe tonlos und ihre Finger hält sie so fest zusammengepresst, dass die Knöchel weiß hervortreten.
Die Nymphen sind gute Wesen, sie helfen den Menschen, aber wenn diese nicht nach ihrem Willen tun oder ein Versprechen nicht einhalten oder einen Tabubruch begehen, so sind sie verloren oder es geschieht ihnen und manchmal auch ihren Nachkommen vielerlei Unglück.
Und was haben diese Nymphen mit deinem Vater zu tun, flüstert Annalena.
Ja, das ist auch ein Geheimnis, sein Geheimnis. Nur so viel. Mein Vater hat wohl in den Harzbergen etwas erlebt, das ihm geholfen hat, das rätselhafte Verschwinden seiner Mutter Jahrzehnte vorher in Frieden annehmen zu können. Ich weiß nicht, was es war. Seither sammelt er alle Sagen rund um den Brocken vor allem von Baum- und Wassernymphen und auch sein Einsatz für die Rückzugsgebiete von Fauna und Flora ist darauf zurückzuführen, davon bin ich überzeugt. Aber sprechen kann er nicht darüber. Es ist seine ureigenste Sache, meine Familie rührt auch nicht daran, wir sind froh, dass er endlich zu einer Lösung seiner Lebensfrage gefunden hat.
Mir ist kalt, meint Annalena nach einer Weile mit etwas festerer Stimme. Danke für den Tee.
Der Wildenkogel ist wohl nicht mein Sehnsuchtsberg, aber zum Löbbensee, da hinauf würde ich wohl gerne steigen, wenn ihr mich begleitet.
Dann werden jetzt aufbrechen. Heute ist unser Weg nicht gar zu beschwerlich. Die anderen werden auch schon im Tal auf uns warten, gibt Laurenz etwas ausweichend zur Antwort.
An dem steilen Weg hinunter, immer entlang des Tauernbaches erreichen sie das Zirbenkreuz nahe einer Weggabelung.

Lass uns hier noch eine Rast machen, bittet Annalena und setzt sich zu Füßen des massiven Holzkreuzes. Sie lauschen dem Toben des Baches, der durch tief eingeschnittene Felsen seinen Weg talwärts nimmt.
Da, ruft Laurenz, über uns, hast du schon in den Himmel geschaut. Da sind Geier, Bartgeier oder vielleicht doch Weißkopfgeier. Und gegen die andere Talseite zu, da fliegen zwei Steinadler. Und hier unten ist die Wiese voll mit Silberdisteln.
Unsere Schritte sind behutsam und achten die silbrig leuchtenden Disteln, sagt Annalena.
Was ist das, fragt Laurenz und bemerkt erleichtert, dass Annalena einen frischeren Eindruck auf ihn macht.
Die Zeile habe ich in einem Gedicht meiner Urgroßmutter gefunden, sie hat es im Sommer 1919 hier im Tauerntal aufgeschrieben. Schau, von hier aus kann man auch den Wasserfall sehen, der vom Löbbensee herunterfällt, wie Frauenhaar und darunter die Ebene, das muss der Löbbenboden sein. Jetzt sind wir schon nahe am Talgrund. Komm, Laurenz, ich freue mich schon auf Cornelia und Bettina, unsere Alm und unsere gemeinsamen Tage.

Auf der Wohlgemuthalm treffen sie ihre Freunde wohlbehalten an und auch Bettina und Holger erreichen nach einer beeindruckenden Tour bald nach ihnen das kleine Almdorf. Besonders Cornelia ist die Erleichterung anzusehen, dass nun alle wohlauf wieder zusammen sind.
Henner führt sie in den früheren Schwaighof und meint, es gäbe genug Platz, das Haus hätte sieben Schlafkammern und zehn Betten, sie könnten sich also nach Lust und Laune ausbreiten. Sonst sei es eher spartanisch, aber es gäbe zwei kleine Badezimmer mit Kaltwasser und der Strom käme über Sonnenkollektoren, in der Not müsste man in der Nacht Petroleumlampen anzünden. Es gäbe aber auch leistungsstarke Taschenlampen.
In der großen Küche haben wir alle ausreichend Platz. Dort steht ein Holzherd, wir können dort auch kochen. Eine alte Frau, sie heißt Burgl, bekümmert sich um die Gäste, also sie schaut ein wenig nach dem Rechten, erzählt Charlotte.

Wir haben heute Vorrat gekauft, damit wir hier frühstücken und Abendbrot essen können. Ich werde jetzt mal einheizen gehen, Charlotte und ich decken den Tisch, dann können wir uns in der Küche zusammensetzen. Am Abend wird es hier schnell frisch, wenn die Sonne verschwunden ist, berichtet Henner.
Später sitzen sie alle in der getäfelten Küche zusammen. Sie lassen es sich schmecken und berichten von ihren Wanderungen und Unternehmungen der letzten zwei Tage. Charlotte und Henner haben mit Robert und Cornelia eine Bergtour im Virgental unternommen und schildern begeistert ihre Eindrücke von der Berglandschaft, der Bauernhausarchitektur und den Kirchenbauten in diesem Tal. Das Gespräch wird von einem heftigen Klopfen an der Haustür unterbrochen, die Türe öffnet sich und zwei alte Frauen in Kleiderschürzen, mit Kopftüchern und Gummistiefeln treten herein.
Ja, kommen Sie nur herein, ruft Robert, bitte, jetzt können Sie auch die anderen Gäste kennenlernen.
Das ist Frau Burgl Stadler, die Hausherrin, erklärt Charlotte.
Sell woll, Grüß Gott mitnonda. Seids guet hinterkemmen. Wenns eppes brauchts, müsst ihr enk melden. Die Angelika wird enk olls bringn. I hun da eine Bekannte mit einagebrocht, die Resinger Zita.
Grüß Gott, i hun mir gedenkt, i muaß oanmal einaschaugn bei den Gästen aus Deutschland, oane han i wohl schon kennengelernt, zu Pfinschta, welle ist des wohl gewen.
Zita Resinger lässt ihren Blickk umherschweifen und zeigt dann auf Bettina.
Sie sein sebm mit mir im Gespräch gewen, net wahr, fragt sie.
Ja, Frau Resinger, ich freue mich, dass Sie gekommen sind und dass Sie mich nicht vergessen haben.
I denk, mir han allerhand mitnonda zu besprechen. Wer ist denn die Verwandte, die ihren Atte sucht, fragt Zita und schaut in die Runde.
Das bin ich, meint Annalena leise. Sie ist durch das resolute Erscheinen der beiden alten Frauen etwas durcheinandergebracht.
Zita Resinger mustert sie und dreht sich dann zu ihrer Gefährtin.

So, Burgl. I hun hetz noch oanen Weg nach Gschild zur Thresl, der muaß i decht Bescheid gebn, sagt sie und dann, zu den Gästen gewandt, dass sie einer Frau in der Gschildalm ausrichten müsse, dass die Gäste aus Deutschland gekommen seien. Am besten sei es, man würde sich dort am nächsten Tag am späten Nachmittag treffen, die Burgl käme auch mit, ein Neffe würde sie mit dem Auto chauffieren. Die Frau in Gschild sei eine Nichte von der Burgl, die könnte auch viel erzählen.

Die beiden alten Frauen verabschieden sich, treten aus dem Haus und lassen eine sprachlose Gruppe junger Menschen zurück.

So, nun wisst ihr, wer hier das Sagen hat, lässt sich zuerst Robert lachend vernehmen.

Das war jetzt sehr beeindruckend, die beiden sind doch bestimmt schon recht alt, vor allem Frau Stadler, aber noch sehr tatkräftig. Sie haben einen richtigen Schlachtplan ausgeheckt, schließt sich Henner an. Sie wollen uns helfen und ich finde es gut, dass die alte Frau Resinger sich um alles kümmert, aber ich wusste nicht, dass Frau Stadler auch irgendwie mit deiner Familiengeschichte etwas zu tun hat, wendet sich Holger an Annalena.

Nein. Ich bin ganz überrascht, erwidert Annalena, das kam jetzt zu plötzlich.

Am besten, wir machen jetzt einen Wochenplan, schlägt Cornelia vor.

Ja, denn hier sollen jeder und jede auf seine beziehungsweise ihre Kosten kommen, ergänzt Holger.

Cornelia holt Papier und Stifte, Bettina und Annalena decken den Tisch ab, Laurenz entkorkt einen Rotwein aus Südtirol und Henner holt die Gläser. Charlotte stellt Walnüsse und eine Wasserkaraffe auf den Tisch.

Jeder schreibt bitte schnell auf, welche Pläne er für sich für die kommenden sechs Tage im Kopf hat. Wir werden dann versuchen, alles so gut wie möglich zu koordinieren.

Minutenlang ist es ganz still in der Küche, man hört das Holz knistern und von einem Stall her das Vieh brüllen.

Cornelia ordnet die Eintragungen nach Häufigkeit und sagt dann, dass sie mit diesem Material durchaus einen optimalen

Wochenplan erarbeiten könne. Während Henner und Holger abwaschen und Annalena mit Charlotte und Laurenz noch eine kleine Runde zum Bach geht, stimmt Robert die Saiten der Gitarre, die neben dem Herrgottswinkel an der Wand hängt. Während er einige Griffe ausprobiert und den Tönen nach hört, beobachtet er Cornelia.
Behält man leichter einen kühlen Kopf, wenn man Aufgabenstellungen mathematisch zu lösen versucht, überlegt er belustigt.
Ja, mach du dich nur lustig, ich werde euch gleich das Ergebnis präsentieren, dazu hätte es sonst wahrscheinlich vieler Diskussionen gebraucht, gibt Cornelia schlagfertig zurück.
Nach und nach treten alle wieder an den großen Tisch. Robert beginnt, eine Melodie zu spielen, und Laurenz nimmt, als Robert ein paar Takte summt, eine Mundharmonika aus seiner Westentasche, beginnt dann gemeinsam mit Robert zu singen *Go away from my window. Leave at your own chosen speed. I'm not the one you want, babe. I'm not the one you need.* Henner und Holger fallen in den Refrain ein. *But it ain't me, babe. No, no, no, it ain't me, babe. It ain't me you're lookin' for.* Laurenz begleitet auf der Mundharmonika.
Was war das, Robert, fragt Cornelia erstaunt, als die beiden geendet haben.
Eine Liebeserklärung der anderen Art, erwidert dieser lachend.
Das ist ein Song von Bob Dylan, mischt sich Charlotte ein. Der Sänger gibt einer Frau zu verstehen, dass er nicht der Mann ist, auf den sie wartet, halt nicht der Richtige.
Ich wusste nicht, dass du Mundharmonika spielen kannst, Laurenz, sagt Annalena.
Ja, das ist bei uns das Instrument der Hirten, mein Vater hat es mir beigebracht, die Flöte nimmt kein Schäfer mehr mit auf die Weiden.
Und die Schalmei wohl auch nicht, lacht Robert.
Ihr beiden spielt perfekt zusammen, hoffentlich können wir noch mehr davon hören, bittet Holger.
Nein, wer weiß, was dann noch kommt, wehrt Cornelia lachend ab. Es ist wohl besser, wir schauen uns den Wochenplan mal an. Im Matreier Tauernhaus liegt eine Wettervorausschau

für diese Woche, ich habe nachgeschaut, es soll schön bleiben. Der Plan sieht vor, dass sich jede oder jeder von uns auch zurückziehen kann.

Cornelia nimmt ihre Tabelle, breitet eine Wanderkarte vom Iseltal aus und beginnt.

Dienstag. Holger und Laurenz machen eine zweitätige Bergtour zum Großvenediger. Wir anderen fahren zusammen nach Matrei und wer will, kann von dort auf den Zunig steigen oder durch das Zedlacher Paradies wandern, auf jeden Fall ist Gelegenheit, die Kirche St. Nikolaus zu besichtigen. Am späten Nachmittag werden Annalena, Bettina und Henner mit Frau Stadler zur Gschildalm aufbrechen.

Mittwoch. Fahrt nach Lienz. Dort Besuch des Kosakenfriedhofs. In Lienz können wir zur Abwechslung etwas Stadtluft schnuppern. Auf dem Rückweg sollten Annalena und Bettina auf der Polizeiinspektion in Matrei vorsprechen. Fakultativ bietet sich statt eines Ausflugs nach Lienz auch eine Bergtour hier in der Nähe an. Da gibt es von hier aus den St. Pöltner Westweg oder den St. Pöltner Ostweg und noch viele andere Ziele von Matrei aus zu erreichen.

Donnerstag. Ich schlage einen Ruhetag vor. Wir gehen von hier aus auf den Gletscherlehrpfad oder auf den Ochsenwaldweg am Talschluss, wir können das erste Stück Weg zusammen gehen. In Außergschlöss soll es einen Alpengasthof mit einer sehr guten Speisekarte geben.

Freitag. Von der Wohlgemuthalm Aufstieg zum Löbbensee. Wer mag, kann auch noch auf den Schildenkogel steigen. Oder wir gehen über das Löbbentörl, je nach Kondition. Abends vielleicht ein gutes Essen im Tauernhaus.

Samstag. Unser letzter Tag. Gemeinsame Fahrt in das Defereggental und Wanderung zu den Jagdhausalmen in der Nähe vom Stallersattel, das ist der Grenzübertritt nach Italien.

Sonntag. Leider schon Abschied und Abreise.

Wer Einsprüche hat, soll das jetzt gleich einbringen. Spätere Reklamationen sind zwecklos. Ist Regenwetterprogramm angesagt, müssen Robert und Laurenz uns ein Konzert geben.

Das ist dir wirklich toll gelungen, Cornelia. Vielen Dank. Ich denke, mit diesem Plan können wir alle sehr zufrieden sein, freut sich Annalena.

Auch alle anderen äußern sich anerkennend. Sie leeren ihre Gläser und steigen dann hinauf in ihre Schlafkammern. Nur Holger, Robert und Laurenz laufen im Licht des hellen Mondes noch ein Stück den Bach entlang und bestaunen die Fülle der Sterne am dunklen Nachthimmel.

Im Schlaf ist Annalena wieder ein kleines Kind. Sie liegt auf einer Blumenwiese zwischen Wollgras, Speik und Schusternagelen und rings umher sind hohe Berge mit Schnee bedeckt. In der Luft ist ein sehr lautes böses Summen. Frauen in weißen Kleidern tanzen um sie herum, ohne mit den Füßen den Boden zu berühren. Sie halten sich an den erhobenen Händen und schauen auf sie herab. Das Netz zwischen ihren Händen ist jetzt dünn und durchscheinend und das Kind müht sich, den Faden bis zum Ende aufzuwickeln. Das Himmelsblau scheint nun wieder auf sein Gesicht und es setzt sich auf die Blumenwiese und blickt die Frauen fragend an. Die Frauen tanzen und summen und treten einen Schritt zurück. Der Himmel ist von einem tiefen Blau. Hoch oben zwischen Felsen und Eiswänden sieht das Kind die Mutter mit der Großmutter neben zwei fremden Männern und zwei fremden Frauen stehen. Dichte graue Wolken liegen über den schneebedeckten Berggipfeln. Von den Bergen stürzt sich ein Wasserfall in die Tiefe, er sieht aus wie wallendes graues Frauenhaar. Das Kind hält das Fadenknäuel fest umklammert und erhebt sich langsam. Es stolpert mit kleinen Schritten bergab. Eine eisige Luft nimmt ihm fast den Atem. Das Wollgras schwankt im Wind. Die tanzenden Frauen bilden einen Halbkreis um das Kind, nehmen es in ihre Mitte und drängen es bergwärts. Das Kind weint und verbirgt sein Gesicht in den Händen.

Am nächsten Tag, dem Dienstag, an dem Laurenz und Holger zur Prager Hütte aufbrechen, durchstreifen Robert, Henner und

Charlotte das Zedlacher Paradies, eine beeindruckende seit Jahrhunderten von den Bergbauern gepflegte Waldweide mit Lärchenbeständen. Sie kehren im hochgelegenen Strumerhof ein, deren Küche wohl mehr als ein Lob, sondern eine Haubenauszeichnung verdienen würde, so sind sich die drei einig. Bettina, Cornelia und Annalena steigen vom Lukasserkreuz zunächst auf die Zunigalm. Sie bekommen von der Sennerin eine Buttermilch und ein Butterbrot mit Schnittlauch bestreut.
Selten hat mir ein Butterbrot so gut geschmeckt und die Buttermilch war wirklich Extraklasse, meint Cornelia und wischt sich über die Lippen, während ihr die anderen beipflichten. Seitlich der Almhütte sitzen vier Mädchen im Schulkindalter und halten Margeriten in den Händen, ein wenig Älteres flicht den Kleineren die Zöpfe.
Ich muss da noch zuhören, die Mädchen wiederholen einen Abzählvers, den kann ich von hier aus nicht verstehen, meint Bettina, steht auf und nähert sich den Kindern. Nach einer Weile kommt sie lachend zurück.
So etwas habe ich noch nicht gehört. Wir kennen doch Verliebt, Verlobt, Verheiratet, Geschieden.
Und was sagen die Kinder in Osttirol, erkundigt sich Annalena.
Die Mädchen sagen Heiratn, Sterbn, Kloaschtafrau wearn.
So werden wir alle schon früh auf unser Frauenleben vorbereitet, lacht Cornelia.
Aber die Klosterfrau, diese Rolle ist bei uns ausgestorben, muss nun auch Annalena lachen. Sie winken den Kindern zu und steigen weiter über den Arnitzsee dem Gipfel des Zunig, den Hausberg von Matrei, zu. In den oberen Matten beugt sich Annalena immer wieder über die Alpenwiesenblumen an den steilen Hängen. Wisst ihr noch, fragt sie ihre Freundinnen, Speik, Wollgras und Schusternagelen. Hier oben ist es so wunderschön, ich frage mich immer wieder, warum meine Großmutter und meine Mutter den Weg in die österreichischen Alpen niemals gefunden haben.
Ja. Ich finde es hier oben auch wunderschön, es ist auch schönstes Wetter und die Sicht ist bestens, ich habe gelesen, vom Gipfel aus könne man bis nach Venedig schauen, erwidert Cornelia.

Vielleicht kann man hier oben auch die Venedigermännlein belauschen, überlegt Bettina und lacht.
Die jungen Frauen haben eine gute Kondition und erreichen den Berggipfel ohne Mühen. Hier bietet sich eine beeindruckende Weitsicht und sie können sich nur schwer von den Bildern trennen, die sie umgeben, aber im Tal wartet noch das steinerne Gotteshaus St. Nikolaus und am Abend das Treffen mit den einheimischen Frauen in der Gschildalm.
Ob mir das weiterhelfen wird, zweifelt Annalena. Was werden die Frauen uns schon erzählen können. Und wenn ich ganz ehrlich bin, dann kommt es mir so vor, als ob ich mich zu weit vorwage. Am liebsten würde ich von diesen Familiengeschichten gar nichts mehr wissen wollen. Es belastet mich nur.
Ich denke, wir waren von Anfang an mit Monika an deiner Seite, antwortet Cornelia und nimmt Annalenas Hand. Ich glaube, es würde dich mehr belasten, wenn du dich dieser deiner Geschichte nicht bis zum Ende stellen würdest. Es ergibt sich sicher keine zweite Möglichkeit. Dir ist das Versprechen deiner Mutter gegenüber auch sehr wichtig.
Und wir sind bei dir. Und die anderen auch. Keiner wird zulassen, dass es dir schlecht geht. Und ich, ich bin sehr gespannt, was uns die, so habe ich sie für mich genannt, Kräuterweiblein zu erzählen haben. Das hat etwas mit meinem Studium zu tun, Oral history nennt man das. Aber natürlich vor allem mit dir und unserer gemeinsamen Familie, ergänzt Bettina.
Und doch flackern während des Abstiegs hinunter in das Matreier Talbecken und auch noch beim Besuch der mittelalterlichen Nikolauskirche in Annalena immer wieder bedrohliche Gedanken auf, derer sie sich nicht erwehren kann und von deren Ursprung ihre Freundinnen bei aller Vertrautheit nicht wissen können.

Am späten Nachmittag nach einer Ruhepause brechen Bettina, Henner und Annalena auf und wandern den Bach entlang zur Gschildalm. Frau Resinger ist vorher noch bei ihnen gewesen, hat ihnen den Weg gezeigt und die Hütte beschrieben, sie selbst würde auch kommen, aber mit Frau Stadler mit dem Auto fahren, der Neffe würde sie abholen. Talwärts verengt sich das Tal und an beiden Seiten steigen schroffe Felswände steil empor. Die Gschildalmgruppe besteht aus mehreren Almhütten, über den Tauernbach führt eine Holzbrücke an der Gemeinschaftsalm vorbei und von dort geht der Wanderweg weiter dem Tal und dem Matreier Becken zu. Eine noch junge Frau kommt ihnen aus einer der Hütten entgegen.

Grüß euch. Ich bin die Theres und wohne dort, sie zeigt auf eine Hütte mit schönen Blumen am Solder hinter ihr. Kommt nur weiter. Die Burgl und die Zita sind schon angekommen.

Annalena, Bettina und Henner folgen ihr über die Wiese und betreten etwas befangen die geräumige Stube. Holzvertäfelt, mit einem Küchenofen, einer Abwasch, einem großen Tisch und einer umlaufenden Bank unter dem Herrgottswinkel erinnert sie an eine der urigen Stuben, wie man sie in prächtigen Bildbänden über das Leben in den Alpen finden kann.

So, seids guet hinterkemmen. Setzt enk nieder. Wir rucken zsammen, sagt Frau Resinger und macht gleich ein wenig Platz.

Am Tisch sitzen Frau Stadler, ein alter Mann mit Pfeife und ein noch jüngerer Bauer, der die Eintretenden aufmerksam mustert.

Theres stellt einen Teller mit Gebäck auf den Tisch.

Mögts einen Kaffee. Ich tu euch geschwinde einen herrichten, sagt die Theres, dann fangen wir gleich an.

Theres macht sich am Herd zu schaffen, während der Altbauer die Pfeife stopft.

So, ihr seids von Deutschland. Ich bin der Berger Peter Paul. Mir gehört die Hüttn da, ich bin der Onkel von der Theres und der Neffe von der Burgl und das ist der Christian, mein Sohn. Was wollts denn eigentlich genau wissen. Ich woaß nit, ob wir enk weiterhelfen kennen.

Ja, da ist so viel, was ich fragen möchte, beginnt Annalena.

Ich bin Annalena. Das sind meine Verwandten, Henner und seine Schwester Bettina, unsere Urgroßväter waren Brüder. Wir kommen aus Marburg, das ist eine Stadt in Hessen in der Nähe von Frankfurt. Henner und ich sind Uhrmacher und Goldschmiede, ich arbeite in seinem Geschäft. Bettina studiert noch.

So, hetz kimmt der Kaffee. Die Burgl und die Zita trinken auch gerne oanen. Da habts oane Milach und oanen Zugga. Magst auch ein Kaffeetschal, Christian.
Na, lass lei. Ich trink oanen Holler, antwortet der junge Bauer.
So, dann wollen wir beginnen, sagt Theres und setzt sich dazu. Ihr derzählt uns von enker Familie und dann wollen wir sehen, was wir enk derzählen kennen.
Ja. Wo soll ich beginnen. Meine Mutter ist im Januar verstorben und danach habe ich viel ordnen müssen, Dokumente, Briefe und so weiter. Da bin ich auf meine Familiengeschichte gestoßen. Es gibt keinen Verwandten mehr, der mir etwas aus früherer Zeit erzählen kann, eigentlich nur noch einen Cousin von meinem Großvater, das ist der Großvater von Henner und Bettina. Der hat es bis heute nicht verwunden, dass sein Cousin hier in Osttirol ums Leben gekommen ist, unter nie geklärten Umständen. Nur so viel habe ich herausgefunden. Im Sommer 1919 sind meine Urgroßeltern hier gewesen, sie hießen Wolf und Magdalena, es war ihre Hochzeitsreise, sie haben in eurem Tal hier Bergtouren gemacht. Magdalena hat ein Bild von der Alm gemalt, daher glaube ich, dass sie hier genächtigt haben. 1932 sind sie wieder hier gewesen, da hatten sie schon zwei Kinder. Wir haben oben in der St. Pöltner Hütte eine Eintragung von meinem Urgroßvater im Hüttenbuch gefunden. Sie sind von dieser Reise nicht zurückgekommen. Niemand hat mehr von ihnen gehört. Ihre Kinder hießen Wolfgang und Marlene. Wolfgang war später im Krieg Soldat bei der Wehrmacht und ist beim Rückzug von Italien Anfang Mai 1945 hier in diesem Tal beim Tauernhaus verschwunden, also, er galt als vermisst, das war in den letzten Kriegstagen Anfang Mai. Marlene, seine Schwester, ist 1965 in dieses Tal gefahren, zum Wandern. Wir wissen, dass sie im Tauernhaus gewesen ist. Das war in dem Sommer, als das Hochwasser war. Auch von ihr hat man nie wieder etwas gehört.
Annalenas leise Stimme ist immer stockender geworden. Henner hat den Arm um sie gelegt.
Bettina legt behutsam Magdalenas Zeichnung von der Gschildalm, die Ansichtskarte von Wolf und Magdalena aus Mitter-

sill an ihre Kinder und die von Marlene aus Matrei an Anna auf den Tisch.
Burgl Stadler seufzt und hustet. Sie hat die Augen geschlossen.
Burgl, wenn es dir recht ist, kann ich den Leit derzähln, was du sebm erlebt hast, meint Theres.
Des ist mir recht, Frau Stadler nickt zustimmend.
Ihr müsst wissen, die Burgl ist decht schon mehr als neunzig Jahre alt, sie hat mir vorher alles derzählt, das Sprechen nach der Schrift strengt sie sehr an. Die alten Geschichten machen sie auch unruhig. Die Burgl und der Valentin, das sein Geschwister gewesen. Der Peter Paul ist der Sohn vom Valentin und meine Mutter, die Agnes, war seine Tochter, sie ist im heurigen Jahr verstorben. Die Burgl erinnert sich sehr genau an den Sommer 1919, da war sie noch eine kleine Gitschn, da sind zwei Fremde in der Hüttn gewesen, aus Deutschland. Die Vrone, das war die Großmutter von der Burgl und dem Valtl, hat sie im Stadl schlafen lassen für eine Nacht. Ihr müsst wissen, Fremde waren damals hier bei uns noch eine Seltenheit, etwas Bsunderes halt. 1932 war die Burgl eine junge Frau, kurze Zeit später hat sie geheiratet. Da sein die beiden im Sommer wieder kemmen, in die Hütte. Da haben sie eine Gungl gemacht, einen lustigen Abend, haben geredet und politische Gespräche geführt. Der Valentin war auch dabei, der hat das auch niedergeschrieben in seinen Erinnerungen. Die Frau hat der Vrone ein Bild mitbracht. Am nächsten Tag sein die Fremden Berg gangen und sein nit wiederkemmen. Die Vrone, also die Großmutter, war sehr besorgt um die beiden, aber man hat nichts kennen machen.
Burgl Stadler seufzt, hustet und öffnet die Augen, nimmt einen Schluck Kaffee.
Hier, des ist das Bild, es hängt bei uns in der Stuben, sagt Christian und zieht das Bild hervor, legt es auf den Tisch.
Annalena, Henner und Bettina haben aufmerksam zugehört und beugen sich jetzt über die Zeichnungen.
Ja, die sein wohl gleich, staunt Zita und rutscht auf der Bank hin und her.

Ich han hier auch noch drei Fotografien aus derer Zeit, meint der Altbauer. Er legt drei Schwarzweißaufnahmen von der Hütte und der Stube zu den Zeichnungen. Die sein noch aus der Zeit vor dem Krieg, als der Valtl die Almhittn hatte.
Sell woll, da hat es hier herinnen noch anders ausgeschaut, fügt Theres an. Zita, jetzt kannst du weiter derzähln.
Des ist nit weiter viel, fängt Zita Resinger an. Im Jahr, als der Große Krieg aus gewen ist, bin i schon ein Zeitl ausgeschult gewen, bin Kindsdirn und Jätegitschn gewen. Wir sein in der Tauernalm gewen, beim Tauernhause. Da war so viel Unruhe, so viele Soldaten und Wägen und iberall Leit, gewimmelt hats vor Menschen, als wir aufgetriebn hobn. Moane Gschwister und i hobn im Bache oanen Mann gefunden, der ist schon oane Weile tot gewen. Die Mander hobn gemoant, des sei oan Kosak, hobn ihn auf Lienz gefohrn, mit dem Rossgrottn, in die Peggetz, da hats oanen Friedhof gebn, für die Kosaken. Die Mamme hat gemoant, der Tote hätte keinem Kosak gleich geschaut. Gonz feine Glieder hat er gehobt, gar nit blede. Die Mamme hat ihm aus dem Janggasack ein Tüchl genommen, Papiere hat der Mensch koane gehobt. Beilafig fünf, sechs Sommer spater war da noch oane Deitsche, mit der bin i zum Reden kemmen, die war zu Tode erschrocken und dann viel spater, beim ersten großen Regen, da ist noch oane aus Deitschland kemmen, die hat ollerhand wissen wellen und die ist nochant verschwunden gewen. Des ist olls, was ich derzähln kann. Des hun i moan Lebtag nit vergessn kennen.
Zita Resinger zieht ein Papier aus der Schürzentasche, faltet es vorsichtig auf und nimmt ein weißes Taschentuch mit einer feinen Stickerei heraus.
Schusternagelen, Wollgras und Speik, flüstert Annalena.
Kennst du selle Blümlen, staunt die alte Frau.
Ja, meine Großtante Marlene, also die Schwester von meinem Großvater, hat viele solcher Stickereien gehandarbeitet und diese Blumen hat die Urgroßmutter immer wieder gezeichnet. Ich habe zu Hause auch solche gepressten Blumen aus früherer Zeit.
Du trägst auch oanen Halsreifen mit selle Blümlen, stellt Zita, zu Bettina gewandt, fest. Da hun i sofort gewisst, wen du suchst.

Nun haben wir schon vieles gehört voneinander, es fehlt uns noch die Tante Marlene, könnt ihr uns auch bei ihrer Geschichte weiterhelfen, fragt Henner ganz gegen seine Gewohnheit eifrig nach.

Ja, darüber weiß der Peter Paul einiges zu berichten und ich auch, von meiner Mutter, der Agnes. Aber jetzt gibt es einmal einen guten Roten, sagt Theres und holt Gläser und eine Flasche Rotwein von einem Wandbord.

Burgl Stadler seufzt, hustet und hat die Augen wieder geschlossen. Ihre Hände fahren unruhig auf dem Tisch hin und her.

Mir geht des fellik zu geschwinde, des ist decht wie in einem Kriminalfilm, lässt sich Christian vernehmen. Wir hobn von selle Geschichtn bis vor kurzer Zeit nie eppes gehört.

Gehört und gesechn nit, aber manches hat man decht gwisst, und geredet ist nindacht worden, koaner hat darüber viel Worte verloren, fügt der Altbauer an und zieht heftig an der Pfeife. Hetz will ich enk derzähln, was sich im Sommer 1965 zugetrogn hat. Die Agnes ist hier in der Alm gwen, alloanig. Das Wetter ist wilde schiach gwen. Wochenlang hat es geregnet, die Wiesen hobn koan Wasser mehr aufnehmen kennen. Da ist oane Frau aus Deitschland kemmen, wollte bei der Agnes schlafen, ist ja selbstverständlich, dass die Agnes gholfn hat. Am nächsten Tag ist die Frau aufgebrochn, hat sich nicht aufholtn lassn. Sie ist nit wiederkemmen. Da ist olls unter Wasser gwen, die Muren sein oa kemmen, die Straßen sein unterspült gwen, man hat nimmer telefonieren kennen, nindacht hats oanen Strom mehr gebn. Spater im Herbstmond, als das Hochwasser vorbei gwen ist, sein die Buzz kemmen, hobn im Tauernhaus nachgefrogt, nach einer Deitschen, aber die Agnes hat nichts derzählt. Sie war gonz zeriedit. Zwoa oder drei Jahre spater hat man wohl eppes gfundn von der Frau, unta dem Löbbenboden, die Habseligkeiten hobn die Mander von der Bergwacht aufderklaubt. Der Luis von den Buzz hat dort ein Kreuzle aufderstellt.

Ja, bestätigt Theres. Die Mamme ist alleweil auchngangen, Blümlen hinauftragen. Des hat ihr keine Ruhe gelassen, dass sie die Frau hat gehen lassen. Ich war auch schon dort.

So, hetz werden wir aufbrechn, des tuet mi gonz untermanieren, sagt Frau Stadler unvermittelt und steht mit Mühe auf. Es ist schon spat. Wenn es finster ist, kann ich den Weg zu meiner Hittn nimmer findn.
Alle verabschieden sich. Annalena bedankt sich beim Altbauern und seinem Sohn für die Mühen und ihre Hilfe, Bettina und Henner schließen sich an. Dann reicht sie Frau Stadler die Hand. Haben Sie recht herzlichen Dank, dass Sie sich die Zeit genommen haben, mit uns zu sprechen. Sie sind die letzte noch lebende Person, die meine Urgroßeltern gesehen hat. Es ist schön, dass Sie sich so freundliche Erinnerungen an die beiden bewahrt haben, sagt Annalena und gegenüber Frau Resinger betont sie, wie sehr es sie rührt, dass diese das kleine bestickte Tuch ihres Großvaters über Jahrzehnte aufbehalten hat und er über eine so lange Zeit in ihrem Gedächtnis geblieben sei.
Sie schauen vom Solder aus den vier Menschen nach, die bereitwillig von sich und aus ihrem Leben erzählt haben. Es gibt nicht mehr viel zu sagen. Henner und Bettina gehen in Gedanken versunken ein Stück voraus, denn so viele Lösungen, eine so rasche Entflechtung der Fäden haben sie sich nicht erwartet.

Annalena und Theres schauen in den Abendhimmel. Die tiefstehende Sonne hat die Bergrücken im Süden rot eingefärbt und am Himmel steht ein blasser Mond. Das Vieh ist schon in den Stall getrieben und das Tosen des Tauernbachs übertönt die Stille. Da geht sie, die Zita, die Schnottabixe. Die hat des kaum derwartet, dass sie einmal noch diese Geschichte von dem Kosaken derzähln kann. Annalena, du solltest noch einmal bei mir vorbeischauen, sagt Theres und mustert die junge Deutsche aufmerksam. Du bist noch nicht fertig, mit deiner Geschichte, denke ich. Was macht ihr morgen. Das Wetter wird wohl halten.
Wir fahren nach Lienz zum Kosakenfriedhof und am Nachmittag müssen wir zur Polizeiinspektion in Matrei.
Wenn es euch recht ist, komme ich gerne mit.
Ja natürlich, gerne, du wärest uns sicher eine Hilfe. Mir ist hier doch alles fremd. Können wir dich abholen.

Ja, am Vormittag. Ciao Annalena. Gute Nacht.

Die Altbäuerin vom Resingerhof steigt in der Frühe des nächsten Tages zum Zirbenkreuz hinauf. Ihr Kopf ist gedankenschwer, der Schlaf hat in der letzten Nacht erst nicht kommen wollen und brachte dann ahnungsvolle Traumgebilde. Das, was kommt, wird sie nicht aufhalten können. Anvertrauen kann sie sich niemandem, keiner Menschenseele. Beim Zirbenkreuz angekommen, schlägt sie ein Kreuzzeichen, betet ein Vaterunser und hält stumme Zwiesprache mit dem Herrn. Es ist, als ob die Verzweiflung sie auf den Boden wirft und ihr die Luft zum Atmen nimmt. Sie lässt den Blick hinüberschweifen, zum Wildenkogel und zum Löbbenboden. Dort hat alles angefangen, dort wird alles enden. Kalt weht es von dort drüben her. Sie werden kein Erbarmen haben mit der Jungen, sie sind anders, nicht von dieser und auch nicht von der himmlischen Welt, denkt die alte Frau und setzt sich zu Füßen des Kreuzes, fängt leise zu murmeln an, den Vers, den sie schon lange Zeit nicht mehr gewusst hat

Hast dich verfangen in der Welt, dann hilft dir der Himmelsvota. Hast dich verfangen im Traum, dann hilft dir die Himmelsmueta. Hast dich verfangen im Wind, dann hilft dir das Himmelskind.
Das Murmeln lässt sie zur Ruhe kommen und geleitet sie in einen leichten Schlaf, aus dem sie ohne Mühen und gestärkt in die Wirklichkeit zurückfindet. Der Rückweg führt die Altbäuerin zu der Felsenkapelle im Gschlösstal, sie zündet dort im Dämmerlicht der Felsenhöhle ein Licht an, kniet nieder und betet mit einer Hingabe, die den Wanderern, die die Kapelle auf ihrem Weg durch das Tal aufsuchen, befremdlich erscheinen mag.

Am Abend vorher waren alle in der Küche der Wohlgemuthalm zusammengetroffen. Charlotte hatte für das Abendessen gesorgt. Laurenz und Holger erzählten begeistert von ihrer Gipfelbesteigung, nicht ungefährlich sei es gewesen, wie sie meinten, eine große Herausforderung für beide. Jetzt waren sie froh und erleichtert, wieder im Tal zu sein, aber morgen, da könnten sie gleich wieder zusammen aufbrechen. Dann war die Rede vom

Zedlacher Paradies gewesen und vom Zunig, sie hatten sich gegenseitig zugehört, ihre Erlebnisse und ihre Begeisterung miteinander geteilt. Schließlich hatte Henner von ihrem Gespräch mit der Familie Berger, mit Frau Resinger und Frau Stadler erzählt, hatte berichtet, was die Menschen ihnen von ihren vermissten Verwandten erzählen konnten.
Jetzt bin ich wirklich froh, dass diese Geschichten endlich aufgeklärt worden sind. Es kann nur ein Zufall sein, dass unsere Angehörigen im Abstand von Jahrzehnten hier ihr Leben verloren haben, anders kann ich es mir nicht erklären, hatte er abschließend hinzugefügt.
Henner und mich hat sehr beeindruckt, wie diese Familie mit der unsrigen immer wieder zusammengetroffen ist und auch, dass sie noch heute, wie auch die Frau Resinger, Erinnerungen an unsere Angehörigen besitzt und achtet, nach so langer Zeit, hatte Bettina nachdenklich gemeint.
Annalena hatte zu allem geschwiegen. Danach hatten sie ihre Pläne für den kommenden Tag beredet und waren früh zu Bett gegangen. Vor Annalenas Schlafkammer hatte Cornelia ihre Freundin umarmt und in den Armen gehalten. Es beunruhigte sie, dass Annalena keine Erleichterung wie Henner und Bettina zeigte, sondern ganz gegenteilig wie versponnen und abwesend wirkte und bat Robert und Laurenz, ihre Türen in der Nacht einen Spalt geöffnet zu halten. Es kann nicht schaden, hatte sie zu den beiden gemeint, ich habe Angst, dass sie sich in einem Traum verfängt und hinauslaufen wird. Robert und Laurenz hatten die Haustür fest verschlossen, ganz gegen die Gewohnheit der Almleute, konnten aber wie auch Cornelia erst spät Ruhe in ihren Kammern finden.

Am nächsten Morgen, nach einem ausgiebigen Frühstück, teilen sie sich wiederum in zwei Gruppen auf. Annalena, Cornelia und Bettina wollen mit Theres nach Lienz fahren, die anderen werden oberhalb von Matrei zu einer Berg- und Almentour starten. Wir fahren bis zum Rasthaus Felbertauernstübel oberhalb von Matrei an der Felbertauernstraße, dort lassen wir das Auto stehen.

Alle gemeinsam steigen wir dann zum Weiler Stein auf knapp 1.400 Metern auf. Wir wandern dann zu den Steiner Almen, dort teilen wir uns auf. Laurenz, Robert und ich werden auf den Nussing steigen, Henner und Charlotte können noch zur Sudetendeutschen Hütte weitergehen oder das Almleben genießen. Am Abend ist unser Treffpunkt bei unserem Auto an der Straße, beschreibt Holger ihre Tagestour, als sie von der Wohlgemuthalm zum Parkplatz beim Matreier Tauernhaus laufen.

Ob das Wetter umschlagen wird, fragt Cornelia und betrachtet den wolkenlosen Himmel.

Nein, sicher nicht, beruhigt Laurenz, es ist auch nicht schwül, ein Gewitter müssen wir heute nicht befürchten.

Auf unserem Rückweg werden wir schauen, ob euer Auto noch an der Raststätte steht, dann könnten wir ebenfalls halten und wieder zusammen zum Tauernhaus fahren, schlägt Annalena vor.

Sie ist munter und ausgeruht, denkt Cornelia. Der gestrige Tag scheint spurlos an ihr vorübergegangen zu sein. Aber der äußere Schein kann auch trügen, das weiß sie und sie verspürt eine Erleichterung, weil sie heute bei ihrer Freundin sein kann und sie sich im Tal auf bewohnten Straßen und Plätzen mit verschiedensten Menschen bewegen werden. Auch als Annalena angemerkt hat, dass diese einheimische Lehrerin sie heute nach Lienz und Matrei begleiten wird, war sie sofort einverstanden.

Vielleicht können wir dort in der Raststätte auch zu Abend essen, meint Charlotte und hängt sich bei ihrem Mann ein. Da eilt ihnen Frau Resinger mit flinkem Schritt entgegen.

Grüß Gott, Grüß Gott. Wohin des Wegs, möchte sie sogleich wissen.

Guten Morgen, Frau Resinger. Wir fahren mit Theres nach Lienz und Matrei, die anderen machen eine Bergtour oberhalb von Stein, berichtet Annalena.

Sell woll. Oftn wünsch i enk oanen gueten Tag. Am Samstag werden wir zuobmst aufkochen, die Burgl macht enk Schlipfkrapfen und i richt enk Ingsante Nigilen, müssts oanen Hunger mitbringen, lacht Frau Resinger, winkt ihnen zu und eilt weiter.

Bei der Gschildalm wartet Theres bereits an der Straße. Annalena macht Cornelia und Theres miteinander bekannt, dann fahren sie eng beieinandersitzend talauswärts.

Theres, bitte, was sind Ingsante Nigilen und was sind Schlipfkrapfen, fragt Bettina Theres gleich nach ihrer Abfahrt.

Wieso, lacht Theres, hast du diese Speisen auf einer Speisekarte entdeckt.

Nein, mischt sich Cornelia ein, Frau Resinger hat uns für Samstag am Abend, wenn ich es richtig verstanden habe, zum Essen eingeladen. Frau Stadler und Frau Resinger wollen uns mit diesen Speisen bekochen.

Ist das nicht zu viel Arbeit für die beiden alten Frauen, wir sind doch acht Personen, sorgt sich Annalena. Ich will nicht, dass sich die beiden zu viele Mühen machen.

Nein, nein, antwortet Theres, die Frauen wollen euch eine Freude machen. Sie wären gekränkt, wenn man sie nicht kochen ließe. Beide sind es seit jeher gewohnt, für ihre großen Familien ausreichend aufzukochen. Schlipfkrapfen sind von früher her eigentlich ein Gericht der armen Leute, das sind Teigtaschen aus einer Mischung von Weizenmehl und Roggenmehl, mit einer Erdäpfelfülle, darüber abgeschmälzte Butter und Schnittlauch. Für die Ingsanten Nigilen, das ist eine eher aufwändige Nachspeise, brauchts einen Germteig, der wird zu einer Rolle geformt, davon schneidet man Scheiben herunter und backt sie in schwimmendem Butterschmalz heraus, nachher werden sie in Zuckermilch getränkt und darüber gibt man Mohn und einen Zucker. Zu beiden Gerichten trinkt man Milch. Diese bäuerlichen Rezepte werden jetzt häufig in der gehobenen Gasthausküche wieder aufgegriffen. Am besten gelingen diese Speisen, wenn sie in großer Menge hergestellt werden. Jede Talschaft, ja oft einmal jede Bäuerin hatte ihr eigenes Rezept. Sie erinnern an das frühere einfache Leben der Menschen hier im Tal.

Kannst du uns etwas davon erzählen, bittet Bettina, während sie an Matrei vorbei in südlicher Richtung weiterfahren.

Wie angenehm es ist, dieser Frau zuzuhören, sie hat einen leichten Tiroler Akzent, spricht aber ein klares gut verständliches

Deutsch, vielleicht, weil sie als Lehrerin nach der Schrift sprechen muss, überlegt Cornelia, während sie den Worten von Theres lauscht und der Wagen sie durch die weite Ebene südlich von Matrei führt.

Nun, das Leben der Menschen hier im Iseltal hat sich erst einmal allmählich mit dem wachsenden Tourismus verändert und dann rapide mit dem Bau der Felbertauernstraße und dem damit verbundenen Anschluss an die große weite Welt. Pläne für den Bau einer Straße nach Salzburg hat es schon viel früher gegeben, aber erst in den Fünfzigerjahren hat sich der Gedanke der wirtschaftlichen Notwendigkeit einer Nord-Süd-Verbindung in unserer Region durchsetzen können. Der Spatenstich für den Tunnelbau erfolgte 1962 im Matreier Tauerntal, 1964 wurde der Stollen an der Nordseite durchschlagen. Das war eine große Stunde für die Bauarbeiter, daran konnten sich die Männer noch lange erinnern. 1967 wurden die Straße und der Tunnel feierlich übergeben, Osttirol rückte damals für kurze Zeit in das Blickfeld des öffentlichen Interesses. Sonst sind wir hier eigentlich immer eher Stiefkinder gewesen, unser Bezirk liegt halt von Nordtirol weit entfernt und war bis zum Bau der Felbertauernstraße von dort aus nur über das Südtiroler Italienische Pustertal zu erreichen. Wir waren aber nicht nur Stiefkinder, sondern durch die abgegrenzte Lage konnten sich die Eliten im Bezirk, sei es auf politischer, wirtschaftlicher, schulischer oder kirchlicher Ebene, immer eine gewisse Machtstellung herausnehmen. Dies erschien vielen bis in die heutige Zeit hinein als ein normaler gottgegebener Zustand. Die neue Straße erlaubte jetzt aber den Blick über die Osttiroler Grenzen, Osttiroler konnten zur Arbeit oder zur Ausbildung auspendeln, Menschen strömten in unser bisher wenig beachtetes Tal. Bis dahin gab es hier sehr viele kinderreiche Familien, die gewohnt waren, mit wenig auszukommen. Viele Bergbauernhöfe sind erst in den letzten Jahrzehnten mit Straßen erschlossen worden. Arbeitsplätze waren rar, es gab nur wenige kleinindustrielle Betriebe. Für viele Gemeinden kam das Neue beinahe überfallsartig, der Bergbauernalltag, der auf das einfache Leben hin ausgerichtet war, ist zum Großteil verloren gegan-

gen. Die Menschen hier sind in der Regel tiefgläubig und hingen und hängen heute noch verschiedensten Volksglaubensvorstellungen an. Das harte Dasein hat sie gelehrt, dass das Leben eine prekäre Sache ist. Erst seit Kurzem besinnt man sich wieder auf das Wertvolle, das diesem früheren Leben innewohnt. Hoffentlich ist es noch nicht zu spät, viele Tätigkeiten hat man schon beinahe vergessen, man muss sie mühselig neu entdecken. Und die früheren Einsichten und Lebenshaltungen kann man ja auch nicht eins zu eins in die heutige Zeit hinüberretten, beschließt Theres ihren Vortrag, der ausführlicher und auch persönlicher ausgefallen ist, als sie es sich vorgenommen hatte.
Danke, dass du uns von euerem Leben erzählt hast. Als normaler Gast versteht man die Geschehnisse und die Lebensumstände der Einheimischen meist gar nicht, sagt Annalena.
Aber ist das nicht auch ein Gutteil Sozialromantik, die da mitschwingt, wenn man sich auf die früheren Zeiten besinnt, fragt Cornelia.
Da magst du recht haben. Aber die Sozialromantik vergeht einem schnell, wenn man an die exponierte Lage der meisten Höfe und Weiler denkt und an die harte Arbeit, die dort geleistet werden muss. Aber es gibt wieder vermehrt Bauern und Bäuerinnen, die eine Rückbesinnung in ausgewogenem Maße erwägen und als Chance begreifen. Meine Herkunftsfamilie am Mattersberg gehört zum Beispiel dazu. An den Landwirtschaftsschulen werden solche Entwicklungen bereits vermehrt im Lehrplan aufgenommen und auch die Bäuerinnen bilden sich in diesem Bereich ständig weiter. Eine mir bekannte Bäuerin hat im Weiler Huben eine Ziegenzucht aufgebaut und schon landesweit Preise gewonnen, führt Theres eifrig aus.
Über das Frauenleben, den weiblichen Alltag in Osttirol würde ich gerne mehr erfahren, sagt Bettina.
Da dürft ihr aber nicht denken, dass wir unmoderne Frauen am Herd sind, gibt Theres zurück. Wir bezeichnen uns unter uns gerne als Frauen im Herrgottswinkel. Meistens sind wir Alleinerzieherinnen, da unsere Männer zum Arbeiten oft wochenlang auspendeln, wir führen oft einmal unsere Höfe allein, haben als

Zimmervermieterinnen eigene Betriebe aufgestellt, vermarkten unsere hofeigenen Produkte und haben eine gute Ausbildung erhalten. Kaum eine der jüngeren Frauen, die nicht mit dem Computer umgehen kann Jetzt sind wir aber schon in Lienz, auf der rechten Seite seht ihr Schloss Bruck.

Bitte sag mir den Weg zum Kosakenfriedhof an, meint Bettina, die den Wagen steuert, zu Theres.

Und Bettina, bitte halte noch an einem Blumengeschäft, bittet Cornelia.

Es gibt eines beim Bahnhof, da müssen wir vorbeifahren, erst einmal fährst du geradeaus in dieser Richtung weiter. Hinter dem Bahnhof müssen wir uns dann rechts halten, die Peggetz liegt am Drauufer. Der Kosakenfriedhof und der Uferweg sind zu dieser Stunde am noch frühen Vormittag menschenleer. Es ist still und angenehm schattig unter den Bäumen, nur das Rauschen der Drau und Vogelgezwitscher sind zu hören.

Theres öffnet das schmiedeeiserne Tor mit der kyrillischen Aufschrift und geht über den kiesbedeckten Boden weiter. Bettina folgt als nächste, zuletzt betreten Annalena und Cornelia, die dicht nebeneinander gehen, den Friedhof.

Hier sind anonyme Gräber, erinnert sich Bettina. Es ist nicht genau bekannt, wie viel Soldaten auf diesem Platz begraben worden sind.

Theres macht ein Kreuzzeichen und geht gedankenverloren durch die Gräberreihen, Annalena macht einige Schritte nach vorne auf den Steinpfeiler in der Mitte zu, bleibt still mit gesenktem Kopf stehen, bückt sich dann ein wenig und stellt einen Strauß kleinwüchsiger Blumen in einem Tonbecher auf den Kiesboden. Cornelia legt einen Strauß weißer Rosen auf das erste Grab der vordersten Reihe, dann verlassen sie alle gemeinsam den Friedhof und stellen sich auf die nahe Brücke, horchen dem Rauschen des Flusses hinterher.

Was bedeutet die kyrillische Aufschrift auf dem Torbogen, fragt Bettina.

Das ist ein Vers aus einem Psalm, *Der Gerechte wird nimmermehr vergessen*, antwortet Theres.

Da müssen wir heute am Abend Robert dazu befragen, er kann uns den Sinn sicher erklären, schlägt Annalena vor.
Ich schaue mich noch etwas um, meint Bettina, nimmt ihre Kamera und läuft zum Ufer zurück.
Welche Blumen hast du vor den Pfeiler gestellt, wendet sich Theres nach einer Weile Annalena zu.
Die habe ich am Zunig gepflückt und am Abend gleich in ein Wasser gestellt. Es sind Scheidiges Wollgras, Speik und Schusternagelen, gibt Annalena zurück.
Theres nickt und Cornelia legt Annalena den Arm um die Schulter. Kommt, ruft Bettina schon vom Uferweg aus, ich habe noch einige Fotos gemacht, wir wollten doch noch einen kurzen Blick in die Altstadt von Lienz werfen, bevor wir nach Matrei zurückfahren.

In Matrei betreten die vier Frauen nach einer kurzen Rast und einem Imbiss bei der Metzgerei am Rauterplatz die Polizeiinspektion der Marktgemeinde. Sebastian Oberbichler geleitet sie sofort in sein Dienstzimmer.
Kommen Sie bitte herein, ich habe Sie bereits erwartet. Die Theres hat mir mit dem Handy schon Bescheid gegeben, dass Sie heute bei mir vorbeischauen werden. Ich habe alles zurechtgelegt, meint der Polizeiinspektor und bittet die Frauen, an einem Tisch Platz zu nehmen, auf dem mehrere Aktenordner liegen, daneben eine Schachtel, handschriftlich versehen mit *Alpinfund 12. Juli 1967, Fundstelle Aufstieg zum Löbbenboden.*
Danke, erwidert Theres. Darf ich dir meine Begleiterinnen vorstellen. Das hier ist Bettina Weiss, sie hat vor einigen Wochen schon bei dir vorgesprochen, das ist Annalena Weiss, die ihren Großvater sucht, und das ist Frau Cornelia Böge, eine Freundin der beiden, alle kommen aus Marburg.
Frau Weiss, wendet sich der Polizeiinspektor an Annalena, ist es Ihnen recht, wenn Ihre Begleiterinnen herinnen bleiben.
Ja, natürlich. Ich habe auch einige Unterlagen mitgebracht.
Annalena zieht einige große Kuverts aus ihrer Ledertasche.
Gut, dann beginnen wir bei der Vermisstensuche nach Marlene Weiss aus dem Jahr 1965.

Unsere Recherchen haben ergeben, dass Frau Marlene Weiss im Sommer bei dem Unwetter im Tauerntal in der Nähe des Matreier Tauernhaus bei einer Bergwanderung zu Tode gekommen ist. Ein Fremdverschulden ist auszuschließen. Wir haben dazu einen Schriftverkehr mit der Person, die die Vermisstenanzeige aufgegeben hat, und ein Ansuchen der Marburger Polizei, aber die Korrespondenz ist dann seitens der Frau Anna Weiss abgebrochen worden. Die Bergwacht hat zwei Sommer später unterhalb des Löbbbenbodens einige Gegenstände gefunden, die vermutlich der Vermissten gehört haben. Ich möchte Sie bitten, einen Blick darauf zu werfen. Der Polizeiinspektor öffnet die Schachtel mit den Asservaten und breitet den Inhalt vor Annalena aus, einen Füllfederhalter mit den eingravierten Initialen *M.W.* und eine silberne Halskette mit einem kleinen Anhänger aus Silber mit drei Blumen. Können Sie mir zu diesen Fundgegenständen etwas berichten, fragt der Polizeiinspektor Annalena.

Der Füllfederhalter ist mir ganz unbekannt, dazu kann ich nichts sagen. Aber die Kette, die ist mir bekannt, antwortet Annalena und zeigt dem Polizeiinspektor die mitgebrachte Fotografie von Marlene, auf der die Kette gut erkennbar ist. Zusätzlich hat Annalena noch eine Vergrößerung des Halsausschnitts in einem Kopiergeschäft in Marburg anfertigen lassen, auf der die einzelnen Blumen des Anhängers gut zu erkennen sind.

Ausgezeichnet, antwortet der Polizeiinspektor. Haben Sie sonst noch Unterlagen dazu.

Ja, einen kurzen Brief von meiner Großtante vom Matreier Tauernhaus, das Schreiben meiner Großmutter an Ihre Polizeidienststelle und Ihr Einschreiben von 1967, das meine Großmutter nicht beantwortet hat, außerdem die Todeserklärung. Dann können wir den Fall wohl endgültig abschließen, da bin ich erleichtert. Ich werde mir noch Kopien von Ihren Schriftstücken machen und Sie müssen mir den Erhalt der Fundgegenstände bestätigen, führt er weiter aus.

Aber jetzt werde ich Ihnen erst einmal einen Kaffee richten lassen, wir sind ja noch nicht ganz fertig, bitte warten Sie einen kleinen Moment, ich bin sofort wieder bei Ihnen.

Das ist doch beeindruckend, wie sorgfältig auf dieser Dienststelle gearbeitet worden ist. Sie können vierzig Jahre zurückliegende Fälle neu aufrollen, staunt Bettina.

Danke dir, Sebastian, meint Theres, als der Inspektor mit einem Wachebeamten das Zimmer wieder betritt und die beiden die Kaffeetassen auf dem Tisch abstellen.

Gut, dann werden wir uns dem Fall Ihres Großvaters zuwenden, das liegt noch eine Weile länger zurück, wendet sich der Polizeiinspektor an Annalena.

Ja, zwanzig Jahre vorher, 1945, in den ersten Maitagen, bei Kriegsende, ist er nach einer privaten Aussage eines anderen Wehrmachtssoldaten und guten Freundes das letzte Mal abends kurz hinter dem Tauernhaus gesehen worden. Am Morgen war er verschwunden und konnte nicht mehr gefunden werden.

Nach Angabe von Zita Resinger ist ein unbekannter Toter kurz nach dem Almauftrieb von ihr und ihren Geschwistern im Gschlössbach gefunden worden, den haben die Almleute auf Lienz, in die Peggetz gebracht, erzählt Theres.

Zu diesem Fall haben wir nur noch die Kopie eines handschriftlichen Vermerks aus den Junitagen 1945, ich lese ihn vor.

Leichenfund beim Matreier Tauernhaus. Eine männliche Leiche wurde am Ufer des Gschlössbaches von Kindern gefunden. Eine Identifizierung war nicht möglich, der Leichnam war schon einige Wochen im Wasser gelegen. Die Kleidung ließ einen geflohenen Kosaken vermuten. Der Leichnam wurde nach Lienz und dort auf dem Friedhof in der Peggetz unter die Erde gebracht.

Ob dieser Tote tatsächlich Ihr Großvater gewesen ist, lässt sich heute natürlich nicht mehr feststellen. Spekulationen in welcher Richtung immer gehören nicht in unser Arbeitsgebiet.

Herr Oberbichler, ich danke Ihnen sehr herzlich. Mehr konnte ich gar nicht erwarten. Zumindest der Verbleib meiner Großtante scheint nun hinreichend geklärt, auch wenn das für die Behörden nicht mehr wichtig ist. Sie und auch mein Großvater sind schon lange für tot erklärt worden, erwidert Annalena.

Dann wäre wohl alles geklärt, meint der Polizeiinspektor und will sich erheben. Annalena gibt die Unterlagen zurück in die Kuverts und packt diese in ihre Ledertasche.
Bitte, ich habe aber noch eine letzte Frage, lässt sich da Bettina vernehmen.
Ja, selbstverständlich, wie kann ich Ihnen noch helfen.
Bitte, wenn jemand seit vielen Jahrzehnten verschollen ist, was reicht dann aus, um seinen Verbleib zu klären, schließt Bettina ihre Frage an.
Wie meinen Sie das konkret, will der Polizeibeamte wissen, räuspert sich und schaut nachdenklich zu Theres hinüber.
Nun, die Urgroßeltern von Annalena haben hier 1932 im Sommer einen Urlaub verbracht und sind nicht mehr nach Deutschland heimgekehrt. Nachforschungen waren zu der damaligen Zeit nicht möglich. Gibt es in diesem Fall noch Möglichkeiten der polizeilichen Ermittlung.
Sebastian Oberbichler schüttelt bedauernd den Kopf.
Da müssten eindeutige Zufallsfunde vorliegen, die die Identität der vermissten Menschen sicherstellen, wie zum Beispiel Gletscherfunde. Aber nach mehr als siebzig Jahren wird die Polizei von sich aus keine Untersuchungen einleiten. Haben Sie sichere Nachweise, dass sich die beiden hier im Gemeindegebiet von Matrei aufgehalten haben.
Ja, zählt Cornelia auf, wir haben Ansichtskarten, die in dieser Region abgestempelt wurden und auf der St. Pöltner Hütte hat sich der Urgroßvater mit seiner Frau im Hüttenbuch eingetragen.
Bei den Kopien liegen auch eine Vorzeichnung für ein Schmuckstück aus dem Besitz der Frau und eine Bleistiftzeichnung von Gschildalm, die von ihr stammt.
Annalena erhebt sich für die anderen eher unvermittelt, schiebt ihren Stuhl zurück und reicht ihrem Gegenüber die Hand.
Herr Oberbichler, nochmals meinen herzlichen Dank. Sie haben mir und meiner Familie sehr helfen können. Manches wird sicher für immer rätselhaft bleiben. Ich lasse Ihnen aber Kopien von meinen Unterlagen hier.

Die Frauen verabschieden sich und verlassen die Dienststelle. Der Polizeiinspektor schaut aus dem Fenster seines Dienstzimmers in den Sommernachmittag und hängt seinen Gedanken über das Rätselhafte, das er als Polizist und als Mensch nicht wird auflösen können, nach. Dann schließt er die Akten, legt sie geordnet aufeinander und trägt einem Kollegen auf, den jüngeren Fall als erledigt zu archivieren und baldigst nach Innsbruck auf den Weg zu bringen, den kopierten Aktenvermerk von 1945 zu entsorgen und die kopierten Dokumente zur weiteren Bearbeitung in seine Ablage zu geben.

Hetz muss ich enk aber auf andere Gedanken bringen, lässt sich Theres vernehmen, als sie den Rauter Platz überquert haben. Wir gehen zu unserer Pfarrkirche und ich lade enk zur letzten Chorprobe unseres Frauensingkreises der Pfarrgemeinde ein. Wir haben nächste Woche unser Sommerkonzert. Ich habe schon mit der Chorleiterin gesprochen, sie hat nichts dagegen, wenn ihr zuloasn tätet. Theres hat recht gehabt. In der weiträumigen barocken Pfarrkirche St. Alban vermögen sie sich zu entspannen und ihre Gedanken zu ordnen. Der Klang der Frauenstimmen kann sich in diesem Kirchenbau wunderbar entfalten und alle lauschen den verschiedenen volksreligiösen Chorälen und Orgelimprovisationen zu Ehren der Himmelskönigin Maria. Nach dem letzten Stück, dem berührenden Magnificat von Taizé, verlassen sie das Kirchenschiff und gehen zurück zu ihrem Wagen. Es fallen keine überflüssigen Worte. Erst als sie sich dem Rasthaus nähern, auf dessen Parkplatz der zweite Wagen ihrer Gruppe zu sehen ist, bittet Bettina, kurz anzuhalten.
Ich will nur nachschauen, ob sie schon wieder heruntergekommen sind, vom Berg, meint sie und läuft in das Rasthaus hinein. Kurz darauf kommt sie zurück und berichtet, dass Henner und Charlotte schon von der Almwanderung zurück seien und bereits bei einem Bier vor der Speisekarte sitzen würden, die anderen müssten bald nachkommen, sie hätten miteinander telefoniert.
Ich werde hierbleiben und mich in Henners Wagen hinten auf den Notsitz setzen, ihr könnt schon vorfahren, lacht sie und eilt zurück zu ihrem Bruder.

Sie hat Recht, sie ist jung und mag nicht ständig mit toten Menschen und der Vergangenheit zu tun haben, überlegt Theres.
Ja, schließt sich Annalena an, das verstehe ich gut.
Ich auch, sagt Cornelia. Für Bettina ist alles nicht so tiefgehend, sie ist zu jung. Sie ist hilfsbereit und unternehmungslustig, aber manches ist ihr allzu fremd.
Das Rätselhafte, fragt Theres zurück.
Ja, das Rätselhafte, stimmt Annalena zu.
Ich mecht enk bitten, noch in meine Alm zu kommen, sagt Theres. Ich muss enk noch eppes zeigen, des ist mir wichtig.
Sie gehen gemeinsam zu der Almhütte und auch Cornelia staunt über die Innenausstattung des von außen so bescheiden anmutenden Hauses.
Wie alt ist das Haus, erkundigt sich Cornelia.
Am First steht die Jahreszahl 1853, also mehr als einhundertfünfzig Jahre. Wir haben sehr viel richten müssen, ein neues Dach, neue Fenster, eine komplett neue Einrichtung. Schauts, so hat sie früher ausgeschaut, unsere Hittn, sagt Theres und reicht Cornelia einige Schwarzweißaufnahmen mit gezacktem Rand.
Die sein so fünfzig Jahre alt, also, als die Großtante Marlene hier war, hat es in der Kuchl noch so ausgeschaut und in den Dreißigerjahren ist es auch nit anders gewen. Da war es noch duster und verraucht hier, eine der Schlafkammern war der Heustadl, im Keller war der Stall, hinter der Kuchl, herüben, war die Milchkammer. Aber hetz hockt enk nieder, ich richte enk einen Holler und ein Brot mit Butter.
Annalena und Cornelia nehmen an dem großen Tisch Platz und ihre Blicke gleiten über die Marienbilder und die Heiligenbildchen im Herrgottswinkel.
Theres deckt ein Holzbrett mit Butterbrotscheiben, Gläser und einen Krug Holundersaft auf, holt einen schmalen Aktenordner von einem Wandbord, auf dem verschiedene Bücher stehen, und setzt sich zu Annalena und Cornelia.
Greifts zu, ihr seids gewiss hungrig. Ich mecht enk eppes zeigen. Des ist ein Auszug aus den Tagebuchnotizen meines Großvaters Valentin, begonnen hat er damit 1932. Von 1938 bis 1945 hat er

sein Tagebuch verborgen gehalten, spater hat er nur noch wenig hineingeschrieben. Der Peter Paul hat das Heft erst vor kurzer Zeit gefunden. Ich habe die Eintragungen von 1932 bis 1947 für dich kopiert und ausgedruckt, Annalena.
Warum hast du das getan, Theres, wundert sich Annalena.
Die erste Eintragung vom Sommer 1932 beginnt mit dem Besuch deiner Urgroßeltern in dieser Hütte. Es ist alles so gewesen, wie sich die Burgl, seine Schwester, erinnern konnte.
Und warum hast du die Jahre bis 1947 auch für Annalena kopiert, wendet sich Cornelia an Theres.
Nun, i han mir gedenkt, dass es für dich, Annalena interessant zu lesen ist, was in diesen Jahren hier im Tauerntal passiert ist. Mein Großvater hat sehr viel beobachtet und er hat sehr vielen Menschen versucht zu helfen. Aber des musst du selbst lesen.
Du hast an mich gedacht, ohne mich zu kennen, staunt Annalena.
I denk, i bin auch ein klein wenig stolz auf meinen Atte. Des war ein kluger Kopf, ganz eigenwillig, und ein gerechter Mensch. Des soll nicht einfach so verloren gehen, des ist sein Lebensbuch. Der Peter Paul und der Christian wollen des Büchl heroben auf dem Hof behalten und eigentlich soll koaner davon eppes mitbekemmen. Aber nun nehmts enk, des Brot han i selbst gebacken, die Butter han i von der Frau vom Christian bekemmen.
Annalena nimmt den Ordner und bedankt sich nochmals bei Theres. Sie weiß, dass der Einblick in das Tagebuch des Großvaters ein großer Vertrauensbeweis ist.
Ich werde es bestimmt gut aufbewahren und bei mir behalten, versichert sie.
Darf ich es auch lesen, fragt Cornelia.
Ja selbstverständlich, aber dann ist es genug, es soll decht nit allgemein bekannt werden, des war nit die Absicht vom Atte, antwortet Theres.
Annalenas Blick ist wieder hinüber zum Herrgottswinkel geglitten. Unter dem Kruzifix steht ein Sterbebildchen, wohl von Thereses Mutter, daneben ein Wasserglas mit frischen Blumen, Annalena erkennt rote Schafgarbenblüten und weiße Sternblu-

men. Neben einer Kerze liegt unter dem Kruzifix ein kleines Papiersäckchen.
Was ist das, fragt sie mit bebender Stimme und zeigt darauf.
Des Packl, des kann ich nit mit Bestimmtheit sagen, des ist noch von meiner Mamme her, der Agnes, die hat das dort allem im Winkel liegen gehabt und des sollte so bleiben, so tu ich wohl auch so.
Weißt du, was darin ist, flüstert Annalena.
Nein, des werden wohl Kräutlen sein, die die Mamme gebrockt hat. Des Packl ist mir alleweil unheimlich vorkemmen, so als gehöre es nicht hierher, in diesen Winkel, gibt Theres zur Antwort und verwundert sich über Annalenas tonlose Stimme und das Erschrecken, das sie in ihren Augen erkennen kann.
Aber wir wissen es, nicht wahr, Annalena, sagt Cornelia und nimmt das Päckchen, faltet es auseinander.
So frische Blümlen, wie kann des sein, wundert sich Theres.
Es ist gut, sagt Annalena, das habe ich doch noch finden müssen, nimmt das Papier und streicht behutsam mit den Fingern über die Blütenköpfe.
Speik, Wollgras und Schusternagelen, ergänzt Cornelia und erzählt Theres alles, was sie seit dem Tod von Annalenas Mutter von Annalena erfahren oder selbst miterlebt hat.
Das Rätselhafte, fügt Theres an, als Cornelia geendet hat.
Annalena hat das Päckchen zusammengelegt.
Darf ich es bitte mitnehmen, es hat einen großen Wert für mich, bittet sie Theres.
Theres nickt. Auch sie findet kaum Worte und schon gar keine Erklärungen für all das, was sie hat hören müssen.
Wann geht ihr zum Löbbenboden, fragt sie nachdenklich.
Übermorgen, an unserem vorletzten Urlaubstag am frühen Vormittag. Magst du mitgehen, antwortet Cornelia.
Ja, unbedingt, ich warte am Aufstieg zum Wildenkogel gegenüber vom Tauernhaus auf Euch.
Theres begleitet ihren Besuch noch hinaus vor die Hütte. Der Abendhimmel beginnt, sich dunkel einzufärben.
Singst du uns nochmal das Magnificat, das wir am Nachmittag in der Kirche gehört haben. Wir können versuchen, dich zu

begleiten, ich kenne das Lied vom Kirchenchor her, ich glaube, Cornelia auch, bittet Annalena.
Ja, vom Universitätschor, nickt Cornelia.
Theres summt die ersten Takte und Annalena und Cornelia fallen mit dem Magnificat Anima mea Dominum ein.
Musik kann ein großer Trost sein. Aber nun müssen wir heim, in die Wohlgemuthalm, sagt Annalena und gibt Theres die Hand. Theres macht ihr ein Kreuzzeichen auf die Stirn.
Wir sehen uns übermorgen, ruft Cornelia beim Fortgehen zurück, ich bin froh, wenn du mit uns gehst. Hoffentlich bleibt uns das gute Wetter erhalten.

Am Abend des nächsten Tages kommen alle gut gelaunt in die Wohlgemuthalm zurück. Sie haben je nach Kondition und Unternehmungslust verschiedene Bergtouren gut überstanden, Holger, Bettina und Laurenz sind den St. Pöltner Westweg hoch über dem Gschlösstal talauswärts gelaufen, Henner und Charlotte haben sich für den Ochsenwaldweg von Innergschlöss aus entschieden und Annalena hat gemeinsam mit Robert und Cornelia den Gletscherlehrpfad gemeistert. Zum Abschluss des Tages haben sie sich wie abgesprochen im Gasthaus in Aussergschlöss zum gemeinsamen Essen eingefunden und dort ihre Erlebnisse ausgetauscht. Nun, in ihrer Herberge im hintersten Tauerntal, sitzen sie vor der Haustür im letzten Sonnenlicht und genießen die Wärme des Abends. Robert spielt auf der Gitarre und Cornelia erzählt von dem Chorkonzert des letzten Tages in Matrei.
Eigentlich war es eine Generalprobe, bei der wir dabei sein durften, erklärt Bettina.
Mir hat die geistliche Musik gutgetan, nach dem Friedhofsbesuch in Lienz und den langen Gesprächen mit dem Polizeiinspektor in Matrei.
Ja, so ist es mir auch ergangen, pflichtet Annalena ihr bei.
Wir haben dann noch ein Abendbrot bei Theres in der Gschildalm bekommen, erzählt Cornelia.
Und wir hatten es auch fantastisch, gestern, auf dem Nussing, berichtet Lorenz. Die Urlaubstage hier gefallen mir ganz außer-

ordentlich gut. Jeden Tag wunderbare Bergtouren und das Wetter hat bisher auch mitgespielt.
Heute war es sehr schwül, schaut einmal nach dem Abendhimmel, hoffen wir, dass das Wetter beständig bleibt, meint Holger.
Morgen ist Sebaldustag, bemerkt Annalena.
Sebaldus, wer war das, möchte Robert wissen.
Ich weiß es, weil ich mit Moni vor unserer Abfahrt noch Wettersprüche für den August aus dem Bauernkalender herausgeschrieben habe. Der Heilige Sebald lebte im achten Jahrhundert als Einsiedler in der Gegend von Nürnberg, an seiner Grabstätte ereigneten sich bald allerlei Wunderheilungen, er wurde dann Stadtpatron von Nürnberg, übrigens gemeinsam mit dem Heiligen Laurentius. Der Wetterspruch für den neunzehnten August lautet *Regnet's an Sankt Sebald, nahet teure Zeit sehr bald.* Zu Ehren der beiden Heiligen hat man im dreizehnten Jahrhundert in Nürnberg zwei Kirchen errichtet, die haben dann auch zum Aufblühen der Stadt beigetragen, aufgrund des Ansturms von Wallfahrern. Da gab es aber auch noch einen dritten Stadtpatron, daran erinnere ich mich, ich bin einmal bei einer Stadtführung in Nürnberg mitgegangen, überlegt Henner.
Ja, übrigens mit mir, erinnert Charlotte ihren Gatten. Der Dritte im Bunde hieß oder heißt immer noch Deocar. Wollt ihr wissen, wer das war.
Ja, ich schon, das muss doch ein zumindest ideeller Gefährte von Laurentius gewesen sein, der ist mir mittlerweile sehr ans Herz gewachsen, meint Laurenz und lacht.
Nun, Deocar lebte im achten und neunten Jahrhundert und stammte wahrscheinlich aus dem Altmühltal. Er hat in Fulda studiert und wurde später Hofkaplan und Beichtvater von Kaiser Karl dem Großen, also ein wichtiger einflussreicher Geistlicher. Später hat ihn Karl der Große zum Königsboten ernannt, er war zuständig für die Übertragung der Reliquien des Heiligen Bonifatius in die Basilika in Fulda. Teile seiner Reliquien kamen dann Jahrhunderte später durch politische Wirren nach Nürnberg, sie wurden in der Lorenzikirche bestattet und trugen zur Bekanntheit des Wallfahrortes bei, führt Charlotte aus.

Dass du dir das alles so gemerkt hast, Charlotte, das hat mich jetzt doch sehr beeindruckt. Ich habe nur im Gedächtnis behalten, dass ein Teil der Gebeine dieses dritten Stadtpatrons viel später von Nürnberg nach Eichstätt im Altmühltal gekommen ist, also hat er wieder in seine Heimat zurückgefunden.
Ja, die Wege der Heiligen sind oft merkwürdig verschlungen, meint Cornelia. Ich hole uns etwas zum Trinken, sagt Holger und steht auf. Bettina schließt sich an.
Als sie gemeinsam mit einem Holzbrett voll gehäuft mit Nüssen, mit Rotwein, Apfelsaft, Wasser und Gläsern aus dem Haus treten, hat Robert bereits wieder zur Gitarre gegriffen, spielt einige Takte, schaut zu Laurenz hinüber, der seine Mundharmonika aus der Jackentasche gezogen hat, und stimmt eine Melodie an.
Michael row the boat ashore, flüstert Charlotte.
Die Musik reißt alle mit, sie stehen auf, fallen in den Gesang ein, klatschen im Takt. Aus den umliegenden Schwaigen treten die Bewohner heraus, Einheimische wie Gäste.
Fantastisch, bitte noch ein Lied, meint Holger und legt den Arm um Bettina.
Ja, das war ein afroamerikanisches Gospel, antwortet Robert. Eigentlich ist es ein Ruderlied, das kann man schon von der Gleichmäßigkeit des Rhythmus erkennen. Es geht um den Erzengel Michael.
Der Erzengel Michael ist der Anführer der himmlischen Heerscharen, er bewacht das Tor zum Paradies. Er hält die Seelenwaage am Tag des Jüngsten Gerichts und geleitet die Toten ins Jenseits, so der Volksglaube, erzählt Annalena.
Ich würde gerne noch etwas hören, vielleicht *Blowin in the Wind*, bittet Cornelia.
Robert zupft die ersten Takte und es wird sehr still auf dem Platz vor ihrem Haus. Laurenz und Robert singen gemeinsam, Laurenz begleitet die Strophenüberleitungen mit der Mundharmonika, bis alle in den Refrain einstimmen. Der verhaltene Beifall, den sie bekommen, klingt ungewohnt auf dem Almgelände, aber nun treten auch die Zuhörer näher und bitten um eine Zugabe. So folgen noch *Mr. Tambourine Man* und dann Annalenas

Lieblingslieder, *Stehn zwei Stern am hohen Himmel* und *Wir wollen zu Land ausfahren* und zu guter Letzt *Der Mond ist aufgegangen*.
Laurenz hat sich neben Annalena gestellt und hält ihre Hand.
Eiskalt, flüstert er.
Ja, mir ist kalt. Wir werden hineingehen, gibt Annalena lächelnd zurück.
Von Dankesworten und eifrigem zustimmenden Gemurmel der umstehenden Menschen begleitet, gehen die Freunde ins Haus und verweilen noch an dem großen Stubentisch. Annalena wünscht allen eine gute Nacht und geht als Erste in ihre Schlafkammer.
Die anderen beraten noch den Ablauf des nächsten Tags. Holger, Bettina und Laurenz wollen sehr früh aufbrechen und über das Löbbentörl zum Wildensee und dann zum Löbbensee hinuntersteigen, den anderen also entgegenkommen. Henner und Charlotte haben vor, das kurze Stück bis zum Kreuz aufzusteigen, das für Tante Marlene aufgestellt wurde und den restlichen Tag in Lienz zu verbringen. Das Ziel für die anderen wird der Löbbensee sein, wie sie es mit Theres verabredet haben.
Ich habe Annalena draußen beobachtet, meint Cornelia zu Robert, als sie über die Treppe zu den Schlafkammern steigen.
Ist dir auch aufgefallen, dass sie immerzu zum Wildenkogel hinaufgeschaut hat.
Ich habe ihren entschlossenen Gesichtsausdruck bemerkt.
Ich finde, sie hat eher sehr verwundbar und verstört ausgeschaut, sagt Laurenz, der hinter ihnen die Stiege hinaufsteigt.
Passen wir wieder auf sie auf, flüstert Robert.
Ja, ich habe die Haustüre schon abgesperrt. Danke und gute Nacht, gibt Laurenz leise zurück.

Am Tag darauf zeigt sich der Himmel nicht wie gewohnt in einem hellen Blau, sondern es sind hellgraue Wolken aufgezogen.
Die Luft ist schwül.
Wir müssen unbedingt einen Regenschutz mitnehmen, sagt Robert, als sie ihre Rucksäcke packen.
Holger hat uns eine Nachricht auf einem Notizzettel auf den Tisch gelegt, dass sie gegen Mittag über den Wildensee kom-

mend den Löbbensee erreichen werden. Wir sollen ausreichend zum Trinken mitnehmen, und einen Regenschutz, hat er auch aufgeschrieben, ergänzt Cornelia.

Komm, Charlotte, wir brechen schon einmal auf und gehen bis zu der Stelle voraus, an der Theres auf uns warten wird, ruft Annalena und zieht Charlotte mit sich aus dem Haus. Henner folgt ihnen und ist insgeheim froh, dass er mit seiner Frau heute nur eine kurze Strecke wird mitgehen müssen.

Als sie an der Aufstiegsstelle zum Wildenkogel, noch unten im Gschlösstal gelegen, eingetroffen sind, übernimmt Theres zunächst die Führung. Es geht steil bergwärts durch einen dichten Fichtenwald, bis sie zu einer kleinen Lichtung kommen.

Hier steht das Kreuz, das Luis Wibmer von der Bergwacht vor vierzig Jahren aufgestellt hat, als die Mander von der Bergwacht hier die Kette und die Füllfeder von enker Tante Marlene gefunden haben, sagt Theres, bleibt neben dem kleinen hölzernen Kreuz stehen, nimmt eine kleine Handvoll Blumen aus der vorderen Tasche ihres Rucksacks und legt sie unter das Dach des Kreuzes.

Zum Gedenken an eine unbekannte Tote. Im August 1967, liest Cornelia die eingebrannte Inschrift auf dem angebrachten Brett unter der Bedachung laut vor.

Im Sommer sollte man hier keine Kerze entzünden, ist zu gefährlich, erklärt Theres.

Annalena hat sich neben das Kreuz gehockt.

Ein schöner Platz. Deine Mutter hat dafür gesorgt, dass das Kreuz bis heute hier stehen geblieben ist. Wie kann man das verstehen, fragt sie und blickt Theres an.

Des ist nit so leicht zu erklären, sagt Theres. Des hat sie das Leben lang bekümmert. Ich denke, man denkt eine so lange Zeit auf eppes, wie es wehtuet, oder.

Henner macht Aufnahmen von dem Kreuz. Dann packt er seinen Rucksack zusammen.

Charlotte und ich steigen wieder ab. Den Weg können wir nicht verfehlen. Wir sind am Abend wieder in unserem Haus, erklärt er und stapft schon talwärts.

Wir bringen etwas Gutes zum Essen mit, verspricht Charlotte und wendet sich zum Gehen.
Passt auf, wenn ein Regen kommt, ruft ihnen Henner noch zu, dann sind die beiden im Grün des Waldes verschwunden.
Ihr seids bisher gut auchngestiegen, lobt Theres. Jetzt geht es noch ein Boisl steil weiter und an einem Felssturz vorbei, dann sind wir schon auf dem Löbbenboden.
Der Aufstieg fällt ihnen trotz der Schwüle nicht schwer. Annalena gibt die Geschwindigkeit vor, obwohl Theres immer wieder zu Pausen und Langsamkeit beim Aufstieg mahnt. Nach gut zwei Stunden haben sie die Hochebene des Löbbenbodens erreicht.
Schau, Cornelia, hier stehen geradezu richtige Inseln vom Wollgras und dort drüben fällt der Wasserfall herunter wie graues Frauenhaar, darauf habe ich mich so gefreut. Jetzt ist es nicht mehr weit, ruft Annalena.
Cornelia und Robert wechseln einen Blick.
Wir müssen auf sie aufpassen, sagt Theres. Nicht alles zwischen Himmel und Erde ist begreifbar.
Annalena ist bereits über die Hochebene vorausgeeilt. Theres und Cornelia laufen ihr nach.
So warte doch, ruft Cornelia.
Himmelsvota, steh uns bei, murmelt Theres und macht ein Kreuzzeichen.
Robert schaut besorgt zum Himmel. Es ist seltsam still hier oben, als würde die Welt den Atem anhalten. Nur einzelne laut rufende Rabenvögel lassen sich vor der aufgezogenen Nebelwand ausmachen. Dunkle graue Wolken stehen wie Türme über dem Gipfel des Wildenkogels.
Eine schwarze Felswand erhebt sich am Abschluss des Löbbenbodens, über die der Aufstieg zum Löbbensee führt. Cornelia und Theres haben Annalena eingeholt und halten sie fest. Ein eisiger Wind ist aufgekommen und weht in Sturmböen über sie hinweg.
Komm, Annalena, wir werden erst einmal etwas trinken, spricht Cornelia mit seltsam ruhiger Stimme. Wir können da nicht hinauf, nicht jetzt. Laurenz, Bettina und Holger werden sicher gleich von oben kommen, wir werden auf sie warten.

Als Robert die Frauen erreicht, fallen erste einzelne schwere Tropfen, dann prasselt der Regen gemischt mit Eiskörnern auf sie hinunter.

Hört ihr das Summen. Ich bin so müde, flüstert Annalena tonlos. Sie ist totenbleich, ihre Lippen sind farblos und ihr Blick irrt unstet umher. Sie sackt auf der Wiese zusammen.

Der Wind heult wie ein wildes Tier. Das Wollgras schwankt im Wind. Von dem Felsen schlagen Steinbrocken und Geröll herunter. Steinschlag, schnell, wir müssen dort hinein, unter den Felsüberhang, schreit Robert.

Da oben kommen Lorenz, Holger und Bettina, schreit Cornelia. Hier, hierher, schreit Theres und schwenkt ihre Regenjacke wie eine Fahne, Robert blinkt mit der Taschenlampe und stößt grelle Pfiffe aus. Cornelia und Theres nehmen Annalena bei den Beinen, Robert hebt sie an den Schultern hoch und gemeinsam tragen sie Annalena unter das schützende Felsdach. Cornelia knöpft ihr die Jacke auf und beginnt mit einer Herzmassage, Theres bedeckt sie mit ihrem Pullover und lagert ihre Füße hoch. Draußen brüllt der Sturm und die Welt geht in einem alles bedeckenden Grau verloren.

Was ist, schreit Holger, der zuerst zu ihnen findet. Hinter ihm kann Robert Bettina und Laurenz erkennen.

Sie ist verwirrt, ihr Puls rast, sie kann sich nicht mehr auf den Beinen halten, schreit Robert gegen den Wind.

Sie ist höhenkrank, stellt Holger mit einem Blick auf Annalena fest. Benommenheit, Kreislaufkollaps. Sie muss sofort hinunter. Dreihundert bis vierhundert Höhenmeter müssten ausreichen. Ich trage sie. Komm, Robert, wir müssen schnell machen, ruft Laurenz.

Sie zurren eine zweite Regenhaut über Annalena fest, stülpen ihr eine Mütze über, nehmen sie bei den Schultern und Beinen und laufen los. Der Regen peitscht ihnen entgegen, die Luft scheint wie elektrisch aufgeladen, von allen Seiten prasseln Steine auf die Hochebene herab. Robert beginnt, gegen den Wind eine Melodie zu summen und dann lateinische Worte zu singen, immer wieder und immer wieder.

Non timeris a timore nocturno. Non accedet at te malum, et flagellum non appropinquabit tabernaculo tuo. Quoniam angelis suis mandavit de te, ut custodiant te in omnibus viis tuis. In manibus portabunt te, ne forte offendas ad lapidem pedem tuum. Non timeris a timore nocturno.

Wie sie den Löbbenboden durchlaufen, wie sie den Berg hinuntergekommen sind und wie lange der Abstieg dauerte, vermag Cornelia, die ohne nachzudenken, Robert und Laurenz nachgestürzt ist, später nicht zu sagen. Keiner der drei hat jemals von der Unwägbarkeit des Abstiegs verbunden mit Angst, Kälte, Nässe und der Bangigkeit um Annalena gesprochen. Nur Laurenz hat Robert später bei ihrer Abfahrt von der Wohlgemuthalm gefragt, was er gesungen habe, als sie über die Hochebene des Löbbenbodens gelaufen waren und Annalena ihnen immerzu in andere Welten zu entgleiten drohte.

Das war eine Komplet, ein Nachtgebet aus einem Kloster, der lateinische Text stammt noch aus dem Mittelalter, eigentlich ist es die gesungene Form von Versen aus Psalm einundneunzig.

Latein kann ich nicht, was hat es auf Deutsch bedeutet, fragt Laurenz nach.

Du brauchst dich vor dem Schrecken der Nacht nicht zu fürchten. Dir begegnet kein Unheil, kein Unglück naht deinem Zelt. Denn er befiehlt seinen Engeln, dich zu behüten auf all deinen Wegen. Sie tragen dich auf ihren Händen, damit dein Fuß nicht an einen Stein stößt. Du brauchst dich vor dem Schrecken der Nacht nicht zu fürchten.

Im Schlaf ist Annalena wieder ein kleines Kind. Sie liegt auf einer Blumenwiese zwischen Wollgras, Speik und Schusternagelen und rings umher sind hohe Berge mit Schnee bedeckt. Der Himmel ist von einem tiefen Blau. Von den Bergen stürzt sich ein Wasserfall in die Tiefe, er sieht aus wie wallendes graues Frauenhaar. In der Luft ist ein sehr lautes böses Summen. Frauen in weißen Kleidern tanzen um sie herum, ohne mit den Füßen den Boden zu berühren. Sie halten sich an den erhobenen Händen und schauen auf sie herab. Das Kind setzt sich auf die

Blumenwiese und blickt zu den Frauen. Die Frauen tanzen und summen und treten einen Schritt zurück. Hoch oben zwischen Felsen und Eiswänden sieht das Kind die Mutter mit der Großmutter neben zwei fremden Männern und zwei fremden Frauen stehen. Dichte graue Wolken liegen dort über den schneebedeckten Berggipfeln. Das Kind hält das Fadenknäuel fest umklammert und erhebt sich langsam. Es stolpert mit kleinen Schritten bergab. Eine eisige Luft nimmt ihm fast den Atem. Das Wollgras schwankt im Wind. Die tanzenden Frauen bilden einen Halbkreis um das Kind herum, nehmen es in ihre Mitte und drängen es bergwärts. Das Kind weint und verbirgt sein Gesicht in den Händen. Der Wind tobt und heult und graue Wolken stehen wie Türme über den Eisbergen. Die Mutter und die Großmutter, die fremden Männer und die fremden Frauen kommen durch die Felswände auf das Kind zu. Das Kind lässt das Fadenknäuel fallen. Die Mutter nimmt das Kind in die Arme und flüstert, es brauche keine Angst zu haben. Das Kind klammert sich an die Mutter. Es sieht, wie die Frauen in den weißen Kleidern zu den Eiswänden schweben. Das Summen wird leiser und verstummt. Die Mutter singt dem Kind leise das Lied von den zwei Sternen, die am hohen Himmel stehen. Die Mutter und die Großmutter geleiten das Kind den Berg hinunter. Die Großmutter streicht ihm ganz leicht über die Stirn. Die Mutter spricht den Kindersegen. Ich wünsche dir Glück und Segen auf dem Weg bei jedem Schritt. Gott sende einen Engel, nur für dich, der gehe mit. Das Kind läuft weiter, immer weiter. Der Wind wird still. Die Sonne scheint. Als das Kind zurückschaut, sind die Mutter und die anderen nicht mehr zu sehen. Es legt sich auf die Wiese und schläft ein zwischen Wollgras, Speik und Schusternagelen.

Als die drei den schützenden Wald erreichen, legen sie Annalena unter eine mächtige Fichte auf den weichen Waldboden.
Sie schläft, der Puls ist regelmäßig und nicht zu schnell, die Atmung ist normal, sagt Cornelia, die sich über Annalena gebeugt hat. Wir müssen noch weiter nach unten, keucht Robert, dem die Anstrengung anzumerken ist.

Wir wechseln uns ab, ich oben und du unten. Cornelia, du kannst bitte unsere Rucksäcke nehmen, sagt Laurenz und umfasst die Schultern von Annalena.

Vorsichtig, um auf dem abschüssigen Boden nicht auszugleiten, steigen sie Meter um Meter hinab. Der Wind ist hier im dichten Wald nicht zu spüren und zu hören, der Regen hat merklich nachgelassen, auch die fast unerträgliche Schwüle des Aufstiegs ist einer frischen Kühle gewichen. Schon können sie auf der anderen Talseite die Felbertauernstraße ausmachen.

Jetzt sind wir auf etwa sechzehnhundert Höhenmeter, noch drei Kehren, dann kommt eine Waldlichtung, unterhalb stoßen wir auf den Tauernwanderweg, ruft Cornelia.

In der Talebene, am Einstieg zum Wanderweg zum Wildenkogel steht für Wanderer eine überdachte Bank mit einem Tisch. Sie betten Annalena auf die Bank und Laurenz legt ihren Kopf auf seinen Schoß. Alle drei sind erschöpft, Robert schläft beinahe im Sitzen ein. Annalenas Lippen haben ein wenig mehr Farbe, ihre Augenlider zucken, aber es dauert noch eine qualvolle Stunde, bis sie in die wirkliche Welt zurückfindet und die Augen aufschlägt.

Was ist passiert, murmelt sie und will sich aufrichten.

Langsam, langsam, mahnt Cornelia, dir war übel, du hast die Schwüle und die Höhe nicht vertragen. Du musst sofort etwas trinken.

Laurenz nimmt seine Thermoskanne und gießt schwarzen Tee in einen Becher, den Cornelia an Annalenas Lippen hält. Robert nestelt an seinem Rucksack und zieht eine Dose mit Scho-Ka-Kola hervor.

Davon brauche ich jetzt auch etwas, murmelt er, nimmt sich selbst ein Stück und steckt Annalena eines in den Mund.

Von Minute zu Minute wirkt Annalena wacher und orientierter. Sie sieht Laurenz an und blickt dann zu Robert hinüber.

Wir sind nass geworden. Wo sind die anderen, fragt sie mit erstauntem Gesichtsausdruck.

Sie müssen bald kommen, Theres ist bei ihnen. Oben war ein schlimmes Unwetter.

Robert erhebt sich, geht ein Stück auf die Seite und zieht sein Mobiltelefon hervor.
Die anderen hören ihn kurz reden, dann kehrt er sich wieder seinen Freunden zu.
Sie haben den schlimmsten Teil des Unwetters oben unter dem Felsdach abgewartet und sind schon im Schutz des Walds, sie müssten bald hier auftauchen. Lasst uns auf sie warten.
Annalena hat sich aufgesetzt.
Cornelia, gehst du ein paar Schritte mit mir. Meine Knie fühlen sich ganz weich an.
Ja, aber vorher musst du noch etwas trinken, die wenigen Schlucke Tee reichen nicht aus. Ich hole dir von dort ein Wasser, da kommt ein Bach herunter, sagt Cornelia.
Als Theres, Holger und Bettina den Tauernwanderweg erreichen und durch lautes Rufen schon von Weitem auf sich aufmerksam machen, kann Annalena sich bereits wieder auf den Beinen halten, nur ihr Gesicht ist noch von einer eigenartigen Blässe gezeichnet.
Bettina sinkt vor ihr auf die Knie und beginnt, vor Erleichterung zu weinen.
Was ist dir denn, fragt Annalena.
Ich hätte mit dir gehen sollen, aber oben ist alles so schnell gegangen, stößt Bettina hervor.
Alles gut, alles ist gut, murmelt Annalena und streicht über Bettinas nassen Haarschopf.
Holger lässt es sich nicht nehmen, nochmals Annalenas Puls zu messen.
Du hast dich schnell erholt, meint er.
Laurenz macht ihm verstohlen ein Zeichen, nicht weiter zu reden, und zieht ihn unbemerkt auf die Seite.
Magst du auch einen Tee, fragt er laut und dann ihm zugewandt leise, dass sie erst einmal nicht über Annalenas Kollaps reden sollten, bis sich die Aufregung gelegt hat.
Theres hat neben Robert an dem überdachten Tisch Platz genommen.
Schauts, hier habts oanen Speck und oan Brot und oanen Selberbrennten, oanen Engelwurz. Oft dann werdets wohl heil in enkere Hittn kemmen. Ich gehe in die andere Richtung.

Aber morgen abends, da kommst du doch, wenn Frau Resinger und Frau Stadler für uns kochen wollen, fragt Cornelia.
Woll, wenn ich willkommen bin, freut sich Theres. Aber erst einmal werden wir alle ausgiebig rasten miassen. Und ziehts das nasse Gewand aus, wenns in der Hittn seids.
Sie wendet sich talauswärts und marschiert los.
Sie war fantastisch, da oben, sie hat so viel Kraft und Ruhe ausgestrahlt, meint Holger.
Weil sie neben mir war, habe ich keine Angst gehabt, sie hat gebetet. Dabei war das Unwetter furchtbar, so etwas habe ich noch nicht erlebt. Der Steinschlag und der Sturm, dazu der Eisregen, das war fast zu viel, bricht es aus Bettina hervor.
Aber seltsam, mir ist es so vorgekommen, als ob Theres noch auf etwas anderes geachtet hat, nicht nur den auf den Wind und die Steine, die von oben heruntergestürzt sind. Vielleicht auf die Raben. Aber genauer kann ich das auch nicht sagen.
Jetzt müssen wir aber los. Höchste Zeit, dass wir aus den nassen Kleidern herauskommen, unterbricht Laurenz Holgers Wortschwall.
Mag noch jemand ein Stück von dieser sagenhaften Fliegerschokolade, fragt Robert, der seinen Humor wiedergefunden hat, in die Runde und lacht.
Laurenz wirft sich seinen und Annalenas Rucksack über, nimmt Annalena bei der Hand und in Zweiergruppen machen sie sich in einen sanften Regen gehüllt auf den Heimweg.

Der letzte Ferientag weckt sie mit kühler Frische und einem nebelverhangenen Himmel. Der Regen hat nachgelassen. Charlotte räumt in der Küche die getrockneten Jacken und Hosen zusammen und beginnt den Frühstückstisch zu decken, Henner feuert den Holzherd an.
Was ist euch gestern passiert, fragt Charlotte, als Laurenz als Nächster die Stiege herunterkommt.
Wir sind in ein Unwetter gekommen, alles ist nass geworden.
Nein, ich meine, ihr habt andere Schlafplätze gewählt, fragt Charlotte neugierig nach. Als wir heimkamen, war das Haus bereits dunkel, Annalenas Kammertür stand offen, dort lag im

zweiten Bett Cornelia. Robert und du, ihr habt in der Kammer gegenüber gelegen bei offener Türe und du bist im Sitzen eingeschlafen, mit der Taschenlampe auf dem Schoß und hast vor dich hingemurmelt. Es klang wie ein lateinischer Vers. Non timeris a timore nocturno. Du hast es ständig wiederholt, so habe ich es mir merken können, ohne es zu verstehen.
Ach so, da war nichts weiter. Annalena war es schwindlig, sie hat sich überanstrengt und wir haben gedacht, wir können sie in der Nacht nicht alleine lassen, erwidert Laurenz und versucht, seine Stimme normal klingen zu lassen.
Ihr wart wohl alle müde, gibt Charlotte zurück. Jetzt gibt es einen Kaffee, der wird euch wieder auf die Beine helfen.

Eine Weile später, als alle um den Tisch versammelt sind, wundert sich Cornelia über Annalenas Munterkeit. Sie wirkt ausgeschlafen, hat einen klaren offenen Blick und beteiligt sich eifrig an den gemeinsamen Plänen für ihren letzten Ferientag. Also gut, abgemacht, wir fahren mit beiden Wagen bis nach Oberhaus im Defereggental, von dort wandern wir gemeinsam zu den Jagdhausalmen, Abfahrt in einer halben Stunde, fasst Holger zusammen.
Kurz nach ihrem Aufbruch vom Parkplatz bei Oberhaus lichtet sich der Nebel und sie genießen zunächst die Stille des Zirbenwaldes bis zur Seebachalm und staunen dann über die vielfältigen Eindrücke, die sich ihnen oberhalb der Waldgrenze bieten.
Bei einer kurzen Rast an einer Klaubsteinmauer beginnt Charlotte, von den Jagdhausalmen zu erzählen, die schon in Sichtweite liegen.
Gestern habe ich in Lienz in einem Buchladen in einem Buch einiges über diese Almen gelesen. Die Jagdhausalmen mit fünfzehn steinernen Häusern und der Mariahilfkapelle sind die ältesten Almhütten in Österreich, sie liegen auf zweitausend Höhenmeter weit über der Baumgrenze. Sie wurden zu Beginn des dreizehnten Jahrhunderts erstmals urkundlich als Schwaighöfe erwähnt, die Herren von Taufers im Südtiroler Pustertal bekamen von hier Butter und Käse und versorgten die Senner mit Getrei-

de und anderen Nahrungsmitteln. Seit dem sechzehnten Jahrhundert wird hier nur noch im Sommer Almwirtschaft betrieben, die Eigentümer kommen seit jeher bis heute mit ihrem Vieh aus dem Tauferer Tal herüber. Die Almen stehen unter Denkmalschutz und sind Teil des Nationalparks, verfügen aber über Strom und Wasserzufuhr. Es gibt auch eine kleine Jausenstation.
Super, da werden wir uns stärken, meint Henner und steht auf.
Da habe ich nichts dagegen, schließt sich Robert an.
In der kleinen Einkehr bestellen sie hausgemachten Kuchen und Tee.
Da haben wir in drei Stunden fünfhundert Jahre zurückgelegt, staunt Robert angesichts der archaisch anmutenden Almanlage.

Bettina und ich wollen noch ein Stück aufwärts gehen. Oben liegt das Klammljoch, das ist der Übergang nach Südtirol. Ihr könnt auf uns warten, wir sind in gut dreißig Minuten wieder bei euch, meint Holger und nimmt seine Karte. Bettina nimmt die Kamera.
Ich werde einen Blick in die Mariahilfkapelle werfen, sagt Annalena.
Da gehe ich mit, schließt sich Cornelia an und auch Charlotte erhebt sich von ihrem Platz.
Nun, welche Heiligen habt ihr hier ausmachen können, neckt Robert Annalena, als die drei Frauen wieder auf die kleine Holzterrasse treten.
Den Heiligen Nikolaus, antwortet Cornelia, wie konnte es auch anders sein.
Und den Heiligen Silvester, fügt Charlotte an.
Annalena, bitte, was hat es mit diesem Heiligen auf sich. Hat er noch andere Aufgaben, als das alte Jahr zu verabschieden, weißt du etwas darüber, fragt Laurenz.
Der Heilige Silvester war ein früher Papst im vierten Jahrhundert unter Kaiser Konstantin dem Großen. Er war beteiligt an der Erarbeitung des ersten Glaubensbekenntnisses der Christenheit und er war der erste Papst, der nicht den Märtyrertod starb. Er ist Schutzpatron der Haustiere, sorgt für eine gute Futterernte und ein gutes neues Jahr.

Dein Wissen um die Heiligen ist wirklich bemerkenswert, staunt Henner.

Aber es passt gut zusammen, der Heilige Nikolaus für die Sicherheit der Menschen auf den Wegen und der Heilige Silvester für die Sicherheit des Viehs. Da war für Mensch und Tier gesorgt, meint Laurenz nachdenklich.

Und die Himmelsmutter für alle sonstigen Nöte, fügt Cornelia noch an.

Als sie aufbrechen, kommen Holger und Bettina den Weg heruntergelaufen.

Das wäre noch eine wahnsinnig schöne Tour, schade, dass wir morgen schon abreisen, begeistert sich Holger.

Wir haben mit einem alten Senner gesprochen, er hat über die Transhumanz geredet, von Schleichhandel, Schmuggel und Flüchtlingsbewegungen über das Klammljoch. Das würde mich sehr interessieren, hier weiterzuforschen. Wäre auch ein sehr ergiebiges Diplomarbeitsgebiet, Bettina, wendet sich Holger an seine Begleiterin.

Ja, vielleicht, aber was ist eine Transhumanz, gibt diese zurück.

Transhumanz ist eigentlich eine Wanderweidewirtschaft, eine schon jahrtausendalte bäuerliche Wirtschaftsform, bei der das Vieh von Hirten auf entfernte Sommerweiden gebracht wird. Der Begriff kommt aus der französischen Sprache, heißt eigentlich Viehwanderung.

Das kenne ich von meiner Heimat her, da gab es früher die Wanderschäferei, bei der die Schäfer mit ihren Herden mehrmals im Jahr zwischen entfernten Weideplätzen wechselten. Aber eine solche Beweidung ist eigentlich fast zur Gänze verschwunden, erzählt Laurenz.

Von welchen Flüchtlingen hat der Senner erzählt, erkundigt sich Annalena.

Nun, es gab hier doch eine politische Grenze zwischen Südtirol und Österreich seit 1918, da gab es nicht nur Schleichhandel und Schmuggel, sondern auch Wanderbewegungen von Menschen. Österreicher flohen nach Italien und Italiener nach Österreich.

Könnte es sein, dass mein Großvater diesen Übergang genommen hat, mit seinem Freund, als er bei Kriegsende vom Pustertal einen Weg nach Österreich gesucht hat, überlegt Annalena.
Ja, natürlich, das Klammljoch hat sich da sicher gut angeboten, einsam gelegen ist es und menschenleer. Bis man auf der Osttiroler Seite unten im Tal bei den Dörfern angekommen ist, braucht es längere Zeit. Aber es gibt gewiss noch andere Übergänge, erklärt Bettina.
Vielleicht kann ich das noch herausfinden, aber eigentlich ist es nicht so wichtig, meint Annalena.
Auch die Wege der Menschen, nicht nur die der Heiligen, sind verschlungen, sagt Robert.
Kommt, ruft Cornelia, wir haben noch ein langes Stück zu gehen und dann zu fahren und wollen doch Frau Stadler und Frau Resinger nicht mit dem Abendessen warten lassen.

Der letzte Abend in der Wohlgemuthalm beginnt mit einem wohlschmeckenden Gericht aus der heimischen Küche des Tauerntals, den Schlipfkrapfen. Zita Resinger hat unzählige dieser Krapfen mit Kartoffelfülle in Schmalz ausgebacken und versorgt ihre Gäste unermüdlich mit neuen Portionen.
Bitte, setzen Sie sich doch zu uns, bittet Robert die Frauen an den Tisch, aber beide winken ab und bleiben am Herd stehen.
Das ist bei uns nicht der Brauch, dass die Hausfrau am Tisch mitisst. Sie muss den Überblick behalten und eilfertig hin und her springen, erklärt Theres.
Als Nachspeise deckt Burgl Stadler die Ingsanten Nigilen auf.
Das ist ein Gedicht, lässt sich Henner nach den ersten Bissen vernehmen.
Es braucht viel Vorbereitung und routinierte Handgriffe, damit ein solches Gericht gelingt, erläutert Theres.
Es ist einfach wunderbar, so etwas Gutes habe ich schon lange nicht mehr bekommen. Vielen herzlichen Dank, sagt Holger und alle schließen sich seinem Lob und seinem Dank an.
Während die beiden alten Frauen befriedigt einvernehmlich den Abwasch erledigen und sich dabei nicht helfen lassen wollen, holt Henner den letzten Rotwein und Gläser.

Wir sollten unseren Köchinnen ein Ständchen bringen, schlägt Cornelia vor, für die Betreuung die ganze Woche über und als Dank für dieses gute Abendessen.
Robert holt die Gitarre hervor und greift einige Akkorde.
Wie wäre es mit einem Volkslied aus Deutschland, darüber würden sich Zita und Burgl gewiss sehr freuen, meint Theres.
Kein schöner Land, stimmt Annalena an. Alle nicken, denn von diesem Lied kennen alle doch zumindest die ersten Strophen.
Es ist ein wohlklingender Gesang, der durch die Stube zieht und die alten Frauen zeigen sich sichtlich gerührt. Miasst oanmal wiederkemmen, sagt Frau Resinger zum Abschied.
Derfts aber nit gor zu lang warten, meint Frau Stadler, bevor sie die Stube verlassen.
Wir wollten dich noch etwas fragen, Robert. Auf dem Torbogen über dem Eingang des Kosakenfriedhofs in Lienz steht eine Inschrift mit kyrillischen Buchstaben. Die Übersetzung lautet *Der Gerechte wird nimmermehr vergessen*. Kannst du uns dazu etwas sagen, bittet Cornelia.
Das ist ein Vers aus einem Psalm des Alten Testaments. Gott bewahrt das Andenken an Menschen auch dann noch, wenn sie auf Erden längst vergessen sind. Also wenn auch die Welt vergessen würde, was Menschen Gutes im Glauben getan haben, so wird es im Himmel nicht vergessen sein. Keiner von uns kann den Gedanken ertragen, vergessen zu werden, der einzige Weg, diesem weltlichen Vergessen zu entgehen, ist, nach dem Glauben des Psalmisten, der, dass wir als Gerechte vor Gott stehen.
Das sind aber große theologische Fragen, die du damit anschneidest, sagt Holger.
Ja, vielleicht zu groß für uns und zu spät für diesen Abend, meint Annalena. Kann es nicht einfach sein, dass die Menschen, die die Inschrift auf dem Torbogen angebracht haben, damit das Andenken an die Kosaken und an die Tragödie an der Drau, wie man es bald einmal genannt hat, bewahren wollten.
Das ist ihnen wohl auch gelungen. Aber manche Besucher des Friedhofs, die den Vers lesen, werden sich fragen, was ein Gerechter ist und warum ein Gerechter nicht vergessen wird, ergänzt Theres.

Und was ist nun eigentlich ein Gerechter, hakt Henner nach.
Ein Gerechter im Sinne des alttestamentarischen Psalmisten ist ein Mensch, der im Glauben Gutes getan hat, es ist einer, der mit Freude gehorsam ist, antwortet Robert. Wer an dem Halten der Gebote Wohlgefallen hat, der ist ein Gerechter im Glauben. Aber es liegt, so der Psalmist, an der Gnade Gottes, dass Menschen als Gerechte im Glauben erkannt und von ihm als Herrn nicht vergessen werden.
Wie passt das dann zusammen mit dem Spruch von Janusz Korczak *Es ist eine Verdrehung der Gerechtigkeit, dass einige nicht vergessen werden, andere aber doch*, fragt Charlotte.
Wer war Janusz Korczak, den Namen habe ich noch nie gehört, unterbricht Theres.
Janusz Korczak war ein polnischer Pädagoge und Kinderarzt, der seine Schützlinge, Waisenkinder aus dem Warschauer Ghetto, in das Vernichtungslager Treblinka begleitet hat und dort mit den Kindern umgekommen ist. Das war während des Zeiten Weltkriegs. Er hat nach meiner Meinung damit das Vergessen der Welt angesprochen und angeklagt und hat mit seinem Gedanken durchaus recht, finde ich, meint Holger.
Es ist uns Menschen halt nicht gegeben, gerecht zu sein. Da ist es doch tröstlich, an einen Gott glauben zu können, der gerecht und gnädig ist, überlegt Theres.
Und darüber hinaus an einen Gott zu glauben, der nicht über den Menschen richtet, sondern neben ihm steht und mit ihm geht und ihn annimmt, so wie er ist, das empfinde ich als tröstlich. Das habe ich immer wieder von meiner Mutter gehört, sagt Laurenz.
Das ist dann die Auffassung vom Apostel Paulus, die für Martin Luther bahnbrechend wurde. Es ging um die Gerechtigkeit vor Gott, die sich allein der Gnade Gottes verdankt. Martin Luther gewann aus dem Bibelstudium heraus die Einsicht, dass der Mensch nicht durch seine eigenen Werke, sondern durch Gottes Gnade gerecht wird. Der Mensch ist vor Gott gerecht, das bedeutet, er wird von Gott akzeptiert trotz seiner schwachen Seiten. Luther hat hier unendlich wichtige Bibelstellen neu entdeckt und ausgelegt, erklärt Robert.

Aber vielleicht hat Janusz Korczak es auch noch ganz anders gemeint. Vielleicht hat er mitten in dem Leiden, das um ihn herum herrschte und das über seine Schützlinge hereinbrach, an Gottes Gerechtigkeit gezweifelt. Er hat gesehen, dass es keinen Ausweg für die Kinder gab und das konnte er nicht mit seinem jüdischen Glauben an einen gerechten Gott in Übereinstimmung bringen, eifert sich Annalena.
Aber noch mal zurück zu der Inschrift am Kosakenfriedhof. Für mich gibt es nur zwei Erklärungsmöglichkeiten. Diejenigen, die die Inschrift angebracht haben, waren selbst überlebende Kosaken oder sie standen den Toten sehr nahe. Entweder drückt der Psalm eine gewaltige Hoffnung aus, nämlich auf die Gnade Gottes, oder aber es steckt eine gewaltige Anmaßung dahinter, fügt Cornelia mit nachdenklicher Miene an.
Warum Anmaßung, fragt Theres.
Weil die Kosaken bekannt waren für ihre Brutalität in Kriegshandlungen, sie wurden bevorzugt in Partisanenregionen eingesetzt und hielten sich wenig an internationale Übereinkommen im Kriegsrecht, bemerkt Robert.
Aber das taten andere auch nicht. Allen blieb bis heute die Ungewissheit, wie man selbst vor Gott stehen würde, nach diesem Krieg. Des war oane schlimme Sach, für jeden, sagt Theres.
In der Stille, die nun eintritt, steht Theres auf und will sich verabschieden, aber Robert drängt sie, noch eine kleine Weile zu bleiben.
Du bekommst auch noch ein Lied, als Dank für deine Fürsorge, bitte, fügt Annalena hinzu.
Darf ich mir ein Lied wünschen. Dann muss ich aber aufbrechen, es wird dunkel und ich habe noch den Heimweg vor mir. Könnt ihr mir das Lied von den Blumen singen, das kenne ich in der Fassung von Marlene Dietrich, bittet Theres.
Sag mir, wo die Blumen sind, fragt Charlotte.
Ja, das ist es. Das hört man bei uns nur sehr selten oder doch eigentlich nie.
Als der letzte ein wenig wehmütige Ton verklungen ist, erhebt sich Theres.

Wo sein die Blumen, wo sein die Madln, wo sein die Männer, wo die Soldaten, wo die Gräber. Die Blümlen wehn im Sommerwind. Mehr ist wohl nicht zu sagen. Ich gehe jetzt. Ich hoffe, ihr kommt wieder. Und schauts mir auf Annalena. Es gibt nicht viele, die die Grenzen der Angst überwinden. Gute Nacht, kemmts guat hoam mitnonda, sagt sie und verlässt das Haus.
Wir sollten auch zur Ruhe kommen. Morgen haben wir eine lange Fahrt vor uns, meint Cornelia.

Der September hat mit mildem Wetter und für alle, die von Osttirol heimgekehrt sind, mit viel Arbeit begonnen. An einem Samstag am Abend haben sich die vier Frauen im Wintergarten im Haus Im Gefälle nach langen Wochen wieder zu einem gemeinsamen Essen zusammengesetzt. Bettina hat Zwiebelkuchen nach ihrem eigenen Rezept gebacken und Annalena Weißwein von einer frischen Lieferung von dem von ihr bevorzugten Weingut aus dem rheinland-pfälzischen Anbaugebiet aus dem Keller geholt, Cornelia hat frische Äpfel von ihrem Hof beigesteuert und Monika Blattsalate aus der Biokiste.
Wie gut es uns geht, hier Im Gefälle, sagt Bettina in die Stille des gemeinsamen Mahls hinein.
Oh ja. Als wir in Osttirol waren, hat mir doch auch einiges gefehlt, erinnert sich Annalena.
An was hast du denken müssen, fragt Cornelia.
Ich denke der Garten und auch die Gartenarbeit, unsere gemeinsamen Stunden in der Küche und die Arbeit im Werkraum unten im Keller, zählt Annalena auf.
Ich bin auch gerne wieder zurückgekommen. Vielleicht deshalb, weil wir in unserer Woche in Osttirol zahlreiche eindrucksvolle Erlebnisse miteinander hatten. Da braucht man dann eine Phase zum Überdenken, überlegt Cornelia.
Dazu bin ich eigentlich nicht gekommen, bei mir ist alles zugleich auf mich eingestürzt, das Studium, meine Familie, die Betreuung von Onkel Joachim. Bitte, Annalena, schau wieder einmal bei ihm vorbei. Er erwartet einen Reisebericht, glaube ich, sagt Bettina.

Ja sicher, aber ich habe auch vieles zuerst für mich gedanklich ordnen müssen, bevor ich ihm von unserer Reise erzählen kann. Moni, darf ich dich etwas bitten, wendet sich Annalena an ihre Freundin.
Bitte, immer gerne, was brauchst du.
Ich muss das Grab meiner Mutter neu richten und wir haben vor langer Zeit einmal kurz über die Gravierung des Steins gesprochen. Ich möchte diese Arbeiten nun abschließen. Kannst du mir helfen.
Ja, sicher, bejaht Monika. Wir können morgen früh gleich einmal zum Friedhof gehen und du zeigst mir, dort, welche Vorstellungen du hast. Bald müssen wir auch die Blumenzwiebeln einsetzen.
Ich habe erst gestern mit Robert geredet, wie nachhaltig die Eindrücke unserer Bergferien sind. Wir denken oft an die Tage dort zurück, sagt Cornelia.
Und mir geht es auch so, fügt Bettina an. Wir haben so viel gemeinsam erlebt und vor allem, wir haben doch auch viel zu Ende bringen können.
Ja, davon hätte ich auch gerne etwas gehört. Mir ist schon so vorgekommen, als ob ihr nicht nur auf die Berge gestiegen seid. Annalena, du bist mehr als erholt, so scheint es mir. Du bist seit eurer Rückkehr nicht mehr so zurückgezogen, du wirkst frisch und irgendwie viel gesünder.
Ja, wir sollten dir von unserer Reise berichten und dafür ist jetzt der richtige Zeitpunkt, denke ich, wenn ihr einverstanden seid, meint Cornelia und beginnt mit einem ausführlichen Reisebericht. Bettina zeigt dazu Fotos, die sie auf ihrer Kamera gespeichert hat. Monika ist beeindruckt.
Vielleicht fahre ich dort auch einmal hin.
Osttirol ist ein wunderbares Land. Die Menschen dort sind sehr gastfreundlich. Aber sag, Moni, hat es etwas Besonderes gegeben, während wir fort waren, erkundigt sich Annalena.
Nein, eigentlich nicht. Frau Simon hat mich einmal zu Kaffee und Kuchen eingeladen, als ich ihr die Biokiste vorbeigebracht habe. Aber doch, vielleicht ist es euch schon aufgefallen, die Ra-

ben sind fort. Zwei Tage vor eurer Rückkehr waren sie plötzlich wie vom Erdboden verschluckt. Nein, auf die habe ich bisher nicht geachtet, staunt Bettina und Cornelia nickt dazu.

Ich habe gleich gemerkt, dass die beiden Vögel nicht mehr auf der Gartenbank sitzen oder ans Fenster pochen. Es ist gut so. Sie haben uns verlassen, weil sich manches geändert hat. Sie haben in diesem Haus keine Aufgabe mehr, denke ich, sagt Annalena, steht auf und legt eine CD ein.

Was ist das, fragt Monika erstaunt, als die ersten hart klingenden Akkorde einer elektrischen Gitarre den Raum ausfüllen. Cornelia nimmt sich noch von dem Weißwein.

Das ist das neue Album von Bon Jovi, *Have a nice day*, es ist gerade erst erschienen, es ist noch brandneu, erklärt Annalena.

Wie meinst du das, Annalena, mit den Raben und ihren Aufgaben, fragt Bettina nach einer Weile.

Ich weiß natürlich nicht, welche Eindrücke die beiden Raben auf euch gemacht haben. Für mich war es so, als wollten sie mich ständig an eine vergangene Zeit erinnern. Das brauchen sie jetzt nicht mehr und deshalb sind sie fortgezogen.

Wenn jemand nach den Vögeln fragt, werden wir einfach sagen, dass die beiden einer besonderen Art von Zugvögeln angehören und nun in ihr Winterquartier gezogen sind. Sie haben genug von uns gehabt, bemerkt Bettina lachend.

Annalena, gibt es deshalb auch eine neue Musik in diesem Haus, überlegt Cornelia.

Ja, ich denke, jede Musik hat ihre Zeit und bei jedem Einzelnen ist das verschieden. Musik kann Erinnerungen und Gefühle wecken. Die Songs der Band Bon Jovi hat meine Mutter schon gern gehört, bevor sie erkrankt ist. Und später auch noch. Am Anfang ihrer Krankheit hat sie gegen die entsetzliche Diagnose noch aufbegehrt. Der Song *It's my life* aus dem Album Crush lief bei uns manchmal ununterbrochen bei voller Lautstärke, das war für mich kaum aushaltbar. Aber sie hat das gebraucht mit ihrem Willen, am Leben zu bleiben, erinnert sich Annalena.

Das ist doch kaum vorstellbar. Deine Mutter, hier, in diesem Haus Im Gefälle, staunt Cornelia.

Ja, aber du musst den Song einfach mal hören, um es zu verstehen. Mich zieht er immer noch mit.
Wohin, fragt Monika.
Ins Leben, antwortet Annalena.

Der folgende Morgen zeigt sich von seiner Sonntagsseite. Es ist freundlich und sonnig, das Laub in den Wäldern beginnt, sich leicht zu färben. Annalena läuft ihre Strecke durch den Wald oberhalb des Diakoniezentrums, macht noch einen Bogen hinunter in die Stadt und bringt Frühstücksgebäck von der Backstube am Hauptbahnhof mit, dann frühstückt sie mit Monika, die bereits auf sie gewartet hat. Monika packt einen Block und ihren Fotoapparat ein, Annalena holt eine Grabkerze aus der Küche und zwei Sträuße Margeriten und einen kleinen Strauß roter Rosen aus dem Garten.
Ich muss doch noch nach Onkel Joachim schauen, sagt sie zu Monika, als sie auf die Straße treten.
Er ist schon alt, nicht wahr, meint Monika.
Ja. In diesem Jahr ist er sehr gealtert. Das bedrückt Bettina. Sie hängt sehr an ihrem Großvater.
Es ist schwer, so alt zu werden. Plötzlich sind kaum noch Menschen da, mit denen man sein Leben geteilt hat. Das war bei meiner Großmutter auch so. Sie hat nicht verstehen können, warum sie immer noch da war, aber die anderen schon gehen durften. Tante Lenchen hat einmal zu mir gesagt, man muss erst alles zu Ende bringen, bevor man gehen darf.
Aber bei einem plötzlichen Tod gilt das nicht.
Nein und der war früher sehr gefürchtet. Der Heilige Cristophorus wurde im Mittelalter überlebensgroß an den Außenwänden von Kirchen und Kapellen als Fresko angebracht. Ein Blick auf den Heiligen sollte genügen, um an diesem Tag vor dem jähen Tod, der Mors mala, oder auch schlechtem Tod, geschützt zu sein. So glaubten die Menschen.
Meine Mutter hat mir ein kleines Medaillon, eher eine Plakette aus Metall in das Beifahrerfach meines Autos gelegt, zum Schutz. Christophorus ist auch der Schutzpatron der Autofahrer. Aber

warum galt der plötzliche Tod als schlecht. Gab es auch einen guten Tod.
Als Mors mala galt der Tod, wenn der Sterbende vorher keine Sterbesakramente erhalten hatte. Einen guten Tod erlitt derjenige, der wohl versehen mit diesen Sakramenten sterben konnte. Seltsam, dass die Menschen sogar beim Tod Unterschiede machten. Es heißt doch heuer eher, der Tod macht alle gleich.
Da hast du recht. Aber apropos Heilige, welche Heiligen wirst du dir für die nächste Zeit für dein Geschäft aussuchen, Moni. Ich denke, ich nehme den Heiligen Michael, sein Gedenktag ist am nächsten Donnerstag, dem 29. September.
Du meinst den Erzengel. Wir könnten uns heute Abend zusammensetzen und einen Spruch aussuchen, wenn du magst.
Ja gerne. Ich bringe das Buch über die Heiligen mit, das du mir geliehen hast. Danke, Annalena.
Monika und Annalena betreten den Friedhof an der Ockershäuserallee. Erleichtert stellt Annalena fest, dass das Grab der Mutter einen gepflegten Eindruck macht, obwohl sie in den letzten Wochen kaum Zeit hatte, es zu besuchen. Sie gibt frisches Wasser in eine Vase, und stellt die Margeriten hinein. Monika entzündet die Grabkerze.
So. Der zweite Strauß ist für das Familiengrab von Henner und Bettina. Die Rosen bringe ich nachher zu Onkel Joachim, sagt Annalena.
Wie möchtest du denn das Grab gestalten, Annalena.
Ganz schlicht. Die Einfassung und der Stein bleiben. Das Efeu musst du entfernen, ich mag Efeu nicht so sehr. Ich möchte aber kein Beet mit Erde, sondern ich möchte das Grab mit Steinen bedecken. Dazwischen sollen Blumen wachsen.
Ja, das kann ich mir gut vorstellen, meint Monika und macht einige Aufnahmen von dem Grab.
Ich würde helle handtellergroße Flusssteine nehmen und jetzt im Frühherbst die Frühlingszwiebeln dazwischen stecken, Schneeglöckchen und Krokusse. Im Frühling kannst du dann kleine Zweijahresblüher hineingeben oder locker Einjahresblüher einsäen. Da helfe ich dir dann.

Und im Winter, wie sieht es dann aus, fragt Annalena.
Im Winter stellst du eine Schale oder einen Korb aus grauer Weide mit Zweigen auf die Steine.
Ja, sehr schön. Wenn ich einmal keine Kerze oder Blumen zur Hand habe, kann ich einen schönen Stein mitnehmen. Und wie machen wir es mit der Eingravierung. Kann ich mit deiner Bekannten sprechen, die das übernehmen würde.
Ja, ich sage ihr Bescheid. Sie soll dich anrufen. Geht das so für dich in Ordnung.
Ja sicher. Das Grab soll bis zum November fertig sein, das ist wichtig.
Ich werde vielleicht auch einen Steinmetz brauchen, die Einfassung ist hier etwas abgesunken, überlegt Monika und zeigt auf die seitlichen Steinplatten.
Da hast du freie Hand. Es soll ordentlich gemacht werden. Ich gehe jetzt noch weiter, die Margeriten ablegen und dann zu meinem Onkel.
Gut, ich muss nach Hause eilen, meine Eltern möchten heute mit mir zu Mittag essen und dann noch einen Kaffee trinken gehen. Meine Mutter hilft mir viel im Geschäft, da muss ich ihr auch hin und wieder eine Freude machen. Einen guten Nachmittag, Annalena.
Ja dir auch. Vielen Dank, Moni, bis heute Abend, ruft Annalena der Freundin nach.

Annalena besorgt auf ihrem Weg in die Oberstadt noch ein kleines Tortenpaket in einer Konditorei und läutet dann zunächst an der Wohnung von Bettinas Eltern.
Ja, das ist schön, dass du einmal bei uns vorbeischaust, Annalena. Wie geht es dir. Du siehst gut aus, begrüßt Tante Sabine Annalena an der Wohnungstür.
Hallo, Tante Sabine. Ich möchte kurz bei Onkel Joachim vorbeischauen, aber vorher muss ich noch schnell etwas mit Onkel Jochen besprechen. So, jetzt gleich. Komm herein, Jochen liest die Zeitung auf dem Küchenbalkon, du musst nur durch die Küche gehen. Möchtest du einen Kaffee.

Nein danke, sehr lieb von dir, aber ich bin mit einem Glas Wasser zufrieden, Tante Sabine.
Annalena findet den Onkel in die Zeitung vertieft.
Wie schön, dich zu sehen, ruft dieser aus. Komm, setz dich hier zu mir. Unser Balkon ist zwar klein, aber ruhig und gemütlich.
Annalena nimmt Platz und schaut in den Innenhof des alten Hauses, eigentlich ein Lichtschacht zwischen den Mauern der eng zusammenstehenden Altstadthäuser. Sie sieht auf einen kleinen Garten mit einem Hochbeet, einem hölzernen Kletterturm mit überdachter Plattform und einer Schaukel. In allen Stockwerken hat man in jüngster Zeit kleine Wirtschaftsbalkone angebaut.
Unser Balkon, das ist eigentlich mein Reich, für den Schnittlauch, für die Wäsche, zum Sitzen. Den kleinen Garten unten im Hof habe ich Charlotte überlassen, da können die Kinder spielen, erzählt Tante Sabine, die mit einem Glas Wasser auf den Balkon getreten ist.
Ich habe ein Anliegen, Onkel Jochen, wendet sich Annalena an ihren Onkel, der umständlich die Zeitung zusammenfaltet.
Bitte, wie kann ich helfen, fragt dieser.
Es ist wegen euerem Familiengrab, genauer geht es um die Eingravierungen am untersten Rand der Steineinfassung. Wir haben sie uns im Sommer gemeinsam angeschaut.
Ja, ich weiß. Was ist damit.
Es ist so. Bettina hat dir doch erzählt, dass wir nun eigentlich mit großer Gewissheit sagen können, dass Wolf und Magdalena damals, 1932, in Osttirol ihr Leben verloren haben. Da es meine Urgroßeltern gewesen sind, würde ich gerne ihren Namen auf der Grabstelle meiner Familie anbringen lassen, aber ich würde das gerne mit dir vorher absprechen.
Ja, Bettina hat uns so viel erzählt von euren Erlebnissen in Osttirol und dass ihr klären konntet, was mit Marlene und Wolfgang passiert ist, unterbricht Tante Sabine.
Ich habe auch schon darüber nachgedacht. Ich habe nichts dagegen. Eine Einwilligung der Friedhofsbehörde werden wir nicht brauchen und sicher wäre es im Sinne deiner Mutter, meint Onkel Jochen.

Das ist für mich eine große Erleichterung, dass du mir dabei entgegenkommst, vielen Dank. Ich versichere euch, es wird ordentlich und sauber gearbeitet werden. Aber nun muss ich hinaufgehen, sonst bleibt vor dem Mittagessen nur wenig Zeit zum Plaudern, antwortet Annalena, nimmt den Rosenstrauß und das Tortenpaket und steht auf.
Ein andermal musst du länger bleiben, das musst du versprechen, nicht wahr. Dem Vater geht es nicht gut. Er verschläft oft halbe Tage und nimmt nur wenig Anteil an der Welt. Von Bettina hat er aber viel hören wollen, von eurer Reise nach Österreich. Wahrscheinlich wird er auch von dir noch einiges wissen wollen. Nun geh, du hast recht, es geht schon auf Mittag zu und um diese Zeit wird er oft müde, erwidert der Onkel.
Tante Sabine begleitet Annalena noch zur Wohnungstür.
Ich komme mit und sperre auf. Der Vater hört das Läuten oft nicht und es würde lange dauern, bis er zur Türe kommt. Ich kann dann auch gleich die Rosen in eine Vase geben und das Schlafzimmer lüften. Über ein Stück Torte wird er sich sehr freuen. Ein Schleckermaul ist er immer noch, auch wenn er immer weniger wird, meistens hat der Vater gar keinen Appetit, seufzt Tante Sabine und geht mit Annalena zusammen in das oberste Stockwerk.

Onkel Joachim sitzt mit einer Decke auf den Beinen in seinem Lehnstuhl und schlummert. Tante Sabine weckt ihn und kündigt ihm den Besuch von Annalena an. Der alte Herr findet sich nur schwer zurecht, gewinnt aber rasch seine Liebenswürdigkeit zurück und geht mit gebeugtem Kopf mit Mühe die wenigen Schritte zu seinem Lieblingsplatz im Erker hinüber.
Setz dich, mein Kind, das freut mich, dass du vorbeikommst.
Ja, ich war auf dem Friedhof mit Monika, ich muss das Grab meiner Mutter vor dem Herbst richten lassen.
Tante Sabine kommt mit einem Teller mit einem Tortenstück und einer Tasse Kaffee aus der Küche.
Schau, was dir Annalena mitgebracht hat. Und die schönen Rosen sind auch von ihr. Ich lasse euch jetzt alleine. Ich schaue nach-

her nochmal nach dir, Vater, es gibt auch bald Mittagessen, sagt sie und verschwindet in Richtung Schlafzimmer.
Es ist schlimm, ich bin allen eine Last geworden, sagt der alte Herr mit schwacher Stimme.
Ein gutes Stück Torte, das wäre nicht notwendig gewesen, freut er sich.
Aber Onkel Joachim, vieles ist nicht notwendig und tut doch gut, lacht Annalena.
Kind, da du nun schon mal hier bist, da musst du mir noch etwas erzählen. Wir beide sind seit eurer Ferienreise ja noch nicht alleine zusammengesessen. Ich muss dich noch einiges fragen.
Worüber, Onkel Joachim.
Was weißt du genau über Wolf und Magdalena, über Wolfgang und Marlene. Was ist mit ihnen passiert, dort in Osttirol.
Das möchtest du wissen. Ich weiß nicht alles, aber es gibt nun doch Gewissheiten, beginnt Annalena und erzählt ihrem Großonkel alles, was sie herausgefunden hat, aber doch nur so viel, wie sie glaubt, ihm anvertrauen zu können.
Nun haben wir also Gewissheit über ihren Verbleib, fasst sie zuletzt zusammen.
Der Onkel sitzt mit gesenktem Kopf. Kaffee und Torte sind unberührt geblieben.
Annalena, kannst du ausschließen, dass wir, ich meine die Verwandten, die damals gelebt haben, in irgendeiner Weise daran eine Schuld mitgetragen haben, dass alles so gekommen ist.
Annalena merkt, wie schwer dem alten Mann das Sprechen fällt. Sie ist erschrocken über die Gedanken, die er mit sich trägt und die ihn schon lange Zeit gequält haben müssen.
Onkel Joachim, sagt sie sanft und streicht ihm sanft über den knochigen blaugeäderten Handrücken. Er fühlt sich kalt und trocken an.
Das darfst du nicht glauben. Es sind merkwürdigste Verstrickungen, ich habe selbst seit dem Tod meiner Mutter damit gekämpft. Ich weiß, dass wir nicht alles restlos und auf der Vernunftebene klären können. Aber dich, deine Eltern oder Onkel Jochen trifft keine Schuld, ihr habt nichts verabsäumt, ihr habt nie etwas falsch

getan. Damit darfst du dich nicht quälen. Onkel Joachim, das ist die Wahrheit, ich wüsste nicht, was ich dir sonst sagen könnte.
Dann ist es gut, mein Kind. Weißt du, das hat mich mein Leben lang begleitet, darüber habe ich viel nachgegrübelt. Auch Anna, deine Großmutter, hat es sehr bedrückt, dass sie nicht klären konnte, was mit Wolfgang geschehen ist. Sie hat den Tod seiner Eltern mit seinem und später auch mit Marlenes Tod in eine Verbindung gebracht und muss sich immer wieder gefragt haben, ob auch wir damit etwas zu tun hatten.
Aber nun ist es vorbei. Da kannst du ganz ruhig sein.
Ich danke dir, mein Kind. Du musst jetzt gehen. Ich bin müde und werde mich lieber wieder in meinen Sessel setzen.
Annalena hilft dem Onkel und breitet ihm die Decke über die Knie. Sie trägt den Kaffee und den Tortenteller in die Küche. Als sie zu ihrem Großonkel tritt, hat dieser die Augen geschlossen. Sie berührt ihn leicht an der Schläfe und murmelt leise Danke für alles, Onkel Joachim, dann verlässt sie die Wohnung. Eine Woge von Dankbarkeit und Schmerz steigt in ihr auf und engt ihr den Hals ein und sie ist erleichtert, als sie sich auf dem weiten Rathausplatz im milden Sonnenlicht des beginnenden Herbstes wiederfindet.

Als Monika am frühen Abend in das Haus Im Gefälle kommt, findet sie Annalena am Wohnzimmertisch sitzend.
Was schreibst du, fragt sie.
Ich habe an Katharina Hermsdorff in Berlin geschrieben. Ich habe auch an Frau Pohl einen Brief geschrieben, sie ist in ein Altersheim in Gießen gezogen. Du erinnerst dich, sie ist eine Freundin meiner Großtante Marlene gewesen. Ich dachte, es ist gut für sie, zu wissen, was mit ihrer Freundin damals passiert ist. Das hier ist ein Brief an Herrn Gensen, vielmehr ist er an seine Tochter gerichtet, sie wird ihm mein Schreiben vorlesen müssen.
Der Herr Gensen aus Eiterfeld. Was hast du ihm geschrieben.
Ich habe ihm geschrieben, dass wir die Grabstelle von Wolfgang ausfindig gemacht haben und dass er auf einem Friedhof begraben liegt und auch, dass damals, bei Kriegsende, wohl ein Un-

glück passiert sein muss. Aber vor allem will ich ihm versichern, dass ihn keine Schuld trifft am Tod seines Freundes.
Dass du daran gedacht hast, Annalena, staunt Monika.
Ja, das war mir ein Bedürfnis. Ich hoffe, Herrn Gensen geht es nicht gar so schlecht. Onkel Joachim war heute sehr schwach. Ich glaube, er hat keine Kraft mehr zum Leben.
Bettina hat mich am Nachmittag angerufen und gesagt, dass sie heute zu Hause bei ihren Eltern bleibt, dem Großvater ginge es gar nicht gut.
Annalena holt Kekse aus der Küche und brüht einen Tee auf.
Monika, wir wollten doch noch über den Erzengel Michael nachlesen, erinnert sie ihre Freundin.
Ja, gerne, ich hole noch die Teetassen.
Gut, dann erzähle ich dir kurz das, was ich von diesem Engel weiß.
Annalena legt eine Schallplatte auf, nimmt dann ihr Buch über die christlichen Heiligen und schlägt die Seite über den Heiligen Michael auf.
Was ist das für eine Musik, fragt Monika.
Das ist eines der Brandenburgischen Konzert von Johann Sebastian Bach. Ich mag es, vielleicht wegen des Reichtums der Instrumente, vielleicht wegen der Lebendigkeit, die in diesen Konzerten verströmt wird. Vielleicht, weil die Musik so einfach dahinfließt und in mir ein Gefühl der Leichtigkeit des Seins auslöst.
Die Leichtigkeit des Seins, was heißt das, unterbricht Monika ihre Freundin.
Ja, das ist ein oft überstrapazierter Begriff, entschuldige. Ich sollte besser sagen, die Leichtigkeit des Lebens. Ich meinte damit eine positive Haltung dem Leben gegenüber, das Leben nicht zu kompliziert zu machen.
Meinst du vielleicht die heitere Gelassenheit, die du an deiner Mutter beobachten konntest.
Ja, damit hast du recht.
Annalena, ich glaube aber, dass man trotz dieser heiteren Gelassenheit sein Leben nicht immer leicht bewältigen kann. Mich plagen oft Sorgen und Ängste, im Alltag, beruflich. Da komme ich an meine Grenzen.

Das kenne ich auch, Moni. Aber im Grunde bin ich überzeugt, dass es keine Grenzen gibt, nicht für Gefühle und nicht für Gedanken. Unsere Ängste sind es, die uns begrenzen, uns in die Schranken weisen. Aber nun hör zu. Der Erzengel Michael wird im Alten Testament mehrmals erwähnt. Er trieb Adam und Eva aus dem Paradies, er teilte das Rote Meer, damit das Volk Israel vor den Ägyptern fliehen konnte. Oft wird er auch Engelsfürst genannt. In der Offenbarung des Johannes erweckt er die Toten mit seiner Posaune, er ist der, der gegen alle kämpft, die sich gegen Gott stellen, und der, der den Satan besiegt. Der Volksglaube sieht ihn als Seelengeleiter, also er geleitet die Seelen nach dem Tod zum himmlischen Licht, er hält aber auch die Seelenwaage, auf der das Gute und Böse jedes einzelnen Menschen abgewogen wird. Aber wir glauben nicht mehr an das Fegefeuer, dieser Gedanke ist uns doch fremd geworden und eine Hölle können wir uns gar nicht vorstellen.

Aber es ist ein tröstlicher Gedanke, dass man nach dem Tod nicht allein dasteht, überlegt Monika.

Ja, das finde ich auch. Das ist sehr tröstlich, zu wissen, dass man begleitet wird. Aber weiter, was wissen wir noch von ihm. Sein Lostag war und ist heute noch in manchen Gegenden ein wichtiger Markttag bei Herbstbeginn. Er ist Schutzpatron zahlreicher Berufsgruppen und der Armen Seelen, der Sterbenden, für einen guten Tod, gegen Blitz und Unwetter.

Und welchen Spruch sollen wir für das Geschäft auswählen, fragt Monika und rührt in ihrer Teetasse.

Schau, da gibt es eine Menge Sprüche, welcher würde dir gefallen, antwortet Annalena und schiebt ihr das Buch zu.

Dieser Spruch hier gefällt mir gut, einmal keine Wetterregel, das Gartenjahr geht doch auch bald zu Ende. *Es holt herbei Sankt Michael, die Lampe wieder und das Öl.* Was das wohl bedeutet. Weißt du es, Annalena.

Weißt du, früher war das Licht eine teure Sache. Es war streng geregelt, wann man das Licht nach den hellen Sommernächten am Abend wieder anzünden durfte, und zwar mit Herbstbeginn am Michaelistag.

Und ab wann wurde am Abend auf das Licht wieder verzichtet.
In den letzten Märztagen, an Mariä Verkündigung. *Maria pustet das Licht aus*, hat es früher geheißen. Solche Regeln waren sicher verbindlich.
Ich glaube, das fehlt uns heute. Bei uns ist es immer und überall hell. Manchmal denke ich, der Mensch erhellt sich damit selbst zu sehr, wenn er ständig im Licht steht.
Da magst du recht haben, Moni. So habe ich das noch nie gesehen, ich denke beim Lichtlöschen eher an Energiesparen. Aber zurück in die Zeiten mit Kerze und Petroleumlampe können wir auch nicht mehr.
Ich brauche zum Entwickeln von Ideen Zeit, Ruhe und die Möglichkeit, neue Wege zu probieren. Natürlich brauche ich auch ein gutes Licht zum Arbeiten. Aber das meine ich nicht so sehr, ich verstehe das eher als eine Umschreibung. Es kann nicht alles perfekt sein.
Das kenne ich gut. Manche meiner Arbeiten sind auch zum Scheitern verurteilt. Aber bei unserer Arbeit, überhaupt bei vielen Tätigkeiten, braucht es Kreativität und nicht nur Logik und Rationalität. Unsere Ideen entspringen auch unseren Gefühlen, unseren Träumen, sie werden durch Symbole und Bilder ausgelöst. Und dem müssen wir einen Raum geben, einen zwielichtigen Raum, sonst fahren wir immer in den gleichen Bahnen. Du würdest immer die gleichen Blumenschalen und Kränze fertigen und ich die ewig gleichen Halsketten mit wenig einfallsreichen Anhängern.
Ja, genau so ist es, Annalena. Ich gehe zu Bett. Dir eine gute Nacht.
Ja, dir auch. Bitte lösche noch das Licht der Deckenlampe. Vielleicht hast du recht mit deinem Gedanken. Im Licht wird man von Wesentlichem abgelenkt, alles erscheint klar geordnet, vorzeigbar. Aber das Dunkel oder die Dämmerung schärft die Sinne für das, was hinter der Realität verborgen ist. Die schattigen Seiten. Das Rätselhafte. Ich werde noch einige Sätze von den Brandenburgischen Konzerten hören. Schlaf gut.

Im Schlaf ist Annalena wieder ein kleines Kind. Sie steht auf einer Blumenwiese und rings umher sind hohe Berge mit Schnee bedeckt. Der Himmel ist von einem tiefen Blau. Von den Bergen stürzt sich ein Wasserfall in die Tiefe, er sieht aus wie wallendes graues Frauenhaar. Die Mutter legt eine Hand an ihre Wange und flüstert, sie brauche keine Angst zu haben. Ihre Stimme ist leise, wie von weit her und das Kind legt sich in die Wiese, zu Wollgras, Speik und Schusternagelen und schläft ein.

Als Annalena am frühen Vormittag das Goldschmiedegeschäft betritt, steht ganz gegen die Gewohnheit Charlotte im Verkaufsraum. Sie sieht übernächtigt aus, denkt Annalena und fragt aus einer ersten Regung heraus nach den Kindern.
Nein, nein, alles ist gut mit den Mädchen. Annalena, heute in den Morgenstunden ist der Großvater verstorben. Er ist ruhig und friedlich eingeschlafen, hat Bettina gesagt. Sie war die ganze Nacht bei ihm. Henner lässt sich entschuldigen und bittet dich, heute und morgen das Geschäft alleine zu führen. Auch in den nächsten Tagen sieht er viel an Behördengängen auf sich zu kommen.
Ja, selbstverständlich. Und mein herzliches Beileid. Wenn ich etwas tun kann. Du weißt, wie sehr der Onkel mir …, Annalena bricht ab.
Ich sage es den Schwiegereltern und Henner, es könnte sein, dass sie deine Unterstützung brauchen, auch persönlich, nicht nur im Betrieb. Aber jetzt muss ich nach den Kleinen schauen, sie sollen heute doch in den Kindergarten gehen, es gibt für mich genug anderes zu tun, ich muss auch bei meiner Schwiegermutter sein, die Gute überhäuft sich mit grundlosen Selbstvorwürfen.
Ja, das weiß ich, gibt Annalena zur Antwort und geht an ihren Arbeitsplatz.
Merkwürdig still ist es im Verkaufsraum und in der dahinter gelegenen Werkstätte. Aus dem Haus sind nur gedämpfte Geräusche zu hören. Es scheint Annalena so, als würde sich auch das Haus von seinem Herrn verabschieden. Sie nimmt ein gerahmtes Foto von dem Verstorbenen, gibt eine schwarze Kordel darüber und stellt es gemeinsam mit einer Kerze seitlich auf den Verkaufstisch. Manche der wenigen Kunden, die an diesem Vormittag den Laden betreten, sprechen Annalena auf den Tod des Onkels an.

Sie alle sprechen mit Hochachtung von ihm, er wurde nicht nur in der Familie, sondern auch in der Stadt geschätzt, muss sie wieder und wieder feststellen.

Am späteren Vormittag kommen Henner und Bettina zu ihr in den Laden. Henner bedankt sich bei seiner Mitarbeiterin für ihre bereitwillige Hilfe.

Aber das ist doch selbstverständlich. Würdest du anders tun, nein, natürlich nicht. Bettina, du solltest versuchen, deinen Schlaf nachzuholen, du musst erschöpft sein.

Ja, ich bin müde, aber es war nicht so schwer für den Großvater. Er ist gegen Mitternacht eingeschlafen und dann sind seine Atemzüge immer weniger geworden. Gegen Morgen habe ich ihn nicht mehr atmen gehört, da war er ganz ruhig verstorben. Ich war nicht darauf vorbereitet, dass er so rasch sterben würde, ich dachte, er wird noch Zeit brauchen, ich dachte, er wollte vielleicht noch mit jemandem sprechen wollen. Mein Vater wollte mich am frühen Morgen ablösen und bei ihm bleiben. Der Großvater war nicht unruhig, aber mich hat es sehr erschrocken, ich hatte Angst, dass ich etwas versäumt habe, dass ich etwas hätte tun müssen, bricht es aus Bettina hervor.

Er hat sein Leben zu Ende gebracht und für ihn gab es keine Fragen mehr, für ihn war sein Leben schlüssig. Er war nicht allein, du warst bei ihm. Das ist wohl gut, wenn man so gehen kann. Mit seinem Leben geht ein Stück Geschichte zu Ende, das habe ich an den Gesprächen mit Kunden und Bewohnern der Oberstadt heute schon herausgehört.

Henner schaut versonnen aus dem Schaufenster.

Bitte, Annalena, wenn du das auch unserem Vater vermitteln könntest, das wäre ihm wohl eine große Freude. Wir müssen jetzt die Beerdigung vorbereiten. Der Großvater wollte immer eine kleine Feier, aber natürlich werden Vertreter der Goldschmiede- und Uhrmacherinnung und der Oberstadtgemeinde kommen, Verwandte, Freunde, Nachbarn. Wenn ich dich bitte, für ein Lied zum Abschied auf dem Friedhof zu sorgen, würdest du das ablehnen, fragt Henner.

Cornelia, Robert und ich und eine kleine Unterstützung von unserem Gospelchor, ja, ich denke schon, dass wir das für On-

kel Joachim tun können. Ich weiß auch schon, welches Lied ihm guttun würde, der Lobgesang Magnificat Anima mea Dominum. Weißt du noch, Bettina, wir haben es gemeinsam in Matrei in der Kirche gehört.
Ja, es war wunderbar, das war ein Lied von Taizé, nickt Bettina. Dafür hast du bestimmt ein sicheres Gespür, Annalena. Danke, auch nochmal dafür, dass ich mich so sehr auf dich verlassen kann, sagt Henner.
Annalena bleibt allein im Laden zurück. Sie schaut auf die Fotografie des Großonkels und denkt daran, dass er die Erinnerung ein Geschenk genannt hatte. Wie lange das schon zurückzuliegen schien, aber es waren doch erst wenige Monate seither verstrichen. Ein zweites Mal überkommt sie eine Woge schmerzhafter Zärtlichkeit und ihr kommt der Großonkel mit einem Mal sehr einsam und verletzlich vor.
Gute Reise, Onkel Joachim, flüstert sie in Richtung der Fotografie. Es wäre ein großer Halt, wenn wir noch an den Erzengel Michael, der uns begleitet, glauben könnten, aber dazu sind wir zu aufgeklärt. Zum Leben gehört der Tod, und den muss jeder für sich allein meistern, aber ob das stimmt, können wir nicht wissen, denkt sie.

Der neunte Monat im Jahr, der Herbstmond im Bauernkalender, neigt sich seinem Ende zu. Die langen Sommerferien sind für die Matreier Kinder schon lange vorbei und die Feriengäste sind abgereist, nur noch wenige von ihnen durchstreifen die Wälder oder machen sich gar auf, den einen oder anderen Gipfel zu besteigen. Auf den Höhen der Granatspitzgruppe liegt schon der Schnee wie Zucker, das Vieh ist von den Almen abgetrieben, die Schutzhütten auf den Höhen schließen ihre Unterkünfte vor der langen Winterzeit. Die satten Farben des Sommers sind Schattierungen von dunklem Gelb, Ocker, Rot und Braun gewichen. Es ist ruhig geworden im Marktle und die Menschen besinnen sich jetzt, nach dem Mathiasmarkt, dem alten Krämermarkt, wieder auf sich selbst. Allerorten werden die Häuser und Höfe gerichtet, Vorräte eingelagert und Holzscheiter gehackt und geschlichtet.

An einem Freitagnachmittag nach Schulende nimmt Theres den Bus nach Lienz. Sie muss bei einem Juwelier in der Oberen Altstadt vorbeischauen und nach einer Reparaturarbeit fragen. Theres lässt sich Zeit und genießt den fast noch spätsommerlich anmutenden Nachmittag in der großzügig angelegten Fußgängerzone, die ohne die vielen Touristen ruhiger und beschaulicher als im Sommer wirkt. Die Geschäftsinhaberin zeigt ihr das reparierte Schmuckstück.
Des ist eine feine Arbeit, die Sie mir da vorbeigebracht haben. Des hätte ich gar nicht gedacht, dass des ein so schön gearbeitetes Stück ist. Nach der Reinigung sieht man jetzt die Details. An der Unterseite hat es einige leichte Kratzspuren. Die Nadel habe ich ergänzen müssen, die war abgebrochen, aber sonst. Schauens her.
Theres beugt sich über das Schmuckstück. Sie erkennt die Einzelheiten und nickt.
Ja, ich habe mir das Stück so vorgestellt. Wunderschön, nicht wahr. Können Sie mir etwas über das Alter sagen.
Das Schmuckstück entspricht keiner bestimmten Moderichtung. Mit großer Vorsicht würde ich es als dem Jugendstil verpflichtet beurteilen. Dann könnte es an die hundert Jahre alt sein. Aber in dieser Richtung bin ich keine Expertin. Das Material ist ein hochwertiges Silbererz, wahrscheinlich ein Akanthit. Aber das sind erste Einschätzungen. Die Ausarbeitung ist meisterhaft, mir ist kein Vergleichsstück bekannt. Ich würde gerne von dem Schmuckstück eine Fotografie machen, nach dem Motto vorher-nachher, für meine Arbeitsmappe. Würden Sie mir das gestatten. Aber selbstverständlich und bitte, vielleicht können Sie mir zwei Kopien davon mitgeben.
Die Geschäftsinhaberin packt den Schmuck sorgfältig ein, legt die erbetenen Kopien in einem Umschlag dazu und kassiert die Rechnungssumme.
Wenn Sie wieder einmal ein Fundstück haben, kommen Sie wieder bei mir vorbei, das täte mich freuen, verabschiedet sie sich von ihrer Kundin.
Vielen Dank, aber das passiert nicht so oft im Leben, leider, antwortet Theres und lacht.

Theres macht am nächsten Tag einen Gang zur Polizeiinspektion am Gerichtsplatz und trifft dort wie erhofft Inspektor Sebastian Oberbichler an. Auch er freut sich, sie nach längerer Zeit wiederzusehen, bittet sie in sein Dienstzimmer und erkundigt sich umgehend, ob bis zur Abreise der deutschen Feriengäste noch etwas Besonderes vorgefallen sei.

Woascht, Thresl, irgendwie hat mir die Sache decht koane Ruhe mehr gelassen. Da waren noch Fragen offen, aber mit den Methoden der Polizei bin ich da nit weiterkommen.

Ja, Wastl, des woaß i wohl. Aber sie sein alle gesund heimgefahren und i hun bisher auch noch nichts weiter von den Leuten gehört. Aber eines muss i dir decht derzählen. Wir sein noch zum Löbbenboden auchn gestiegen, da ist ein Unwetter gewen. Die eine, Annalena, woascht, die schmale ruhige Frau, die ihren Großvater gesucht hat, ist oben zusammengebrochen und die Mander hobn sie öchn tragen miassen. Das Unwetter war schiach, i hun so eppes noch nie derlebt. I hun mit zwei von den jungen Leitln oben unter einem Felsen gewartet, bis das Schlimmste vorbeigewen ist. Und da hun i eppes in oanem Winkl gefunden oder eher ertastet, des war ein Zufall, dass i dort hingelangt hun. Schau, so hat es ausgesehen.

Theres zieht die Fotokopie der Fotografie von dem Fundstück aus ihrer Schultertasche.

Da kann ich wenig erkennen, erklärt Sebastian Oberbichler.

Mir ist es andle gangen. I hun das Stück zu einem Juwelier auf Lienz gebracht, dort haben sie es gesäubert und gerichtet. Schau.

Theres entnimmt ihrer Tasche eine kleine Schmuckschachtel mit dem Aufdruck des Lienzer Juweliergeschäfts und öffnet sie vorsichtig.

Nein, des glaub i hetz nit, entfährt es dem Polizeiinspektor.

Ja, so ist es mir auch vorgekommen, wie Zauberei. Aber i hun decht schon vorher gedenkt, dass i da eppes von Bedeutung gefunden hun. Bitte, Wastl, schau noch einmal in den Unterlagen, die Frau Weiss bei dir gelassen hat. Da muss eine Vorzeichnung dabei sein, für ein Schmuckstück, von dem Urgroßvater Wolf Weiss, der war auch Goldschmied.

Sell woll, die Papiere liegen noch hier in der Ablage.
Der Polizeiinspektor kramt ein wenig in den Ordnern und Mappen auf einem Seitentisch, zieht dann eine dünne Heftmappe heraus, blättert darin und entnimmt ihr eine großformatige Kopie einer Fotografie.
Ja, das ist das gleiche Motiv. Kennst du es.
Ja freilich, des sein Schusternagelen, Speik und Wollgras. Die Blümlen sein auch auf der Kette gewen, von der vermissten Marlene Weiss, die in der Asservatenschachtel gelegen ist. Erinnerst du dich.
Bitte Thresl, so genau hun i da nit hingeschaut. Aber hetz. Was möchtest du damit anfangen. Wir müssen die Fundsache wohl behördlicherseits nit weiterverfolgen.
Das Schmuckstück. Zurückgeben selbstverständlich. Ich werde Annalena bitten, ob sie es sich holen kommen kann.
Wenn sie hierherkäme, da hätte ich einen Gedanken. Sie müsste aber noch vor dem Winter kemmen. Warte bitte, ich muss gerade telefonieren.
Der Polizeiinspektor verlässt den Raum und Theres packt die Schachtel wieder in ihre Tasche, lässt dem Sebastian Oberbichler aber eine Kopie von den Fotografien des Juweliergeschäftes auf dem Tisch liegen.
Thresl, loas zu. Wenn es möglich ist, soll die junge Deutsche bis Ende Oktober kemmen. I hun mit meinem Vorgänger gered, dem Wohlfahrtstätter Ignaz. Wir hätten da eine Überraschung, auch für dich, Thresl, könnte sein eine kleine Freude, auch für die Mamme.
Des klingt decht spannend. Natürlich werde ich Annalena einladen. I woaß nit, ob sie daweil hat. Aber des wird sich schon ausgehen, denk i.
Bitte, du kannst vorne im Wachzimmer in den nächsten Tagen Bescheid geben. Würde mich freuen. Aber hetz hun i noch anderes zu tun.
Danke, Wastl, für deine Zeit. Servus.
Weißt, Thresl, die Geschichte hat mich auch durcheinanderbracht, mehr, als ich mir eingestehen wollte. Hun i sogar auf dein Kaffeetschal vergessen. Ciao.

In Gedanken versunken macht sich Theres auf den Heimweg und schaut auch noch auf dem Friedhof vorbei.
Oane kloane Freude, Mamme, will der Wastl uns machen. Es wird Zeit, dass es vorbeigeht. Im Winter mag i mit solchen Gedanken nit alleinig im Hause sein. Hast mir olls verschwiegen, hast nit geredet. Woascht, die Annalena muss decht noch amol kemmen, vor dem Winter. Sie muss des auch zu End bringen. Tu auf uns schaugn, bitte, i muass auf Gschild fahren, eppes suchen, i denk, i nehm die Annelies mit eina, die ist nit vazoat, die hat Gourasche mehr als die Manderleit. Morgen bring i dir noch frische Blümlen, die Astern im Gartle sein noch wilde schian.
Zu Hause angekommen, brüht sie sich einen Tee auf und telefoniert dann mit Annelies, der Frau ihres Cousins. Annelies ist gleich bereit, Theres nach Gschild zu begleiten, sie kann mit dem Wagen kommen und sich am Nachmittag Zeit für den Ausflug nehmen. Theres atmet auf. Hin und wieder erfährt sie so reichlich Hilfsbereitschaft und Unterstützung, dass sie glauben muss, das habe sie der himmlischen Fürsorge ihrer Mutter zu verdanken.

Am Sonntag, dem ersten Oktobertag, fahren Theres und Annelies nach Gschild. Die Almgruppe liegt verlassen im Schatten des Schildenkogels und macht einen abweisenden Eindruck in dieser Jahreszeit. Die Hütten drücken sich an den Berg wie um Schutz zu suchen vor Muren und Lawinen.
Kimm, Annelies, wir werden uns schleinen. I hun oanen guaten Kaffee dabei in der Thermoskanne, aber wir werden uns lei oan Boisl aufhalten. I muss auf dem Unterdoche eppes suchen.
Annelies fragt nicht weiter nach. Theres schließt die Haustür auf. Im Haus ist es bereits eisig kalt. Sie lassen die Falltür, die den Hausgang, die Labe, vom Dachboden trennt, herunter und steigen hintereinander über eine Holzleiter hinauf.
Da liegt Gerümpel genue, meint Annelies, als sie sich oben im Schein der Taschenlampen umschauen.
Was suchst denn, könnte sein, dass ich dir helfen kann.
Bugglsäck oder so oane andlere Sach.

Die Frauen stöbern zwischen dem herumliegenden ausgedienten Gerät und hier abgestellten Möbelstücken herum.
Hier, das Komottkastl, des tät mir gefolln. I sag dem Christian, dass er des Kastl mit außer nimmt. Aber schaug, hier, da sein Bugglsäck, die sein alt.
Annelies zieht zwei Rucksäcke von graugrüner Farbe unter einer Leinwand hervor.
Himmelsvota, des hun i gmoant, stößt Theres aus.
Kimm, wir gehen wieder öchn, mehr brauchts nit. Danke, Annelies.
Auf dem Solder schenkt Theres zwei Becher voll Kaffee aus der Thermoskanne ein, während Annelies die Rucksäcke abklopft und von Spinnweben befreit.
Die sein loaschtig. Wie kemmen die af des Unterdoche, will sie von Theres wissen.
Woascht, i hun mir gedenkt, die Fremden, die hier in der Hittn gewen sein, bei der Vrone, die hobn ihr Gepäck hier lossen. Die Bugglsäck sein af dem Unterdoche verschwundn. Sicher hat man spater gemoant, des sei olls alter Plunder. Und die Mamme, die Agnes, hat nimmer aufgedenkt, hat den Bugglsack von der deutschen Frau vergessen, weil das Unwetter gewen ist.
Willst du sie nit aufschnüren, meint Annelies flüsternd.
Du brauchst dich nit zu fürchten, erwidert Theres, da sein koane Geheimnisse drein, aber i tue des bei mir dahoame. Des ist nit unser Eigentum, die Säck gehören der Annalena, ich muass sie ihr zurückgebn. Hier magst oanen Kaffee, ist schon Zugga und oane Milach drein.
Theres schließt die Haustüre ab und mit den Rucksäcken beladen machen sie sich auf den Rückweg nach Matrei.

Der ältere Bub hockt angespannt neben dem Holzstadel und schaut mit dem Fernglas hinunter auf den Fahrweg, der sich den Berg hinaufschlängelt. Tief unten im Tal sieht er die Isel fließen und die Dächer der Göbelhuben zwischen dem Grün der Wiesen braun aufblitzen. Von einem Rauchfang vermeint er, Rauchzeichen zu erkennen, die er gebannt beobachtet. Er weiß, dass der Vater mit den Bauern herunten bestimmte Zeichen ausgemacht hat, aber er kennt ihre Bedeutung nicht. Immer wieder stößt er die Hand des jüngeren Bruders weg, der auch durch das Fernglas hinunter ins Tal oder hinauf zum Himmel schauen will. Zornig gibt er ihm einen Schlag auf den Hinterkopf.
Lass mi, der Vota hat gmoant, des ist wichtig, dass wir schaugn, wer auchnkimmt. Da kimmt oaner auchn, oder gleich drei oder noch mehr.
Lass schaun amol, jammert der Jüngere und greift dem Älteren ins Gesicht, um das Fernglas des Vaters zu erhaschen.
Sch, kannst nit aufhörn, schaug, da kemmens, die sein schon beim Kreuzle, geschwinde, des sein die Schandi und welle von der Partei, einer kimmt mit dem Motorrad. Eina ins Haus, dem Vota Bescheid geben, raunt der Ältere plötzlich erschrocken, als ob die heraufsteigenden Männer schon nahe bei ihnen stehen würden. Die beiden Buben stürzen über die Hintertüre durch den Hausgang in die Kuchl. Die Mutter mit der kleinen Schwester auf dem Arm rührt am Herd in einem großen Häfen mit Hollersulz.
Muetta, Muetta, hetz kemmens wieder auchn, flüstert der Große mit bebender Stimme.
Der Vota ist im Stalle, laufts und gebts ihm Bescheid und dann versteckts euch im Winkl unter der Stiegen, sagt die Mutter mit ruhiger Stimme.
Da hört man schon den Vater in den Gang treten. Er tritt in die Küche, nimmt sich den Bugglsack, der über dem Stuhl hängt, den Hut und das Gewehr, greift auch nach dem Fernglas und legt den Finger an den Mund.
Ihr tuats so, wie ich enk gesagt hun, koanen Rührer und koanen Muckser, alsdann kann enk nix passieren und der Mamme und der Gitschn a nit. Die Schandi wölln lei die Mamme aus-

fratschln. Miasst wissn, die Mander sein nit guat, des sein feige Hund. Miasst nit angschtig sein. Wächter, geh her.
Der Vater eilt mit dem Hund über die Hintertür aus dem Haus und springt mit großen Schritten über die Mähder dem schützenden Wald entgegen. Der Große weiß, dass es dort oben Bunker und Höhlen zum Verstecken gibt.
Geschwinde, sagt die Mutter und steckt die beiden Buben in den kleinen Verschlag voll mit Geraffl unter der Hausstiege. Der große Bruder nimmt den kleinen im Dunkeln in die Arme und streicht ihm über den Kopf. Das Letzte, was er von der Mutter sieht, ist ihr weißer Hals mit dem Kreuzanhänger, bevor sie den schweren Riegel vorschiebt.
Nachand kriagst a den Gucker, hetz muasst stille sein, flüstert er dem Kleinen zu und hört schon die schweren Schritte vor der Haustür. Jemand reißt Türen auf und nimmt den Weg in die Stube, dann in die Kuchl und der Bub hört das laute Schreien der Männer nach dem Vater und die ruhige Stimme der Mutter. Einer schreit den Gruß, den er nicht versteht, der sich anhört wie ein schnarrendes Flügelhorn und der ihm Angst macht und gleich darauf die Frage nach dem Verbleib des Vaters.
Der Bauer ist hinunter ins Marktle, Goggillin bringen zum Rauter.
Geh Frau, der ist uns nit begegnet, der muass hier heroben sein, der muass mit uns kemmen auf Matrei. Den wirst du nit so schnell wiedersehen, der hat ausgepielt, sagt einer mit quäkender Stimme und höhnischem Lachen.
Was werfts ihm denn hetz wieder vor, will die Frau wissen.
Bäuerin, i warn di, du kimmst mir a nit davon mit dem Öhinlaugn, wir kennen di a mitnehmn und deine Gitschn a, sagt einer mit einer leisen lauernden Stimme.
Was willst denn du von mir. Kennts hier warten, bis der Bauer wieder da ist, beruhigt die Bäuerin die Männer.
Da werdn wir uns die Zeit decht recht lustig vertreibn, sagt jetzt wieder der mit der lauernden Stimme.
Los, olls durchsuchen, auch im Stalle und im Stadl mit den Stangen. Vielleicht hat er noch oanem oan Obdach gebn, der Hurensohn, der grausliche, unterbricht sie ein anderer mit lauter Stimme.

Den kenne ich, denkt der Große hinter der Bretterwand und presst seinen Kopf gegen den des kleinen Bruders, des ist der Gendarm von der Huben, des ist decht sonst ein gemütlicher Toifl. Er hört, wie die Männer durch das Haus poltern, und weiß, dass sie überall herumstöbern, dass sie wieder einmal alles auseinandernehmen, jeden Kasten, jede Bettstatt, jede Lade und wundert sich, dass er nichts weiß von den Schätzen, die der Vater versteckt hat. Aber der ist jetzt schon weit oben in den Mädern. Nach einer Weile, die dem Buben wie eine Ewigkeit vorkommt, denn der Jüngere ist auf seiner Schulter eingeschlafen und er merkt es feuchtwarm an seinen Beinen herunterrinnen, hört er die Männer wieder in die Kuchl treten.
Setzt enk nieder, da habts oan Kaffeetschal, sagt die Mutter und klappert mit dem Geschirr. So, habts Schmuggelware, sonst gibt's bei enk decht nix zu holen, seids Armenhäusler, höhnt einer mit bösem Unterton.
Der Bub hört, wie seine kleine Schwester anfängt zu greinen.
Sch, sch, macht die Mutter. Na, dazu reichts bei uns nit, Herr Sturmbannführer. Des ist Malzkaffee, der ist normal für den Fatik.
Willst uns bestechen, Bäuerin. Wo sein eigentlich enkere Bubn, droht wieder der mit der lauernden Stimme.
Die sein aufs Marktle mitgangn. Sein noch zu kloan zum Anpackn am Hof.
Lass guat sein, meint der, dessen Stimme der Bub kennt, lass uns öchn gehen, ist decht weit bis in die Huben. I denk, wir treffn den Bauer auf dem Weg.
Nachand kannst di nit von ihm verabschieden, Frau. Der hat verspielt, der kann wie ein Hase um sein Leben lafen, lacht der mit der quäkenden Stimme hämisch.
Der meckert wie eine Geiß, denkt sich der Bub. Die Bäuerin seufzt und der Bub meint, ein Schnäuzen zu hören. Ohne Abschiedsworte verlassen die Mander das Haus, ein wenig weniger laut als bei ihrem Eintritt, kommt dem Buben in seinem Versteck vor. Er weiß, dass die Mutter mit der kleinen Schwester auf dem Arm am Fenster steht und den Männern nachschaut, bis sie am Kreuz bei der Wegbiegung angelangt sind und er noch eine

Ewigkeit warten muss, bis er ihre Schritte hören, bis der Riegel zurückgeschoben und sich der Hals der Mutter mit dem Kreuzanhänger der schmalen Öffnung zuneigen wird.

In den ersten Oktoberwochen lässt die Sonne noch einmal ihre ganze Kraft auf die Erde herunterstrahlen. Für die Frauen Im Gefälle ist es Zeit, den Garten für den Winter vorzubereiten. Cornelia gräbt das Gemüsebeet um.

Wir hatten dieses Jahr eine gute Kartoffelernte, auch bei den Äpfeln fehlt es an nichts. Was lässt du jetzt noch stehen, fragt Annalena nach, die daneben die Stauden schneidet und das Laub der Bäume auf den Blumenbeeten verteilt.

Mangold, Spinat, Kraut. Die Rosen sind schon geschnitten, aber die Hortensienblüten lassen wir den Winter über an den Stauden, das sieht, wenn sie vereist sind, wunderschön aus, antwortet Cornelia.

Zu St. Ursula muss das Kraut herein, sonst wird's noch lange draußen sein, ruft Monika von der anderen Seite her. Sie reinigt den Frühbeetkasten und hat vor sich einen Korb mit Blumenzwiebeln zum Einpflanzen liegen.

Wer war die Heilige Ursula und wann ist ihr Gedenktag, fragt Cornelia.

Die Heilige Ursula ist keine historisch fassbare Gestalt, sie ist eine komplexe Legendenfigur, die mit ihren Gefährtinnen von den Hunnen auf einer Pilgerfahrt nach Rom ermordet worden sein soll. Sie gilt als Beispiel für christliche Glaubenstreue, erzählt Annalena und streckt ihren Rücken durch.

Am 21. Oktober ist ihr Gedenktag, danach rechnen Gärtner und Bauern mit dem Wintereinbruch, weiß Monika.

Bis dahin sind wir hoffentlich mit den Gartenarbeiten fertig, meine Finger sind schon ganz klamm. Soll ich auch das Laub auf den Kompost bringen, fragt Bettina, die Reisig klein schneidet und auf den Kompost häuft.

Nein, lass es als Haufen liegen, da vergraben sich die Igel im Winter und so ein Laubhaufen ist ein idealer Platz für Regenwürmer. Noch dieses Wochenende, dann haben wir bestimmt alles aufgeräumt. Ich mag es, wenn im Spätwinter der Schnee taut und der Garten kommt sauber und aufgeräumt wieder hervor. Steril und allzu akkurat soll er aber auch nicht sein. Der Garten gehört nicht nur uns, sondern auch den Tieren, auch wenn sie nicht als

Besitzer im Grundbuch stehen. Ich habe auch schon das Vogelhaus mit Sonnenblumenkernen befüllt, obwohl im nächsten März darunter viele Sonnenblumen wachsen werden, die ich dort eigentlich nicht haben will. Wir sollten zum Ende kommen, es ist wirklich schon kalt, wenn die Sonne untergegangen ist, und es wird auch schon früh dunkel, sagt Annalena.
Ich mag die Gerüche des Gartens. Das riecht nach Leben und nach Arbeit, sagt Cornelia und fängt an, ihr Gartengerät im Gartenhaus zu verstauen.
Und ich mag die Gerüche der Küche. Heute gibt es Krautrouladen mit Kartoffeln, ich habe schon vorgekocht, ruft Bettina und spritzt den Schubkarren aus.
Später, nach einer gründlichen Dusche, sitzen die Frauen in der Küche zusammen. Es ist ein Samstagabend, sie erwarten keinen Besuch und werden wieder einmal gemeinsam zu Abend essen. Die Krautrouladen schmecken vorzüglich, Bettina bekommt von ihren Freundinnen ein großes Lob. Nach dem Essen deckt sie noch einen Schokoladepudding mit Vanillesoße auf. Cornelia holt eine Flasche Weißwein aus dem Keller, eine zweite stellt sie in den Kühlschrank.
Das hat mein Großvater immer so gerne gehabt. Einen Hauptgang und dann einen Pudding, meint Bettina.
Denkst du viel an ihn, fragt Annalena.
Es geht, eher schon, wenn ich nach Hause komme. Das Haus erscheint mir leer ohne ihn. Aber mein Vater ist wirklich sehr traurig. Auch die kleinen Mädchen fragen viel nach ihm.
Mir ist das nach dem Tod meiner Mutter auch so gegangen, da war niemand mehr da, mit dem ich meine Erinnerungen teilen konnte. Ich denke, die Lebenszeit, die wir mit einem anderen Menschen gemeinsam erlebt haben, verbindet. Und die kleinen Mädchen vermissen ihren Urgroßvater nicht nur, weil sie bei ihm Liebe und Fürsorge erlebt haben, sondern weil sie bei ihm auch eine Erfahrung von Beständigkeit machen konnten, sagt Annalena.
Wie meinst du das mit der Beständigkeit, fragt Monika.
Etwa so, dass alte Menschen Kindern durch ihr Dasein vermitteln können, dass das Leben oder die Zeit nicht nur aus der Ge-

genwart, sondern auch aus der Vergangenheit besteht. Sie lernen im Zusammensein mit diesen alten Menschen.
Von alten Menschen können wir viel lernen. Nicht nur überlieferte Handwerkstechniken oder Kochrezepte oder Gartenwissen, auch Lieder, Märchen und Sprichworte, unterbricht Bettina.
Es ist spannend, ihren Lebensgeschichten zuzuhören, auch wenn ihre Einstellungen und Ansichten uns fremd erscheinen, meint Annalena.
Aber ein alter Mensch kann auch viel Arbeit machen. Meine Großmutter ist sehr alt geworden, sie war immer bei uns zu Hause und das war eine große Belastung für meine Mutter, erinnert sich Monika.
Meine Großeltern sind auch sehr alt geworden und immer auf dem Hof geblieben. Am Ende ist es ihnen nicht mehr gut gegangen. Es war von ihren Leuten niemand mehr da, nur sie selbst. Die Welt war ihnen fremd geworden. Sie haben nichts mehr verstanden von unserem Leben und wollten doch alles noch selbst tun und entscheiden. Ich nenne denjenigen einen Sozialromantiker, der behauptet, Altenarbeit ist mit liebevoller Fürsorge ausreichend abgedeckt. Das ist ja nur die eine Seite, der alte Mensch ist meistens nicht besonders liebevoll mit den Menschen in seinem Umfeld, eben weil er diese nicht mehr versteht, das macht ihn wütend und traurig, da können sich die pflegenden Angehörigen noch so sehr bemühen, ereifert sich Cornelia.
Kennt ihr das Märchen *Der alte Großvater und der Enkel* fragt Annalena in die Stille hinein, die einen Moment lang den Raum ausfüllt.
Ja. Das ist von den Brüdern Grimm aufgeschrieben worden, aber es wurde nicht von den Geschichtenerzählern abgelauscht, sondern sie nahmen eine älteres Mahngedicht als Vorlage. Eigentlich ist es untypisch für die Sammlung der Kinder- und Hausmärchen, da es recht kurz und obendrein belehrend ist. Das wunderbare oder irreale Moment der Märchen fehlt. Wir haben uns mit dem Märchen in einem Proseminar am Institut beschäftigt, sagt Bettina.
Ich kenne es noch aus dem Lesebuch aus der Volksschulzeit, fügt Monika hinzu.

Ich hole uns noch einen Wein und Käsestangen von meiner Mutter, Annalena kann dann die Märchenstunde eröffnen. Ich habe das Märchen noch nicht gehört oder gelesen, sagt Cornelia, holt den gekühlten Weißwein aus dem Kühlschrank und das Gebäck aus der Brotdose.
Dann beginne ich jetzt. Der alte Großvater und der Enkel. Es war einmal ein steinalter Mann, dem waren die Augen trüb geworden, die Ohren taub, und die Knie zitterten ihm. Wenn er nun bei Tische saß und den Löffel kaum halten konnte, schüttete er Suppe auf das Tischtuch, und es floss ihm auch etwas wieder aus dem Mund. Sein Sohn und dessen Frau ekelten sich davor, und deswegen musste sich der alte Großvater endlich hinter den Ofen in die Ecke setzen und sie gaben ihm sein Essen in ein irdenes Schüsselchen und noch dazu nicht einmal satt. Da sah er betrübt nach dem Tisch und die Augen wurden ihm nass. Einmal auch konnten seine zittrigen Hände das Schüsselchen nicht festhalten, es fiel zur Erde und zerbrach. Die junge Frau schalt, er sagte nichts und seufzte nur. Da kaufte sie ihm ein hölzernes Schüsselchen für ein paar Heller, daraus musste er nun essen. Wie sie da so sitzen, so trägt der kleine Enkel von vier Jahren auf der Erde kleine Brettlein zusammen. Was machst du da, fragte der Vater. Ich mache ein Tröglein, antwortete das Kind, daraus sollen Vater und Mutter essen, wenn ich groß bin. Da sahen sich Mann und Frau eine Weile an, fingen endlich an zu weinen, holten alsofort den alten Großvater an den Tisch und ließen ihn von nun an immer mitessen, sagten auch nichts, wenn er ein wenig verschüttete, beendet Annalena das Märchen.
Der alte Großvater war auch eine Belastung und der kleine Enkel hat seinen Eltern zu verstehen gegeben, wie er selbst einmal später mit ihnen umgehen wird, erklärt Bettina nach einem Moment des Schweigens.
Aber, was Annalena zuerst gemeint hat, dass Kinder durch das Zusammensein mit alten Menschen ein Verständnis für die Zeit gewinnen können, das habe ich erkennen können. Der kleine Junge begreift, dass es eine Vergangenheit, eine Gegenwart und eine Zukunft gibt. Aus diesem Verständnis heraus zeigt er

seinen Eltern, wie es später sein wird. Sie aber reagieren darauf mit Scham und ändern ihr Verhalten dem Großvater gegenüber, das ist die moralische Komponente, die diesem Märchen innewohnt, sagt Cornelia.
Aber mir gefällt es, auch mit dem erhobenen Zeigefinger, meint Monika.
Ich muss euch etwas erzählen, ich habe einen Anruf von Theres aus Osttirol bekommen, beginnt Annalena nach einer Pause und schenkt sich noch etwas Weißwein nach.
Ja, das ist aber schön. Wir hätten sie auch einmal anrufen oder anschreiben können, sie hat sich wirklich sehr um uns gekümmert, antwortet Cornelia nachdenklich.
Was wollte sie von dir, erkundigt sich Monika.
Sie hat ein wenig geheimnisvoll getan. Aber da ich sie doch etwas näher kennengelernt habe, kann ich mir nicht vorstellen, dass etwas Beängstigendes dahintersteckt. Sie hat mich dringend eingeladen, bis Ende Oktober noch mal nach Matrei zu kommen.
Dafür hat sie sicher einen triftigen Grund, sonst würde sie dich nicht darum bitten. Sie weiß doch, dass du berufstätig bist und nicht einfach fahren kannst, wann du willst, meint Bettina.
Du weißt nicht, warum du nochmals die lange Fahrt machen sollst, bohrt Monika nach.
Nein, sie hat es mir am Telefon nicht gesagt, aber es muss wichtig sein, wiederholt Annalena.
Wie hast du dich entschieden, möchte Cornelia wissen und steht auf, um sich um den Abwasch zu kümmern.
Erstmal habe ich mich mit Henner besprochen. Er hat gemeint, ich hätte so viele Überstunden, ich kann leicht drei bis vier Tage frei nehmen, ihm sei es recht, denn später beginnt das Weihnachtsgeschäft und dann kann ich nicht fehlen. Danach habe ich mit Laurenz gesprochen. Er kann sich die Zeit besser einteilen, er ist freier Mitarbeiter in der Geigenbauwerkstatt. Er wird mich begleiten, wir fahren in den letzten Oktobertagen und sind am ersten November zurück.

Annalena und Cornelia sind zu zweit in der Küche geblieben, Monika und Bettina sind in ihre Zimmer gegangen. Annalena schenkt den Rest des Weins aus der Flasche ein.
Annalena, ich möchte dich noch um das Tagebuch des Bauern bitten, das Lebensbuch ihres Großvaters, wie es Theres genannt hat. Auch Robert hätte ein großes Interesse daran, es lesen zu dürfen, aber ganz für sich privat, wie wir es Theres versprochen haben. Ich lege dir die Mappe morgen auf den Wohnzimmertisch, es ist ungemein spannend geschrieben. Der Großvater Valentin Berger war ein außergewöhnlicher Mensch.
Oder war es außergewöhnlich, dass er ein Tagebuch geschrieben hat.
Vielleicht beides. Aber für mich haben sich mit seinen Aufzeichnungen eine fremde Zeit und eine fremde Welt eröffnet und damit eine Annäherung an die Lebenswelten dort in Osttirol. Die sind mir doch eigentlich sehr andersartig vorgekommen.
Ja, so ist es mir auch gegangen. Da gibt es den Begriff der Gleichzeitigkeit des Ungleichzeitigen. Robert hat davon in Osttirol gesprochen, am ersten Tag unseres Aufenthalts dort, als ihr über den Felbertauern gewandert seid und wir über die abgeschiedene Welt im Virgental staunten. Den Begriff hat der Philosoph Ernst Bloch geprägt. Soweit ich mich erinnere, geht es darum, dass es in unserer Gesellschaft ein spannungsreiches Nebeneinander von modernen und traditionellen Lebensformen gibt. Das wäre ein Thema für Holger. Aber wir werden das Buch keinem sonst zum Lesen geben, das wäre ein Vertrauensbruch.
Die Uhren im Haus schlagen die letzte Stunde des Tages an. Cornelia leert ihr Weinglas in einem Zug und steht auf.
Bitte, Cornelia, nur noch einen Moment. Würdest du mich morgen auf den Friedhof begleiten, am frühen Abend. Zu Mittag hat unser Verein noch ein Handballspiel.
Ja natürlich. Ich habe noch Unterrichtsvorbereitungen abzuschließen und ich muss die Waschküche aufräumen und putzen. Ich bin hier im Haus. Du brauchst nur zu rufen. Gute Nacht, Annalena.
Ja, schlaf gut, gibt Annalena ein wenig geistesabwesend zurück.

Im Schlaf ist Annalena wieder ein kleines Kind. Es liegt auf einer Blumenwiese und rings umher sind hohe Berge mit Schnee bedeckt. Der Himmel ist von einem tiefen Blau. Von den Bergen stürzt sich ein Wasserfall in die Tiefe, er sieht aus wie wallendes graues Frauenhaar. Die Stimme ihrer Mutter flüstert, sie brauche keine Angst zu haben. Die Stimme ist leise, wie von weit her. Die Mutter steht auf und das Kind schläft zwischen Wollgras, Speik und Schusternagelen ein.

Am nächsten Abend gehen die beiden Freundinnen in der Dämmerung durch die Lahnauen und den südlichen Teil der Stadt zum Friedhof. Es ist kalt, der Wind weht und Nebel steigen vom Fluss auf.
Das ist die Zeit des Erlkönigs, flüstert Annalena und muss lachen. Das ist wirklich eine schaurige Geschichte, damit hat man früher sicher den Kindern Angst eingeflößt. Ich habe die Ballade erst später im Deutschunterricht am Gymnasium gehört, aber ich gebe gerne zu, die Vertonung von Franz Schubert jagt mir noch heute einen Schauer über den Rücken.
Meine Großmutter hat es mir Im Gefälle vorgetragen, oft, meistens am Abend, wenn sich der Garten in ein graues Dunkel hüllte, so wie heute. Ich fand es schaurig und schön zugleich, erinnert sich Annalena und beginnt, die Ballade mit gesenkter Stimme aufzusagen. Cornelia fällt ein.
Die Ballade hat sich mir sehr eingeprägt, ich kann sie noch auswendig hersagen, staunt sie.
Ich finde auch, sie übt eine eigenartige Faszination aus. Das Kind erkennt die magischen Kräfte der Natur, den Vater graust es trotz seines klaren Verstands.
Jetzt musst du aber mit den Geistergeschichten aufhören, fordert Cornelia lachend, als sie die breite Allee erreichen, an der der Friedhof liegt.
An Annalenas Familiengrab halten sie an.
Monika wird das Grab in den nächsten Wochen herrichten. Ich muss noch für die Grabinschrift sorgen, sagt Annalena und zündet eine mitgebrachte Kerze an.

Bitte, Cornelia, wir müssen eine kleine Grube graben, ich habe zwei kleine Gartenschaufeln mitgebracht und eine Taschenlampe.
Was meinst du, wozu denn, was willst du tun, bist du von allen guten Geistern verlassen, erschrickt Cornelia und weicht ein wenig zurück.
Nein, nein, nicht tief, ich muss etwas in die Erde geben, bitte hilf mir dabei, murmelt Annalena und beginnt, die Erde vor dem Grabstein aufzugraben.
Ich kenne dich, sonst würde ich dir nicht helfen, flüstert Cornelia und gemeinsam heben sie ein Loch aus, das etwa der Länge eines Unterarmes entspricht.
Danke, Cornelia. Ich bin gleich fertig. Es schaut nur der Himmel zu.
Annalena zieht eine flache längliche Metallschachtel aus ihrer Tasche, legt diese in die Grube und bedeckt sie mit Erde. Auch Cornelia greift nach ihrer Schaufel und kurz darauf sieht das Grab unbeschädigt wie vorher aus.
Was hast du hineingegeben, fragt Cornelia, das kannst du mir bitte nicht verheimlichen.
Es sind die Seidenpapierpäckchen mit Speik, Schusternagelen und Wollgras. Ich finde, hier haben sie einen guten endgültigen Platz.
Da hast du recht getan. Aber wenn du mir vorher etwas gesagt hättest, hätte ich mich nicht so sehr erschrocken.
Ich hatte Angst, dass du nicht mitgegangen wärest, gibt Annalena leise zu.
Wir werden noch beim Grab von Bettinas Großvater vorbeigehen, ich habe noch eine zweite Kerze mitgenommen, schlägt sie dann vor.
Cornelia nickt stumm mit dem Kopf. Sie atmet tief durch, als sie den Friedhof in dem nun schwarzen Nachtdunkel endlich verlassen und den Heimweg auf beleuchteten und belebten Wegen antreten können.

Cornelia macht sich am Abend des ersten Novembertages auf, um Annalena vom Hauptbahnhof abzuholen. Es fällt ein leichter Nieselregen, die Luft ist feucht und frisch und sie freut sich

auf Annalenas Rückkehr. Seltsam, es ist beinahe so, als ob der gute Geist des Hauses Im Gefälle fehlt, wenn Annalena nicht da ist, als sei da eine nicht auszufüllende Leerstelle, überlegt sie, als sie die ruhige Straße Im Gefälle hinuntereilt. Der Bahnhofsvorplatz empfängt sie mit seiner gewohnten Unruhe, mit Lärm und hastig eilenden Menschen im dunklen Grauschwarz des Abends. Annalena kommt ihr an der Treppe zur Eingangshalle entgegen.
Dass du mich abholen kommst, das ist schön, ruft sie überrascht und umarmt ihre Freundin.
Das ist doch selbstverständlich, vielleicht kann ich dir tragen helfen, antwortet Cornelia.
Sie wirft verstohlen einen Blick auf Annalena und findet ihr Freundin trotz der langen Zugfahrt frisch und entspannt, mit ihrem großen Wanderrucksack macht sie den Eindruck einer fröhlichen Weltenbummlerin inmitten der vielen vorbeihastenden oder wartenden Menschen mit ihren erschöpften grauen Gesichtern.
Wenn wir zu Hause sind, musst du mir alles erzählen, meint sie.
Ja natürlich und einen ganz lieben Gruß von allen, aber das erzähle ich dir später. Ich habe von Zita einen Speck bekommen und ein gutes Brot, selbst gebacken, von Theres.
Dann komm, ich bin schon sehr neugierig.
In ihrem Haus Im Gefälle setzen sich die beiden Frauen in den Wintergarten. Cornelia hat Rotwein, eine Wasserkaraffe und Gläser geholt, dazu gibt es klein geschnittenen Speck und Brot. Auch Monika und Bettina kommen aus ihren Zimmern und begrüßen Annalena herzlich.
Wir setzen uns zu euch und dann musst du erzählen, fordert Bettina Annalena auf.
Es wird ein langer Reisebericht über die gemeinsame Fahrt mit Laurenz, das Treffen mit den Menschen in Osttirol und natürlich die Überraschung, die sie sich für Annalena ausgedacht hatten. Als Annalena ihre Erzählung beendet, ist die Rotweinflasche geleert und Monika meint, für sie sei es nun doch schon spät, sie müsse früh zu Bett gehen, im Herbst und Winter falle ihr das Aufstehen in der Dunkelheit immer sehr schwer. Noch dazu erwarte sie am frühen Morgen Christoph mit einer Lieferung Biokisten.

Annalena, du musst das alles noch einmal erzählen, vielleicht an einem Abend im Advent. Holger, Robert, Christoph, Henner und Charlotte würden das sicher auch gerne hören, das musst du versprechen, fügt Bettina eifrig an.

Ja, das ist ein guter Gedanke, Holger könnte auch seine Aufnahmen als PowerPoint zeigen, und vielleicht könnte auch Laurenz dazukommen, ergänzt Cornelia.

Ja, wenn du meinst. Ich gebe euch Bescheid. Da wird sich schon noch ein passender Abend finden. Magst du noch einen Schluck Rotwein, gibt Annalena zurück.

Ja, so spät ist es noch nicht, ich hole eine Flasche und etwas Käse haben wir auch noch, aber aus Hessen, sagt Cornelia und geht in den Keller. Bettina holt den Käse aus der Küche und füllt frisches Wasser in die Karaffe.

Was hast du da, fragt Cornelia erstaunt, als sie mit dem Wein zurückkommt und auf den Tisch blickt.

Möchtet ihr raten.

Nein, dazu möchte ich von dir eine Geschichte erzählt bekommen, bittet Bettina.

Ihr beide habt mich das ganze Jahr begleitet, euch werde ich es erzählen. Sonst werde ich davon nicht mehr reden, beginnt Annalena mit leiser Stimme, macht eine Pause und die drei Frauen hören dem Glockenschlag der Uhren nach.

Ich habe die Rucksäcke von Theres bekommen. Sie hat sie in ihrer Almhütte in Gschild auf dem Dachboden gefunden. Sie ist noch einmal dorthin gefahren, mit Anneliese, der Frau von ihrem Cousin Christian. Sie muss sich viel Mühe mit dem Reinigen und Ausbessern gegeben haben, sie lagen Jahrzehnte dort oben zwischen altem Gerümpel.

Davon sieht man jetzt nichts mehr, nur der Stoff ist etwas brüchig, unterbricht Cornelia, nimmt den kleineren der beiden Rucksäcke auf ihren Schoß und dreht nachdenklich an der Kordel.

Bist du sicher, dass die Rucksäcke von deinen Urgroßeltern stemmen, möchte Bettina wissen.

Ja. In beiden Rucksäcken waren Reisepässe. Aber nicht nur von meinen Urgroßeltern.

Nicht nur von deinen Urgroßeltern, sondern auch von Tante Marlene, verwundert sich Cornelia.
Ja, auch von Tante Marlene. Ihr gehörte der kleinere Rucksack. Der größere war von Wolf und Magdalena. Die Dokumente in den Innentaschen waren kaum noch leserlich. Alles andere war von den Mäusen zernagt worden oder ist zu Staub zerfallen. Aber das ist nicht wichtig. Für mich ist es das vorletzte Puzzleteil, das noch gefehlt hat.
Was hast du damit vor, will Bettina wissen.
Ich lege sie hier zu der Botanisiertrommel. Dann ist es genug mit dem Suchen und Finden von alten Sachen.
Wieso ist es das vorletzte Puzzleteil, fragt Cornelia nach und nimmt einen Schluck Rotwein.
Annalena steht auf und geht zu dem Plattenspieler.
Wir werden noch Lieder aus dem Jungbrunnen von Johannes Brahms hören und dann werde ich euch noch etwas zeigen.
Cornelia schneidet sich ein Stück von dem Käse ab, Bettina greift nach dem Brot.
Die ersten Klänge des Liedes *Die Weiden am Wildbach* ziehen durch den Raum.
Das hat meiner Mutter immer so sehr gefallen, erinnert sich Annalena. Es passt zu dem Puzzleteil, dem letzten, das ich euch jetzt zeigen werde.
Annalena öffnet die Seitentasche des größeren Rucksacks, zieht eine flache Schachtel heraus und lässt den Verschluss vorsichtig aufspringen.
Eine Brosche, staunt Bettina.
Die drei Blumen, staunt auch Cornelia.
Ja. Die Brosche hätte ich gerne Onkel Joachim gezeigt.
Warum, das verstehe ich jetzt nicht, fragt Bettina, immer noch auf über das Schmuckstück gebeugt.
Dein Großvater besaß ein Gesellenstück von Wolf, eine Krawattennadel, die er mir geschenkt hat. Ich habe sie euch schon einmal gezeigt. Er hat auch eine gleichartige Brosche erwähnt, von deren Verbleib er aber nichts anzugeben wusste. Die alte Tasse auf der Kredenz ist mit dem gleichen Motiv bemalt.

Immer wieder die drei Blumen, wiederholt Cornelia.
Ja. Sie sind auf den Zeichnungen, den Kissen und Deckchen. Und woher kommt nun diese Brosche, und wie heißt dieses Lied, fragt Bettina, als die Melodie einer anderen Komposition ertönt.
Und gehst du über den Friedhof, antwortet Cornelia.
Das war Mutters Lieblingslied, ergänzt Annalena. Die Brosche habe ich von Theres bekommen. Als das Unwetter am Löbbenboden ausgebrochen ist, ihr erinnert euch. Da seid ihr, Holger und du, Bettina, mit ihr im Schutz des Felsens geblieben. Sie hat dort auf der Erde etwas am Boden ergriffen, aufgehoben und später, nach einer ersten Sichtung zu Hause, zu einem Goldschmiedebetrieb in Lienz gebracht und restaurieren lassen. Das war ihr Geschenk an mich. Das letzte Teil. Es ist gefunden worden.
Annalena macht eine Pause, bevor sie leise weiterspricht.
Die Brosche birgt ein Geheimnis. Das Geheimnis der letzten Lebensstunden von Magdalena und Wolf. Das berührt mich sehr, mehr als die anderen Dinge, die mir von ihnen geblieben sind, die Krawattennadel, die Tasse, die Zeichnungen.
Oder die gestickten Deckchen und Kissen von Marlene. Wirst du den Schmuck auch hier in der Botanisiertrommel aufbewahren, fährt Bettina fort.
Nein. Ich werde die Brosche bestimmt oft tragen wollen. Genau wie die Kette mit dem Anhänger von Marlene.
Ja, beide sind wunderschön, bekräftigt Cornelia. Es muss ja nicht alles bedrücken, wir können doch auch Freude an Dingen haben, die verloren geglaubt wurden, können uns erinnern lassen. Deine Urgroßmutter würde sich freuen, wenn du die Brosche nicht nur aufbewahrst, sondern auch trägst.
Die drei Frauen lassen den Abend bald ausklingen. Es gibt nichts mehr zu reden und jede hängt ihren Gedanken nach, bis das letzte Lied aus dem Jungbrunnen verklungen ist.

Annalena mag den November, den Nebelmond. Sie setzt sich an einem Sonntagvormittag in eine warme Decke gehüllt in den Wintergarten und lässt ihre Gedanken wandern, in die vergangenen Zeiten, nach Osttirol, zu Menschen, die ihr nahegestanden sind, zu Laurenz. Manchmal vermeint sie eine sehr zarte Schwingung von Tönen zu hören, mehr ein Summen als eine Melodie, die sie eigentümlich beruhigend empfindet. Und immer, wenn ihr das Hören zu einem konzentrierten Lauschen wird, verstummen die Töne und sie hört die Tropfen des Regens an die Scheiben schlagen, den Wind im Garten herumtollen, die Äste des Apfelbaums im Sturmwind knarren. Längst liegen die Blätter am Boden und haben ihre Farben verloren, haben die Vögel das Futterhaus wiederentdeckt, lassen die kleinen Mädchen von Henner und Charlotte bei ihren Besuchen ihre Papierdrachen über die Wiese flattern und ihre Laternen im Abenddunkel leuchten. Der elfte Monat im Jahr könnte so viel Ruhe ausstrahlen, aber überall ist die Vorweihnachtshektik spürbar, der auch sie zumindest im beruflichen Leben nicht ausweichen kann, denn das Weihnachtsgeschäft ist für einen Goldschmiedebetrieb nun einmal die wichtigste Zeit im Jahr, denkt Annalena.

Es ist die Zeit der Besinnung am Ende des Kirchenjahres, die in Deutschland ganz allgemein im Volkstrauertag und im Buß- und Bettag ihren Ausdruck findet. Annalena entschließt sich zu einem Gang auf den Friedhof. Monika hat ihr das Ergebnis ihrer Gärtnerarbeit erst kürzlich auf Fotos gezeigt und mit der jungen Steinmetzgesellin, die ihr von Monika empfohlen worden war, hatte sie im Vorfeld ihrer Herbstreise nach Osttirol bereits alle Änderungen abgesprochen. Sie ruft bei Onkel Jochen an und fragt ihn, ob er und Tante Sabine mit ihr einen Spaziergang zu den Gräbern machen wolle, sie könnten danach auch noch über den Rotenberg zum Sellhof gehen und dort einkehren.
Onkel Jochen zeigt sich erfreut und ist gerne bereit, seine Nichte zu begleiten, er und seine Frau würden auf sie warten, erklärt er mit einem freudigen Unterton in seiner Stimme.
Zu dritt machen sie sich auf den Weg zum Friedhof, der heute belebter als an sonstigen Tagen ist. Annalena hat eine Kerze für das Grab von Onkel Joachim mitgebracht, dessen Steinfassung an die Rückseite des frisch ausgehobenen Familiengrabes abgelegt wurde. Ein schlichtes Holzkreuz mit den Lebensdaten des

Großonkels steht auf dem Grabhügel, daneben liegen noch verwelkte Kränze und heruntergebrannte Kerzen.
Hier müssen wir aber noch Ordnung schaffen, bevor der Winter kommt, sagt Onkel Jochen.
Annalena entzündet die Kerze.
Für den Winter wird erst einmal Tannenreisig genügen, dann werden wir es wie vorher richten, überlegt Tante Sabine.
Während sie zwei verwelkte Blumengestecke und leere Kerzenbehälter zum Entsorgungsplatz trägt, schaut der Onkel auf die Steineinfassung hinter dem Grabhügel.
Du hast die Gravierungen schon entfernen lassen, gut, wir wollen nicht viel Aufhebens darum machen, meint er zu Annalena gewandt, winkt seiner Frau und gemeinsam gehen sie die wenigen Schritte zu der Grabstätte von Annalenas Großmutter und Mutter.
Die Grabstätte von Annalenas Familie hat eine neue Gestalt bekommen. Es ist mit weißen Flusskieseln bedeckt, darauf steht ein Weidenkorb mit einer Herbstbepflanzung aus rotem und weißem Heidekraut. Tante Sabine zeigt sich begeistert. Gemeinsam lesen sie die frisch angebrachte Inschrift auf dem Grabstein.

Anna Weiss, geborene Heide 1923–1990
Lena Maria Weiss 1945–2005
Zur Erinnerung an
Magdalena und Wolf Weiss, gestorben 1932
Wolfgang Weiss, gestorben 1945
Marlene Weiss, gestorben 1965

Unter den Namen der Verstorbenen sind drei Blumen eingraviert.
Das ist deiner Freundin sehr gut gelungen. Ich werde ihre Hilfe auch in Anspruch nehmen, du musst mir die Geschäftsadresse geben, erklärt Tante Sabine.
Annalena legt einen geschliffenen grünen Quarzstein zu den Flusskieseln.
Onkel Jochen räuspert sich, schaut einen Moment in den verhangenen Novemberhimmel und meint, dass man nun aber zum Sellhof aufbrechen sollte, man hätte sich bestimmt auch sonst

noch viel zu erzählen, zum Beispiel von Annalenas letzter Reise nach Osttirol. Henner werde sie später mit dem Wagen abholen kommen.

Wie in jedem Jahr lässt der Advent die Menschen kaum zur Ruhe kommen. Es bedarf Disziplin und einiger Anstrengungen, um dem Kaufrausch, dem Glühweingetümmel auf den Weihnachtsmärkten und dem Eifer des Plätzchen- und Stollenbackens auszuweichen. Andererseits sind es wichtige Zeiten für den Handel und gerade die kleinen Einzelhandelsgeschäfte können auf diese Verkaufswochen nicht verzichten, die ihnen oftmals die Existenz über das Jahr hinaus sichern. In den Schulen und auf der Universität sind die Stunden- und Lehrveranstaltungspläne mit ihren Prüfungsterminen ebenfalls dicht ausgefüllt, sodass sich die vier Frauen im Haus Im Gefälle kaum begegnen und noch weniger Zeit für ein gemeinsames Miteinander finden. Es ist Monika, die Annalena eines Abends um Hilfe bittet.
Annalena, kannst du mir bitte mit einem Spruch für mein Geschäft helfen. Ich möchte das Aufhängen eines Wochenspruchs aus dem Bauernkalender oder aus dem Heiligenlexikon beibehalten, aber nichts anbringen, was auf Weihnachten hindeutet. Aber mein Laden ist natürlich gestopft voll mit Weihnachtsdekoration, das wollen die Kunden jetzt kaufen und dazu sollte der Spruch eine Beziehung haben. Alleine komme ich gar nicht weiter.
Ja, dann lass uns doch gleich schauen, ich möchte später noch eine Runde laufen, erklärt sich Annalena sofort bereit.
Die Bücher liegen schon auf dem Tisch, sagt Monika.
Siehst du hier, Moni, nächste Woche am Dienstag, am 13. Dezember, ist Luzientag. Die Heilige Luzia ist eine frühchristliche Märtyrerin. An ihrem Gedenktag wurden früher unter dem Julianischen Kalender, der schon vor Christi Geburt von Caesar eingeführt wurde, die Kinder beschenkt, der Luzientag galt auch als kürzester Tag im Jahr. *Sankt Luzia stutzt den Tag und macht die längste Nacht.* Daher war er mit viel Lichterbrauchtum verbunden. Vor beinahe genau 500 Jahren hat dann Papst Gregor eine Kalenderreform durchgeführt, damit der Kalender wieder den

astronomischen Abläufen entsprach. Also, unser heutiger Kalender geht auf diesen Papst zurück. Der Tag der Heiligen Luzia hat damals wieder seinen richtigen Kalenderplatz gefunden, ist damit aber einige Tage zurückgefallen.
Wer war diese Heilige. Welches Brauchtum kennst du zu Luzia.
Luzia hat viele frühe Christen heimlich wohltätig unterstützt und hat verweigert, dem Christentum abzuschwören. Deshalb erlitt sie das Martyrium. Sie ist Patronin der Blinden und Armen und zahlreicher Berufsstände. Ja. Die Großmutter hat in eine Schale Weizen, den Luzienweizen gesät, der bis zu Weihnachten aufgehen und ein gutes Erntejahr versprechen sollte.
Ich habe einmal einen Artikel über das Luzienfest in Schweden gelesen, erinnert sich Monika. Weißt du etwas davon.
Ein wenig. Mädchen tragen weiße Kleider und auf dem Kopf einen grünen Kranz mit Kerzen. Das Kerzenlicht soll ein Vorbote des Weihnachtslichts sein.
Das ist doch schön. Ich werde noch rasch kleine Kränze mit weißen Kerzen darauf flechten, aber sehr zart, vielleicht mit Preiselbeeren oder Hagebutten und Moos. Ich werde sie als Luzienlichter verkaufen. Die Idee mit dem Luzienweizen gefällt mir auch, das ist wenig Aufwand. Und welchen Spruch nehmen wir zu diesem Tag, überlegt Monika und vertieft sich in das Heiligenlexikon.
Meine Großmutter sagte, wenn sie die Kirschzweige in unser Haus holte, *Zu Luzia werden die Kirschzweige geschnitten, die blühen nach vier Wochen, so sind die Sitten.*
Ja, ist doch super, Annalena. Weißt du, übernächste Woche nehme ich den Heiligen Thomas zur Wintersonnwende. Und nächstes Jahr werde ich dich vielleicht gar nicht mehr brauchen, dann komme ich sicher mit den Heiligen und den Lostagen alleine zurecht. Du hast mir dabei sehr geholfen, Annalena, seit dem Frühjahr das ganze Jahr über, noch vielen Dank dafür.
Ich fand die Idee einfach umwerfend und ich habe dir gerne geholfen. Im nächsten Jahr werden dir dann alle Heiligen beistehen müssen oder du musst ein Bauernorakel befragen, lacht Annalena. Nach ihrem Lauf durch die ruhigen Straßen ihres Viertels trifft Annalena bei ihrer Rückkehr vor ihrem Haus Im Gefälle auf ihre

Nachbarn, Herr und Frau Simon. Nach einer kurzen Begrüßung fragt Frau Simon, ob Annalena nicht am nächsten Abend auf einen Tee zu ihnen kommen möchte.
Ja, da komme ich sehr gerne, antwortet Annalena etwas überrascht.
Wir können auch einen Grog zubereiten, meint Herr Simon.
Das würde sehr gut zu der Kälte passen. Entschuldigen Sie, aber wenn ich jetzt nach dem Laufen hier in der Kälte stehen bleibe, werde ich mir eine Erkältung holen, ich muss jetzt rasch nach Hause. Bis morgen Abend, gibt Annalena zurück und schließt die Gartentüre hinter sich.

Am folgenden frühen Abend, gerade als Annalena zu ihren Nachbarn aufbrechen möchte, kommt Cornelia begleitet von Robert in das Haus Im Gefälle.
Annalena, ich bin ganz durchgefroren, ruft sie ihrer Freundin vom Hauseingang her zu.
Ja, dann kommt ihr beiden jetzt mit mir, einen Grog trinken.
Einen Grog. Wo denn. Seit wann zieht es dich auf die Weihnachtsmärkte, neckt Robert und lacht Annalena zu.
Nein, nein, so weit müsst ihr nicht gehen. Unsere Nachbarn haben mich eingeladen, zu einem Abend bei Tee oder Grog, die Familie Simon kennt ihr doch.
Aber ja. Du meinst, wir können einfach so mitgehen.
Aber selbstverständlich, ihr braucht gar nicht abzulegen, ich wollte mich gerade auf den Weg machen.
So kommt es, dass drei abendliche Gäste vor dem Nachbarhaus Im Gefälle auftauchen, die herzlich willkommen geheißen werden.
Frau Simon geleitet die beiden Frauen in das Wohnzimmer, wo Herr Simon sie bereits erwartet.
Ja, das ist schön. Kommen Sie, nehmen Sie Platz. Was darf es denn nun sein, einen Tee oder lieber einen Grog oder einen Punsch, den weiß meine Frau fantastisch zuzubereiten, freut sich der Hausherr und reicht den Hereinkommenden die Hand.
Ich nehme einen Tee, entscheidet Annalena und Cornelia schließt sich an.

Herr Simon und Robert wählen einen Grog und Frau Simon einen Tee. Der Duft zieht durch das große Zimmer. Durch das große Wohnzimmerfenster kann Annalena ihr Haus von einer ihr fremden Perspektive aus betrachten. Sie erinnert sich an die Erzählung von Herrn Simon über seine Mutter, die hier in den Kriegsjahren stand und auf das Nachbargrundstück blickte und davon zu keinem Menschen reden konnte.
Frau Simon folgt ihrem Blick.
Ja, wir freuen uns immer über Ihren Garten und den Blick auf Ihr Haus, es liegt so versteckt zwischen den Bäumen und Büschen, meint sie zu Annalena gewandt.
Was ist das für eine Teemischung, fragt Cornelia.
Die stelle ich selbst zusammen, eine Adventmischung.
Lassen Sie mich raten, sagt Cornelia. Schwarztee, Honig und Orange vielleicht.
Sehr gut, es fehlt noch ein wenig Zimt und Zitrone, wer mag, bekommt noch eine Zimtsahnehaube obendrauf.
Frau Simon zeigt auf den Tisch. Darauf stehen Früchtekuchen, Stollen und eine Schale mit Zimtsahne. Kleine Teelichter und Goldsterne blinken in dem dämmrig gehaltenen Licht des Wohnzimmers. Sie müssen aber auch ein wenig zugreifen. Es ist schön, dass Sie hier bei uns sitzen, freut sich die Hausherrin.
Monika würde jetzt sicher auf die Idee kommen, Teemischungen in ihre Biokiste zu packen, lacht Annalena.
Ja, den Tipp müssen Sie ihr weitergeben. Übrigens nutzen wir diese Kiste wirklich gerne, darin sind gute regionale Produkte, mit Sorgfalt produziert und eingepackt.
Da wird sich Monika freuen, über den Tipp und Ihr Lob, meint Cornelia.
Frau Weiss, haben Sie über den Sommer und den Herbst noch einmal an unsere Gespräche gedacht, fragt Herr Simon nach einer Weile.
Ja, ich erinnere mich noch gut, das war im Vorfrühling, es scheint mir, als ob es eine Ewigkeit her wäre.
Ja, die Erinnerung über Generationen hinweg oder auch der Komplex des kulturellen Gedächtnisses sind faszinierende Bereiche, erklärt Herr Simon.

Wir haben den ganzen Sommer immer wieder darüber gesprochen, erinnert sich Cornelia.
Ja, dann darf ich Ihnen dazu vielleicht noch eine Frage stellen, wendet sich Annalena an ihren Nachbarn und schaut nachdenklich hinüber zu ihrem Garten, der im Dunkel des Winterabends liegt.
In diesem Jahr haben Menschen mit mir über die Erinnerung gesprochen und jeder von ihnen hatte eine andere Erklärung dafür, was Gedenken oder Gedächtnis oder eben Erinnerung für ihn sei. Zuletzt hat mir Laurenz, mein Freund, erklärt, für ihn sei die Erinnerung mit dem Gewissen verknüpft.
Cornelia schaut ihre Freundin erstaunt von der Seite her an.
Und wie lauten die Erklärungen, die Ihnen die anderen Personen gegeben haben, möchte Frau Simon wissen.
Ja, sehr unterschiedlich, sie haben das Erinnern als Gefängnis, als Geschenk oder Gefäß verstanden.
Aber Sie möchten von mir nun keine allgemeingültige Definition hören, Frau Weiss. Ich kann auch nichts ausschließen, denn jede Auffassung von Erinnerung entsteht durch das Leben des Menschen selbst. Das Leben gibt vor, wenn Erinnerungen zu einem Gefängnis werden, zu einem Labyrinth, in dem man sich verstrickt und verloren glaubt. Dann braucht der Mensch viel Hilfe, damit er sich davon befreien kann.
Ich empfinde die Begriffe Gefäß und Geschenk aber als sehr tröstlich, merkt Cornelia an.
Ja, das sind gute Begriffe, sie bedeuten uns, dass der Mensch offen ist, aufnehmen oder annehmen kann, antwortet Herr Simon.
Und wie ist es mit der Erinnerung in Verbindung zu unserem Gewissen, fragt Frau Simon.
Nun, das ist wohl am schwierigsten zu erklären.
In der nun entstehenden Pause schenkt Frau Simon ihren Gästen nach, nimmt sich auch einen Becher Punsch und holt ihrem Gatten einen frischen heißen Grog. Robert wechselt zum Adventstee und rührt in Gedanken versunken in seiner Teetasse. Annalena nimmt ein Stück Früchtekuchen und auch Cornelia beißt in ein Stück Stollen.

Ich möchte versuchen, es Ihnen in einer Annäherung zu erklären, aber wenn dieser Bereich, der ganze Komplex des Erinnerungsvermögens, der Mnemosyne, Sie interessiert, bringe ich Ihnen einmal eine Literatur hinüber.
Herr Simon deutet mit dem Kopf auf Annalenas Garten.
Wer war Mnemosyne, unterbricht Annalena.
Das war eine Titanin der griechischen Mythologie, die Göttin der Erinnerung, sagt Robert.
Es ist nun also so, fährt der Gastgeber fort. Nicht alles, was wir erinnern können, wagen wir auch zu erinnern. Was uns schmerzt oder kränkt, das vergraben wir. Daran können wir krank werden. Wir wissen aber nicht darum. In unserem Leben gab es auch Geschehnisse, an denen wir uns selbst schuldig glauben, die uns beschämen. Die können wir nicht erinnern, weil es uns ebenfalls schmerzt, uns so zu sehen. Diese Geschehnisse vergraben wir ebenfalls. Das Gewissen hat nun zwei Möglichkeiten. Entweder wir stellen uns dem Geschehen, indem wir es mithilfe eines Psychotherapeuten oder eines Psychologen an die Oberfläche holen und uns damit auseinandersetzen. Das ist besonders bei Menschen sehr wichtig, die meinen, sie hätten im frühen Kindesalter eine Schuld auf sich geladen. Die können das Geschehene dann von einer rationalen Erwachsenenperspektive aus beurteilen und endlich zur Ruhe kommen. Erfährt der Betroffene keine Hilfe, wird das Gewissen danach trachten, das Geschehen, an dem er sich schuldig fühlt, so tief in sich zu vergraben, dass er damit möglichst niemals mehr konfrontiert wird. Damit ist es aber nicht aus der Welt, erfahrungsgemäß bricht es, ursächlich unerkannt, immer wieder hervor, führt Herr Simon weiter aus.
Wie äußert sich das, fragt Cornelia.
Nun, in unerklärlichen Ängsten, Befindlichkeiten, auch Wahnvorstellungen und in Verhaltenseigenarten.
Welche traumatischen Erlebnisse könnten ein Kind dazu verleiten, sich schuldig zu fühlen, fragt Cornelia erstaunt.
Sehr oft ist es der Verlust eines nahestehenden Menschen, vor allem, wenn dem betroffenen Kind in dieser Zeit zu wenige helfende Hände und liebevolle Mitmenschen zur Seite stehen. Das

ist naturgemäß besonders in Kriegszeiten und bei Vertreibungen und in Fluchtsituationen der Fall, wenn ein jeder mit dem eigenen Überleben genug zu tun hat.
Gibt es auch Hilfe ohne psychologischen oder psychotherapeutischen Beistand, fragt Frau Simon ihren Gatten.
Ja, denn der Mensch verfügt im Grunde über eine erstaunliche Resilienz. Das ist ein anderer Ausdruck für psychische Widerstandsfähigkeit. Es kommt immer wieder vor, dass sich traumatisierte Menschen durch Rückgriff auf eigene Stärken oder auch mithilfe anderer, von denen sie sich angenommen wissen, aus einer Krise herausarbeiten und ihren Weg finden diese zu überwinden. Sie lernen, Selbstvertrauen aufzubauen und sich selbst anzunehmen. Natürlich muss dabei berücksichtigt werden, dass jedes Individuum eine andere Verwundbarkeit mit sich trägt.
Was meinen Sie genau mit Verhaltenseigenarten, fragt Robert.
Herr Sartorius, dabei handelt es sich nicht um individuelle Verhaltensmuster, die Ihnen an manchen Schülern an Ihrer Schule vielleicht auffallen mögen. Ich denke an eine mehr oder weniger ausgeprägte Unordentlichkeit, Unpünktlichkeit, Vergesslichkeit oder die positiven gegenteiligen Verhaltensmuster.
Oh ja, davon kann ich aus dem Schulalltag auch einiges erzählen, wirft Cornelia ein.
Trauma bedingte Auffälligkeiten äußern sich massiver, Frau Böge, das versichere ich Ihnen. Sie sind Ausdruck von tiefsitzenden Ängsten, wie zum Beispiel die Angst vor dem Alleinsein, vor dem Hunger, vor der Dunkelheit, vor dem Versagen, vor der Isolierung, vor der Abwertung, vor Verlusten.
Kannst du uns bitte ein Beispiel nennen, bittet Frau Simon.
Ihnen bekannt dürften Menschen sein, die alles horten, was ihnen unter die Finger kommt. Da könnte man an ein verdrängtes Mangelerlebnis denken. Andere sind auffällig ehrgeizig, auch das könnte einem frühkindlichen Gefühl des Versagens geschuldet sein. Wieder andere beschäftigen sich exzessiv mit einem ganz konkreten Themenbereich und engen ihren Horizont dadurch immer mehr ein. Aber solche Bilder dürfen niemals verallgemeinert werden. Jeder Mensch ist ein Individuum mit seiner eigen-

sten persönlichen Geschichte, dem wird man mit Pauschalierungen nicht gerecht. Während einer Psychotherapie kommt man in den seltensten Fällen auf geradem Wege von A nach B, meistens bedarf es vieler Umwege, um an den ursächlichen Kern des vergrabenen Traumas zu gelangen.
Ich würde gerne noch etwas über das Gedächtnis und die Erinnerung erfahren. Das scheint mir nicht das Gleiche zu sein, sagt Annalena und wendet sich zu Robert.
Nein, Annalena, damit hast du recht. Gedächtnis bedeutet die Fähigkeit, Wahrnehmungen welcher Art immer zu speichern und sie sich bei Bedarf wieder bewusst zu machen. Wir haben im Sommer viel über das kollektive und das kulturelle Gedächtnis gesprochen.
Und wie unterscheidet sich das Erinnern davon, hakt Cornelia nach.
Erinnern ist eine aktive Leistung. Es bedeutet das Wiedererleben von früheren Erlebnissen, es hängt mit dem autobiografischen Gedächtnis zusammen und ist ein mentaler Vorgang, das heißt, wir erinnern uns mit unserem Verstand an ein früheres Erlebnis, wir erinnern aber auch Farben, Klänge, Stimmen, Gerüche und Stimmungen, führt Robert aus.
Herr Sartorius, bitte, ich hätte da noch eine Frage zur Mnemosyne, als Altphilologe können Sie uns sicher über diese Figur Auskunft geben, wendet sich Frau Simon an ihr Gegenüber.
Ja, bitte, Robert, mir ist der Begriff der Titanin auch unbekannt, sagt Cornelia.
Nun, das ist so, beginnt Robert. Ein Vortrag soll es aber nicht werden. Die Mnemosyne ist die für das Erinnerungsvermögen zuständige Göttin in der griechischen Mythologie. Sie war die Tochter des Uranos und der Gaia, und galt als Mutter der Musen. Titanen waren Angehörige eines mächtigen Göttergeschlechts. Es gibt aber noch einen zweiten Mnemosyne-Begriff. Im Hades, der griechischen Unterwelt, gab es verschiedene Flussläufe, die wichtigsten waren Lethe und Mnemosyne. Der gestorbene Mensch, der die jenseitige Welt betrat, trank entweder vom Lethe-Fluss und löschte damit alle Erinnerungen an sein vor-

heriges Leben, konnte also ganz neu und unbelastet in ein neues Dasein treten.

Und was geschah, wenn die Verstorbenen von dem Fluss Mnemosyne tranken, unterbricht Frau Simon mit gespannter Stimme. Wer davon trank, konnte sich an alles erinnern, was ihm jemals widerfahren war. Noch dazu gewann er die Gabe der Allwissenheit. Seine Seele konnte sich, so der Glaube, der Wahrheit öffnen, denn diese entsteht aus der Verneinung des Vergessens heraus. Was heißt das nun für uns sterbliche Menschen, überlegt Annalena. Es bedeutet, dass wir zu Lebzeiten niemals in den Besitz der Wahrheit kommen können, denn das Vergessen gehört zu uns wie das Erinnern und das Gedächtnis. Das scheint eine anthropologische Grundkonstante zu sein, dass den Menschen schon seit alters her das Streben nach Wahrheit ein Ziel bedeutete, zumindest seit den frühen Schriftkulturen taucht der Gedanke immer wieder auf, so die Antwort des Gastgebers.

In der germanischen Mythologie gibt es diesen Weisheitsgedanken auch, bemerkt Frau Simon.

Wie das, mit welcher Götterfigur, möchte Annalena erstaunt wissen.

Ja, das kann ich Ihnen gerne kurz erzählen. Odin stand über allen anderen Göttern und Göttinnen, er war hauptsächlich Kriegsgott und Todesgott, aber galt auch als weise. Einige römische Schriftsteller berichten von der Verehrung dieses Gottes durch die Germanen und setzten ihn ihrem Gott Mercurius gleich. Der Mythos um Odin berichtet, dass er eines seiner Augen opferte, um das Wasser am Brunnen der Weisheit am Lebensbaum Yggdrasil trinken zu können. Dadurch gewann er also sozusagen ein geistiges Auge, mit dem er Dinge sehen konnte, die den anderen Göttern und Göttinnen und natürlich auch den Menschen verborgen blieben.

Und mit unserer christlichen Religion wurde dieses Streben auch wieder aufgegriffen und weitergeführt, fügt Cornelia an. Aber seltsam ist doch, dass wir mit Odin eigentlich immer nur den Kriegsgott assoziieren, seine ihm zugedachte göttliche Weisheit ist verloren gegangen. Das könnte durch die neuen Landes-

herren, die Römer, geschehen sein. Die brachten erst ihre eigenen Götter, die die nordischen Gottheiten ersetzen sollten und dann den christlichen Glauben, der für Odin und seine Mitgötter keinen Raum mehr ließ, meint Herr Simon.
Odin hatte zwei Raben, Hugin und Munin, das heißt denken und sich erinnern. In der Snorraedda heißt es: Zwei Raben sitzen auf seinen Schultern und sagen ihm alles ins Ohr, was sie sehen und hören. Sie heißen Hugin und Munin. Bei Tagesanbruch entsendet er sie, um über die ganze Welt zu fliegen, und am frühen Morgen kehren sie zurück. Von ihnen erfährt er viele Neuigkeiten. Meine Großmutter kannte diesen Spruch: *Hugin und Munin müssen jeden Tag über die Erde fliegen. Ich fürchte, dass Hugin nicht nach Hause kehrt. Doch sorge ich mich mehr um Munin.* Den Spruch sagte sie gerne vor sich hin, wenn Raben über uns herflogen, bemerkt Annalena.
Seht ihr. Die vorherrschende Zielrichtung ab dem beginnenden Mittelalter galt der Abschaffung der alten Götter. Ein weiser nordischer Odin oder auch eine römische Minerva, die Schutzgöttin der Weisheit und der Kriegsführung, sollten verdrängt oder doch abgewertet werden. Eine positive Konnotation sollte abgeschwächt werden, aber natürlich hielten sie sich noch lange in Volksglaubensvorstellungen. Und da sind wir wieder bei Mnemosyne, denke ich, sagt Robert.
Wieso bei Mnemosyne, wundert sich Herr Simon.
Mnemosyne ist auch zuständig für die Kunst des Auswendiglernens, eine Fähigkeit, die in weitgehend schriftlosen Kulturen hochgeschätzt wurde, konnten doch nur durch diese Technik die Epen und das gesammelte Wissen einer Gruppe von Generation zu Generation weitergegeben werden. Wenn etwas vergessen und verfälscht wurde, war es unwiederbringlich verloren. Das wussten die Menschen seit jeher und sie wussten auch um ihr eigenes Unvermögen, das Wissen zu bewahren, sie wussten, dass Erinnerung trügerisch, da manipulierbar ist. So dachten sie sich in jeder Kultur göttliche Instanzen, die im Besitz dieses reinen und ewigen Wissens waren und die den Menschen in ihrem Bemühen um die Erhaltung des Wissens beistanden.

Robert, warum kann Erinnerung trügerisch sein, möchte Annalena wissen.
Nun, einerseits können wir uns an manches nicht erinnern, weil es aus verschiedensten Gründen zu tief in uns vergraben ist. Herr Simon, Sie haben uns das vorhin schon dargelegt. Andererseits kommt doch zum Beispiel vor, dass wir vor langer Zeit an einem Geschehen teilgenommen haben, aber der Großteil der Menschen in unserem näheren oder weiteren Umfeld auch, es wurde auch in den Medien darüber berichtet. Dann kann sich die individuelle Erinnerung mit den anderen Sichtweisen vermischen, sie wird mehrfach überlagert. Es kann sich ein anderes Bild des Geschehenen bilden und in uns festsetzen. Das ist dann vielleicht nicht falsch, aber doch nicht mehr authentisch.
Weißt du dafür auch ein einleuchtendes Beispiel, mir ist jetzt nicht so klar, was du damit meinst, gibt Cornelia zu bedenken. Es entsteht eine Pause. Frau Simon schenkt ihren Gästen noch nach und Robert nimmt ein Stück Früchtekuchen. Herr Simon erhebt sein Glas und nickt den anderen zu.
Ja, da fällt mir ein sehr gutes Beispiel ein. 1955 wurde in Österreich der Staatsvertrag betreffend die Wiederherstellung eines unabhängigen und demokratischen Österreichs unterschrieben. Die Vertreter der Besatzungsmächte tagten in Wien im Schloss Belvedere und bei der Unterzeichnung des Vertrages durch diese ranghöchsten Staatspolitiker und den österreichischen Außenminister Leopold Figl sprach dieser den nachmals berühmten Satz *Österreich ist frei*. Zu diesem Zeitpunkt gab es in Österreich noch keine Fernsehübertragungen, der Rundfunk sendete live und natürlich waren unzählige Zeitungsreporter vor Ort. Nach der Unterzeichnung traten die Außenminister auf den Balkon des Schlosses vor die Tausenden jubelnden Österreicher. In der Österreichischen Wochenschau, die in den Kinos gezeigt wurde, wurden nun beide Momente, also die Worte des Leopold Figl und der Balkonauftritt zusammengewoben, sodass der Eindruck entstand, der denkwürdige Satz wäre bei diesem Auftritt gesagt worden. Das kollektive Gedächtnis übernahm diese Version, die für die Zweite Republik unseres Nachbarlands nachgerade iden-

titätsstiftend geworden ist, auch wenn die Berichterstatter der Medien und Tausende Bürger es vor Ort so nicht erlebt hatten. Es wird doch noch ein längerer Abend im Nachbarhaus und mit Verwunderung stellt Annalena beim Heimkehren fest, dass die Uhren die Mitternacht schon weit überschritten haben. Sie wünscht Cornelia eine gute Nacht und schreibt noch schnell eine Nachricht über ihr Mobiltelefon an Laurenz, bevor sie müde von einem langen Tag und dem anregenden Abend in ihre Dachkammer steigt. Ein wenig vermisst sie die Raben, sollten es Hugin und Munin gewesen sein, die ihr Haus Im Gefälle in der ersten Jahreshälfte umkreist haben, aber rasch umfängt sie der Schlaf, der sie mit leisem Summen durch die nächtlichen Träume wiegt.

Es ist in der Mitte des letzten Jahresmonats, als Cornelia am Abend nach Hause in das Haus Im Gefälle kommt und direkt in die Küche eilt, von der ein Lichtschein in den Vorraum fällt. Du Gute, sagt sie zu Annalena, die dabei ist, Kekse auszustechen. Nein, ich bin nicht gut, aber ich hoffe, die Kekse sind es. Korinthensterne, ein Rezept von Tante Marlene, wehrt Annalena lachend ab. Doch, du bist eine Gute. Dankeschön für die Einladung zum Weihnachtstreffen am 21. Dezember hier bei uns, ich hatte Bedenken, dass es dir zu viel würde, wenn du so kurz vor den Weihnachtstagen noch Gäste bekommst, erklärt Cornelia.
Nein, das macht mir gar nichts, im Gegenteil. Es ist Thomastag und Wintersonnwende, also ein bedeutender Tag im Jahresablauf. An Weihnachten wird es hier doch ganz still sein. Aber Laurenz kommt, darauf freue ich mich wirklich sehr. Ich werde ihm in aller Ruhe Marburg und sein Hinterland zeigen können. Soll ich uns Apfelpfannekuchen backen, fragt Cornelia.
Nein, hier ist alles süß und klebrig. Ich mag jetzt ein kaltes Bier und eine rote Wurst mit dunklem Brot, meint Annalena.
Kommen alle, erkundigt sich Cornelia, während sie den Tisch deckt und Annalena das Blech mit den Korinthensternen in den Backherd schiebt.
Ja, am 21. Dezember ist Laurenz schon hier und sonst kommen alle, auch Moni und Christoph. Es soll aber nicht zu unru-

hig werden. Du weißt schon, es ist für mich wirklich auch eine dunkle Zeit. Das Dunkel des Winters erinnert mich an vieles, was vor einem Jahr geschehen ist. Also wir treffen uns, weil wir uns nochmals an unsere Reise erinnern wollen. Moni und Christoph sollen auch einen kleinen Eindruck von dieser wunderschönen Reise bekommen. Holger bereitet eine PowerPoint vor mit den Fotografien, die er aufgenommen hat. Und zum Abschluss erzählen Laurenz und ich euch von unserer Reise nach Osttirol im Herbst, zu Theres.

Neulich, bei unseren Nachbarn, bemerkt Cornelia nach dem ersten Schluck Bier.

Ja, Cornelia, was war da, fragt Annalena zurück.

Ja, weißt du, wir haben eigentlich über einen wichtigen Punkt nicht gesprochen.

Was meinst du. Mit hat nachher der Kopf gebrummt, weil ich so viel Neues gehört habe, weil der Abend zu lange wurde und der Punsch wirklich ausgezeichnet war.

Ich denke, wir haben nicht darüber gesprochen, dass es verschiedene Arten von Schweigen gibt.

Wir haben über das Erinnern und über das Gedächtnis geredet, über die Mnemosyne, über Odin und seine Raben.

Wir haben aber nicht darüber geredet, dass es sehr wohl ein bewusstes Erinnern gibt, das aber in Schweigen gehüllt ist.

Du meinst, wir erinnern uns, aber wir können nicht darüber reden.

Ja. Weil wir uns vielleicht schämen, weil wir uns an etwas schuldig fühlen. Wir schweigen aus Angst, wir schweigen aus Nichtverstehen, vielleicht auch vor Entsetzen, schlimmstenfalls aus Gleichgültigkeit.

Ja, wir Menschen sind so. Aber zu viel Reden kann doch auch verstören. Mir geht es manchmal so, wenn mein Gegenüber nicht aufhören will, zu reden, und alles loslassen muss, was ihn bedrückt. Ich ertappe mich dann dabei, dass meine Gedanken irgendwohin schweifen und nicht bei meinem Gegenüber bleiben. Wobei ich aber eines gelernt habe und wirklich mit Sicherheit weiß. Und das ist, unterbricht Cornelia.

Annalena steht auf, öffnet den Backherd, nimmt zwei Topflappen und zieht das Blech mit den Keksen heraus.
Über das, was uns wehtut, was uns wirklich im Innersten anrührt, können wir nicht sprechen.
Da magst du recht haben. Es kann aber doch auch sein, dass wir nicht gelernt haben, zu reden, was meinst du. Danke, Annalena.
Wofür. Ich gehe schlafen. Und dir danke für deine offenen Ohren und für deine Hände, die mir beim Aufräumen geholfen haben. Und für das Reden.

Thomastag. Ohne Ende fällt das Weiß vom Himmel. Dunkelste Zeit, wenn die Erde schläft und der Himmel zu singen beginnt

steht in Annalenas schwungvoller Handschrift auf zehn kleinformatigen Tischkarten, die auf dem großen Wohnzimmertisch im Haus Im Gefälle verteilt sind. Der Tisch ist mit Efeuranken, Stechpalmenzweigen und dickbauchigen weißen Kerzen geschmückt, dazwischen stehen Schalen mit Luzienweizen.
Das sieht wunderschön aus, Moni, sagt Annalena, als sie das Zimmer betritt und ihrer Freundin bei den letzten Handgriffen zuschaut.
Ja, ich war froh, dass du mir einfach freie Hand gewährst hast, da habe ich jeden unnötigen Weihnachtsschmuck weglassen können. Es ist einfach nur winterlich. Auch der Spruch ist wunderschön. Er passt zu dem heutigen Abend, meint Moni und schaut durch die Fenster des Wintergartens auf den sanft fallenden Schnee.
Jetzt warten wir nur noch auf unsere Gäste. Laurenz ist schon in Marburg, er wird gleich hier sein, gibt Annalena zurück.
Kurze Zeit später sind alle um den Tisch versammelt, Annalena und Laurenz, Bettina und Holger, Cornelia und Robert, Monika und Christoph, Charlotte und Henner.
Liebe Gäste, wir Frauen im Haus Im Gefälle freuen uns, dass ihr alle kommen konntet. Wir möchten mit diesem kleinen Fest auf ein Jahr zurückblicken, das uns einander nähergebracht hat. Holger, wie hast du dir den Ablauf vorgestellt, begrüßt Annalena die Runde.
Ja, also, ich bedanke mich, denke ich, im Namen von allen, für eure Einladung. Wir sind gerne gekommen und freuen uns auf

viele verschiedene Geschichten. Ich habe mir gedacht, dass wir mit einer PowerPoint über unsere gemeinsame Reise nach Osttirol beginnen, ich habe die Bilder zusammengestellt und keine Angst, es wird nicht zu lange werden. Danach können wir dann hören, was uns Annalena und Laurenz von ihrer Herbstfahrt nach Matrei berichten werden.
Und danach gibt es ein Winteressen, unterbricht Bettina den Redeschwall von Holger.
Und vorher, zwischendurch und nachher Getränke, ihr könnt euch holen, worauf ihr Lust habt, erklärt Cornelia.
Den ersten Teil des Abends füllt der Reisebericht von Holger aus, begleitet von begeisterten Kommentaren.
Du hast wirklich alles in wunderbaren Bildern festgehalten, begeistert sich Cornelia.
Das Felbertal und die St. Pöltener Hütte, beginnt Bettina und die anderen fahren fort.
Die Wohlgemuthalm, das Tauerntal, das Virgental, St. Nikolaus, der Kosakenfriedhof, Lienz, die Gschildalm, der Zunig, das Zedlacher Paradies, die Jagdhausalmen, das Defereggental, Matrei, der Wildenkogel und der Löbbenboden.
Es muss wunderschön gewesen sein, dort, in diesem Tal in Osttirol, sagt Monika.
Dort fahren wir auch hin. Ich verspreche es dir. Wisst ihr, es ist nicht so leicht, für einen Landwirt und eine Gärtnerin eine Ferienzeit zu finden, die beiden gelegen kommt. Aber wir werden schon eine Zeit finden, bekräftigt Christoph.
Mir ist vorgekommen, dass es dort auch in einem milden Oktober sehr schön ist, erklärt Annalena.
Ja, der Oktober ist das Stichwort. Jetzt müsst ihr beide erzählen, von eurer Kurzreise nach Matrei, meint Henner.
Die Reise war an Tagen kurz, aber an Erlebnissen reich, gibt Laurenz zurück.
Wir haben keinen Vortrag vorbereitet, aber ich habe einige Fotografien ausgedruckt, die zeige ich euch später. Wenn es dir recht ist, werde ich beginnen, wendet er sich an Annalena.

Ja, gerne. Vielleicht mag sich jemand noch etwas zum Trinken nehmen. Wir sind nicht in drei Minuten fertig, denke ich, antwortet Annalena.

Wir sind am letzten Donnerstag im Oktober ganz früh über München und Salzburg, erst mit dem Zug, dann mit dem Bus nach Matrei gefahren. Dort sind wir abends spät angekommen, die Theres hat uns Zimmer in einem gemütlichen Hotel reserviert. Am Freitag sind wir dann mit Theres und ihrem Cousin Christian in das Tauerntal gefahren, bis zum Matreier Tauernhaus. Im Herbst macht das Tal einen verschlossenen Eindruck, die Leichtigkeit des Sommers war verschwunden, fast schien es mir, als könnte dort kein Leben und kein Bleiben möglich sein. Es gibt kaum Farben, grau, schwarz, selbst die Wiesen sind von einem grauen Grün, dafür leuchten die Lärchen in braunrotem Gelbton. Die Berggipfel erscheinen unerreichbar, unterbricht Annalena. Wir haben uns im Matreier Tauernhaus mit einigen Menschen getroffen, die Annalena noch vom Sommer her gekannt haben. Laurenz reicht eine Fotografie vom Tauernhaus mit den umliegenden Almhütten bei nebelverhangenem Wetter und vor dunklen Berghängen herum.

Das waren der Altbauer Peter Paul Berger, sein Sohn Christian, dessen Frau Anneliese und der Polizeiinspektor Herr Sebastian Oberbichler. In dessen Begleitung war ein pensionierter Polizeibeamter, Herr Ignaz Wohlfahrtstätter, das war der Vorgänger von Herrn Oberbichler. Und dann ist plötzlich auch noch Frau Resinger dazugekommen. Die Menschen waren sehr nett, sehr bemüht. Sie waren gleich per du mit uns, das sei dort so, wenn man ein gleiches gemeinsames Anliegen hätte, haben sie erklärt. Das habe ich eigentlich nicht sofort verstanden.

Ich auch nicht, ich habe nicht gewusst oder geahnt, was diese Leute dort im hinteren Tal mit uns vorhatten, fügt Annalena an. Dann sind wir alle gemeinsam ein Stück weitergegangen, bis zum Aufstieg zum Wildenkogel. Ihr wisst schon, dort, wo wir nach dem Unwetter Schutz gesucht haben, bei der Bank mit dem Dach darüber. Es war gut, dass Theres dabei war, sonst hätte ich vielleicht etwas Bedrohliches oder Beängstigendes befürchtet.

Nein, das Gefühl hatte ich nicht, ich habe mich eher sehr allein gefühlt und war so froh, dass du neben mir gestanden bist, widerspricht Annalena.
Und dann habe ich bei der Bank ein in einen wasserfesten Sack verpacktes fest zugeschnürtes längliches Paket gesehen. Daneben lagen schwere Eisenhämmer und Schaufeln. Und Steine waren zusammengetragen worden. Die Männer haben das Paket aufgeschnürt und der alte Polizist hat es auf den Boden gestellt.
Frau Resinger hat ein Kreuzzeichen gemacht und Gelobt sei Jesus Christus gemurmelt, ergänzt Annalena.
Könnt ihr euch vorstellen, was sie dort aufstellen wollten. Es war ein neues Wegkreuz, sehr schön und sorgfältig gearbeitet, mit einer kleinen Bedachung zum Schutz vor der Witterung. Sie hatten schon vorher ein tiefes Loch in den Boden gegraben und dort haben sie es hineingestellt und mit Steinen und Erde befestigt.
Laurenz zeigt den Freunden zunächst eine großformatige Fotografie von dem Wegkreuz und dann eine zweite von der in einfacher Holzbrandmalerei gefertigten Inschrift, unter der ein gemaltes Bild vom Wildenkogel angebracht ist.

Gottes Friede über
Magdalena und Wolf Weiss 1932
Wolfgang Weiss 1945
Marlene Weiss 1965
Gott sei ihren Seelen gnädig.

Anneliese hat zwei Töpfchen mit Winterheide in die Ablage unter dem Bild gestellt. Frau Resinger hat einen Rosenkranz gebetet. Der alte Polizist hat am Tisch vor der Bank allen einen selbst gebrannten Schnaps eingeschenkt. Engelwurz, hat mir die Theres zugeflüstert. Aber uns beiden, dem Laurenz und mir, haben die Worte gefehlt. Sie haben alle bekräftigt, dass es ihnen ein wichtiges Anliegen gewesen sei, für die Menschen, die so eng mit ihrem Tal verbunden waren, ein Kreuz zum Gedenken aufzustellen, erinnert sich Annalena.
Es war sehr berührend, fasst Laurenz zusammen.

Eine Weile ist es still in dem großen Wohnzimmer mit dem Blick in den verschneiten Garten. Die Kerzen brennen. Dann steht Robert auf und tritt einen Schritt vom Tisch zurück.
Ich möchte euch bitten, mit mir die Gläser zu erheben. Wir denken an diese Menschen in einem Osttiroler Bergtal und danken ihnen für alle Mühen und Sorgen, für ihre Gedanken um Annalenas verstorbene Angehörige. Das sind großartige Menschen, die wir dort kennenlernen durften.
Ja, sie haben auf mich einen fremden fernen und doch vertrauten Eindruck gemacht, überlegt Charlotte.
Das gibt es. Das Ferne in der Nähe, ergänzt Annalena.
Oder die Nähe im Fernen. Mir ist es mit den Menschen dort auch so gegangen, fügt Cornelia hinzu.
Und wie ist es euch weiter ergangen, erkundigt sich Henner.
Am Samstag haben wir Matrei zu Fuß erkundigt. Der Ort war viel ruhier als im Sommer, es waren kaum Menschen auf den Straßen unterwegs. Am Nachmittag haben wir bei Frau Berger und bei Frau Resinger vorbeigeschaut und auch noch auf der Polizeiinspektion. Ich hatte doch für alle Geschenke mitgenommen, berichtet Annalena.
Was hast du eingepackt, fragt Bettina.
Nun ja, neu gerahmte Zeichnungen vom hinteren Tauerntal für Theres und Christian, Peter Paul und den Polizeiinspektor. Eine hatte ich zum Glück auch für dessen Vorgänger, den Herrn Wohlfahrtstätter. Für die beiden alten Frauen habe ich bestickte Läufer ausgesucht und Annelies hat eine bestickte Tischdecke bekommen. Das waren Handarbeiten von Marlene, die Zeichnungen waren von Magdalena.
Am Abend sind wir im Weiler Feld, beim Gasthaus Steiner eingekehrt, das liegt unter dem Mattersberg, ergänzt Laurenz. Am Tag darauf sind wir mit Theres, Christian und Anneliese nach Kals am Großglockner gefahren und waren in einem Bauernhaus bei einem alten Heischebrauch zu Allerheiligen dabei. Das war wirklich interressant. Seit Menschengedenken gehen in diesen Tagen um Allerheiligen und Allerseelen weißgekleidete vermummte Kinder von zu Haus zu Haus und bitten

um eine milde Gabe für die armen Seelen. Sie tragen Holzstangen mit einem geschnitzten Tierkopf mit sich, erzählt Annalena. Diese Tierköpfe sind sorgsam und kunstfertig gearbeitet. Die Kinder ziehen an einer Schnur und die Tierköpfe bewegen sich und machen Klappergeräusche. Die Hausfrau gibt den Kindern Gebäck in ihre Rückenkraxen und sie bedanken sich mit einem Spruch, *Vergelts Gott für die Armen Seelen*. Das hat mit einem Totenbrauch, den man am Allerheiligentag vermuten könnte, aber wahrscheinlich nichts zu tun, berichtet Laurenz und zeigt einige Fotografien von den Krapfenschnappern.

Nein, es ist ein Heischebrauch. Der Frühwinter war seit jeher eine Zeit, in der das Darben und das sparsame Umgehen mit Nahrungsmitteln für viele Menschen eine Notwendigkeit war. Das hat es auch bei uns gegeben. So suchte man sich Gelegenheiten, bei den Reichen etwas abzubetteln, um den Hunger als ständigen Begleiter zu besänftigen, erklärt Holger.

Apropos Hunger, bitte setzt euch, ich decke jetzt das einfache hessische Wintermahl auf, ruft Bettina lachend.

Dürfen wir Wein dazu trinken oder müssen wir Wasser nehmen, erkundigt sich Robert und lacht ebenfalls.

Das einfache hessische Wintermahl entpuppt sich als Bratwurst mit Kartoffelbrei und Grünkohl, zur Nachspeise gibt es Bratäpfel.

Ein einfaches Essen kann sehr wohlschmeckend sein, davon sind nach der Mahlzeit alle überzeugt. Robert nimmt die Gitarre und spielt leise ein paar Akkorde.

Annalena, ich möchte dich etwas fragen, sagt Monika in die Stille hinein. Was, glaubst du, hat deine Urgroßeltern dazu gebracht, in die Berge, nach Österreich zu gehen.

Das ist eine schwierige Frage, Moni. Ich habe auch viel darüber nachgedacht.

Erst einmal ist es doch naheliegend, dass sie dort einfach wandern und in den Bergen unterwegs sein wollten, wirft Henner ein.

Nun, das wäre die einfachste und sehr einleuchtende Erklärung. Vieles werden wir aber nicht mehr aufklären können, gibt Annalena zurück.

Würde es für dich eine andere Erklärung geben, fragt Bettina.

Ja, vielleicht. Es hat etwas mit Sehnsucht und Utopie zu tun.
Sehnsucht wonach. Sie hatten hier doch schon so viel geschaffen, wenn ich es richtig verstanden habe. Sie hatten eine Heimat, das Haus, eine Familie, eine gute Arbeit, wundert sich Christoph.
Ja, das ist schon richtig. Aber ihre Sehnsucht galt nicht materiellen Dingen.
Haben sie die Gefahr gesucht, das Abenteuer, wundert sich Charlotte.
Oh nein, ich bin überzeugt, dass sie das Leben gesucht haben, da war keine Todessehnsucht.
Ich hänge lieber dem Gedanken an die Utopie nach, sagt Robert.
Robert, was ist eine Utopie. Ich habe bisher geglaubt, das ist eine Sache, die unmöglich zu erreichen ist, fragt Henner.
Ja, so etwas wie eine schöne, aber unmögliche Zukunftsvision, überlegt Monika.
Eine Utopie. Das ist nicht leicht in kurzen Sätzen zu erklären, beginnt Robert. Eine Utopie ist vielleicht der Entwurf einer möglichen anderen Welt. Den Mut haben, nein zu sagen, das kann Beginn einer Utopie sein.
Der Anfangssatz des dritten Flugblatts der Weißen Rose beginnt mit *Alle idealen Staatsformen sind Utopien*. Die jungen Menschen in der Widerstandsbewegung beanspruchten einen gerechten Staat, der die Freiheit des Einzelnen wie auch das Wohl der Gesamtheit sicherstellt, und sie zeigten Wege des Neinsagens zu einer Diktatur des Bösen auf, sprudelt es aus Bettina heraus.
Es gibt aber doch auch andere als politische Utopien, ergänzt Laurenz.
Ja, ideelle oder spirituelle Ideen von Utopien zum Beispiel. Alle Utopien sind immer mit Hoffnungen auf eine bessere Welt verbunden. Da gibt es ganz unterschiedliche Utopieentwürfe in der Literatur.
An welche Autoren denkst du, Robert, fragt Cornelia.
Da gibt es die Erzählung *Hochwald* von Adalbert Stifter mit der Idee von der völligen Weltabgeschiedenheit, auch Henry David Thoreaus Werk *Walden* zeigt Möglichkeiten des zivilen Widerstands. Ihm zugeschrieben wird das Zitat *Ich ging in die Wälder, denn ich*

wollte wohlüberlegt leben; intensiv leben wollte ich. Das Mark des Lebens in mich aufsaugen, um alles auszurotten was nicht Leben war. Damit ich nicht in der Todesstunde innewürde, dass ich gar nicht gelebt hatte.

Ein Klassiker ist Herman Melvilles Roman *Moby Dick*, wo es heißt, *die Utopie ist auf keiner Karte verzeichnet, die wahren Orte sind das nie,* fügt Charlotte hinzu.

Verstehe ich das richtig. Sie haben kein anderes Land, kein anderes Zuhause gesucht, sie waren voll mit Ideen unterwegs, ein ausgefülltes Leben in Freiheit und Gerechtigkeit zu führen, staunt Christoph.

Das denke ich auch. Sie waren sehnsüchtig nach der Welt und dem Leben, diese Sehnsucht haben sie auch ihren Kindern vermittelt, überlegt Henner.

Ich habe eher an ein utopisches Land, aber nicht als geografische Wirklichkeit, sondern als Sehnsuchtsort gedacht. Alle Schriftstücke, alle Bücher und Erbstücke der Urgroßeltern, alle Lieder, die sie gesungen haben, alle Märchen, die sie ihren Kindern vorgelesen haben, weisen darauf hin, sagt Annalena.

Und die drei Blumen, Speik, Wollgras und Schusternagelen, waren Symbolträger dafür, fährt Cornelia fort.

Diese Sehnsüchte haben ihr Leben geprägt, äußert sich Laurenz mit fragendem Unterton.

Ja, mit Sicherheit auch das Leben ihrer Kinder, antwortet Annalena.

Robert holt sich noch ein Glas Wein und spielt die Melodie von *Der Mond ist aufgegangen* auf der Gitarre, dann ergänzt er seine Gedanken zum Wesen der Utopie.

Heimat ist zwar nicht beliebig austauschbar, ist aber auch nicht an einen bestimmten Ort gebunden. Eigentlich ist Heimat ein mobiler Raum. Denn der Mensch ist einerseits ein heimatliches Wesen, das danach strebt, sich zu binden, andererseits ist er nach außen gerichtet und trachtet danach, anderen Welten und anderen Menschen zu begegnen. Das kennen wir doch von uns selbst, wir wandern gerne, wir reisen durch die Welt und seit Kurzem surfen wir im Internet an jeden beliebigen Ort unserer Erde. Der Begriff Utopie kommt von οὐ τόπος, das bedeutet Nicht-Ort.

Meinst du damit, Heimat kann ein Nicht-Ort, eine Utopie sein, staunt Monika.
Das kann ich mir nicht vorstellen. Für mich ist Heimat immer an Orte gebunden. Mein Hof, mein Dorf, mein Land. Das ist meine Heimat, das ist doch nicht utopisch, bekräftigt Christoph.
Ich habe erst neulich einen Essay von Bernhard Schlink gelesen, *Heimat als Utopie*. Bernhard Schlink legt dar, dass Heimaterfahrung immer dann gemacht wird, wenn etwas fehlt. Er nennt als Beispiel Veränderungen in der eigenen Gesellschaft, die ein Entfremdungsgefühl auslösen oder das Leben im Exil, in der Fremde. Daraus entstehen Hoffnungen, Sehnsüchte und Träume. Heimat wird zwar auf konkrete Orte bezogen, aber sie ist ein Nichtort, eine Utopie, und das eigentliche Heimatgefühl ist Heimweh, so der Schriftsteller. Und selbst für den, der sein ganzes Leben an einem Ort verbracht hat, ist Heimat der Ort, an dem er alle seine Träume, Hoffnungen und Sehnsüchte erinnert und somit die Utopien seines ganzen Lebens, führt Holger aus.
Der Dichter Novalis hat das Heimweh auch als Trieb, überall zu Hause sein zu können, beschrieben, fügt Cornelia nachdenklich an.
Die Blaue Blume, erinnert Annalena leise und Robert lässt verhalten die Melodie von *Wir wollen zu Land ausfahren* anklingen. *Es blüht im Walde tief drinnen die blaue Blume fein, die Blume zu gewinnen ziehn wir ins Land hinein*, singt er mit leiser Stimme.
Später beim Abschied bedankt Annalena sich nochmals bei ihren Freunden.
Ihr seid mir in diesem Jahr beiseitegestanden. Früher schien mir alles klar zu sein, offen hat alles vor mir gelegen, mein Ich, mein Leben. In diesem Jahr habe ich viele Fragen an mich herankommen lassen müssen und ihr habt mir dabei geholfen, mich diesen Fragen zu stellen und mir die Angst zu nehmen. Dafür danke ich euch. Das Jahr hat viele Veränderungen gebracht und diese Veränderungen haben auch uns verwandelt, in vielfacher Weise. Und jetzt euch allen einen guten Heimweg und eine gute Nacht.

In der Nacht stehen Annalena und Laurenz im Garten und schauen in die Schneewolken, in die sich der Mond gehüllt hat. Die

Uhren im Haus schlagen die erste Stunde des neuen Wintertages an. Annalena summt die Melodie von dem Lied mit den zwei Sternen, die am hohen Himmel stehen.
Gute Nacht, Annalena.
Dir auch, Laurenz.

Im Schlaf ist Annalena wieder ein kleines Kind. Sie liegt auf einer Blumenwiese mit Wollgras, Speik und Schusternagelen und rings umher sind hohe Berge mit Schnee bedeckt. Der Himmel ist von einem tiefen Blau. Von den Bergen stürzt sich ein Wasserfall in die Tiefe, er sieht aus wie wallendes graues Frauenhaar. In der Luft ist ein Summen. Das Kind erhebt sich und macht sich auf den Weg.

Die Autorin

Annegret Waldner, geboren 1953 in Marburg a. d. Lahn, ließ sich nach der Matura zur Diplom-Kinderkrankenschwester ausbilden. Nach 20 Jahren, die die verheiratete Mutter von vier Kindern vornehmlich der Familie, dem Haushalt und ihrem Beruf gewidmet hatte, inskribierte sie sich 1996 für ein Studium der Europäischen Ethnologie an der Universität Innsbruck, das sie 2007 mit der Promotion zur Dr.in phil. abschloss. Danach folgte eine freiberufliche Tätigkeit, seit 2013 ist sie ehrenamtliche Leiterin des Rätermuseums in Birgitz. Die in Götzens lebende Autorin hat seit 2003 verschiedenste Publikationen im Fach Europäische Ethnologie veröffentlicht, zuletzt im Jahr 2017 „Von Zillerthal nach Zillerthal". „Wildenkogel" ist ihr erstes literarisches Werk, eine Hommage an ihre Heimatstadt Marburg und ihre Wahlheimat Osttirol. Ihre Freizeit verbringt Annegret Waldner mit ihrer Familie, mit Lesen, Wandern sowie der Garten- und Museumsarbeit.

novum VERLAG FÜR NEUAUTOREN

Der Verlag

Wer aufhört
besser zu werden,
hat aufgehört
gut zu sein!

Basierend auf diesem Motto ist es dem novum Verlag ein Anliegen neue Manuskripte aufzuspüren, zu veröffentlichen und deren Autoren langfristig zu fördern. Mittlerweile gilt der 1997 gegründete und mehrfach prämierte Verlag als Spezialist für Neuautoren in Deutschland, Österreich und der Schweiz.

Für jedes neue Manuskript wird innerhalb weniger Wochen eine kostenfreie, unverbindliche Lektorats-Prüfung erstellt.

Weitere Informationen zum Verlag und
seinen Büchern finden Sie im Internet unter:

www.novumverlag.com

novum VERLAG FÜR NEUAUTOREN

Bewerten
Sie dieses Buch
auf unserer
Homepage!

www.novumverlag.com

Printed in Dunstable, United Kingdom